Knaur

D1925091

Von Susan Hastings ist außerdem erschienen:

Venus und ihr Krieger

Über die Autorin:

Susan Hastings lebt mit ihrem Mann und vielen Tieren in einem romantischen Cottage. Als Geologin schrieb sie wissenschaftliche Gutachten, hatte aber seit jeher den Wunsch, ihr schriftstellerisches Talent auch auf andere Gebiete auszudehnen. Ihre Vorliebe für Geschichte und ihre romantische Ader wiesen ihr den Weg.

SUSAN HASTINGS

Der Kuß des Verfemten

Roman

Knaur

Besuchen Sie uns im Internet:
www.droemer-weltbild

Originalausgabe Dezember 2000
Copyright © 2000 bei Droemersche Verlagsanstalt
Th. Knaur Nachf., München
Alle Rechte vorbehalten. Das Werk darf – auch teilweise –
nur mit Genehmigung des Verlags wiedergegeben werden.
Redaktion Stephanie Gleitz
Umschlaggestaltung Agentur Zero, München
Umschlagabbildung Pino Daeni/Bildagentur Schlück, Garbsen
Satz MPM, Wasserburg
Druck und Bindung brodard & taupin, La Flèche
Printed in France
ISBN 3-426-69077-2

2 4 5 3 1

Erstes Kapitel

Es war ein feuchter, kalter Morgen, und dünne Nebelschleier lagen über den Wiesen, als sich das große Tor des Klosters St. Martin öffnete. Die Soldaten, die bis dahin vor dem Kloster gelagert hatten, erhoben sich mit steifen Gliedern. Zwei Nonnen führten ein Pferdegespann hinaus auf die unbefestigte Straße. Auf dem Wagen, der mit einigen Körben und Truhen beladen war, saßen zwei junge Frauen, züchtig in dunkelblaue Umhänge gehüllt.

Die Äbtissin trat neben den Wagen. »Nun seid Ihr wieder eine Hoheit, Isabella. Das weltliche Leben erwartet Euch.«

Die Angesprochene neigte ihren Kopf, und blondes Haar fiel aus der Kapuze des Umhanges auf ihre Schulter. »Ich werde Sie vermissen, Mutter Dolorosa. Sie und alle Schwestern, die mein Leben hinter diesen Mauern teilten. Ich wäre gern für immer hiergeblieben. Doch ich muß meinem Vater Gehorsam leisten, wie es meine Pflicht ist. Ich werde Sie niemals vergessen.«

In einer Anwandlung von Rührung ergriff die Äbtissin Isabellas Hand. »Gott sei mit dir, mein Kind«, flüsterte sie, »und beschütze dich vor dem rauhen Leben und der Grausamkeit der Männer.« Dann drehte sie sich um und verschwand mit gesenktem Kopf hinter dem Klostertor.

Die Soldaten hatten ihre Pferde bestiegen und sich zu einer Begleiteskorte formiert. Der Hauptmann trat an den Wagen heran und salutierte. Er beorderte einen der Soldaten als Kut-

scher auf den Wagen mit den beiden Frauen, die es sich nun zwischen den Körben und Truhen so bequem wie möglich machten.
Mit bangem Gesicht schaute Isabella sich um.
»Wie groß die Welt ist«, sagte sie schaudernd und warf einen sehnsüchtigen Blick auf das alte Kloster, das hinter ihnen immer kleiner wurde. Ihre Hand krallte sich an den Rand des Wagens. »Ich fühle mich haltlos. Im Kloster war alles so einfach, geregelt, familiär. Ich weiß doch gar nicht, was mich erwartet.«
»Freude wird Euch erwarten, Isabella«, erwiderte die andere junge Frau, die um wenige Jahre älter schien als Isabella. Ihre feuerroten Locken hatte sie mit mehreren Bändern zu einem langen Zopf verschlungen. Ihre Nase war übersät mit lustigen Sommersprossen, und in ihren braunen Augen leuchteten goldene Pünktchen wie kleine Sterne. »Freude über Eure Heimkehr. Und Euer Vater wird Euch in die Arme nehmen. Ist das nicht Grund genug?«
»Es sind zehn Jahre vergangen, Mathilda. Ich kann mich an meinen Vater kaum noch erinnern. Er war ein stattlicher Mann mit blondem Haar und einem rauschenden Bart, an dem ich als Kind so gern gezupft habe, wenn ich auf seinen Knien saß und er mir von bösen Drachen und mutigen Helden erzählte.« Sie lächelte bei dem Gedanken. »Und an meine Amme erinnere ich mich, die mich getröstet hat, wenn ich mich nachts vor den bösen Geistern fürchtete oder im Garten der Burg auf die Steine gefallen war. Die Burg war sehr groß, gewaltig groß, und innen mit goldenen Gesichtern bemalt.«
»Es waren keine goldenen Gesichter«, widersprach Mathilda. »Es waren Heilige mit ihrem Schein, auf jeder der Kassetten der Vertäfelung im Prunksaal.«
Isabella blickte Mathilda an und runzelte die Stirn. Eigentlich stand es Mathilda nicht zu, ihrer Herrin zu widersprechen. Mathilda war die Tochter eines Ritters des Herzogs und auf-

grund ihres lieben Wesens bereits als kleines Kind für die einsame Isabella als Zofe und Gefährtin bestimmt worden. Sie war drei Jahre älter als Isabella und damit schon verständig genug, an ihrer Seite zu sein. Im Laufe der Jahre wurde Mathilda mehr zur Freundin denn zur Bediensteten der Tochter des Herzogs, zumal Isabella allein in der großen Burg ihres Vaters aufwuchs. Sie hatte keine Geschwister, und ihre Mutter war bald nach ihrer Geburt gestorben. Der Herzog war mit der Festigung seiner Macht gegen benachbarte Fürsten beschäftigt, die immer wieder ein Auge auf das kleine Herzogtum warfen und mit oder gegen den Willen des Kaisers die Finger danach ausstreckten.
Sehr zum Leidwesen von Herzog Karl August, der sich brennend Söhne als Erben gewünscht hatte, kümmerte Isabella in der Burg dahin, kannte nur die Ritter ihres Vaters oder die Mägde und Knechte. Von den meisten Festlichkeiten war sie ausgeschlossen, lediglich an ein farbenprächtiges Turnier konnte sie sich noch schwach erinnern, ein Turnier der Ritter mit ihren bunten Fahnen, den prächtig gezäumten Pferden, den blinkenden Rüstungen und langen Lanzen.
Im Alter von sechs Jahren gab Herzog Karl August seine Tochter in die Obhut eines Nonnenklosters, wo sie streng und konsequent im rechten Glauben erzogen werden sollte. Vor allem aber sollte sie vom Umgang mit Männern und niederem Volk entfernt werden, der für eine zukünftige Landesherrin nicht standesgemäß war. Denn daß Isabella einmal an der Spitze des Herzogtums stehen würde, war bereits zu diesem Zeitpunkt klar. Das heißt, an zweiter Stelle des Landes, denn sie würde sich einen der Ritter zum Gemahl nehmen, der nach dem Ableben des Herzogs sein Erbe weiterführen würde. Und dafür war der beste Ritter gerade gut genug.
Die damals neunjährige Mathilda begleitete Isabella ins Kloster, wo sie, dem Stand entsprechend zwar untergebracht und versorgt, sonst jedoch in den klösterlichen Alltag integriert lebten.

In diesen zehn Jahren und in der Kargheit des Klosters schwand der Standesunterschied mehr und mehr, und beide Mädchen fühlten sich bald wie Schwestern.
Bereits einige Wochen vor Isabellas sechzehntem Geburtstag hatte die Äbtissin mit ihr gesprochen. Der Herzog rief seine Tochter wieder zu sich. Die Äbtissin bedauerte es sehr, daß Isabella das Kloster verlassen mußte. Einer der Gründe war sicher, daß von nun an die herzöglichen Zuwendungen an das Kloster etwas geringer fließen würden. Doch sie hatte Isabella in ihr Herz geschlossen, wenngleich sie darauf achtete, daß sie nicht besser und nicht schlechter behandelt wurde als die anderen Nonnen.
Isabella konnte viele Nächte nicht schlafen bei dem Gedanken, das Kloster, das ihr zur Heimat geworden war, wieder zu verlassen. Sie fürchtete sich vor der Welt da draußen, vor dem Leben, dem Teufel, eigentlich vor allen unbekannten Dingen, mit denen sie im Kloster nicht in Berührung gekommen war.
»Nun, wir werden sehen, was es mit den goldenen Gesichtern auf sich hat«, sagte Isabella versöhnlich. »So wie wir wahrscheinlich die gesamte Burg neu entdecken müssen. Vielleicht finden wir Dinge, an die wir uns noch erinnern können.«
»Ja, vielleicht«, seufzte Mathilda. »Wenngleich so ziemlich alle Erinnerungen verblaßt sind wie hinter einer Nebelwand.« Sie zog den Umhang enger um ihre Schultern und unterdrückte ein Zittern. Auch ihr war bange vor der Zukunft. Mit den Begriffen Hochzeit, Ehe, Kinderkriegen konnte sie nichts anfangen. Und daß Isabella bald heiraten würde, war gewiß. Und daß Mathilda dann vielleicht nicht mehr ihre Zofe sein durfte, war denkbar.
»Was hast du, Mathilda?« fragte Isabella teilnahmsvoll, die Mathildas kummervolles Gesicht bemerkte.
»Oh, es ist gar nichts«, wehrte Mathilda ab. Keinesfalls wollte sie Isabella mit ihren eigenen trüben Gedanken ängstigen. »Es ist

noch ein wenig der Abschiedsschmerz, glaube ich. Aber wir sollten an die Zukunft denken, an all die wundervollen Dinge, die uns erwarten.«

»Ja, du hast recht. Wir sollten fröhlich sein, wenngleich auch ich traurig bin, unser geliebtes Kloster zu verlassen. Doch wenn ich es bedenke, könnte ich mich wirklich auf einige weltliche Dinge freuen, zum Beispiel auf ein schönes Gewand anstelle dieser blauen Kutte.«

Mathilda kicherte. »Was würde die Äbtissin wohl sagen, wenn sie uns so reden hörte? Anstatt vor Kummer zu zerfließen, malen wir uns aus, was für Kleider wir wohl tragen werden.«

»Ganz recht! Und ich überlege mir, ob ich mein Kleid nicht mit einer selbstgestickten Borte verzieren werde. Sticken haben wir ja wirklich gelernt, wenn wir es bislang auch nur an Altardecken ausprobieren durften.«

»Keine schlechte Idee. Und wenn uns noch buntes Garn oder gar Silberfaden zur Verfügung stünde ...« Mathilda preßte die Hand auf den Mund. »Ich versündige mich«, flüsterte sie.

»Als Tochter des Herzogs steht es mir zu, kostbare Kleidung zu tragen«, erwiderte Isabella stolz und warf trotzig den Kopf zurück.

»Aber ob es Gott wohlgefällig ist, eitel zu sein?« zweifelte Mathilda.

»Nein, Eitelkeit ist nicht gottgefällig. Doch ein kostbares Kleid hat nichts mit Eitelkeit zu tun, sondern mit dem Stand, den man repräsentiert. Oder glaubst du, ein Ritter würde um mich kämpfen, wenn ich in einer blauen Kutte in der Loge säße?«

Jetzt kicherten beide. »Warum nicht? Hübsch genug seid Ihr doch, Isabella.«

Isabella senkte verschämt den Kopf und errötete. »Es ist ein seltsamer Gedanke, daß Ritter um meine Gunst kämpfen werden. Es schmeichelt mir in der Tat, auch wenn es ein wenig eitel klingt.« Sie spürte die Hitze in ihrem Gesicht. »Allerdings wäre es mir lieber, wenn die Ritter mit Liedern und Gedichten um meine Gunst werben.«

»Ja, das ist wirklich viel romantischer. Auch kann man den Sängern und Dichtern ins Gesicht blicken. Die Turnierritter haben das Visier heruntergeklappt.«

Isabella blickte ihre Freundin nachdenklich an. »Warum muß man ihnen ins Gesicht schauen?«

»Na, ob sie hübsch sind! Was wäre, wenn auf dem Turnier ein sehr häßlicher Ritter gewinnt? Ihr wäret ein Leben lang seine Frau und müßtet seinen häßlichen Anblick tagtäglich ertragen.«

»Oh, daran habe ich gar nicht gedacht. Aber sind nicht alle Ritter schön? Es sind doch Kämpfer, Helden. Und wenn ihre Rüstungen blinken und die bunten Wappen an ihren Schilden leuchten, ihre Fahnen wehen und ihre herrlichen Rosse stampfen, so ist das doch wichtiger, als wenn einer ein schönes Gesicht hat. Wichtig ist, daß er die ritterlichen Tugenden aufweist und die Dame seines Herzens respektiert.«

»Und liebt.«

»Liebt? Wo denkst du hin, Mathilda. Einen Ehemann liebt man doch nicht! Ich denke, die Ehe ist eine Zweckgemeinschaft, um ein Land zu regieren. Ganz sicher ist sie nicht gottgewollt, denn sonst gäbe es keine Nonnen und keine Mönche. Ein wahrer Christenmensch liebt nur den Herrn.«

»Meint Ihr wirklich?«

»Aber gewiß, du kleine Närrin. Wenn ich einem Ritter meine Gunst gewähre, weil er besonders tapfer kämpft und sich auf dem Turnier geschickt zeigt, dann hat das doch nichts mit Liebe zu tun. Und auch wenn er ein romantisches Gedicht vorträgt oder eine klare Stimme hat, dann schmeichelt es meinem Ohr, doch nicht meinem Herz. Nein, Mathilda, alles, was darüber hinausgeht, wäre ein Werk des Teufels.«

Mathilda schwieg. Daß das Leben außerhalb der Klostermauern so kompliziert sein würde, hatte sie nicht erwartet. Jetzt wurde ihr doch etwas bange vor der Zukunft. Und sie freute sich plötzlich nicht mehr so sehr auf das Fest und das Turnier und die Hochzeit von Isabella.

Auch Isabella hing ihren Gedanken nach. Im Laufe ihrer klösterlichen Erziehung hatte sie gelernt, daß es nur eine Liebe gab, die Liebe zu Gott. Alles andere war nur niedriger Instinkt, Machwerk des Teufels. Niemals könnte sie nur annähernd für einen Mann ein anderes Gefühl aufbringen als Respekt und Bewunderung, huldvolle Gewährung der Gunst, seine Dienste in Anspruch zu nehmen. Was sonst wohl ist denn das Ziel des Minnedienstes, als daß der Ritter durch ihn zu mutiger Tat befähigt und angeregt würde, seine Kräfte zu erstaunlichen und außerordentlichen Leistungen wachsen zu lassen und ihn in allen Lagen an die Bewährung ritterlicher Tugenden zu binden? Und je ferner und fremder die Angebetete war, um so verehrungswürdiger mußte sie ihm doch erscheinen und dem Inbegriff des Ideals entsprechen. Also war es gar nicht von Vorteil, daß sie ihm in schönen Kleidern erschien und vielleicht gar noch ihr Gesicht zeigte. Eitelkeit war nicht angetan. Die Entfernung erhöhte den Anreiz, ließ sie im Wesen verfeinert, ja märchenhaft erscheinen. Die gegenseitige Beeinflussung im Streben nach höherer Vollkommenheit trug zur Verfeinerung der Gesellschaft bei.

Sie schob die Kapuze wieder über ihr blondes Haar. Niemand brauchte zu wissen, daß sie Isabella, Tochter des Herzogs Karl August von Frankenau war.

Isabellas und Mathildas Augen trafen sich, und mit der Sicherheit der vollkommenen Vertrautheit errieten sie gegenseitig ihre Gedanken.

Isabella griff unter ihren Umhang und zog eine Kette mit einem kleinen Medaillon hervor, auf dem der heilige Martin abgebildet war. Er war der Schutzpatron des Klosters, und die Äbtissin hatte Isabella die Kette zum Abschied geschenkt.

»Ich glaube, wir haben einiges zu beichten«, sagte Isabella und hob die Augenbrauen.
»Dabei sind wir erst einige Stunden in Freiheit«, erwiderte Mathilda. Wieder hielt sie sich die Hand vor den Mund. Was redete sie da von Freiheit? Keineswegs war der Aufenthalt im Kloster mit einem Gefängnis zu vergleichen. Der Äbtissin mußten ja die Ohren klingeln!
»An der nächsten Kirche werden wir eine Rast einlegen, um zu beten und zu beichten«, beschloß Isabella, und Mathilda nickte zustimmend.

Nach einigen Stunden Fahrt auf der holprigen Straße, bei der sie im Wagen kräftig durchgeschüttelt wurden, entdeckte Isabella abseits des Weges ein Dorf, in dem ein kleiner, kompakter Kirchturm aufragte. Sie rief den Hauptmann der Eskorte, der neben dem Troß ritt, zu sich heran.
»Wir wollen eine Rast machen, Hauptmann«, sagte Isabella. »Dort drüben liegt ein Dorf mit einer kleinen Kirche. Bei dieser Gelegenheit können wir in der Kirche beten.«
»Ich halte es nicht für gut, die Straße zu verlassen, Herrin«, gab der Hauptmann zu bedenken. »Für eine Rast eignet sich das freie Feld besser, und beten könnt Ihr auch im Wagen.«
Isabella zog die Brauen zusammen. »Warum widersprecht Ihr mir, Hauptmann? Ich habe den Wunsch, in der Kirche zu beten und etwas meine Füße zu vertreten. Mit welchem Recht verweigert Ihr meinen Wunsch?«
Der Hauptmann blickte sie ernst an. »Es steht mir nicht zu, Euren Wünschen zu widersprechen, Hoheit, aber ich bin auch für Eure Sicherheit verantwortlich. Deshalb halte ich es nicht für klug, die Straße zu verlassen.«
»Was ist der Grund für Euer Mißtrauen? Ist es nicht sicher im Reich meines Vaters? Ist es nicht sicher für seine Tochter?«
»O nein, darüber braucht Ihr Euch keine Gedanken zu ma-

chen, Hoheit. Natürlich ist es sicher auf den Straßen Eures Vaters.«

Der Hauptmann versuchte etwas zu hastig, Isabella zu besänftigen. In ihrem Ärger achtete sie jedoch nicht darauf.

»Na also, was hindert uns daran, in dieses Dorf da drüben zu fahren und die Kirche zu besuchen?« fragte sie und warf den Kopf zurück. Sie war immerhin die Tochter des Herzogs. Auch wenn sie im Kloster zu Bescheidenheit und Demut erzogen worden war, konnte es nicht sein, daß ein einfacher Soldat sich ihren bescheidenen Wünschen nach einem Gebet in der Kirche widersetzte.

Widerstrebend wies der Hauptmann die Eskorte an, in den Seitenweg einzubiegen. Langsam näherte sich der Troß dem Dorf, das am Fuß einer kleinen Anhöhe lag. Oben auf dem Hügel stand die Kirche, ein massiver, trutziger Bau mit einem mächtigen Turm. Seltsamerweise trug der Turm kein Dach. Das Schiff war hinter der Breite des Turmes kaum zu erkennen.

Isabella war so in den Anblick der seltsamen Kirche versunken, daß sie nicht auf andere Einzelheiten am Fuße des Hügels achtete. Erst als Mathilda einen leisen Schrei ausstieß, zuckte sie zusammen. Verwirrt löste sie den Blick von der Kirche und schaute sich um.

Mathilda wies mit der ausgestreckten Hand auf einen Baum, der einsam auf einem verwilderten Feld stand. An seinen knorrigen Ästen hingen zwei leblose Körper. Eine Schar schwarzer Krähen hockte auf dem Baum. Ab und zu flatterten einige Vögel auf, um an den Leichen zu hacken.

Entsetzt schlug Mathilda die Hände vors Gesicht. Isabella jedoch beugte sich aus dem Wagen heraus.

»Herr Hauptmann, haltet an! Was ist hier geschehen?«

»Wir sollten besser nicht anhalten, Hoheit«, entgegnete der Hauptmann mit einem Blick auf den Baum. »Der Ort ist nicht geheuer.«

Isabella schwieg, doch ihr blasses Gesicht zeigte große Besorgnis. Jetzt sah sie auch, daß die Häuser teilweise verbrannt, die Ställe leer und die Felder verwüstet waren. War hier etwa die Pest ausgebrochen?

Isabella sprang vom fahrenden Wagen herunter, was Mathilda wiederum zu einem kleinen Protest veranlaßte. »Isabella, das dürft Ihr nicht tun«, rief sie.

Der Hauptmann wendete sein Pferd. Doch Isabella war schneller. Sie betrat eines der kleinen Lehmhäuser, die hinter niedergerissenen Weidezäunen standen. Entsetzt blickte sie sich um. Das Haus bestand nur aus einem Raum mit einer Feuerstelle an der Giebelwand. Die wenigen Einrichtungsgegenstände lagen zerschlagen und zerbrochen auf dem gestampften Boden, das Schilfdach war verbrannt und in den Raum hineingestürzt, verkohlte Balken ragten gespenstisch in die Luft. In einer Ecke lag der Kadaver eines Hundes, von dem bestialischer Gestank ausging. Aus zerschlagenen Vorratskrügen war Mehl herausgefallen. Mäuse liefen piepsend darauf herum. Sie hatten auch das graue Brot angenagt, das noch auf dem Tisch lag. Zwei Bettlager an der Wand waren zertrümmert worden und die strohgefüllten Matratzen aufgeschlitzt. Schaudernd erblickte Isabella an der Wand Blutspuren. Deutlich konnte sie die Abdrücke von Händen erkennen, als wenn jemand verzweifelt versucht hätte, sich an der Mauer festzukrallen.

Es schien nichts gestohlen worden zu sein, denn Lebensmittel waren, wenn auch kärglich, vorhanden. Aus einer offenen Truhe waren einige einfache Kleider und Stoffe herausgerissen und auf dem Boden verstreut worden. Alles sah aus, als hätte jemand wie wahnsinnig in diesem Haus gewütet. Es war unheimlich still. Kein Ochse brüllte, kein Schaf blökte, kein Hund bellte. Keine lebende Seele schien sich in diesem Dorf mehr zu befinden.

Isabella warf einen Blick in den Stall, der sich dem Haus anschloß, doch er war leer. Auch hier schien jemand in blinder

Wut alles zerschlagen zu haben. Die Stützbalken waren umgehackt, das Dach hing schräg auf der Mauer, und an der Wand hingen abgeschnittene Stricke, an denen offensichtlich einstmals das Vieh angebunden war.
Erschüttert verließ sie den Hof. Der Hauptmann wollte ihr auf den Wagen helfen, doch Isabella wehrte ab. Zu Fuß ging sie weiter zum nächsten Haus. Aber auch hier erwartete sie der gleiche schreckliche Anblick. Und je weiter sie ging, um so entsetzlicher wurde das Bild. Die Häuser waren zerstört, einige davon verbrannt, das Vieh gestohlen oder sinnlos abgeschlachtet. Überall lagen verwesende Kadaver, stinkendes Korn, zerschlagene Vorratsbehälter. In einem Hof entdeckte sie eine abgehackte menschliche Hand.
Mit starrem Blick lief sie die schmutzige Dorfstraße entlang auf die Kirche zu. Mit Unbehagen folgten ihr die Soldaten.
Mathilda war im Wagen sitzengeblieben und lugte nur hinter dem Verdeck der Plane hervor. Der Anblick des zerstörten Dorfes und der Gestank nach Brand und verwesendem Fleisch jagten ihr Schauer des Entsetzens über den Rücken.
»Isabella«, wimmerte sie. »Kommt doch zurück!«
Doch Isabella ließ sich nicht beirren. Langsam, Schritt für Schritt erstieg sie den Hügel zur Kirche. Sie sah sehr wohl die im Winde sich bewegenden Körper, die an den alten Bäumen rings um die Kirche hingen. Schwarze Raben krächzten, und der Hauptmann bekreuzigte sich.
Jetzt erkannte Isabella auch, warum der Kirchturm von weitem so eigenartig ausgesehen hatte. Das Dach war abgebrannt, die verrußten Reste lagen um die Kirche verstreut. Der Turm stand an der Westseite der Kirche, und hier befand sich auch der Eingang, ein vergleichsweise kleines Rundbogentor. Die zweiflügelige Holztür war gewaltsam eingeschlagen worden. Isabella blickte an der aus Feldsteinen gemauerten Wand empor. Sie hatte den Brand fast unbeschadet überstanden. Es war eine

Wehrkirche, die Mauer mochte mehr als zwei Meter stark sein. Sie bekreuzigte sich, bevor sie die Kirche betrat.
Vorsichtig tasteten ihre Füße nach Halt auf dem steinernen Boden der Kirche, der übersät mit verbrannten Balken, Dachschindeln und Putzfladen war.
Nicht einmal die Kirche hatten die Verbrecher verschont! Dort, wo das schlichte Holzkreuz auf dem Boden lag, kniete Isabella sich nieder und versank in ein tiefes Gebet. Sie hörte nicht, daß Mathilda sich näherte. Sie blieb an der Tür stehen und starrte in sprachlosem Entsetzen in das zerstörte Innere der Kirche. Im Gegensatz zu Isabella war sie nicht in der Lage zu beten. Sie zitterte, und ihre Zähne klapperten vor Angst. Sie schrie auf, als eine der schwarzen Krähen vom Gebälk aufflog.
Isabella schreckte aus ihrer Versunkenheit auf und wandte sich mit Grauen im Gesicht zu Mathilda um.
»Wer war das?« hauchte sie tonlos. »Welcher Teufel in Menschengestalt hat dieses unvorstellbare Verbrechen begangen?«
»Ich weiß es nicht«, schluchzte Mathilda. »Und ich will es auch gar nicht wissen. Ich will nur fort von hier, von diesem schrecklichen Ort!« Ihre mageren Schultern schüttelten sich.
Isabella erhob sich und nahm die Freundin in den Arm. »Es ist gut, mein Kleines, weine nicht! Wir werden für die armen Seelen dieser Unglücklichen beten.«
Vor der Kirche hob sie den Kopf und blickte den Hauptmann an, der immer noch auf seinem Pferd saß und mit unbehaglicher Miene auf die beiden edlen Mädchen wartete.
»Und Ihr, Herr Hauptmann, werdet mit Euren Leuten die Leichen abnehmen und anständig begraben, wie es sich für Christenmenschen gehört!«
Abwehrend hob der Hauptmann die Hände. »Nein, das werden wir nicht tun!« widersprach er in aller Entschiedenheit. »Das sind Abtrünnige, Verbrecher, die gerichtet wurden. Sie dürfen nicht in geweihter Erde begraben werden!«

»Verbrecher? Ein ganzes Dorf voller Verbrecher? Was haben diese armen Bauersleute denn getan, daß sie derart grausam gerichtet wurden?«
»Wißt Ihr denn nicht, daß hier ein Verfemter sein Unwesen treibt? Ein Kaisermörder, ein Geächteter? Wir sollten schleunigst verschwinden, denn er kann noch in der Nähe sein!«
Auch Isabella wurde es nun unbehaglich, und sie ließ ihren Wagen wenden. Die beiden Mädchen kletterten wieder hinauf und knieten sich zu einem Gebet für die unglücklichen Seelen der Toten auf die nackten Holzplanken. Was war das für eine schreckliche Welt, die sie gegen die Geborgenheit des Klosters eingetauscht hatten?
Schweigend hockten Isabella und Mathilda auf dem Wagen, jede in Gedanken versunken. Mathilda betete immer noch leise um das Seelenheil der armen Menschen, Isabella hingegen überlegte, welcher Verbrecher für diese Greueltaten verantwortlich sein konnte.
Auch die Soldaten der Eskorte schwiegen, und der Hauptmann verwünschte im stillen, daß er sich darauf eingelassen hatte, die Straße zu verlassen. Das, was sie eben gesehen hatten, mußte bei den beiden jungen Damen viele Fragen aufwerfen. Und er hoffte inständig, daß sie die ganze Sache bis zu ihrer Ankunft am Sitz des Herzogs wieder vergessen haben mochten.

*

Die beiden Türme des Doms überragten alle anderen Gebäude der Stadt Worms und zogen die Blicke eines jeden auf sich, der sich der Stadt näherte. Auf den engen Straßen und Gassen herrschte emsige Betriebsamkeit. Eine hochgewachsene Gestalt in einer dunklen Kutte, deren Kapuze tief über den Kopf gezogen war, eilte durch die Gassen, ohne seine Umgebung eines Blickes zu würdigen. Zielsicher steuerte er einem Stadtteil zu,

wo sich die ärmlichen Hütten der Handwerker und Tagelöhner wie Schwalbennester aneinanderreihten.
Das Haus lag in einer engen und schmutzigen Seitengasse. Der Mann in dem dunklen Umhang stieg mit großen Schritten über den Unrat und die mehrfach verzweigten Rinnsale aus stinkender Jauche, die die Gasse fast unpassierbar machten. Ein paar Hühner flogen mit gackerndem Protest vor seinen Füßen auf, und ein Schwein, das in einem der Abfallhaufen wühlte, sprang mit einem unwilligen Grunzen beiseite. Vor der niederen Tür des Hauses, von dem der Lehmputz von den Wänden bröckelte und das darunterliegende Strohgeflecht freigab, blieb der Mann stehen und klopfte mit der Faust gegen das hölzerne Türblatt. Die Tür öffnete sich einen Spalt, und der Mann huschte hinein. In der niederen, dunklen Diele blieb er stehen und schob die Kapuze vom Kopf. Sein schmales Gesicht mit den hohen Wangenknochen und der Raubvogelnase wirkte im Dämmerlicht noch härter, und seinen kleinen, dunklen Augen, die sich flink bewegten, schien nichts zu entgehen. Es roch nach Leder und Schimmel und verfaultem Fleisch. Von den Deckenbalken hingen dunkle Lederlappen, auf dem gestampften Lehmboden lagen Berge von Lederflicken, Abfall, in einem Weidenkorb einige billige Schuhe. Mit der Hand schob der großgewachsene Mann einige herabhängende Lederstücke beiseite.
»Hier herein, Herr«, sagte die zerlumpte Gestalt, die die Tür geöffnet hatte, und lief eilig vor ihm her zu einem Raum, der sich an die Diele anschloß.
Mit schweren Schritten betrat der Mann das kleine Zimmer und blieb an der Tür stehen. Ihm gegenüber saß ein älterer Mann mit strähnigem grauem Haar auf einem Lehnstuhl und blickte ihm erwartungsvoll entgegen.
»Ah, Rupert de Cazeville, es freut mich, Euch zu sehen.«
»Tatsächlich?« Der Angesprochene hob kaum sichtbar eine seiner schwarzen Augenbrauen, und sein Blick wurde noch durch-

dringender. »Fürchtet Ihr Euch nicht, mich in dieser Umgebung zu treffen?« Er warf einen kurzen Blick auf das schäbige Gemäuer.

Der Ältere lachte meckernd, und es klang, als bräche trockenes Holz. »Es steht die Frage, wer sich mehr fürchten muß.« Seine knochigen Finger umklammerten die Armlehnen des Stuhls.

De Cazeville rührte sich nicht und starrte den alten Mann mit seinen stechenden Augen unverwandt an. »Was habt Ihr für einen Auftrag?« fragte er.

Wortlos reichte der grauhaarige Mann ihm eine Rolle aus schlechtem Pergament herüber. Das Siegel war erbrochen.

De Cazeville rollte sie auf und überflog die Zeilen. »Sie wird also das Kloster verlassen«, stellte er trocken fest.

Der Grauhaarige nickte. »Wir wissen nur nicht den genauen Tag.«

Ein wenig verächtlich blickte de Cazeville auf den alten Mann herab. »Warum nicht? Es ist wichtig!«

»Der Herzog hielt es bislang geheim. Trotzdem sickerte durch, daß er zu ihrem Empfang ein Fest ausrichten will. Wahrscheinlich wird er sie vermählen und aus diesem Grund ein Turnier veranstalten.«

»Und? Was habt Ihr vor?«

Jetzt drehte der Grauhaarige ihm sein Gesicht zu und blickte ihn an. Ohne ein Wort warf er einen Beutel durch den Raum, den de Cazeville mit bewundernswerter Behendigkeit auffing. Münzen klimperten in dem bauchigen Ledersäckchen. Prüfend wog er den Beutel in der Hand. »Aber unauffällig«, sagte der Alte.

»Was haltet Ihr von mir?« entgegnete de Cazeville verärgert und reichte die Briefrolle zurück. Er zögerte, sie loszulassen, während der Ältere bereits zugegriffen hatte. Beide standen sich gegenüber und maßen sich mit Blicken. »Ihr solltet Eure Spione mit mehr Bedacht auswählen«, sagte de Cazeville. »Ich brauche genauere Angaben! So eine Sache wie mit Bischof

Albert darf nicht noch einmal passieren! Es muß beim ersten Mal klappen!«
Er drehte sich um und zog seine Kapuze über den Kopf. An der Tür blieb er stehen.
»Ist der Mann da draußen verläßlich?« fragte er.
»Ich habe ihn mit Geld bestochen.«
De Cazeville schnaubte. »Unter der Folter gesteht jeder!« sagte er verächtlich und verließ den Raum. Der Grauhaarige blickte ihm regungslos nach.
Draußen hastete der Flickschuster durch die Diele und wollte dem dunkel gekleideten Mann die Tür öffnen. Mit der Handfläche preßte de Cazeville dagegen. Verängstigt blickte der Schuster zu ihm auf, als er etwas unter seinem Umhang hervorzog. Mit einem gurgelnden Laut sackte der Schuster zusammen. De Cazeville wischte den blutigen Dolch an dessen Lumpen ab und steckte ihn wieder unter seinen Mantel. Dann verließ er das Haus.

*

Die bislang flache Landschaft mit wenigen Hügeln, die sich nur leicht über die Umgebung erhoben und durch die der Troß mit dem Wagen der beiden jungen Adelsdamen und ihrer acht Begleiter zog, wechselte bald zu einem schrofferen Gelände mit Wald und Sümpfen. Die Straße bog nach Osten ab und querte einen kleinen Fluß. Die Brücke sah verfallen aus, das Wächterhäuschen war verlassen.
War die Straße bis hierher noch leidlich befahrbar gewesen, so ging sie jetzt in einen ausgefahrenen Weg über, in dessen tiefen Mulden Pfützen standen. Die Hufe der Pferde patschten durch den Schlamm, der Wagen schaukelte und ächzte. Aus dem sumpfigen Wald stiegen Nebelfetzen auf, es roch modrig und nach wildem Knoblauch. Sie kamen nur noch langsam vorwärts.

Der Weg verengte sich und wand sich in unübersichtlichen Kurven um bewaldete und mit Gestrüpp bewachsene Hügel. Stellenweise reichte der Wald bis an den Wegrand heran. Auch wurde der Boden schlechter. Tiefe Furchen durchzogen den Weg, hier fuhren offensichtlich häufig schwere Karren mit gefällten Bäumen entlang. Knorrige Äste streiften die Plane des Wagens, und Mathilda befürchtete, daß so ein Ast die Stoffplane zerreißen könnte.

Der Soldat, der die beiden Pferde vor dem Wagen lenkte, schrie und fluchte und zerrte an den Zügeln, während der Wagen wie ein Boot bei schwerem Seegang sich mal zur einen, mal zur anderen Seite neigte.

»Entsetzlich, diese Flüche«, jammerte Mathilda. »Ihr solltet Euch die Ohren zuhalten, Prinzessin.«

»Geht nicht«, ächzte Isabella. »Ich muß mich festhalten, um nicht durch den ganzen Wagen zu fliegen. Meine Güte, sind das die Wege meines Vaters?«

»Ich weiß es nicht, ich weiß es nicht. Wären wir doch bloß im Kloster geblieben!« Sie wimmerte leise vor sich hin.

Die Pferde wieherten und zerrten ungleichmäßig an den Strängen. »Verdammte Gäule!« brüllte der Soldat. »Komm doch mal einer her und führe diese elenden Schindmähren!«

Ein anderer Soldat stieg von seinem Pferd ab und ergriff die Zügel der sich ängstlich aufbäumenden Zugpferde. Ungeduldig riß er daran und beunruhigte die Pferde noch mehr. Die anderen Soldaten der Eskorte wandten sich um und beobachteten besorgt die Probleme mit dem Gespann.

»Na, los doch!« rief der Hauptmann. »Halt sie fest, damit sie auf dem Weg bleiben. Wenn das Rad an einer dieser dicken Wurzeln hängenbleibt, bricht es weg!«

Verzweifelt versuchte der Soldat, die Pferde in die Spur zu bewegen. Doch während er die Tiere in die eine Richtung zog, zerrte der Wagenlenker die Zügel in die andere Richtung.

»Was seid ihr bloß für Holzköpfe!« tobte der Hauptmann und wies einen dritten Soldaten an, den beiden zu Hilfe zu eilen.

Es krachte, als der Wagen mit einem Rad in die tiefe Furche geriet. Mit einem Aufschrei klammerten sich Isabella und Mathilda fest. Körbe und Truhen flogen durcheinander, der Wagen legte sich bedrohlich zur Seite.

»Was ist geschehen?« rief Isabella und kroch unter einem Reisekorb hervor. Der Hauptmann steckte den Kopf unter die Plane.

»Ist Euch etwas passiert, Prinzessin?« fragte er.

»Mir nicht, aber offensichtlich dem Wagen. Es knirschte so schrecklich.«

Sie krabbelte über die schräg stehenden Planken nach vorn und kletterte vom Bock des Wagens. Einer der Soldaten hatte sich neben das Rad gekniet, das in einem unnatürlichen Winkel zur Achse stand.

»Wir haben einen Achsenbruch, Hoheit. Ich befürchte, daß wir eine Zwangspause einlegen müssen.«

Isabella runzelte die Stirn. Nach dem schrecklichen Erlebnis in dem Dorf war sie bestrebt, so schnell wie möglich die Burg ihres Vaters zu erreichen.

»Kann man das reparieren?« fragte sie nervös.

»Ich weiß es nicht. Wir müssen den Wagen entladen, um ihn aus der Furche zu heben. Erst dann kann ich sehen, ob wir es hier reparieren können.«

»Das fehlte noch«, stöhnte Isabella, und Mathilda begann wieder, leise vor sich hin zu wimmern. »Reiß dich doch zusammen«, fuhr Isabella sie ärgerlich an und biß sich gleich darauf auf die Lippen. Mathilda tat ihr leid, sie mußte einen Schock durch den schrecklichen Anblick im Dorf erlitten haben. Schützend zog sie die Freundin in die Arme. »Ist schon gut«, tröstete sie.

Mathilda raffte sich auf, und beide begaben sich zum Wegrand. Dort knieten sie nieder, um zu beten. Isabella zog das Amulett des heiligen Martin unter ihrem Mantel hervor und umschloß es mit beiden Händen. Der Schutzpatron des Klosters würde ihr sicher auch in dieser Situation Beistand leisten.

Die Soldaten waren von ihren Pferden abgestiegen, um den Wagen zu entladen. Die Zügel hatten sie über die Zweige des Gestrüpps geworfen. Sie zogen die Körbe und Kisten vom Wagen und stapelten sie am Wegrand auf.

Als der Wagen leer war, kniete sich einer der Soldaten darunter, um den Schaden in Augenschein zu nehmen.

Isabella unterbrach ihr Gebet und hockte sich daneben. »Was ist, könnt Ihr es reparieren?« fragte sie.

»Die Achse ist gebrochen. Dazu benötigen wir Werkzeug. Hiermit kommen wir heute nicht ...« Er stockte. Ein leises, scharfes Sirren war zu vernehmen. Der Soldat kippte nach vorn. Entsetzt starrte Isabella auf den Pfeil, der in seinem Rücken steckte. Dann schrie sie auf.

Im gleichen Augenblick sprangen von allen Seiten dunkle, zerlumpte Gestalten auf sie zu. Isabella hörte das metallische Ziehen der Schwerter und angsteinflößendes Gebrüll. Ein zweiter Soldat der Eskorte stürzte neben ihr tödlich getroffen nieder. Weiter vorn sah sie einen dritten und einen vierten auf dem Weg liegen. Hinter der Biegung hörte sie noch Kampflärm. Eine schmutzige Hand griff nach ihr.

»Verschwinde!« kreischte sie auf. Geistesgegenwärtig riß sie dem neben ihr liegenden toten Soldaten das Schwert aus der Hand und wandte sich um. Mit beiden Händen umklammerte sie den Griff und staunte, wie schwer diese Waffe war. Mit aller Kraft hieb sie auf den unheimlichen Angreifer ein. Sie mußte ihn verletzt haben, denn er wich mit einem dumpfen Schmerzlaut zurück.

»Heilige Mutter Gottes«, murmelte sie entsetzt, »ich habe einen Menschen verletzt!«

Irritiert ließ sie das Schwert sinken. Im gleichen Augenblick wurde sie von den verwegenen Gestalten umringt. Gehetzt

blickte sie sich um. Sie konnte keinen ihrer Soldaten entdecken, vier lagen tot auf dem Weg, die anderen blieben verschwunden. Neben dem Wagen stand Mathilda wie eine Salzsäule mit schreckensbleichem Gesicht und weit aufgerissenen Augen.
»Was haben wir denn da für ein Schätzchen?« hörte sie eine krächzende Stimme neben sich. Die Gestalten rückten näher und streckten ihre gräßlichen Finger nach ihr aus.
»Neiiiiin!« entrang sich ein verzweifelter Schrei aus Isabellas Kehle, und gleichzeitig schwang sie wieder das Schwert um sich. Die Mauer der schwarzen Gestalten wich zurück, und sie ließ verzweifelt das Schwert weiter kreisen, um sie auf Abstand zu halten. Doch sie spürte, daß die Kraft ihrer Arme erlahmte. Sie preßte die Augen zu, um dem alptraumhaften Anblick zu entgehen.
»Laßt die Finger von ihr!« vernahm sie eine tiefe, wohlklingende Stimme. Isabella öffnete die Augen und hielt inne. Vor sich auf dem Weg erblickte sie zwei Ritter zu Pferde. Beide trugen einfache Kettenhemden unter dem ledernen Brustpanzer. Ein schlichter Mantel war in der Taille gegürtet, und sie trugen Helme mit heruntergeklapptem Visier.
Isabella atmete auf. Genau im richtigen Moment schickte der Heilige Martin ihr diese beiden edlen Ritter! Sie stieß ein Stoßgebet aus und ließ das Schwert sinken. Die zerlumpten Gestalten wichen tatsächlich zurück und blieben in angemessener Entfernung stehen.
»Euch schickt der Himmel!« rief Isabella.
»So?« erwiderte einer der beiden Ritter und zügelte sein Pferd, während der andere absaß. Doch beide blieben an der Wegbiegung stehen.
Isabella erwartete, daß die beiden Ritter nun, da der Kampf vorbei war, ihre Visiere öffnen und sich vorstellen würden. Sie suchte nach dem Wappen der Ritter, das ihre Identität auswies. Doch seltsamerweise trugen sie kein Zeichen, kein Wappen,

keine Farbe auf dem Gewand. Nichts verriet die Herkunft der beiden Retter.

Eine schreckliche Ahnung stieg in ihr auf, und sie umklammerte den Griff des Schwertes fester. Kampflos würde sie diesen Räubern jedenfalls nicht in die Hände fallen.

»Schaut lieber nach, was in den Kisten ist«, vernahm sie die Stimme des Ritters auf dem Pferd, die wegen des heruntergeklappten Visiers ein wenig blechern klang. In seiner rechten Hand trug er das gezogene zweischneidige Langschwert. Entsetzt bemerkte Isabella, daß Blut daran klebte. Der Ritter blieb ruhig auf seinem dunklen Pferd sitzen, das eine einfache, graubraune Decke trug.

Der zweite, großgewachsene Ritter trug eine ähnliche Tracht. Über dem Kettenhemd lag ein einfacher Waffenrock von graugrüner Farbe, ebenfalls in der Taille gegürtet. Sein Schwert steckte im Gürtel. An der rechten Seite trug er zusätzlich einen Langdolch. Sein Kopf wurde von einem leicht konischen Helm geschützt, dessen Augenvisier geschlossen war. Er trug kein Zimier am Helm, so daß auch seine Identität nicht festzustellen war.

Isabella schluckte schwer. Sie waren in die Hände von Raubrittern geraten!

»Wer wagt es, mir den Weg zu verstellen?« rief Isabella und bemühte sich, ihrer Stimme Festigkeit zu verleihen. »Ich bin die Tochter des Herzogs!«

»Ich bitte Euch, Isabella, haltet den Mund!« hörte sie hinter sich Mathildas weinerliche Stimme. In dem Augenblick, als sich die Gestalten von Isabella zurückgezogen hatten, um die Kisten zu durchwühlen, war sie zu ihr geeilt und hatte sich hinter ihrem Rücken versteckt.

»Wieso?« entgegnete Isabella laut. »Damit sie gleich wissen, mit wem sie es zu tun haben, denn das wird ihre letzte niederträchtige Tat sein!«

Sie erntete schallendes Gelächter, sowohl von den beiden Rittern als auch von der zerlumpten Meute um sie herum. Mathilda krallte sich an Isabellas Schultern fest und schlotterte am ganzen Körper.
»Nimm den Mund nicht zu voll, kleine Wildkatze«, bemerkte der Ritter, der jetzt langsam auf sie zuschritt.
»Keinen Schritt weiter, oder ich zerlege Euch wie einen gebratenen Kapaun!« rief Isabella, und wieder lachten die Umstehenden.
»Mutig ist sie ja, das muß man ihr lassen.« Der Ritter kam unbeirrt näher, und Isabella hob drohend das Schwert.
»Bleibt stehen!« zischte sie.
»Da sind nur Stoffe drin, Altardecken und Obst und Wein und Gebäck«, sagte eine der finsteren Gestalten und trat vor den Ritter. Ratlos hielt er einige Frauengewänder hoch.
»Kein Schmuck, kein Geld? Wo Frauen sind, muß auch Schmuck sein!« rief der Ritter. »Sucht weiter, vielleicht haben sie ihn versteckt.«
Isabella verzog die Mundwinkel. »Da könnt Ihr lange suchen«, sagte sie fast belustigt. »Wir kommen geradewegs aus einem Kloster, da trägt man keinen Schmuck.«
Der Ritter stutzte. »Ihr seid Nonnen?« fragte er verwirrt.
»Ja!« rief Mathilda.
»Nein!« rief Isabella.
Mathilda knuffte sie in den Rücken. »Um Gottes willen, Isabella, verratet nicht Eure wahre Herkunft!« zischte sie ihr ins Ohr. »Sie werden uns als Geiseln nehmen, um von Eurem Vater Lösegeld zu erpressen. Das heißt, sicher nur Euch, denn ich bin ihnen nichts wert. Mich werden sie wohl gleich erstechen oder enthaupten.«
»Unsinn! Sie haben bestimmt Angst vor meinem Vater. Er wird sie mit seinen Soldaten aufstöbern und zur Strecke bringen. Er duldet keine Wegelagerer, Räuber, Mörder in seinem Reich.«

»Wie Nonnen sehen sie aber nicht aus«, sagte der Ritter auf dem Pferd. »Doch sie tragen schlichte Kleidung. Etwas seltsam ist es schon, daß zwei so junge – und reizende – Damen allein reisen.«
Eine heftige Röte überzog Isabellas Wangen. Noch nie hatte ein Mann ihr ein Kompliment gemacht. Und der erste Mann in ihrem Leben, der so etwas sagte, war ein Raubritter! Drohend bewegte sie die Spitze des Schwertes hin und her.
»Dann haben sie etwas zu verbergen, wenn sie sich bewußt einfach kleiden. Unauffällig wollen sie sein. Was trägst du da an deinem Hals?«
Der Ritter streckte den Arm nach dem Amulett des heiligen Martin aus, das Isabella noch vom Beten über ihrem Gewand trug.
»Finger weg, das ist mein Schutzheiliger, der heilige Martin! Ich habe ihn als Abschiedsgeschenk von Mutter Dolorosa aus dem Kloster St. Martin bekommen!«
»Der heilige Martin?« fragte der Ritter auf dem Pferd und ruckte unruhig im Sattel umher. »Wie passend!«
Isabella verstand nicht, was er meinte. Sie war damit beschäftigt, den anderen Ritter davon abzuhalten, sich der Kette zu bemächtigen. Als er wiederholt nach ihr griff, hieb Isabella mit dem Schwert nach seinem Arm. Flink und geschmeidig wich er aus, doch er schien ob ihrer Entschlossenheit verblüfft zu sein.
Der Ritter auf dem Pferd streckte sein blutiges Schwert nach vorn. Einen Augenblick irrten Isabellas Augen zu ihm, im gleichen Moment war der andere Ritter mit zwei großen Schritten bei ihr und packte grob ihre Handgelenke. Mit einem Schmerzesschrei ließ Isabella das Schwert fallen. Jetzt, wo der Ritter vor ihr stand, bemerkte Isabella, wie groß er war.
»Warum habt Ihr nicht Euer Schwert gezogen und Euch verteidigt, wie es sich für einen Ritter gehört«, zischte Isabella und rieb sich die schmerzenden Handgelenke. Hinter dem Visier ertönte ein belustigtes Lachen.

»Das war nicht notwendig. Mit kleinen Mädchen kreuze ich keine Klinge, höchstens die Lippen.«

Wieder errötete Isabella heftig über diese Unverschämtheit. Der Ritter griff nach dem Amulett und zog ihr die Kette einfach vom Hals.

Mathilda hielt Isabella an den Schultern fest, als sie mit bloßen Fäusten auf den Ritter einschlagen wollte.

»Laß los, du dumme Gans!« schrie Isabella und wehrte sich gegen Mathildas Griff.

»Mir scheint, diese junge Dame ist wesentlich besonnener als Ihr, kleines Fräulein«, sagte der Ritter und hängte die Kette an die blutige Schwertspitze, die der andere Ritter ihm hinhielt. Er wandte sich um und ging zu seinem Pferd zurück.

Der Ritter auf dem Pferd nahm die Kette vom Schwert und steckte es wieder zurück in den Gürtel. Nachdenklich blickte er auf das Medaillon in seiner Hand. Und da schob er sein Augenvisier hoch, um es besser betrachten zu können.

»Es ist tatsächlich der heilige Martin«, murmelte er.

Der andere Ritter stieg auf sein Pferd und beugte sich zu ihm herüber. »Vielleicht stimmt es, was sie sagt. Vielleicht kommen sie wirklich vom Kloster.«

»Möglich ist es. Die Altardecken, das Gebäck, der Wein, mehrere Bibeln, Leinwand, Weiberkleider, Kräutermixturen, das alles sieht eher nach Kloster als nach herzöglichem Hof aus. Schmuck scheinen sie keinen dabeizuhaben und nur wenig Geld.«

»Was machen wir mit ihnen?« fragte der größere der beiden Ritter.

Der andere straffte den Rücken. »Packt die Kisten zusammen und nehmt sie alle mit!« rief er seinen Kumpanen zu. »Die beiden Mädchen laßt laufen.«

»Warum willst du sie nicht als Geiseln nehmen? Vielleicht ist sie wirklich die Tochter des Herzogs, und wir könnten sie benutzen, um ihn zu zwingen, uns endlich ...«

»Und wenn nicht?« unterbrach ihn der andere. »Dann haben wir zwei Esser mehr, und das können wir am allerwenigsten gebrauchen.«
Er trieb sein Pferd an und ritt ganz nah an Isabella heran. Sie schaute zu ihm auf – und blickte in zwei wunderschöne, strahlend blaue Augen! Wie vom Blitz getroffen wich sie zurück, ohne ihren Blick von ihm zu wenden. Für wenige Momente versanken ihre Augen ineinander, Momente, die Isabella wie die Ewigkeit vorkamen. Ihr ohnmächtiger Zorn über diesen hinterhältigen Überfall wich einer seltsamen Erregung, die sie sich nicht erklären konnte. Sie atmete tief und heftig, und wie geistesabwesend fuhr ihre Zungenspitze über ihre trockenen Lippen. Der Ritter starrte sie an, und Isabella glaubte plötzlich, daß seine Augen in einem seltsamen, überirdischen Licht leuchteten wie kostbare Edelsteine. Während sie immer noch starr dastand und ihm das Gesicht zuwandte, klappte er plötzlich sein Visier herunter, riß sein Pferd herum und winkte mit dem linken Arm seinen Kumpanen zu, sich zurückzuziehen. Wie ein Spuk verschwanden die Gestalten mit ihrer Beute zwischen den Bäumen. Hinter der Wegbiegung hörten sie den Hufschlag der sich entfernenden Pferde. Dann legte sich tiefe Stille über sie.

Zweites Kapitel

Ein schmerzlicher Aufschrei durchriß die Stille, und Isabella zuckte leichenblaß zusammen.

»Mathilda, wie kannst du mich so erschrecken!« rief sie. »Ich dachte, ich müßte sterben!«

»Das müssen wir sowieso!« wehklagte Mathilda und rang verzweifelt ihre Hände. »Sie haben uns hier mitten in der Wildnis allein gelassen! Und die vielen Toten!« Wieder weinte und jammerte sie aus voller Kehle, bis Isabella ihr eine schallende Ohrfeige versetzte.

»Halt den Mund, du hysterische Ziege!« schrie sie Mathilda an. »Anstatt hier herumzuschreien, sollten wir überlegen, wie wir uns retten können!«

Mathilda starrte die Prinzessin mit offenem Mund an. Noch nie im Leben hatte Isabella sie angeschrien oder gar geschlagen, nicht einmal als kleine Kinder, als sie noch voll von unbeschwertem Entdeckungsdrang in der Burg oder auf den darunterliegenden Wiesen und am Bach gespielt hatten!

»Es gibt keine Rettung für uns!« widersprach Mathilda und stieß ein lautstarkes Stoßgebet zum Himmel. »Heilige Mutter, erbarme dich unser, und laß uns in das Reich Gottes eingehen, wo wir für immer Ruhe finden werden vor der grausamen Welt und den schrecklichen Menschen, die andere überfallen und töten und ihre Seele dem Teufel verschreiben ...«

»Hast du gehört, halt endlich deinen Mund!« schrie Isabella und schüttelte Mathilda heftig an ihren Kleidern. »Ich will noch lange nicht da hinauf! Wir werden jetzt die toten Soldaten begraben.«

»Was?« heulte Mathilda auf. »Ich fasse keine Leichen an!«

Zitternd stand Isabella auf dem Weg. Ihr Kleid war schlammverkrustet und zerrissen, während Mathilda ängstlich ihren Umhang erhoben hielt, um den Saum nicht zu beschmutzen.

»Ich fasse es nicht«, stammelte die Prinzessin. »Was bist du nur für eine Schwester, die mich am liebsten sterben sehen würde?«

Mathilda fiel Isabella um den Hals. »Ich würde mein Leben für Eures geben, Hoheit«, wimmerte sie.

»Jetzt, wo alles vorbei ist?« Isabella schob Mathilda unsanft von sich. »Reiß dich zusammen, und denke an deine Christenpflicht! Diese tapferen Männer sind für uns gestorben. Das heißt, auch für dich! Du mußt sie begraben!«

»Reicht es nicht, wenn ich für sie bete?«

»Nein! Und jetzt faß mit an, bevor ich ganz die Beherrschung verliere!«

Widerwillig half Mathilda, die toten Soldaten zusammenzutragen. Begraben konnten sie sie nicht, weil ihnen dazu die notwendigen Schaufeln fehlten, doch sie konnten sie wenigstens zu einer Sumpfstelle unweit des Weges schleifen, wo sie die armen Männer der Erde übergaben. Doch einer der Soldaten hatte überlebt. Stöhnend wälzte er sich im Schlamm.

Isabella sprach beruhigend auf ihn ein und besah sich seine Wunden. Er hatte eine tiefe, aber nicht lebensgefährliche Stichwunde in der Schulter und einen Hieb am Oberarm.

»Geh, Mathilda, suche im Wagen, ob du irgendwo Nähzeug findest, damit ich seine Wunde nähen kann und einige Stoffe oder Kleider, um ihn zu verbinden. Und wir brauchen Wasser für ihn.«

Sie half dem Unglücklichen, sich an einen Baumstamm anzulehnen. »Ihr seid ein Engel, Hoheit«, flüsterte der entkräftete Soldat. »Jeder andere hätte mich sterben lassen.«

»Ihr dürft nicht sprechen«, erwiderte Isabella. »Schont Eure Kräfte!«
»Pferde«, ächzte der Soldat. »Ihr müßt die Pferde suchen. Ohne Pferde werden wir nicht überleben.«
Isabella blickte sich um. »Pferde? Sie haben unsere Pferde mitgenommen!« Erst jetzt fiel ihr das Entsetzliche auf! Sie waren verloren, wenn sie keine Pferde finden würden! Doch sie gab sich keinen Illusionen hin. Die Räuber hatten nichts Wertvolles in ihrem Wagen gefunden. Das Wertvollste waren die Pferde!
Endlich kam Mathilda zurück. Sie trug lediglich einen Wasserkrug in der Hand und hob die Schultern. »Sie haben alles mitgenommen, auch den Reisekorb mit den Stoffen und Garnen.«
»Diese Bestien!« Zorn flammte in Isabella auf. Doch dann blickte sie auf den armen Soldaten, der tapfer seine Schmerzen ertrug. Kurz entschlossen hob Isabella den Rock ihres Gewandes und riß ihr Unterkleid in lange Streifen.
»Was macht Ihr da, Hoheit?« fragte Mathilda entsetzt.
»Ich rate dir, das gleiche zu tun!« erboste sich Isabella. »Der Ärmste benötigt Verbandsmaterial. Auf seinen Wunden sind die Stoffe wichtiger als an unseren Körpern!«
Seufzend und mit tadelndem Blick zerriß auch Mathilda ihr Unterkleid. Damit konnte Isabella den Soldaten leidlich verbinden. Sie setzte ihm den Krug an die Lippen. Gierig trank er das abgestandene Wasser.
»Du bleibst bei ihm und paßt auf, daß er nicht ohnmächtig wird. Ich schaue mich um, ob ich die Pferde finde.«
»Ich soll hier mit ihm allein bleiben?« fragte Mathilda entsetzt und blickte ängstlich auf den Soldaten.
»Hast du mich nicht verstanden? Er wird dir garantiert nichts tun. Wir brauchen dringend Pferde!«
»Und wenn die Räuber wiederkommen?«
»Sie kommen nicht wieder. Bei uns gibt es nichts mehr zu holen.«

Isabella erhob sich und ging den Weg weiter. Zitternd blieb Mathilda zurück.

Es dauerte lange, und Mathilda hatte jedes Gefühl für Zeit mittlerweile verloren, als sie den Hufschlag eines Pferdes vernahm. In Panik sprang sie auf und versteckte sich hinter einem dicken Baumstamm. Der Soldat war ihr in diesem Augenblick völlig gleichgültig.

Isabella kam, auf einem kräftigen Zugpferd sitzend, um die Wegbiegung. Verwundert blickte sie auf den Soldaten. »Wo ist Mathilda?«

»Hier bin ich«, erklang es zaghaft hinter dem Baum.

»Herrgott, Mathilda! Hatte ich dir nicht befohlen, bei dem Soldaten zu bleiben?«

»Ich dachte, die Räuber kommen zurück«, erwiderte Mathilda kläglich.

Isabella sprang vom Pferd. »Es ist das einzige, das ich gefunden habe«, sagte sie bedrückt. »Es stand bis zum Bauch im Sumpf und wäre wahrscheinlich darin versunken. Die anderen haben die Räuber wahrscheinlich mitgenommen.«

Der Soldat hob schwach die Hand. »Die Herberge«, flüsterte er. »Reitet zu der Herberge, sie ist etwa sieben Meilen von hier entfernt. Dort könnt Ihr Hilfe holen.«

Isabella blickte zweifelnd auf ihn herab. »Sieben Meilen? Und Ihr? Ich kann Euch nicht Eurem Schicksal überlassen.«

»Laßt mich hier liegen! Ich bin nur ein einfacher Soldat. Rettet Euer Leben, Hoheit!«

Isabella schüttelte den Kopf. »Nein, das würde ich mir nie verzeihen! Ihr seid ein tapferer Soldat. Ihr habt Euer Leben für mich riskiert, jetzt werde ich mit meinem Leben Eures schützen.«

»Isabella, was redet Ihr da!« ereiferte sich Mathilda. »Vergeßt Ihr, wer Ihr seid?«

Isabella blickte sie spöttisch an. »Vor noch nicht allzu langer Zeit gabst du mir den Rat, nicht preiszugeben, wer ich sei!«

»Das war auch etwas anderes. Da ging es um Euer Leben, Hoheit!«
»Und? Habe ich es etwa nicht gerettet? Und deines dazu. Wir werden uns jetzt zu dritt auf den Weg machen zu dieser Herberge, wo wir Hilfe finden können.«
»Wie stellt Ihr Euch das vor?« fragte Mathilda. »Wir haben nur ein Pferd! Und der Soldat wird den langen Fußmarsch nur schwerlich überstehen.«
»Ja, allerdings. Deshalb wird er auf dem Pferd reiten, und wir beide laufen.«
»Nein!« Mathildas empörter Aufschrei gellte durch die Luft. »Wir sollen laufen? Ihr seid Prinzessin, Euch steht das Pferd zu.«
»Ganz recht. Und ich kann bestimmen, was mit dem Pferd geschieht. Und ich bestimme, daß der Soldat auf dem Pferd reitet, während wir zu Fuß gehen. Soldat, könnt Ihr auf das Pferd steigen, wenn wir Euch helfen?«
»Ich werde es versuchen. Prinzessin, Ihr seid eine Heilige!« Tränen liefen über sein zerfurchtes Gesicht, und mit zitternden Händen griff er nach Isabellas Hand.
Sie lächelte ihm beruhigend zu. »Betet zu allen Heiligen, daß sie uns beschützen und helfen!«

*

Es war ein seltsamer Zug, der am späten Abend die kleine, schäbige Herberge erreichte. Von weitem sah sie wie ein ärmliches Bauerngehöft aus mit einem binsengedeckten Haupthaus, einem Stall und einer Scheune.
Mißtrauisch kamen die Wirtsleute aus der Herberge gelaufen und leuchteten mit ihren Lichtfässern ungläubig die drei völlig erschöpften Menschen an.
»Gütiger Gott, wer seid Ihr?« fragte der Wirt.
Isabella wagte nicht zu sagen, daß sie die Tochter des Herzogs

sei. Es hätte ihr sowieso niemand geglaubt. Außerdem war sie völlig entnervt von der ständigen Jammerei Mathildas, die riesige Blasen und durchgelaufene Schuhe an den Füßen hatte. Ihre Füße sahen nicht besser aus, und sie hätte nie geglaubt, wie weit sieben Meilen waren. Selbst das Pferd schnaufte heftig, und der Soldat konnte sich kaum noch auf dem Rücken des Tieres halten.

»Wir waren unterwegs zur Burg des Herzogs, als wir im Wald, etwa sieben Meilen von hier, von Wegelagerern überfallen wurden. Alle Soldaten unserer Eskorte wurden getötet, bis auf diesen hier. Wir brauchen eine Unterkunft für die Nacht und etwas zu essen. Und jemanden, der sofort zur Burg meines ... des Herzogs reitet und Hilfe holt.«

Noch immer beäugte der Wirt sie mißtrauisch. So schmutzverkrustet und völlig entkräftet, wie sie aussahen, konnten sie ebenso irgendwelche Flüchtlinge sein.

»Es könnte eine Falle sein«, flüsterte die Wirtin ihrem Mann ins Ohr. »Oder es sind Diebe!«

»Gut möglich. Andererseits sind sie in einer schlechten Verfassung, das sieht man. Sie könnten nicht heimlich verschwinden.«

»Habt Ihr Geld?« fragte die Wirtin laut.

Isabella runzelte zornig die Brauen. »Ich sagte doch, wir sind überfallen und ausgeraubt worden. Wir haben nichts. Aber ich verspreche Euch, Ihr werdet dreifach belohnt, wenn Ihr uns Hilfe gewährt!«

»Kommt herein, in Gottes Namen«, sagte die Wirtin. »Gerda, bring Wasser und etwas zu essen! Michael, führe das Pferd in den Stall und versorge es!«

Isabella und Mathilda stützten den Soldaten, als er vom Pferd stieg, und führten ihn in die Herberge. Aufstöhnend ließ er sich auf eine Bank gleiten.

»Seine Wunden müssen versorgt werden«, sagte Isabella, und die Wirtin brachte eine Schüssel mit frischem Wasser und Tücher.

»Bei allen Heiligen!« rief sie erschrocken aus, als sie die tiefen Wunden sah. »Ihr seid tatsächlich überfallen worden!«
»Glaubt Ihr es nun?« fragte Isabella erbost. »Der Ärmste kann nicht reiten. Habt Ihr einen Knecht, der sofort losreiten könnte?«
Der Wirt, der schweigend daneben stand, schüttelte den Kopf. »Nur unsere Magd Gerda.«
»Und wer ist der junge Mann, der das Pferd versorgt?« fragte Isabella.
»Das ist unser Sohn«, erwiderte der Wirt. Gleich darauf betrat Michael den Gastraum, und Isabella blickte dem etwa sechzehnjährigen hübschen Knaben ins Gesicht. Er hatte dunkle Locken und schöne Augen und schaute jetzt ebenfalls neugierig auf die seltsamen Gäste.
»Michael, ich werde dich reich belohnen, wenn du von der Burg des Herzogs Hilfe holst! Reite los!«
Der Wirt trat dazwischen. »Es hat keine Zweck, im Dunkeln loszureiten. Ihr müßt Euch bis morgen früh gedulden. Außerdem könnte Michael ebenfalls in die Fänge der Räuber fallen.«
Isabella schüttelte unwillig den Kopf, doch die Wirtin setzte ihnen das Essen vor. »Stärkt Euch, und schlaft Euch aus! Gleich im Morgengrauen reitet Michael los und holt Hilfe. Es hat jetzt keinen Sinn.«
Das sah Isabella schließlich ein. Sie deutete auf den Soldaten, der erschöpft auf der Bank lag. »Kann er hier liegenbleiben?«
»Natürlich! Für Euch wird Gerda eine Kammer unterm Dach herrichten. Und nun stärkt Euch bitte!«
Doch bevor Isabella zu essen begann, faltete sie die Hände zum Gebet und dankte der Mutter Gottes, dem heiligen Martin und noch einigen anderen Heiligen für ihre glückliche, wenn auch völlig erschöpfte Ankunft in der Herberge und bat gleichzeitig um Hilfe und Beistand für den verletzten Soldaten. Und sie fütterte ihn und flößte ihm Wein ein, damit er wieder zu Kräften kam.

Befremdet beobachtete Mathilda sie, doch sie schwieg. Zu anderer Gelegenheit hätte sie sich nicht zurückgehalten, Isabella zu rügen, doch sie war viel zu erschöpft, um auf gewisse Standesregeln zu achten, die Isabella hätte einhalten müssen.
Nach dem Essen führte Gerda die beiden jungen Damen in ihre Kammer unterm Dach. Gerda war ein frisches, rosiges Bauernmädchen mit roten Wangen, einem üppigen Busen und ausladenden Hüften. Ihr breites Hinterteil schaukelte vor Isabellas Augen hin und her, als sie vor den beiden Mädchen die steile Stiege hinaufkletterte, die zu den Kammern unter dem Dach führten.
Es war eine einfache Kammer mit zwei strohgefüllten Säcken und zwei Decken auf dem Boden. Doch es störte beide nicht, wenn sie nur ihre schmerzenden Glieder ausstrecken und die schrecklichen Ereignisse im wohltuenden Schlaf vergessen konnten.
Gerda ließ ihnen ein Leuchtfäßchen mit Talg stehen, damit sie sich auch in der Dunkelheit zurechtfänden.
Aufstöhnend ließen sich beide auf das harte Lager gleiten. Doch in diesem Moment erschien ihnen das unbequeme Stroh gleich einer Wolke, die sie gnädig aufnahm und ihren geschundenen Körpern Linderung schenkte. Die Kleidung wagten sie nicht abzulegen, ganz bestimmt warteten gierige Wanzen in den Deckenbalken nur darauf, sich auf die zarten Körper der beiden jungen Damen fallen zu lassen und ihnen das Blut wie Vampire auszusaugen.
Reglos lagen beide da. Erst jetzt kam ihnen zu Bewußtsein, was sie in den wenigen Stunden seit ihrer Abreise aus dem Kloster durchgestanden hatten.
Isabella hörte Mathilda leise beten. Ein wenig verächtlich wand Isabella den Kopf zu ihrer Zofe, die in all den Jahren im Kloster mehr als eine Bedienstete gewesen war. Sie war ihre Freundin, ihre Schwester, ihre Vertraute, mit der sie stets ihre Freuden, ih-

ren Kummer und ihre Geheimnisse geteilt hatte. Sie glaubte Mathilda zu kennen, doch seit sie das Kloster verlassen hatten, schien sie sich verändert zu haben. So ängstlich, verzagt und auch wehklagend hatte sie ihre Freundin noch nie erlebt. Und trotz ihrer Beteuerungen, ihr Leben für Isabella geben zu wollen, hatte sie um ihr eigenes offensichtlich große Sorge. War es die unbekannte Zukunft, vor der sich Mathilda fürchtete? War sie dem Leben außerhalb der Klostermauern gar nicht gewachsen?
Sie verspürte Mitleid mit Mathilda, aber auch Zorn. Mathilda hatte sich hinter ihr versteckt, als sie von den Wegelagerern angegriffen worden waren! Sie, Isabella, hatte todesmutig das Schwert geschwungen und war den Raubrittern entgegengetreten, erhobenen Hauptes und mit festem Blick. Und was hatte Mathilda gewinselt? Isabella solle ihre Herkunft verleugnen!
Sie würde mit Mathilda ein ernstes Wort sprechen müssen und sie notfalls auch an ihr Treuegelübde erinnern. Denn schließlich war sie nur die Tochter eines armen Ritters, der sie infolge seines fehlenden Vermögens nicht verheiraten konnte. Mathilda blieb nichts weiter übrig, als in Isabellas Diensten zu bleiben – oder ins Kloster zu gehen!
Doch die überstandenen Strapazen forderten auch bei Isabella ihren Tribut. Unter Mathildas leisem Gemurmel glitt Isabella in einen tiefen, traumlosen Schlaf hinüber.
Nach einiger Zeit quälte Isabella ein menschliches Bedürfnis. Sie hatte vor lauter Durst ziemlich viel Wasser und Wein getrunken. Benommen erwachte sie und versuchte, sich in der winzigen Kammer zu orientieren. Mathilda hatte das Talglicht brennen lassen. Sie sah sich um, konnte jedoch nirgends ein Nachtgeschirr entdecken.
Mathilda erwachte von Isabellas Unruhe. »Soll ich den Wirt rufen, damit er ein Nachtgeschirr bringt?«
»Um Himmels willen, nein! Auf dem Hof wird es wohl einen Abtritt geben.«

»Ihr wollt Euch doch nicht mitten in der Nacht auf den Hof begeben?« fragte Mathilda entsetzt.
»Warum nicht? Meist steht er gleich neben dem Misthaufen.«
»Es ist gefährlich, mitten in der Nacht draußen herumzulaufen.«
»Gefährlicher als das, was uns heute widerfahren ist, kann es wohl nicht mehr werden«, seufzte Isabella. »Ich nehme das Talglicht mit.«
»Soll ich Euch begleiten, Herrin?« fragte die Zofe, doch die Angst in ihrer Stimme war bereits Antwort genug.
»Nein, nein«, wehrte Isabella ab. »Den Abtritt finde ich schon allein.«
Sie nahm das Leuchtfäßchen mit dem Talglicht und tastete sich leise die Treppe hinunter. Durch den Hinterausgang verließ sie die Herberge und lief über den Hof. Der Abtritt befand sich neben dem Stall unmittelbar neben dem Misthaufen. Isabella hob ihre Röcke, um sie nicht auch noch mit der auslaufenden Jauche zu beschmutzen. Sie stellte den Leuchter ab und hockte sich über den splitterigen Holzbalken.
Ängstlich lauschte sie in die Nacht. Nur das Schnauben der Pferde aus dem Stall drang durch die Dunkelheit. Doch da war ein seltsames Geräusch, ein Reiben und Schmatzen. Isabella hielt den Atem an. Wieder hörte sie etwas, dann flüsternde Stimmen.
Vorsichtig verließ sie den Abtritt und lauschte, woher die Stimmen kamen. Zwischen den Ritzen der Holzwand des Pferdestalles erspähte sie einen flackernden Lichtschein. Auf Zehenspitzen schlich sie sich näher und blickte durch einen Spalt. Zunächst sah sie nur das braune Fell eines Pferdes und einen Berg Heu, der in einem kleinen Verschlag neben der Box lag. Ein Talglicht stand auf einem Querbalken und tauchte den Verschlag in dämmriges Licht.
Doch da erblickte sie die Magd Gerda, die rücklings im Heu lag. Ihr Mieder war geöffnet und ihre vollen, weißen Brüste quollen

hervor. Dann sah sie eine männliche Hand, die diese Brüste streichelte und einen dunklen Haarschopf. Es war der hübsche Sohn des Wirtes, der sich jetzt über die Magd schob und ihr etwas ins Ohr flüsterte! Sie kicherte und errötete und schlang ihre Arme um seinen Körper.

Sie streifte sein Hemd vom Rücken, und Isabella betrachtete fasziniert das Spiel seiner Muskeln, während er weiter die Brüste der Magd liebkoste. Jetzt begann er auch seine Lippen zu Hilfe zu nehmen, küßte ihren Hals und saugte an den rosa Brustwarzen, daß das Mädchen kleine spitze Schreie der Lust ausstieß. Isabella konnte genau ihr Gesicht sehen, das sich voll Wonne verklärte. Doch nirgendwo konnte sie Qual oder Pein entdecken, die die körperliche Begierde verursachen würde, wie die Nonnen ihr ständig weiszumachen versucht hatten. Im Gegenteil! Sie fuhr mit den Händen durch das dichte, dunkle Haar des jungen Mannes und ermunterte ihn zu weiteren Zärtlichkeiten. Er grunzte vor Vergnügen, als er ihren Körper aus den Kleidern schälte und seine Lippen über ihren Bauch hinunter wanderten. Bereitwillig spreizte die Magd die Beine und keuchte lustvoll, als er sie dazwischen küßte, wo sich das Unberührbare einer Frau befand. Hastig riß er seine Hose herunter und bedeckte mit seinem Körper den Körper der Magd.

Mit aufgerissenen Augen starrte Isabella auf sein weißes, festes Hinterteil, das sich rhythmisch zwischen den Beinen der Magd zu bewegen begann. Beide stöhnten und keuchten, und die Magd schlang ihre Beine um seine Schenkel. Mit den Fersen klopfte sie gegen seine Muskeln und spornte ihn wie ein Pferd zu größerem Tempo an. Willig ergab er sich ihren Forderungen, und seine Bewegungen wurden heftiger. Seine Hüften stießen mit klatschendem Geräusch gegen ihre Hüften, während sie mit den Händen lustvoll seine Hinterbacken knetete.

Isabellas Hände krallten sich in die Holzplanken, und sie preßte die Augen gegen den Spalt in der Wand. Ihr Atem ging keuchend und fast so schnell wie der Atem der beiden Liebenden.

»Heilige Mutter Gottes«, stammelte sie. »Was für eine Sünde, was für ein Abgrund! Der Herr sei ihren armen Seelen gnädig, wenn sie im ewigen Feuer der Verdammnis schmoren müssen für die fleischlichen Sünden, die sie begangen haben.«

Doch zu ihrem Erstaunen wurden ihre Körper nicht schwarz und verdorrt, schienen ihre Seelen nicht ins Feuer der Hölle entschwinden zu wollen. Eine sanfte Röte überzog die Wangen der Magd und ein unendlich glücklicher Ausdruck lag auf ihrem Gesicht. Sie hielt ihre Lippen geöffnet, und Seufzer der Wonne drangen zwischen ihnen hervor.

Der Junge hatte den Kopf auf ihre Brüste gelegt, ohne sein Tempo zu verlangsamen, und Isabella konnte sein Profil erkennen. Auch er hielt die Augen geschlossen und schien die höchsten Lustgefühle zu empfinden, die es auf Erden gab. Beide keuchten im Gleichklang, und ihre Lautstärke steigerte sich. Mit einem Aufschrei bäumten sie sich gleichzeitig auf.

Entsetzt preßte Isabella ihr Gesicht gegen die Wand und starrte auf die sich in Ekstase krümmenden Körper. Mit dem Schuh stieß sie aus Versehen gegen die Planke.

»Da ist jemand!« rief die Magd und fuhr auf. Schwer atmend erhob sich der Junge und drehte sich um. Jetzt konnte Isabella ihn in seiner ganzen Nacktheit sehen. Er war schlank und wunderschön. Heftige Röte überzog sein schweißbedecktes Gesicht, seine Locken fielen ihm wirr in die Stirn, und seine dunklen Augen funkelten noch immer vor Erregung.

Isabellas Blick fiel auf seine Lenden, wo sich zwischen dunklem Haar sein erregtes Glied zu mächtiger Größe aufgerichtet hatte. Es war glühend rot und feucht und stand fest und starr wie die Lanze eines Ritters von seinem Körper ab.

Mit weit aufgerissenen Augen starrte Isabella auf das Unaussprechliche, auf das Teufelshorn, das jedes anständige Mädchen in tiefste Scham und Angst versetzen und das wohl ein Werk des Satans sein mußte. Es mußte höllische Schmerzen verursachen, wenn es in den weichen, unschuldigen Körper eines Mädchens eindrang und sein schändliches Werk tat. Wie konnte man dabei Lust und Freude empfinden, wie konnte es Wonne verursachen? Und warum fielen die beiden nicht auf der Stelle tot um, sondern lächelten glücklich, als wäre es die wundervollste Sache der Welt?

Isabella stieß sich mit einem Laut des Entsetzens von der Wand ab, rannte über den Hof in die Herberge zurück und hastete die Treppe hinauf. Keuchend warf sie sich auf ihr Bett.

»Was ist geschehen?« fragte Mathilda erschrocken.

Isabella rang nach Luft und unterdrückte das Zittern ihres Körpers.

»Nichts, gar nichts«, entgegnete sie heftig. »Es war eine Eule, die mich erschreckt hat.«

Sie preßte ihre Hände zwischen ihre schlotternden Knie und bemerkte entsetzt eine seltsame Feuchte zwischen ihren Schenkeln. Ein eigenartiger Druck lag auf ihrem Bauch, und unter ihrer Haut kribbelte es. Sie starrte in die Dunkelheit der Kammer und sah immer wieder das Bild des Jungen mit seinem so übermächtig erscheinenden Geschlecht, seinen roten Wangen und den glühenden Augen. Ja, er war der Teufel persönlich, er mußte es sein! Und dann erschien es Isabella, als würde Dampf aus seiner Nase quellen und die Luft voller Schwefelgestank hängen. Das mächtige Horn auf seinen Lenden war rot wie glühendes Eisen zwischen dem schwarzen Teufelshaar. Und im Heu glaubte sie einen Pferdefuß zu erkennen!

»Heilige Mutter im Himmel, schütze mich vor diesem Teufelszeug, errette meine arme Seele vor der wilden Gier der Männer. Und laß mich diesen entsetzlichen Anblick vergessen. Ich werde Buße tun und dir tausend Rosenkränze beten und mich ganz der heiligen Schrift widmen und all meine Gedanken nur den geistigen Dingen zuwenden ...« Überstürzt haspelte sie all die Versprechen herunter, die sie noch vor kurzem für undenkbar gehalten hatte und preßte ihr Gesicht in die harte Strohmatratze. Und plötzlich sah sie vor ihrem inneren Auge ein anderes Bild, das Bild eines hochgewachsenen Ritters im Kettenhemd, und spürte den Blick leuchtend blauer Augen, die sie zu hypnotisieren schienen. Und sie fragte sich, ob dieser Ritter wohl unter seinem Kettenhemd ebenso aussah wie der glutäugige Sohn des Wirtes. Ob etwa alle Männer so aussahen ...?

*

Die halbverfallene Burg erhob sich dunkel und trotzig in den bleigrauen Himmel. Ihre Mauern waren schwarz und bröckelten an vielen Stellen. Lediglich der Wehrgang über dem Haupttor schien intakt zu sein und ein Turm am Ende des Wehrganges. Kein Gebäude im Inneren der Burg überragte die Mauer, und kein flüchtiger Betrachter würde vermuten, daß diese Burg bewohnt war. Eigentlich bewohnte auch niemand das alte Gemäuer, es war schon vor langer Zeit verlassen worden. Jetzt diente es als Unterschlupf für etwa drei Dutzend verwegen aussehende Männer und Frauen. Das große Tor in der Mauer blieb geschlossen. Auf dem Wehrgang standen zwei Männer.

Einer der beiden hieß Ritter Rudolf von der Kiebitzmark und besaß eine schlanke, hohe Gestalt. Sein schmales Gesicht hatte eine dunklen, glatten Teint, unter dem kastanienbraunen Haar blickten zwei warme, braune Augen besorgt auf den anderen Mann neben ihm.

Dieser andere war Ritter Martin von Treytnar und etwa einen halben Kopf kleiner als Rudolf. Er sah ausgesprochen hübsch aus mit seinem offenen Gesicht und dem langen blonden Haar, das in widerspenstigen Locken auf seine Schultern fiel. Das Auffälligste an ihm waren jedoch seine strahlend blauen Augen,

die jedes Mädchenherz höher schlagen ließen. Doch im Augenblick sprühte aus ihnen dunkler Zorn.
Martin hielt die Hände zu Fäusten gepreßt und schlug damit auf die Zinnen des Wehrganges. »Wie ich es hasse!« stöhnte er.
»Ich verstehe dich nur zu gut«, erwiderte Rudolf. Die beiden äußerlich so verschiedenen Männer standen in stiller Vertrautheit nebeneinander. »Aber ich weiß keinen anderen Weg.«
»Wie viele Unglückliche müssen noch daran glauben, bis wir damit einen Kampf gegen Gundram finanzieren können? Das Geld reicht nicht. Was sollen wir mit Stoffen, Frauenkleidern oder Bibeln? Wir brauchen Waffen, Eisen, Geld! Verdammt, Rudolf, langsam zweifle ich daran, daß ich es je schaffen werde!«
»So schnell gibst du auf? Nachdem so viele Getreue ihr Leben für dich gelassen haben? Was hat deinen Sinn verwirrt?«
Martin senkte den Kopf und schwieg.
»Waren es diese beiden Nonnen?« forschte Rudolf weiter.
Martin seufzte. »Ich weiß es nicht. Es war nicht richtig, sie ihrem Schicksal zu überlassen. Andererseits, schau dir unsere Leute an!« Er drehte sich um und wies mit der Hand hinunter in den Burghof, wo geschäftiges Treiben herrschte. Begeistert öffneten die Frauen und Männer die Kisten und Körbe und zerrten die Kleider, Stoffe und Lebensmittel heraus. »Wann haben sie das letzte Mal eine richtige Mahlzeit bekommen? Sie freuen sich schon über ein paar armselige Kleider! Damit soll ich meine Burg zurückerobern, mein Lehen besetzen und notfalls noch gegen die Soldaten des Herzogs Krieg führen?«
Rudolf senkte den Kopf. Martin hatte ja recht. Aber konnte er das seinen Leuten sagen, nachdem sie alles für ihn verloren hatten? Ihre ganze Hoffnung ruhte auf Ritter Martin. Rudolf legte seine Hand auf den Arm seines Freundes. »Auch wenn es uns schwerfällt, es auf diese Weise zu tun, es bleibt uns nichts anderes übrig. Oder willst du verhungern und deine Leute

dazu? Schau sie dir an! Trotz ihres Elends sind sie fröhlich, wollen leben! Enttäusche sie nicht!«
Martin blickte seinen Freund dankbar an. Sein Blick glitt von ihm ab zu einem hübschen, dunkelhaarigen Mädchen, das ihnen auf dem Wehrgang entgegenkam. Sie trug eines der Kleider aus der Beute des Überfalls.
»Schau, Martin, steht es mir nicht gut?« Sie drehte sich im Kreis und ließ den weinroten Rock des schlichten Kleides schwingen.
»Du bist hübsch, Konstanze«, bestätigte Martin. »Mit und ohne Kleid!«
Konstanze errötete und schlug die Augen nieder. Aber sie lächelte erfreut, und Martin zog sie in die Arme. »Trag es, wenn es dir gefällt!«
Trällernd hüpfte sie vor ihm her die Treppe hinunter auf den Burghof, wo es allmählich zu lautstarken Streitereien um die Beute kam.
Martin pfiff scharf durch die Finger. »Wenn ihr euch streitet, schließe ich alles weg!« rief er und drohte hinunter. »Diesmal war eben nur was für die Frauen dabei. Und die Lebensmittel bekommt Mutter Agnes in die Küche! Sie verteilt sie wenigstens gerecht!«
Auf den knurrenden Protest achtete Martin nicht mehr. Er mußte die Leute bei Laune halten. Seine Augen suchten Konstanze. Ein Schatten legte sich über sein Gesicht, als er an Konstanzes grausames Schicksal dachte. Wenigstens etwas konnte er wiedergutmachen, indem er mit ihr Tisch und Bett und all seine Gefühle teilte. Konstanze war lieb und dankbar und ihm treu ergeben. Und sie liebte ihn! Er bedachte sie mit einem zärtlichen Blick. Dann wandte er sich zu seinem Freund Rudolf um. Er blickte ihm fest in die Augen. »Wir werden es schaffen, Rudolf, das verspreche ich dir!«
»Es ist gut, daß du wieder an dich glaubst«, erwiderte der dunkelhaarige Ritter. »Ich werde wohl in den Burghof gehen

und den Streit schlichten, sonst geraten sich auch noch die Weiber in die Haare.«
Martin lachte und blickte Rudolf nach. Dann drehte er sich wieder um, und sein Blick schweifte in die Ferne. Als er sich unbeobachtet fühlte, zog er ein Medaillon unter seinem schlichten Gewand hervor, das er an einer Kette um den Hals trug. Es war das Medaillon des heiligen Martin. Vor seinem inneren Auge sah er die zarte Gestalt des hübschen Mädchens, das sich so mutig verteidigt hatte, auch wenn ihr Kampf von Anfang an aussichtslos gewesen war. Nein, eine Nonne war sie nicht. Sollte das wirklich die Tochter des Herzogs gewesen sein? Er wußte nicht viel von der Familie des Herzogs, er glaubte stets, der Herzog lebe allein. Zwar teilte immer wieder mal eine Frau sein Bett, aber inzwischen alterte der Herzog, und die eigentlichen Regierungsgeschäfte in seinem kleinen Herzogtum im unteren Franken betrieben eifrige Ratgeber und einflußreiche Ritter an seiner Seite, die den alten Mann fest wie ein Pferd am Zügel hielten. Ganz sicher war dies auch ein Grund, warum Gundram solchen Einfluß nehmen und Martin beim Herzog diffamieren konnte.
Nie im Leben hätte Martin daran geglaubt, daß er nach seiner Rückkehr von dem Kreuzzug in dieser Weise von seinem Lehnsherrn empfangen werden könnte. Er ballte wieder die Fäuste, und ein grimmiger Ausdruck erschien auf seinem Gesicht. Wenn es wirklich die Tochter des Herzogs gewesen war, die sie überfallen hatten, dann war es ein Fehler gewesen, sie ihrem Schicksal zu überlassen. Ein großer Fehler, das erkannte er jetzt. Er hätte sie gut als Geisel benutzen können, um den Herzog zu zwingen, ihn zu rehabilitieren. Würde sie überleben und zu ihrem Vater zurückkehren, würde er seine Soldaten aussenden, um ihn dingfest zu machen. Sie suchten sowieso im ganzen Herzogtum nach ihm, und es war nicht leicht, die Spuren zu verwischen. Also mußte er hoffen, daß sie es nicht überleben würde!
Sein Herz krampfte sich zusammen. Wieder sah er ihr hübsches

Gesicht, das wallende blonde Haar, das bis zur Taille reichte, die großen blauen Augen, die so mutig funkelten. Doch sie war so zart, so schutzbedürftig, sie hatte keine Chance!
Wie er es haßte, daß unschuldige Menschen darunter leiden mußten! Doch Martin hoffte auch, bald einen Feldzug gegen Gundram ausrichten zu können, um sein Lehen zurückzuerobern. Und dann mußte der Herzog ihn anhören – und ihm seine Ehre wiedergeben!
Langsam stieg Martin die wackelige Stiege vom Wehrgang zum Burghof hinunter, wo noch immer Tumult um die Beute aus dem Raubzug herrschte. Rudolf konnte sich nur schwerlich durchsetzen. Nur Mutter Agnes hatte es geschafft, die Lebensmittel in Sicherheit zu bringen. Es würde eine ausreichende, sättigende Hauptmahlzeit geben, die wie üblich am späten Nachmittag eingenommen wurde. Mit einigen Mägden machte sie sich an die Arbeit, um Weizenfladen zu backen und Honigtörtchen, Hafergrütze und Apfelmus zu kochen, Eier zu braten und Kräuter zu hacken.
Amüsiert schaute Martin zu, wie die Frauen in den Kleidungsstücken herumwühlten, dieses oder jenes Stück anprobierten. Und alles ganz schamlos und öffentlich! Dralle Mägde zeigten ihr üppiges Fleisch, klemmten sich in die für wesentlich zartere Körper genähten Kleider und Röcke.
»Was ist denn das für ein seltsames Kleid?« rief eine Magd und hielt lachend ein Unterhemd hoch.
Martin nahm es ihr aus der Hand. »Da bekommst du deinen strammen Busen sowieso nicht hinein! Es ist ein Unterkleid, das man unter das Überkleid zieht.«
»So ein Unsinn! Wieso soll man denn zwei Kleider anziehen? Es ist ja so dünn, daß es gar nicht wärmt!«
»Das verstehst du nicht, Marthe! Das ist etwas für feine Damen, die aus Scham und Anstand etwas länger brauchen, um sich auszuziehen.«

Die Magd lachte mit Martin um die Wette, bevor sie weiter in den Körben und Truhen wühlte.
»Räumt dann alles in den Speicher«, befahl Martin und setzte sich auf die unterste Stufe der Stiege. Rudolf gesellte sich zu ihm. Er betrachtete sinnend das Unterkleid, das Martin immer noch in der Hand hielt.
»Ich glaube, es waren doch zwei adlige Mädchen, diese angeblichen Nonnen.«
»Weißt du etwas über sie?« wollte Martin wissen.
Rudolf hob die Schultern. »Nicht viel mehr als du. Die Blonde müßte etwa sechzehn Jahre alt gewesen sein, die andere vielleicht ein oder zwei Jahre älter.«
»Ob es doch die Tochter des Herzogs war? Sie hätte das richtige Alter, um verheiratet zu werden.«
»Das wäre möglich«, bestätigte Rudolf.
»Und wenn es so ist, müßte auf der Burg des Herzogs bald ein großes Fest ausgerichtet werden.«
Rudolf blickte seinen Freund durchdringend an. »Und? Was willst du damit andeuten?«
Martin senkte den Kopf und starrte das Unterkleid an. »Nichts, gar nichts.«
»Schlag es dir aus dem Kopf!« rief Rudolf erregt. »Wenn dich nur eine der Wachen erkennt, bist du des Todes!«
Martin erhob sich seufzend. »Du denkst weiter als ich, mein Freund. Glaubst du wirklich, eine Frau würde es schaffen, mir derart den Kopf zu verdrehen, daß ich ihn ganz verliere?« Er lachte spöttisch.
Rudolf blieb ernst. »Für einen Augenblick habe ich es wirklich geglaubt«, erwiderte er.
Martin knüllte das Hemd zusammen und warf es auf den Haufen zu den anderen Kleidungsstücken. Er klatschte in die Hände.
»Räumt das Zeug weg, und dann laßt uns essen! Mal sehen, was Mutter Agnes gezaubert hat!«

Die Küche befand sich in einer Ecke des Hofes unter einem provisorisch geflickten Schilfdach. Die Lebensmittel hatte Mutter Agnes in einen kleinen Raum nebenan eingeschlossen. Sie wußte, daß alle Hunger litten. Ein leerer Magen macht charakterlos.
Martin hielt schnuppernd seine Nase über den Kessel, der über einer offenen Feuerstelle an einem eisernen Dreibein hing. »Das ist Klosterkost«, sagte er beiläufig.
Mutter Agnes bekreuzigte sich. »Dafür leben sie aber ganz gut«, meinte sie. »Jedenfalls besser als wir.«
Martin legte den Arm um die rundliche Bauersfrau. »Eines Tages werden auch wir wieder besser leben, Agnes. Das verspreche ich dir.«
»Das braucht Ihr mir nicht zu versprechen, ich glaube daran. Mein Gunther soll nicht umsonst gestorben sein.« Für einen Augenblick wurde ihr Gesicht starr. Doch dann rührte sie wieder emsig in der Hafergrütze. »Sogar Leinöl war dabei«, sagte sie mit Stolz in der Stimme. »Probiert einmal die Honigplätzchen!« Sie schob eines der süßen Gebäckstücke in Martins Mund.
»Hm, himmlisch!« schwärmte Martin kauend.
Sie begaben sich in das Haupthaus der Burg, das ebenerdig aus Lehm und Fachwerk gebaut und dessen Schilfdach löchrig wie ein Sieb war. Der Saal war ein schmuckloser, länglicher Raum, in dem sich nur eine grob gezimmerte lange Tafel mit Bänken befand. Die wenigen Stühle standen am Kopf der Tafel, der für die höherrangigen Bewohner reserviert war. Ansonsten war nicht genau ersichtlich, wer welchen Rang einnahm, da fast alle Männer in irgendwelche Lumpen und Rüstungsteile gekleidet waren, bunt zusammengewürfelt wie bei den Zigeunern. Lediglich Martin und Rudolf legten einen gewissen Wert auf ihre Kleidung, wenngleich auch diese bescheiden genug ausfiel. Es wurde getragen, was gerade erbeutet worden war.
Die beiden Ritter und ihr wüster Haufe nahmen an der Tafel

Platz, Mägde brachten das Essen herein und schenkten verdünnten Wein und Sauerbier in die Becher und Trinkhörner. Dann setzten auch sie sich, und alle stürzten sich wie gierige Wölfe auf die Köstlichkeiten.

Martin spürte etwas zwischen seinen Beinen. Er stutzte. Hatte sich hier ein Hund eingeschlichen? Für faule Fresser war kein Platz. Obwohl Martin Hunde mochte, konnte er auf dieser Burg keinen gebrauchen. Neugierig blickte er unter den Tisch. Etwas Weißes hatte sich zwischen seine Schenkel gestohlen, etwas Weißes an einem langen, wohlgeformten Bein. Es war Konstanzes Fuß in weißen Strümpfen!

Martin griente und rutschte etwas tiefer in seinen Stuhl, um die frivole Zärtlichkeit besser genießen zu können. Konstanze warf ihm glühende Blicke unter ihren langen, schwarzen Wimpern zu. Sie bemerkte sehr wohl, daß Martin Gefallen daran fand. Doch Martin fand nicht nur Gefallen an ihren neckischen Spielchen unter der Tafel. Er blinzelte ihr zu, und Konstanze wußte, daß er sie wenig später in seiner Kammer erwartete.

Eigentlich schlief Konstanze mit den anderen Frauen in einem der Räume des halb zerfallenen Wohnturmes. Doch allen war es selbstverständlich, daß sie häufig das Lager mit Martin teilte. Er hatte das verängstigte und schockierte Mädchen persönlich bei sich aufgenommen, als ihre Eltern und Brüder bei dem entsetzlichen Überfall auf ihr Dorf abgeschlachtet worden waren. Konstanze hatte nur überlebt, weil sie sich mit den Gänsen und den zwei Ziegen, die ihnen gehörten, auf einer vom Dorf weit entfernten Weide befand. Als sie am Abend zurückkehrte, lebte niemand mehr in ihrem Dorf, kein Mensch und auch kein Tier.

Konstanze liebte Martin abgöttisch, und Martin war Konstanzes glutäugiger Schönheit verfallen, ihrem rabenschwarzen Haar, den roten Wangen und den feurigen Augen. Ihr Körper war ein Ausbund an Sinnlichkeit und Leidenschaft, und sie überraschte Martin immer wieder mit pikanten Neckereien, die sie sich

selbst ausdachte und die sie später auf Martins schlichtem Strohlager ausprobierten.
Martin trank noch einige Becher Bier, bevor er sich erhob. Konstanze hatte sich mittlerweile diskret in den Hintergrund verzogen und wartete, daß Martin den Raum verließ. Und Rudolf wußte, daß er heute nacht sein Lager wieder im Verschlag neben dem Pferdestall aufschlagen mußte.
Beide huschten gemeinsam durch die kleine Tür zu Martins Kammer und ließen sich auf die strohgefüllte Matratze fallen.
»Was hast du dir heute wieder ausgedacht, du kleine Katze?« fragte Martin lachend und zog sie in seine Arme. Konstanze hatte volle, rote Lippen, reifen Kirschen gleich, die er so gern und ausgiebig küßte.
Konstanze lächelte und hob den Rock ihres weinroten Kleides. Weiße Strümpfe aus einem feinen Wollgewebe bekleideten ihre langen Beine.
»Heb den Rock höher, ich will sehen, bis wohin diese Strümpfe reichen!« forderte Martin sie auf.
Konstanze kicherte und schüttelte den Kopf. »Nein, das gehört sich nicht. Ich bin doch eine Nonne, der darf man nicht unter den Rock schauen!«
»Oh, wenn alle Nonnen unter ihrem Rock so aussehen, dann möchte ich als Mäuschen im Kloster leben. Dann könnte ich jeder unter den Rock schauen.«
»Untersteh dich! Die meisten Nonnen sind alt und häßlich. Ich weiß nicht, ob dir das gefallen würde.«
Neckend hatte Martin sie an sich gezogen und streifte ihren Rock hoch. Die Strümpfe reichten bis zum Oberschenkel und wurden mit einem Band gehalten.
»Was für eine hübsche Idee! Wozu brauchen Nonnen so etwas?«
»Weil es bei ihnen immer so kalt ist in ihren häßlichen Klostern«, lachte Konstanze und wand sich unter seinen Händen, die ihr Kleid öffneten.

»Halt still, ich kann dich doch gar nicht aus deinem Kleid befreien!«
»Ich will es anbehalten, es ist neu«, wehrte sie sich scherzhaft.
»Nein, zieh es aus! Die Strümpfe darfst du anbehalten.« Vergnügt kniete Martin neben ihr und zog ihr endgültig das rote Kleid über den Kopf. Sie lag vor ihm mit ihrem verführerischen, kurvenreichen Körper, den üppigen Brüsten, den sanft geschwungenen Hüften. Gegen ihre samtige, hellbraune Haut stachen die weißen Strümpfe wie Schnee ab. Fasziniert blickte Martin auf Konstanzes Beine. Er umfaßte vorsichtig ihre Fußfesseln und spreizte sie. Sie legte ihre Füße auf seine Schultern, und Martin strich zärtlich an ihren langen, weißbestrumpften Beinen entlang. Er fühlte das feine Gewebe unter seinen Fingen und die Wärme ihrer Haut, die durch den Stoff drang. Dann warf er sich mit einem kehligen Laut der Wonne in das dunkelgelockte Paradies zwischen ihren Schenkeln. Er drang in den brodelnden Vulkan unter ihm ein und senkte die Lippen auf ihren kirschroten Mund. Die fordernden Bewegungen ihres Beckens saugten ihn auf wie der Strudel eines wilden Gebirgsbaches. Er ergab sich diesem leidenschaftlichen Taumel, eine wilde, animalische Lust überkam ihn, und als Konstanze die Beine um ihn schlang und er den weichen Stoff der Strümpfe an seinem Rücken und auf seinem Gesäß spürte, zuckten seine Lenden in unkontrollierter Begierde. Ihre schweißnassen Körper vereinigten sich in jugendlichem Ungestüm und einer Unschuld, die keine Sünde kannte.
Für einige Minuten vergaß er seine Sorgen und ließ sich von Konstanze auf die Gipfel der Lust entführen, wo er sich willig einer berauschenden Bewußtlosigkeit ergab, die nach ihrem Körper schmeckte.

*

Es regnete in Strömen, als zwei in dicke Umhänge gehüllte Reiter dem Weg folgten, der vom Kloster St. Martin nach Nordosten führte. Der Schlamm spritzte unter den Hufen ihrer Pferde, und das Wasser tropfte aus ihren dicken Mänteln. Sie hatten sich Kapuzen über den Kopf gezogen, doch der Regen drang durch alle Fasern.

Der Weg vor ihnen verengte sich. Durch das Grau des Regenschleiers war kaum etwas zu erkennen. Einer der Reiter hob die Hand, als vor ihnen an der Wegbiegung ein umgestürzter Wagen auftauchte. Sie zügelten ihre Pferde. Der Reiter schob seine Kapuze etwas aus dem Gesicht, und eine gebogene Raubvogelnase kam darunter zum Vorschein. Seine dunklen Augen blickten mißtrauisch auf den Wagen und suchten dann die Umgebung ab.

»Ob das ihr Wagen ist?« fragte der andere Reiter, ein kleinerer buckliger Mann, und stieg von seinem Pferd.

Mißmutig zuckte de Cazeville mit den Schultern. »Möglich«, knurrte er.

»Sehr gut möglich«, erwiderte der andere und hielt eine durchweichte, kunstvoll in Leder gebundene Bibel hoch. »Es sieht so aus, als hätte uns jemand die Arbeit abgenommen.«

De Cazeville blickte sich wieder um. »Und wo sind die Leichen?«

»Keine da«, antwortete der andere.

»Dann such sie!« herrschte de Cazeville ihn an.

Doch so sehr sie sich auch bemühten, sie konnten keine Leichen und keine Gräber entdecken. Der Regen hatte alle Spuren verwischt.

»Was nun? Kehren wir um?«

De Cazeville schüttelte den Kopf. »Solange ich die Leiche nicht mit eigenen Augen gesehen habe, werde ich nicht ruhen.«

Er stand wie ein knorriger Baum am Rand des Weges, und der Regen tropfte von seiner gebogenen Nase. Wenn sie noch lebte, dann würde er sie finden. Wenn sie noch lebte, dann brauchte er sie gar nicht zu suchen, dann brauchte er nur auf sie zu warten!

Der andere blickte ihn voll Unbehagen von der Seite an. De Cazeville war ihm unheimlich. Andererseits hat er ihm viel Geld versprochen für eine kleine Gefälligkeit, die ihm ein Kinderspiel zu sein schien. Er sollte nur sein Diener sein. Belén grinste. Für die versprochene Belohnung würde er sogar seine Mutter umbringen. Und die Aussicht auf zwanzig Goldstücke ließ ihn auch den unangenehmen Regen vergessen.

Drittes Kapitel

Isabella stand ergriffen im Prunksaal der herzöglichen Burg und hielt Mathildas Hand. »Du hattest recht«, flüsterte sie unter Tränen. »Es sind Heilige!« Sie blickte sich in dem hohen, bis an die Decke mit dunklem Holz getäfelten Saal um. Die Täfelung bestand aus einzelnen Quadraten, in deren Mitte wiederum ein Kreis mit dem bunten Bildnis eines Heiligen war. Die goldenen Heiligenscheine verliehen dem Saal die Aura einer Kirche.

Die Säulen, die das mächtige gebogene Gewölbe trugen, waren weiß verputzt und mit rostroten Zackenlinien verziert. Der Boden bestand aus großen, glatt geschliffenen Steinplatten. Über die gesamte Länge des Saales erstreckte sich eine Tafel, ein kürzerer Tisch stand am oberen Ende quer dazu. Hohe Lehnstühle reihten sich entlang der Tafel, im unteren Teil wurden sie durch einfache Holzbänke abgelöst. Helles Sonnenlicht fiel durch die hohen Fenster. In den schräg einfallenden Strahlen tanzten feine Staubkörnchen. Eine kleine Katze kratzte in der Asche des großen Kamins, der sich an der den Fenstern gegenüberliegenden Wand befand, und verrichtete mit weltentrückter Andacht ihr Geschäft darin.

Mathilda zupfte an Isabellas Ärmel und riß sie aus ihrer Versunkenheit.

»Wir müssen zum Empfang, Hoheit«, mahnte sie leise.

»Ach ja!« Sie wäre gern noch allein durch die Burg ihres Vaters gewandelt, hätte in alten Erinnerungen geschwelgt und die Stätten ihrer Kindheit aufgesucht, wo sie ihre Zeit am liebsten verbracht hatte: im kleinen Rosengarten, am Brunnenhäuschen, in der Weinlaube oder in der großen Schloßküche mit den vielen verlockenden Düften.

»Dazu ist noch genug Zeit«, drängte Mathilda wieder. Sie konnte ja verstehen, daß Isabella nach dem gewaltigen Schock, den sie erlitten hatte, lieber allein war. Doch die gesellschaftlichen Verpflichtungen brachen mit aller Gewalt über sie herein.

Seufzend wandte sich Isabella ab und schritt, begleitet von Mathilda, hinüber in den Audienzsaal ihres Vaters. Dieser Raum war wesentlich kleiner als der Prunksaal, aber nicht minder prächtig mit Wandteppichen, bunten Fahnen, gestickten Wappen und Wandgemälden ausgestattet. Auf einer kleinen, drei Stufen hohen und mit Teppichen belegten Empore stand ein hoher, gepolsterter Stuhl, einem Thron gleich, auf dem der Herzog saß. Isabella verneigte sich in Demut vor ihrem Vater und senkte den Blick. Sie konnte ihm nicht ins Gesicht sehen, um sich ihre Enttäuschung nicht anmerken zu lassen. Sie hatte den kraftstrotzenden, ehrfurchtgebietenden Mann mit dem langen aschblonden Bart erwartet, der die ganzen Jahre in ihrer Erinnerung gelebt hatte. Sie erwartete, in seine kräftigen Arme genommen und an seine mächtige Brust gedrückt zu werden.

Der alte Mann, der da vorn auf dem Thron saß und seine zitternde, gichtverkrüppelte Hand nach ihr ausstreckte, war nur ein Schatten seiner selbst. Ein einfältiges, kindliches Lächeln lag auf seinem Gesicht, und sein dünner, grauer Bart wirkte eher lächerlich als imposant.

»Setz dich an meine Seite, mein Kind«, sagte er und wies auf einen Schemel an seiner Seite. Der zweite hohe Lehnstuhl blieb frei. Hier hatte vor fünfzehn Jahren noch Isolde, die Gemahlin des Herzogs und Isabellas Mutter, gesessen. Sie war noch vor Isabellas erstem Geburtstag gestorben. Seitdem war dieser Stuhl verwaist. *Er muß sie geliebt haben, daß er nie wieder eine rechtmäßige Gattin an seine Seite genommen hat,* fuhr es Isabella durch den Sinn, und ein ziehender Schmerz bemächtigte sich ihrer. Sie nahm Platz zu Füßen ihres Vaters und zog sich den zarten Schleier vors Gesicht. In Anbetracht der unzähligen Gäste und der vielen Ritter, die um ihre Hand kämpfen würden, hielt sie es für schicklicher, sich mit dem Schleier der Unerreichbarkeit zu umgeben. Um so inbrünstiger würde das Werben der Ritter um sie sein!

Dabei hatte sie, als sie die Nacht nach dem Überfall in der Herberge verbracht hatten, ernsthaft mit dem Gedanken gespielt, wieder ins Kloster zurückzukehren. Am Morgen hatte sich der Sohn des Wirtes auf den Weg zur herzoglichen Burg gemacht, um Hilfe zu holen. Die Hilfe kam im Laufe des nächsten Tages mit einem riesigen Aufgebot an Soldaten und mehreren Rittern, angeführt von Gundram von Oxensal. Ein Teil der Soldaten schwärmte aus und durchkämmte die gesamte Umgebung, jedoch ohne Erfolg. Die Straßenräuber hatten sich in Nebel aufgelöst.

Ritter Gundram führte einen herrlichen weißen Zelter mit sich, den er Isabella übergab.

»Es ist das Geburtstagsgeschenk Eures Vaters, der Euch schon sehnsüchtig erwartet!«

Im Angesicht dieser wackeren Männer verflüchtigte sich ihre Verzweiflung und wich einer erwartungsfrohen Stimmung. Überwältigt betrachtete sie das wunderschöne Reitpferd mit dem prächtigen Damensattel und dem bestickten Zaumzeug.

Die Wirtsleute hätten sich am liebsten vor Isabella auf den Boden geworfen, so beeindruckt waren sie von der Tatsache, daß sie die wahrhaftige Tochter des Herzogs in ihrem bescheidenen Heim beherbergen durften. Isabella belohnte sie großzügig für die Hilfe, die sie ihr, Mathilda und dem verletzten Soldaten gewährt hatten.

Bevor sie die Herberge verließen, beugte Isabella sich von ihrem Pferd herunter und drückte dem schwarzlockigen Michael einen Beutel Geldstücke in die Hand.

»Als Belohnung dafür, daß du Hilfe von der Burg meines Vaters geholt hast«, sagte sie und fügte leise hinzu: »Und für den unauslöschlichen Eindruck, den du in mir hinterlassen hast!«

»Ich verstehe nicht ganz, Hoheit«, stotterte Michael.

Isabella beugte sich noch tiefer. »Verrate mir, wie man es schafft, im Beischlaf so glücklich zu sein, daß man die Welt um sich herum vergißt und nicht einmal die Hölle fürchtet!« Sie lachte übermütig über Michaels tiefrotes Gesicht und trieb ihr Pferd an.

Im Gefolge von Ritter Gundram und Ritter Wulfhard gelangten sie unbehelligt auf die prächtig geschmückte Burg ihres Vaters, zu deren Füßen sich bereits ein bunter Haufen von Gauklern, Händlern, Musikanten, Taschendieben und Zaungästen eingefunden hatte, um Isabellas Ankunft, ihren Geburtstag und ihre Vermählung zu feiern.

Die höheren Gäste, wie die Ritter, die an dem Turnier teilnehmen wollten, die Troubadoure und Edelleute, die als Abgesandte anderer Herzöge und Fürsten kamen, wohnten allesamt in der Burg.

Von weitem erinnerte das Gewimmel an einen Ameisenhaufen, und Isabella mußte lachen. Den ganzen Weg über war sie versunken in die Betrachtung der beiden sie beschützenden Ritter, die sich bemühten, mit geistreicher Unterhaltung die lange Reise so kurzweilig wie möglich zu gestalten.

Gundram von Oxensal war ein Ausbund an Kraft und Geschmeidigkeit. Seine blitzende Rüstung konnte nicht die Muskelberge verdecken, die sich darunter befanden. Sein dunkles Haar trug er ebenso exakt geschnitten wie seinen schwarzen Bart. Er trug keinen Helm, und Isabella bewunderte sein Profil mit dem energischen Kinn und der geraden Nase. Eine tiefe

Narbe zog sich über seine linke Wange vom Auge bis fast zum Mundwinkel.
»Wer hat Euch das zugefügt?« fragte Isabella.
»So ein gottverfluchter Sarazene«, erwiderte er. Isabella zuckte zurück über seine derbe Ausdrucksweise, und Gundram lächelte entschuldigend. »Verzeiht, Hoheit, aber anders kann man diese Tiere nicht bezeichnen, die unser Heiliges Land in ihrer Gewalt halten.«
»Habt Ihr ihn wenigstens angemessen bestraft?« wollte sie wissen.
»Das möchte ich meinen. Bevor er sein Leben aushauchte und im Wüstensand den Kopf verlor, habe ich ihm die Finger einzeln abgehackt, mit denen er sein krummes Damaszenerschwert gehalten hat.« Er klopfte an seine Hüfte. »Einen dieser Finger trage ich in einem Lederbeutel immer bei mir.«
Entsetzt wanderte Isabellas Blick an seinem Körper entlang, und sie schauderte. Doch sie konnte weder einen bleichen Finger, einen Lederbeutel noch sonst etwas Auffälliges entdecken.
Sie wandte sich Wulfhard zu, einem etwas grobschlächtigen Ritter mit zotteligem braunem Haar. Er mochte ein mutiger Haudegen und Kämpfer sein, Isabellas Bild von einem feinsinnigen, durchgeistigten und untertänigen Ritter entsprach er nicht. Und doch fühlte sich Isabella in der Gesellschaft der beiden Männer sehr wohl, die sie hofierten, beschützten und ihr ein Gefühl von Sicherheit gaben. Und sie fühlte sich nun ganz als die hochgeborene Tochter des Herzogs, als eine edle Dame im Stande weit über diesen Rittern. Ein Herzogtum lag ihr zu Füßen, und Isabella füllte ihre Lungen mit dem Äther dieses überwältigenden Gefühls.
In all der Vorfreude auf den Einzug in die Burg ihres Vaters, in den Schoß ihrer Herkunft, bemerkte sie nicht die beiden Reiter, die sie in weitem Bogen überholten und eilig der Burg des Herzogs zustrebten.

»Ritter Wulfhard von Gelenau!«
Isabella zuckte zusammen und konzentrierte sich wieder auf die Gegenwart. Sie nickte ihm huldvoll zu, als er vor ihr den Griff seines Schwertes zum Gruß faßte und ein Knie beugte. Dann trat er beiseite und reihte sich in die stattliche Zahl der Ritter ein, die ihr bereits vorgestellt worden waren und jetzt entlang der Wand standen und das weitere Zeremoniell beobachteten.
»Ritter Gundram von Oxensal!«
Sie widmete ihm ein dankbares Lächeln, das er mit einem stolzen Kopfnicken quittierte.
»Edelfrau Gunilla von Wintersberg!«
Isabella schaute verblüfft auf die aufreizend schöne, schwarzhaarige Frau in dem blutroten Kleid, die sich jetzt vor ihr verbeugte. Ritter Gundram hielt ihre Hand, als sie sich wieder aufrichtete. Sie hatte eine starke Ähnlichkeit mit ihm und wirkte verführerisch, schön und stolz. War sie seine Frau? Irritiert blickte sie hinüber zu der Gruppe von vielleicht sechs oder sieben Frauen, allesamt Gemahlinnen von Rittern, die ihr vorgestellt worden waren und jetzt abwartend und getrennt von ihren Männern in einer Ecke des Saales standen. Die verheirateten Ritter nahmen natürlich nicht an dem Turnier um Isabellas Hand teil, doch sie waren Gäste des Festes.
»Meine Zwillingsschwester«, erklärte Gundram.
Isabella neigte ihren Kopf und ließ ihre Augen länger als gewöhnlich auf der makellosen Gestalt dieser Frau liegen. Sie konnte nicht ergründen, was sie an ihr faszinierte – oder ängstigte.
Gunilla stellte sich nun ebenfalls zu der Gruppe der Edeldamen, während die Ritter sich alle auf einen der Stühle setzten, die in einer Reihe entlang der Wand standen. Isabella bemerkte, daß über ihnen jeweils das Wappen und die lange schmale Fahne jedes Ritters hing.
Das waren also die Berater ihres Vaters, seine Vertrauten, und

ganz sicher auch die, die das Schicksal des Herzogtums bestimmten. Denn daß es der Herzog selbst war, daran zweifelte Isabella jetzt auch. Ein wenig wurde ihr bange, als sie die lange Reihe der einundzwanzig Ritter in ihren polierten und mit bunten Waffenröcken geschmückten Rüstungen betrachtete. Sie waren eine nicht zu unterschätzende Gefahr. Doch mit Hilfe ihres Gatten, der sich durch besonderen Mut hervorheben mußte, würde es ihr gelingen, die Zügel in die Hand zunehmen. Keinesfalls würde sie sich wie ein Schaf am Strick von diesen Männern führen lassen!

Sie erhob sich und nickte den Rittern noch einmal hoheitsvoll zu, bevor sie sich zurückzog. Der Herzog hatte ihr die Frauengemächer zugewiesen, jene, die bereits Isolde, Isabellas Mutter, bewohnt hatte und die lange verwaist waren. Jetzt wurden sie zu neuem Leben erweckt. Isabella war stolz darauf, mit diesen hohen Ehren empfangen worden zu sein, und sie betrachtete diese Gemächer ganz selbstverständlich als die ihren.

Hier erwarteten sie neben Mathilda auch drei weitere Edelfräulein namens Rosamunde, Sieglinde und Margarete, die jede dreizehn Jahre zählten und Isabella bis zur Hochzeit Gesellschaft leisten sollten. Der Herzog hatte sich wirklich bemüht, für Isabellas Zerstreuung zu sorgen. Sie sollte die schrecklichen Erlebnisse auf ihrer Reise schnell vergessen. Er hatte es abgelehnt, mit ihr darüber zu sprechen, wer dieser Raubritter und Wegelagerer sei, der das kleine Reich ihres Vaters unsicher machte.

»Das regeln meine Soldaten«, entgegnete er. »Früher oder später fangen wir ihn.«

Aufatmend zog Isabella ihren Schleier vom Kopf, und Mathilda nahm ihr die kleine, flache Kappe vom Haar. In ihrem neuen Kleid sah sie entzückend aus, und mit einer Mischung aus Wehmut und Neid betrachtete sie ihre Herrin. Isabella war so schön, mit einer makellosen weißen Haut, blauen Augen wie

Sternen und goldblondem Haar. Ihre grazile Figur ähnelte einer jungen Birke, und ihr Wesen war so voll von christlicher Nächstenliebe und Gottesfurcht. Gleich nach ihrer Ankunft hatte Isabella gemeinsam mit Mathilda in der kleinen Kapelle, die zur Burg gehörte, gebetet und Gott für die glückliche Heimkehr gedankt. Und sie hatte auch nicht vergessen, um die Genesung des verletzten Soldaten zu bitten.
Mathilda seufzte. Es war ein erstrebenswertes Ziel, Isabella nachzueifern, doch erreichen konnte sie wohl niemand.

*

In der Schloßküche wurde den ganzen Tag gedampft, gekocht und gebrutzelt, um die vielen Gäste ausreichend zu versorgen. Die lange Tafel im Prunksaal bog sich unter den Köstlichkeiten, die zur Hauptmahlzeit aufgetragen wurden. Das große Schmausen würde mehrere Stunden dauern, denn zum Essen mußte man sich Zeit nehmen.
Aus guten Gründen nahm Isabella nicht am gemeinsamen Mahl der Ritter und Sänger teil, das in der Festhalle stattfand. Sie, Mathilda und die anderen Mädchen nahmen ihr Essen in Isabellas Gemächern ein.
»Die Ritter verzehren sich nach Euch, liebste Isabella, nachdem sie einen Blick auf Eure liebreizende Gestalt erhaschen konnten«, flötete Mathilda. »Und erst die Ritter, die Euch vorgestellt wurden! Es sind wirklich einige ansehnliche Mannsbilder darunter.«
»Bitte, Mathilda, ich will nichts davon hören. Mögen sie sich nach mir verzehren, ihre Kehlen heiser singen, ihre Lanzen strecken, es war alles etwas zuviel für mich. Im Augenblick möchte ich nichts von dem ganzen Trubel da unten wissen. Wer weiß, was uns in den nächsten Tagen noch an Überraschungen bevorsteht.«

»Hoffentlich nur gute! Von den anderen habe ich die Nase voll«, erwiderte Mathilda und biß kräftig in eine gebratene Hühnerkeule.

Im Festsaal herrschte ausgelassene Stimmung. Die Ritter saßen allein oder mit ihren Damen am oberen Teil der Tafel beidseits des Herzogs, daneben die Edelleute und hochgeborenen Gäste, weiter vorn die Sänger, Dichter und Musikanten. Im Burghof waren weitere Tafeln aufgestellt worden für die niederen Gäste, Bediensteten und fahrenden Leute.

Gunilla ließ den Blick über die Anwesenden an der Tafel gleiten. Ihre Augen blieben an dem Mann mit der Raubvogelnase hängen. Sie hatte ihn bereits am Vortag bemerkt, und selbst unter den unzähligen Gästen, neben den Rittern, Troubadouren, Händlern, Gauklern und Musikanten fiel er auf. War es sein scharf geschnittenes Gesicht mit der hervorspringenden Nase, war es sein stechender Blick oder sein schmieriger Schatten, den sich Gunilla weder als Knappen noch als Diener vorstellen konnte, was sie an ihm beunruhigte? Sie kannte weder seinen Namen, noch hatte sie ihn jemals zuvor gesehen. Viele der Ritter des Herzogs waren ihr bekannt. Sie drehte sich um und suchte nach einem anderen Ritter, der wenigstens für die Tage des Festes ihr Liebhaber sein könnte.

Bodo, Gundrams fünfzehnjähriger Knappe, stand hinter seinem Herrn und schenkte ihm Wein ein, doch seine Augen suchten Gunilla. Sie spürte seinen Blick und wandte sich schnell ab. Bodo hatte es bemerkt und verzog sein Gesicht zu einem breiten Grinsen. Sie mußte Bodo im Zaum halten. Dieser halbreife Jüngling konnte vielleicht das Schwert schwingen und seinem Herrn die Steigbügel halten, aber er war gewiß kein Ersatz für einen Minnesänger oder gar Liebhaber einer vernachlässigten Frau. Sie mußte ihn zur Räson bringen! Ihre ganzen Hoffnungen gründeten sich darauf, daß Gundram das Turnier gewinnen und Isabella zur Frau bekommen würde. Dann hätte sie ausgesorgt, könnte am Hofe des Herzogs leben, und etwas vom Glanz des Hofstaates würde gewiß auch auf sie abfallen. Da ihr Gatte als Ritter des Kaisers mit diesem fast ständig unterwegs war und sich derzeit in Italien aufhielt, langweilte sich Gunilla gewaltig und suchte Trost in den Armen manches gutaussehenden und vitalen Ritters. Daß dieser Grünschnabel ihr wie einer läufigen Hündin hinterherschlich, paßte nicht zu dem neuen, höfischen Leben, das sie sich erhoffte.

Sie hob ihren leeren Becher und deutete Bodo an, er solle ihr Wein einschenken. Eilfertig kam der Knappe gelaufen und beugte sich zu ihr herunter.

»Unterlaß deine anzüglichen Blicke, Bodo, sonst sage ich es deinem Herrn!« zischte sie durch die Zähne, während er ihr einschenkte.

Bodo grinste frech. »Euer Wohl liegt mir ebenso am Herzen wie das Wohl meines Herrn«, antwortete er, und sein Grinsen verbreiterte sich noch.

»Dieses Sängerfest ist kein Freibrief dafür, daß dich der Hafer sticht!«

»Aber ist es nicht auch das Fest der Liebe?« fragte er und rückte ganz nah an Gunilla heran, bis er wie zufällig mit seinem Körper ihre Schulter berührte.

»Ich laß dir den Kopf abschlagen«, flüsterte sie erzürnt.

Das schien Bodo keineswegs zu beeindrucken. Als er begann, ihr Obszönitäten ins Ohr zu flüstern, daß sogar Gunilla errötete, beschloß sie, ihm ein für allemal eine Lehre zu erteilen. Sie trank ihren Becher aus und hielt ihn wieder auffordernd hoch. Sofort kam Bodo ihrem Wink nach.

»Nach Sonnenuntergang in meinem Gemach«, flüsterte sie ihm zu. »Aber paß auf, daß dich niemand sieht!«

Bodos Augen leuchteten auf, und er nickte erfreut. So gelangweilt wie nur möglich suchte Gunilla sich einige Häppchen von der Tafel, verspeiste sie seelenruhig und trank noch etwas Wein, um sich dann unauffällig zurückzuziehen.

Es dunkelte, und Gunilla hatte einige Talglichter entzünden lassen, die ihr großzügiges Gemach mit den drei dicken Steinsäulen, die das Kreuzgewölbe trugen, in warmes Licht tauchten. Die Vorhänge zu den offenen Fensterbogen bauschten sich sacht im Abendwind. Auf ein leises Klopfen öffnete sie selbst die Tür.

Bodo stand mit roten Ohren vor ihr und starrte sie an. Gunilla trug nur ein leichtes, eng anliegendes Kleid, dessen Oberteil mit einer silbernen Kordel geschnürt war. Sie ging mit wiegenden Hüften und kokettem Schritt vor ihm her zur Mitte des Raumes, wo in einem eisernen Gestell ein großes Talglicht hing. Ein dicker Teppich bedeckte den steinernen Boden. Sie kniete sich auf den Teppich nieder und bedeutete Bodo, es ihr gegenüber gleichzutun.

Jetzt, wo Bodo allein mit Gunilla war, verließ ihn sein Mut, und er strich immer wieder aufgeregt seine feuchten Handflächen an seinen Hosen ab.

»Nun, Bodo, findest du mich schön?« fragte Gunilla mit einschmeichelnder Stimme.

»Ja!« hauchte der Junge, und seine Ohren glühten noch heftiger.

»Hat sich noch nie eine Frau für dich interessiert?« fragte sie weiter. Er schüttelte den Kopf. Sie lächelte breit. »Dann wird es Zeit, daß du weißt, was ein Mann fühlt.«

Sie öffnete langsam die Schnürung ihres Kleides und zog sie auseinander. Bodo starrte mit offenem Mund auf ihre Hände, wie sie das Kleid öffnete, den Stoff beiseite schob, ihre Brüste heraushob und selbst aufreizend streichelte. Sein Atem ging heftig, und sein Herzschlag schien seinen Brustkorb sprengen zu wollen.

»Komm, probier es selbst, wie es sich anfühlt!« Sie ergriff sein Handgelenk und führte seine Hand an ihre Brust. Mit aufgeris-

senen Augen legte er seine Handfläche auf die weiße Wölbung. Sie lächelte auffordernd. »Pack doch zu, knete sie, streichle sie. Es tut nicht weh, es ist angenehm!«
Bodo strich zweimal zaghaft über die schwellende Pracht. Plötzlich gab er einen Grunzlaut von sich und faßte sich mit der anderen Hand zwischen die Beine. Wie vom Donner gerührt erstarrte er.
Gunilla schob seine Hand von ihrer Brust. »Siehst du, das war es schon«, sagte sie gleichmütig und schnürte ihr Kleid wieder zu. »Wenn du willst, kannst du dich dort drüben an der Schüssel etwas waschen.« Ein spöttisches Grinsen flog über ihr Gesicht.
Bodo errötete in tiefstem Purpur, und die Hitze der Scham schien ihn verbrennen zu wollen. Er sprang auf, die Hand immer noch im Schritt, und rannte zur Tür hinaus, die krachend ins Schloß fiel.
»Das war aber gar nicht nett!« hörte sie hinter sich eine Stimme. Wie von der Tarantel gestochen fuhr sie herum und blickte in zwei schwarze Raubvogelaugen, die jetzt belustigt blitzten.
Sie benötigte einen Moment, um sich von ihrer Überraschung zu erholen. »Wie kommt Ihr hier herein?« schnaubte sie wütend.
De Cazeville trat hinter den Fenstervorhängen vor und verzog den Mund, wobei er seine blitzenden Zähne zeigte. »Ich war schon drin«, erwiderte er. Langsam schritt er um sie herum und betrachtete sie wie ein Pferd, das er gerade kaufen wollte.
Unbehaglich drehte Gunilla sich mit. »Was wollt Ihr?«
»Mir etwas die Zeit vertreiben«, sagte er, und wie beiläufig drückte er den Riegelbalken der Tür herunter. »Das war doch eine amüsante Vorstellung.«
Gunilla errötete vor Wut. Ausgerechnet dieser unheimliche Mann war Zeuge ihres unfeinen Spiels mit Bodo geworden. »Es war notwendig, als Erziehungsmaßnahme sozusagen. Der Junge belästigte mich.«

»Sehr wirkungsvoll«, gab de Cazeville zu. »Aber den Knappen zu erziehen ist Aufgabe seines Herrn«, sagte er mit einem leisen Vorwurf in der Stimme.
Trotzig warf Gunilla den Kopf zurück. Die Stimme des Fremden war leise, drohend, machte ihr angst. »Wer seid Ihr?«
»Ihr stellt zu viele Fragen!« De Cazeville nahm eine Strähne ihres dunklen Haares zwischen die Finger und streichelte damit über ihre Wange. »Auch Ihr scheint noch nicht Euren Herrn gefunden zu haben, der Euch erzieht«, sagte er.
»Da irrt Ihr Euch«, erwiderte Gunilla spröde und rückte von ihm ab. »Ich bin vermählt.«
»O ja, das weiß ich«, antwortete ihr die leise Stimme. »Euer Gatte weilt mit dem Kaiser in Italien. Und Ihr seid allein. Euer junger Körper sehnt sich nach Lust und Entspannung. Wollt Ihr mir weismachen, daß Euch so ein Knabe genügt?«
Er nahm ihre Hand und geleitete sie galant durch das Zimmer. Mißtrauisch ließ sie sich von ihm führen.
»Auch wenn Ihr mir nicht antwortet, schöne Gunilla, so denke ich, daß ich recht habe. Nicht wahr, Euer Körper verlangt nach etwas, das Euch bislang noch kein Mann gegeben hat?«
»Was fällt Euch ein? Woher nehmt Ihr die Kühnheit?«
Er schien belustigt. »Es steht Euch auf der Nasenspitze geschrieben.« Er blieb an einer der Säulen stehen und legte ihre Arme um den Stein. »Dabei sehnt Ihr Euch nach einer Umarmung, so wie Ihr diese Säule umarmt«, flüsterte er an ihrem Ohr und strich mit den Fingern über ihre ausgestreckten Arme. Er zog einen schmalen Lederriemen unter seiner Tunika hervor, beugte sich nach vorn und fesselte blitzschnell ihre Handgelenke hinter der Säule.
Zu spät bemerkte Gunilla die Falle und zerrte verärgert an dem festen Riemen. Sie stand hilflos da, mit der Wange an die harte Säule gepreßt. »Laßt mich sofort frei!« keuchte sie.
»Sonst?« fragte er lächelnd.

»Ich schreie die ganze Burg zusammen!« tobte Gunilla.
»Aber nicht doch«, sagte er mild zu ihr wie zu einem trotzigen kleinen Kind. Er packte mit einer Hand ihr Gesicht und drückte mit den Fingern ihren Unterkiefer herunter. Dann stopfte er das dünne Schleiertuch, das achtlos auf dem Bett gelegen und das er bei seinem Gang durchs Gemach an sich genommen hatte, in ihren Mund.
Verzweifelt versuchte sie sich gegen ihn zu wehren, doch sie biß nur auf den Stoff zwischen ihren Zähnen. Ihre Augen weiteten sich in Panik.
»Keine Angst, ich werde Euch nichts antun«, sagte der unheimliche Fremde, immer noch mit leiser, ruhiger Stimme. Er packte ihre gefesselten Hände und zog sie an der Säule entlang stetig nach unten.
Ob Gunilla wollte oder nicht, sie mußte sich auf die Knie begeben. Indem er ihre Hände bis auf den Boden hinunter zog, zwang er sie, sich auf Ellbogen und Knie zu stützen. Wie ein Kettenhund hing sie gefesselt an der Säule.
»So ist es recht«, lächelte er und betrachtete ihr rundes Hinterteil, das jetzt in die Luft ragte. Langsam strich er mit der Hand darüber. Sie versuchte, sich aufzubäumen, doch er preßte ihr Gesicht hart gegen die Säule, so daß sie kaum zu einer Bewegung fähig war. Voller Abscheu starrte sie ihn aus den Augenwinkeln an, als er den Rock ihres Kleides hob und ihr Hinterteil entblößte. Er neigte den Kopf und betrachtete es eingehend. Gunilla spürte tiefe Schamesröte auf ihrem Gesicht.
»Schön«, sagte er sichtlich zufrieden. »Rund und prall wie bei einer Stute!« Seelenruhig öffnete er den Gürtel seiner Hose und zog sie so weit über die Hüften herunter, daß er seinen Phallus freilegen konnte. Angewidert erblickte sie sein großes Geschlechtsteil, das ebenso überdimensional und krumm wie seine Nase war.
»Nun halt schön still, sonst tut es weh«, sagte er und kniete sich

hinter sie. Mit den Fingern tastete er zwischen ihre Schenkel und spreizte den Eingang zu ihrem Körper.
Gunilla ächzte gequält auf. Seine Berührung verursachte ihr großes Unbehagen. Sie versuchte, ihm auszuweichen, und wand ihre Hüfte hin und her.
»Kannst du es nicht erwarten, daß du so zappelst?« fragte er spöttisch und krallte seine Finger in ihre Pobacken. Ihr Schrei wurde durch den Knebel erstickt, als er seine unförmige Lanze in sie drängte. Zufrieden stieß er die Luft durch die Nase aus und begann, sich heftig und rücksichtslos in ihr zu bewegen.
Gedemütigt schloß Gunilla die Augen. Es blieb ihr nichts anderes übrig, als diesen brutalen Akt über sich ergehen zulassen. Ewig würde seine Männlichkeit nicht durchhalten. Um so erstaunter war sie jedoch, als er seine Bewegungen unterbrach und verschnaufte, ohne sich aus ihrem Schoß zurückzuziehen. Er atmete einige Male tief durch und knetete dabei ihre weißen Gesäßbacken.
»Macht es dir Spaß?« fragte er und neigte den Kopf ein wenig zur Seite, um in ihr Gesicht sehen zu können. »Noch nicht? Ich verspreche dir, mein Schatz, daß es dir Spaß machen wird!« Er begann erneut seine Lenden gegen sie zu stoßen, und sie spürte mit Erschrecken und Erstaunen, wie ihr Schoß schmerzhaft anschwoll und ihr gleichzeitig eine animalische Lust verschaffte. Schweiß rann von ihrer Stirn, als er zum dritten und vierten Mal den Akt unterbrach, seine Erregung unterdrückte und dann wieder von neuem begann.
»Die Orientalen praktizieren diese Art des Verkehrs«, erklärte er ihr in einer der Pausen, als er sich wieder beruhigte. Ihr Gesicht schmerzte von dem Druck der Steinsäule, ihre Scham brannte von seiner abnormen Art der Vereinigung, aber noch mehr schmerzte sie die Demütigung und Erniedrigung, die er ihr durch diese Art des Verkehrs zufügte. Sie winselte unter Tränen, während er ungestört weiter in sie drang und mit einem kontrollierenden Griff an ihren Bauch feststellte, daß sie trotz der

Schmerzen mehrere Höhepunkte hatte. Immer wieder rasten die verräterischen Zuckungen durch ihren Unterleib, und er verzog seine Lippen zu einem zufriedenen Grinsen.
»Oh, ich will die köstliche Rose nicht völlig brechen«, sagte er mit einem Blick auf ihre Tränen, »schließlich hoffe ich, daß sie mir noch oft Genuß bereiten wird. Aber ich habe meine Erfüllung noch gar nicht gehabt, und du weinst schon, mein Liebling! Was machen wir denn da?«
Er zog seine Hüfte zurück, und Gunilla verspürte mit Erleichterung, wie er aus ihrem Schoß herausglitt.
»Kein Problem«, sagte er ganz beiläufig. »Du hast ja mehrere Himmelstore, die mir Entzücken bereiten können.«
Er krallte wieder seine Finger in ihre Gesäßbacken und zog sie derb auseinander.
»Neiiiin!« schrie sie verzweifelt in das Knebeltuch hinein, bevor eine tiefe Ohnmacht sie umfing.

Als sie erwachte, lag sie auf ihrem Bett. Ächzend bewegte sie sich und verspürte einen pulsierenden Schmerz zwischen ihren Beinen. Mühsam öffnete sie die Augen und erblickte ihren Peiniger, der mit einem Becher Wein in der Hand und übergeschlagenen Beinen seelenruhig auf einem der hohen Lehnstühle saß und gelangweilt auf seine wippende Schuhspitze blickte.
Als er bemerkte, daß sie erwachte, lächelte er. »Schön, daß ich dir wieder in die Augen schauen kann«, sagte er. Angewidert drehte sie den Kopf beiseite.
»Na, na, war es denn so schlimm?« fragte er und setzte sich zu ihr auf die Bettkante. Er streichelte über ihre Schulter. »Und das nächste Mal wirst du nicht gleich ohnmächtig, du verpaßt ja das Schönste!«
Er gab ihr einen Klaps auf den Hintern und lachte, als sie sich wegdrehte. Er beugte sich zu ihr herunter. »Sag, daß dich noch nie ein Mann so befriedigt hat wie ich!«

Sie preßte ihr Gesicht ins Kissen, doch er zog sie an der Schulter zurück. »Sag es!«

»Ja«, flüsterte sie.

»Sag es lauter, ich höre nichts!«

»Ja, das habt Ihr«, hauchte sie mit tränenerstickter Stimme. Zitternd preßte sie ihre Hände zwischen die Knie. Er bemerkte einen Blutfleck auf ihrem Kleid.

»Das tut mir leid«, sagte er mit Bedauern in der Stimme. »Das ist nur beim ersten Mal. Beim nächsten Mal blutet es nicht mehr.«

Gunilla stöhnte gequält auf. »Was wollt Ihr von mir?«

Er beugte sich wieder zu ihr herunter. »Eine kleine Belohnung dafür, daß ich Euch solche Wonnen bereitet habe, edle Dame. Ihr sollt etwas für mich tun, das ich nicht selbst kann.«

Mühsam erhob sich Gunilla und blickte ihn voll Verachtung an. »Gibt es etwas, das Ihr nicht könnt?«

»O ja, und das werdet Ihr für mich übernehmen. Denn Ihr seid eine Frau, und es fällt nicht auf, wenn Ihr in die Gemächer der verstorbenen Herzogin geht und etwas für mich sucht. Eine kleine Truhe aus schwarzem Holz, eingelegt mit Muscheln und Bernstein.«

»Was? Ich soll stehlen?«

»Nicht stehlen, nur ausborgen. Die Truhe könnt Ihr später wieder zurückstellen.«

»Nein, das werde ich nicht tun. Ich bin Gast in der Burg des Herzogs.«

Er schnaufte verächtlich. »Was würde der Herzog wohl dazu sagen, wenn er und all seine Gäste erführen, auf welche Weise Ihr Euch hier mit mir vergnügt habt?«

Gunilla zitterte vor Wut. »Ihr seid ein Scheusal!« schrie sie ihm ins Gesicht.

Er nickte bedächtig. »Ich weiß!«

*

»Laßt uns einen kleinen Bummel unternehmen und dem fahrenden Volk zuschauen, das draußen auf der Wiese vor der Burg seine Kunststücke vorführt!« bettelte Mathilda. »Sie haben sogar einen Hund, der auf den Hinterbeinen tanzt!«
Isabella hob abwehrend die Hände. »Mich ängstigen die vielen Menschen. Es ist doch noch Zeit, das Fest wird zwei Wochen dauern, und die Gaukler bleiben solange da. Und wir sind erst vorgestern angekommen. Hast du deine schmerzenden Füße schon vergessen?«
Mathilda verzog ihre sommersprossige Nase. »Nein, aber die Neugier plagt mich ganz gewaltig.«
»Dann geh allein, und nimm Rosamunde und Sieglinde mit! Margarete kann ja bei mir bleiben.« Margarete blickte sie enttäuscht an, als sich die anderen Mädchen auf den Weg machten, züchtig in ihre Schleier gehüllt.
»Wärst du auch gern mitgegangen?« fragte Isabella, zu Margarete gewandt.
Margarete nickte. »Dann lauf ihnen nach!« sagte Isabella. »Du sollst nicht um dein Vergnügen kommen.«
»Ich kann Euch doch nicht hier allein lassen«, gab Margarete zu bedenken.
»Warum nicht? Es sind die Frauengemächer. Niemand würde es wagen, hier einzudringen. Außerdem stehen ja Wachen draußen auf dem Gang. Und nun lauf hinterher, damit du sie noch einholst!«
»Ich danke Euch, Prinzessin«, erwiderte Margarete und entschwand durch die Tür.
Isabella ging zu dem schmalen Spitzbogenfenster und blickte hinaus. Von hier aus konnte sie das bunte Gewimmel auf der großen, sanft gewellten Wiese vor der Burg sehen und weiter unten den Marktflecken, dem der Herzog bereits in ihren Kindertagen das Marktrecht verliehen hatte. Wie gern war sie damals durch die Reihen der Stände gelaufen und hatte die

Auslagen der Händler betrachtet: Stoffe, Spitzen, Geschirr, Körbe, Kräuter, Bernstein ...
Plötzlich überkam sie das Gefühl, nicht allein zu sein, und sie drehte sich um. »Ach, Ihr seid es, Gunilla«, sagte sie erleichtert.
»Habe ich Euch erschreckt, Isabella?« fragte Gunilla, und ihre Augen huschten unruhig umher.
»Nein, nein, ich war nur in Gedanken vertieft.«
»Wollt Ihr nicht auch den Gauklern und Musikanten auf der Wiese zuschauen?«
Isabella schüttelte den Kopf. »Morgen vielleicht. Heute möchte ich mich noch etwas ausruhen von den Strapazen der Reise. Sicher habt Ihr erfahren, daß uns recht übel mitgespielt wurde.«
Gunilla nickte mitfühlend. Es war ihr gar nicht recht, daß Isabella die Gemächer nicht verlassen wollte.
»Kommt, setzt Euch zu mir auf die Bank«, forderte Isabella sie auf. Gunilla fand es vernünftig, sich mit Isabella zu arrangieren, vielleicht hatte sie dann leichtere Hand und konnte ohne Aufsehen die Gemächer betreten. Auf den ersten Blick konnte sie die kleine Truhe nicht entdecken, aber sie hatte auch nicht erwartet, daß sie offen herumstehen würde. Sie wurde bestimmt verschlossen in einem der großen Schreine aufbewahrt, und es brauchte Zeit, diese ungestört zu durchsuchen. Sie schauderte einen Moment, als sie daran dachte, dieser unheimliche Fremde würde sie wieder zwingen, ihm zu Willen zu sein.
Sie setzte sich zu Isabella und verzog dabei das Gesicht.
»Habt Ihr Schmerzen?« fragte Isabella.
»Nein, nein«, wehrte Gunilla ab und zwang sich zu einem Lächeln. »Ich bin nur etwas ... einsam.«
»Inmitten dieses Trubels?« fragte Isabella erstaunt.
Gunilla nickte. »Mein Gatte weilt schon seit einem Jahr in Italien. Nun, für eine verheiratete Frau ziemt es sich nicht, allein zu lustwandeln.«
»Das verstehe ich. Aber warum sucht Ihr Euch nicht einen Ritter,

der Euch beschützt und Euch bei dieser Gelegenheit in aller Ehre begleitet?«
Gunilla senkte den Blick. »Ich bin nicht mehr so jung und frisch wie Ihr, Prinzessin.«
»Oh, aber Ihr seid sehr schön!« widersprach Isabella und streichelte bewundernd über Gunillas nachtschwarzes Haar. »Und eine schöne zarte Haut habt Ihr auch und einen schönen ... verzeiht, das schickt sich nicht!« Sie errötete.
Gunilla lachte. »Ihr schmeichelt mir, Prinzessin.«
In einer plötzlichen Anwandlung ergriff Isabella plötzlich Gunillas Hände. »Ihr seid eine erfahrene Frau, Gunilla. Bald werde auch ich eine Ehefrau sein. Ehrlich gesagt, ein wenig bange ist mir schon davor. Ich meine, das mit dem ... na ja, wenn man nach der Hochzeit bei seinem Gatten liegt ...« Isabella stockte und schlug die Augen zu Gunilla auf, die sie mit wachsender Verwunderung anschaute. »Ich weiß nicht, mit wem ich sonst darüber sprechen soll. Meine Zofen sind ja selbst noch alle Jungfrauen und, außer Mathilda, noch jünger als ich. Sie haben von diesen Dingen keine Ahnung. Ihr dagegen ...«
Gunilla war in sich zusammengesunken und starrte auf den Fußboden, als sähe sie dort schreckliche Abgründe. »Es ist notwendig, um Kinder zu bekommen«, sagte sie brüsk.
»Nun, das weiß ich«, erwiderte Isabella. »Doch ist es ... unangenehm?«
»Eigentlich nicht. Manchmal kann es sogar schön sein.« Sie schwieg wieder. »Habt Ihr einen bestimmten Grund, danach zu fragen?«
»Ich denke viel darüber nach, wie es sein wird. Tut es weh?«
»Nur beim ersten Mal.« Gunilla stockte, und ihr Gesicht wurde fahl. Ein heftiger Schmerz durchfuhr sie und bescherte ihr gleichzeitig ein erschreckendes Gefühl niederer Lust. »Laßt Euch doch einfach überraschen!« rief sie übertrieben heiter. Sie erhob sich und wanderte in den Gemächern umher. Die Hände

auf dem Rücken verschränkt, gab sie sich betont entspannt. Dabei fieberte jede Faser ihres Körpers. Je eher sie diese verfluchte Truhe fand, um so eher würde sie ihren Peiniger los sein! Ein zweites Mal würde sie diese Demütigung nicht ertragen. Bisher hatte sie sich selbst die Männer ausgesucht, die ihr zu Willen sein mußten!

»Schöne Gemächer bewohnt Ihr mit Euren Damen«, sagte sie mit gleichmütiger Stimme.

»Ja, es sind die Räume meiner verstorbenen Mutter. Zu meinem Geburtstag sollen mir alle ihre Sachen übergeben werden, die sie mir persönlich hinterlassen hat.«

»Ah, dann wißt Ihr also gar nicht, was sie Euch hinterlassen hat?« fragte sie lauernd.

Isabella hob erstaunt die Augenbrauen. »Nein! Ist das von Bedeutung?«

»O nein! Überhaupt nicht. Es sind sicher persönliche Dinge, denn die Ländereien gehören ja Eurem Vater.«

»Mein Gatte wird aber einige Ländereien als Mitgift von mir bekommen, und irgendwann wird er der Herzog sein.«

»Ich weiß«, sagte Gunilla. »Glücklich wird der sein, der den Sieg und damit Eure Hand erringt.«

»Das will ich meinen. Euer Bruder ist ja auch dabei!«

»Das stimmt. Er ist ein enger Vertrauter Eures Vaters. Verzeiht mir, wenn ich meinem Bruder Glück für das Turnier wünsche.«

Isabella lächelte milde. »Natürlich! Vielleicht gehören wir bald zur selben Familie.« Dann mußte sie an Gundrams entstelltes Gesicht denken, und ein leises Unbehagen befiel sie. Doch was konnte Gunilla dafür? Sie war hübsch, und auch Gundram sah nicht schlecht aus. Und außerdem, was hatte Schönheit mit der Fähigkeit zu tun, ein Land zu regieren?

Sie blickte wieder zum Fenster hinaus und träumte von einem strahlenden Ritter, der sie auf sein Pferd hob und mit ihr seinem Land hinter dem Horizont entgegenritt.

Viertes Kapitel

Eine helle, glockenklare Stimme erklang, und einige Damen seufzten entzückt auf. Der herrliche Tenor dieser Stimme stieg hinauf zur Decke des Prunksaals, in dem sich viele Gäste versammelt hatten, um dem Wettstreit der Sänger zu lauschen.
»Wem gehört diese Stimme? Ist das eine Frau?« fragte Isabella verwundert. Sie schritt, begleitet von ihren Damen, durch den Kreuzgang dem Prunksaal zu. Auf Drängen ihres Vaters hatte sie sich überwunden, die Frauengemächer zu verlassen und sich unter die Gäste zu mischen, die ihr untertänig Platz machten, als sie die Halle betrat.
Isabella reckte den Hals, um den Sänger besser erkennen zu können. Es war ein hochgewachsener, schlanker Knabe mit rosigen Wangen und schönen, mädchenhaften Augen.
»Was für eine Stimme!« flüsterte Mathilda ergriffen. »Aber wieso kann er nur so hoch singen?«
»Weil er ein Kastrat ist«, hörte Isabella eine Stimme hinter sich. Sie wandte sich um und erblickte Gunilla.
»Ein Kastrat? Was ist das?«
»Ein Mann, der keiner mehr ist«, erklärte Gunilla leise. »Ein Wallach, ein Kapaun.«
»Gütiger Himmel!« Isabella wurde blaß. »Wie kann man nur so etwas Grausames tun? Bei einem Menschen?«
»Er wird es nicht vermissen«, erwiderte Gunilla. »Er ist berühmt, und die Damen liegen ihm zu Füßen.«

»Aber ... aber ... wenn er kastriert ist, dann kann er doch nicht ... oder?« Isabella war immer noch verwirrt über Gunillas Enthüllung.
»Nein, er kann nicht! Man sollte alle Männer kastrieren!« zischte Gunilla.
Entsetzt fuhr Isabella herum. Sie sah Gunillas Gesicht, das blaß wie eine Kalkwand war. Und Gunilla starrte zu Rupert de Cazeville, der mit verschränkten Armen lässig an einer der Säulen lehnte, die den Prunksaal zur Außenseite begrenzten. Seine schwarzen Augen durchbohrten sie wie Pfeile, dann blickte er auf Isabella und verzog seine Lippen zu einem anzüglichen Grinsen. *Welche Teufelei geht in ihm vor?* ängstigte sich Gunilla.
Sie warf einen prüfenden Blick auf Isabella, die vom Gesang des Kastraten gefesselt war und andächtig lauschte. Schnell huschte sie hinaus auf den Gang und eilte den Frauengemächern zu. Es war eine günstige Gelegenheit, die kleine Truhe zu suchen. Sie mußte diesen unheimlichen Mann loswerden!
Unter dem Beifall der Zuhörer beendete der Sänger seinen Beitrag und bedankte sich für die Blumen und kleinen Spitzentüchlein, die ihm die Damen zuwarfen.
Der zauberhafte Gesang hatte viele Zuhörer angelockt, und die Menschen wogten in dem Saal, der aus allen Nähten zu platzen schien.
»Es sind so viele Menschen hier«, klagte Isabella und fächelte sich Luft zu. »Ich ertrage das nicht.«
»Gehen wir hinaus in die Weinlaube«, schlug Margarete vor.
»Aber dann können wir doch die Sänger nicht hören!« bedauerte Sieglinde.
Isabella wollte sich gerade abwenden, als sie für den Bruchteil eines Augenblicks in zwei strahlend blaue Augen blickte. Sie stockte wie vom Blitz getroffen und packte Mathildas Hand.
»Hast du diesen Sänger gesehen?« fragte sie atemlos.
»Ich sehe viele Sänger, zu viele«, erwiderte Mathilda. »Welchen meint Ihr?«

»Diesen dort in der blau und weiß gestreiften Tunika. Der mit den langen, blonden Locken.« Sie wies mit der ausgestreckten Hand auf einen Mann, der ihnen den Rücken zuwandte.
Mathilda drückte erschrocken Isabellas Arm herunter. »Ihr dürft nicht zeigen, daß Ihr an einem der Barden Interesse bekundet«, zischte sie. »Haltet Euch an die Sitten!«
»Ich muß ihm in die Augen sehen! Mein Gott, Mathilda, diese Augen! Sie sind so blau wie die des fremden Ritters, sie glitzern wie die edlen Steine, die die Händler aus den Fernen des Ostens bringen. Er ist es, er muß es sein!«
»Hoheit, Ihr irrt Euch bestimmt«, widersprach Mathilda. »Das war ein Räuber, ein Wegelagerer. Dieser hier ist ein Ritter im Minnedienst. Es gibt viele Männer mit blauen Augen.«
Isabella preßte ihre Hände auf ihre Brust. »Ich fühle mein Herz heftig schlagen«, hauchte sie. »Dieser Ritter ist mein Erwählter.«
Mathilda runzelte ärgerlich die Stirn. »Euer Zukünftiger wird durch das Turnier entschieden.«
»Dann wird er das Turnier gewinnen. Ich weiß es, ich fühle es in meinem Herzen.«
»Wie kann ich Euch nur zur Vernunft bringen, Isabella«, klagte Mathilda. »Ihr solltet Euch der großen Ehre bewußt sein, daß sich über sechzig Ritter um Eure Gunst bemühen! Sie singen, rezitieren, dichten und kämpfen nur für Euch. Sie würden ihr Leben für Euch geben, und Ihr lauft einem Traum nach!«
Isabella senkte den Blick. »Von mir aus sollen sie singen oder im Sand sterben, ich will nur den Ritter mit den blauen Augen zum Gemahl haben.«
Mathilda verdrehte entnervt ihre Augen. »Ich ahne großes Unheil auf Euch zukommen, wenn Ihr weiter so verstockt seid. Das Herzogtum Eures Vaters braucht in Bälde eine starke Hand, denn Euer Vater ist alt und schwach.«
»Das ist nicht wahr! Er steht in der Blüte seiner Jahre! Er wird noch lange das Land regieren.« Trotzig ballte Isabella ihre klei-

nen Fäuste. »Wie kannst du es wagen, so von deinem Landesherrn zu sprechen!«
»Weil ich nicht blind bin. Und der Herzog weiß auch, wie es um ihn und sein Reich seht. Deshalb will er Euch an den tapfersten seiner Ritter vermählen, auf daß er einen würdigen Nachfolger bekommt. Für Liebe und blaue Augen ist da kein Platz. Die Ehe dient nur dem Zweck, Eurem Land zu dienen, Prinzessin. Lieben könnt Ihr, wen Ihr wollt. Doch ihm wird der Zutritt zu Eurer Kemenate versperrt bleiben.«
»Es ist grausam«, flüsterte Isabella.
»Ja«, bestätigte Mathilda. »Und zum ersten Mal bin ich froh, keine Prinzessin zu sein.«
Isabella schwieg verwirrt. Vielleicht entsprach es ja gar nicht der Wahrheit, was sie im Wald gesehen hatte, was überhaupt im Wald geschehen war. Es war ein Überfall, ein hundsgemeiner Überfall, bei dem sieben ihrer acht Soldaten getötet worden waren. Und wahrscheinlich hätten auch sie und Mathilda auf dem schlammigen Weg ihr Leben ausgehaucht, wenn die Räuber nicht geglaubt hätten, sie wären Nonnen. Denn das Gesetz sagt: wer eine Nonne vergewaltigt, wird aus der Höhe hinabgeworfen, aber wer eine Nonne tötet, wird bei lebendigem Leibe verbrannt. Hatte sie in ihrem abgrundtiefen Schreck nur diese blauen Augen gesehen als eine Art Licht der Hoffnung auf Rettung, eine Sinnestäuschung? War es ein von Gott gesandtes Zeichen, daß sie errettet würden?
»Hol ihn her, er soll vor uns singen!« befahl Isabella und stampfte ungeduldig mit dem Fuß auf.
»Wie soll ich zu ihm gelangen, es sind so viele Menschen hier!« Mathilda hopste auf und nieder, um den Sänger zu entdecken, der aus ihrem Blickfeld geraten war.
Mit Ellbogen kämpfte sie sich durch, bis sie vor ihm stand. Er war ein gutaussehender Mann mit blonden Locken, auf denen er eine kleine blaue Kappe mit einer Fasanenfeder trug. Wie

viele der Troubadoure trug er eine Tunika über einem weißen Leinenhemd, eine dunkelblaue Hosen und einen gleichfarbigen Umhang, den er über die Schultern zurückgeschlagen hatte. Er blickte zu dem kleineren rothaarigen Mädchen herunter, das ihn am Ärmel zupfte.

»Prinzessin Isabella wünscht, Euren Vortrag zu hören«, sagte sie zu ihm.

»Meinen Vortrag?« fragte er ungläubig.

»Natürlich! Ihr seid doch ein Sänger, oder?«

»Schon, aber ... ich singe nicht in der Öffentlichkeit!«

»Was? Wo singt ein Troubadour dann?« fragte sie verblüfft.

»Wenn er allein mit der Dame seines Herzens ist.«

»Na, so was!« staunte Mathilda. Da würde Isabella aber sehr enttäuscht sein! »Dann kommt in die Weinlaube unterhalb des Wehrganges. Dort wird Euch die Prinzessin erwarten!«

Mathilda kämpfte sich wieder zu Isabella zurück. »Nun, was sagt er?« wollte Isabella wissen.

»Er singt nicht!«

Isabellas Mund blieb offen stehen ob dieser Kühnheit. »Er singt nicht?«

»Doch, schon, aber nur für Euch allein. Er will nicht vor all diesen Leuten singen!«

Verständnislos schüttelte Isabella den Kopf. Mathilda zog sie an der Hand aus dem Prunksaal. »Ich habe ihn in die Weinlaube bestellt. Kommt mit, dann wird er für Euch singen.«

Sie eilten zur Weinlaube am inneren Fuße der Burgmauer. Mathilda, Rosamunde, Margarete und Sieglinde setzten sich im Kreis um Isabella. Sie waren neugierig, dem Lied des Sängers zu lauschen, der nicht vor allen anderen Gästen singen wollte.

Isabella winkte ihn heran, als sie ihn gewahrte, und lächelte ihm aufmunternd zu. »Ihr seid so schüchtern«, sagte sie, und die Mädchen kicherten.

Martin hielt die Laute fest am Hals und näherte sich der Gesell-

schaft der jungen Damen. Sie war es tatsächlich, Isabella, die Prinzessin, Tochter des Herzogs!
Isabella blickte ihm interessiert, aber ohne ein Zeichen des Erkennens entgegen.
Für einen Moment zögerte er und hätte sein Instrument am liebsten in die Büsche geworfen. Warum quälte er sich, sie anzuschauen, ihr Lieder zu singen und ihr zu huldigen? Sie würde niemals die Seine werden können! Einer dieser kraftstrotzenden, eingebildeten Ritter würde ihre Hand erhalten, sie würde ihm viele hübsche Kinder gebären und gütig neben ihm das Land regieren, wenn der alte Herzog das Zeitliche segnete. War es das, was er wollte? Nein, er wollte seine Ehre wiedererlangen! Er wollte rehabilitiert werden, freigesprochen von dem schändlichen Verdacht, Hand an den Kaiser gelegt zu haben. Es gab genug Zeugen, die für Martins Unschuld hätten sprechen können. Doch wollten sie es überhaupt? Martin hatte einige Ritter wiedererkannt, die damals mit ihm Seite an Seite über das Taurusgebirge gezogen waren. Jetzt lechzten sie alle nach Isabellas Hand. Keiner würde darauf verzichten, um sich statt dessen auf Martins Seite stellen, um dem Herzog einen Irrtum nachzuweisen. Was wollte er eigentlich hier?
»Wie ist Euer Name?« fragte Isabella.
»Ritter Ma ... Michael von Drachenfels, edle Prinzessin«, antwortete er.
Michael? Hieß nicht so der Sohn der Wirtsleute, dieser hübsche Liebhaber mit dem teuflischen Horn an seinen Lenden? Isabellas Lippen verzogen sich zu einem Lächeln.
»Was erheitert Euch so daran, Prinzessin?« fragte der Sänger.
»Oh, es war nur die Erinnerung an einen nächtlichen ... äh ... Traum.« Sie neigte den Kopf. »So singt denn, Herr Ritter, Euer Lied zu unserer Freude.«
Martin kniete nieder und zupfte sanft über die Saiten seiner Laute. In einem wohlklingenden Bariton begann er zu singen:

»In einem Lande ferne
gewachsen ist ein Kind,
vom holden Licht der Sterne
von Anmut singt der Wind;
sie zählte sechzehn Maien
der König so befand,
sie sollte nunmehr freien
des stolzen Ritters Hand.

Da sprach der König weise
es soll zu Ehren sein,
ihr Gäste, auf die Weise
kämpft um mein Töchterlein.
Sie suchten aus den Schreinen
manch liebliches Gewand,
aus zartem, dünnem Leinen
und fein gesticktem Band.

So mancher junger Recke
wünschte heut so sehr,
gefalle zu dem Zwecke
der edlen Dame hehr.
So kriege er zum Lohne
der Dame zarte Hand,
dem König als sein Sohne
dem König in sein Land.

Da trat die Dame holde
gar vor die Ritter Schar.
das Kleid war ganz von Golde
so golden wie ihr Haar.
Die Wangen Morgenröte
die Augen Himmelsschein,
daß mancher Ritter böte
der Liebste ihr zu sein.

Sie hoben ihre Lanzen
zum Streit um ihre Gunst,
als wollten sie nur tanzen
im Rausche ihrer Brunst.
Es brachen viele Schilde
und mancher ehern Speer,
im Kampfgetümmel wilde
verfehlte seine Ehr'.

Am Ende kniet der Sieger
vor seiner holden Maid,
ein abgekämpfter Krieger
in einem blutig Kleid.
Das Kampfspiel war vergangen
der Ritter wollt den Lohn
für sein gerecht Verlangen
doch erntete er Hohn.

Die edle Dame lachte
und wandte sich ihm ab,
ihr Auge jedoch machte
was ihr das Herz eingab.
Sie liebte einen Ritter
doch nicht, der vor ihr kniet.
Für ihn war es so bitter
verstummt war auch sein Lied.

Erzürnt packt er die Maide
und warf sie ins Verlies,
in ihrem goldnen Kleide
wo er sie darben ließ.
Kein Ritter jemals sehnte
sich nach dem schönen Kind,
weil Hochmut sie entlehnte
wo Helden wahrhaft sind.

Im Kerker sie nun weinte
um ihren Ritter lieb,
der sich mit ihr nicht einte
und in der Ferne blieb.
So ward der Held zum Traume
einer Prinzessin hold,
die sich nicht hielt im Zaume
und keine Ehre zollt.

Moral von dieser Märe
das bedenket hier,
Liebe oder Ehre
haltet nun dafür.
Des Ritters reine Liebe
begrub sie in ihr Herz,
daß ihr der Tod nur bliebe
sie starb in tiefem Schmerz.«

Einige Augenblicke lauschte Isabella den Klängen seines Liedes nach. Sie bedauerte, daß es zu Ende war, denn die wohltönende Stimme des Sänger verursachte in ihr einen wonnigen Schauder. Doch noch mehr ergriff sie der Wortlaut des Liedes.
»Es ist so traurig«, flüsterte sie. »Warum fand ihre Liebe keine Erfüllung?«
Er lächelte. »Fand sie doch. Es war eine Liebe bis in den Tod.«
»Ich finde es trotzdem traurig. Sehnt sich nicht jeder danach, glücklich zu werden?«
Er erhob sich, ohne ihr zu antworten, und entfernte sich unter mehreren Verbeugungen. Isabella seufzte und schaute ihm mit sehnsüchtigem Blick nach.
»Was für ein Mann!« stöhnte Margarete. Rosamunde lachte und klopfte freundschaftlich auf Isabellas Arm. »Wenn Ihr ihn nicht nehmt, dann nehme ich ihn!«

»Oh, es gibt noch so viele hübsche und edle Ritter und Sänger, laßt sie uns alle anschauen!« rief Sieglinde und sprang auf. Die anderen erhoben sich ebenfalls und wandten sich zum Ausgang der Weinlaube. Im gleichen Augenblick gab es hinter ihnen einen lauten Knall, und Steinsplitter flogen in alle Richtungen. Die Mädchen kreischten auf und fuhren entsetzt herum. Unmittelbar neben ihnen war ein Teil der mächtigen Zinne herabgefallen und auf dem Pflaster zersplittert.

»Gütiger Himmel!« hauchte Isabella und schaute nach oben, wo die halbe Zinne wie ein abgebrochener Zahn in den Himmel ragte. »Das hätte unser Tod sein können!«

»Habt Ihr Euch verletzt, Prinzessin?« fragte Rosamunde besorgt, aber auch ihr klapperten die Zähne von dem Schreck.

»Nein, nein, es ist alles in Ordnung«, beschwichtige Isabella die aufgeregten Mädchen. »Uns ist zum Glück nichts passiert. Ich werde es meinem Vater, dem Herzog, noch heute sagen, daß er die Zinnen kontrollieren lassen soll. Offensichtlich liegt auch hier einiges im argen.«

Einen Augenblick standen sie noch schweigend da und blickten betroffen auf die Steinsplitter.

»Laßt uns gehen«, wiederholte Sieglinde. Die anderen folgten ihr und hatten den kleinen Zwischenfall schon bald wieder vergessen.

Als sie sich entfernt hatten, erhob sich hinter der kaputten Zinne die bucklige Gestalt von Belén. Er zog den Kopf ein und würde es nicht wagen, in den nächsten Stunden seinem Herrn unter die Augen zu treten.

*

Mit fliegendem Atem und zitternden Händen wühlte Gunilla in den Truhen und Schreinen der Frauengemächer. Kleider, Stoffe, Tücher, Decken, Teppiche, Kissen, Vorhänge – was brauchte eine Frau nur alles! Gab es denn keine Schatullen, kleine Truhen, Kästchen? Keines, das sie fand, glich dem, das der Fremde ihr beschrieben hatte und das er unbedingt haben wollte. Ratlos blickte sie sich um. Allerdings waren zwei der Schreine abgeschlossen. Sie waren alt und verstaubt und standen im hintersten Winkel der letzten Kammer. Sie schienen seit langer Zeit nicht geöffnet worden zu sein. Doch wo sollte sie die passenden Schlüssel dazu finden? Sie blickte in die herumstehenden Töpfe, Schüsseln und Körbe. Nirgendwo konnte sie einen Schlüssel entdecken.

Sie hörte Stimmen auf dem Gang. Die Damen kamen zurück, übermütig lachend und schwatzend. Gunilla preßte sich hinter die Säule, doch es war zu spät, die Gemächer zu verlassen.

Margarete riß die Tür auf und ließ sich aufstöhnend auf ihr Lager fallen. »Meine Füße bringen mich um!« klagte sie lautstark.

Die anderen lachten. »Weil du ständig diesem Kastraten hinterhergelaufen bist. Dabei schaut er doch gar nicht nach Frauen«, scherzten sie.

»Macht nicht solche Witze über diesen unglücklichen Menschen!« rügte Isabella.

»So unglücklich sah er aber gar nicht aus«, erwiderte Mathilda. Sie legte ihren Schleier ab und öffnete die Spange ihrer Tunika, die sie über dem dunkelgrünen Kleid trug. Es war warm, und sie sehnte sich nach leichterer Kleidung. Sie schlenderte hinüber in die benachbarte Kammer, wo die Truhen mit den Kleidern standen – und stieß einen Schrei aus. Die anderen Mädchen sprangen erschrocken auf.

»Gunilla, Himmel, habt Ihr mich aber erschreckt!« Mathilda preßte ihre Hand auf die Brust und winkte den anderen erleichtert. »Es ist Gunilla!«

Isabella runzelte die Brauen. »Gunilla? Was tut Ihr hier?«

»Verzeihung, Hoheit!« Sie zwang sich zu einem Lächeln. »Ich

suchte Euch, um mich mit Euch zu unterhalten. Aber ... aber Ihr wart nicht da. Ich wollte gerade gehen ...«
»Ist Euch nicht gut? Ihr habt rote Flecken im Gesicht. Warum versteckt Ihr Euch hinter der Säule?« Isabella erhob sich und trat auf die Frau zu.
»Nein, nein, es ist schon wieder gut. Mir wurde nur etwas schwindlig, und ich habe mich an die Säule gelehnt. Verzeiht, ich will Euch nicht stören, Ihr seid müde von diesem Tag.«
Sie deutete eine Verbeugung an und huschte zur Tür hinaus.
Die Mädchen blickten ihr mißtrauisch nach. »Die ist aber komisch!« platzte Sieglinde heraus.
»Das finde ich auch«, bestätigte Rosamunde. »Und irgendwie unheimlich!«
»Unsinn, das bildet ihr euch nur ein! Sie ist zu bedauern, weil sie immer so allein ist. Ihr Gatte ist seit einem Jahr in Italien, und es schickt sich nicht, daß sie ihr Vergnügen allein sucht. Ich habe mich mit ihr sehr nett unterhalten, und ich möchte ihr gern helfen. Wir hätten sie in unsere Mitte aufnehmen und mit ihr den Tag verbringen sollen. Das wäre unsere Christenpflicht gewesen.«
»Na, ich weiß nicht, ob ich mich in ihrer Gegenwart wirklich so wohl gefühlt hätte«, murrte Margarete.
Isabella winkte ab. »Ich werde mich ihrer morgen annehmen. Jetzt laßt uns unseren Durst und unseren Hunger stillen! Es duftet nach Wildschweinbraten, Zwiebeln und wildem Majoran!«

Gunilla hastete durch den Gang und bekämpfte ihre plötzlich aufkommende Übelkeit. Beinahe wäre alles schiefgegangen! Die Mädchen waren mißtrauisch geworden. Sie durfte nicht wieder so unvorsichtig sein! Mit einer fahrigen Bewegung strich sie eine Haarsträhne aus der Stirn, als sich plötzlich eine Hand auf ihren Mund legte. Eine andere Hand umfaßte ihre Taille und zog sie

durch eine kleine Tür. Entsetzt blickte sie in die schwarzen Augen des Fremden!
»Du warst unartig, mein schwarzes Täubchen«, zischte er in ihr Ohr und verriegelte die Tür zu der kleinen Kammer, die als Lager diente.
»Nein, ich habe alles durchsucht, diese kleine Truhe existiert nicht!«
»Lüge nicht! Du hast nicht richtig danach gesucht. Sie muß in den Frauengemächern sein!«
»Ich sage die Wahrheit! Ich habe alle Truhen, Körbe und Schreine durchsucht. Sie war nicht darin!«
»Alle?«
»Ja!« log sie, und ihre Augen flackerten.
Er packte sie grob an den Handgelenken und preßte sie mit seinem Körper gegen die Wand. »Du lügst! Die Lüge springt aus deinen Augen. Also, was ist?«
»Zwei Schreine sind verschlossen. Ich kann den Schlüssel dazu nicht finden. Vielleicht hält ihn der Herzog zurück. Isabella hat mir erzählt, daß ihr zu ihrem Geburtstag der Nachlaß ihrer Mutter ausgehändigt werden soll.«
»Das ist übermorgen!«
Gunilla nickte. »Dann öffnet sie die Truhen. Während des Turniers wird sich niemand in den Gemächern aufhalten. Ich besorge Euch das Kästchen!« Ihr Atem ging stoßweise, und ihre Stimme wurde brüchig.
»Das ist deine letzte Chance«, sagte er und ließ ihre Handgelenke los.
Gunilla atmete auf und rieb die schmerzenden Arme. Sie wollte an ihm vorbei und die Kammer schnellstens verlassen.
»O nein!« Der Fremde schüttelte den Kopf. »Wir sind noch nicht am Ende.«
»Bitte nicht!« flehte Gunilla. »Ich besorge Euch, was Ihr wollt!«
»Das will ich dir auch raten. Aber ich war nicht zufrieden mit dir.

Ich muß dich bestrafen!« Seine Stimme blieb leise und ruhig. Gunilla schauderte. Hätte er geschrien, getobt, alles wäre erträglich gewesen. Doch diese leise Stimme, die glatt und schlüpfrig war wie eine Schlange, unter ihre Haut kroch und ihren Hals umschlang, ängstigte sie zu Tode.

»Zieh dich aus, mein Schätzchen, zeige mir deinen rassigen Körper«, forderte er sie auf.

Gunilla wich zur Wand zurück. »Nein!«

»Nein? Dieses Wort kenne ich nicht!« Er war mit zwei Schritten bei ihr und riß mit einem heftigen Ruck ihr Kleid herunter.

»Schlechte Qualität«, meinte er herablassend. »Reißt viel zu schnell. Also, was ist?« Schluchzend streifte sie ihr Unterkleid ab und hielt die Hände vor ihre Blöße. »Nimm die Hände weg, ich weiß, wie eine Frau aussieht. Dein Anblick erfreut mich. Aber noch lieber sehe ich deine Kehrseite. Leg dich auf die Truhe dort!«

Mit schlotternden Knien wankte Gunilla zu einer Holztruhe mit gewölbtem Deckel und legte sich bäuchlings darüber. De Cazeville holte seinen Lederriemen unter der Tunika hervor und zog ihr einige klatschende Hiebe über das Hinterteil.

Gunilla unterdrückte einen Schrei und biß sich auf die Knöchel ihrer Hand. Sie wollte ihm nicht den Triumph gönnen, sich an ihren Schmerzen zu weiden.

Er betrachtete die roten Striemen, die sich über ihre weißen Hinterbacken zogen, und seufzte auf. »Ich tu es nicht gern, es verunstaltet deinen süßen Hintern, aber du bist selbst dran schuld. Unartige Kinder müssen gezüchtigt werden.« Er beugte sich über sie, und Gunilla schloß die Augen in der Erwartung, er würde wieder mit seinem gräßlichen Körperteil in sie eindringen. Doch er strich ihr Haar aus dem Nacken und legte den Lederriemen um ihren Hals.

Mit einem Ruck riß er sie hoch und zerrte sie zu sich heran.

»Wenn du mir folgst, mein kleines schwarzes Hündchen, tut es auch nicht weh!« Er zwang sie vor sich auf die Knie. Mit einer Hand öffnete er seinen Gürtel und streifte seine Hose über die Hüften, mit der anderen hielt er die Lederschnur um Gunillas Hals fest.

Sie sah seinen riesigen Phallus vor ihrem Gesicht und schloß angeekelt die Augen.

»Jetzt wirst du ihn streicheln, liebkosen, küssen, mit deinen Händen, mit deinen Lippen, so lange, bis ich sage, es ist genug. Dann darfst du dich etwas ausruhen, bis ich sage, du sollst weitermachen. Du kennst das Spiel?«

Schluchzend nickte sie.

»Also, fang an! Und mach endlich die Augen auf!«

*

Isabella und Mathilda schlenderten Seite an Seite durch das bunte Gewimmel. Isabella hatte den drei anderen Mädchen frei gegeben, damit sie den bunten Gauklern auf der Wiese vor der Burg zuschauen konnten. Mathilda mochte sie nicht begleiten. Sie trottete mit gesenktem Kopf neben ihrer Herrin her.

»Mathilda, was ist los mit dir? Freu dich doch an all den schönen Dingen, schau, diese herrlichen Bänder und Garne! Sogar goldenes Stickgarn ist dabei! Oder such dir einen hübschen Mann aus! Es gibt so viele davon, du brauchst nur zuzugreifen!« Sie legte freundschaftlich ihren Arm um Mathildas Schultern. Mathildas Mißstimmung störte sie und trübte ihre Vorfreude auf das morgige Turnier.

Mathilda senkte den Kopf und knetete ihre Finger durch.

»Vielleicht kehre ich doch ins Kloster St. Martin zurück«, sagte sie mit stockender Stimme. »Keinesfalls möchte ich heiraten.«

»Aber warum bist du plötzlich so verzagt?«

»Um mich wird kein Ritter kämpfen, auch wenn mein Vater selbst ein Ritter war«, sagte sie kläglich. »Und dann werdet Ihr mir irgendeinen Mann zuweisen, der mich auch ohne eine Mitgift nimmt. Doch welcher ehrbare Mann nimmt schon ein armes, mittelloses Mädchen? Nein, nein, die Ehe ist doch nur die Legitimation für einen Mann, sich seine Frau zu Willen zu machen, sich ihres Körpers zu bedienen, wann immer er Lust darauf verspürt. Ohne Rücksicht auf Gefühle oder Leiden! Er schwängert sie unter Scham und Demütigung, und unter Schmerzen muß sie ihm die Kinder gebären. Oh, wäre ich nur im Kloster geblieben! Es ist die bessere Alternative, die einem Mädchen bleibt.«

Isabella starrte sie mit offenem Mund an und befeuchtete aufgeregt mit der Zungenspitze ihre Lippen. Gleichzeitig dachte sie wieder an den nackten Jungen in der Herberge. Hatten die beiden Scham und Demütigung empfunden? Sie erinnerte sich an den glücklichen Gesichtsausdruck der Magd, als der Junge ihr beiwohnte.

»Das haben uns die Nonnen erzählt, daß es so sei«, sagte Isabella. »Doch woher wollen es die Nonnen so genau wissen?«

Mathilda schluckte. »Ich weiß es nicht.«

»Eben! Sie können nicht wissen, wie es ist, mit einem Mann zusammen zu sein, weil sie es nie getan haben! Doch uns wollen sie es vergraulen.«

Mathilda hob abwehrend die Hände. »Ich habe keine Lust, es auszuprobieren«, gestand sie kleinlaut.

Isabella schaute sie an, und ihr Blick schien die Zofe zu durchdringen. »Ich schon!«

»Ihr versündigt Euch«, stammelte Mathilda und bekreuzigte sich.

Isabella konnte Mathildas Gejammer nicht mehr ertragen, so wie sie auch all die vielen fremden Menschen plötzlich nicht mehr ertragen konnte. Es war beste Absicht des Herzogs, Isabella von ihrem Kummer und den Gedanken an das schreckliche Geschehen abzulenken, doch das Gewimmel ängstigte sie.

Nach der Stille und Abgeschiedenheit ihres klösterlichen Lebens hatte sie sich auf das bunte und lustige Leben am Hofe ihres Vaters gefreut. Jetzt aber störten sie die vielen lauten und lustigen Menschen in ihren Gedanken an jenen Ritter in der nicht faßbaren Gestalt.

Immer mehr glaubte sie, daß er eine silberne Rüstung trug, die im Licht der Sonne überirdisch funkelte, daß seine Augen die Abbilder tiefer Seen waren, die einsam in den Bergen lagen, und daß er einem Engel gleich sie beschützen würde, wo immer sie sich auch befand. Es war kein Ritter aus Fleisch, Blut und Eisen. Er war ein Produkt ihrer Phantasie, ihrer Wunschträume.

Diese Erkenntnis schmerzte sie, doch gleichwohl hielt sie verbissen daran fest. Es war ein tröstlicher Gedanke in diesem Meer der Unsicherheit, in diesem Gewimmel aus fremden Körpern, Blicken, Begierden. Denn daß alle begierig darauf waren, die Hand von Isabella erringen zu können, war sonnenklar. Sechzig Ritter hatten sich dazu eingefunden. Die meisten lebten ohnehin ständig in der Nähe ihres Vaters, des Herzogs, um im Bedarfsfall für ihn zu kämpfen oder ihn zu beraten. Der Herzog war ihr oberster Herr, den letzten Befehl gab er. Doch Isabella hatte bereits mehr als einmal verspürt, daß die Ritter den alternden Herzog wie einen Hund an der Leine hielten und ihn dahin dirigierten, wohin sie ihn haben wollten. Mathilda hatte völlig recht. Doch durfte sie das vor ihr eingestehen? Es war schlimm genug, daß sie es vor sich selbst eingestehen mußte, daß ihr Vater nicht dieser überlegene, überragende Landesfürst war, den sie in Erinnerung hatte. Und daß es dringend not tat, eine Änderung herbeizuführen. Der Einfluß dieser Ritter mußte beschnitten werden. Doch war dies möglich, indem sie einen von ihnen ehelichte?

Während Mathilda sich nun endlich an den Auslagen der vielen Händler, die das Turnier angelockt hatte, zu erfreuen schien, benutzte Isabella einen heimlichen Seitengang, um in den Garten zu gelangen, den sie schon als Kind geliebt hatte. Es war ein kleiner Garten, voller romantischer Winkel, blühender Büsche, Rosenstöcke. Zwischen den Sträuchern standen steinerne Bänke zum Verweilen, den Blicken Neugieriger verborgen. Hier hatte sich Isabella versteckt, wenn sie von der Amme nicht entdeckt werden wollte oder um mit Mathilda ihre Geheimnisse zu teilen.

Sie setzte sich auf eine Bank und zog ihren Schleier vom Haar. In Gegenwart der fremden Menschen trug sie ein kostbares, aber züchtig geschlossenes Kleid mit einer flachen Kappe auf dem Haar, die durch ein Schleiertuch festgehalten wurde. Jetzt fühlte sie sich sogar durch diesen feinen Stoff beengt.

»Welche Wolken des Trübsinns verdunkeln die Sonne Eurer Seele?« vernahm sie eine warme Stimme. Isabella fuhr herum – und blickte in zwei sternenklare blaue Augen!

»Oh, Ihr seid es, Ritter Michael!« rief sie und spürte, wie sie errötete. Sie senkte den Blick und spielte verlegen mit dem Schleier in ihrer Hand.

»Habe ich Euch erschreckt?« fragte er und blieb stehen.

»O nein, ich wollte nur etwas ausruhen von all diesem Trubel. Ich bin es noch nicht gewöhnt, so viele Menschen um mich zu haben. Aber bitte, tretet doch näher.«

Der Ritter kam auf Isabella zu und blieb vor ihr stehen. Sie rückte zur Seite und klopfte mit der flachen Hand auf die Sitzfläche.

»Setzt Euch zu mir, Herr Ritter, und leistet mir Gesellschaft!«

»Es ist mir eine große Ehre, Prinzessin, daß ich mich auf Eure Stufe erheben darf. Für einen einfachen Ritter wie mich ist es die höchste Gunst, die ihm eine edle Dame gewähren kann.«

Isabella lachte. »So? Mehr Begehr habt Ihr nicht? Dabei habt Ihr doch die Möglichkeit, für immer an meiner Seite zu bleiben.«

»Wie soll ich das verstehen?«

»Ihr braucht nur am Turnier teilzunehmen und um meine Hand zu kämpfen. Der Sieger wird mein Gemahl.«
»Das ist fürwahr ein verlockendes Ziel, und alle Ritter würden wohl ihr Bestes dafür tun, aus diesem Turnier als Sieger hervorzugehen.«
»Natürlich! Eine Prinzessin mit einem Herzogtum als Mitgift bekommt man auch nicht alle Tage. Es schmeichelt mir, daß sechzig Ritter um meine Hand kämpfen werden.«
»Und Ihr, Isabella, was wollt Ihr?«
Sie blickte ihn überrascht an, und der Blick aus seinen Augen verursachte ihr wieder dieses seltsame Herzklopfen.
»Wie meint Ihr das?«
»Was wünscht Ihr Euch? Für Euch persönlich?«
»Für mich persönlich? Es geht doch nicht um mich persönlich, es geht um das Herzogtum meines Vaters. Seine Existenz muß garantiert, sein Bestehen gesichert sein. Meine Wünsche spielen keine Rolle.« Sie senkte wieder den Blick.
»Das ist eine fürwahr edle Einstellung! Aber der Sieger des Turniers wird Euer Gatte werden. Mit allen Rechten. Und Ihr seid dann seine Gattin, mit allen Pflichten.«
Isabella errötete wieder. »Das ist eben die Ehe. Daran kann ich nichts ändern.« Sie versuchte, gleichgültig zu erscheinen.
»Und wenn Ihr es ändern könntet?« drang er weiter auf sie ein. »Wie würdet Ihr Euch entscheiden?«
»Ihr meint, wie in Eurem Lied? Das würde heißen, ich würde an meiner Liebe zerbrechen, wenn ich die Hand des Siegers verschmähe.«
»Möglicherweise! Es sei denn, es gäbe jemanden in Eurem Herzen, der das Ziel Eurer Träume und Sehnsüchte ist.«
Nachdenklich blickte Isabella ihn an. Ahnte er etwas von ihren heimlichen Gedanken, von ihrer seltsamen Sehnsucht nach einem Helden in silberner Rüstung und mit blauen Augen?
»Was ist mit Euch, Herr Ritter?« fragte sie hastig, bevor sich die

Stille zu sehr ausdehnte. »Werdet Ihr auch am Turnier teilnehmen und um meine Hand kämpfen?« Unbewußt hatte sie sich gerade aufgerichtet und blickte ihn ernst an.
Martin zögerte einen Augenblick, ehe er antwortete: »Wünscht Ihr denn, daß ich um Euch kämpfe?«
»Aber ja!« rief sie aufgeregt und faßte ungestüm seine Hände. Im gleichen Moment schreckte sie zurück über so viel Kühnheit, ihre Gefühle derart offen zu zeigen.
Martin unterdrückte ein Schmunzeln. »Und wenn ich verliere?«
Sie starrte ihn an. »Ihr würdet gewinnen, da bin ich mir sicher«, sagte sie.
»Ihr würdet mich aber nur lieben, wenn ich als Sieger hervorgehe? Oder würdet Ihr mich um meinetwillen lieben können?«
»Ihr stellt seltsame Fragen«, erwiderte sie etwas verunsichert.
»Antwortet mir, Isabella!« forderte er sie auf. »Könntet Ihr mich auch lieben, wenn ich nicht der mutige Held bin, der siegreiche Ritter, sondern irgendein Krieger, ein Kämpfer, ein Niemand?«
Irritiert starrte sie ihn an. »Ich ... ich weiß nicht ... darüber habe ich noch nicht nachgedacht«, stammelte sie.
»Müßt Ihr denn erst darüber nachdenken?« fragte er scharf. »Spürt Ihr es denn nicht?«
»Ich ... bin verwirrt ... diese Gefühle sind so neu für mich.« Sie senkte den Blick.
»Also spürt Ihr es doch, dieses heftige Klopfen des Herzens, den fliegenden Atem, das Kribbeln in den Adern?« Er schaute sie hoffnungsvoll an, und sie erschauerte wieder unter seinem Blick. Was war das, das sie so verunsicherte, ihre Gedanken wirbeln, ihr Herz hüpfen und ihre Lungen flattern ließ?
Er fiel vor ihr auf die Knie und umfaßte ihre Hände, die in seinen völlig verschwanden. »Laßt mich Euer Ritter sein, der einzige in Eurem Herzen, laßt mich Euer Geliebter sein, der einzige in Eurem Leben – laßt mich der einzige Mann sein, dem Ihr Euch ...« Er stockte.

»Ja?« Sie zog ihn zu sich auf die Bank. Sein hübsches, ebenmäßige Gesicht verschwamm vor ihren Augen, sie spürte den Stoff seiner Tunika unter ihren Händen, die Wärme seiner Haut, seinen Atem auf ihrem Gesicht.

»Schenkt mir Eure Gunst und Euer Herz, Isabella!«

Sie saßen dicht beieinander, ihre Schenkel berührten sich, sie konnten ihre Herzen schlagen hören.

»Ich ... ich schenke es Euch, Herr Ritter, meine Gunst, mein Herz ...«

»Auch Eure Liebe!« forderte er.

»Meine Liebe? Ich ... ich weiß nicht, ob ich sie Euch schenken kann.«

»Gibt es bereits jemand, dem Ihr sie geschenkt habt?« fragte er, und leise Verzweiflung klang aus seiner Stimme.

»Nein! Oder doch? Er ist kein Mensch aus Fleisch und Blut, er ist – so entfernt, so unerreichbar. Und doch habe ich das Gefühl, er wäre ganz nah bei mir.«

»Wer soll das sein?«

Isabella blickte versonnen in die Ferne. »Er war plötzlich da. Ich dachte, er müßte mein Freund sein, mein Retter, mein Held. Dann stellte sich heraus, er ist ... jemand ganz anderes. Und doch – ich liebe ihn!«

Martin hatte mit wachsendem Erstaunen zugehört. Ungläubig sah er ihren verklärten Blick. Er rückte von Isabella ein Stück ab. Sie schreckte aus ihren Gedanken auf und lächelte.

»Verzeiht, Herr Ritter, ich träume.«

»Wie könnt Ihr einen Menschen lieben, den Ihr gar nicht kennt?« fragte er verwundert.

»Es ist nicht der Mensch, den ich liebe. Es ist diese seltsame Erscheinung. Vielleicht ist es mein Schutzheiliger, der plötzlich auftaucht, wenn ich in Not bin.«

»Wie heißt Euer Schutzheiliger?«

»Martin!«

»Ups!« Martin starrte sie entgeistert an. »Und Ihr glaubt, er war es, der Euch gerettet, beschützt hat?«
»Ja, und er hatte wunderschöne blaue Augen, so wie Ihr!« Sie wandte sich ihm zu und blickte ihn an.
Martin erhob sich. »Ich möchte Euch nicht weiter von Euren Träumen abhalten, Isabella«, sagte er leise.
»Aber – so bleibt doch, bitte!« rief sie hastig und faßte wieder seine Hände. »Ich ... ich fühle mich sehr wohl in Eurer Gesellschaft.«
Martin zögerte und blickte zweifelnd auf sie herab. »Wollt Ihr das wirklich?«
»Aber ja!« Sie erhob sich nun ebenfalls. Sie lächelte etwas verlegen, weil sie nicht die Zurückhaltung und Scheu an den Tag legte, die ihr angemessen gewesen wären. Und sie errötete, weil sie es selbst bemerkte.
Martin stand dicht vor ihr, und dieses reizende Geschöpf brachte ihn fast völlig um den Verstand. Mit ihren geröteten Wangen, den glänzenden Augen und den leicht geöffneten Lippen sah sie aus, als käme sie geradewegs aus dem Bett eines Geliebten. Warum nur war alles so kompliziert? Warum konnte er sie nicht einfach in die Arme nehmen, ihre süßen Lippen küssen? Er starrte auf ihren Mund, als sie vor Verlegenheit und Aufregung mit der Zungenspitze ihre Lippen befeuchtete. Er spürte ein heftiges Ziehen in seinem Bauch und zwischen seinen Lenden regte sich etwas. Gütiger Himmel!
»Setzen wir uns!« sagte er schnell und krümmte sich auf der Bank zusammen. In den engen Hosen, die er trug, mußte er sich doch verraten!
Erleichtert setzte Isabella sich wieder neben ihn und freute sich, daß er noch bei ihr blieb. Von seinen plötzlichen körperlichen Nöten bemerkte sie nichts.
»Ihr habt ein sehr schönes Lied vorgetragen, Ritter Michael«, wechselte Isabella das Thema, und Martin war es nur recht.

»Habt Ihr einen besonders guten Lehrmeister der Sangeskunst gehabt?«

»Das will ich meinen! Er ist der beste, den es unter den Rittern gibt. Er ist nicht nur der beste Troubadour, er dichtete die schönsten *chansons de geste,* die ich je hörte. Und er ist der mutigste Ritter und zugleich edelste dazu, den es unter Gottes Sonne gibt.«

»Das muß ja ein besonderer Held sein. Wie ist sein Name?«

»Richard Löwenherz!«

Isabella prallte zurück. »*Der* Richard Löwenherz?« fragte sie mit erstauntem Gesicht.

»Es gibt nur einen Richard Löwenherz, den König von England.«

»Aber ... aber hielt ihn nicht unser ehrwürdiger Kaiser gefangen? Er ist unser Feind!«

»Mein Feind ist er nicht«, erwiderte Martin. »Ihm habe ich mein Leben zu verdanken.«

Isabella blickte ihn befremdet an. »Ein Feind rettete Euer Leben?«

»Ja, während des Kreuzzuges. Oder besser – danach! Den Beinamen ›Löwenherz‹ erhielt er wegen seines außerordentlichen Mutes und seines taktischen Geschicks. Ihm ist es zu verdanken, daß es einen zweiten Kreuzfahrerstaat im Heiligen Land gibt.«

»Das verstehe ich nicht«, widersprach Isabella und runzelte die Brauen. »Er hat doch das edle Ziel der Kreuzfahrer verraten, indem er mit diesem gräßlichen Heiden, diesem Sultan paktierte! Wie kann er dann als Held gefeiert werden?«

»Weil es das beste in dieser Situation war. Das Heer der Kreuzfahrer war geschlagen, unsere Mission war gescheitert. Er hat es geschafft, Jaffa einzunehmen.«

»Jaffa!« schnaubte Isabella verächtlich. »Jerusalem war das Ziel! Und nun hausen dort immer noch diese heidnischen Mamelucken!«

»Was wißt Ihr denn von den Entsagungen und schrecklichen Ereignissen des Kreuzzuges?« fragte Martin verärgert. »Ihr habt in der Stille des Klosters gelebt, alles Schreckliche der Welt wurde von Euch ferngehalten.«

»Macht Ihr mir das etwa zum Vorwurf?« fragte Isabella entrüstet.

»Nein, natürlich nicht. Es tut mir leid, wenn ich Euch gekränkt haben sollte. Aber manchmal überkommen mich noch die Bilder wie aus einem schrecklichen Alptraum.«

»Ich nehme es Euch nicht übel«, lenkte Isabella ein. »Es kann sicher keiner nachfühlen, der nicht dabeigewesen ist, was Ihr durchstehen mußtet. Kanntet Ihr etwa unseren heiligen Kaiser Barbarossa persönlich?«

»Natürlich, er war doch unser Anführer. Nie wieder wird es so eine Persönlichkeit geben wie ihn. Es war ein unersetzlicher Verlust.«

»Er soll ... ermordet worden sein«, flüsterte Isabella.

Wütend fuhr Martin herum. »Glaubt Ihr etwa auch diesen Unsinn?« fragte er.

»Wieso Unsinn? Die Soldaten meines Vaters jagen den Mörder. Es soll ein verfemter Kreuzritter sein.«

Martin schwieg. »Der Kaiser ist ertrunken, in einem Fluß, den man Saleph nennt.«

Sie neigte den Kopf. »Es wird viel erzählt«, entgegnete sie. »Ein Mörder wird immer seine Unschuld beteuern.«

»Ein Mörder ist erst ein Mörder, wenn seine Schuld bewiesen ist«, entgegnete er.

Sie schwiegen beide. Eine unsichtbare Mauer schien sich zwischen ihnen zu erheben.

»Und welche seltsame Beziehung habt Ihr zum englischen König?« wollte Isabella wissen.

»Er nahm mich mit nach Zypern, eine wunderschöne Insel im Mittelmeer, die er eroberte und wo der Orden der Johanniter sich niedergelassen hatte. Die Ordensbrüder pflegten kranke Ritter, die aus dem Heiligen Land kamen.«

»Ihr seid erkrankt?« Mitleid schwang in Isabellas Stimme.

Martin senkte den Kopf. »Es ist ein seltsames Klima dort, sehr warm, man bekommt Durst. Oft ist das Wasser schlecht und voller Krankheiten. Ich bekam die Ruhr und Schüttelfieber und glaubte, sterben zu müssen.«

»Wie kam er aber dazu, Euch in diesen Orden mitzunehmen? Schließlich seid Ihr ein deutscher Ritter und er ein Engländer?«

»Irrtum, er wurde in Aquitanien geboren und als französischer Edelmann erzogen.«

Isabella zog die Nase kraus. »Dann ist er eben ein Franzose, das ist doch egal.«

»Ihr seid sehr intolerant, Isabella. Wenn man auf fremder Erde kämpft, im Angesicht der Heiden, die wie wilde Tiere angreifen, dann ist es egal, ob neben einem ein Engländer oder Franzose, Normanne oder Deutscher kämpft. Der Anführer der Heiden, Sultan Saladin, ist ebenfalls ein großer Feldherr.«

»So sprecht Ihr von den Heiden?« staunte Isabella.

»Ja, weil man einen mutigen Mann achten muß, ganz gleich, auf welcher Seite er kämpft. Er hat verhindert, daß wir Jerusalem erobern konnten.«

»Ihr sprecht sehr seltsam, Ritter Michael, und ich kann Euch leider nicht ganz folgen.« Unwillig runzelte Isabella die Stirn.

»Es ist auch nichts Wichtiges, womit Ihr Euer hübsches Köpfchen belasten solltet«, wiegelte Martin ab. Er war sich sicher, in dieser Beziehung von Isabella keine Unterstützung erhoffen zu können.

Er erhob sich wieder und blickte ein wenig traurig auf Isabella herab.

»Ihr wollt gehen?« fragte sie enttäuscht.

»Wir waren schon viel zu lange allein miteinander. Es schickt sich nicht für eine so hochgeborene Dame wie Euch, mit einem

Ritter hinter dem Gebüsch zu hocken.« Er lächelte verlegen, und es stand ihm gut. Isabellas Herz wurde warm. Sie erhob sich und trat dicht an ihn heran.

»Werde ich Euch wiedersehen?« fragte sie mit banger Stimme.

»Sechzig Ritter wollen Euch noch huldigen, Isabella. Und darunter sind bestimmt viele gute Troubadoure.«

»Ritter Michael, ich möchte keinen anderen Sänger mehr anhören«, sagte sie entschieden.

»Wirklich? Dabei habe ich Euch so ein trauriges Lied gesungen. Doch es war ganz allein für Euch gedacht.«

»Wolltet Ihr mich traurig machen?«

»Keineswegs! Ich wollte Euch zum Nachdenken anregen. Und nun muß ich gehen.«

»Wartet einen Augenblick!« Sie hielt ihn am Ärmel fest. »Wie kann ich sicher sein, daß Ihr mir die Treue haltet?«

Er blickte auf sie herab. Mein Gott, war sie klein und zart, dabei so verführerisch wie ein knackiger Apfel!

»Ist Euch das Wort eines Ritters nicht genug?« fragte er mit einem spöttischen Blinzeln.

»Doch, natürlich!« beeilte sie sich, ihm zu versichern.

»Und wie garantiert Ihr mir Eure Gunst?«

»Ich ... äh ... Ihr habt mein Wort!«

»Wirklich? Besiegelt Euer Wort!«

»Wie?« Sie blickte ihn ratlos an.

Er zog sie in die Arme, und mit grenzenlosem Erstaunen spürte sie seine Lippen auf den ihren. Sein Kuß war so wundervoll zart und warm, voll Inbrunst und köstlicher Süße, daß ihr schwindelig wurde.

Abrupt ließ er sie los und wandte sich um. Sprachlos blickte sie ihm hinterher, als er über den Kiesweg davoneilte.

»Ritter Michael!« rief sie. Er stockte, ohne sich umzudrehen. Sie lief ihm nach und blieb hinter ihm stehen. Dann drückte sie ihren Schleier in seine Hand. Ohne einen Blick lief sie an

ihm vorbei zum Wohnturm, wo sie sich in ihre Kammer einsperrte.
Martin blickte ihr nach, bis er sie aus den Augen verlor. Er preßte sein Gesicht in den zarten Schleier und sog tief ihren Duft ein.

*

Jakob verschränkte die Arme auf dem Rücken und schlenderte zwischen den bunt gekleideten Zigeunern umher, die dem staunenden Publikum ihre Kunststücke vorführten. Es gab Feuerschlucker, rassige Tänzerinnen mit Schellen an den Fußgelenken, Männer, die mit kleinen Bällen jonglierten oder aufeinander balancierten.
»Kannst du dich noch immer nicht sattsehen?« fragte Ritter Rudolf spöttisch. Er saß im Gras und lehnte sich gegen das Rad eines Bauernwagens. Patrick hockte neben ihm und paßte auf die Pferde auf. Alle drei trugen unauffällige braune Umhänge über ihren schlichten Tuniken, wie sich auch die Bauern, Händler und einfachen Musikanten kleideten. In dem Gewimmel der Menschen auf der großen Wiese unterhalb der Burg fielen sie nicht auf.
»Die Zigeuner haben sogar einen Ziegenbock, der zählen kann und andere Kunststücke beherrscht. Und diese Mädchen mit den glühenden schwarzen Augen!« Jakob hüpfte vor Begeisterung von einem Fuß auf den anderen.
Rudolf grinste verständnisvoll. »Dir fehlt es an Abwechslung auf unserer Burgruine«, meinte er.
»Das habe ich damit nicht gemeint, Herr Ritter«, erwiderte Jakob. »Aber es war eine gute Idee, hierher zu reiten.«
»Dieser Meinung bin ich gar nicht. Es bereitet mir Sorge, daß dein Herr nicht auf mich gehört hat. Hoffentlich erkennt ihn keiner.« Besorgt kaute Rudolf auf einem Grashalm.
»Da kommt er ja!« Patrick sprang auf.

Auch Rudolf erhob sich. Niedergeschlagen und mit hängenden Schultern kam Martin schleppenden Schrittes über die Wiese auf sie zu. Die drei blickten ihn fragend an.
»Sie ist es tatsächlich«, sagte er, und seine Stimme klang verzweifelt.
Rudolf legte seine Hand auf seine Schulter. »Schlag sie dir aus dem Kopf! Morgen werden die Ritter um sie kämpfen, sie wird heiraten, und du wirst sie niemals wiedersehen.«
Martin senkte den Kopf. »Ja, so wird es werden.« Er seufzte. »Ich hatte gehofft, sie erkennt mich wieder.«
»Und?«
Er schüttelte den Kopf. »Sie träumt von irgendeinem Helden, der zwischen den Wolken schwebt, der ihr Schutzengel ist und eine silberne Rüstung trägt.« Wütend warf er die Laute zu Boden.
»Hast du Gundram gesehen?« wollte Rudolf wissen.
»Ja, er wird auch am Turnier teilnehmen. Ich habe mich etwas umgehört. Die Festlichkeiten dauern noch etwa zwei Wochen. So lange bleiben auch die meisten Ritter und ihr Gefolge hier. Wir sollten seine Burg angreifen, solange er sich noch hier befindet.«
»Das halte ich auch für das Vernünftigste«, antwortete Rudolf. »Laß uns zurückreiten und den Angriff vorbereiten. In einer Woche sollten wir es geschafft haben.«
Sie schwangen sich auf ihre Pferde. Jakob warf einen letzten sehnsüchtigen Blick auf die tanzenden Zigeunermädchen, dann gaben sie ihren Pferden die Sporen.

*

Der Menschenauflauf auf der steinernen Brücke zur Burg war so groß, daß sich Isabella und Gunilla kaum durchdrängen konnten. Beunruhigt blickten sie auf die Männer, die mit langen Stangen im Burggraben herumstakten und versuchten, ein unförmiges Bündel ans Ufer zu ziehen.

»Was ist hier geschehen?« fragte Isabella. »Ist das ein Mensch?« Sie lief mit gerafften Röcken über die Wiese, dorthin, wo die Männer das triefende Bündel abgelegt hatten. Sie zogen ihre Kopfbedeckungen und traten einen Schritt zurück.
Gunilla war auf der Brücke stehengeblieben. Ihre Finger gruben sich in das splitterige Holz des Geländers.
Isabella selbst hatte das Bündel umgedreht und prallte entsetzt zurück. Der Tote war ein kleiner, buckliger Mann. Noch im Tod hielt er die Augen schreckensweit geöffnet. Das grausigste jedoch war, daß in seinem aufgerissenen Mund ein Apfel klemmte! Er hatte keine Chance gehabt!
»Er hat schon immer zuviel gesoffen«, sagte eine leise Stimme hinter Gunilla. Es war der Fremde mit den rabenschwarzen Augen und dem noch schwärzeren Herzen! Sie zuckte zusammen und wollte davonlaufen, doch eine eiserne Hand hielt sie fest. »Schau hin, wie jemand aussieht, der seine Aufgaben nicht zu meiner Zufriedenheit erledigt.« Die Stimme an ihrem Ohr jagte ihr Entsetzen ein, und ihr Atem stockte. Gleichzeitig spürte sie eine Hand, die ihr sanft den Rücken hinab streichelte und auf ihrem Gesäß liegenblieb.
»Ich spüre, daß dein lustvoller Körper bebt vor Verlangen«, raunte de Cazeville ihr zu. »Gib zu, es hat dich beeindruckt, weil es noch kein Mann vorher geschafft hat, dich zu befriedigen!« Er preßte sie gegen das Brückengeländer, ohne sein Streicheln zu unterbrechen.
Ein Schauder jagte über Gunillas Rücken, und sie spürte die Gänsehaut auf ihren Armen. Das schlimmste daran war jedoch, daß er recht hatte!
»Schert Euch zum ...«
»Pssst, kein Aufsehen!« murmelte er. »Du willst dich doch noch am herzoglichen Hof sonnen. Da darfst du dich nicht danebenbenehmen.«
Es fiel in dem Gedränge der Menschen, die neugierig auf der

Brücke standen und das Geschehen am Ufer des Burggrabens begafften, nicht auf, daß de Cazeville Gunilla fast über das Brückengeländer drückte. Er rieb sacht seine Lenden gegen ihr Hinterteil.

»Im kalten Wasser ist es sehr ungemütlich«, flüsterte er dabei. »Vor allem, wenn man tot ist. Dagegen ist es direkt das Paradies, sich der sündigen Liebe hinzugeben.« Er lachte leise, und Gunilla biß sich verzweifelt auf die Unterlippe. Sollte sie jetzt schreien, um sich schlagen, ihm das Gesicht zerkratzen?

Sie schwieg, während Tränen über ihre Wangen rannen. Er zog sie zu sich heran, als er ihr unterdrücktes Schluchzen bemerkte.

»Ist es denn wirklich so schlimm, ein wenig nett zu mir zu sein?« fragte er in einem besorgten Ton, der Gunilla wie der blanke Hohn vorkam.

»Ihr seid ein Teufel!« keuchte sie zwischen den Zähnen hervor.

»Du schmeichelst mir, Schätzchen. Aber ich werde mein Bestes tun! Vergiß nicht, morgen findet das Turnier statt. Das ist deine letzte Chance. Danach werde ich keine Nachsicht mehr mit dir haben!«

Er kniff ihr fast liebevoll ins Hinterteil. Als Gunilla sich umwandte, war er verschwunden.

Fünftes Kapitel

Das erste Morgengrauen zeigte sich am Horizont, als es in der Burg des Herzogs unruhig wurde. Hähne krähten, Hunde bellten, Ochsen brüllten, und dazwischen schrien Knechte und Mägde, liefen hin und her und bereiteten den großen Tag vor, an dem die Ritter um Isabellas Hand kämpfen würden. Auf der Wiese vor der Burg rappelten sich nicht nur die Händler, Musikanten und Gaukler aus ihren Decken, sondern die Knappen der Ritter bewegten bereits die edlen Rosse, um deren Muskeln zu lockern, oder putzten die Rüstungen, die ohnehin alle schon auf Hochglanz poliert waren, prüften die Lanzen und die Sättel und schnupperten nach den köstlichen Düften, die der Schloßküche entströmten. Große Kessel mit Haferbrei dampften für das Frühstück, es gab gekochte Eier mit Essig und Öl, helles Brot, Käse und kaltes Fleisch.

Mägde schleppten angerichtete Platten ins Untergeschoß des Palas. Hier hielten sich die zahlreichen Gäste, Ritter mit ihren Knappen und Gefolge auf, hier nahmen sie ihre Speisen ein, wenn sie nicht an die Tafel des Herzogs im Prunksaal geladen waren. Die Nacht verbrachten die Gäste in den eigens dafür vorgesehenen Schlafräumen in der Vorburg, die sich zwischen dem äußeren und dem inneren Tor der Herzogsburg befand. Streng getrennt nach Männer- und Frauenschlafsälen sahen sich auch Ehepaare erst am Morgen beim Frühstück.

Isabella wälzte sich auf ihrem Bett herum und zog sich unwillig die Decke über die Ohren. Obwohl die Frauengemächer im Wohnturm etwas abseits lagen und durch einen Gang mit dem großen Seitengebäude, das den Prunk- und den Audienzsaal beherbergte, verbunden war, hörte sie die hektischen Schritte der Bediensteten über den Steinboden oder die hölzernen Stiegen poltern. *Meine Güte, warum wurden die Fußböden nicht mit frischen Binsen bestreut?* ärgerte Isabella sich im Halbschlaf.

Im Wohnturm waren alle Stammbewohner der Burg untergebracht, angefangen vom Herzog, der die prachtvollsten Kemenaten im Mittelteil des Turmes bewohnte, bis zu den Burgmannen, deren Quartiere beidseits des Einganges zum Wohnturm lagen. Sie mußten bei Bedarf zuerst auf den Beinen sein, um die Burg zu verteidigen.

Doch heute galt es nicht, die Burg gegen den Ansturm der unzähligen Gäste zu verteidigen, heute war jeder willkommen, der den großen Tag mit Isabella festlich begehen wollte.

»Aufwachen, Hoheit, die ersten Gratulanten stehen schon vor der Tür!« rief Mathilda und zog Isabella die Decke weg. Unwillig knurrte sie und hielt den Zipfel fest.

»Laß das, du grausames Kind!« schimpfte Isabella. »Wir sind nicht mehr im Kloster, daß wir mitten in der Nacht zum Gebet aufstehen müssen. Ich will ausschlafen!«

»Das geht heute nicht. Ihr seid der Mittelpunkt des Festes, da könnt Ihr nicht schlafen!«

Auch die drei Gesellschaftsmädchen der Prinzessin waren schon aufgestanden und angekleidet und bemühten sich nun unter lautem Lachen und Scherzen, die Prinzessin aus dem Bett zu ziehen. Das überdachte Kastenbett krachte bedenklich, als sie wie übermütige Fohlen auf der Matratze herumsprangen und Isabella kitzelten, an ihrem Nachtgewand zogen und sie aus dem Bett schubsten.

»Quälgeister!« stöhnte Isabella und schüttelte sich, als eine der

Mägde, die schon bereitstanden, sie zu waschen und anzukleiden, ihr kaltes Wasser ins Gesicht spritzte.
»Das gibt rosige Wangen!« kicherte Sieglinde und rubbelte Isabella mit einem Tuch trocken. Dann kleideten sie die Prinzessin in ein langes, weißes Unterkleid und legten eine reich bestickte rote Tunika darüber. Ihre blonden Locken wurden gebürstet und geflochten und zu einem züchtigen Kranz am Hinterkopf zusammengesteckt. Zuletzt legten sie ihr den Schleier darüber und setzten die Adelskrone auf das Haupt. Dieser schmale, goldene Reif mit dem funkelnden Rubin in der Mitte war von nun an das Zeichen ihrer hohen Abstammung und ihrer weltlichen Macht.
Seltsamerweise veränderte diese Ausstaffierung plötzlich Isabellas Verhalten. Hoch aufgerichtet, mit stolz erhobenem Kopf stand sie da, ließ mit entrücktem Blick das Zupfen und Zerren der Mädchen über sich ergehen, die hier noch eine Falte, da noch eine Naht zu richten hatten. Sie blickte zur Tür, als ihr Vater eintrat, um ihr seine Glückwünsche zu überbringen.
Mit rührselig verschwommenen Augen stand er vor ihr, die Arme ausgebreitet und ein verlegenes Lächeln auf dem Gesicht.
»Komm an mein Herz, meine Tochter«, sagte er, und seine Stimme klang krächzend. »Es ist ein seltsamer Tag für mich. Denn zur Freude darüber, daß ich meine einzige Tochter zurückbekommen habe, gesellt sich die Wehmut, daß ich sie heute wieder verlieren werde. Tapfere und edle Recken warten da draußen, um im fairen Wettkampf um deine Hand anzuhalten. Haben sie dir in den letzten Tagen bereits mit Wort und Gesang gehuldigt, so werden sie heute ihre Lanzen erheben und um eine Prinzessin kämpfen. Was gibt es wohl Höheres für einen Ritter als diesen kostbaren Lohn.«
Isabellas Augenbrauen zogen sich zusammen. Sie war also ein Preis, ein Trophäe, ein Pokal, der dem Sieger übergeben wurde!

Doch gleich schob sie diesen Gedanken wieder beiseite. Sie dachte an Ritter Michael von Drachenfels. Was konnte es Schöneres geben, als ihm, als dem Sieger des Turniers, das Spitzentüchlein zuzuwerfen? Er würde vor ihr knien im Sand der Turnierbahn, den Blick seiner blauen Augen zu ihr erhoben, ein Lächeln auf den Lippen, die sie so verführerisch geküßt hatten! Ihre Wangen erglühten in der Vorfreude darauf, doch dann besann sie sich ihres Vaters, und ihr Blick wurde wieder ernst.

»Mein Geschenk hast du bereits erhalten, das ich dir zu deinem Geburtstag ausgesucht habe. Dieser Zelter stammt aus einer edlen Zucht. Ekkehard, mein Stallmeister, hat ihn für dich ausgebildet. Ich hoffe, daß du zufrieden bist.«

»O ja, mein Vater, das edle Pferd hat mich bereits wohlbehalten zu Eurer Burg gebracht. Es ließ sich ganz leicht führen und war sehr willig. Sein Gang ist weich und angenehm. Ich werde mich bei Ekkehard persönlich bedanken für seine Mühe.« Isabellas wußte, daß sie sich auf den Stallmeister, der so viel Erfahrung mit Pferden hatte, voll verlassen konnte. Er war es, der der kleinen Isabella das Reiten beigebracht und mit dem sie auf ihrem Pony die Wiesen und Felder der näheren Umgebung der Burg unsicher gemacht hatte. Es war eine fröhliche, unbeschwerte Zeit gewesen, an die sie gern zurückdachte.

»Und jetzt möchte ich dir noch etwas übergeben, das einen wesentlich größeren Wert hat als dieses Pferd, wenn auch nicht in irdischem Gut.« Er reichte ihr einen eisernen, kunstvoll geschmiedeten Schlüssel auf einem mit Samt ausgeschlagenen Tablett. »In der letzten Kemenate dieser Gemächer stehen zwei große Schreine. Sie sind das Vermächtnis deiner armen, von mir über alles geliebten Mutter. Sie starb nicht lange nach deiner Geburt, und du wirst dich nicht an sie erinnern. Auf dem Totenbett habe ich ihr das Versprechen gegeben, diese beiden Schreine bis zu deinem sechzehnten Geburtstag zu bewahren. Dann sollen sie dir übergeben werden. Darin ist alles aufbe-

wahrt, was einst deiner Mutter gehörte und das sie für wert befand, dir zu hinterlassen.« Der Herzog stockte und suchte nach Worten.
Gerührt stand Isabella vor ihm und nahm andächtig den Schlüssel im Empfang. In einer heftigen Gefühlsaufwallung umarmte sie ihren Vater. »Ich danke dir, daß du ihr Vermächtnis bewahrt hast«, stammelte sie unter Tränen. »Ich werde es zu würdigen wissen! Und ich werde auch gewiß würdig sein, die Bürde ihrer Nachfolge zu tragen.« Sie sank auf die Knie und küßte die Hand des Herzogs. Verlegen strich er ihr über den Kopf. Dann zog er sich mit einem leisen Seufzer aus den Frauengemächern zurück.
Isabella erhob sich und atmete tief durch. Sie hatte nicht erwartet, daß es sie so viel Kraft kosten würde. Nun war es also soweit! Sie würde mit all den Dingen vertraut gemacht werden, die zur Regierung eines Herzogtums notwendig waren. Denn daß ihr Vater froh war, diese Bürde bald loszuwerden, hatte sie nur zu gut gespürt, und daß seine Tage bald gezählt waren, wurde ihr nun auch mit aller Deutlichkeit klar. Was hatte sie von ihrem Vater gehabt außer der Erinnerung an einen bärenstarken, selbstsicheren Mann, der sein kleines Mädchen auf den Schoß nahm, ihm Märchen von bösen Drachen und großen Helden erzählte und es gutmütig an seinem Bart zupfen ließ?
Sie straffte sich. Mit ihren schmalen Händen umklammerte sie den Schlüssel zum Erbe ihrer Mutter. Die Mutter war für sie nur ein Lichtwesen, ein Engel, der von den Wolken auf sie herabschaute. Sie hob den Blick. »Ich werde dein Erbe antreten, Mutter. Du wurdest geliebt, auch wenn Gott dich viel zu früh zu sich genommen hat. Ich hätte manchmal deine Nähe gebraucht, und ich glaube, ich brauche dich auch heute noch. Ich bin allein!«
Langsam ging sie hinüber in die letzte kleine Kammer der Gemächer und hockte sich vor den Schrein. Andächtig steckte sie den Schlüssel in das alte, verrostete Schloß und drehte ihn.

Es knirschte, hakte und krachte, dann sprang der Riegel auf. Isabella öffnete die mit eisernen Beschlägen verzierte Tür und blickte hinein. Sie erkannte Stoffe, Kleider, einen seidenen, gestickten Teppich, eine Bibel, mehrere Kästchen, obenauf eines aus dunklem Ebenholz, kostbar mit Perlmutt und Bernstein verziert. Vielleicht war darin der Schmuck der Mutter aufbewahrt. Doch den wollte sie heute nicht anlegen. Erst zu ihrer Hochzeit würde sie ihn tragen und hoffen, daß seine Trägerin genauso geliebt werden würde, wie ihre Mutter geliebt worden war.

Sie vernahm einen entzückten Aufschrei aus der vorderen Kemenate. »Hoheit!« rief Mathilda mit sich überschlagender Stimme. »Euer Kleid für das Turnier ist gebracht worden. Es ist ganz aus Gold!«

Isabella warf die Tür des Schreins zu und lief zu ihren Zofen und Gesellschaftsdamen. Mit aufgerissenen Augen starrte sie auf das Kleid, das aus einem ganz aus Goldfäden gewebten, hauchdünnen Überkleid auf einem seidenen Unterkleid bestand. Es mußte ein Vermögen wert sein! Wenn davon nicht jedem Ritter die Augen geblendet wurden!

»Gütiger Himmel!« stöhnte sie. »Das kann ich unmöglich tragen! Es ist viel zu kostbar!« Für einen Augenblick kamen ihr die Verse des Liedes in den Sinn, das Ritter Michael in der Weinlaube vorgetragen hatte: *Da trat die Dame holde gar vor die Ritter Schar; das Kleid war ganz von Golde, so golden wie ihr Haar. Die Wangen Morgenröte, die Augen Himmelsschein, daß mancher Ritter böte der Liebste ihr zu sein.* War es Zufall oder gar Bestimmung?

»Ihr müßt es tragen, Isabella!« widersprach Mathilda mit vor Aufregung roten Wangen. »Alle Ritter tragen Eure Farbe an ihren Lanzen. Gold!«

»Und Ihr müßt Euch beeilen, gleich beginnt der Gottesdienst in der Kapelle!« mahnte Rosamunde.

Mit allen zur Verfügung stehenden Händen wurde Isabella

umgekleidet. Dann folgten sie der strahlenden Prinzessin voll Stolz durch den Gang hinüber zur Kapelle, die neben dem Prunksaal lag und durch eine kleine Seitenpforte zu erreichen war, ohne daß man den Burghof betreten mußte.
Der Schlüssel blieb unbeachtet im Schrein stecken.

*

Unzählige Fahnen wehten im warmen Maienwind über der Wiese unterhalb der Burg, wo der große Turnierplatz aufgebaut war. In Anbetracht der Vielzahl der Ritter, die an dem Wettkampf teilnehmen wollten, wurde das Spektakel nicht wie gewöhnlich auf dem Turnierhof, der sich zwischen den Stallungen und den Speichern erstreckte, durchgeführt.
Überall standen Zelte, die den Rittern für die Zurüstung dienten und wo die Knappen und Gefolgsleute der Ritter mit Argusaugen über die wertvolle Ausrüstung ihrer Herrn wachten. Neben den Zelten waren die herrlichen, kräftigen Pferde angepflockt, die ebenso farbenprächtig wie ihre Reiter herausgeputzt wurden.
Den eigentlichen Turnierplatz bildete eine langgestreckte Bahn aus aufgeschüttetem Sand, die durch Pflöcke und Wimpelketten abgeteilt und begrenzt wurde. Rundherum befanden sich hinter fahnengeschmückten Banden die Zuschauerplätze. In der Mitte der Längsseite war die Loge für die Ehrengäste aufgebaut, den Herzog, Isabella und ihre Adelsdamen. Diejenigen Ritter, die nicht am Turnier teilnahmen, und deren Ehefrauen flankierten die Loge.
Nicht nur die Ritter, ihre Pferde und Knappen waren prachtvoll herausgeputzt, auch das Publikum schien sich gegenseitig übertreffen zu wollen. Es war ein berauschendes Fest der Farben und des metallischen Glanzes, der Selbstdarstellung und Bewährung, ein Sehen und Gesehenwerden, das es bis zur Neige

auszukosten galt. Die Damen trugen farbenprächtige Kleider, auch die Männer standen ihnen kaum nach, und die Tuch- und Schmuckhändler lachten über prallvolle Geldsäckel.
Bereits seit dem frühen Morgen fand ein Buhurt der Knappen und Knaben statt, bei dem sie ihr reiterliches Können und ihre Geschicklichkeit zur Schau stellen und sich im freundschaftlichen Wettkampf tummeln konnten, bei dem es keine Sieger und keine Verlierer gab. Der Beifall der Zuschauer und manch anerkennender Blick der Herren Ritter war ihnen jedoch gewiß.
In den Pausen zeigten Ringkämpfer Proben ihres Könnens. Dabei ging es bereits recht heftig zu, und die Zuschauer wetteten auf den einen oder anderen Kämpfer. Es heizte die Stimmung an und die Vorfreude auf den Höhepunkt des Festes.
Dieser begann mit Isabellas Erscheinen, nachdem sie mit dem Herzog, ihrem Gefolge und den sechzig teilnehmenden Rittern in der kleinen Hofkapelle, in der es eng wurde und klapperte und schepperte wie bei einem Kesselflicker, für einen glücklichen Ausgang des Turniers gebetet hatte. Die Gebete der Ritter mußten wohl alle den gleichen Herzenswunsch zum Inhalt gehabt haben – im Turnier zu siegen! Isabellas Gebet jedoch umschloß einen bestimmten Ritter, der als Sieger aus diesem Turnier hervorgehen sollte. Da sie als Angehörige der Familie oberhalb des kleinen, rechteckigen Kirchenschiffs mit der halbrunden Apsis auf der Empore saß, sah sie nur die gebeugten Rücken der betenden Ritter, blinkende Rüstungen mit bunten Waffenröcken. Isabella reckte den Hals, doch da sie weder wußte, welche Farbe noch welches Wappen der Ritter von Drachenfels trug, konnte sie sich nur am blonden Haarschopf orientieren, den jedoch eine Vielzahl der anwesenden Ritter aufwies.
Bis jetzt hatte ihr Schutzheiliger ihr auch in größter Not beigestanden, und Isabella war sicher, daß er sie auch diesmal nicht im Stich lassen würde.

Ein Raunen ging durch die Zuschauer, und die Menschenmassen wogten wie die Wellen des Meeres, als Isabella in ihrem goldenen Kleid den mit Blumen bestreuten Weg zur Ehrenloge des Turnierplatzes herabschritt. Die Sonnenstrahlen spiegelten sich auf ihrem Kleid, und es funkelte in einem überirdischen Licht. Isabella selbst sonnte sich in ihrem Glanz. Ihren Kopf trug sie hoch erhoben, ihre Augen funkelten wie Sterne, und ihr Herz flatterte wie ein kleines Vögelchen im Käfig, das den Frühlingswind spürt. Sie schritt hinaus ins Leben, hinaus in die Welt. Huldvoll nickte sie den Gästen und Zuschauern zu, sie lächelte freundlich und grüßte hinüber zu den Rittern, die sich zur Fahnenpräsentation aufgestellt hatten. Sie war die unangefochtene Königin, nicht nur in der Burg ihres Vaters, sondern auch in den Herzen ihrer Untertanen. Und wenn nicht jedem der Ritter auf dem Turnierplatz schon vorher Mut und Stolz die Brust geschwellt hätte, spätestens beim Anblick der strahlenden Prinzessin war jeder bereit, ihr sein Leben zu Füßen zu legen.

Winfried, der Waffenmeister, übte gleichzeitig das Amt des Turnierrichters aus. Seine Weisungen waren strikt zu befolgen, sonst wurde der Teilnehmer disqualifiziert.

Zunächst jedoch begann der Hauptteil der Veranstaltung mit dem Aufmarsch der Teilnehmer und der Präsentation der Wappen und Fahnen. Die Ritter trugen ihre Prunkrüstungen, farbenfroh verziert durch die übergeworfenen Waffenröcke. Viele trugen bunte Federbüsche auf den Helmen, in der rechten Hand hielten sie die Fahnen, auf denen die jeweiligen Wappen prangten. Die Linke hielt den Schild und die Zügel. Die muskulösen Rosse reagierten auf Schenkeldruck und Sporenhilfe. Paarweise ritten die Teilnehmer an der Ehrenloge vorbei, um die herzogliche Familie zu grüßen und Isabella ihre Reverenz zu erweisen. Es war ein prächtiger Zug, der an Isabella vorbeigaloppierte. Ihre Augen irrten umher, doch in dem bunten Ge-

wimmel und im Gleißen und Blitzen der Rüstungen konnte sie Ritter Michael nicht entdecken.
»Mathilda, siehst du ihn?« fragte sie aufgeregt.
Verzweifelt hob Mathilda die Hände. »Wie soll ich ihn hier entdecken? Was für ein Wappen gehört ihm, welche Farben trägt er?«
»Wenn ich das wüßte, hätte ich ihn schon selbst entdeckt«, erwiderte Isabella verärgert. Stellte Mathilda sich wieder schwerfällig an! Isabella kam nicht dazu, weiter mit Mathilda zu grollen. Die Ritter stellten sich jetzt in zwei Reihen gegenüber auf. Ihre Knappen hielten die Pferde fest. Winfried erhob sich.
»Edle Ritter! Zum fairen Wettstreit sind wir angetreten, der hohen Dame zu huldigen. Ein jeder kämpfe nach seinen besten Kräften und Geschick, mit Mut und Ehre. Der Tapferste und Mutigste, der Gewandteste und Stärkste möge gewinnen. Gelobet, die Regeln zu achten, fair zu kämpfen und den Sieg ehrenvoll zu erringen!«
»Wir geloben!« brüllte es aus sechzig männlichen Kehlen.
Winfried hob gebieterisch die Hände. »So höret denn: gekämpft wird nach den Regeln der Tjost im Zweikampf mit der stumpfen Lanze. Das Los entschied in zwei Gruppen, so daß der erste der ersten Gruppe gegen den ersten der zweiten Gruppe antritt. Es werden so viele Angriffe geritten, bis einer der Gegner aus dem Sattel stürzt. Wer gegen die Regeln verstößt, wird vom Kampf ausgeschlossen und mit Schimpf und Schande vom Platz gejagt! Meine Herren Ritter, sind Sie bereit?«
»Wir sind bereit!« erscholl der sechzigstimmige Chor.
Alle blickten zu Isabella.
»Ihr müßt mit Eurem Spitzentuch das Zeichen geben«, raunte Mathilda ihr zu.
Isabella hatte noch immer vergeblich versucht, unter den Rittern Michael auszumachen. »Was soll ich?« fragte sie verwirrt.

»Das Zeichen! Gebt mit dem Tuch das Zeichen!« flüsterten die Edeldamen aufgeregt.
Isabella erhob sich, lächelte und hob ihre Hand. Sie schwenkte das goldgewirkte Spitzentuch. Wieder ertönte ein vielstimmiger Chor, dann schwenkten die beiden Gruppen zum jeweiligen Ende des Turnierplatzes. Die beiden ersten Ritter stellten sich auf. Die Knappen reichten ihnen die Lanzen, und Isabella sah, daß jede Lanzenspitze mit einem goldenen Band verziert war. Alle trugen Isabellas Farben!
Die Rosse schnaubten und wieherten. Ihre Hufe trommelten ungeduldig im Sand der Turnierbahn. Die Knappen hielten jetzt die Fahnenstangen, während die Ritter ihre Lanzen hoben. Das Lanzenende war abgestumpft. Winfried gab das Zeichen, und beide Ritter preschten aufeinander zu. Schaumfetzen flogen aus dem Maul der Pferde, es krachte, als die Lanzen auf die gegnerische Rüstung stießen. Im hohen Bogen flog einer der beiden Angreifer aus dem Sattel, während sich der andere mit Mühe auf dem Pferd halten konnte. Auch er hatte den Stoß auf der Rüstung abbekommen, doch jetzt riß er jubelnd seine Lanze hoch, als der andere scheppernd im Sand landete. Sofort eilten dessen Knappe und Helfer des Turniers herbei, um ihm auf die Beine zu helfen. Stöhnend wankte er vom Platz, und Isabella war sicher, daß er sich bei dem harten Sturz verletzt hatte.
Doch ihr blieb keine Zeit nachzudenken. Das nächste Gegnerpaar stand bereit, um sich zu attackieren. Manchmal fielen beide Angreifer aus dem Sattel, so daß es keinen Sieger des Zweikampfes gab. Nach dem ersten Durchgang blieben von den sechzig Rittern vierundzwanzig als Zweikampfsieger übrig.
Die Knappen der Sieger zogen die nächsten Lose. In dieser kleinen Pause, während der die Kämpfer verschnaufen konnten, versuchte Isabella wiederum vergeblich, Ritter Michael ausfindig zu machen. Ein beklemmendes Gefühl legte sich um ihre Brust.

»Mathilda, kannst du ihn nicht entdecken?« fragte sie verzweifelt.
»Nein, wie denn auch? Dort sehe ich einen mit einem roten Drachen auf weißem Grund. Da drüben trägt ein Ritter einen goldenen Doppeldrachen, und einen grünen Drachen mit einer Krone gibt es auch. Aber ob das dieser Ritter Michael ist?«
»Verdammt, Mathilda, ich will wissen, wo Ritter Michael ist!«
»Ihr flucht, Hoheit!« Mathilda sprang entsetzt auf. »Das bringt Unglück!« Auch Rosamunde, Margarete und Sieglinde blickten sie erschrocken an.
Schnell bekreuzigte Isabella sich. Was war bloß in sie gefahren? Mathilda ergriff ihre Hand, um sie zu beruhigen. »Es hat jetzt keinen Sinn, nach ihm zu suchen! Ihr müßt warten, bis der Kampf entschieden ist.«
»Aber ich will doch für ihn beten, damit er gewinnt! Wie soll ich das machen, wenn ich nicht weiß, welcher er ist!«
»Dann schließt einfach die Augen und schaut auf das Bild in Eurem Inneren, das Ihr von ihm behalten habt.«
»Gute Idee!« Isabella schloß die Augen. Vor ihr erhob sich das Bild eines überirdisch großen Mannes in silberner Rüstung. Unter dem geschlossenen Visier funkelten blaue Edelsteine wie Sterne.
Es krachte, und Isabella riß erschrocken die Augen auf. Zwei Ritter wälzten sich ächzend im Sand. Einer zog sich den Helm vom Kopf. Er hatte blondes, langes Haar. Isabella sprang auf, doch Mathilda zog sie energisch wieder auf ihren Stuhl.
»Er ist es nicht«, flüsterte sie. Jetzt sah auch Isabella, daß es sich um einen anderen Mann handelte. Sie konnte weiter hoffen. Aufatmend ließ sie sich wieder nieder und preßte die Hände zusammen. Das nächste Gegnerpaar hatte sich bereits aufgestellt.

*

Gunilla von Wintersberg saß auf einem der Logenplätze neben der Ehrenloge. Ihre Lippen waren blaß, und ihr Atem ging heftig. In der allgemeinen Unruhe nahm niemand Notiz davon. Ruhelos irrten ihre Augen umher, doch ihre Blicke galten nicht den edlen Rittern, den mutigen Recken auf der Kampfbahn. Sie suchte den unheimlichen Mann mit dem stechenden Blick. Doch weder unter den Zuschauern noch bei den Knappen und Kämpfern konnte sie ihn entdecken. Insgeheim atmete sie auf. Vielleicht hatte er sich aus dem Staub gemacht, vielleicht war er schon längst weitergeritten. Noch immer begriff Gunilla nicht, was er eigentlich hier wollte, warum er ein Kästchen aus dem Besitz der bereits vor fünfzehn Jahren verstorbenen Herzogin begehrte. Schmuck oder Gold konnte es nicht sein. Die Gäste trugen samt und sonders wertvollen Schmuck, und auch die Geldbeutel waren reichlich gefüllt, so daß er, wäre dies sein Begehr, nur die Finger danach hätte auszustrecken brauchen.
Irgend etwas Geheimnisvolles hatte es mit dieser Truhe auf sich. Ihre Gedanken kreisten um den Grund seiner Hartnäckigkeit. Was konnte im Besitz der Herzogin gewesen sein, das einen wildfremden Mann, der offensichtlich noch niemals zuvor auf dieser Burg gewesen war, zu diesem bizarren Gebaren trieb? Sie spürte eine Gänsehaut auf ihren Armen bei dem bloßen Gedanken an ihn. Und sie spürte etwas anderes, das sich wie ein eiserner Reif um ihren Brustkorb legte. Dieser Mann beherrschte etwas in ihr, er hatte ihre Leidenschaft entfacht, eine animalische Lust, die aus der schwarzen Tiefe ihrer Seele stieg.
Sie ballte ihre Fäuste und unterdrückte den seltsamen Druck in ihrem Bauch. So sehr sie diesen Mann fürchtete, gleichzeitig verlangte es sie nach dem harten Griff seiner schmalen Hände, dem wonnigen Schauder unter seinem geschmeidigen Körper, seiner rücksichtslosen Vereinigung, dem lustvoll-schmerzhaften Pulsieren zwischen ihren Schenkeln. Entsetzt vergrub sie ihr

Gesicht in den Händen. Was war mit ihr geschehen? Hatte er sie behext? War sie ihm verfallen?
Sie mußte sich von ihm befreien, durfte niemals mehr an ihn denken. Und sie konnte ihn nur loswerden, wenn sie ihm die kleine Truhe übergab!
Sie erhob sich und verließ unauffällig ihren Platz. Ohne große Eile schlenderte sie zurück zur Burg. Die Kämpfe würden sich noch über mehrere Stunden hinziehen, sie hatte genug Zeit, um das Kästchen aus den Frauengemächern zu holen. Als einer der Gratulanten am Morgen hatte Gunilla verfolgen können, wie der Herzog Isabella den Schlüssel zu den Schreinen überreicht hatte.
Mehrmals drehte sie sich um, aber keiner achtete auf sie. Die Menschen drängten sich um die Turnierbahn, selbst die meisten Händler hatten ihre Stände verlassen, um den Kämpfen zuzuschauen. Unbehelligt lief sie über die kaum bewachte Brücke durch das Burgtor, überquerte den Vorhof und gelangte durch das offenstehende Innentor zum Wohnturm. Sein einziger äußerer Zugang befand sich vom Laubengang aus im oberen Stockwerk, wenn man nicht durch den Palas und den Kreuzgang gehen wollte. Der Laubengang lag im Schatten, deshalb bemerkte sie die dunkle Gestalt neben einer der Säulen nicht. Sie fuhr zusammen, als eine Hand sie berührte.
»Ich sehe, mein Hündchen ist sehr folgsam«, flüsterte de Cazeville und umschlang ihre Taille. Im ersten Augenblick der Überraschung wollte sie sich wehren, besann sich jedoch. Sie hielt es für ratsamer, nicht durch Abwehr seine Roheit herauszufordern. Sie mußte ihm den Wind aus den Segeln nehmen. Angriff war die beste Verteidigung. Sie mußte ihn überrumpeln! Und sie durfte keine Angst zeigen!
»Natürlich«, sagte sie bewußt kokett und unterdrückte ihre aufkommende Panik. »Ich möchte, daß Ihr mit mir zufrieden seid, mein Herr.«

Mißtrauisch neigte er den Kopf. »So unterwürfig, schöne Gunilla? Wo bleibt dein Stolz?«
Sie lachte und zeigte ihre ebenmäßigen Zähne. »Wolltet Ihr ihn nicht schon immer brechen?«
Er schaute sie an, und sie spürte die winzige Unsicherheit in seinem Blick. Seine Augen! Sie waren seine schwache Stelle, durch sie konnte sie in sein Inneres schauen!
Heftig umschlang sie mit den Armen seinen Hals und zog seinen Kopf zu sich herunter. Dann preßte sie leidenschaftlich ihre Lippen auf seinen Mund. Sie bemerkte seine momentane Verblüffung, aber gleich darauf zog er sie an sich, und seine Hände glitten über ihren Rücken und ihr Gesäß. Er erwiderte ihren Kuß, der wie Feuer durch ihren Körper raste und sich in heißer Glut in ihrem Schoß ergoß. Jeder Nerv zuckte unter der gewaltigen Anspannung, die sie erfaßt hatte. Mit den Fingern fuhr sie durch sein dichtes, dunkles Haar, preßte ihn an sich und schob ihre Zunge zwischen seine sinnlichen Lippen. Sie spürte seinen stoßweisen Atem, daß er nach Luft rang und selbst in heftige Erregung geriet. Begierig saugten sie sich aneinander fest, ihre Körper aneinandergepreßt. Sie spürte seine überdimensionale Erregung zwischen seinen Lenden, seinen katzenhaft geschmeidigen Körper, der sich an ihr rieb. Seine langen, schlanken Hände massierten ihren Rücken, kreisten lustvoll fordernd beidseits des Kreuzes, daß Gunilla aufstöhnte. Sie saugte immer noch an seinen Lippen, schmerzhaft und wild, wand ihren Körper in seinen Armen und preßte ihre Brüste gegen ihn.
Abrupt riß er sich von ihr los und starrte sie wild an. »Was tust du, du Hexe?« schrie er.
»Dich lieben«, keuchte sie und küßte ihn wieder. Unerbittlich saugte sie an ihm wie ein Vampir. Wieder und wieder rieb sie ihren Bauch an ihm, und sie spürte triumphierend, wie er die Beherrschung zu verlieren drohte. Mit einer Hand nestelte sie

an seinem Gürtel, bis die Schnalle mit leisem Klicken aufsprang.

»Komm, machen wir es auf der Brüstung!« hauchte sie mit kehliger Stimme. Hastig zerrte sie seine Hose auf.

Er wollte etwas antworten, doch sie verschloß seine Lippen wieder mit einem schmerzhaften Kuß, krallte sich an ihn und sprang auf seine Hüften. Ihre Beine umklammerten ihn, und sie hielt sich mit den Armen an seinen Schultern fest. Er war so überrumpelt von ihrer wilden Begierde, daß er sie instinktiv in die Arme zog und sich mit dem Rücken gegen die hölzerne Brüstung des Laubenganges lehnte. Sie klammerte an ihm wie ein kleines Äffchen und stemmte ihre Füße gegen das Holzgeländer. Er fand ohne sein Zutun den Eingang zu ihr und ergab sich ihren heftigen, fordernden Bewegungen. Sie hielt nicht einen winzigen Moment inne, um ihm keine Gelegenheit zum Verschnaufen zu geben. Er spürte die Begierde, die sich in der Mitte seines Körpers konzentrierte und nach Entladung lechzte. Sie bestimmte das Tempo, sie bestimmte, was mit ihm geschah! Vor seinen Augen drehte sich alles. Wie ein brodelnder Schlund verschlang ihr Körper seinen Phallus. Sie saugte ihn aus, mit ihren Lippen, mit ihrem Schoß. Er konnte sich nicht wehren. Sie hatte ihn überrumpelt!

Er wurde wütend, wollte aufbegehren. Gleichzeitig verspürte er den Höhepunkt ihrer animalischen Vereinigung unerbittlich herannahen. Unter Aufbietung all seiner Kräfte riß er seine Lippen von ihrem Mund los.

»Zum Teufel ...« Gleichzeitig spürte er die Explosion seiner Lenden und brüllte gequält auf.

Gunillas Schrei war ein Schrei des Triumphes. In wilder Ekstase zuckte ihr Körper und saugte alles auf, was er ihr entgegenschleuderte. Sie verharrten ineinander, keuchend und bebend vor Wollust. Erst als seine Erregung nachließ, löste sie sich von ihm. Ihre Füße berührten den Boden, doch es kostete sie große

Anstrengung, nicht dem Taumel nachzugeben und sich niederfallen zu lassen. Fassungslos starrte er sie an, hielt mit einer Hand noch den Saum ihres Rockes in der Hand. Seine Augen wanderten über ihre feuchten Schenkel, das sich kräuselnde dunkle Haar dazwischen, er verspürte den süßlichen Geruch der soeben vollzogenen Vereinigung.
Sie packte seinen Kopf und zog ihn wieder zu sich heran. Kurz und schmerzhaft küßte sie ihn. »Sag, daß das noch keine Frau mit dir gemacht hat«, röchelte sie.
Ohne eine Antwort abzuwarten, stieß sie ihn von sich, wandte sich um und lief eilig zu den Frauengemächern hinüber.
Rupert de Cazeville ließ sich gegen die Wand fallen und preßte die Hände gegen seine pochenden Schläfen. Haßerfüllt blickte er auf sein erschlafftes Glied, dann zog er heftig die Hose hoch und schloß den Gürtel. Er tastete nach seinem Dolch an der Innenseite des Umhanges. Er würde ihn ihr bis zum Schaft ins Herz stoßen, wenn sie ihm die Truhe übergab!

*

Ritter Heinrich von Dürkenfeld und Gundram von Oxensal saßen auf ihren schnaubenden Rossen und fixierten sich über die Spitzen ihrer Lanzen hinweg. Ihre Visiere waren geschlossen, Schweiß rann ihnen in die Augen und verschleierte die ohnehin schon eingeschränkte Sicht auf den Gegner. Beide hatten bereits mehrere Kämpfe hinter sich. Heinrich von Dürkenfeld stieß fünf, Gundram von Oxensal sogar sieben Gegner aus dem Sattel.
Die Sonne brannte auf die Kämpfer herab. Die Schwere der Prunkrüstungen wollte sie zu Boden ziehen, die Luft unter den geschlossenen Helmen wurde knapp. Beide keuchten und kämpften gegen die Schwäche an. Dann richteten sie ihre Lanzen aufeinander. Eine gespannte Stille lag in der Luft. Dieser Kampf würde die Entscheidung bringen!

Verzweifelt rang Isabella die Hände. Was war geschehen? Wo war Ritter Michael?
»Mathilda, lauf schnell zu Meister Winfried und frag nach Michael von Drachenfels!« Sie schaute Mathilda flehend an.
»Um Gottes willen, Hoheit, das ist unmöglich!«
»Ich befehle dir zu gehen!« rief Isabella aufgebracht. »Bevor es zu spät ist!«
»Es ist zu spät!« entgegnete Mathilda. Warum nur nahm Isabella keine Vernunft an?
»Dann geht eben Rosamunde!« bestimmte sie energisch.
Rosamunde huschte aus der Loge und eilte hinüber zu dem Holzpodest, auf dem Winfried als Turniermeister thronte.
Isabella konnte nicht erkennen, was dort geschah und ob Rosamunde eine Auskunft bekam, denn die beiden Kontrahenten trieben nun ihre Pferde an. Der Sand flog unter den mächtigen Hufen der muskulösen Pferde auf. Der stoßweise Atem der galoppierenden Pferde vereinte sich mit dem Keuchen der beiden Ritter. Direkt vor der Ehrenloge prallten beide aufeinander. Während Ritter Heinrich der Lanzenspitze seines Gegners geschickt auswich, indem er seinen Oberkörper zur Seite neigte, konnte er seine Lanze jedoch nicht genau auf Gundrams Brust plazieren. Es krachte, Gundram taumelte, aber er hielt sich im Sattel. Die hohe Rückenlehne gab ihm Halt.
Sie zügelten ihre Pferde, wendeten und stellten sich erneut gegeneinander. Isabella war aufgesprungen. Ihre Augen suchten Rosamunde. Diese diskutierte lebhaft mit Winfried. Als sie sah, daß Winfried mehrmals den Kopf schüttelte, stieg Panik in Isabella auf. Irgend etwas stimmte nicht!
Gundram und Heinrich begannen ihren zweiten Angriff. Diesmal konnte Gundram seine Lanze auf Heinrichs Schulter setzen. Heinrich wurde nach hinten geschleudert und packte in seiner Not den Sattelknauf, um nicht zu stürzen. Seine Lanze flog durch die Luft und traf Gundram am Kopf. Er fiel vornüber

auf den Hals seines Pferdes, das für einen Augenblick in die Knie ging. Wiehernd riß es sich selbst hoch.
Bodo eilte herbei, aber Gundram jagte ihn unwillig fort. Er öffnete sein Visier und rang nach Luft. Die scharfen Metallkanten der Rüstung schnitten in sein Fleisch, der schwere, mit Eisenplatten belegte Schild zog seinen linken Arm herunter. Seine Lungen wollten platzen, sein Atem rasselte wie die Kette des Fallgatters. Mit letzter Kraft umklammerte er die Lanze. Dieser Angriff mußte die Entscheidung bringen! Für eine weitere Attacke würde er keine Kraft mehr besitzen. Auch wenn der ritterliche Ehrenkodex neben Einsatz und Mut ebenso Fairneß gegenüber dem Gegner forderte, diesmal war der Preis zu hoch. Er mußte Heinrich am Hals treffen! Gundram war sich darüber im Klaren, daß er Heinrich damit töten würde. Jetzt stand Gundram nur einen Schritt vor dem Ziel seiner Träume, vor dem Ziel seines Strebens nach einer Macht, zu der ihm nur Isabella verhelfen konnte! Und es wäre nicht das erste Mal, daß Gundram zur Durchsetzung seiner ehrgeizigen Ziele über Leichen ging!
Zum dritten Mal senkten die beiden Ritter ihre Lanzen gegeneinander und trieben ihre schweißnassen Pferde an. Heinrich hielt seinen Schild vor Brust und Schulter, weil er dort Gundrams Angriff erwartete. Und sein Schild war zu tief, um seinen Hals zu schützen!
Gundram erkannte es in dem Augenblick, als sie sich auf eine reichliche Lanzenlänge genähert hatten. Er hob die Spitze seiner Lanze nur wenig und traf damit genau den Halsriemen von Heinrichs Helm. Mit einem gurgelnden Laut stürzte er aus dem Sattel. Ein Aufschrei gellte über den Platz, als er in den Sand krachte. Er bäumte sich kurz auf, dann blieb er reglos liegen. Sein Knappe und die Helfer liefen zu ihm und nahmen seinen Helm ab. Entsetzt blickten sie auf den toten Ritter und bekreuzigten sich.

Die Zuschauer waren aufgesprungen, Isabella hielt die Hände vors Gesicht. Nein, keiner der Ritter sollte sein Leben dafür geben! Natürlich gelobten sie alle, ihr Leben für sie einzusetzen. Aber es war doch etwas anderes, es nur zu schwören oder tatsächlich vor ihren Augen zu sterben!

Verzweifelt drehte sie sich nach Rosamunde um, die atemlos angelaufen kam und sich durch die Zuschauer drängelte.

»Es gibt keinen Ritter Michael von Drachenfels!« keuchte sie. »Ein Ritter dieses Namens ist ihm nicht bekannt.«

»Das verstehe ich nicht! Er war doch hier, er hat sich mir selbst vorgestellt! Du warst doch auch Zeuge, nicht wahr?«

Rosamunde nickte. »Nur ...«

Isabella packte das Mädchen an den Schultern und schüttelte sie unsanft. »Sprich doch endlich!«

»Winfried sagte, auch für den Sängerwettbewerb hat sich kein Ritter Michael von Drachenfels eingeschrieben. Es gibt ihn gar nicht!«

»Was soll das heißen, es gibt ihn gar nicht? Habe ich das alles etwa bloß geträumt?«

Rosamunde wand sich wie ein Wurm unter Isabellas blitzenden Augen. »Nein, Hoheit, das heißt ...«

»Ich schlage dich, du Bauerntrampel, wenn du mich zum Narren hältst!«

»Hoheit, wahrscheinlich war dieser Mann, der sich als Ritter Michael ausgab, ein Betrüger oder ...«

»Er war kein Betrüger! So ein Lied kann kein ungebildeter Junge dichten, seine Umgangsformen waren ausgesprochen edel und vornehm!« Sie starrte das Mädchen an. »Oder?«

»Oder ... oder er war gar kein Mensch!« Rosamunde pustete die Luft aus. Jetzt war es endlich heraus!

»Kein Mensch? Was willst du damit sagen?«

»Daß er ... er war ... er ist ... Euer Schutzengel, eine Erscheinung, ein Geisterbild!«

Rosamunde trat vorsichtshalber zwei Schritte zurück, um aus Isabellas Reichweite zu gelangen.
»Erscheinung? Trugbild?« Sie berührte mit den Fingern ihre Lippen. »Aber er hat doch ... er hat mich ...« Sie erinnerte sich an den süßen Druck seiner Lippen, den warmen Hauch seines Atems, der köstlichen Feuchte seiner Zunge. Sie verspürte noch einmal das überwältigende Prickeln in ihren Adern, das Flattern der Schmetterlingsflügel in ihrem Bauch. Alles war so real, so faßbar, so wirklich! Das sollte ein Trugbild sein, eine Einbildung?
Inzwischen war die Leiche des Ritters Heinrich vom Platz getragen worden. Bodo hatte Gundrams Pferd eingefangen, das nahe daran war durchzugehen. Gundram ließ sich vom Pferderücken gleiten und taumelte mit kraftlosen Schritten zur Ehrenloge. Er riß sich den Helm vom Kopf und kniete im Sand der Turnierbahn vor den Edeldamen und dem Herzog nieder. Triumphierend blickte er zu Isabella empor. Über sein schweißüberströmtes Gesicht sickerte ein dünner Blutfaden, der vom Stoß der Lanze seines Gegners stammte. Gundram schien es nicht zu bemerken.
Die vielen Zuschauer jubelten ihm nun zu, Blumen flogen in hohem Bogen in den Sand der Kampfbahn. Erwartungsvoll hob Gundram den Kopf.
»Nun wirf ihm dein Tuch zu!« forderte der Herzog sie auf.
Isabella starrte auf das grinsende Gesicht, das von der roten Narbe so entstellt wurde. Er würde ihr Gatte werden! Er würde sie vor den Altar führen! Mit ihm müßte sie nachts das Lager teilen! Panik ergriff sie.
»Na los, worauf wartet Ihr?« zischte Mathilda.
Gundram verharrte immer noch in seiner demütigen Stellung. Sein Knappe Bodo stand hinter ihm und hielt sein zitterndes Streitroß. Alle Augen hefteten sich auf Isabella. Entsetzt starrte sie hinunter auf den Turnierplatz. Sie schluckte schwer und fuhr

mit der Zungenspitze über ihre ausgetrockneten Lippen. Sie schmeckte Staub und salzigen Schweiß.

Langsam erhob sie sich, und Gundrams Lächeln wurde breiter. Verzweifelt knetete sie das Spitzentuch in ihren Fingern.

Ritter Michael! Wo war er? Warum war er nicht zu dem Turnier angetreten? War er eine Illusion, ein Wunschtraum, dem sie nachjagte? Ihre Hände umkrallten die mit bunten Tüchern geschmückte Bande.

»Ich ... gratuliere Euch ... zu Eurem Sieg, Ritter Gundram«, sagte sie stockend. »Ihr habt Euch als ... ein mutiger Kämpfer ... erwiesen und als wahrer Ritter. Ihr tragt meine Farben ... weil Ihr mir zu Ehren gekämpft habt. Zu Eurem Siege stifte ich diesen goldenen Pokal.« Sie schwieg.

»Nun werft doch endlich Euer Tuch!« Mathilda rang die Hände. »Ihr macht Euch unglücklich!«

Isabella hob den Blick zum Himmel. Ihre Lippen bewegten sich, und nur die Umstehenden konnten vernehmen, was sie murmelte: »Am Ende kniet der Sieger vor seiner holden Maid, ein abgekämpfter Krieger, in einem blutig Kleid. Das Kampfspiel war vergangen, der Ritter wollt den Lohn für sein gerecht Verlangen ...«

»Isabella! Nein!« Mathilda sprang auf sie zu und schüttelte ihre Schulter. »Das dürft Ihr nicht tun!«

Gundram hatte sich erhoben und mit wachsendem Erstaunen Isabellas seltsames Gebaren verfolgt. Sein Lächeln gefror auf seinem Gesicht. »Was soll das?« fragte er mißtrauisch.

Langsam senkte Isabella die Augen und blickte ihn an. »Es tut mir leid, Ritter Gundram, aber ich kann Euch nicht zum Gemahl nehmen!«

Auf dem Turnierplatz herrschte Totenstille. Isabella zuckte zusammen, als Gundram seinen Helm fallen ließ, der scheppernd zu seinen Füßen davonrollte. Dann brach ein unbeschreiblicher Tumult los. Alle schrien durcheinander, sprangen über die Banden, stürmten den Turnierplatz und drängten zu Isabellas Loge.

Gundram stand immer noch mit törichtem Unverständnis im Gesicht vor der Loge und starrte Isabella an. Es wollte nicht in sein Gehirn dringen, was seine Ohren eben vernommen hatten.
Isabella spürte die Hand ihres Vaters auf der Schulter. Mit einem Schluchzen riß sie sich los, warf den Stuhl um und rannte wie vom Teufel gehetzt hinüber zum Wohnturm. Sie hastete die Treppe hinauf, riß beinahe den Wachsoldaten um und warf sich gegen die Tür zu den Gemächern. Sie stürzte hinein – und prallte mit Gunilla zusammen!
Gunilla schrie erschrocken auf und ließ die kleine Truhe aus dunklem Holz und Perlmutt fallen, die sie in den Händen trug. Mit einem dumpfen Krachen fiel das Kästchen auf den Boden, das edle Holz splitterte, und die Muscheln platzten ab.
Die beiden Frauen blickten sich erschrocken und entsetzt an.
»Was tut Ihr hier?« fand Isabella als erstes ihre Sprache wieder.
»Ich ... ich ... oh, verzeiht mir, Hoheit ...« Gunilla stammelte und fiel auf die Knie.
»Ihr habt gestohlen!« flüsterte Isabella fassungslos. Hinter ihr drängten sich ihre Gesellschaftsdamen, der Herzog, die Wachen – und Gundram. »Ihr habt gestohlen aus dem Nachlaß meiner Mutter!« Isabellas Stimme wurde schrill. »Was fällt Euch ein? Konntet Ihr den Sieg Eures Bruders nicht abwarten? Wachen, ergreift sie und legt sie in Ketten!«
Hastig bückte sie sich und ergriff das Kästchen, das den Aufprall verschlossen überstanden hatte. Sie blickte es mit zusammengezogenen Brauen an. Dann schritt sie langsam, erhobenen Hauptes zurück in die hintere Kammer der Gemächer, legte das Kästchen zurück in die Truhe und schloß sie sorgfältig ab. Mit der gleichen Würde kam sie zurück, hielt den Schlüssel hoch und zeigte ihn allen Anwesenden.
»Das gehört ganz allein mir«, sagte sie leise und mit drohendem Unterton. »Es ist das Vermächtnis meiner Mutter. Und wer sich daran vergreift, wird des Todes sein!« Sie nahm die Kette mit

dem kleinen goldenen Kreuz ab, die sie seit dem Raub ihres Schutzmedaillons um den Hals trug, und fädelte den Schlüssel auf. Dann legte sie sich die Kette wieder um.

Mit aufgerissenen Augen starrte Gunilla sie an. Die Wachen hatten sie an den Armen gepackt, jemand kam mit klirrenden Ketten gelaufen. Gunilla bäumte sich schreiend auf. »Ich bin unschuldig!«

»So? Das werden wir gleich ergründen. Niemand soll sagen, in unserem Land wird willkürlich gerichtet. Du sollst deinen fairen Prozeß bekommen!«

»Isabella, Ihr geht zu weit!« Gundram drängte sich vor. »Laßt meine Schwester frei! Sie wird Euch den Schaden an dem Kästchen bezahlen. Es ist sicher ein Mißverständnis. Außerdem seid Ihr mir eine Erklärung schuldig für Euer Verhalten auf dem Turnierplatz!«

»Die Verhandlung führt der Herzog!« entgegnete Isabella entschieden. »Nicht wahr, Vater?«

Der Herzog nickte und blickte verständnislos zwischen den Streitenden hin und her. »Worum geht es eigentlich?« fragte er, aber niemand reagierte darauf.

»Und was meine Erklärung betrifft, so werdet Ihr auch sie im Audienzsaal vernehmen. Ihr vergeßt, wo Ihr Euch hier befindet. Es sind die Frauengemächer!«

Unter lautem Gemurmel verließen alle die Räume. Gunilla wurde von den Wachen davongezerrt. Isabella und ihre Mädchen folgten dem Zug zum Audienzsaal.

Hinter einer Säule des Ganges verborgen stand Rupert de Cazeville und starrte der eigenartigen Prozession hinterher.

»Diese blöden Weiber!« fluchte er leise. »Warum hat der Teufel sie nicht alle in schwarze Krähen verwandelt?« Sein scharfer Verstand änderte im Bruchteil eines Augenblicks seinen Plan. Er zog seinen schwarzen Umhang enger um die Schultern und eilte davon.

*

Isabella saß zu Füßen ihres Vaters auf einem Hocker und blickte auf die vor ihnen kniende Gunilla. Widersprüchliche Gefühle kämpften in ihr. Für einige Zeit hatte sie geglaubt, Gunilla könnte ihre mütterliche Freundin werden. Sie war fasziniert von dieser schönen, stolzen und erfahrenen Frau. Isabella hatte Gunilla verteidigt, weil sie Mitleid mit ihr empfunden hatte, der hübschen, aber einsamen Gattin eines Ritters, fern aller Vergnügen, fern auch von einem Beschützer, einem Menschen, der ihre Nähe teilte. Sie hatte nur ihren Bruder. Und der kämpfte um Isabellas Hand! Und doch verspürte sie im hintersten Winkel etwas, das ihre Gesellschaftsdamen laut ausgesprochen hatten: Gunilla war auf gewisse Weise unheimlich, als würde ein dunkles Geheimnis sie umgeben. Doch was sollte dies sein? Isabella erhoffte sich Aufklärung, und sie war in ihrem Innersten bereit, sollte Gunilla sich reuig und mitteilsam zeigen, sich persönlich um Milde für sie einzusetzen.

Viele Zuschauer standen im Kreis um die Angeklagte herum, neben ihr Gundram als ihr Verteidiger. Wie ein Häufchen Unglück hockte Gunilla am Boden, das schwarze Haar fiel ihr über die Schultern, und die schweren Ketten um ihren Hals und ihre Arme schnürten grausam in ihr Fleisch. Isabella mußte wieder ihren schönen, fraulichen Körper bewundern. Sie war enttäuscht, sich so in Gunilla geirrt zu haben.

Sie stieß ihren Vater an, die Vernehmung zu eröffnen. Es war sein Recht als Gerichtsherr seines Landes. Der Herzog spielte an den Armlehnen seines Stuhles.

»Gunilla von Wintersberg, Ihr seid des Diebstahls einer Schatulle aus den Gemächern meiner Tochter Isabella angeklagt. Was habt Ihr dazu zu sagen?«

Gunilla schwieg und blickte zu Boden.

Isabella ruckte unruhig auf ihrem Hocker umher. »Gunilla, erspart mir doch, andere Methoden anwenden zu müssen, um Euch zum Sprechen zu bringen. Ich hatte geglaubt, Euer Vertrauen zu besitzen. Und ich habe Euch vertraut. Was ist geschehen? Was habt Ihr in meinen Gemächern gemacht? Was wolltet Ihr mit diesem Kästchen?«

Sie sah, wie Gunilla mit sich rang. Isabella ließ ihr Zeit. Plötzlich hob Gunilla den Kopf. In ihrem Gesicht stand Qual.

»Ich wollte Euch nichts Böses tun, Hoheit. Es hat gar nichts mit Euch zu tun.«

»Womit denn sonst?« fragte Isabella erstaunt. Gunilla senkte wieder den Blick. »Und erhebt Euch bitte! Schaut mir in die Augen! Und sagt mir um unserer begonnenen Freundschaft willen die Wahrheit!«

»Ich habe es nicht aus freien Stücken getan, Isabella, das müßt Ihr mir glauben. Ich wurde dazu gezwungen!«

»Gezwungen? Aber von wem?« Isabella schüttelte verwundert den Kopf.

»Von diesem Teufel, diesem ...« Gunilla stockte mitten im Satz und riß die Augen auf. Entsetzt starrte Isabella auf den Pfeil, der aus Gunillas Brust ragte. Dann stürzte Gundrams Schwester vornüber auf den Boden.

Isabella stieß einen Schrei aus und sprang von der Empore herunter. Sie sah, wie sich Gunillas Hände verkrampften und dann still liegenblieben.

»Gunilla«, flüsterte sie tonlos und starrte immer noch auf den Pfeil, der in ihren Rücken eingedrungen, ihren Brustkorb durchschlagen und vorn wieder ausgetreten war.

»Wer war das?« schrie sie, und alle Anwesenden, die das Entsetzen gelähmt hatte, liefen durcheinander, riefen, behinderten sich, rempelten sich an und verursachten ein heilloses Chaos.

Gundram zog sein Schwert und brüllte wie ein Tier. »Mörder! Mörder!«

In all dem Durcheinander stand ein Mann seelenruhig neben dem großen Kamin des Audienzsaales und wischte sich unauffällig die Hände an seinem Umhang ab. Dann ging er langsam

in Richtung des Ausgangs. Isabella behielt er dabei ständig im Blick. Sie trug den Schlüssel um den Hals. Er brauchte nur die passende Gelegenheit abzuwarten, und er konnte zwei Fliegen mit einer Klappe schlagen.
Isabella beugte sich über die tote Gunilla. Etwas war merkwürdig an diesem Pfeil. Plötzlich zuckte sie zurück. Es war der Pfeil einer Armbrust! Damit konnte man genauer zielen, seine Durchschlagkraft war stärker. Aber eine Armbrust wurde nur zur Jagd benutzt! Niemand käme auf die Idee, damit auf einen Menschen zu schießen. Das hatte die heilige Kirche verdammt!
»Sucht eine Armbrust! Sucht einen Mann, der eine Armbrust bei sich trägt!« rief sie in das Durcheinander hinein.
Doch Gundram war nicht mehr zu beruhigen. Er fuchtelte mit seinem Schwert in der Luft herum, dann packte er Isabella grob am Arm.
»Mein Herzog! Ungeheuerliche Dinge geschehen in Eurer Burg, die nach Vergeltung schreien. Erst laßt Ihr zu, daß Eure Tochter von Wegelagerern ausgeplündert wird, dann verschmäht sie mich als Gatten, obwohl sie mir rechtmäßig zugesprochen ist als dem Sieger des Turniers, dann wird meine Schwester des gemeinen Diebstahls bezichtigt, und jetzt wird sie vor unser aller Augen ermordet! Glaubt Ihr, ich lasse mich von Euch zum Narren machen? Ich nehme Isabella als meine Gefangene, bis sie es sich überlegt hat, meinen Antrag anzunehmen! Und gleichzeitig soll sie sühnen für den Tod meiner Schwester, bis Ihr den wahren Schuldigen gefaßt habt!«
Er zerrte Isabella aus dem Saal. Hilflos stand der Herzog auf der Empore. »Aber so haltet ein, haltet doch ein!« rief er.
Gundrams Gefolge hatte die Waffen gezogen und hielt die Soldaten des Herzogs in Schach. Mit wütenden Schritten stürmte Gundram hinaus und riß Isabella mit sich.
»Wachen! Vater! Helft mir doch!« schrie Isabella in höchster Not und wehrte sich verzweifelt gegen Gundrams brutalen Griff.

Die Umstehenden wichen vor den gezogenen Schwertern zurück, so daß Gundram unbehelligt in den Burghof gelangen konnte.
Mathilda lief verzweifelt hinter Isabella her. »Herrin! Isabella! Ich werde Euch nicht verlassen!« Sie holte Gundram ein und klammerte sich an Isabella fest.
»Laß los, du Weibsstück!« rief Gundram und schlug mit dem Schwert nach ihr, doch er traf nicht. Mathilda ließ nicht los, und jetzt klammerte sich auch Isabella mit ihrem freien Arm an Mathilda.
»Verlaß mich nicht, hilf mir!« flehte Isabella.
»Ich verlasse Euch nicht. Wenn wir sterben, sterben wir gemeinsam!«
Woher Mathilda plötzlich den Mut nahm, wußte Isabella nicht, aber es war ihr im Augenblick egal. Es war ihr einzig tröstlicher Gedanke, daß sie jemanden bei sich hatte, an den sie sich klammern konnte.
Mit verbissenem Gesicht starrte ihnen de Cazeville hinterher. Er stieß einen leisen, aber haßerfüllten Fluch aus. Dann ging er ohne besondere Eile zu den Ställen, um sein Pferd zu satteln.

Sechstes Kapitel

Plopp! – Plopp! – Plopp!

»Ich werde noch verrückt!« schrie Isabella und preßte ihre Hände auf die Ohren.

Plopp! – Plopp! – Plopp!

Mathilda seufzte. Beide hockten sie auf einer harten Holzpritsche und starrten in die Dunkelheit, in der irgendwo Wasser in nerventötender Regelmäßigkeit herabtropfte.

Warum hatte alles so kommen müssen? Warum wandte sich das Schicksal so grausam gegen sie?

Natürlich war es Isabellas Schuld, darüber war sich Mathilda völlig im klaren. Hätte sie Gundram ihr Tüchlein zugeworfen und sich ihm nicht als Braut verweigert, würden sie jetzt in der hellen und freundlichen Kemenate auf der herzoglichen Burg sitzen, am Hochzeitskleid nähen und kichernd und verschämt all die Geschichten um die Hochzeitsnacht erzählen, die sie aus frivolen Erzählungen der Mägde und Knechte erfahren hatten. Und sie würden Isabella Glück wünschen und Gesundheit und viele hübsche Kinder. Und wenn sie Gundram wirklich nicht mochte, dann hatte sie immer noch Gelegenheit, sich in ihre privaten Gemächer zurückzuziehen oder ihren Gatten zu irgendwelchen Scharmützeln in die weite Welt hinauszuschicken. Ritter waren zum Kämpfen da und nicht dazu, sich in ihrer Burg einem faulen Leben hinzugeben.

Statt dessen jagte Isabella einem Hirngespinst nach, einem Ritter, der offensichtlich gar keiner war, den niemand kannte und dessen Namen und Wappen nicht existierten. Gleichwohl hatte Mathilda ihn gesehen, seiner klangvollen Stimme und seinem zu Herzen gehenden Lied gelauscht, sie hatte in seine blauen Augen geblickt und seine blonden Locken bewundert. Doch jetzt, in der Tiefe dieses feuchten Kerkers, war sie sich gar nicht mehr sicher, ob er ein Mensch aus Fleisch und Blut war oder ob das alles ihrer Phantasie entsprungen war, ihrem Wunschdenken, mit dem Isabella auch alle anderen verrückt gemacht hatte. Und nun saßen sie für nichts und wieder nichts in diesem gräßlichen Turm. Es war kalt, modriger Geruch stieg vom Boden auf, und neben der Dunkelheit fürchtete Mathilda am meisten das ekelhafte Getier, das eine solche Umgebung besonders liebte: Ratten, Mäuse, Spinnen, Käfer, Würmer ...

Gequält stöhnte sie auf. Was nützte es, Isabella Vorwürfe zu machen? Die Prinzessin hockte ebenso unglücklich und verzagt neben ihr, zitterte vor Kälte und Angst und wünschte sich wohl zum tausendsten Mal zurück in ihr weiches und warmes Bett, auf die Burg ihres Vaters mit dem goldglänzenden Prunksaal, den schönen Laubengängen, die zum Lustwandeln einluden, der schattigen Weinlaube und dem romantischen Rosengarten. Warum träumte Isabella nur von Liebe? Für Mathilda war es ein fremder, abstrakter Begriff, den sie nicht in ihr Leben einordnen konnte. Selbst Isabella hatte immer wieder betont, daß es nur eine wahre Liebe gab, die Liebe zu Gott! Alles andere war nur ein niederes Gefühl, das durch die fleischliche Begierde geweckt wurde. Zwar liebte Mathilda auch Isabella als ihre Herrin, ihre Schwester, ihre Freundin. Doch es war eine andere Liebe, und manchmal wurde diese Liebe auf eine harte Probe gestellt. War es Liebe zu Isabella, war es Pflichtschuldigkeit, Treue, daß sie sich freiwillig hier mit ihr begraben ließ? Genausogut hätte sie am Hof des Herzogs bleiben, mit den anderen um Isabella weinen und Gundram zürnen können. Der Teufel mußte sie geritten haben, als sie sich an Isabella geklammert hatte, um ihr Schicksal zu teilen.

Plopp! – Plopp! – Plopp!

»Mein Gott, ich bin eine Prinzessin!« klagte Isabella in die Dunkelheit hinein, und ihr goldenes Kleid, das sie immer noch trug, raschelte leise bei jeder Bewegung. »Wie kann er mich nur so grausam behandeln, dieser gemeine Mensch!« Sie erhob sich und lief nervös im Kreis herum. »Ich will hier raus!«

Ein Geräusch ließ sie zusammenfahren.

»Kommt lieber wieder hierher auf die Bank, Hoheit«, sagte Mathilda leise. »Es gibt hier bestimmt ekelhaftes Getier, Schlangen, Kröten, Ratten ...«

»Ach, hör auf!« schluchzte Isabella, doch sie hockte sich wieder neben Mathilda und schlang ihre Arme um sie. »Gib mir Halt, gib mir Wärme, gib mir Kraft«, flüsterte sie.

Mathilda war sich nicht sicher, ob Isabella damit sie oder Gott meinte, aber es war ihr gleichgültig. Nicht auszudenken, wenn die arme Isabella allein in diesem Kerker hätte hocken müssen, ohne einen anderen Menschen, mit dem sie reden, an den sie sich anlehnen und mit dem sie ihre Angst teilen konnte!

Isabellas Lippen zitterten, dann formten sie kaum vernehmbare Worte:

»Erzürnt packt er die Maide
und warf sie ins Verlies,
in ihrem goldnen Kleide,
wo er sie darben ließ.
Kein Ritter jemals sehnte
sich nach dem schönen Kind,
weil Hochmut sie entlehnte,
wo Helden wahrhaft sind.«

»Nein, bitte nicht!« versuchte Mathilda sie zum Schweigen zu bringen.
Unbeirrt, wie in einem Gebet murmelte Isabella weiter:

»Im Kerker sie nun weinte
um ihren Ritter lieb,
der sich mit ihr nicht einte
und in der Ferne blieb.
So ward der Held zum Traume
einer Prinzessin hold,
die sich nicht hielt im Zaume
und keine Ehre zollt.«

Tröstend streichelte Mathilda ihr über die Schultern. Isabella hob den Kopf. »Mathilda, du bist wirklich meine Freundin, meine Schwester! Daß du mich mit meinem schrecklichen Schicksal nicht allein gelassen hast, werde ich dir nie vergessen!«
»Ich danke Euch, Hoheit, aber es ist für mich selbstverständlich!«
»Nein, so etwas ist eben nicht selbstverständlich! Und gerade deshalb bin ich so froh darüber. Du bist ein Lichtschein in der Dunkelheit dieses Kerkers. Du bist meine Schwester und mir damit gleichgestellt. Deshalb sollst du auch zu mir ›du‹ sagen!«
»Aber Hoheit, das geht doch nicht!« widersprach Mathilda erschrocken und gleichzeitig gerührt.
»Natürlich geht das, weil ich es dir anbiete. Du bist mir jetzt gleichgestellt. Nicht meine Zofe, nicht meine Bedienstete, sondern meine Schwester!«
Sie preßten sich aneinander und zitterten, spürten aber die Wärme des anderen, und das gab ihnen Kraft.

*

Beißender Qualm stieg von den offenen Feuerstellen auf, die im Hof der alten Burgruine loderten. Gehilfen fachten mit großen Blasebälgen aus Leder immer wieder aufs neue die Glut an. Der Schmied lief von einer Feuerstelle zur anderen, kontrollierte die Arbeit seiner Gesellen, griff da und dort selbst zu und hämmerte auf dem rotglühenden Metall herum, daß die Funken flogen. Rüstungsteile, Kettenhemden, Schildbeschläge, Pfeilspitzen, Schwertklingen lagen über den ganzen Hof verstreut, hingen an hölzernen Gestellen oder wurden gleich weiterverarbeitet. Mehrere Männer schnitzten Pfeilschäfte, bezogen die Bogen mit Sehnen oder belegten die Schilde mit den Beschlägen. Zwei Sattler schnitten Lederteile zurecht, stellten Riemen, Gurte, Helmeinsätze, Pferdehalfter und Sattelbezüge her. Es gab keine müßige Hand auf der alten Burg. Auch die Frauen trugen ihren Teil dazu bei, nähten Hemden, Hosen, Waffenröcke, Pferdedecken oder pökelten Fleisch, trockneten Fisch und füllten Bier und Wein in kleine Lederschläuche. Martin ließ rüsten!
Endlich hatte die lange Wartezeit ein Ende, endlich sollte die Burg gestürmt werden, die einmal ihre Heimstatt war und die Gundram sich samt den dazugehörigen Dörfern und Ländereien auf eine schändliche Art unter den Nagel gerissen hatte. Doch nicht allein Gundrams schamloser Betrug, sondern auch sein barbarisches Wüten unter den Bauern, die sich gegen seine Willkürherrschaft aufgelehnt hatten, mußte gesühnt werden! Es gab nicht einen unter Martins Leuten, der nicht den Verlust eines Familienmitgliedes zu beklagen hätte. Alle schworen Gundram Rache! Es gab den Männern Kraft und Mut, auch wenn ihre Ausrüstung keineswegs dem entsprach, was Gundrams Mannen oder gar die Soldaten des Herzogs aufzuweisen hatten. Die Soldaten des Herzogs stellten eine zweite große Gefahr dar. Martin war ein Verfemter, Ehrloser, und damit vogelfrei. Als Kaisermörder suchte man im ganzen Herzogtum nach ihm. Fiel er dem Herzog in die Hände, konnte er keine Gnade erwarten.

Doch zunächst wollte Martin seine Burg zurückerobern, um sich dort einen sicheren Stand zu verschaffen. Sein zweiter Schritt würde sein, den Herzog zu Verhandlungen zu zwingen. Wenn er genug Zeugen aufbringen konnte, und das konnte Martin fürwahr, mußte ihn der Herzog rehabilitieren. Denn es gab genug Ritter, die an Martins Seite im Heiligen Land gekämpft hatten und für ihn aussagen würden. Doch solange er sich wie ein Verbrecher in einer entlegenen Ruine verstecken mußte, würde sich auch kein Ritter finden, der sich auf seine Seite stellte.
Nur einen gab es, der Martins Schicksal treu mit ihm teilte. Martin warf einen dankbaren Blick auf Rudolf, der die Arbeit der Schmiede begutachtete und hier und da einen Hinweis gab, eine Veränderung forderte – und lobte! Ja, auch das war Rudolfs Art, mit den Menschen umzugehen, und dafür liebten sie ihn. Martin schmunzelte, dann legte er den Arm freundschaftlich um die Schulter seines Knappen Jakob.
»Nun, Jakob, bist du schon aufgeregt? Bald ziehst du in deinen ersten Kampf!«
»Aufgeregt nicht, aber sehr stolz!« erwiderte der schmächtige Junge, aber seine nervösen Augen straften seine Worte Lügen.
Martin lachte. »Keine Bange, so schlimm wird es nicht. Wir werden die Burg im Handstreich nehmen, die Gelegenheit ist günstig. Mögen sie saufen und kämpfen und um die Hand der Prinzessin buhlen, in der Zwischenzeit holen wir uns das zurück, was uns rechtmäßig gehört!«
»Es ist mir eine Ehre, Euch dabei unterstützen zu können, Herr Ritter!« sagte Jakob mit fester Stimme, und Martin wußte, daß er es ehrlich meinte.
»Und wie steht es mit den Pferden?« fragte er.
»Bestens, Herr Ritter! Sie sind gut, aber nicht fett gefüttert. Der Schmied hat die Hufe kontrolliert und beschlagen. Patrick und ich bewegen die Rosse jeden Tag, damit sie nicht steif und faul werden.«

»So ist es recht!« lobte Martin ihn, und Jakob bekam vor Freude rote Ohren.
Martin beugte sich zu ihm herunter. »Und ich verspreche dir, wenn wir die Burg zurückerobert haben und der Herzog mich rehabilitiert hat, veranstalten wir ein großes Fest mit Musikanten, Gauklern, Händlern und vielen wunderschönen Zigeunermädchen – alle ganz allein für dich!«
Jetzt errötete Jakob heftig und blickte verschämt zu Boden. »Herr Ritter, Ihr macht mich verlegen!«
»Dafür brauchst du dich nicht zu schämen. Du bist ein Mann, Jakob, und ein Mann findet nun mal an hübschen Mädchen Gefallen. Und ich sage dir, die Welt wäre um eine schöne Sünde ärmer, wenn es keine Frauen gäbe!«
Martin schlenderte weiter, während Jakob sich schnell zu den Pferden verzog. Martin hatte Konstanzes weinrotes Kleid entdeckt. Sie half den Frauen, Lebensmittel zusammenzupacken, die für den Feldzug benötigten wurden.
Er beugte sich über ihre Schulter, während er ihr neckend ins Gesäß kniff, und bestaunte die langen Reihen Dörrfisch, die auf einem Tisch lagen.
»Das wird Durst geben!«
Konstanze drehte sich um und lachte. Sie hielt einen kleinen Trinkschlauch hoch. »Auch dafür ist gesorgt«, erwiderte sie.
Dann wurden ihre Augen ernst. »Ich habe Angst«, flüsterte sie.
Martin zog sie etwas beiseite, damit die anderen Frauen seine Worte nicht vernehmen konnten. »Du brauchst nichts zu befürchten. Ihr Frauen bleibt hier und verhaltet euch still. Ein paar Männer lasse ich zur Bewachung da.«
Konstanze schüttelte den Kopf. »Um uns sorge ich mich nicht. Du solltest alle Männer mitnehmen, wir können ganz gut auf uns selbst aufpassen und uns notfalls auch verteidigen. Ich habe Angst um dich!«
Er küßte sie auf die Nasenspitze und legte seine Stirn an ihre.

»Ich habe das Kämpfen noch nicht verlernt, meine Schöne, und alle anderen auch nicht. Das gerechte Ziel unseres Kampfes verleiht uns die Kräfte, die wir für den Sieg brauchen.«
»Ich weiß. Es ist egoistisch von mir, so zu denken. Aber ich habe nur noch dich auf der Welt. Ich könnte es nicht ertragen, wenn dir etwas zustieße!«
Er zog ihren Kopf an seine Brust. »Ich verlasse dich nicht, Konstanze, was auch geschehen mag. Bei mir bist du in Sicherheit, und ich werde immer für dich da sein.«
Sie wischte verstohlen eine Träne aus dem Augenwinkel und lachte. »Ich bin schon wieder selbstsüchtig. Ich halte dich von deinen Pflichten ab und lasse die Frauen mit ihrer Arbeit allein.« Sie drehte sich um und wollte wieder zur Küchenecke zurückkehren. Martin hielt sie am Handgelenk fest.
»Konstanze?«
»Ja?«
»Danke!« Er beugte sich zu ihr herab und küßte sie. Sie erwiderte diesen Kuß mit dem ihr eigenen Temperament. Versonnen blickte Martin ihr nach. Dann riß er sich aus seinen Gedanken. Es gab noch so viel zu tun, um den Angriff vorzubereiten. Und er mußte sich mit Rudolf und seinen Waffenmännern noch strategisch beraten. Es würde ein Überraschungsangriff auf die nur schwach besetzte Burg werden. Ihre Ortskenntnisse kamen ihnen dabei ebenso zugute wie der Schutz der Dunkelheit, während der sie angreifen wollten.

*

Isabella und Mathilda lagen eng umschlungen auf der harten Holzpritsche. Sie hatten eine schreckliche Nacht voller Angst hinter sich. Für beide war es tröstlich, ein menschliches Wesen neben sich zu wissen und mit ihm Angst und Einsamkeit zu teilen. In der Dunkelheit zogen vor Isabellas Augen wieder und

wieder die schrecklichen Bilder der letzten Stunden vorüber. Warum befand sie sich hier in diesem Verlies? Was hatte sie verbrochen, daß sie wie eine Verbrecherin behandelt wurde? Sie war doch die Tochter des Herzogs!
Die letzten Tage waren voller Aufregung und fremder Eindrücke gewesen: das Sängerfest mit den vielen unbekannten Menschen, das Lied des Ritters Michael, das sich auf so unheimliche Weise bewahrheitete, das farbenprächtige Turnier, das einen Ritter das Leben und den größten Teil von ihnen die Gesundheit gekostet hatte, Gundrams Zorn über ihre Verweigerung – und der niederträchtige Mord an Gunilla! Isabella schauderte. Irgend etwas geschah außerhalb ihres Wissens, außerhalb ihrer Wahrnehmungsfähigkeit! Wer sollte Interesse am Tod der attraktiven Frau haben, die niemandem etwas zuleide getan hatte? Sie hatte gestohlen, aber das war doch kein Grund, die Diebin gleich zu ermorden! Und wer hatte sie ermordet? Gunilla wollte etwas sagen, bevor der Pfeil aus der Armbrust ihr ein grausames Ende bereitete. Wer hatte Interesse an dieser Truhe, wenn Gunilla sie nicht für sich selbst haben wollte? Und was befand sich darin? Isabella ruckte unruhig auf ihrer Liege hin und her. Gab es ein Geheimnis auf der Burg ihres Vaters?
Die beiden Mädchen fuhren erschrocken auf, als sich die Tür zum Verlies öffnete. Der alte Kerkermeister, der sie am Abend zuvor hier eingesperrt hatte, betrat den Raum mit einem Leuchtfäßchen in der Hand. Hinter ihm erblickten sie die massige Gestalt von Gundram, und beide wichen zur Wand zurück.
Im Licht des Talgtopfes erkannten sie mit Entsetzen, daß in der Mitte des Raumes ein vergittertes Loch klaffte, über dem eine Winde angebracht war. Gütiger Himmel, darunter befand sich das Angstloch, in das die Gefangenen herabgelassen wurden, um nie wieder ans Tageslicht zurückzukehren!
Gundram bemerkte den Blick der beiden Mädchen und grinste. »Eigentlich müßtet Ihr Euch bedanken, daß Ihr eine bevorzugte

Behandlung genießt, teure Isabella«, sagte er in spöttischem Ton. Mathilda schien für ihn nicht vorhanden zu sein.
»Bevorzugt?« schnaubte Isabella. »Ihr wagt es, so mit mir zu sprechen? Ihr vergeßt, wen Ihr vor Euch habt!«
»Nein, das habe ich nicht vergessen, und Ihr seid mir ein teures Unterpfand, Euren starrsinnigen Vater zu zwingen, Euch mir zur Frau zu geben!«
»Laßt meinen Vater aus dem Spiel, Gundram! Er hat Euch nichts getan! *Ich* habe gesagt, daß ich nicht Eure Frau werden will!«
Gundram schüttelte den Kopf. »Weiß der Kuckuck, wieso Ihr auf die Idee kommt, Ihr könntet Euch Euren Gatten selbst wählen. Keine Frau kann das, Frauen werden verheiratet!«
»Ich heirate nur den Mann, den ich liebe!« erwiderte Isabella trotzig.
Gundram lachte laut auf, und die Prinzessin zuckte zurück. »So ein Unsinn! Hat man Euch das im Kloster gelehrt? Oder hat Euch gar ein anderer Mann besessen in der kurzen Zeit, seit Ihr aus dem Kloster dieser alten Fledermäuse zurück seid?«
»Und wenn es so wäre?« gab sie spitz zurück.
Für einen Augenblick runzelte Gundram die Stirn und sah zum Fürchten aus. »Es ist mir egal«, sagte er zu Isabellas Erstaunen gleichgültig und wandte sich von ihr ab.
»Das ist Euch egal?« fragte Isabella verwundert. »Wäre das nicht ein Grund, mich zu meinem Vater zurückzuschicken?«
»Oh, das hättet Ihr wohl gern?« fragte er belustigt. »Schlagt Euch diese fixe Idee aus dem Kopf. Ihr seid meine Gefangene!«
»Und warum? Was habe ich Euch getan? Mit dem Tod Eurer Schwester habe ich nichts zu tun. Und ich hätte den Mörder gefangen, wenn Ihr Euch nicht eingemischt und mich so schändlich entführt hättet!«
»Der Tod von Gunilla ist eine zweite Sache, die alles nur noch verschärft. Den Mörder werde ich auch selbst finden. Es ist in Eurem Beisein geschehen, das allein genügt, Euch dafür büßen

zu lassen. Ich glaube, Eurem Hochmut tut ein wenig Kerkerhaft ganz gut.«
Er wandte sich zum Gehen.
Isabella sprang auf. »Nein, ich protestiere! Schließlich bin ich eine Prinzessin und kann eine mildere Behandlung erwarten. Selbst Richard Löwenherz durfte sich während seiner Gefangenschaft auf Trifels frei bewegen!«
»Ihr vergleicht Euch mit Richard Löwenherz?« spottete Gundram. »Er ist tausendmal mehr wert als Ihr. Ihr seid ein goldenes Hühnchen, er ist ein stolzer Adler!«
»Oh, so gut kanntet Ihr ihn?«
Verächtlich drehte Gundram sich in der Tür um. »Auch wenn er unser Feind ist, niemand wird ihn erreichen können. Am allerwenigsten Ihr!«
Die Tür fiel krachend ins Schloß, und die Mädchen schauderten, als der Schlüssel sich knirschend drehte.
»Jetzt hast du ihn gänzlich verärgert!« klagte Mathilda. »Vielleicht hätte er doch Erbarmen gezeigt und uns wenigstens in der Burg Bewegungsfreiheit gestattet!«
»Machst du mir etwa Vorwürfe?« fragte Isabella entrüstet.
»Nein, nein, aber ich fürchte mich so!«
»Das weiß ich! Ich fürchte mich auch. Aber ich werde nicht zu Kreuze kriechen! Nicht vor Gundram!«
»Ob das wirklich so klug ist?« zweifelte Mathilda.
»Zweifelst du an meiner Klugheit?« fragte Isabella spitz.
Mathilda biß sich auf die Zunge. Beinahe hätte sie diese Frage bejaht. »Wie soll es denn weitergehen?« fragte sie statt dessen.
»Es wird Hilfe kommen! Mein Vater schickt seine Soldaten und läßt mich befreien«, sagte sie überzeugt. »Oder glaubst du, er läßt diese Schmach auf sich sitzen?«
»Nein!« Und trotzdem zweifelte Mathilda daran, daß der senile Herzog sich gegen Gundram durchsetzen konnte. Zuviel Einfluß genoß Gundram unter der Ritterschaft.

»Wir werden uns in Geduld üben und beten. Die Hilfe wird kommen, das spüre ich!«
Mathilda war sich nicht sicher, ob Isabella damit ihren imaginären blonden Schutzengel meinte oder ihren Vater oder gar eine göttliche Eingebung. Verzagt kniete sie auf dem glitschigen Steinboden nieder, stützte die Ellbogen auf die Pritsche und faltete die Hände. Ihr Gebet war lang und inbrünstig, und es schloß sämtliche Heilige ein, die ihr im Augenblick in den Sinn kamen.

*

Mit dem scharfen Blick eines Kenners registrierte Rupert de Cazeville die mächtigen Fallgitter am Burgtor und die Pechnasen darüber. Eine breite Mauer mit überdachten Wehrgängen umgab die Burg. Alles überragte der Burgfried, der eine weite Sicht ins Land gestattete und trotzdem seinen Bewohnern guten Schutz bot. Es war kaum anzunehmen, daß diese Burg jemals gestürmt werden konnte, sie war ausgezeichnet gesichert. Der breite Burggraben, die mächtigen Mauern und Wälle, die stabile Zugbrücke, das eisenbeschlagene Tor und die zahlreichen Wachsoldaten auf den Wehrgängen hielten ihn jedoch nicht davon ab, die Burg zu betreten. Nachdem er die Nacht in einem schlichten Landgasthaus verbracht hatte, mischte er sich am Morgen unter das zahlreiche Volk, das vor jeder Burg herumlungerte, sei es, um Waren zu verkaufen, seine Dienste anzubieten oder einfach nur um zu betteln.
»Ihr seid ein Gelehrter?« fragte der Kaplan hochachtungsvoll und betrachtete neugierig den seltsamen Gast, der am Morgen Einlaß begehrte. »Schon lange wünsche ich mir einen Menschen, mit dem ich geistvolle Gespräche führen und die heilige Schrift diskutieren kann.«
»Und ich wäre der richtige dafür?« fragte de Cazeville mit leisem Spott in der Stimme.

Der Burgkaplan nickte. »Mit Verlaub, die Ritter sind alle recht derbe Mannsbilder, die das Kriegshandwerk verstehen und das Schwert zu schwingen wissen. Aber für unsereins, denen das Geistige zum Lebensinhalt wurde, fehlt es an geeignetem Umgang.«

»Ich glaube nicht, daß Ihr an mir Freude hättet«, erwiderte de Cazeville. »Ich bin Arzt!«

»Nun, auch das ist doch ein gelehrter Beruf. Darf ich fragen, wo Ihr Eure Studien betrieben habt?«

»In Bologna!«

»Ah, Italien, das Land der Sonne, der süßen Früchte und der geistigen Leichtigkeit. Unser Kaiser weilt in diesen warmen Gefilden, und ich beneide ihn. Italien hat herrliche Kirchen. Und Rom, die heilige Stadt ...«

De Cazeville ließ den schwärmenden Kaplan einfach stehen und schlenderte über den Burghof. Aufmerksam verfolgte er das Geschehen. Irgendwo hier wurde Prinzessin Isabella gefangengehalten. War Gundram ein Weichling, bewohnte Isabella ein bewachtes Frauengemach neben dem Palas. War er ein ganzer Kerl, hielt er sie im Verlies gefangen. Andere Möglichkeiten gab es nicht. Und er war sicher, daß letzteres auf Gundram zutraf. Sein untrüglicher Sinn für die Realität schien de Cazeville auch diesmal nicht im Stich zu lassen.

Er hatte einen verhängnisvollen Fehler begangen, er hatte sich für einen kurzen Augenblick die Zügel aus der Hand nehmen lassen. Und noch dazu von einer Frau! Er wollte den Gedanken an Gunilla verdrängen. Noch niemals hatte er etwas bereut, das er getan hatte. Nur dieses eine Mal wünschte er, er könnte die Zeit zurückdrehen. Warum hatte sie das getan? Zum ersten Mal im Leben hatte ihn eine Frau fasziniert. Nicht nur ihr reifer, weiblicher Körper war die Sünde selbst gewesen. Sie war ihm verfallen, trotz ihrer Tränen, ihres Zorns, ihrer zur Schau getragenen Abscheu. Es reizte ihn um so mehr. Sie war ihm nicht nur verfallen, ja, er war sich sicher, daß sie sich danach gesehnt hatte, sich ihm zu unterwerfen. Sie hätten beide noch viel Freude miteinander haben können! Konnte sie nicht begreifen, daß sie so etwas nicht mit ihm machen durfte? Es war ein tödlicher Irrtum. Und sie hatte recht gehabt mit dem letzten Satz, den sie zu ihm sagte. Noch niemals hatte eine Frau so etwas mit ihm getan – und niemals wieder würde eine Frau das mit ihm tun!

Mit einem unwilligen Stirnrunzeln konzentrierte er sich auf die Gegenwart. Er beobachtete die Wachablösung, zählte die Burgmannen, registrierte den Bedienmechanismus des Fallgatters, begutachtete die Ausrüstung der Wachsoldaten. Am Abend suchte er sich ein bescheidenes Quartier im Gästehaus, ließ sich etwas zu essen geben und lehnte ein gemeinsames Mahl mit dem Burgkaplan ab. Er mochte keine Menschen, die viele Fragen stellten.

*

Leise und diszipliniert zogen Martin und Rudolf mit ihren Leuten auf Nebenwegen in Richtung der Burg, die das Ziel ihres ganzen Aufwandes war. Eine gespannte Atmosphäre umgab sie, kaum ein Wort wurde gesprochen. Ihre Sinne waren wach und geschärft, und je näher sie Gundrams Burg kamen, um so mehr bemächtigte sich ihrer eine seltsame Erwartung. Fünf Tage und Nächte hatten sie gearbeitet, sie trugen Rüstungen, Kettenhemden, Waffen, ein Wagen mit Lebensmitteln folgte ihnen. Und sie waren motiviert genug, den ungleichen Kampf gegen den verhaßten Ritter aufzunehmen, der nicht nur Martin, sondern auch seinen Untertanen schreckliches Leid und schreiende Ungerechtigkeit zugefügt hatte.

Martins Strategie sah vor, die Burg im Schutze der Dunkelheit durch einen Handstreich einzunehmen. Er wußte, daß sie gut genug gesichert war, um einem Ansturm standzuhalten. Hier aber waren List und Ortskenntnis gefragt. Deshalb versammelten sie sich in einem Wald etwa einen halben Stundenritt von der Burg entfernt, um die Nacht abzuwarten. Danach wollten sie über die Rückseite der Mauer, die an einem Felsabhang lehnte, in den hinteren Innenhof eindringen, wo sich die Stallungen befanden. In der Nacht hielten sich kaum Dienstleute dort auf. Wenn sie erst in die Burg eingedrungen waren, würden sie die wichtigsten Positionen besetzen, die Handvoll Wachleute ausschalten und Gundram gebührend begrüßen, wenn er von dem Turnier zurückkehren würde.

Martin hob die Hand, als er eine geeignete Stelle zum Lagern gefunden hatte. Er hieß seine Leute absitzen, die Pferde versorgen und sich ausruhen. Er winkte Rudolf.

»Wir werden noch einen Inspektionsritt durchführen und etwas näher an die Burg heranreiten«, sagte er zu seinem Freund.

Jakob reichte seinem Herrn einen Weinschlauch. Die beiden Ritter erfrischten sich nur kurz und gestatteten ihren Knappen, ebenfalls einen Schluck zu trinken. Martin drängte zum Aufbruch, um vor der Abenddämmerung die Lage zu erkunden.

Martin und Rudolf ritten, begleitet von ihren Knappen Jakob und Patrick, einen Bogen um den Hügel, der ihnen die Sicht zur Burg versperrte. Die Sonne stand bereits tief und tauchte das Land mit ihren rotgoldenen Strahlen in ein fast unwirkliches Licht. Martins Herz schlug höher. In wenigen Augenblicken würde er seine Burg wiedersehen, sein Lehen, seine Ehre ...

Als sie den Hügel umrundet hatten, blickten sie gespannt hinüber zur Burg – und erstarrten!

»Die Fahnen sind aufgezogen!« fand Jakob als erster die Sprache wieder.

»Das sehe ich auch«, knurrte Martin ungehalten.

Jakob drehte sich im Sattel herum. »Aber das bedeutet doch ...«

»... daß die Burg besetzt ist, und zwar vollzählig«, ergänzte Rudolf.
»Mein Gott, warum strafst du mich so grausam?« stöhnte Martin und ballte die Faust. »Soll alles umsonst gewesen sein?«
»Wir werden kämpfen!« rief Jakob.
»Halt den Mund!« herrschte Martin ihn an. »Das entscheide ich!«
Rudolf wendete sein Pferd. »Was willst du da entscheiden?« fragte er verwundert. »Da gibt es nichts mehr zu entscheiden, es hat keinen Sinn!«
»Ach, nein? Läßt du mich jetzt im Stich?«
»Ganz im Gegenteil«, erwiderte Rudolf besonnen. »Ich will dich vor einer Torheit bewahren!«
»Was soll das heißen?«
»Daß ein Angriff tödlicher Leichtsinn wäre. Und daß ich alles tun werde, um dich daran zu hindern!«
»Rudolf!« Martins Gesicht drückte sprachloses Entsetzen aus. »Wir stehen hier, unsere Burg liegt in greifbarer Nähe! Sollen wir unverrichteter Dinge wieder abziehen?«
Rudolf warf ihm einen langen, durchdringenden Blick zu. Dann nickte er wortlos.
Martin rang um Fassung. Mit aufgerissenen Augen starrte er zur Burg hinüber. »Nein!« murmelte er. »Ich gebe nicht auf! Nicht jetzt!«
»Nimm doch Vernunft an!« mahnte Rudolf. Doch Martin wollte nicht auf ihn hören. Verstand ihn denn keiner? Wie konnten sie einfach umkehren? Wie konnten sie den Kopf schütteln?
Patrick näherte sich seinem Herrn und flüsterte mit ihm. Mehrmals schüttelte Rudolf energisch den Kopf, doch Patrick sprach eindringlich auf Rudolf ein, bis dieser sich schließlich unschlüssig zu Martin umdrehte.
»Patrick hat mir einen Vorschlag unterbreitet. Ich bin zwar immer noch skeptisch, aber vielleicht solltest du ihn dir mal anhören.«

Unwillig blickt Martin zu Rudolfs Knappen herüber. Er wollte keine anderen Vorschläge hören! Er wollte kämpfen!
»Ich werde mich in die Burg einschleichen. Mein Herr sagte, es gäbe einen Geheimgang, der am Fuß der Felsen endet. Da mich niemand kennt, kann ich alles ausspionieren. Wir müssen doch wissen, wieviel Mann auf der Burg sind, wie sie unter Waffen stehen und wie stark die Burg bewacht wird. Vielleicht ist Gundram unvorsichtig geworden. Und vielleicht erfahre ich auch, warum er jetzt schon zurückgekehrt ist und nicht bis zur Hochzeit der Prinzessin geblieben ist.«
Martin blickte den hübschen blonden Jungen erstaunt und auch ein wenig zweifelnd an.
»Na ja«, sagte er nach einer geraumen Weile, »traust du es dir denn zu? Schließlich kennst du die Burg doch gar nicht!«
»Für meinen ehemaligen Herrn habe ich auch spioniert, bei den Mamelucken. Das war noch gefährlicher«, erwiderte Patrick.
»Vielleicht kann ich zur Burg reiten, Herr«, unterbrach Jakob. »Ich kenne ja jeden Winkel.«
»Nein!« widersprach Martin. »Der Vorschlag kam von Patrick, und er soll ihn auch ausführen. Außerdem ist es von Vorteil, daß ihn niemand kennt. Es könnten noch Burgmannen dort sein, die dich wiedererkennen. Für ein leichtfertiges Abenteuer bist du mir zu schade. Du sollst kämpfen lernen, aber nicht durch Dummheit deinen Kopf verlieren!«
Rudolfs Gesicht blieb ernst, obwohl er sich ein spöttisches Grinsen verbeißen mußte. Er nickte seinem Knappen zu. Es würde eine gute Bewährungsprobe für ihn sein, und Rudolf war sicher, daß Patrick sie bestehen würde.
Ihre Blicke verfolgten Patrick, als er im letzten Licht der Sonne zur Burg ritt. Dann wendeten sie ihre Pferde, um in den Wald zurückzukehren.
Rudolf beugte sich zu Martin herüber und flüsterte, so daß Jakob es nicht hören konnte: »Du bist deinem Knappen ein

guter Lehrer. Nur schade, daß du deine eigenen Prinzipien nicht beherzigst!«

»Rudolf, bitte nicht auch noch eine Rüge!« stöhnte Martin ebenso leise.

Rudolf hob die Augenbrauen, doch seine braunen Augen blitzten. »Doch, die mußte unbedingt sein!«

*

Unruhig wälzte Isabella sich auf dem harten Lager herum. Ein seltsamer Traum suchte sie heim. Er war so bedrückend real, daß sie im Schlaf laut aufstöhnte. Dunkelheit umgab sie, aber wie Irrlichter blitzten um sie herum blaue und silberne Funken auf. Sie konnte nicht erkennen, was dieses seltsame Funkeln hervorrief, sosehr sie auch ihre Augen anstrengte. Musik erklang von weither, sie hörte Gesang, Harfen und Lauten, dann Lachen und Pferdegetrappel. Jemand schaute sie an, und als sie sich umdrehte, stand ein Ritter in silberner Rüstung vor ihr. Erfreut wollte sie auf ihn zueilen, aber ein anderer hielt sie zurück. Es war Gundram, der in seinen rot und weiß geteilten Waffenrock mit dem in entgegengesetzten Farben geteilten Stierkopf gekleidet war. Darunter funkelte sein Kettenhemd. Waren das die silbernen Sterne, die sie gesehen hatte?

Sie wollte sich von Gundram losreißen und dem silbernen Ritter zueilen, der still und unheimlich dastand. Lachend öffnete Gundram einen kleinen Lederbeutel, den er an der Hüfte trug, und holte etwas heraus. Er öffnete die Handfläche und Isabella sah mit Entsetzen, daß es zwei blaue Augen waren! Sie schrie auf und riß sich von ihm los. Sie streckte die Arme nach dem silbernen Ritter aus, doch als sie die Rüstung berührte, fiel sie scheppernd um. Blut sickerte darunter hervor.

»Schau nach!« höhnte Gundram. Mit zitternden Fingen klappte Isabella das Visier hoch und prallte zurück. In der Rüstung steckte die tote Gunilla, das Gesicht kalkweiß, mit einem Pfeil, der ihre Wangen durchstoßen hatte. Mit einem gellenden Schrei erwachte Isabella.

»Um Gottes willen, was ist denn los?« fragte Mathilda schaudernd.

Isabella bebte am ganzen Körper, und die Dunkelheit trug dazu bei, ihre Panik zu verstärken. »Ich werde verrückt hier!« keuchte sie.

Mathilda legte die Arme um sie und zog sie wieder unter die dünne, klamme Decke.

»Dann gib dir doch einen Stoß und bitte Gundram um Hafterleichterung. Vielleicht kannst du wenigstens eine halbe Stunde draußen spazierengehen und die Sonne sehen.«

Verzagt nickte Isabella. Die Zeit wollte nicht vergehen, und sie hoffte auf die ersten Sonnenstrahlen des Morgens, die ein spärliches Licht durch die winzige Scharte hoch oben im Verlies warf. Dann würde auch der alte Wärter kommen, um ihnen Wasser und Brot zu bringen, das karge Mahl, das ihnen Gundram zugestand.

Endlich knirschte der Schlüssel im Schloß, und der griesgrämige Alte schlurfte herein. Er trug ein Tablett mit einem Krug, zwei Bechern und einem Teller mit zwei Stückchen Brot und Käse darauf.

»Frühstück, meine Damen!« krächzte er und hustete. Die Kerkerfeuchte hatte seine Lungen zerfressen.

Isabella erhob sich und strich ihr goldenes Kleid glatt. »Ich möchte Ritter Gundram sprechen«, sagte sie zu ihm. »Richte ihm aus, daß ich es mir überlegt habe. Ich möchte mir die Burg ansehen und mich mit ihm über den Termin unserer Hochzeit unterhalten.«

»So, so«, ächzte der Alte zwischen zwei Hustenanfällen. »Ich werd's ihm sagen, wenn ich ihn sehe.«

»Nein, es ist dringend! Geh sofort zu ihm!«

»Sofort? Am frühen Morgen? Vielleicht ist er auf der Jagd oder hat noch eine Bettgespielin bei sich! Ich kann ihn nicht einfach behelligen!«

»Er wird dir den Kopf abschlagen lassen, wenn du ihm nicht sagst, was ich dir aufgetragen habe! Deshalb hält er mich ja hier gefangen!«

Hustend schlurfte der Alte wieder raus. Was diese Weiber nur von ihm wollten! In seinem Alter überstürzte man nichts mehr. Vor sich hin schimpfend begab er sich in den Burghof und blickte sich suchend um. Ritter Gundram saß bestimmt beim Frühstück und wollte nicht gestört werden. Und er konnte dann sehr ungemütlich werden. Nein, da hielt man sich besser raus – oder schickte jemand anderen!

»He, Junge, komm mal her!« rief er mit kratziger Stimme.

Patrick drehte sich erschrocken um. »Meint Ihr mich?« fragte er.

»Ja, wen denn sonst! Mir scheint, du hast nichts zu tun. Du kannst etwas für mich erledigen, du hast jüngere Beine als ich.«

»Und was?« fragte Patrick und tat so, als langweile er sich tatsächlich gewaltig.

»Geh zu Ritter Gundram und richte ihm aus, daß die Gefangene ihn unbedingt sprechen will.«

»Die Gefangene?«

»Du glotzt wie ein Karpfen auf dem Trockenen!« schalt der Alte. »Die Prinzessin, die im Kerker sitzt!«

»Im Kerker sitzt eine Prinzessin?« Patrick staunte.

»Oh, was bist du nur für ein Tölpel!« Der Alte hustete. »Nun lauf schon, ehe ich noch das Zeitliche segne!«

»Ich eile!« rief Patrick und lief hinüber zum Palas. Gundram saß mit seinen engsten Vertrauten um eine kleine Tafel und frühstückte. Unwillig blickte er auf, als Patrick eintrat und sich tief verbeugte. Er behielt den Kopf auch unten, als er dem Ritter ausrichtete, die Gefangene wünsche ihn dringend zu sprechen.

Gundram lachte dröhnend. »Sie ist aber schnell schwach geworden!« Er wandte sich seinen Leuten zu. »Seht ihr, so behandelt man Frauen! Ein Trotzköpfchen treibt man mit ein paar Nächten in einem Kerker aus. Schon sind sie sanft wie die Lämmchen!« Großmütig warf er Patrick einen Apfel zu. »Wer bist du, Junge? Ich kenne dich nicht!«

»Ich bin der Gehilfe des Kerkermeisters. Ihm geht es nicht so gut, seine Lunge, Ihr wißt ja!«

»Ja, ja, der alte Albert soll lieber nicht so viel vom sauren Wein saufen, das zerfrißt die Innereien.« Er lachte wieder. »Brav, Junge, paß immer schön auf mein Täubchen auf, daß es nicht davonflattert!«

»Ei gewiß, Herr!« dienerte Patrick und verzog sich schleunigst. Sollte die Gefangene tatsächlich Isabella sein? Er hatte sie nur einmal kurz gesehen, und er würde sie unter tausend Mädchen wiedererkennen. Er mußte irgendwie in den Kerker gelangen! Zunächst jedoch schlenderte er ziellos in der Burg herum, beobachtete die Soldaten, schätzte ihre Zahl ab und betrachtete ihre Bewaffnung genau. Während er sich umschaute, stieß er mit einem Mann zusammen.

»Paß doch auf, du Tölpel!« herrschte er ihn an. Patrick wich zurück, so unheimlich sah der Mann aus mit seinem schmalen, braunen Gesicht, der scharf geschnittenen Nase und den stechenden schwarzen Augen.

»Verzeihung, Herr!« stammelte er. Was sich alles für Leute hier herumtrieben! Die Burg war bevölkert wie ein Ameisenhaufen!

Patrick ging zum Kerker zurück und hockte sich neben den alten Kerkermeister, der verdrießlich an einem Stück grauem Brot kaute.

»Na, hast du es ihm ausgerichtet?« wollte er wissen.

Patrick nickte und grinste. Er zog den Apfel unter seinem Kittel hervor. »Er hat mir sogar eine Belohnung gegeben«, sagte er. »Kommt, wir teilen ihn uns.«

Der Alte blickte ihn verwundert an. »Du willst mit mir teilen?«

»Warum nicht? Hättet Ihr mir nicht den Auftrag gegeben, hätte ich die Belohnung nicht bekommen!«
Der Alte lachte meckernd und klopfte ihm auf die Schultern. »Du gefällst mir, Junge! Aber behalte den Apfel, ich kann ihn sowieso nicht essen. Ich habe keine Zähne mehr!«
Sie lachten beide, und der Alte bekam einen heftigen Hustenanfall. Patrick klopfte ihm auf den Rücken. »Ich würde Euch gern ein wenig helfen bei Eurer verantwortungsvollen Arbeit«, sagte er ganz beiläufig.
»Helfen? Was willst du denn helfen?«
»Der Gefangenen das Essen bringen, das Verlies säubern, die Schlösser ölen, alles, was Ihr wollt.«
»So, so, alles, was ich will. Na, meinetwegen! Aber Bezahlung bekommst du keine!«
»Ich hol mir schon mein Brot«, grinste Patrick.
»Also, dann geh hinein und hole das Tablett mit dem Teller und den Bechern wieder heraus. Aber verguck dich nicht in die Prinzessin, die ist nichts für dich!«
Patrick beugte sich zu dem Alten herunter. »Nein, denn ich habe bereits mein Liebchen! Die arbeitet oben in der Küche, diese Beziehung ist viel mehr wert als eine gefangene Prinzessin.«
Der Alte lachte und hustete in einem und reichte Patrick dann einen klobigen Schlüssel. »Aber nachher ordentlich wieder abschließen!«

*

Verblüfft blickten die Mädchen den hübschen Jungen an, der mit verschmitztem Lächeln ihr Verlies betrat und sie neugierig betrachtete. Tatsächlich, es war Prinzessin Isabella in einem goldenen Kleid! Patrick überwand seine Überraschung und strahlte sie an.
»Einen wunderschönen guten Morgen!« sagte er laut.

Isabella hockte mit Mathilda wieder auf der Pritsche, und beide drückten sich ängstlich gegen die Wand. Wer war der Junge?
Patrick hob bedauernd die Schultern. »Das Essen ist wirklich nicht fürstlich, ich muß mich für die schlechte Küche entschuldigen. Doch ich glaube, daß Ihr schon bald wieder an einer richtigen Tafel speisen werdet. Nehmt inzwischen das zum Trost!« Er warf Isabella den Apfel zu. Mit einem Auge zwinkerte er und lächelte, als er den Kerker verließ.
»Hast du das gesehen?« fragte Mathilda mit kugelrunden Augen.
»Natürlich, ich bin doch nicht blind!« Sie betrachtete den Apfel. »Und wie lustig er war! Was meinte er damit, daß ich bald schon wieder an einer richtigen Tafel speisen werde?«
»Gundram wird kommen und uns erlösen«, erwiderte Mathilda.
Isabella seufzte. »Ich hoffe es!«
Doch Gundram ließ sich Zeit. Erst nach dem Hauptmahl bequemte er sich, zum Verlies zu gehen. Seine imposante Figur verdeckte den spärlichen Lichtschein des winzigen Fensterlochs. Er hatte die Haltung eines Mannes, der den Moment genießt. Mit einem selbstzufriedenen Gesicht blickte er auf Isabella herab. »Habt Ihr es Euch also überlegt, Prinzessin?« Es war mehr eine Feststellung denn eine Frage.
»Gestattet uns einen Spaziergang an der frischen Luft. So grausam könnt selbst Ihr nicht sein«, bat Isabella, obwohl sie ihm am liebsten die Augen ausgekratzt hätte. Zuerst mußten sie aus dem Kerker heraus. Draußen würde ihr schon etwas einfallen.
»Ich bin heute bei ausgesprochen guter Laune, Prinzessin, weil ich eine sehr angenehme Nacht hatte. Deshalb will ich Güte walten lassen und Euch die Burg zeigen. Schon, um Euch zu vergegenwärtigen, worauf Ihr verzichten wollt. Darf ich bitten?« Er reichte ihr die Hand, und Isabella legte ihre darauf. Sie

schritt mit erhobenem Kopf neben ihm aus dem feuchten Verlies heraus und zog Mathilda hinter sich her.
Draußen schloß sie geblendet die Augen. Aber die wärmenden Strahlen der sinkenden Sonne taten so gut auf ihrer blassen Haut, und sie sog die frische Luft tief in die Lunge. Die zahlreichen Burgbewohner machten ihr staunend Platz und verbeugten sich. Sie murmelten verwundert und anerkennend.
»Sie lieben Euch jetzt schon«, raunte Gundram ihr zu. »Ich würde Euch ein kleines Paradies bieten. Schaut diese wunderschöne Burg an. Es wäre Euer Refugium. Sogar ein kleiner Garten gehört dazu. Fast wie daheim!«
Isabella schwieg. Sie mußte Gundram recht geben, die Burg war sehr schön, in gutem Zustand. »Habt Ihr sie erbauen lassen?« fragte sie.
»Nein, wenngleich ich nicht weniger stolz darauf bin, als hätte ich sie erbaut. Sie gehörte zum Lehen Martin von Treytnars. Mit seinem Verbrechen hat er sich die Ehre verwirkt, Lehnsritter zu sein. Jetzt haust er wie ein Wolf in der Wildnis.« Er lachte hart. »Ich jage ihn, und ich werde ihn kriegen!«
Isabella war blaß geworden. »Was hat er getan, dieser Ritter?«
»Das wißt Ihr nicht? Er hat den Kaiser ermordet!«
»Den Kaiser? Meint Ihr Barbarossa?«
»Natürlich! Auf dem Kreuzzug hat er ihn hinterrücks ersäuft. Er wollte der Anführer der Kreuzritter werden. Daß er nur Vertrauter des Kaisers war, hat ihm nicht genügt. Und er hat das Vertrauen von Friedrich schamlos ausgenutzt, dachte, er würde König des Heiligen Landes werden! Jetzt verkriecht er sich wie ein räudiger Köter, plündert, mordet und brandschatzt im Land, überfällt wehrlose Reisende, macht sogar vor Frauen nicht halt. Ihr habt es ja am eigenen Leibe erfahren!«
Isabella schwieg. Das also war die Geschichte um diesen seltsamen Raubritter! »Ich habe ein Dorf gesehen«, sagte sie leise. »Alle waren tot, die Leichen hingen an den Bäumen, die Häuser

verbrannt, das Vieh abgeschlachtet. Und sogar die Kirche war zerstört.«

»Habt Ihr etwa Mitleid mit so einem Räuber und Mörder?« fragte Gundram mit erhobenen Brauen.

»Nein«, erwiderte sie leise. Dann blickte sie ihn an. »Ihr seid ein Christenmensch, Gundram. Verwehrt mir nicht die Bitte um ein stilles Gebet in Eurer Kapelle.«

Gundram blieb stehen und blickte sie nachdenklich an. »Ihr vergeßt, daß Ihr nach wie vor meine Gefangene seid. Doch ausnahmsweise will ich Euch diese Bitte gewähren. Es ist aber kein Freibrief für Milde! Erst wenn Ihr meine Frau seid, dürft Ihr den Kerker verlassen. Und erst wenn Gunillas Mörder gefaßt ist, dürft Ihr die Burg verlassen!«

Isabella senkte den Kopf. Sie würde aus der Burg nicht flüchten können. Und Gundram würde sie nicht freiwillig laufen lassen.

Er begleitete sie zur Kapelle und zog sich zurück, während Isabella und Mathilda vor dem schlichten Altar niederknieten. Sie bemerkten die schlanke Gestalt im schwarzen Umhang nicht, die sich in eine Nische drückte.

De Cazeville tastete nach seinem Messer. Er frohlockte. Besser konnte man ihm das goldene Täubchen nicht präsentieren. Sie trug die Kette mit dem Schlüssel um den Hals!

Jetzt, liebe Isabella, bist du die vierhundert Goldstücke wert, die ich für dich erhalten habe!

Er zog den Dolch hervor und glitt lautlos hinter die beiden im Gebet versunkenen Mädchen. Er hoffte, daß die andere nicht schreien würde, während er Isabella die Kehle durchschnitt. Vielleicht mußte er beide gleichzeitig töten. Isabella war schuld, daß Gunilla sterben mußte! Seine Augen fixierten die beiden Gestalten, und er setzte zum Sprung an. Im gleichen Augenblick wurde die Tür der Kapelle aufgerissen, und Gundram polterte herein.

»Genug gebetet!« brüllte er.

Mit katzenhafter Geschmeidigkeit hechtete de Cazeville hinter eine der Steinsäulen, die den Altar flankierten. Im Dämmerlicht der Kapelle hatte Gundram ihn nicht sehen können. Zornig hielt er den Griff des feingearbeiteten, orientalischen Dolches umklammert.
Isabella und Mathilda erhoben sich und verließen gemeinsam mit Gundram die Kapelle. Langsam ließ sich de Cazeville auf den Fußboden sinken. Dann ritzte er mit der Spitze des Dolches das Teufelszeichen in den Stein.

*

Patrick balancierte das Tablett mit der Gefangenenkost herein. Zu Isabellas und Mathildas Erstaunen befand sich auf dem Teller ein Stück kaltes Fleisch, geräucherter Fisch, gewürzter Käse und ein Töpfchen mit Rahm. Das Brot war hell und ohne Asche, aus dem Wasserkrug duftete es verdächtig nach Wein.
Sie blickten ihn erstaunt an.
»Im Wald sitzt der Falke«, sagte er. »Schon bald öffnet er seine Schwingen. Er wartet auf den Ruf der Eule.«
Er blinzelte wieder verschmitzt, als er sie verließ.
»Verstehst du das?« fragte Isabella.
»Nein, aber das Essen ist verführerisch. Ich habe schrecklichen Hunger!« Beide machten sich über das Mahl her und meinten, noch nie etwas Köstlicheres gegessen zu haben. Sie verspeisten alles bis auf den letzten Krümel.
»Gundram scheint doch kein so schlechter Mensch zu sein«, bemerkte Mathilda. »Zumindest läßt er uns nicht verhungern.«
»Nein, aber trotzdem könnte ich ihn nicht heiraten. Er ist so grob, so hart.«
»Aber das müssen Ritter doch sein!« widersprach Mathilda. »Wie sonst könnten sie in den Krieg ziehen und kämpfen?«
»Ach, ich weiß nicht, was ich tun soll!«

»Was gibt es da noch zu überlegen? Gib ihm dein Wort, und wir sind frei!«

»Ich hatte einen seltsamen Traum, da spielte Gundram eine unrühmliche Rolle.«

»Träume sind Schäume! Hier unten muß man doch Alpdrücken bekommen!«

»Ich schlafe noch eine Nacht darüber. Bis jetzt kann ich mich nicht dazu durchringen.«

Mathilda seufzte. »Ring nicht so lange mit dir, sonst verzweifle ich noch in diesem Loch!«

Isabella umschlang Mathilda. Das gute Essen hatte beide ermüdet. »Wie poetisch er das gesagt hat: Der Falke wartet auf den Ruf der Eule! Das hätte ich so einem schlichten Burschen gar nicht zugetraut.«

»Nein«, murmelte Mathilda. »Dichter scheint es sogar im Kerker zu geben. Was meinte er eigentlich damit, daß der Falke seine Schwingen breitet, wenn er den Ruf der Eule hört?«

Aber Isabella schlief schon mit tiefen, regelmäßigen Atemzügen.

Patrick wartete, bis der alte Kerkermeister eingeschlafen war. Zuvor hatten sie sich lange unterhalten, und Albert hatte dem Wein, den Patrick besorgt hatte, kräftig zugesprochen. Dann lag der Alte schnarchend auf seinem Strohlager.

Patrick huschte durch den geheimen Gang, der sich vom Burgfried zu den Felsen zog und vor vielen Jahren einmal als letzte Rettung für flüchtende Bauern gegraben worden sein mochte. Jetzt diente er als umgekehrter Rettungsweg. Martin würde Augen machen!

Er hastete zu einer abgelegenen Wiese, wo sein Pferd in einem Pferch wartete. Er schwang sich hinauf und jagte durch die Dunkelheit dem Wald zu.

Siebtes Kapitel

Tiefe Nacht lag über der Burg, als der Schlüssel im Schloß der Kerkertür knirschte.

Isabella fuhr verschlafen von ihrer harten Bettstatt hoch. Im flackernden Licht der Fackel erkannte sie den Jungen, der immer das Essen brachte. Doch ihm folgte ein weiterer Mann, den Isabella nicht kannte. Mathilda hatte sich ebenfalls erhoben und starrte entsetzt zur Tür. Der späte Besuch konnte nichts Gutes bedeuten.

»Hier ist sie«, flüsterte Patrick und versuchte, mit der Fackel den Raum auszuleuchten.

»Kommt hierher, Isabella«, sagte der Mann.

»Wer seid Ihr?« fragte sie ängstlich.

»Ich will Euch helfen, aber Ihr müßt leise sein.«

»Warum wollt Ihr mir helfen? Und wieso sagt Ihr nicht Euren Namen? Ich werde mich nicht vom Fleck rühren! Und wenn Ihr Euch mir nähert, schreie ich.«

»Hattest du nicht gesagt, sie sei freundlich?« fragte Rudolf seinen Knappen und blickte zu Isabella.

Entschlossen schob Mathilda sich vor ihre Herrin. »Ich schütze sie mit meinem Leben!« rief sie aufgebracht.

»Da ist ja noch eine«, wunderte sich Rudolf. »Das hast du mir auch verschwiegen. Patrick, in was für eine Situation hast du mich da gebracht?«

»Das ist doch nur die Zofe«, erwiderte Patrick.

»Mist! Wir können sie nicht allein hier lassen. Sie schreit die ganze Burg zusammen.«
»Ganz recht, denn es wird Euch nicht gelingen, Hand an meine Herrin zu legen.« Trotzig reckte Mathilda ihr Kinn vor. Wie sie so in ihrem hellen Unterkleid auf dem Bett hockte und ihre Augen wütend funkeln ließ, mußte Rudolf lachen.
»Schau an, eine kleine Raubkatze, aber süß!« Er hob bedauernd die Schultern. »Ich glaube, wir müssen sie auch mitnehmen.«
»Heiliger Himmel, ob das gutgeht?« stöhnte Patrick. »Ihr wißt doch, wo zuviel Weiber auf einem Haufen sind, gibt es Zank und Streit.«
»Was verstehst du schon davon, du Grünschnabel?« rügte ihn der Ältere.
Mathilda klammerte sich an Isabella, und Isabella umarmte Mathilda. »Nichts wird uns trennen«, flüsterte Mathilda, den Tränen nahe.
»Ziehen Sie sich an, meine Damen, wir werden einen kleinen Spaziergang unternehmen. Patrick, schau nach, ob die Luft rein ist!«
Der Junge verschwand aus dem Verlies, während Rudolf stehenblieb.
»Ihr könnt doch nicht stehenbleiben, wenn wir uns anziehen sollen«, meinte Isabella pikiert.
»Leider haben wir keine Zeit, uns an Anstandsregeln zu halten. Außerdem ist mir mein Kopf lieber als eine Dame im Unterkleid. Werft Euch den Umhang über und kommt mit! Wir können über einen Geheimgang aus der Burg gelangen, aber nur, wenn Ihr leise seid.«
»Schickt Euch mein Vater?« fragte Isabella, während sie sich ihr Kleid überzog und einen Mantel überwarf.
»So ähnlich«, gab der Fremde ausweichend Auskunft. »Und beeilt Euch bitte.«
Leise öffnete er die Tür und achtete darauf, daß sie nicht knarrte.

Er faßte Isabellas Hand, während er mit der anderen Hand die Fackel vor sich hielt.
»Hierher, Herr, es ist niemand auf dem Gang«, flüsterte Patrick ganz in der Nähe. Isabella faßte Mathildas Hand, und sie hasteten durch den engen Gang über eine schmale Steintreppe hinunter in die Gewölbe. Isabella stolperte über etwas, das auf dem Boden lag.
»Vorsicht!« warnte Rudolf sie und hielt die Fackel hoch. Isabella stieß einen kleinen Schrei aus, als sie erkannte, daß es ein menschlicher Körper war.
»Still, hier sind noch mehr Soldaten«, warnte Patrick. Sie liefen weiter bis zu einem kleinen Seitengang. Patrick stemmte sich ächzend gegen die Wand, bis der Stein nachgab.
Mathilda preßte angstvoll ihre Hände aufs Herz, um das heftige Klopfen zu unterdrücken. »Heilige Mutter im Himmel, steh uns bei, beschütze das Leben meiner Herrin und auch meines, wir werden dir unsere Jungfräulichkeit weihen und fortan unser Leben im Kloster verbringen, um ganz in deinem Dienst zu stehen«, murmelte sie unentwegt.
»Versprecht nicht Dinge, die Ihr nicht halten könnt«, sagte Rudolf spöttisch und zog die beiden Mädchen in den finsteren Gang.
»Ihr seid ein Flegel!« begehrte Mathilda auf, doch der Fremde antwortete nicht. Der Boden des Ganges war glitschig, Wasser tropfte von der Decke, und Spinnweben klebten in ihren Gesichtern.
»Gibt es hier Ratten?« fragte Isabella voll Unbehagen.
»Die ganze Burg ist voller Ratten«, antwortete Rudolf zweideutig. Vor sich hörten sie Patrick, der sich an den Wänden entlangtastete und leise fluchte.
»Patrick, fluche nicht, wir sind in Gesellschaft von Damen!« Es klang spöttisch, und Isabella war sich nicht im klaren, auf wen sich der Spott des Fremden bezog.

Endlich erreichten sie das Ende des Ganges, und sie kletterten hinter einem stacheligen Gebüsch aus einer Erdgrube. Isabella spürte, daß ihr Kleid einigen Schaden genommen haben mußte, es klebte an ihren Beinen, und mehrmals war sie mit dem Rock hängengeblieben. Auch Mathilda ging es nicht besser, doch ihr Mundwerk stand nicht einen Augenblick still. Sie betete zu allen Heiligen, ihr aus diesem Schlamassel zu helfen.

Ganz in der Nähe vernahmen sie das Schnaufen von Pferden.

»Wir haben ein Pferd zuwenig«, erklang Patricks Stimme.

»Kein Problem«, erwiderte Rudolf. »Ich nehme die kleine Wildkatze mit auf mein Pferd, sonst entspringt sie mir noch. Und das wäre doch schade.«

Mathilda zischte empört, doch Rudolf preßte seine Hand auf ihren Mund. »Psst, die Wachen auf dem Turm können uns hören. Und ich will keinen Pfeil zwischen meinen Rippen spüren. Patrick, hilf der edlen Dame aufs Pferd! Ihr könnt doch reiten, Isabella?«

»Natürlich kann ich reiten«, erwiderte sie.

»Ich meine, im Herrensitz. Leider stand uns kein geeigneter Damensattel zur Verfügung.«

»Was? Nein? Das ziemt sich nicht.« Sie blieb empört stehen.

Rudolf schob sie etwas unsanft zum Pferd. »In der Nacht sieht es keiner. Und im Augenblick ist es mir ziemlich egal, ob es sich ziemt. Wir haben noch einen weiten Weg vor uns und müssen schnell reiten. Im Herrensitz reitet Ihr sicherer in der Dunkelheit.«

»Wo bringt Ihr uns hin?« wagte Mathilda verängstigt zu fragen.

»In die Freiheit! Und nun müssen wir losreiten.« Er zog Mathilda vor sich auf den Sattel und umschlang sie fest mit seinen Armen. Einen Moment versteifte sie sich und versuchte, seinem Griff auszuweichen.

»Bleibt locker sitzen, dann staucht es nicht so im Rücken. Ich halte Euch fest, Ihr könnt nicht stürzen. – Patrick, paß auf Isabella auf, damit sie nicht abhanden kommt!«

»Ja, Herr! Es wird mir eine Ehre sein.«
Sie ritten durch die Dunkelheit. Patrick hatte die Zügel von Isabellas Pferd gegriffen und hielt es an seiner Seite, während sie quer über die Wiesen galoppierten. Ritter Rudolf folgte ihnen mit Mathilda vor sich auf dem Sattel. Trotz der Eile genoß er die Berührung ihres Körpers und preßte wie zufällig sein Gesicht in ihre roten Locken.
Die ungewohnte Nähe eines Mannes verunsicherte Mathilda. Doch sie fühlte sich seltsam beschützt in seinen Armen. Sie, die niemals zuvor einem Mann in dieser Weise nahegekommen war, wurde sich der drahtigen Kraft und des Gefühls seines muskulösen Körpers an ihrem Rücken bewußt. Es war zu dunkel, um sein Gesicht zu erkennen, aber wenn er sich an ihr Ohr beugte, um ihr ab und zu einige Worte zuzurufen, kribbelte es merkwürdig in ihrem Bauch. Sie fand es nicht unangenehm, sich gegen ihn zu lehnen. Er schien keine unlauteren Absichten zu hegen, und sie war sicher, daß er sein Leben gewagt hatte, um sie beide aus Gundrams Burg zu befreien und zurück an den Hof des Herzogs zu bringen. Für Mathilda war er ein richtiger Held!

*

Lautlos wie ein Katze schlich Rupert de Cazeville durch die Nacht. Sein schwarzer Umhang verschmolz mit der Dunkelheit. Eine Hand umklammerte den Griff seines Dolches. Ein zufälliger Beobachter hätte grimmige Entschlossenheit auf seinem Gesicht erkennen können, doch niemand sah ihn, und niemand hörte ihn. Wie ein Schatten huschte er entlang der Mauern hinüber zum Turm. Vorsichtig öffnete er die knarrende Tür einen Spalt und schob sich hindurch. Seine weichen Stiefel verursachten kein Geräusch auf den rauhen Steintreppen, die hinunter ins Verlies führten. Nur wenige Fackeln und Talglich-

ter brannten und erhellten kaum den düsteren Gang. Auf einem Strohhaufen erblickte er den schlafenden Wärter. An seinem Gürtel hing ein eiserner Ring mit mehreren Schlüsseln.
Mit einer kurzen Handbewegung stieß er dem Alten die Klinge des Dolches ins Herz. Er gab nicht einmal einen Laut von sich. Dann zog er ihm den Schlüsselbund vom Gürtel. Er packte eine Fackel und eilte die gewundene Treppe hinunter ins Verlies. Das Blut tropfte von der scharfen Klinge, doch er machte sich nicht die Mühe, den wertvollen Dolch zu säubern. Es würde ihm eine Freude sein, diesen beiden Gänsen die Kehle durchzuschneiden. Und am Hals der einen winkte ihm eine besondere Belohnung.
Es war wie ein Schlag ins Gesicht, als er mit wenigen Schritten den Kerker erreicht hatte. Die Tür stand offen, das Verlies war leer!

*

Sie ritten die ganze Nacht hindurch. Nur einmal rasteten sie kurz, um die Pferde verschnaufen zu lassen. Isabella hatte längst die Orientierung verloren. Mehrmals änderten sie die Richtung, um die Spuren zu verwischen. Dann begann es zu regnen. Wenngleich Isabella froh war, Gundrams Gefängnis entkommen zu sein, verspürte sie doch ein seltsames Mißtrauen. Sie ritten nicht in Richtung der herzoglichen Burg! Wer waren diese beiden Männer, und was hatten sie mit ihnen vor?
Durch den grauen Regenschleier erblickte sie auf einem Hügel eine verfallene Burg. Die Männer schauten sich aufmerksam um, bevor sie auf die Ruine zuritten. Isabella wurde unruhig.
»Wo sind wir hier? Wo bringt Ihr uns hin? Das ist nicht die Burg meines Vaters!«
»Ganz recht, es ist ein Raubritternest! Und Ihr werdet schon sehnsüchtig erwartet!« Rudolf lachte, als er Isabellas entsetztes

Gesicht sah. »Und Ihr braucht Euch wirklich nicht zu sorgen, Prinzessin! Auf Euch wartet eine Überraschung!«
Mathilda drehte sich, so gut es ging, im Sattel um. Ihr Haar war durch den wilden Ritt zerzaust, ihre Wangen gerötet. Besorgt blickte sie in seine braunen Augen. Er beugte sich ganz nah zu ihrem Gesicht.
»Keine Angst, Kätzchen«, flüsterte er. »Euch geschieht nichts.«
»Ich habe keine Angst um mich«, erwiderte sie fest. »Ich habe Angst um meine Herrin!«
Sein Blick war warm und voller Güte. »Mit meinem Leben verbürge ich mich dafür, daß weder Isabella noch Euch etwas geschieht.« Seine Arme umschlangen sie fest und gaben ihr wieder ein Gefühl der Sicherheit. Ergeben lehnte sie sich an ihn und seufzte leise. Sie befanden sich auf der Flucht aus einem Kerker in eine unsichere Zukunft, aber noch nie hatte sie sich so wohl gefühlt wie in diesem Augenblick!
Naß, schmutzig und entkräftet erreichten sie die Burg, die dunkel und unheimlich in den grauen Himmel ragte. Das Burgtor stand offen, auf dem Hof liefen viele Männer und Frauen durcheinander, sattelten Pferde ab, tränkten sie und rieben sie trocken. Daneben stapelten sich Lanzen, Pfeile und Bogen, Schwerter, Harnische. Isabella riß verwundert die Augen auf. Fand hier ein Krieg statt? Wo kamen all diese Leute her? Wer waren sie?
Patrick half Isabella vom Pferd, während Rudolf Mathilda vorsichtig vom Sattel hob. Patrick brachte die drei Pferde zum Stall, um sie zu versorgen.
Ein wenig bedauerte Mathilda, daß der Ritt vorüber war. Doch sie mußte sich um Isabella kümmern, die fassungslos auf dem Burghof stand und sich umschaute. Mehrere Männer traten auf die beiden Damen zu. Sie trugen noch ihre Rüstungen, Harnische und Kettenhemden, allerdings keine Waffenröcke und Wappen. Einer der Männer hatte blonde Locken, die ihm bis auf

die Schultern fielen, und leuchtend blaue Augen, die jetzt neugierig funkelten.
Isabellas Herz schlug höher, als sie den hübschen Minnesänger erkannte, der ihr auf dem Fest in der Burg ihres Vaters so ein wundervolles Lied gesungen hatte. Sein poetischer Text hätte ihr Herz gerührt, wenn sie nicht immer an diesen seltsamen Ritter hätte denken müssen ... Die Augen! Isabella taumelte, und Rudolf, der hinter sie getreten war, mußte sie stützen, damit sie nicht strauchelte. *Er* war dieser Ritter!
»Willkommen in meinem Reich, Prinzessin!« rief der Ritter und breitete seine Arme aus, als wolle er die Welt umfassen.
Isabella starrte ihn an. Nicht viel erinnerte an den Troubadour in seinem blau-weißen Gewand. Er trug ein schlichtes Leinenhemd, darüber ein Kettenhemd und einen mit Metallplatten verstärkten Lederharnisch. Am Gürtel hing ein breites Schwert. Sein blondes Haar wehte im Wind. Und um seinen Hals hing eine Kette, die Isabella wohlbekannt war. Es war das Amulett des heiligen Martin!
»Wer seid Ihr?« fragte sie mit zitternden Lippen.
Martin starrte sie an. Diese süßen Lippen, die er damals im Garten geküßt hatte, hielt sie jetzt zu einem festen Strich zusammengepreßt. In ihren Augen funkelte Mißtrauen und Hochmut.
»Oh, hatte ich mich nicht vorgestellt?« Spöttisch verbeugte er sich. »Gestatten, Martin von Treytnar, Ritter des deutschen Kaisers und Lehnsmann Eures Vaters.«
Isabella fuhr zurück und prallte gegen Rudolf, der unerschütterlich stehenblieb.
»*Ihr* seid dieser Verbrecher? Auf Euren Kopf ist ein Preis ausgesetzt!«
Martin verbeugte sich erneut. »Ich weiß, und es schmeichelt mir. Wenn man mich schon meiner Ehre und meines Rechts beraubt, dann ist doch ein Kopfgeld wenigstens etwas.« Wieder klang seine Stimme sarkastisch.

Isabellas Augen verengten sich. »Ihr seid nichts weiter als ein übler Räuber! Was habt Ihr mit mir vor?«
»Na, was wohl?« Martin schien belustigt. Er trat ganz nah an Isabella heran und blickte in ihre Augen. Sie enthielten alle Farben des Meeres vom hellsten Blau der Lagunen über das Smaragd der tiefen Wellen bis zu den silbernen Funken der Gischt. Er hätte sich eine Ewigkeit darin versenken können, doch er riß sich von diesem Anblick los und warf den Kopf zurück. »Was macht man wohl mit so einem goldenen Gänschen?«
Isabella wurde blaß. »Wagt es, mich zu berühren! Ihr werdet es nicht überleben!«
»Was ich Euch glaube, edle Dame. Doch Ihr vergeßt, in welcher Situation Ihr Euch befindet.« Er lachte, doch sein Lachen erreichte nicht seine Augen.
»So?« Es klang hochmütig. »Mein Vater schickt seine Soldaten und wird mich aus Eurem Raubvogelnest befreien. Bezweifelt Ihr, daß Gundram mein Verschwinden nicht bald bemerken wird? Und dann habt Ihr auch noch seine Männer auf dem Hals.«
Martin verzog die Mundwinkel. »Sehnt Ihr Euch so nach Gundram zurück?«
»Äh – nein – äh – das geht Euch gar nichts an! Ihr werdet schon sehen, was Ihr davon habt!«
»Ich hoffe auf etwas mehr Zerstreuung und Vergnügen in meinem Palast, schöne Isabella. Und er wird auch ein wenig dauern, Euer ... Aufenthalt.«
»Was wollt Ihr damit sagen?« begehrte Isabella auf.
»Nun, daß Ihr für eine Weile mein Gast sein werdet.«
»Ich denke gar nicht daran. Ich habe nicht den Wunsch, Eure Gesellschaft zu genießen.« Angewidert wandte Isabella sich ab.
Martin lächelte liebenswürdig und vollführte eine einladende Bewegung mit den Armen. »Euch wird gar nichts anderes übrigbleiben. Ihr seid meine Geisel!«

*

Die Burgruine war sehr alt. Einzig die Mauer mit dem Wehrgang und dem Rest eines Wachturmes bestand aus massivem Stein. Ein Wohnturm war verfallen und bereits bis zum unteren Stockwerk abgetragen. In den verbleibenden Räumen hausten die Burgbewohner mehr schlecht als recht. Die Innengebäude bestanden nur aus Lehm und Fachwerk, die Dächer waren mit Schilf und Ried gedeckt. Das stabilste Gebäude davon war der Pferdestall. Daneben erstreckte sich das ebenerdige Haupthaus, dessen größten Teil der Rittersaal einnahm. Es war eine schmucklose Halle, über deren gesamte Länge sich eine grob gezimmerte Tafel zog, flankiert von zwei Bankreihen. Keine Fahnen, Wappen, Teppiche oder Wandgemälde schmückten den Raum. Dahinter schloß sich ein Anbau mit zwei Räumen an, die als Lager genutzt wurden. Einige Männer waren dabei, eines der Lager zu räumen.

Martin führte Isabella und Mathilda durch einen engen Gang zwischen Rittersaal und den Kammern hindurch. Es roch unangenehm nach saurem Bier und eingelegtem Kraut. Isabella rümpfte die Nase. Da war ja Gundrams Verlies noch komfortabler.

»Hier werdet Ihr bleiben, Prinzessin! Leider kann ich Euch nicht mehr Luxus bieten, mehr hat man mir nicht gelassen.« Seine Stimme klang wieder sarkastisch und erinnerte mit keinem Ton mehr an den sanften, angenehmen Bariton des Sängers auf ihrem Fest.

Isabella blickte sich in dem leeren Raum um. »In Gundrams Kerker hatten wir wenigstens eine Pritsche zum Schlafen«, bemerkte sie gereizt.

»Wir werden sehen, ob wir noch irgendwelche alten Möbel auftreiben können, damit Ihr Euer luxuriöses Leben nicht gar zu sehr vermißt«, erwiderte Martin und verließ die Kammer. Ein Riegel schnappte zu. Sie waren wieder gefangen!

Für einen Augenblick starrte Isabella auf die Tür, dann tobte sie mit hochrotem Kopf und erhobenen Fäusten. »Was bildet sich dieser Räuber ein? Ich werde ihn höchstpersönlich am nächsten Baum aufknüpfen lassen! Er befreit mich aus Gundrams Kerker, um mich als Geisel zu nehmen? Bin ich denn für alle Männer nur ein Pfand zum Tauschen? Oh, wie ich sie hasse! Und dieser Martin mit seinen himmelblauen Augen ist nichts weiter als ein gewöhnlicher Räuber, Mörder, Ehrloser! Wie konnte ich nur so dumm sein und glauben, er wäre etwas Besonderes? Wie eine Schlange hat er sich verstellt, den edlen Ritter gespielt, den schmachtenden Troubadour, den verliebten Gockel! Alles Lüge! Er wollte mich als seine Geisel!«

Sie schrie, tobte, weinte, fluchte, dann ließ sie sich kraftlos in eine Ecke der Kammer auf den Fußboden sinken und schluchzte.

Mathilda blickte sie scheu und mitleidig an. Es mußte eine gewaltige Enttäuschung für Isabella gewesen sein. Ihr Traum vom silbernen Ritter war zerplatzt wie eine wassergefüllte Schweineblase. Und nun saß sie da wie eine Jammergestalt in ihrem zerrissenen und verschmutzten goldenen Kleid, mit zerzaustem Haar und schmutzigem Gesicht. Von der stolzen, edlen Isabella war nicht viel übriggeblieben.

»Vielleicht solltest du seine Beweggründe zu verstehen versuchen«, warf sie schüchtern ein.

»Verstehen?« schnaubte Isabella. »Daß er mich hier gefangenhält in einer Kammer, die kaum für eine Dienstmagd angemessen wäre?«

Mathilda fühlte sich völlig hilflos, zumal sie selbst keineswegs verzweifelt war. Doch schließlich war sie immer noch Isabellas Zofe, ihre Freundin, Vertraute, Schwester. Und trotzdem fühlte sie einen kleinen Riß in ihrer bis dahin so unverbrüchlichen Treue zu Isabella. Was war geschehen?

Sie kam nicht dazu, weiter darüber nachzudenken, denn die Tür wurde geöffnet, und mehrere Männer versuchten vergeblich, ein sperriges Bett durch die kleine Türöffnung zu bugsieren. Sie schnauften und fluchten, dann trat einer kurzerhand mit dem Fuß gegen das Bettgestell, daß es krachend auseinanderfiel. Die Trümmer zerrten sie in die Kammer und hämmerten sie flüchtig wieder zusammen. Zwei Mägde brachten eine Matratze und Stoffbahnen, mit denen die Matratze bezogen werden konnte.

»Kann ich vielleicht Nadeln und Garn bekommen?« fragte Mathilda schüchtern. »Ich könnte daraus Bettzeug nähen.« Die Magd blickte sie erstaunt an, dann nickte sie und verschwand, um das Gewünschte zu holen.

Martin betrat die Kammer und schaute sich um. »Jetzt ist es viel komfortabler als in Gundrams Kerker«, sagte er sichtlich zufrieden.

Isabella gab einen undefinierbaren Laut von sich. »Gebt Euch keine Mühe«, raunzte sie. »Lange wird mein Aufenthalt hier nicht dauern. Mein Vater wird seine Soldaten schicken und mich befreien. Und ich werde dafür sorgen, daß Ihr streng bestraft werdet!«

Ungerührt prüfte Martin die Matratze. »Ist weich genug«, meinte er mehr zu sich selbst. »Ein paar Roßhaarkissen sollten wir auch noch in irgendeiner Ecke finden.« Dann wandte er sich Mathilda zu. »Ihr seid die Zofe dieser Dame?« fragte er. Sie nickte stumm. »Und wie ist Euer Name?«

»Mathilda«, antwortete sie.

»Also, Mathilda, Ihr dürft Euch frei bewegen, wie es Euch beliebt. Ich verzichte darauf, diese Kammer abzusperren. Und Ihr dürft Eurer Herrin holen, was sie wünscht, eine Waschschüssel, Wasser, Kleider aus unserem Lager, wenn sie sich von diesem gräßlichen Kleid trennen möchte. Nur Ihr, Isabella, dürft bis auf weiteres diese Kammer nicht verlassen. Wenn Ihr meinem Befehl zuwiderhandelt, ergeht es Euch schlecht. Ich scherze nicht, und ich habe bisher immer mein Wort gehalten.«

Seine blauen Augen funkelten sie drohend an. Dann drehte er sich um und verließ die Kammer. Das Schnappen des Riegels blieb aus.
Isabella sprang auf und wollte zur Tür eilen. Mathilda vertrat ihr den Weg. »Wir sollten jetzt beide vernünftig sein«, sagte sie.
»Was erlaubst du dir?« zürnte Isabella. Sie wich zurück, als eine Magd eintrat und Mathilda Nähzeug und Kleider reichte.
Mathilda dankte ihr und lächelte sie an. Die Magd warf ihr einen freundlichen Blick zu, dann verließ sie die Kammer wieder.
»Ich werde jetzt Wasser holen, damit wir uns beide waschen können«, sagte Mathilda bestimmt. »Dann kleiden wir uns um und nähen Bettzeug aus dem Stoff. Erstens lenkt es uns ab, zweitens fühle ich mich in diesen Kleidern nicht mehr wohl und drittens bin ich überzeugt, daß es uns hier wirklich nicht schlecht ergehen wird.«
Isabella setzte sich auf die Kante des eigenartigen Bettes und blickte sie verwundert an. So resolut und überzeugend kannte sie Mathilda gar nicht! Keine Spur von ihrer einstigen Verzagtheit, ihrer ständigen Jammerei und den trüben Gedanken. »Vielleicht hast du recht«, erwiderte Isabella. »Außerdem bin ich müde von dem anstrengenden Ritt. Ich würde danach gern ein wenig schlafen.«

*

Sie verbrachten eine ruhige Nacht. Gründlich gewaschen, in frische Kleider gewandet, das Bett bezogen, schliefen Isabella und Mathilda bis weit in den neuen Tag. Mathilda holte das Frühstück aus der Küche, die sich unter freiem Himmel in einer Ecke des Burghofes befand und nur mit einer leichten Überdachung aus Schilfgras gegen Regen geschützt war. Sie bemerkte, daß es nur eine karge Kost gab, doch für Isabella und sie wurden

die besten Stücke auf den Teller gelegt. Auf dem Hof begegnete sie Ritter Rudolf. Er lächelte erfreut, als er sie sah.
»Hattet Ihr eine angenehme Nacht?« fragte er.
»Ja, ich habe geschlafen wie ein Bär! Noch nie im Leben bin ich so lange geritten, und heute tut mir alles weh.« Mathilda lachte verlegen und senkte den Blick.
Rudolf ergriff eine Locke ihres roten Haares. »Und trotzdem seid Ihr schon auf den Beinen?«
»Na ja, ich muß mich um Isabella kümmern. Sie darf die Kammer nicht verlassen. Aber ich tue es gern für sie. Eigentlich ist sie ganz nett.«
»Ganz nett?« Rudolf spielte mit der Haarlocke. »Gestern sah sie nicht danach aus.«
»Ich kenne ihre Launen. Sie ist meine Herrin, fast mein ganzes Leben lang. Sie kann auch wirklich freundlich sein. Im Augenblick ist wohl nicht die passende Gegebenheit dafür. Immerhin ist sie ja wieder eine Gefangene, wenn auch eines anderen Herren.«
»Und Ihr? Macht es Euch etwas aus, hierzusein?«
Mathilda spürte, wie sie errötete. Sie senkte wieder den Blick und schüttelte fast unmerklich den Kopf. »Nein, ich empfinde es nicht als Gefangenschaft. Aber ich darf mich auch frei bewegen. Ritter Martin hat es gestattet, damit ich Isabellas Wünsche erfüllen kann.«
Rudolf nickte. »Nachher üben wir mit den Knappen und den Burgmannen fechten. Wenn Ihr wollt, könnt Ihr zuschauen.«
»Ja?« Freudig blickte sie ihn an, doch dann schlug sie die Augen nieder. »Vielleicht sollte ich lieber bei Isabella bleiben. Sie wird sich ängstigen.«
Rudolfs Augen blitzten belustigt. »Sie wird sich nicht ängstigen, weil ihr niemand etwas zuleide tun wird. Daß sie in der Kammer bleiben soll, ist nur eine Vorsichtsmaßnahme, damit sie keine Torheiten begeht. Wäre sie so vernünftig wie Ihr, könnte sie sich auch in der Burg frei bewegen.«

»Ich werde versuchen, sie davon zu überzeugen. Ob ich mit Ritter Martin darüber sprechen könnte?«
Rudolf nickte. »Sagt mir Bescheid, wenn die Prinzessin es sich überlegt hat. Wir sprechen dann gemeinsam mit Martin.«
Mathilda blickte ihn dankbar an. »Ihr seid sehr freundlich, Ritter Rudolf. Ich danke Euch für alles, Eure netten Worte und daß Ihr aufgepaßt habt, daß ich nicht vom Pferd falle ...«
Er beugte sich zu ihr herunter. »Wenn Ihr möchtet, könnten wir ja mal gemeinsam ausreiten!«
Mathilda starrte ihn an, und sie spürte ihr Herz klopfen. »Ich ... ich muß Isabella das Frühstück bringen. Entschuldigt mich!« Eilig lief sie davon. Rudolf blickte ihr lächelnd hinterher.

»Wo warst du so lange?« wütete Isabella, als Mathilda das Frühstück in die Kammer brachte. »Wieso dauert es ein halbe Stunde, zwei Schüsseln mit Haferbrei zu füllen?«
Mathilda schluckte. »Die Küche besteht aus einer einzigen offenen Feuerstelle und einem Schilfdach. Es geht alles etwas langsam. Außerdem habe ich mit Ritter Rudolf gesprochen und um mehr Freiheiten für dich gebeten.«
»Wie kommst du dazu, ohne meinen ausdrücklichen Befehl um Gnade zu winseln? Ich will keine bevorzugte Behandlung! Soll dieser Raubritter etwa denken, ich sei nur ein schwaches Weib? Der soll sich wundern! Und vergiß nicht, daß du nur meine Zofe bist und meinen Befehlen zu gehorchen hast. Untersteh dich, noch einmal selbständig zu denken oder gar zu handeln!«
Mathilda riß Augen und Mund auf. »Isabella!« sagte sie fassungslos. »Was ist denn plötzlich mit dir los?«
»Was los ist? Ich bin so wütend, so verzweifelt! Ich hasse alle Menschen!«
»Auch mich? Aber du hast doch gesagt, ich sei deine Freundin, deine Schwester!«
»Hatte ich das? Was bist du für eine Schwester, die stundenlang

über den Burghof spaziert und mich allein läßt? Du denkst nur an dich!«
»Aber Isabella!« Mathilda stand immer noch mit offenem Mund da. Doch plötzlich runzelte sie die Stirn und stellte das Tablett unwirsch aufs Bett. »Auch Ihr könntet über den Burghof spazieren, Hoheit, wenn Ihr Euch nur ein wenig zusammenreißen und den Dingen wie eine Prinzessin ins Angesicht sehen würdet. Aber Ihr benehmt Euch wie eine hysterische Ziege. Guten Appetit! Ich komme wieder, wenn Ihr Euch beruhigt habt, *Hoheit!*«
Die Tür fiel krachend zu. Auf dem Bett saß eine verblüffte und sprachlose Isabella.

*

»Wo ist sie???« Gundram brüllte, daß es in der ganzen Burg zu hören war. Der Burghof war menschenleer, alle hatten sich vor seinem Zornesausbruch schnell in Sicherheit gebracht. Einige Stühle gingen zu Bruch, mit dem Schwert drosch er in ohnmächtiger Wut auf dem Tisch im Rittersaal herum. »Ich schlage euch allen eure Holzköpfe ab, wenn ihr sie mir nicht sofort wieder herbeischafft!«
Seine Soldaten standen wie geprügelte Hunde vor ihm. »Wie konnte das passieren? Wieso konnte sie die Burg verlassen? Habt ihr denn alle geschlafen? Wer hatte Wache?«
Alle senkten die Köpfe. »Wer hatte Wache?« schrie Gundram. Drei Männer traten vor. Dem ersten schlug er die Faust ins Gesicht, dem zweiten trat mit dem Fuß in den Bauch, den dritten streckte er mit dem Schwertknauf nieder. »Seid ihr nicht in der Lage, auf ein schwaches Weib aufzupassen? Auf wen kann ich mich hier noch verlassen?« tobte er außer sich.
»Auf mich!« antwortete eine ruhige Stimme von der Tür her.
Gundram fuhr herum. Aus zusammengekniffenen Augen betrachtete er den seltsamen Fremden mit dem schmalen, son-

nengebräunten Gesicht und den stechenden schwarzen Augen.
»Wer seid Ihr?« fragte er schnaufend.
»Ein Gast Eurer schönen Burg«, erwiderte de Cazeville zurückhaltend. »Ich wurde zufällig Zeuge dieses kleinen … Vorfalls.«
»Kleiner Vorfall? Was habt Ihr gesehen?«
»Gesehen habe ich nichts, aber ich weiß trotzdem eine ganze Menge mehr als Ihr!« Sein Gesicht blieb aalglatt und gelassen.
»Haltet Ihr mich zum Narren?« brüllte Gundram und stürmte mit gezogenem Schwert auf ihn zu.
De Cazeville lehnte mit verschränkten Armen am Türstock und zuckte mit keiner Wimper, als Gundram sich auf ihn stürzen wollte. Verblüfft blieb er stehen und beäugte den Fremden mißtrauisch.
»Keineswegs«, entgegnete de Cazeville ungerührt. »Ihr mögt ein ausgezeichneter Kämpfer sein, Eure Muskeln sind sehenswert, aber manchmal braucht man auch etwas Hirn zum Denken.«
»Was erlaubt Ihr Euch?« schnaubte Gundram. De Cazevilles Lippen verzogen sich zu einem spöttischen Grinsen. Es faszinierte ihn, in das Gesicht zu blicken, das dem Gunillas so ähnelte. Sie waren Zwillinge gewesen, wenngleich Gundram groß und kräftig, sehr männlich und durch die Narbe auf der Wange etwas entstellt war. Gunilla hingegen war kleiner, makellos schön und ausgesprochen fraulich gewesen. Doch er entdeckte in Gundrams Augen das gleiche leidenschaftliche Feuer, das überschäumende Temperament und den unbeugsamen Stolz, den er auch bei Gunilla gesehen hatte.
Er unterdrückte rigoros die in ihm aufkommende Regung bei dem Gedanken an Gunilla. Lässig stieß er sich vom Türrahmen ab und spazierte um Gundram herum. Die Hände hielt er dabei auf dem Rücken verschränkt. Gundram war verblüfft über die Kaltschnäuzigkeit dieses Mannes. Jeder andere wäre vor ihm

zurückgewichen, hätte vielleicht in erster Regung zur Waffe gegriffen. Dieser Mann verschränkte die Hände auf dem Rükken! Bei einem Angriff könnte er sich gar nicht verteidigen. Er wußte demnach genau, daß Gundram ihn nicht wirklich angegriffen hätte. Was machte ihn so sicher?

Gundram beschlich ein unbehagliches Gefühl. Es war, als könne dieser Fremde hinter seine Stirn sehen, seine Gedanken erraten. Konnte er vielleicht sogar in seine Seele blicken?

»Euer Kerkermeister ist erstochen worden«, stellte de Cazeville sachlich fest. Seine Stimme blieb unverändert gemessen und ruhig. »Doch keineswegs von den beiden Frauen. Er lag draußen auf seinem Strohsack. Also gab es jemanden, der die Frauen befreite. Jemanden, der bereits hier auf dieser Burg war und der sich bestens auskannte. Denn keiner kommt durch das geschlossene Tor, durch das heruntergelassene Fallgatter, gleich gar nicht über die Mauer. Er kann nur durch einen unterirdischen Gang aus der Burg gelangt sein.«

»Einen unterirdischen Gang? Es gibt keinen hier!«

»Ihr lebt noch nicht lange auf dieser Burg, nicht wahr, Gundram?« In de Cazevilles Augen blitzte es spöttisch. »Es ist Martin von Treytnars Burg.«

»War es«, verbesserte Gundram. »Der Herzog hat mir das Lehen zugesprochen.«

»Vor zwei Jahren, ich weiß. Nachdem Ihr Martin des Mordes bezichtigt habt.«

»Ganz recht. Er hat den Kaiser ermordet!«

De Cazeville warf Gundram einen verächtlichen Blick zu, und Gundram fühlte sich immer unbehaglicher. »Ihr wißt genauso gut wie ich, daß er das nicht getan hat. Daß es keiner getan hat.«

»Ihr scheint sehr viel zu wissen«, entgegnete Gundram kühl. »Wer seid Ihr? Was wollt Ihr?«

De Cazeville unterbrach seine Umkreisungen und blickte ihn scharf an. »Ich mag es nicht, wenn mir so viele Fragen gestellt werden«, sagte er mit eisiger Stimme. »Ich will Euren schwerfälligen Gedanken auf die Sprünge helfen. Diese Burg gehört Martin von Treytnar. Er wurde entrechtet und sinnt auf Rache. Er will sein Lehen zurück, er will rehabilitiert werden. So würde jeder andere Ritter auch handeln. Er kann diese Burg nicht einnehmen, sie ist viel zu gut gesichert. Aber er kennt die Burg, er kennt alle ihre Winkel und geheimen Gänge. Einige seiner Leute dringen in die Burg ein. Doch sie sehen, daß zu viele Männer hier sind. Also nehmen sie sich das, was Euch am wichtigsten ist, Eure Geisel. Martin kann sie in gleicher Weise nutzen, nämlich um den Herzog zu zwingen, ihn zu rehabilitieren.«

Gundram blickte den Fremden mit einer Mischung aus Staunen und Mißtrauen an. Da er schwieg, wiederholte de Cazeville geduldig wie zu einem begriffsstutzigen Schüler: »Wem gehörte die Burg? Martin! Wer will sie wiederhaben? Martin! Wer kennt sich hier aus? Martin! Wem nützt Isabella als Geisel? Martin! Ihr braucht nur Martin zu finden, dann habt Ihr auch Isabella!«

»Und wo sich Martin befindet, wißt Ihr nicht zufällig auch?« fragte Gundram spöttisch. Daß ihm dieser Fremde so eiskalt seine Überlegenheit bewiesen hatte, verursachte in ihm großes Unbehagen. Das war kein Gegner mit Schwert und Muskeln. Dieser Mann bestach durch seinen scharfen Verstand. Und zum ersten Mal fürchtete Gundram sich. »Wenn ich es recht bedenke, habe ich gestern tatsächlich einen Jungen gesehen, der mir unbekannt war. Blond, hübsch, mit seltsamer Aussprache, wie die eines Engländers. Er sagte, er wäre der Gehilfe des Kerkermeisters.« Auf Gundrams Stirn traten kleine Schweißperlen.

»Begreift Ihr nun, daß ich recht habe? Martin wird dem Herzog ein Ultimatum überbringen. Ihr braucht nur auf diesen Boten zu warten.«

De Cazeville lächelte spöttisch. Er begann wieder, um Gundram herum zu spazieren.

»Ihr macht mich nervös mit Euren Umkreisungen!« knurrte der Ritter.
De Cazeville blieb stehen und seufzte tief. »Ihr seid ein dummer Christenmensch, sonst würdet Ihr bemerken, daß ich Euch links herum umkreise, gegen den Lauf der Sonne.«
»Na und?« fragte Gundram verständnislos.
De Cazeville grinste immer noch. »Jeder Mann des alten Glaubens wußte, daß man damit von einem anderen Besitz ergreifen kann. Und die alten Götter leben noch, ob Ihr es wahrhaben wollt oder nicht!« Er drehte sich abrupt um und verließ den Saal.
Gundram bekreuzigte sich schnell. Er mußte ein Teufel sein! Dann besann er sich und lief dem Fremden hinterher. »Wartet!«
De Cazeville verlangsamte seinen Schritt und blickte herablassend über die Schulter.
»Warum erzählt Ihr mir das alles? Warum helft Ihr mir?«
»Ich tue es nicht für Euch«, erwiderte er. »Aber Ihr erinnert mich an jemanden, den ich ... der mir nahestand.«

*

Mathilda saß auf der hölzernen Stiege, die zum Wehrgang hinaufführte, und beobachtete die Männer, die unter Anleitung der beiden Ritter auf dem Burghof an den Waffen übten. Sie fochten und schleuderten ihre Lanzen auf Strohballen, schossen mit Pfeil und Bogen auf geflochtene Schilfscheiben. Sie bewunderte die Geschicklichkeit der Männer, und ihre Augen suchten immer wieder die großgewachsene Gestalt von Rudolf. Dieser gutaussehende Ritter mit den langen braunen Locken und den warmen Augen brachte ihr Herz zum Rasen und das Blut in ihren Adern zum Rauschen.
Die Ritter unterwiesen besonders ihre Knappen, die sich nach besten Kräften bemühten, ihren Herren nachzueifern.
Was Mathilda nicht sah, bemerkte Rudolf. Er zog Martin beiseite.

»Was ist los mit dir? Beinahe hätte Jakob dir den Bauch aufgeschlitzt! Du bist nicht bei der Sache!«
»Du mußt dich irren!« erwiderte Martin unwirsch.
»Ich irre mich nicht«, widersprach Rudolf. »Es ist Isabella, die dich ablenkt, nicht wahr?«
Martin schwieg und senkte den Kopf. Die Muskeln seiner Kiefer spielten bedrohlich. »Ihre Nähe macht mich nervös«, gab er zu.
»Du hast dich nicht von ihr gelöst! Das hast du die ganze Zeit nicht!« Rudolf fuhr sich mit den Fingern durch seine langen Locken. »Mein Gott, schlag sie dir aus dem Kopf!«
Rudolfs Worte trafen ihn schnell und scharf wie ein Messerschnitt, und er zuckte unwillkürlich zusammen. Er hatte geglaubt, daß ihn nach seinen Schicksalsschlägen nichts mehr aus der Bahn werfen konnte und er gegen alle Mißlichkeiten des Lebens gewappnet sei. Doch Isabella hatte seinen Schild durchstoßen, seinen Panzer, seine Rüstung, die nach außen so glatt wirkte. Sie hatte ihn tief in seinem Innersten getroffen. Isabella war eine Gefahr. Martin war noch nie vor einer Gefahr oder einer Herausforderung in seinem Leben ausgewichen. Aber ob es diesmal klug war, sich dieser Gefahr zu stellen? Es war wirklich am vernünftigsten, sich von Isabella fernzuhalten.
»Ich dachte, ich hätte es geschafft«, gab Martin kleinlaut zu. »Doch seit sie hier ist, spüre ich, daß sie mir noch immer viel bedeutet. Zu viel!«
»Frauen waren schon manches großen Staatsmannes Verhängnis!«
»Du hast ja recht! Das Schlimmste ist, daß sie mich mit Verachtung straft. Sie schikaniert ihre arme Zofe, und von den Mägden will keine mehr zu ihr hineingehen.«
»Verachtung? Davon bin ich gar nicht überzeugt. Es ist nur die Äußerung für etwas anderes. Aber – genügt dir Konstanze nicht mehr?«
»Laß Konstanze aus dem Spiel. Sie kann nichts dafür. Ich mag

sie natürlich, und sie stillt meine Leidenschaft. Aber mit Isabella ist es anders. Ich kann nichts dagegen tun.«
»Wirklich nicht? Wehr dich!« Rudolf klopfte fordernd mit dem Blatt seines Schwertes gegen Martins Brust. »Laß nicht dein Herz über deinen Verstand gewinnen. Es könnte tödlich sein. Außerdem ist sie eine Prinzessin und für dich unerreichbar. Du solltest Walther losschicken, damit er dem Herzog deine Forderungen übergibt. Je eher Isabella wieder fort ist, um so besser für uns alle. Sie könnte hier für einige Unruhe sorgen.«
Martin atmete tief durch. Dann klopfte er Rudolf freundschaftlich auf die Schulter. »Du hast gut reden«, sagte er und blickte zu Mathilda hinüber. »Du scheinst damit keine Probleme zu haben. Aber du hast recht. Wie immer!«

Achtes Kapitel

Mathilda war hin und her gerissen zwischen ihrer Pflichtschuldigkeit Isabella gegenüber und ihren eigenen Überlegungen. Sie wunderte sich, daß sie nicht die Angst empfand, die sie in dieser Situation hätte empfinden müssen. Sie waren von einer Gefangenschaft in die andere geraten, und im Augenblick war überhaupt nicht klar, welche Situation die schlimmere war. Die Geduld der sanften Mathilda wurde durch Isabella auf eine harte Probe gestellt. Deshalb nutzte sie immer häufiger die Möglichkeit, sich auf der Burg frei zu bewegen. Sie flüchtete vor Isabella.

Mathilda blickte über den Burghof. Das große Tor stand weit offen, ein Junge trieb einige Schafe nach draußen auf die Wiesen, die sich rund um die Burg erstreckten. Ein wenig hilflos stand sie auf dem Hof. Die Menschen, die meisten in ärmliche Kleidung gehüllt, viele mager und in einem schlechten körperlichen Zustand, grüßten untertänig und lächelten ihr freundlich zu. Sie half einer Magd, zwei Wassereimer an einer Tragestange zu befestigen. Das Mädchen, das fast unter der Last der beiden Eimer zusammenbrach, lächelte ihr dankbar zu.

Mathilda stieg die steile Treppe zum Wehrgang hinauf. Oben wehte ein frischer Wind, und sie ließ ihr offenes rotes Haar wehen. Für einen Moment fühlte sie sich frei, frei vor allem von Isabellas drängender Inanspruchnahme. Sie war nur ihre Zofe, damit hatte sie auch die Launen ihrer Herrin zu ertragen, doch in all den Jahren hatte Isabella keinen Anlaß dafür gegeben, daß Mathilda sich von ihrer Herrin drangsaliert fühlte. Seit sie sich jedoch in der Gefangenschaft von Ritter Martin befanden, war Isabella wie ausgewechselt. Zum ersten Mal regte sich in Mathilda Widerstand gegen Isabella, Widerstand gegen ihr hochnäsiges und starrsinniges Verhalten. Zwar war auch Mathilda nicht klar, welcher Umstand Martin zu dieser radikalen Maßnahme bewogen hatte, doch es war ihm anzusehen, daß er sich dabei nicht wohl fühlte. Er mußte sehr triftige Gründe dafür haben, und Mathilda hielt es für klüger, sich nicht seinen Unmut zuzuziehen und der Dinge zu harren, die da kommen würden. Keinesfalls glaubte sie, daß Martin ihnen etwas antun würde, wie Isabella vermutete.

Mathilda blickte über die Wiesen und sah nun auch den Grund, warum das große Burgtor offenstand. Alle Pferde grasten friedlich auf den Wiesen, und zwei Männer beaufsichtigten sie. Es waren Ritter Rudolf und sein Knappe Patrick. Mathilda erkannte gleich die hochgewachsene Figur des Ritters, der sie in seinen Armen aus dem Verlies von Gundram befreit und hierher gebracht hatte. Jawohl, sie sah es als eine Befreiung an, denn sie fühlte hier das erste Mal in ihrem Leben, daß sie ein selbständig denkender und fühlender Mensch war. Sie war nicht mehr ein Teil von Isabella, ein Anhängsel, ein willenloses Werkzeug, das nur darauf zu achten hatte, daß Isabellas Haar gekämmt, ihre Kleider gerichtet, die Gebete eingehalten und die Etikette befolgt wurde.

Patrick stieß seinen Herrn an und wies mit der Hand hinauf zum Wehrgang. Rudolf drehte sich um und erblickte Mathilda. Er hob den Arm und winkte. Mathilda blickte sich verblüfft um, wem dieser Gruß wohl galt, doch sie befand sich allein auf dem Wehrgang. Zögernd hob sie ebenfalls den Arm zu einem Gruß. Jetzt winkte Rudolf mit beiden Armen. Was wollte er? Die beiden Männer steckten die Köpfe zusammen, und Patrick kam zur Burgmauer gelaufen, während Rudolf weiter in der Nähe der Pferde blieb. Er bückte sich und schien etwas im Gras zu suchen.

»Kommt herunter, Mathilda!« rief Patrick, als er sich der Burgmauer auf Rufweite genähert hatte.

»Herunter? Wohin?« fragte Mathilda verwundert.

»Hierher, raus aus der Burg. Es ist ein wunderschöner Tag. Ritter Rudolf würde gern mit Euch einen Spaziergang unternehmen!« Die blonden Locken des hübschen Jungen wehten im Wind, und über sein mädchenhaftes Gesicht flog ein glückliches Lächeln.

Mathilda preßte ihre Hände auf die Brust. Sie sollte die Burg verlassen können und mit ihm – Ritter Rudolf – spazierengehen? Sie zögerte. Konnte sie es wagen, einfach die Burg zu verlassen? Konnte sie es wagen, allein mit ihm ...

Schnell wandte sie sich um, lief hastig die Treppe hinab, über den Burghof und hinaus zum Tor. Niemand hinderte sie daran, niemand nahm Notiz davon. Dann besann sie sich doch zu einem langsameren Schritt, um Rudolf nicht zu deutlich ihre Freude zu zeigen. Er lachte ihr entgegen, und jetzt sah Mathilda auch, was er im Gras gesucht hatte. In seinen Händen hielt er einen kleinen Strauß wilder Veilchen!

»Ich wünsche Euch einen wunderschönen Tag, kleiner Rotfuchs«, sagte Rudolf, und seine braunen Augen blickten sie so liebevoll an, daß es Mathilda beinahe schwindelte. Ein rosiger Hauch überflog ihre Wangen, und sie schlug verlegen die Augen nieder.

»Ihr beschämt mich, Ritter Rudolf«, erwiderte sie. »Welchem glücklichen Umstand habe ich es zu verdanken, daß Ihr ausgerechnet mir Eure Aufmerksamkeit schenkt?«

Rudolf lachte. »Da fragt Ihr noch?« Er reichte ihr die Veilchen, und Mathilda senkte ihre Nase zwischen die duftenden Blumen, um ihm nicht in die Augen schauen zu müssen.

Patrick hatte sich diskret zurückgezogen. Auch wenn ihm darüber kein Urteil zustand, er war mit der Wahl seines Herrn zufrieden.

Rudolf reichte Mathilda galant den Arm, und sie legte ihre Hand darauf. Beide schlenderten sie über die blühende Wiese. Zwischen weißen Kleeblüten ließen sie sich nieder. Die Nähe des Mannes entfachte in Mathilda einen seltsamen, unbekannten Gefühlssturm. Sein verlegenes Lächeln, das den großen, mutigen und gutaussehenden Mann so liebenswürdig machte, ließ Mathildas Herz höher schlagen. Sie empfand eine warme Sympathie für diesen Mann, war es nicht vielleicht schon Zuneigung? Sie erschrak darüber.

Rudolf bemerkte ihre Unsicherheit. »Ich hoffe, Ihr nehmt es nicht so schwer, daß Martin Euch und Eure Herrin hierher bringen ließ«, sagte er entschuldigend. »Wenn es eine andere Möglichkeit gegeben hätte, dann hätte er sie wahrgenommen. Es war die Tat eines Verzweifelten.«

»Den Eindruck habe ich auch«, erwiderte Mathilda.

»Aber Isabella nicht.« Rudolf senkte den Kopf. »Ich gebe zu, daß es ein herber Schlag für sie sein muß, von der strahlenden Braut und angehenden Erbin eines Herzogtums zur Geisel eines Verfemten herabzusinken ...«

»Strahlende Braut!« Mathilda pustete die Wangen auf. »Sie hat sich geweigert, Gundram zu heiraten, weil sie einem Hirngespinst nachläuft. Sie träumt immer noch von der idealen Liebe zu einem überirdischen Ritter, der sie in allen Lebenslagen beschützt, ohne daß er näher als fünf Schritte an sie herantritt.« Mathilda unterbrach sich, und wieder flammte Röte über ihr Gesicht.

Rudolf hatte sie aufmerksam angeschaut, während sie sprach. Noch nie hatte sie so im Mittelpunkt der Aufmerksamkeit eines Mannes gestanden. Doch in Rudolfs Nähe fühlte sie sich unbefangen, sie lebte plötzlich auf und entdeckte etwas an sich, das sie noch nie zuvor bemerkt hatte – ihre eigene Persönlichkeit.

Mathilda blickte ihn fragend an. »Und Ihr? In welcher Beziehung steht Ihr zu Martin?«
»Er ist mein Freund«, sagte Rudolf schlicht.
»Ich bewundere Euch«, erwiderte Mathilda ergriffen.
»Oh, ich bin es ihm schuldig, aber das ist es nicht allein. Wir haben Seite an Seite im Heiligen Land gekämpft. Und wir haben schreckliche Dinge erlebt. Doch nichts war so schrecklich wie das, was uns in der Heimat erwartete.« Er senkte den Kopf. »Ich stehe aus Überzeugung an seiner Seite.«
»Und habt selbst deshalb alles verloren?«
Mathilda hatte nach seiner Hand gegriffen und hielt sie in ihrer. Rudolf ließ es geschehen, und er fand es schön. Verlegen blickte sie zu Patrick, doch der saß abseits und paßte auf die Pferde auf.
»Woher stammt Euer Knappe?« fragte sie.
»Sein Herr fiel während des Kreuzzuges. Ich habe ihn bei mir aufgenommen, er wäre sonst auch gestorben. Er ist ein guter Junge!«
Sie sah liebevolle Zuneigung auf seinem Gesicht, als er sich nach Patrick umdrehte.
»Er spricht so seltsam«, bemerkte Mathilda.
»Natürlich. Er stammt aus England, sein Herr war ein Ritter von König Richard.«
»Ein Engländer?« fragte Mathilda erstaunt. »Ihr nehmt den Knappen eines Feindes unter Euren Schutz?«
Rudolf schüttelte den Kopf. »Würdet Ihr ihn als Feind betrachten, nur weil Ihr jetzt wißt, daß er Engländer ist?«
»Nein«, antwortete sie kleinlaut.
Er nahm wortlos die Veilchen aus ihrer Hand und versuchte, sie am Ausschnitt ihres Kleides zu befestigen. Sein Gesicht war ganz nah, und sie konnte seinen Atem spüren. In ihren Fingern kribbelte es. Ihre Augen hefteten sich auf seine Hände.
Er fühlte ihr heftig schlagendes Herz unter dem Stoff ihres Kleides, und seine Finger begannen plötzlich zu zittern. Sie

preßte seine Hände gegen ihre Brust, und ihre Blicke versanken ineinander.
Als sie seine Lippen spürte, kam sie ihm entgegen, und die Welt drehte sich um sie.
Er zuckte zurück. »Weißt du, was du da tust?« murmelte er. »Ich bin ein Ritter ohne Land und Gut, ohne Ehre und Recht. Ein Vogelfreier, Verfemter, Entrechteter. Ich könnte dir keine Burg bieten mit Rittersaal, keine beheizte Kemenate, keine schönen Kleider ...«
»Ich bin die Tochter eines armen Ritters und besitze nicht einmal eine Mitgift, um attraktiv genug für einen Mann zu sein. Ist das von Bedeutung?«
»Nein«, hauchte er. »Oh, Rotfuchs, ich liebe dich!«
Ihre Lippen verschmolzen ineinander, und so sanken sie umschlungen in den duftenden Klee.

*

Wie ein gefangenes Raubtier im Käfig lief Isabella hektisch in ihrer kleinen Kammer hin und her. Immer wieder blickte sie mißtrauisch und abwartend zu Tür. Irgend etwas Schreckliches war geschehen. Seit dem Vortag war Mathilda verschwunden! Sie war von ihrem Spaziergang nicht zurückgekommen. Nicht am Abend, um ihr die Mahlzeit zu bringen, nicht zur Nacht! Am nächsten Tag hatte Isabella ebenso vergeblich auf Mathilda gewartet, und sie blieb auch die zweite Nacht verschwunden.
Zwar kam ab und zu eine Magd herein, um Isabella warmes Wasser zum Waschen und das Essen zu bringen, aber auf Isabellas Frage nach Mathilda zuckte sie nur die Schultern.
Panik stieg in Isabella auf. Sie hatten Mathilda ermordet! Bestimmt als erste Warnung an den Herzog!
Sie hockte zitternd auf ihrem Bett und bereute zutiefst, daß sie Mathilda so ungerecht behandelt hatte. Schließlich hatte Ma-

thilda freiwillig Isabellas Los geteilt, war an ihrer Seite in Gundrams feuchtes Verlies gegangen und hatte sich auch nicht von ihr getrennt, als die beiden Männer sie aus dem Verlies entführt und auf diese Raubritterburg gebracht hatten. Und nun hatte sie sich wieder für sie geopfert! Arme Mathilda!

Isabella stand vor der Tür. Sollte sie es wagen, hinauszugehen und Martin zur Rede zu stellen? Doch würde er nicht wutentbrannt auch sie mißhandeln oder gar töten? War das wirklich dieser Martin, der ihr im Rosengarten Liebe und Treue geschworen hatte?

Mit verweinten Augen blickte sie auf, als sich die Tür öffnete.

»Mathilda!« Mit einem Aufschrei zog Isabella ihre Freundin in die Arme. »Mathilda, was haben sie dir angetan?«

Mathilda strich besänftigend über Isabellas Haar. »Nichts, Hoheit, gar nichts«, flüsterte sie.

»Aber wo warst du? Warum durftest du nicht zu mir?« Isabella krallte sich an Mathildas Oberarmen fest.

»Ich war hier, ganz in der Nähe. Und es ist etwas sehr Schönes geschehen.«

Isabella ließ Mathilda los und blickte sie fragend an. »Etwas Schönes? Sag schon, sind die Truppen meines Vaters eingetroffen? Werden wir befreit?«

Mathilda schwieg, und erst jetzt wurde ihr klar, daß es nicht einfach sein würde, Isabella die Wahrheit zu erzählen. Vor allem konnte sie in dieser Situation von Isabella kein Verständnis erwarten. So senkte sie den Kopf.

Beunruhigt schüttelte Isabella wieder an ihren Schultern. »Nun sag doch schon, was ist los da draußen?«

»Nichts, ich hoffe, daß da draußen nichts passiert«, murmelte Mathilda. Dann blickte sie Isabella in die Augen. »Ich habe mich verliebt!«

Isabella stand vor ihr und starrte sie an, doch der Sinn dieser Worte drang nicht in ihr Bewußtsein. Nach einem langen

Schweigen stieg ein irres Kichern aus ihrer Kehle herauf. Es steigerte sich zu einem hysterischen Lachen, das hart und unecht klang.
Mathilda erhob sich und trat an das kleine Fenster heran. Sie ließ den Blick über den grünen Wald schweifen und sah den Vögeln nach, die sich als dunkle Punkte ins Himmelsblau erhoben.
»Ich liebe Ritter Rudolf«, sagte sie leise. »Und er liebt mich auch.«
Isabella schluckte, bevor sie ihre Fassung wiederfand.
»Was sagst du da?« Ihre Stimme war ein rauhes Flüstern. »Wiederhole das noch einmal!«
»Ritter Rudolf und ich, wir lieben uns.« Mathildas Stimme klang fest.
»Das kannst du mir doch nicht antun!« war Isabellas erste Reaktion. »Warst du deshalb so lange verschwunden? Warst du die ganze Zeit bei ihm?«
Mathilda senkte den Kopf, doch dann wandte sie sich um.
»Warum darf ich mich nicht verlieben? Ich habe es ja selbst nicht für möglich gehalten. Es geschah einfach so.«
»Einfach so? Mathilda, das ist Verrat!« Isabellas Stimme überschlug sich.
»Verrat? Gegen wen?«
»Gegen mich, gegen Gott! Wir dürfen uns nicht verlieben. Nicht in einen Mann!«
Mathilda verzog trotzig die Mundwinkel. »Und warum nicht?«
»Weil es sich nicht gehört, es ist einfach unanständig. Wir dürfen nur Gott lieben. Alles andere ist Teufelei!«
»Aber wir sind doch keine Nonnen! Wir leben nicht im Kloster. Und mit meiner Liebe zu Gott hat das gar nichts zu tun. Es ist anders, es ist wunderschön und überwältigend.« Mathilda hob beschwörend ihre Hände.
Isabella blickte sie befremdet an. »Ich erkenne dich nicht wieder. Und ich sehe Abgründe in deinem Blick. Es ist noch nicht lange

her, da hast du dich danach gesehnt, ins Kloster zurückzukehren. Niemals wolltest du dich an einen Mann vergeben. Du kleine Närrin, weißt du überhaupt, was die Männer mit einer Frau machen?«

Mathilda nickte. »Ja, das weiß ich.«

»Ach, und woher?« Mathilda schwieg, und Isabella riß die Augen auf. »Heißt das etwa, daß du ...« Sie konnte nicht weitersprechen.

»Ja, ich habe mich ihm hingegeben, und es war wunderschön.«

Entsetzt fuhr Isabella zurück, als wäre Mathilda eine Aussätzige. »Du bist des Teufels! Du bist verdammt! Deine Seele wird nicht ins Himmelreich kommen. Du hast gesündigt, du hast dich diesem Raubritter hingegeben, und du bist nicht verehelicht! O Mathilda, ist dir das alles deine Verdammnis wert?«

Mathildas Rücken straffte sich, und ihre Augen funkelten zornig.

»Ich fühle mich weder sündig noch verdammt noch schuldig. Ich *liebe* ihn, Isabella, ich *liebe* ihn. Und nur das allein zählt. Er kann mich nicht heiraten, weil er weder Land noch Geld besitzt. Aber das ist für mich nicht wichtig. Er ist ein Ritter, ein Krieger, und ich werde dahin gehen, wohin er geht. Ich werde seine Frau sein, auch wenn ich kein Dach über dem Kopf habe und kein Feld zu bestellen. Isabella, wir sind hier draußen in der Welt und müssen unser Schicksal selbst in die Hand nehmen. Ich habe Euch nicht verraten. Meine Treue zu Euch hat nichts mit meiner Liebe zu Ritter Rudolf zu tun.«

Mathildas Wangen hatten sich gerötet, und sie unterstrich ihre leidenschaftliche Rede mit ausholenden Gesten.

Isabella starrte sie an, ein eiserner Ring schien sich um ihre Brust zu legen, und sie fühlte sich entwurzelt, verraten, gedemütigt. Und das von ihrer besten Freundin, die sie fast wie eine Schwester geliebt hatte! Fröstelnd zog sie die Schultern hoch. Ihr Gesicht erstarrte zur Maske.

»Verschwinde!« flüsterte sie.
Mathilda rang nach Luft. »Es ist Eure Schuld, wenn Ihr Euch so unmöglich benehmt. Dabei könntet auch Ihr lieben! Ritter Martin scheint Euch sehr zu lieben. Er betet Euch an, und Ihr könntet die glücklichsten Stunden Eures Lebens erleben, wenn Ihr ihm nur Euer Herz öffnen würdet. Aber in Eurem Stolz seid Ihr so blind und taub – und so dumm!«
»Hinaus mit dir, du elende Hure! Du bietest mir ein Verhältnis mit einem Raubritter an? Eher stürze ich mich von den Zinnen dieser Ruine, als mich diesem Mann hinzugeben. An deinen Worten sieht man, wie die Liebe den Geist eines Menschen vergiftet. Ja, vergiftet, denn Liebe ist Teufelszeug! Auch du hast von diesem Kelch gekostet, und nun schmorst du bereits im Höllenfeuer, du merkst es bloß nicht.«
Mathilda ging zur Tür. Schulterzuckend wandte sie sich noch einmal um. »Wenn es wirklich das Höllenfeuer ist, dann ist es wunderbar. Und ich kann Euch nur bedauern, daß Ihr niemals erfahren werdet, wie himmlisch die Liebe ist.«
Dann schloß sie die Tür. Wütend warf Isabella einen Schuh hinterher. »Blöde Gans!« zischte sie.

*

Die Reiter, die an einem sonnigen Tag aufgebrochen waren, kamen nur langsam voran. Sie hatten es nicht eilig. Mehrmals warf Gundram einen Seitenblick auf seinen unheimlichen Begleiter. Obwohl er den Fremden gebeten hatte, ihn zur Burg des Herzogs zu begleiten, um Martins Boten abzufangen, war ihm nicht ganz geheuer dabei. Nicht nur das seltsame Äußere des Fremden beunruhigte ihn. Mehr noch war es sein messerscharfer Verstand, seine fast seherischen Fähigkeiten und die unheimliche Ruhe und Selbstsicherheit dieses Mannes.
Gegen Abend rasteten sie am Rande eines Waldes. Gundrams

Männer bauten ein provisorisches Lager auf, ein Feuer wurde entfacht, Wasser erwärmt und Proviant ausgepackt. Einige der Männer kümmerten sich um die Pferde, andere sicherten die Umgebung. Doch es blieb ruhig. Gundram selbst ging auf die Jagd und erlegte vier Hasen, die über dem Feuer gebraten wurden.

De Cazeville setzte sich etwas abseits des Feuers in den Schutz eines großen Baumes und verschmolz fast mit der Dunkelheit. Sein Sattelzeug packte er an seine Seite und versorgte auch sein Pferd selbst. Schweigend lehnte er sich an den Stamm.

Köstlicher Bratenduft verbreitete sich nach einiger Zeit. Gundram warf einen schrägen Blick zu de Cazeville, der sich nicht um die anderen Männer scherte. Er hatte aus seiner Satteltasche eine flache Schale ausgepackt und streute irgendwelche getrockneten Kräuter hinein. Dann überbrühte er sie mit heißem Wasser und setzte sich wieder unter die Eibe.

»Wollt Ihr mir nicht beim Essen Gesellschaft leisten?« fragte Gundram.

De Cazeville blickte kurz auf. »Danke, nein!« Er begann bedächtig, den Sud zu schlürfen. Neben ihm auf der Satteldecke lagen zwei Äpfel, die er dabei verspeiste.

Gundram zuckte die Schultern. Er fand das Verhalten des Fremden außerordentlich unhöflich. Doch da Gundram auch kein Mann mit geschliffenen Manieren war, konnte es ihm letztendlich egal sein. Die Männer zogen ihre Messer, zersäbelten die gebratenen Hasen und verschlangen gierig das Fleisch. Nachdem sie sich die Bäuche vollgeschlagen hatten, legten sie sich in der Nähe des Feuers auf ihre Satteldecken. Lediglich die Wache machte den Rundgang.

Gundram blickte noch einmal zu de Cazeville hinüber. Der packte sorgfältig seine Trinkschale wieder in die Ledertasche. Im rötlichen Licht des Feuers glänzte die gebräunte, faltenlose Haut seines Gesichtes wie Bronze. Seine schwarzen Augen glühten wie Kohlestückchen. Mit den hohen Wangenknochen, dem schmalen Gesicht und dem kurzgeschnittenen dunklen Haar wirkte er exotisch. Seine scharfe Kinnlinie und das energische Kinn verrieten Selbstbewußtsein und Durchsetzungsvermögen. Seine Wangen waren sorgfältig glattrasiert, wie es die meisten Kreuzritter taten, die lange unter der warmen südlichen Sonne gelebt hatten. Auch sein ganzes Verhalten war keineswegs normal. Ihn umgab eine Aura, die selbst Gundram eine Gänsehaut einjagte. Zwar trug der Fremde ein Schwert, aber er hatte es noch nie gezogen. Kämpfen war offensichtlich nicht sein Handwerk, und ein Ritter schien er nicht zu sein. Seine Kleidung wies weder auf einen Ritter, einen Händler noch auf einen Bauern hin. Daß er von Adel war, glaubte Gundram als einziges sicher zu vermuten. Doch er kannte nicht einmal seinen Namen. Und auch, was dieser Mann hier wollte, warum er sich in Gundrams Angelegenheiten einmischte und sich unentbehrlich machte, hatte Gundram bislang nicht ergründen können.

Er erhob sich und trat zu dem Fremden. Er sollte sehen, daß er keine Furcht vor ihm hatte. Er hockte sich neben ihn auf den Waldboden. »Ihr schlagt meine Gastfreundschaft aus, setzt Euch abseits und schweigt.«

De Cazeville warf ihm einen kurzen, unfreundlichen Blick zu. »Ich wollte Euch damit nicht beleidigen«, erwiderte er knapp.

»Niemand würde es wagen, mich zu beleidigen«, sagte Gundram herablassend.

Ein spöttisches Lächeln flog über de Cazevilles Gesicht. »Ihr seid es gewöhnt, Euren Willen durchzusetzen. Ich auch!«

Gundrams Mund blieb vor Verblüffung offen stehen. Die Kühnheit des Fremden grenzte bereits an Todesmut. »Ihr kennt mich nicht, Fremder, deshalb wagt Ihr diese tollkühnen Worte!«

De Cazeville schnaufte verächtlich. »Ich blicke in Eure Seele wie in das Wasser eines klaren Quells. Ihr mögt etwas von Kriegskunst und Zweikampf verstehen, doch das allein reicht nicht aus für die ehrgeizigen Ziele, die Ihr Euch gesteckt habt.«

»Was wißt Ihr über meine Ziele?«
»Alles, was mir Eure Gedanken verraten, Ritter Gundram. Ihr strebt nach Macht, nach viel Macht über die Menschen. Das Lehen allein reicht Euch nicht. Deshalb braucht Ihr Isabella als Frau. Ihr wollt das Herzogtum!«
Gundram senkte den Blick und nickte. »Gut erkannt, Fremder! Ich will die Macht über dieses Herzogtum, und ich stehe davor, sie zu erlangen. Was ist daran verwerflich? Strebt nicht jeder nach Macht? Ihr nicht auch?«
De Cazeville schüttelte den Kopf. »Ich strebe nicht danach, Macht über die Menschen zu erlangen. Ich besitze sie bereits!«
Gundram starrte ihn entgeistert an und rückte vorsichtshalber ein Stück von ihm ab. Doch der Fremde rührte sich nicht, griff nicht nach seiner Waffe, die neben ihm auf dem Boden lag. »Ihr habt mir noch immer nicht gesagt, wer Ihr seid.«
Gleichgültig blickte de Cazeville in die dunkle Krone des Baumes über ihm. »Es tut nichts zur Sache. Mein Name sagt Euch nichts. Ich bin ein Wanderer zwischen den Welten.«
»Und was wollt Ihr von mir?«
»Nichts! Ich brauche Euch nicht. Doch Ihr braucht mich!«
»Daß ich Euch um Begleitung gebeten habe, war ein Akt der Freundlichkeit. Ihr habt mir einen Dienst erwiesen, indem Ihr mich auf Isabellas Spur brachtet. Ich bin Euch etwas schuldig.«
De Cazeville nickte bedächtig. »Ja, Ihr steht in meiner Schuld. Und eines Tages werde ich sie bei Euch einlösen. Daß ich Euch begleite, hat damit nichts zu tun, genausogut könnt Ihr den Weg allein fortsetzen.«
Gundram erhob sich. Das Gespräch mit dem Fremden war zutiefst unerquicklich. Und er war genauso schlau wie vorher. Schnaufend warf er sich auf seine Satteldecke und schlief ein. Als er am Morgen erwachte, war der Fremde verschwunden.

*

»Tut mir leid, Ritter Martin, aber ich bediene die Gefangene nicht mehr. Lieber schlachte ich ein Schwein, als daß ich mich von ihr behandeln lasse wie ein Stück Dreck! Sie hat doch eine Zofe!«
Bertha warf den Kopf zurück. Auf ihren Wangen waren noch die Spuren ihrer Tränen zu sehen. Martin schwieg, aber er knirschte mit den Zähnen.
»Ist gut, Bertha, ich habe es zur Kenntnis genommen. Geh an deine Arbeit! Ich werde Isabella den Kopf wieder geraderücken.«
Wütend lief er mit großen Schritten zum Haupthaus. Mit dieser Geisel hatte er sich etwas eingebrockt! Rudolf hatte recht. Je eher sie wieder verschwand, um so besser war es für den Burgfrieden. Daß Isabella Unruhe unter die Leute brachte, war nicht mehr zu übersehen. Selbst Konstanze blickte ihn kaum noch an, weil sie sich vor seiner schlechten Laune fürchtete. Und schlechte Laune hatte er, seit Isabella seine Gefangene war!
Er öffnete die Tür zu Isabellas Kammer. »Was geht hier vor?« herrschte er sie an. Seine Stimme klang grimmiger, als er eigentlich beabsichtigt hatte.
Isabella zuckte zusammen. Sie saß auf der Kante des Bettes und starrte zu dem winzigen Fenster hinaus, dessen geölte Leinwand sie aus dem Rahmen genommen hatte. Doch gleich hatte sie sich wieder unter Kontrolle.
»Was los ist?« erwiderte sie ungehalten. »Erst verschwindet meine Zofe, wird entführt und vergewaltigt, dann benehmen sich Eure trampeligen Mägde ungebührlich, da soll ich nicht aus der Haut fahren? Ich will, daß Mathilda wieder zu mir zurückkehrt!«
»Oh, da müßt Ihr sie schon selbst darum bitten. Mathilda ist nicht meine Gefangene. Sie kann tun, was ihr beliebt. Und daß sie entführt und vergewaltigt wurde, halte ich für eine sehr bösartige Unterstellung! Plagen Euch schlechte Träume? Ist Euch die Matratze zu hart?«

Zornesröte überzog Isabellas Gesicht. »Tobt Euch nur an einer wehrlosen Gefangenen aus, Herr Raubritter! Ich kann es nicht fassen, daß aus dem gleichen Mund einst heiße Liebesschwüre kamen. Kann sich ein Mensch wirklich so verstellen?«
»Das frage ich mich auch.« Martin blickte sie nachdenklich an. »Einen Augenblick glaubte ich wirklich, daß Ihr mir gegenüber aufrichtig seid. Ich wäre gern Euer Ritter gewesen, und ich habe Euch Treue geschworen! Und Ihr habt mir Eure Gunst und Euer Herz gegeben.«
»Das war ein Irrtum!« gab Isabella spitz zurück. »Da wußte ich noch nicht, daß Ihr ein Raubritter seid!«
»Ich fragte Euch, ob Ihr mich auch lieben könntet, wenn ich nicht der strahlende Ritter wäre, der glorreiche Held.«
Isabella warf den Kopf zur Seite. »Darauf werde ich Euch nicht antworten.«
»Weil Ihr Angst vor der Wahrheit habt?« fragte Martin spöttisch.
»Welche Wahrheit?«
»Daß Ihr mich liebt.«
»Ich Euch lieben?« Isabella lachte schrill auf. »Niemals!«
»Ihr hattet mir sogar Eure Hand angeboten«, erinnerte Martin.
»Wenn Ihr das Turnier gewinnt! Aber Ihr wart zu feige, überhaupt anzutreten!«
»Nicht zu feige. Es lohnte sich nicht zu kämpfen.«
»Lohnte sich nicht?« fragte Isabella empört.
»Nein! Denn ich bekomme Euch auch ohne Kampf.«
»Was soll das heißen?«
»Ihr seid meine Gefangene!«
Isabella schnaufte. »Bildet Euch nur nichts darauf ein, nur weil ich mich in Eurer Gewalt befinde! Ich bin nicht so einfach zu haben, nur weil Ihr es wollt! Eure kindische Arroganz beeindruckt vielleicht Eure Dienstmägde.«
Martin trat ganz dicht an sie heran. Er spürte es verdammt deutlich, daß sie beide zwei Hälften waren, die es zueinander

drängte, um ein Ganzes zu bilden. Er konnte nicht verhindern, daß sein Körper loderte. Das Feuer war bereits ihn ihm, er brauchte gar nicht die Hand auszustrecken, um sich zu verbrennen. Er wußte, daß es zu spät war. Er litt Höllenqualen, doch er war ein Ritter und würde sich niemals verantwortungslos benehmen. Er mußte seine Leidenschaft hinter der glatten, kalten Rüstung verbergen. Ein spöttisches Lächeln verzog seine Lippen.

»Ich weiß es, wenn eine Frau mich begehrt. Ich kann es in ihren Augen sehen.«

»Nicht in den meinen«, erwiderte Isabella heftig und schlug die Augen nieder.

»So? Warum schaut Ihr mich dann nicht an?«

Isabella schwieg. Doch sie bebte vor Zorn. »Wenn Ihr wirklich ein Ritter wäret, dann würdet Ihr mich nicht so schändlich behandeln. Ich werde in eine Kammer gesperrt wie eine Verbrecherin! Was habe ich Euch getan?«

Martin wandte sich ab. Sie sollte nicht sehen, wie unsicher er wurde. Sie sollte nicht wissen, daß es ihm unendlich weh tat, sie gefangen zu halten!

»Ihr könnt die Kammer jederzeit verlassen«, sagte er, ohne sie anzuschauen. »Damit Ihr Euer Essen und Euer Wasser selbst holen könnt! Ihr seid hier keine Prinzessin!«

Isabellas Augen funkelten. »So? Wer sagt das?«

»Ich!« Er ging zur Tür.

»Euer Wort ist wohl Gesetz? Das Wort eines Räubers und Mörders!«

Martin wirbelte herum und packte sie derb an den Oberarmen.

»Sagt das nie wieder! Hört Ihr? Sagt das nie wieder!« Seine Stimme überschlug sich fast.

Erschrocken wollte Isabella zurückweichen, doch er hielt sie fest.

»Es ... es tut mir leid«, stammelte sie.
Er ließ sie los und stieß sie zurück. »Ich habe Euch aus dem Kerker eines Mörders befreit! Aber wenn Ihr Euch nach Gundram sehnt, könnt Ihr gern zu ihm zurückkehren. Bitte! Die Tür steht Euch offen!«
Er riß die Kammertür auf und stürmte hinaus. Isabella blickte ihm hinterher, als er im dunklen Gang verschwand. Dann preßte sie die Hand auf den Mund und schluchzte.

*

Martin stand einsam auf dem Wehrgang und starrte hinaus in die Dunkelheit. Es war der schwärzeste Teil der Nacht. Der Mond war gekommen und wieder gegangen. Zerrissene Wolkenfetzen hingen zwischen den Sternen. Seine Augen richteten sich hinauf in das unendliche Firmament. Er streckte die Hand aus, als wolle er einen der Sterne mit seiner Hand greifen. Aber wie hoch er auch klettern würde, wie weit er sich auch strecken mochte, sein Wunsch würde niemals in Erfüllung gehen. Dieser Stern war Isabella, unerreichbar fern für ihn. Und gleichwohl erschien sie ihm durch die Unerreichbarkeit noch begehrenswerter.
Er zuckte zusammen, als sich eine Hand, leicht wie ein Vögelchen, auf seine Schulter legte.
»Konstanze«, flüsterte er und bedeckte ihre Hand mit seiner.
»Du bist traurig«, stellte sie fest.
»Nicht traurig, eher besorgt«, lenkte er ab. Er war froh, daß es dunkel war und Konstanze sein Gesicht nicht sehen konnte.
»Es ist diese Prinzessin, nicht wahr?« beharrte Konstanze.
Er drehte sich zu ihr um und zog sie in seine Arme. »Ich bin mir zum ersten Mal nicht sicher, ob ich richtig gehandelt habe.« Er seufzte leise. »Bringt sie mich meinem Ziel näher?«
»Welchem Ziel?« fragte sie. »Der Ehre oder dem Verderben?«

Martin lachte auf. »Was redest du da? Warum sollte sie mir Verderben bringen?«
»Sie wird es«, sagte Konstanze mit einem seltsamen Unterton in der Stimme.
Martin schob sie ein Stück von sich, ohne sie loszulassen. »Laß deine dunklen Prophezeiungen«, erwiderte er ungehalten. »Ich trage bereits genug Last auf meinen Schultern. Niemals würde ich euch alle gefährden. Ich habe Walther als Boten zum Herzog gesandt. Er soll ihm meine Forderungen überbringen. Ich glaube, daß der Herzog darauf eingehen wird. Er will ja seine Tochter wiederhaben.«
»Und wenn nicht? Tötest du sie dann?«
»Töten? Niemals!«
Konstanze schwieg. Martin legte seine Hand unter ihr Kinn und hob ihr Gesicht an. Nur schemenhaft konnte er es erkennen. Ihre schwarzen Augen schienen unheilvoll zu glühen.
»Was für seltsame Gedanken kreisen in deinem hübschen Köpfchen?« wunderte er sich.
»Seit sie da ist, läßt du mich allein.« Sie wich seinem Blick aus.
Er lachte. »Aha! Daher weht der Wind. Meine kleine Konstanze ist eifersüchtig!« Er beugte sich zu ihr herab und berührte sacht ihre kirschroten Lippen.
Konstanze erwartete den Kuß und senkte die Lider. Doch sie vermißte das Feuer in seiner Zärtlichkeit. Wie gedankenverloren lagen seine Lippen auf ihren, ohne daß sie Leidenschaft spürte. Sie zuckte zurück. Plötzlich umschlang sie seinen Hals und preßte sich an ihn. Fordernd küßte sie ihn, fast gierig sog sie seinen Atem ein.
Martin erschrak über die Heftigkeit ihres Gefühlsausbruches. Ein wenig befremdet schob er sie von sich. »Sei nicht böse, Konstanze, aber heute ist mir nicht nach Zärtlichkeiten zumute. Mein Kopf ist voller Sorgen um Walther.«
»Walther? Drehen sich deine Gedanken nicht um Isabella? Sie

macht alle auf der Burg verrückt mit ihren Launen. Was ist an ihr Besonderes, außer daß sie eine Prinzessin ist? Sie ist klein und mager und benimmt sich wie eine ... eine ...«

Martin bremste ihren Redeschwall mit einem Kuß. »Und nun laß es gut sein, Konstanze. Sie ist unsere Gefangene, ich brauche sie als Druckmittel. Daß ihr das nicht behagt, ist verständlich. Sieh darüber hinweg, so wie ich es tue!«

»Ich habe nicht den Eindruck, daß du darüber hinwegsiehst. Du schaust sie an, immer wieder. Sie ist schön, nicht wahr? Schöner als ich.«

Martin lächelte milde. »Nein, sie ist nicht schöner als du. Sie ist anders. Eben ganz eine Prinzessin.«

»Oh, wenn Prinzessinnen immer solche keifenden und mekkernden Ziegen sind, dann wünsche ich mir, niemals eine Prinzessin zu sein!« Konstanzes Stimme wurde trotzig.

»Nein, du sollst es ihr auch nicht gleichtun. Ich liebe dich so, wie du bist. Und du bist schön, rassig, mit kirschroten Lippen, heißer Haut und leidenschaftlichen Augen.«

»Und warum kommst du dann nicht mehr zu mir?« wollte sie wissen.

»Willst du nur meinen Körper oder willst du mich ganz?« fragte er zurück.

Sie stutzte einen Augenblick. »Ich will dich ganz«, sagte sie mit rauher Stimme.

Er nickte. »Dann willst du auch, daß mein Geist frei und meine Seele rein ist. Aber solange ich auf eine Antwort des Herzogs warte, bin ich gespalten. Es steht so viel auf dem Spiel, alles, was das Ziel unserer ganzen Bemühungen ist. Ich dachte, du verstehst mich.«

»Ja, ich verstehe dich«, erwiderte Konstanze enttäuscht. »Doch dein Verhalten deckt sich nicht mit deinen Worten.«

Sie wandte sich ab, um zu gehen. Er hielt sie nicht zurück. Sein Blick ging wieder hinaus in die samtschwarze Dunkelheit, in die

die Sterne funkelnde Löcher stachen. Etwas hatte sich verändert. Das spürte er. Und Konstanze spürte es auch. Sie wußte, daß sie ihn verloren hatte.

*

Schnaufend schleppte Konstanze zwei Eimer Wasser in Isabellas Kammer und stellte sie verächtlich ab, daß es gewaltig schwappte.
»Kannst du nicht aufpassen, du Trampel?« zeterte Isabella.
»Was geht es mich an?« konterte Konstanze und blickte die Prinzessin herausfordernd an. »Eigentlich bin ich nicht dazu da, Euch zu bedienen. In Zukunft holt Ihr Euer Wasser allein, wenn Ihr welches braucht. Keiner auf der Burg will noch etwas mit Euch zu tun haben, weil Ihr so ein unmögliches Benehmen habt.«
Isabella runzelte zornig die Brauen. »Was erlaubst du dir? Wie sprichst du mit mir? Weißt du nicht, wen du vor dir hast?«
»Doch«, erwiderte Konstanze schnippisch. »Eine Gefangene.«
Isabella schnappte nach Luft. »So? Wenn ich nicht gefangen wäre, würde ich mein Wasser auch allein holen!«
»Kein Problem! Ich werde Ritter Martin davon unterrichten, daß Ihr Euch selbst bedienen wollt. Es wird Euch auch gar nichts anderes übrigbleiben. Denn ich werde Euch keinesfalls mehr bedienen!«
Mit dem Fuß stieß sie die Eimer um, und das Wasser ergoß sich auf den Boden der Kammer. Mit einem Aufschrei sprang Isabella auf das Bett und starrte Konstanze wütend an. Im gleichen Augenblick flog ihr Körper wie ein Pfeil auf die Widersacherin zu. Isabellas Hände verkrallten sich in Konstanzes schwarzem Haar. Schreiend wälzten sich die beiden Frauen auf dem nassen Boden der Kammer.
»Ich kratze dir die Augen aus, du Miststück!« kreischte Isabella.

»Versuch es doch, wenn du soviel Kraft hast!« keuchte Konstanze und packte mit derbem Griff Isabellas Hals.
Das Geschrei lockte eine Menge Neugierige an, die sich in der offenen Tür drängten und die beiden kämpfenden Frauen anfeuerten.
»Zeig's ihr, Konstanze!« – »Paß auf, sie tritt mit den Füßen!« – »Habt ihr schon einmal eine rollende Prinzessin gesehen?« – »Donnerwetter, die sind ja wie Furien!«
»Was ist hier los?« donnerte Martins Stimme. Er drängte sich durch die Zuschauer und blieb sprachlos stehen. Die beiden Kämpfenden nahmen keine Notiz von ihm. Mit hochroten Gesichtern wälzten sie sich schlagend, kratzend und schreiend auf dem nassen Boden. Wasser und Schmutz klebten an ihnen, und äußerlich gab es keinen Unterschied mehr zwischen den beiden Frauen.
Ein amüsiertes Lächeln flog über sein Gesicht, doch dann verdüsterte sich seine Miene wieder. »Jetzt ist es aber genug!« knurrte er und packte mit jedem Arm eine der Frauen und zog sie auseinander. »Schämt ihr euch nicht, euch wie brünstige Waldkater zu balgen? Wo bleibt Euer Stolz, Hoheit?« Seine Augen glitten mokant an Isabellas Körper auf und ab.
Heiße Röte überflog ihr Gesicht. Wie konnte sie sich nur so gehenlassen! Nun war sie endgültig zum Gespött dieser Leute geworden! Doch sie schob nur trotzig die Unterlippe vor.
»Ich mußte eine aufsässige Magd zurechtweisen«, sagte sie halsstarrig.
Konstanze atmete tief ein, um eine Entgegnung herauszuplatzen, doch Martin befahl ihr mit einer gebieterischen Handbewegung zu schweigen. »Niemand darf eine Magd zurechtweisen außer mir!« donnerte er. »Am allerwenigsten Ihr, Isabella. Denn Ihr seid hier nicht die Herrin, sondern eine Gefangene. Und ab sofort werdet Ihr auch nicht mehr bedient, sondern Ihr holt Euch selbst, was Ihr benötigt.«

Er drehte sich um und zog Konstanze mit sich, indem er den Arm um ihre Schulter legte.

Mit brennenden Augen starrte Isabella ihnen hinterher. Für einen kurzen Moment drehte Konstanze sich um und steckte Isabella triumphierend die Zunge heraus.

Isabella ballte ihre Fäuste und preßte die Lippen zusammen. Diese Schlacht war noch nicht zu Ende geschlagen. Diesem elenden Raubritter würde sie es zeigen, und seiner ungehobelten Bettgespielin ebenfalls!

Neuntes Kapitel

Langsam wandelte Isabella auf dem offenen Wehrgang entlang, soweit er noch intakt und begehbar war. Der Wind fächelte ihr laue Luft zu und trug den zarten Duft von Frühlingsblumen zu ihr herüber. Sie ließ ihren Blick über die sanft gewellte Landschaft streifen und atmete tief durch. Die Sonne schien warm und angenehm. Isabella zog den Umhang von den Schultern und ließ die Sonnenstrahlen über ihre Haut gleiten. Sehnsüchtig hielt sie ihr Gesicht in den Wind. Mit den Händen bändigte sie ihre langen, blonden Locken. Seit Mathilda nicht mehr zu ihrer Verfügung stand, verzichtete sie auf komplizierte Frisuren. Lediglich ihren kleinen goldenen Stirnreif, die Adelskrone, die sie als Angehörige des Hochadels auswies, trug sie auf dem Kopf.

Ihr schlichtes Kleid, das sie aus dem Fundus der geraubten Güter bekommen hatte, umschmeichelte ihre zarte Figur. Ihr eigenes Kleid hatte die Flucht durch den Geheimgang von Gundrams Burg nicht überstanden. Isabella trauerte nicht darum. Bislang war sie es nicht gewöhnt, kostbare Kleider zu tragen. Die Vorfreude auf dieses weltliche Vergnügen, die sie einen kurzen Augenblick gehegt hatte, war verflogen.

Isabella verschlang ihre Finger ineinander, um ihrer Erregung Herr zu werden. Ihre Gedanken kreisten fortwährend um Martin. Ihre Unsicherheit verbarg sie hinter einer Maske aus Hochmut und Arroganz. Aber dahinter fühlte sie sich elend. Er war so

ein schöner Mann, ein poetischer Mensch mit einer künstlerischen Seele. Aber er war auch ein Kämpfer, ein Ritter – und ein Räuber und Verbrecher! Ein Ritter konnte noch soviel Ruhm und Ehre gesammelt haben, wenn er seine Ideale verriet, war er nichts weiter als ein gewöhnlicher Bandit. Und das war Martin!
Der Wehrgang endete auf einem Wachturm mit einer steinernen Plattform. Sie zuckte zusammen, als sie am Ende des Wehrganges eine Bewegung gewahrte. Sie glaubte, daß es Wachposten seien, und wollte sich abwenden. An den Zinnen standen zwei Personen. Es waren Mathilda und Ritter Rudolf. Rudolf hatte seine Arme um Mathildas Taille geschlungen und zog sie zärtlich an sich. Mathildas Kopf lehnte an seiner Schulter, und beide genossen den Blick über das im Frühlingswind aufblühende Land.
Bei ihrem Anblick verspürte Isabella einen kleinen Stich in ihrer Brust. Die innige Vertrautheit der beiden, die liebevollen Berührungen ließen Isabellas Herz schneller schlagen. Nervös fuhr ihre Zungenspitze über ihre trockenen Lippen. Das Glück der beiden schmerzte sie. Fast fluchtartig wandte sie sich um, um den Wehrgang zu verlassen – und prallte gegen Martin!
»Ein schönes Paar«, sagte er leise, und seine Augen versanken in Isabellas Blick. Erschrocken blieb Isabella stehen und schaute zu ihm empor. Die Sonne hatte ihre Wangen gerötet, vielleicht war es auch der Schreck über die unvermutete Begegnung. Gleich darauf errötete sie tief.
»Was ist schön an einer körperlichen Berührung?« entgegnete Isabella zornig.
Martin lächelte und zog sie in seine Arme. »Es ist schön«, wiederholte er. »Einfach so.«
Isabella regte sich nicht und schien in sich zu lauschen. Sie spürte Martins Atem auf ihrem Haar und die Kraft seiner Muskeln. Er trug nur ein einfaches Wollhemd, und sie fühlte darunter seinen Körper erregend nahe. Einen Augenblick lang

kämpfte sie gegen die Versuchung, ihren Kopf an seine Brust zu legen, seinen Herzschlag zu hören, den Duft seiner Haut einzuatmen. Ihre Hände lagen unschlüssig auf seinen Schultern. Doch dann besann sie sich. Sie versteifte ihren Rücken und ballte die Hände zu Fäusten.

»Nein, es ist nicht schön«, widersprach sie trotzig. In ihrem Blick lag die Schärfe einer gezogenen Schwertklinge.

Martin schwieg und blickte lächelnd zu ihr herab. »Im Zorn funkeln deine Augen, deine Wangen röten sich, und es bilden sich zwischen deinen Augenbrauen kleine Fältchen.«

»Ich habe keine Falten«, zischte sie erbost, und wieder fuhr ihre Zungenspitze nervös über ihre Lippen. Martin starrte fasziniert auf ihren Mund. Erregt sog er die milde Frühlingsluft durch die Nase, doch er spürte den zarten Blumenduft nicht.

Zu spät sah sie das smaragdfarbene Blitzen in seinen Augen. Und dann sah sie gar nichts mehr. Er beugte sich zu ihr herunter und berührte ihre Lippen.

Reglos ließ Isabella es geschehen. Sie war benommen von seinem Duft nach Leder und Wind. Seine Hände fuhren sacht auf ihrem Rücken auf und ab, und ein heftiger Schauer durchfuhr sie. Ein Funke entzündete sich und fraß sich durch ihre Adern. Irgendwo tief in ihrem Inneren loderte ein Feuer auf und streckte seine heißen Zungen nach ihrem Körper aus. Seine Lippen waren warm und feucht und wurden nach der ersten sanften Berührung fordernder. Isabella zitterte. Sie nahm alle Kraft zusammen und riß sich von ihm los. Sie taumelte zurück und blickte sich verstört um.

»Was hast du, Isabella?« fragte Martin erschrocken.

Sie warf den Kopf zurück. »Was erlaubt Ihr Euch, elender Räuber?« rief sie aufgebracht. »Ich bin die Tochter des Herzogs. Wie könnt Ihr es wagen ...«

Seine Miene verdüsterte sich, und er senkte den Kopf. »Ich dachte, du hättest mich verstanden«, murmelte er.

»Was soll ich verstanden haben?« schnaubte sie. »Daß ich mich in Eurer Gewalt befinde? Das vergesse ich keinen Augenblick! Doch ich kämpfe bis zum letzten Atemzug.«
»Wofür?« fragte er belustigt.
»Um meine Ehre!«
Martin wandte sich um. »Ich auch«, sagte er im Gehen.
Isabella blickte ihm grimmig nach. Mit den Fingern tastete sie zwischen ihre Augenbrauen und fühlte zwei kleine, steile Falten.
»Verdammt!« fluchte sie leise. »Ich hasse ihn! Ich bringe ihn um!«

*

Die Lautenklänge schwebten zart und rein durch die abendliche Luft. Gleich den rotgoldenen Strahlen der untergehenden Sonne zauberten sie eine romantische Stimmung zwischen die verfallenen Burgmauern. Zu den zarten Tönen der Laute mischte sich die klare Stimme eines Knaben.
Isabella lauschte verzückt. Sollte es hier zwischen all der Roheit und Verderbtheit tatsächlich noch so etwas wie Feingeist geben? Gab es Sänger, Dichter, Musikanten? Gab es noch Liebhaber der hohen Minne, gab es einen Glauben an die ritterlichen Ideale?
Leise öffnete Isabella ihre Kammertür. Der Gang lag still und verlassen. Auf Zehenspitzen schlich sie auf den Hof. Am Fuß der Holzstiege, die zum Wehrgang hinaufführte, hatten sich die Burgbewohner versammelt. Sie hockten auf Kisten, Körben, Fässern oder direkt auf dem Boden und lauschten andächtig dem Gesang des Knaben. Isabella konnte ihn nicht erkennen. Doch als er den Kopf hob, sah sie, daß es Patrick war, Rudolfs Knappe.
Patrick saß auf einer der Stufen der Treppe, die Laute auf seinen Knien. Er beherrschte das Instrument vollendet, seine Stimme

war klar wie ein Felsquell. Er sang in französischer Sprache. Und plötzlich fiel mit angenehmem Bariton sein Herr in diesen wunderschönen Gesang ein. Isabella verstand zwar den Sinn der Worte nicht, aber das Lied ging ihr trotzdem unter die Haut. Rudolf hielt ebenfalls eine Laute in der Hand. Ritter und Knappe spielten in Harmonie dieses seltsame, melancholische, recht orientalisch klingende Lied.

Ohne daß es Isabella bewußt wurde, näherte sie sich der Gesellschaft und blieb mit offenem Mund und staunenden Augen stehen.

Unter den Zuhörern saß auch Mathilda. Sie wandte keinen Blick von den beiden Sängern, und ihre Wangen glühten vor Begeisterung und Ergriffenheit.

Martin hatte Isabella bemerkt und winkte sie heran. Er deutete auf einen Platz neben sich auf einer der Stufen der Stiege. Isabella schlängelte sich zwischen den Zuhörern durch und ließ sich neben Martin nieder. Die beiden Sänger hatten ihr Lied beendet und bekamen begeisterten Beifall. Auch Isabella nickte anerkennend. Rudolf war doch ein wahrer Ritter, der nicht nur das Schwert zu schwingen wußte. Sie war allerdings froh, daß sie es nicht laut zugeben mußte. Martin hätte sich vielleicht etwas darauf eingebildet, denn Rudolf war Martins Freund. Und Martin nahm es ja mit seiner Ritterehre nicht sehr ernst.

»Sing uns ein Lied aus deiner Heimat«, bat Rudolf seinen Knappen. Patrick ließ sich nicht lange bitten und stimmte ein temperamentvolles englisches Lied an. Die Zuhörer klatschten im Takt dazu. Konstanze hatte irgendwo einen Schellenring aufgetrieben, auch eine kleine Trommel gab es.

Isabella wiegte sich im Takt des rhythmischen Liedes. Martin unterdrückte ein Grinsen und lehnte sich vorsichtig an die schunkelnde Prinzessin. Sie schien es nicht zu bemerken. Erst als Martin seinen Arm um ihre Schulter legte, zuckte sie zurück. Sie runzelte empört die Augenbrauen, besann sich jedoch gleich

wieder. Keinesfalls wollte sie Falten auf der Stirn. Doch sie konnte ihm auch nichts sagen, denn Patrick hatte sein Lied beendet, und die Zuhörer klatschten wieder lautstark.
»Hat es Euch gefallen, Hoheit?« fragte Martin.
Isabella senkte schnell den Blick. Zu verräterisch hatten ihre Augen geleuchtet, als sie der wunderbaren Musik lauschte.
»Es war ganz hübsch«, sagte sie betont herablassend. »Nur schade, daß man den Text nicht versteht.«
»Oh, habt Ihr ihn nicht verstanden? Wirklich schade, daß Ihr keine fremden Sprachen beherrscht. Wo die Welt doch voller Musik ist! Aber es gibt ja auch schöne Lieder in der Muttersprache unseres hohen Gastes. Wollen wir ihr ein Lied singen, deren Text sie bestimmt versteht?«
»Ja!« riefen die Burgbewohner, und Martin gab den Takt an. Alle schienen das Lied zu kennen und sangen lautstark die letzte Zeile jeder Strophe als Wiederholung.
Martin sang die Strophen vor, Rudolf und Patrick spielten die Laute, Konstanze schüttelte das Tamburin, und zwei Knechte klopften die kleinen Trommeln.

»Einst lebte Gräfin von Beaumont,
die eines Ritters Lieb' erringen konnt.
Ritter Maurice von Craon
diente ihr um Minnelohn.«

»Diente ihr um Minnelohn«, echoten die Umsitzenden und klatschten den Takt dazu. Martin blickte lächelnd auf Isabella herab und sang weiter:

»Der Ritter sprach mit Huld zu ihr:
›Ich gestalte ein Turnier
von dem spricht man im Land sogar
bewundernd noch in hundert Jahr.‹«

Er forderte sie auf, den Refrain mitzusingen. Ein wenig zierte sie sich, doch dann klatschte sie wenigstens den Rhythmus des Liedes mit.

»Den Staunenden im bunten Rund
tat sich ein großes Wunder kund:
Ein Schiff, das sonst fährt auf dem Meer,
kam über trocknes Land daher.«

»Kam über trocknes Land daher«, fiel nun auch Isabella in den Chor ein.

»Darinnen steckten zwanzig Rosse,
zogen an der starken Trosse,
daß diese schöne Illusion
gewinne einen Minnelohn.«
»Gewinne einen Minnelohn!«

»Dem Schiff entstieg der Rittersmann
und kämpfte, wie ein Held nur kann.
Die Gräfin rief mit tiefem Blick
ihn in ihr Kämmerlein zurück.«

»Ihn in ihr Kämmerlein zurück«, sangen die Zuhörer lautstark und lachten. Isabella schwieg verwirrt und blickte Martin von der Seite tadelnd an. Was war das für ein Lied?
Martin grinste, als er weitersang:

»Doch kam der treue Rittersmann
recht müde bei der Gräfin an.
Ermattet von dem Kampfturnier
lag er bald schnarchend neben ihr.«
»Lag er bald schnarchend neben ihr!«

»Nun liegt er wie ein totes Schaf,
statt meiner wählt er nun den Schlaf.
Was ist das für ein Rittersmann
der seinen Mann nicht stehen kann?«

»Der seinen Mann nicht stehen kann!« brüllte der Chor. Isabella errötete heftig und wollte sich erheben. Doch Martin packte ihr Handgelenk und zog sie wieder auf die Treppe zurück.

»Sie warf ihn raus mit Schimpf und Schand,
er fand sich wieder auf dem Sand
und sann nach hundsgemeiner Rache
im ehelichen Schlafgemache.«

»Im ehelichen Schlafgemache!« dröhnte das vielstimmige Echo.

»So schlich er sich bei Nacht hinein,
der Graf fing schrecklich an zu schrein.
Der alte Recke glaubte fest,
daß ihn ein Geist wohl narren läßt.

Es sei ein toter Rittersmann
der ihn als Geist besuchen kam,
weil ihn der Graf einstmals erschlug
mit einem vollen tönern Krug.

Der Alte gleich ihn Ohnmacht fällt,
die Gräfin ihre Blöße hält.
Doch nahm der Ritter sich geehrt,
was sie ihm tags zuvor verwehrt.«

»Schamlos!« flüsterte Isabella mit bebenden Lippen. Sie blickte geradewegs in Martins grinsendes Gesicht und war sich klar, daß Martin ganz bewußt dieses Kneipenlied gewählt hatte, um sie zu brüskieren!

»Im Bette neben dem Gemahl
die Gräfin wurde blaß und fahl.
Derweil der Ritter mit der Lanze
spielte ihr Musik zum Tanze.«

»Spielte ihr Musik zum Tanze!« dröhnte es in Isabellas Ohren. Sie sah die grinsenden, spöttischen Blicke, und voll ohnmächtiger Wut ahnte sie, daß sie mit diesem unziemlichen Text gemeint war. Ihre vehemente Verweigerung, sich Martin hinzugeben, war eine Aufforderung, er solle sich nehmen, wonach ihn gelüstet!
»Ungeheuer!« keuchte sie. Sie spürte Martins eisernen Griff um ihr Handgelenk, der sie daran hinderte, aufzuspringen und sich dieser offenen Beleidigung zu entziehen.
Martin sang ungerührt weiter:

»Nun lag die Gräfin müd und matt
auf ihrer wüsten Bettestatt,
daneben lag der alte Graf
nun selber wie ein totes Schaf.

Der Ritter Maurice von Craon
nahm sich als allerletzten Lohn
das Hemd der Gräfin zum Gedenken,
daß sie ihm wollt die Gunst einst schenken.

So ritt er fort zum Tor hinaus,
das Hemd als Banner ihm voraus.
Zurück verspottet blieb die Dame
verhöhnet und in tiefstem Schame.«

Doch damit nicht genug. Er zog Isabella in seine Arme und preßte sie gegen seine Brust, als er mit voller Stimme schmetterte:

»Drum, edle Damen, schaut und höret,
daß Ihr Euch niemals ihm verwehret,
dem Ritter macht die Beine breit,
und lüpfet Euer schicklich Kleid.«

»Und lüpfet Euer schicklich Kleid!« brüllte der Chor. Viele sprangen auf und begannen ausgelassen zu tanzen.
»Ferkel!« rief Isabella außer sich und riß sich aus Martins Armen los. »Gottverdammtes Ferkel!« Wütend bahnte sie sich einen Weg durch die ausgelassenen Menschen, die ihr lachend und singend auf die Schulter klopften, am Rock zupften oder ihr ungeniert eindeutige Gesten machten.
Isabellas Gesicht glühte noch immer in tiefster Scham, als sie längst in ihrer Kammer war und die Hände auf die Ohren preßte, um den wüsten Gesang nicht mehr hören zu müssen.
»Prinzessin, versteht Ihr keinen Spaß?« hörte sie Martins Stimme von draußen, doch dann wurde bereits ein neues Lied angestimmt, dessen Text nicht viel besser war als der vorherige.
Isabellas Lippen bebten vor Zorn. Rache! Jawohl, auch sie wollte Rache! Keineswegs wollte sie die Schmach auf sich sitzen lassen, die ihr dieser ungehobelte Raubritter antat. Doch wie sollte sie ihm beikommen? Bis jetzt war er aus ihrem ungalanten Zweikampf immer als Sieger hervorgegangen.

*

Der Geruch frisch gebackenen Brotes erfüllte die Luft und vermischte sich mit dem verlockenden Duft gebratenen Fleisches, der von den offenen Feuerstellen auf dem Hof herüberwehte. Hurtige Füße eilten vorbei, Bretter und Platten voller Köstlichkeiten wurden vorübergetragen. Isabella reckte den Hals, um zu erkennen, was die seltsame Unrast ausgelöst hatte. Sie hörte lautes Schwatzen und Lachen der Mägde und Knechte, dazwischen Rufen und auch mal einen Fluch. Zu gern wäre sie hinaus auf den Hof gelaufen, aber ihr trotziger Stolz ließ es nicht zu. Keinesfalls wollte sie vor Martin ihr Interesse zeigen. So stellte sie sich auf die Zehenspitzen, um soviel wie möglich durch das kleine Fenster ihrer Kammer zu erkennen.

Sie stieß einen kleinen Schrei aus, als sie plötzlich in Martins Gesicht blickte, der sich von außen an das Fenster geschlichen hatte.

»Na, neugierig?« fragte er und grinste breit.

Isabella fühlte zornige Röte in ihr Gesicht steigen. Er hatte sie ertappt, und am liebsten hätte sie ihm dafür eine Ohrfeige verpaßt.

»Nicht im geringsten«, erwiderte sie abfällig. »Was geht es mich an, was auf dieser Burg getrieben wird!«

»Schade, und ich wollte Euch gerade zu einem Fest einladen.« Scheinbar gelangweilt lehnte sich Martin mit der Schulter an die Hauswand und betrachtete aufmerksam seine Fingernägel.

»Ein Fest?« entfuhr es Isabella.

»Hm, wir feiern den Namenstag meines Schutzpatrons, des heiligen Martin. Ist das nicht auch Euer Schutzheiliger?« Er zog das Medaillon unter seinem Hemd hervor und hielt es schaukelnd vor ihre Augen.

Sie wich zurück und rang nach Luft. Es ärgerte sie schon wieder, daß sie zu schnell geantwortet hatte. Außerdem war es doch wohl die größte Frechheit, daß er mit dem geraubten Medaillon prahlte!

»Seit Ihr es mir geraubt habt, ist er nicht mehr mein Schutzheiliger. Außerdem ist sein Namenstag am elften November, wenn die Ernte beendet ist. Ihr scheint überhaupt keine Ahnung zu haben!«

Martin grinste wieder. »Dann lehrt es mich«, sagte er. »Ich glaube, ich kann noch viel von Euch lernen, Hoheit.«

»Und ich glaube, daß ich überhaupt keine Lust habe, mich mit Euch zu unterhalten.«

»Schade, es würde meine einsamen Stunden verkürzen. Als Prinzessin müßtet Ihr doch geradezu überschäumen vor Klugheit, Güte, Nächstenliebe und Liebenswürdigkeit.«
»Wie viele Prinzessinnen kennt Ihr denn, daß Ihr derartige Vergleiche wagt?« fragte Isabella etwas verunsichert.
»Einige. Doch ich traf bisher keine, die so bösartig, zickig, halsstarrig, trotzig, eigensinnig, anmaßend – und hübsch ist.«
Isabella gab ein kurzes, mißbilligendes Geräusch von sich. Sie wollte nicht hören, was Martin ihr sagte, denn er bedrohte immer mehr ihre Abwehr, die sie um sich aufgebaut hatte.
Er steckte jetzt seinen Kopf zu dem kleinen Fenster herein und blickte Isabella direkt in die Augen, Tiefe in Tiefe. Ihr schwindelte, als sie die blauen Blitze direkt ins Mark trafen.
»Also, was ist? Auch wenn Eure Worte spröde klingen, so sehe ich doch in Euren Augen den Wunsch nach mehr Geselligkeit. Oder seid Ihr etwa zu feige, Euch an meine Tafel zu setzen?«
»Pah, ich bin nicht feige«, erwiderte sie und senkte trotzig den Blick. Wer weiß, was er sonst noch in ihren Augen lesen konnte!
»Also, dann darf ich bitten!« rief er, und es klang wie ein Befehl.
Der köstliche Bratenduft hatte in Isabellas Magen ein heftiges Knurren ausgelöst, und nach den kärglichen Mahlzeiten der letzten Tage hatte sie tatsächlich gewaltigen Appetit auf einen deftigen Braten. Mit einer hektischen Handbewegung fuhr sie sich übers Haar und ordnete die Strähnen. Dann glättete sie den Stoff ihres Rockes und verließ die Kammer.
Martin erwartete sie auf dem Hof. Er hielt ihr die Hand entgegen und geleitete sie hoheitsvoll zwischen Jauchepfützen, Abfallhaufen und gackernden Hühnern hindurch zum Eingang der Halle im Haupthaus.
Isabella staunte. Die Wände waren mit frischem Birkengrün geschmückt, den Boden bedeckten geschnittene Binsen. Die lange Tafel in der Mitte des Raumes bog sich unter den Platten mit Köstlichkeiten: Fleischpasteten, Braten, Früchte, Gebäck,

Bierkrüge, Weinschläuche. Dazwischen waren Blumen gestreut, die Platten mit frischen Kräutern garniert.
Isabella blickte überrascht auf die übervoll gedeckte Tafel.
»Aber das ist doch Wildbret«, stellte sie verwundert fest.
»Allerdings. Hirsch mit Preiselbeeren, Hasenbraten mit Speckstreifen und Fasanenpastete mit Wildkräutern. Ein fürstliches Mahl, nicht wahr?«
»Es ist Wild«, wiederholte Isabella. »Wo habt Ihr das Wild her?«
»Aus dem Wald, woher sonst?«
»Da Ihr ein Entrechteter seid, steht es Euch nicht zu, im Wald zu jagen. Und Wilddieberei wird mit dem Tode bestraft!«
Martin schien das keineswegs zu stören. Er zuckte mit den Schultern und hob schnuppernd die Nase. »Ein köstlicher Duft. Hm, die Köchin hat sich wirklich alle Mühe gegeben. Danke, Mutter Agnes!«
Eine dralle Frau mit einer schmuddeligen Haube auf dem Kopf verzog ihr Gesicht zu einem breiten Lächeln. »Greift zu, Herr Ritter, und laßt es Euch schmecken!«
Martin ließ sich am Kopf der Tafel nieder, nachdem er Isabella den Stuhl zu seiner Rechten gehalten hatte.
Widerstrebend setzte Isabella sich zu der am Tisch versammelten Meute. Neben Ritter Rudolf und einigen anderen Männern, die Ritter hätten sein können, saßen auch Bauern, Mägde, Knechte und allerlei anderes niederes Volk auf den Bänken und griffen gierig nach den Köstlichkeiten auf den Platten.
Stirnrunzelnd bemerkte sie Mathilda, die neben Rudolf saß. Sie wechselten verliebte Blicke. Rudolf legte ihr von jeder Fleischplatte ein kleines Stück auf den Teller, was Mathilda mit einem süßen Lächeln quittierte. Ab und zu beugte sie sich zu ihm herüber, um ihn zärtlich auf die Wange zu küssen.
Die anderen Männer und Frauen nahmen keine Notiz von diesem skandalösen Benehmen. Sie waren damit beschäftigt, sich die besten Stücke von der Tafel zu angeln.

Eine Weile beobachtete Isabella das ungeschlachte Benehmen der Leute. Angewidert wandte sie sich ab.

»Hab Ihr keinen Hunger, Isabella?« fragte Martin kauend. »Dabei haben wir das Festmahl Euch zu Ehren veranstaltet. Immerhin beherbergen wir nicht alle Tage einen so hohen Gast in unseren heiligen Hallen. Und da würde es mich traurig stimmen, wenn Ihr Hunger leidet.«

»Soll ich etwa gemeinsam mit diesem Pack speisen? Seht Ihr nicht, daß sie sich wie Tiere benehmen?«

Martin hielt im Kauen inne und blickte sie erstaunt an. Dann lachte er.

»Habt ihr gehört? Unser Gast möchte nicht mit uns an der Tafel sitzen, weil ihr euch nicht benehmen könnt!« Martin lehnte sich auf seinem Stuhl zurück und blickte über die gebeugten Rücken seiner Leute. Er lächelte spöttisch. »Ich muß sagen, Fräulein Isabella hat völlig recht. Schaut euch nur mal an, wie ihr mit den Fingern im Essen herumgrabscht. Und wie ihr beim Trinken den Wein auf eure Kleidung verschüttet! Gehört sich das für feine Leute? Und wir sind doch feine Leute, oder?« Die anderen brüllten vor Lachen. »Also werden wir in Zukunft eine Gabel benutzen, wenn wir Fleisch oder Käse anstechen, und einen Löffel, wenn wir Suppe essen.«

»Sollen wir vor dem vollen Teller verhungern?« hörte er eine Stimme aus der Runde. Die anderen nickten zustimmend.

»Wir wollen doch Fräulein Isabellas Augen nicht beleidigen! Was soll sie denn von uns denken? Daß wir Räuber sind ohne Manieren?«

Wieder lachten alle, doch sie griffen zu den zweizinkigen, hölzernen Gabeln, die einige Mägde eilig herbeigeschafft hatten, und pickten auf ihren Tellern herum. Martin beobachtete sie amüsiert, dann lächelte er Isabella zu.

Sie rümpfte die Nase und schüttelte mißbilligend den Kopf.

»Zufrieden?« fragte Martin.

Zornig warf Isabella den Kopf zurück. Sie wollte sich vor Martin nicht geschlagen geben.
Mathilda beobachtete Isabella schweigend. Rudolf bemerkte ihren Blick.
»Mir scheint, hier findet ein kleiner Krieg statt«, sagte sie. »Isabella fühlt sich natürlich nicht als Gast.«
»Ja, das scheint mir auch so«, seufzte Rudolf. »Dabei hat sie wirklich nichts zu befürchten. Martin würde sein Leben dafür geben, um Isabella zu beschützen.«
Mathilda blickte ihn erstaunt an. »Das verstehe ich nicht. Sie ist doch seine Geisel.«
»Weil Martin keine andere Wahl hat. Er hätte sie nicht gefangengenommen, wenn es einen anderen Ausweg gegeben hätte. Er liebt sie.«
»Was? Das glaube ich kaum. Er ist sehr spöttisch, voll Häme. Das soll Liebe sein?«
Rudolf nickte. »Er wehrt sich mit aller Gewalt gegen das Gefühl, aber sie hat sein Herz erobert.«
»Obwohl sie sich benimmt, als würde sie ihn jeden Augenblick in Stücke reißen wollen?«
»Allerdings! Sie liebt ihn auch. Sie weiß es nur nicht.«
»Aber das spürt man doch, wenn man jemanden liebt«, erwiderte Mathilda und faßte nach Rudolfs Hand. »Ich habe es doch auch gespürt.«
Er lächelte und erwiderte den sanften Händedruck. »Wir haben auch keinen Grund, gegen unsere Liebe anzukämpfen.«
»Arme Isabella«, murmelte Mathilda.
»Armer Martin«, meinte Rudolf. »Er leidet Höllenqualen. Und er kann nichts dagegen tun.« Er legte ihr noch ein Stück Fasanenfleisch auf den Teller. »Iß, mein Liebes, ich weiß nicht, wann wir wieder so etwas zu essen bekommen. Weißt du, warum die Leute so über das Fleisch herfallen? Es ist schon Wochen her, daß sie etwas Ordentliches zwischen die Zähne bekamen. Unser

Korn ist alle, es gibt nicht einmal mehr Dinkelgrütze zu essen. Die Bauern in den Dörfern haben Angst, uns etwas von ihrem Korn abzugeben, selbst wenn wir es bezahlen. Werden sie dabei erwischt, daß sie uns unterstützen, gibt es keine Gnade. Außerdem preßt Ritter Gundram so viel aus ihnen heraus, daß ihnen selbst kaum etwas zum Leben bleibt.«

Mathilda schluckte schwer. »Als wir vom Kloster abreisten, sind wir durch ein Dorf gekommen, das völlig verwüstet war. An den Bäumen hingen Leichen, die Felder verwüstet, die Ställe leer und die Häuser abgebrannt. Nicht einmal die Kirche haben sie verschont. Es war entsetzlich.« Im Gedanken daran schauderte Mathilda und zog die Schultern zusammen.

Rudolf blickte finster auf seinen Teller. »Ich weiß. Es war eines der Dörfer, die zu Martins Lehen gehörten und die sich Gundram ergaunert hat. Einen Teil der Bauern, die flüchten konnten, siehst du hier am Tisch sitzen, auch einige seiner Mägde und Knechte aus der Burg. Sie halten Martin die Treue. Eine Treue bis in den Tod, denn sie sind ebenso vogelfrei und geächtet wie Martin selbst. Fallen sie Gundram oder dem Herzog in die Hände, werden sie sterben.«

Mathilda lehnte ihren Kopf an Rudolfs Schulter. »Wenn man nur etwas dagegen machen könnte«, klagte sie.

»Es gibt nur noch die Möglichkeit, daß der Herzog Martin rehabilitiert. Und da er es nicht freiwillig tut, muß Martin ihn zwingen. Mit Isabella als Geisel.«

»Ich verstehe. Ich hoffe, daß er damit Glück hat.«

»Das werden wir sehen. Zunächst hoffen wir, daß Gundram nicht entdeckt, wo wir uns versteckt halten. Ein Bote wird dem Herzog die Nachricht überbringen, daß seine Tochter in unserer Gewalt ist.«

»Wird man den Boten nicht gefangennehmen und vielleicht sogar foltern, damit er das Versteck verrät?« fragte Mathilda ängstlich.

»Nein, denn er wird nicht persönlich in Erscheinung treten. Glaub mir, mein Schatz, darin haben wir mittlerweile schon Übung. Und nun plage dich nicht mit dunklen Gedanken herum. Wir wollen feiern und fröhlich sein. Und heute nacht...«
»Ja?«
»Bleibst du wieder bei mir?«
»Ja!«

*

Martin trank hastig seinen Wein. Isabellas Nähe machte ihn nervös. Er hatte geglaubt, gegen alles im Leben gewappnet zu sein, denn schlimmer als seine derzeitige Situation konnte es wohl kaum noch kommen. Er war zutiefst gedemütigt, seinen Lebensunterhalt und den seiner Getreuen auf diese Weise bestreiten zu müssen, war herabgesunken zu einem gemeinen Verbrecher. Auch wenn sein Ziel Ehre und Anerkennung war, so führte der Weg dahin durch einen Sumpf. Was konnte Isabella dafür, daß der alte Herzog seinem einflußreichsten Ritter Glauben schenkte und Martin des Lehens beraubte?
Er blickte zur Seite und sah Isabella an, mit ihren schmalen Schultern, dem fein geschnittenen Gesicht und dem langen, blonden Haar, dessen Locken sich widerspenstig kringelten. Sie griff nach einem Stückchen Brot auf dem Teller vor sich, und er sah, daß ihre Finger leicht zitterten. Wie ein Blitz durchfuhr es ihn, traf ihn scharf und schmerzhaft bis auf die Knochen. Isabella hatte allein durch ihre Anwesenheit seinen glatten Panzer durchstoßen und sein Innerstes getroffen. *Halte dich fern von ihr,* warnte ihn seine Vernunft. *Sie wird dich in einen Abgrund reißen, der dein Verderben sein wird!*
Unwillig zog er die Augenbrauen zusammen. Wenn er jetzt nicht stark bliebe, würde er alles aufs Spiel setzen. Das konnte er den Menschen, die sich unter seinen Schutz gestellt hatten,

nicht antun. Sie vertrauten ihm, unterstützten ihn, hatten alles für ihn aufgegeben. Nicht für eine Frau, nicht für ein flüchtiges Gefühl!

Er atmete tief durch und verschanzte sich wieder hinter seinem Sarkasmus.

»Also, irgendwie stinkt es hier. Bemerkt ihr das nicht?« Die Leute schüttelten den Kopf. Martin hob wieder prüfend die Nase in die Luft.

»Und es stinkt doch! Wann habt ihr euch zum letzten Mal gewaschen, he? Ihr könnt doch nicht die feine Nase unseres hohen Gastes beleidigen! Also, ich befehle euch, einmal pro Woche zu baden. In warmem Wasser!«

Empörtes Gemurmel erklang. »Das ist ungesund, da geht die Haut kaputt«, rief jemand.

»Weil der Dreck bei dir schon so fest klebt, daß man gleich die Haut dabei mit herunterreißt!« kreischte eine Magd und erntete lautes Gelächter.

»Uuuh, und dann duften wir alle nach Lavendel«, alberte der Schmied und wedelte sich maliziös mit einem Knochen vor der Nase herum.

»Ich meine das ganz im Ernst. Jeden Freitag wird warmes Wasser bereitet und in Zubern bereitgestellt. Und alle müssen baden und sich mit Birkenzweigen abschrubben. Und Fräulein Isabella wird mir in meinem Badezuber Gesellschaft leisten!«

»Niemals!« begehrte Isabella empört auf. »Was erdreistet Ihr Euch?«

»Schade, ich hatte es mir so schön vorgestellt, mit Euch im Zuber zu planschen. Dann wird mir eben Konstanze Gesellschaft leisten. Nicht wahr, Konstanze, das machst du doch gern?«

Konstanze hockte sich neben seinen Stuhl, und Martin tätschelte liebevoll ihre Wange. Sie blickte zu ihm auf, und ihre Augen strahlten glücklich.

»Natürlich, Martin, ich werde dich verwöhnen. Es wird mir eine

Freude sein, deine Haut mit Honigseife einzureiben und deine Muskeln zu massieren.« Sie warf einen triumphierenden Blick auf Isabella. Ihre Finger strichen über Martins Oberschenkel. Diese körperliche Vertrautheit schmerzte Isabella, und gleichzeitig wurde sie wütend über das Gefühl.
Martin verdrehte die Augen und lächelte. »Warum bin ich nicht gleich darauf gekommen?« meinte er. »Immerhin fehlt uns doch hier eine gewisse ... Kultur!«
Er warf wieder einen grinsenden Seitenblick auf Isabella. Er spürte, daß er sie getroffen hatte. Ihr Stolz verbot einen lauten Aufschrei, aber ihr Gesicht verriet die mühsam bewahrte Beherrschung. Er würde sie schon noch weich bekommen! Und dieser beißende Spott schützte ihn vor dem alles verzehrenden Feuer, das Isabella in ihm entfacht hatte. Er durfte es nicht auflodern lassen.
Isabella preßte die Zähne zusammen und blickte wütend auf Konstanze. Sollte sie im Badezuber ersaufen! Sie erhob sich heftig, um die Tafel zu verlassen. Es war unhöflich, denn Martin saß noch auf seinem Stuhl und dachte nicht daran, die Tafel aufzuheben. Doch an diesem Raubritterhof schien sich niemand um Höflichkeit zu kümmern. So fühlte auch Isabella sich nicht dazu verpflichtet. Sie wirbelte herum und stolperte über Konstanze, die noch immer neben Martins Stuhl auf dem Boden hockte und zärtlich über seine Knie strich.
Mit einem schmerzhaften Aufschrei stürzte Isabella. Unsanft schlug sie mit den Knien auf den Steinboden auf. Die geschnittenen Binsen, die den Boden bedeckten, milderten den Sturz kaum. Isabella fing sich mit den Händen ab und hockte nun auf allen vieren neben der Tafel. Sie spürte das Blut in den Kopf steigen, und eine unbändige Wut erfaßte sie. Dem überraschten Schrei der Umsitzenden folgte gleich darauf dröhnendes Gelächter.
Martin sprang auf und hob Isabella einfach auf seine Arme.

»Habt Ihr Euch verletzt, Hoheit?« fragte er. Er blickte in ihr puterrotes Gesicht, auf dessen Stirn sich zwei tiefe, steile Falten eingegraben hatten.
»Nein! Laßt mich runter!« wetterte sie.
»Ich denke gar nicht daran!« erwiderte er lachend und trug sie auf den Armen aus dem Saal hinaus.
Isabella zappelte und strampelte. »Ruhig, Prinzessin, sonst lasse ich Euch noch fallen«, versuchte Martin sie zu beruhigen. Er sprang leichtfüßig über die Jaucherinnsale, die den Hof durchzogen.
»Räuber!« keuchte sie und wand sich in seinen Armen. Martin strauchelte, Isabella entglitt ihm und landete mit einem lauten Platsch in einem der Rinnsale.
Die Burgbewohner drängten hinaus in den Hof und krümmten sich vor Lachen, als sie sahen, wie Isabella sich triefend von brauner Jauche aufrappelte und an sich herunterblickte.
»Es tut mir wirklich leid«, stammelte Martin, der auch einen Teil der unerquicklichen Nässe abbekommen hatte.
»Ach, wirklich?« Isabella packte einen Batzen des dampfenden Schweinemists und warf ihn nach Martin. In ihrer blinden Wut zielte sie doch ziemlich genau, und sie traf Martins Hals.
Einen Augenblick blieb er wie angewurzelt stehen, als sich eine übelriechende Spur über seine Brust hinabzog. »Donnerwetter!« sagte er nur. Die Verblüffung wich schnell einem anzüglichen Grinsen.
»Jetzt haben wir wirklich einen Grund, gemeinsam in den Badezuber zu steigen!«
Er zog Isabella in seine Arme. Ihr Gesicht war ganz nah dem seinen, winzige Jauchespritzer überzogen es wie kleine Sommersprossen. Seine Augen glitzerten verräterisch. Ihre verführerischen Lippen waren so nah. Ihn interessierte nicht, daß vierzig Augenpaare auf sie starrten. Er wollte sie küssen, jetzt und hier, so wie sie war. Er spürte Isabellas rasendes Herz an seiner Brust

und verlor die Beherrschung. Heftig preßte er seinen Mund auf ihre Lippen und verspürte selbst den Schmerz dieses Kusses.
Isabella erstarrte. Mit weit aufgerissenen Augen blickte sie an seinem Gesicht vorbei auf die grinsenden Zuschauer. Überdeutlich sah sie Gesichter, gebleckte Zähne, hämisches Lachen. Jeder schien ihr diese Demütigung zu gönnen. Außer Konstanze. Ihre Augen brannten in abgrundtiefem Haß.
Mit einer heftigen Bewegung stieß Isabella Martin von sich. Ohne ein weiteres Wort fuhr sie herum und verschwand im Gang zu ihrer Kammer.
Martin blickte ihr nach. Er kämpfte gegen die widerstreitenden Gefühle in seiner Brust. Dann ging er langsam zum Brunnen.

*

»Ich habe mich nicht wie ein Ritter benommen!« klagte Martin und zurrte heftig am Sattelgurt seines Pferdes.
»Allerdings, aber was kann dein Pferd dafür?« fragte Rudolf. Er stand kopfschüttelnd hinter seinem Freund und hielt sein Pferd am Zügel. Er schob Martin beiseite. »Laß das deinen Knappen erledigen. Du solltest einfach zu ihr hineingehen und dich bei ihr entschuldigen.«
»Entschuldigen?« Entschieden warf Martin seinen Kopf zurück.
»Dein verdammter Stolz«, tadelte Rudolf. »Du hast genauso einen Dickschädel wie die schöne Prinzessin.«
Martin lehnte seine Stirn an das warme Fell seines Pferdes. Was ging nur in ihm vor? Warum benahm er sich wie ein unreifer Jüngling? Hatte sie ihm wirklich schon so den Kopf verdreht, daß er den Verstand verlor?
Er atmete tief ein. »Ja«, sagte er nur. »Du hast recht, wie immer. Und ich hoffe, wir sind sie bald wieder los. Sie raubt mir meine Nerven.«
»Ein bißchen bist du selbst dran schuld, weil du sie dir rauben

läßt. Andererseits ... dein Herz spricht eine andere Sprache als dein Kopf.«

»Ich glaube, ich bin dir heute keine gute Gesellschaft beim Ausritt«, sagte Martin verdrießlich. »Jakob, bring mein Pferd in den Stall und sattle dafür den braunen Wallach für Mathilda. Ritter Rudolf soll einen angenehmen Tag haben. Ich werde mich inzwischen bei Isabella entschuldigen.«

Jakob führte Martins Pferd weg. Mit großen Schritten eilte Martin zum Haupthaus. Rudolfs besorgten Blick nahm er nicht mehr wahr. Er kämpfte gegen sich selbst. Seine Bitterkeit war immer noch da, aber darunter quälte ihn eine tiefe, leere Sehnsucht.

Isabella stand neben dem Bett. Obwohl Martin wesentlich größer war als sie, versuchte sie, auf ihn herabzublicken, indem sie den Kopf nach hinten neigte und ihn unter gesenkten Lidern betrachtete. Die erlittene Demütigung brannte in ihr wie eine schallende Ohrfeige, und sie ließ Martin gar nicht erst zu Wort kommen.

»Ihr vergeßt, wen Ihr vor Euch habt, Ritter Martin«, sagte sie scharf. »Oder sollte ich Euch lieber Raubritter nennen? Denn die Bezeichnung Ritter verdient Ihr nicht. Was seid Ihr für ein Ritter, der sich nimmt, wonach ihm gelüstet?«

»Es war nur ein Kuß, Hoheit. Der macht Euch nicht ärmer. Außerdem sind Eure Küsse süß und mir sehr willkommen. Euer Aufenthalt hier wäre für Euch wesentlich angenehmer, wenn Ihr mir ein wenig entgegenkommen würdet.«

»Nur ein Kuß?« höhnte Isabella. »Glaubt Ihr, ich ergebe mich Euch? Ihr habt meine Ehre verletzt, indem Ihr mich geküßt habt. Und noch schlimmer, daß es vor diesem Gesindel geschah!«

Martin preßte die Zähne zusammen, und seine Augen verengten sich.

»Ihr schätzt Eure Lage offensichtlich völlig falsch ein, Isabella. Sonst würdet Ihr nicht derart kühne Reden führen.«

»Ihr vergeßt, daß Ihr Euch nicht mehr auf dem Kreuzzug befindet und rauben und plündern könnt, wie Euch beliebt. Denn genau das habt Ihr doch wohl getan? Auch wenn es nur schmutzige Heiden waren, die Euch in die Hände gefallen sind, so haben sie doch Euren Sinn verwirrt und Eure Tugenden beschmutzt. Und Ihr vergeßt, daß ich eine Christin bin und zudem die Tochter des Herzogs. Des Herzogs, dem Ihr Treue geschworen habt.«

Ein sarkastisches Lächeln überflog Martins Gesicht. »Das vergesse ich keinen Augenblick, Isabella. Ich frage mich nur, woher Ihr Eure Kenntnisse über Dinge habt, die den Kreuzzug betreffen. Ich vermute, mit Gundram ist die Phantasie durchgegangen. Besser gesagt, er hat die Personen verwechselt.«

»Es nützt Euch nichts, Euch zu rechtfertigen. Ihr seid nichts weiter als ein gemeiner Räuber und Dieb. Und wer die Tochter des Herzogs als Geisel nimmt, um seine persönlichen Interessen durchzusetzen, ist zudem ein Verbrecher.« Zornesröte überzog Isabellas Gesicht, und die Adern an ihrem Hals traten hervor.

Für einen Augenblick schien es, daß Martin die Beherrschung zu verlieren drohte. Er hielt die Fäuste an beiden Seiten des Körpers zusammengeballt, um sich davor zu schützen, sie in seine Arme zu reißen und zu küssen – oder zu töten. Im Augenblick ging der Wunsch nicht über den Gedanken hinaus. Doch plötzlich blitzten seine Augen unheilvoll auf, und er näherte sich ihr langsam. Schritt für Schritt wich sie zurück, bis sie an die Bettkante stieß und erschrocken zum Sitzen kam.

»So, denkt Ihr das von mir?« fragte Martin, und sein Blick heftete sich starr auf Isabella, deren Zorn in Unsicherheit und Angst umschlug. Es war der Blick eines gejagten Rehs, das den nahen Tod riecht. Und Martin war sich nicht sicher, ob er nicht töten wollte.

»Dann ist es ja egal, wenn ich mir das nehme, wonach es mich gelüstet, auch wenn es die Tochter des Herzogs ist.«

Er stieß Isabella unsanft gegen die Schulter, daß sie rücklings

aufs Lager fiel. Der Anblick ihres Körpers auf dem Bett versetzte seinem Körper einen scharfen Schwerthieb. Er hatte niemals einen derartig dumpfen Hunger verspürt. Er stand vor einer reich gedeckten Tafel und sollte sich abwenden, um hungrig davonzugehen? Er packte ihre Knie und drückte sie auseinander, während er mit der anderen Hand seinen Gürtel öffnete.
»Elender Räuber!« keuchte sie. »Das werdet Ihr bitter bereuen!«
Seine Mundwinkel verzogen sich. »Das glaube ich kaum. Ich glaube eher, daß Ihr mir einige Wonnen bereiten werdet. Soviel ich weiß, seid Ihr noch Jungfrau. Das seid Ihr doch?« herrschte er sie an.
Isabella zuckte zusammen und versuchte auszuweichen. Sie schob sich weiter auf das breite Bett zurück. Doch Martin hatte ihre zierlichen Fesseln gepackt und hielt sie fest. »Wehrt Euch nur, schöne Isabella, es wird Euch nichts nützen. Es wird mir eine Freude sein, Euren verdammten Stolz zu brechen.«
Er schob ihre Röcke hoch und warf sich zwischen ihre Beine. Vergeblich versuchte Isabella, mit den Armen gegen seine Schultern zu drücken, um ihn abzudrängen. Er umklammerte ihre Handgelenke und preßte ihre gestreckten Arme auf die Matratze. Sie fühlte sich wie ans Kreuz genagelt und wandte verzweifelt den Kopf ab. Auf ihrem Bauch spürte sie fest und deutlich seine Erregung.
»Schau mich an, dreh den Kopf herum!« zischte er. »Ich will dir dabei ins Gesicht sehen.«
Urplötzlich erlahmte Isabellas Widerstand. Langsam wandte sie ihm ihr Gesicht zu und blickte ihm in die Augen. Sein Gesicht war direkt über ihr, gefährlich nahe blickten seine blauen Augen sie an und verursachten einen wonnevollen Schauder in ihr. Sie spürte seinen heftigen Atem und die Schwere seines Körpers. Er beherrschte sie mit allen Fasern seines Ichs, er schien ihre Seele zu durchdringen, ihren Körper willenlos zu machen.
»Willst du deinen Triumph spüren?« fragte sie leise und fuhr mit

der Zungenspitze über ihre trockenen Lippen. Martin starrte auf ihren Mund, und ein Zittern durchlief seinen Körper. »Dann komm«, sagte sie und hob ihm ihren Körper entgegen, soweit es sein Gewicht zuließ. »Ich werde es genießen. Ich werde jede deiner Bewegungen aus tiefstem Herzen genießen, jeden deiner Stöße lustvoll in mir aufnehmen. Und ich will in deine Augen sehen, wie die Wonne dich durchströmt, wie die Lust dich zum Zittern bringt. Komm, ich werde dir den Takt vorgeben.«
Sie schlang ihre Beine um seine Oberschenkel und preßte die Fersen gegen seine Muskeln, als wenn sie ein Pferd antreiben müßte. Gerade so, wie sie es im Stall der Herberge gesehen hatte, als die Magd sich mit dem Sohn des Wirtes vergnügte.
Der wilde Zorn auf Martins Gesicht wich einer verblüfften Verwunderung, als er ihre Beine spürte und das fordernde Klopfen ihrer Fersen gegen sein Gesäß. Ihr triumphierendes Lächeln schnitt schmerzhaft in sein Herz, und ein Gefühl der Demütigung überkam ihn. Zugleich bemerkte er, daß sein Glied kraftlos wurde und erschlaffte. Auch Isabella mußte es bemerkt haben, und ihr Lächeln wurde breiter.
»Nun, wo bleibt Eure Attacke, edler Ritter?« höhnte sie.
Wut, Scham, Ohnmacht kämpften in Martin, und sein Blick wurde unsicher. Für einen Augenblick überkam ihn der Wunsch, das zarte Wesen unter ihm einfach zu erwürgen. Und gleichzeitig wurde ihm klar, daß sie ihn besiegt hatte, besiegt in seiner Männlichkeit und seinem Stolz. Er hatte sich unritterlich und ehrlos benommen. Und einmal stumpf gewordene Ehre kann ihren Glanz nicht zurückgewinnen.
Mit einem Ruck sprang er auf, riß seinen Gürtel zu und verließ mit großen Schritten Isabellas Kammer. Krachend fiel die Eichentür ins Schloß, daß der trockene Lehmputz von der Wand bröckelte. Martin eilte durch den dunklen Hausflur hinaus auf den Hof.
»Jakob!« brüllte er. »Sattle mein Pferd!«

Der Knappe, der neben dem Stall gesessen und gelangweilt mit kleinen Steinchen nach den fetten, schwarzen Fliegen an der Stallwand geworfen hatte, sprang erschrocken auf. »Ja, Herr! Sofort, Herr! Wollt Ihr die Rüstung anlegen?«
»Nein, und nur den leichten Sattel.« Martin wartete nicht ab, bis der Knappe sich bewegte, sondern warf selbst den Sattel auf den Rücken seines Pferdes und legte ihm die Trense um.
»Soll ich Euch begleiten, Herr?« fragte Jakob.
»Du bleibst hier!« herrschte Martin ihn an. Mit der Geschmeidigkeit des geborenen Reiters schwang er sich auf den Rücken seines Pferdes und hieb ihm die Fersen in die Flanken, geradeso wie es Isabella vor kurzer Zeit mit ihm getan hatte. Erschrocken bäumte das Roß sich auf und jagte im gestreckten Galopp den Feldweg entlang. Martin beugte sich über seinen Hals. Die wehende Mähne und der scharfe Wind trieben ihm die Tränen in die Augen, und er riß den Mund auf, um die Luft in seiner Lunge zu spüren. Die Sphäre um ihn herum teilte sich, strömte an seinem Körper entlang. Ein wilder Schrei entrang sich seiner Kehle und machte seiner inneren Qual Platz.
Erst als das Pferd entkräftet in eine langsamere Gangart fiel und schließlich stehenblieb, legte er sich auf den Hals des Tieres. Er spürte den Geruch des schweißnassen Fells und ließ sich langsam von seinem Rücken gleiten. Auf der Wiese blieb er liegen, preßte sein Gesicht in das feuchte Gras und bemerkte mit Erstaunen, daß er weinte.

Zehntes Kapitel

Obwohl Isabella nach wie vor Martins Gefangene war, konnte sie sich nun auf der Burg völlig frei bewegen. Niemand hinderte sie, Hof, Ställe, die Halle oder sogar den Wehrgang zu betreten. Nur die Burg verlassen durfte sie nicht. Das große Tor blieb ohnehin fast ständig geschlossen, und kaum ein Außenstehender würde vermuten, daß diese alte verfallene Burg Leben in sich barg. Weit draußen auf den grünen Wiesen grasten Schafe und Ziegen. Manchmal wurde das große Tor geöffnet, um einen beladenen Wagen einzulassen. Doch das geschah meist im Schutze der Dunkelheit.

Isabella ahnte, daß die wilden Gesellen dann von einem ihrer Raubzüge zurückkamen. Sie war ohnmächtig, konnte diese schändlichen Taten nicht verhindern. Wenn sie über den Hof spazierte, folgten ihr die Blicke der zerlumpten Gestalten, manch schiefes Grinsen der Männer und zweideutiges Lächeln der Mägde. Außer bei Ritter Rudolf konnte Isabella nicht unterscheiden, welche dieser Männer – und vielleicht auch Frauen – einmal Edelleute gewesen waren und welche nur schmutzige Bauern oder Landstreicher. Alles hatte sich vermischt, es war eine irrwitzige Gesellschaft ohne Standesunterschiede.

Fast körperlich spürte sie das Unbehagen, das ihr diese Gesellschaft bereitete. Kein geistiges Gespräch war möglich, es gab keinen Kaplan, nicht einmal eine Kapelle, so daß Isabella ihre Gebete vor ihrem Bett kniend verrichten mußte. Niemals fand ein Gottesdienst statt, kein Gesang oder Rezitation von Heldengedichten der hohen Minne, die sie so sehr liebte. Statt dessen vernahm sie häufig das Grölen der betrunkenen Männer und das Kreischen der Frauen, die von ihnen oft recht unsanft gepackt und befingert wurden. Und sie sangen diese unflätigen Lieder mit Texten, die ihr die Schamesröte ins Gesicht jagten.

Meist verließ Isabella angewidert diese zweifelhaften Festlichkeiten und zog sich in die Abgeschiedenheit ihrer Kammer zurück. Hier fühlte sie sich einigermaßen sicher vor den zudringlichen Blicken und dem Schmutz und der Verderbtheit der wilden Gesellen.

Am meisten jedoch vermißte sie Mathildas Gesellschaft. Sie war die einzige, die Isabella verstanden hätte, die ihre Seele kannte wie kein zweiter Mensch auf dieser Erde. Mit Mathilda hätte sie ihre Ängste und Sorgen, ihre Gedanken und Probleme teilen können.

Doch Mathilda hatte sich verändert. Noch jetzt dachte Isabella mit Unbehagen und Zorn an die Worte, die sie ihr ins Gesicht geschleudert hatte. Jawohl, geschleudert! Denn nichts war mehr von Mathildas zurückhaltendem, scheuen Wesen geblieben, von der Mathilda, die Angst vor der Welt, dem Leben und den Männern hatte und am liebsten wieder ins Kloster zurückgekehrt wäre.

Und warum hatte sie sich so verändert? Durch einen Mann! Dieser Ritter Rudolf hatte sie völlig verhext, ihr den Kopf verdreht. Isabella mußte zugeben, daß Rudolf ein sehr ansehnlicher Mann war, etwas größer als Martin, dafür schlanker, aber nicht minder kräftig. Und er hatte warme, braune Augen und langes, kastanienbraunes Haar. Sein Gesicht war stets freundlich, er lachte gern und war zu jedem Spaß bereit. Er konnte fechten wie ein wahrer Held und schien mutig anzugreifen. Das hatte Isabella mehr als einmal beobachten können, wenn sie den Männern zuschaute, die sich häufig im Burghof im Waffengang

übten. Martin und Rudolf unterrichteten sie immer wieder im Umgang mit Schwert, Lanze, Pfeil und Bogen.
Besonders bemühten sich die beiden Knappen, Jakob, Martins dunkelhaariger Wirbelwind, der sich durch Schläue und katzenhafte Gewandtheit auszeichnete, und der fast mädchenhaft wirkende blondlockige Patrick, der Rudolf nicht von der Seite wich. Patrick war unglaublich treffsicher mit dem Pfeil und schien das untrügliche Auge eines Adlers zu besitzen. Dabei erschien sein Gesicht so sanft und schmal wie das eines Mädchens. Auch sein Körper trug noch knabenhafte Züge, und Isabella fragte sich, wie dieser Junge das schwere Schwert handhaben konnte. Eigentlich ein Jammer, daß sie alle würden sterben müssen. Spätestens dann, wenn der Herzog dieses Raubritternest ausheben würde. Denn daß er auf die unsinnigen Forderungen des Boten eingehen würde, glaubte Isabella nicht einen Augenblick. *Und es geschieht diesen Räubern recht!* dachte sie. Doch der Gedanke daran erfüllte sie nicht mit der erhofften Befriedigung.
Unruhig lief sie in ihrem kleinen Gefängnis auf und ab, während sie die Hände erregt an die Brust preßte. Sie kämpfte gegen die Unrast in ihrem Inneren an, die sie in den letzten Tagen immer häufiger befiel.
Man ließ sie allein, kümmerte sich nicht um sie! Auch wenn sie niemand an ihren täglichen Rundgängen hinderte, so kam sie sich nutzlos vor, einsam und verlassen. Alle waren mit irgend etwas beschäftigt, die Mägde in der Küche und im Stall, die Knechte im Burghof, die Männer übten an den Waffen, die Frauen lachten und scherzten an den Waschtrögen. Und Mathilda wich nicht von Rudolfs Seite. Einmal beobachtete Isabella sogar, daß beide gemeinsam ausritten. Mathilda war nicht mehr Martins Gefangene, seit sie zu seinem Gefolge zählte, weil sie sich Ritter Rudolf hingegeben hatte. Diese Verräterin!
Tränen des Zorns stiegen in Isabellas Augen. Sie fühlte sich allein. Und sie mußte ihrem Zorn Erleichterung verschaffen!

Sie riß die Tür auf. »Jakob!« rief sie ungehalten in den Gang. Der Knappe, der im Hof schon zum fünften Mal Martins Pferd bürstete, daß es wie gewachstes Leder glänzte, ließ den Whist fallen und eilte herbei.

»Ja, Prinzessin, habt Ihr einen Wunsch?«

»Einen Wunsch?« höhnte sie. »O nein! Ich will mich beschweren. Und zwar bei Martin persönlich! Ich fühle mich miserabel behandelt!«

»Hat Euch jemand etwas angetan?« fragte Jakob erschrocken und riß seine schwarzen Augen auf. Er hatte lange, gebogene Wimpern wie ein Mädchen, und das allein reizte Isabellas Unmut noch mehr.

»Das werde ich dir Grünschnabel nicht auf die Nase binden!« schnaubte sie. »Ich will Martin persönlich sprechen! Rufe deinen Herrn!«

Jakob lief eilig davon, um Martin zu suchen. Frauen konnten manchmal ganz schön biestig sein. Vor allem, wenn sie Prinzessinnen waren!

*

Martin stand auf dem Wehrgang und blickte nachdenklich in die Ferne, wo sich der Wald als dunkler Saum am Horizont entlang zog.

»Du hast Kummer«, hörte er hinter sich die Stimme seines Freundes Rudolf, Ritter von der Kiebitzmark. »Und du steckst voller Zweifel.«

Es war unnötig, Rudolf etwas vorzuspielen. Martin seufzte. »Ich bange um den Boten, daß er nicht in die Hände der Soldaten des Herzogs fällt.«

»Der Bote ist ein guter Mann, er wird sich nicht zu erkennen geben und vorsichtig sein. Du zweifelst, ob der Herzog auf deine Forderung eingeht.«

»Er muß! Ich habe doch seine Tochter!«
Rudolf holte tief Luft. »Es ist Isabella, die dir Gedanken macht, nicht wahr?«
»Ja, auch.« Martin hielt seinen Blick fest an den Horizont geheftet. Er konnte Rudolf nicht in die Augen sehen.
»Da kann dir allerdings niemand helfen. Du betrachtest sie nicht als deine Gefangene, als deine Geisel. Sie hat dir das Herz geraubt.«
Martin fuhr herum, und Qual stand in seinem Gesicht geschrieben. »Verdammt noch mal, Rudolf, warum mußte mir das passieren? Ausgerechnet mir? Ich habe es nicht gewollt, ich habe es nicht heraufbeschworen! Konstanze hat mir völlig ausgereicht, um mir Freuden der Liebe zu bereiten.« Er hielt die Fäuste geballt, und sie enthielten all seinen Zorn und seine Ohnmacht.
»Konstanze mag dich lieben und dir ihren Körper auch mit Liebe schenken, Martin, aber du erwiderst nicht das Gefühl dieses einfachen Mädchens. Du findest Entspannung und körperliche Freuden in ihren Armen. Doch du verspürst die Liebe zu Isabella.«
»Liebe? Dieser häßliche Schmerz hier drinnen soll Liebe sein?« Martin hämmerte erbost mit der Faust auf seine Brust. »Sie verachtet mich, sie ist arrogant und herablassend, ja, sie würde mir mit Freuden ein Schwert ins Herz bohren, wenn sie es nur in die Hände bekäme!«
»Sie kann genausowenig mit diesem Gefühl umgehen wie du.«
Martin blickte Rudolf zweifelnd an. »Du meinst, das, was sie mir an Haß und Verachtung entgegenbringt, ist Liebe?«
Rudolf lachte. »Ja, sie weiß es nur nicht.«
»Und warum weiß *ich* es nicht? Warum sehe ich es nicht?«
»Weil du die Augen davor verschließt. Aber auch wenn du es nicht sehen willst, heißt es nicht, daß es nicht da wäre.«
»Liebe!« schnaufte Martin verächtlich. »Liebe ist für jene da, die Mann und Frau werden können. Für alle anderen führt sie nur zur Bitterkeit!«

»Liebe ist eine Himmelsmacht. Sie fragt nicht nach weltlichen Vernunftsgründen. Sie ist einfach da und zieht schmerzhaft an euren Herzen.«

»Willst du damit sagen, daß sie ebensolche Qual empfindet, ebensolche schmerzhafte Pein?«

»Gewiß! Es äußert sich nur etwas anders bei ihr. Dafür ist sie eine Frau.«

»Mein Gott, Rudolf, warum trifft es gerade mich?«

Rudolf wies mit dem Zeigefinger zum Himmel. »Höhere Gewalt, mein Freund. Du konntest dich bislang nicht gegen sie wehren. Du wirst dich ihr wohl beugen müssen.«

Jakob kam keuchend auf den Wehrgang gelaufen. »Herr Ritter, Prinzessin Isabella ...«

Martin fuhr erschrocken herum. »Was ist mit ihr? Ist etwas geschehen?«

»Ich weiß nicht«, erwiderte Jakob mit einem kläglichen Augenaufschlag. »Sie schreit und tobt und verlangt Euch zu sprechen!«

»Da hast du es«, grinste Rudolf. »Jeder quält sich auf seine Weise.«

»Diese verdammte Wildkatze! Ich werde sie übers Knie legen und ihren süßen kleinen Hintern versohlen, bis sie um Gnade winselt!«

Rudolf lehnte sich vergnüglich lächelnd an die Zinnen und verschränkte die Arme über der Brust. Er blickte Martin nach, als dieser mit ausgreifenden Schritten den Wehrgang verließ.

»Was hat er denn?« fragte Jakob besorgt.

»Ihm wird die Hose zu eng, und er weiß nicht, wie er sich dieser Qual entledigen soll.«

»Die Hose? Warum zieht er sie dann nicht aus?«

Rudolf blickte den Knappen tadelnd an. »Verdammt, Jakob, scher dich in den Stall, und schau zu, wie es die Spatzen treiben, ehe du dir Gedanken um deinen Herrn machst!«

Jakob grinste verständnisvoll. »Spatzen haben es besser, die haben keine Hosen an!« Er lief flink davon, ehe Rudolf diese Frechheit mit einer Ohrfeige bestrafen konnte.

*

Martin betrat Isabellas Kammer, ohne anzuklopfen. Er bemühte sich, ein grimmiges Gesicht zu ziehen und seiner Stimme einen ungehaltenen Klang zu verleihen.
»Was ist los, Isabella, werdet Ihr nicht mit Respekt behandelt? Fühlt Ihr Euch nicht wohl?«
Isabella stand mit kerzengeradem Rücken und hochmütig erhobenem Kopf inmitten des Raumes und blickte ihm verächtlich entgegen. »Nein, ich fühle mich überhaupt nicht wohl. Und ich fühle mich vernachlässigt. Von Mathilda, von Euch ...«
»Von mir?« Ein spöttisches Lächeln spielte um seine Lippen. »Ich hatte bislang den Eindruck, Ihr würdet mich verabscheuen.«
»Das tue ich auch!« rief sie erregt.
»Na also! Was kann ich dann für Euch tun?«
»Gar nichts!« Trotzig runzelte sie die Stirn und schob die Unterlippe vor.
»Gut, dann werde ich wieder gehen. Ich bin sehr beschäftigt.« Er wandte sich zur Tür.
»Mit Konstanze?«
Abrupt blieb Martin stehen. Langsam drehte er sich um und zog verwundert die Augenbrauen hoch.
»Und wenn?« fragte er. »Was geht Euch das an?« Er sah, wie eine heiße Röte über Isabellas Gesicht flog.
»Es ist mir egal, völlig egal!« erwiderte sie hastig. Sie spürte die verräterische Röte und versuchte, ihr Gesicht vor Martin zu verbergen. Sie stellte sich vor das kleine, mit geölter Leinwand bespannte Fenster und starrte hinaus, ohne etwas zu erkennen.

Wenn sie ihn so brüskieren wollte, hatte sie den falschen Weg gewählt. Er empfand sie als stolz und wunderschön. Sie war eine Herausforderung, der er unmöglich widerstehen konnte. Doch er wollte mehr als nur eine Gunstbezeugung, er wollte sie ganz und gar. Seine Fäuste schlossen sich im inneren Kampf, und er preßte seine Augenlider zusammen, als ob er einen starken Schmerz ertragen müßte.

Er trat an sie heran und faßte ihre Schultern. Seine plötzliche Nähe ließ sie erschauern, und Martin spürte dieses Zittern bis in seine Fingerspitzen. »Das glaube ich aber nicht«, flüsterte er. Seine Lippen berührten flüchtig ihre Halsbeuge.

Sie atmete tief durch, eine seltsame Verzückung hatte sie erfaßt. Martin streichelte ihre Schultern. Am liebsten hätte Isabella sich an ihn gelehnt, so wie Mathilda sich an Rudolf geschmiegt hatte, als sie oben auf dem Wehrgang standen, doch dann kämpfte sie gegen die Versuchung an. Nein, Martin war ein Raubritter und sie seine Geisel!

»Ich kann Euch nachfühlen, daß Ihr einsam seid. Es tut mir leid.« Wieder beugte er sich über ihren schlanken Hals und ließ seine Lippen sanft darüber gleiten.

»So? Leid tut es Euch? Das ist mir wahrlich ein schwacher Trost.« Krampfhaft hielt sie die Maske des Hochmuts vor ihr Gesicht.

»Vielleicht lenkt der Herzog bald ein und rehabilitiert mich. Dann seid Ihr meine lästige Gesellschaft los.«

»Niemals!«

»Wie meint Ihr das?«

»Niemals wird mein Vater auf die Forderung eines Entführers eingehen!«

»Ach so! Ich dachte schon, Ihr würdet es bedauern, wieder frei zu sein.« Er lächelte spöttisch, was sie nicht sehen konnte.

Isabella schnaufte wütend. »Was erdreistet Ihr Euch für eine spitze Zunge!« Sie fuhr herum. Martins lachende Augen entwaffneten sie im gleichen Augenblick. Sie wich seinem Blick aus.

»Nun, was ist aus Eurem Trotz geworden, kleine Isabella? Wollt Ihr nicht doch, daß ich Euch Gesellschaft leiste?«

»Nein! Ich will, daß Mathilda zu mir geschickt wird!«

Martin hob entschuldigend die Schultern. »Mathilda hat keine Zeit. Sie ist beschäftigt.«

»Womit?«

»Mit Rudolf. Und er wäre nicht sehr erfreut, wenn Ihr die beiden jetzt unterbrechen würdet. Ihr müßt schon mit mir vorlieb nehmen.«

Isabella spürte wieder die Röte in ihrem Gesicht. Doch da Martin ihre Schultern festhielt, konnte sie den Kopf nicht von ihm abwenden. Seine Finger fuhren unter die gestickte Halseinfassung ihres Kleides. Diese sanfte Berührung ließ sie wieder erschauern. Vorsichtig löste er die Schnüre an der Vorderseite des Kleides, bis er beide Teile des Mieders aufziehen konnte.

Isabella holte tief Luft. Doch ehe sie protestieren konnte, verschloß Martin ihren Mund mit einem festen Kuß. Kühle Luft umwehte ihren blanken Busen, und sie spürte den derben Stoff seines Leinenhemdes auf ihrer Haut. Seine Hände streichelten und liebkosten die kleinen festen Brüste, die jeweils Platz in einer seiner Handflächen fanden. Seine Lippen wanderten von ihrem Mund hinab, den Hals entlang, über die kleine Mulde zwischen den Schlüsselbeinen auf die sanften Hügel ihrer Brüste. Mit den Händen hob Martin sie an, um sie mit den Lippen besser liebkosen zu können.

»Was macht Ihr da? O nein, das dürft Ihr nicht!« Isabella blickte entsetzt auf ihre weißen Brüste, die wie Schnee in Martins Händen lagen.

»Warum darf ich das nicht? Es schadet Euren Äpfelchen keineswegs. Im Gegenteil, die werden fest und prall und schenken uns beiden viel Freude.«

»Uns beiden?«

»Oder verspürt Ihr gar nichts unter meinen Küssen?«

Isabella schwieg und warf trotzig den Kopf zur Seite. Sehr wohl verspürte sie das wonnige Kribbeln, das süße Schaudern, das lustvolle Kitzeln, das seine Berührungen in ihr entfachten. Aber es war doch Teufelszeug, es war Sünde!

»Dann werde ich mich bemühen, daß es Euch noch besser gefällt«, sagte Martin und hob sie auf seine Arme. Er trug sie kurzerhand zu ihrem Bett und legte sie auf das Polster. Ehe sie sich dagegen wehren konnte, legte er sich an ihre Seite und fuhr fort, ihre Brüste zu streicheln und zu küssen. Doch seine Hände verharrten nicht dort, sondern wanderten tiefer unter ihr Kleid bis zum Bauch, wo er sanft mit den Fingerspitzen ihren Nabel umkreiste.

»Was soll denn das?« versuchte sie eine schwache Gegenwehr.

»Ich will dir auf angenehme Weise etwas die Zeit vertreiben, schöne Isabella«, flüsterte er mit einem gurrenden Unterton in der Stimme. Warb so ein Täuberich um sein erwähltes Täubchen?

»Nein, ich will nicht!« rief sie erregt.

»Natürlich willst du«, entgegnete er leise.

Unbeirrt fuhr er fort, mit den Fingerspitzen die zarte Haut ihres Bauches zu liebkosen. Isabella wand sich unter dem qualvoll wonnigen Kitzel. Seine Lippen senkten sich wieder auf ihre Brust. Sie unterdrückte ein Stöhnen. Gegen die Gänsehaut auf ihrem Rücken konnte sie nichts tun.

Vorsichtig nahm er eine der kleinen rosa Spitzen zwischen die Lippen. Seine Zunge umspielte sie, bis sie fest und hart wurde und sich köstlich wie eine kleine Himbeere anfühlte. Die andere Hand tastete sich von ihrem Bauch hinab zwischen ihre Schenkel. Ein kehliges Stöhnen entrang sich seinen Lippen, als seine Finger mit einem schmatzenden Geräusch die heiße Feuchte ertasteten, als tauche er sie in ein Töpfchen mit frischem Honig.

»Nicht da anfassen!« wehrte sie ab, aber es klang nicht sehr überzeugend.
»Warum nicht?« murmelte er, ohne seine Lippen von ihrer Brust zu lösen.
»Das ... das ... gehört sich nicht!« stammelte sie.
Er hob den Kopf, und Isabella hätte ihn am liebsten wieder an ihre Brust gedrückt.
»Wer sagt das?«
»Die Nonnen im Kloster haben es gesagt. Man darf sich dort nicht berühren. Es ist eine Teufelei, eine Sünde. Und man muß dafür im Höllenfeuer schmoren.«
»Das ist noch nichts gegen das Feuer der Liebe.«
»Ihr lügt!« begehrte sie auf. »Es ist eine schreckliche, schmerzhafte Sache, die kein anständiges Mädchen will. Es ist ein Werk des Satans!«
»Was weißt du denn darüber, abgesehen davon, was die Nonnen erzählt haben?«
»Nichts! Es ist besser, darüber nichts zu wissen!«
»Und trotzdem scheinst du mehr zu wissen, als du zugibst.« Martin dachte an ihre Beine, die ihn so fordernd umschlungen hatten, als er in diesem Zimmer war, auf diesem Bett lag. Er schüttelte unwillig den Kopf.
»Ich weiß ja gar nicht, was Ihr mir antut!«
»Eine Teufelei«, lachte Martin. »Haben dich die Nonnen nicht darüber aufgeklärt?«
»Nein«, erwiderte sie kleinlaut. »Es ist auch nicht nötig. Ich weiß auch so, daß es Sünde ist.«
»Was ist an einem schönen Körper Sünde?«
»Die fleischliche Lust ist Sünde.«
»Aber eine sehr süße!«
»Ich hasse diesen Körper, den die Männer offensichtlich so begehrenswert finden! Wäre ich doch häßlich, krumm und verdorrt wie ein alter Baum!«

»Das wäre ein Jammer! Und ich wette, daß du bald schon völlig anders darüber denken wirst, wenn du erst einmal die Freuden der Liebe genossen hast.«

»Es sind Gefühle, die mich ängstigen«, klagte sie. Wie konnte sie Martin noch davon überzeugen, seine Hände zu zügeln, seine Lippen zu verschließen?

Er küßte sie zärtlich, dann lehnte er seine Stirn gegen ihre.

»Du mußt aber über deinen Körper Bescheid wissen. Das ist wichtig.«

»Es ist unanständig!«

»Ein Körper ist nichts Unanständiges, und das Begehren zwischen Mann und Frau auch nicht. Wenn es etwas Schlimmes wäre, dann hätte Gott es nicht so eingerichtet.«

»Gott hat es auch nicht so eingerichtet, sondern der Teufel!«

»Aber du willst es trotzdem«, widersprach Martin mit einem leisen, glucksenden Lachen.

»Nein, ich will es natürlich nicht!«

»Dein Körper sagt aber etwas anderes.«

»Was? Wieso?« Es gelang ihr nicht, die Unsicherheit in ihrer Stimme zu verbergen.

»Hier, fühle selbst!« Er ergriff ihr Handgelenk und zog ihre Hand zwischen ihre Schenkel. Sie wollte erschrocken die Hand zurückziehen, doch Martin hielt sie fest. »Taste mit deinen Fingern hierher!«

»Nein, bitte, ich ... oh, warum ist das so feucht?«

Er ließ ihre Hand los, und sie zog sie verschämt zurück. Sie konnte sein breites Grinsen sehen und ärgerte sich über ihre Unwissenheit.

»Dein Körper sagt, daß du bereit bist, einen Mann zwischen deinen Schenkeln zu empfangen.«

»Nein, das ist nicht wahr!« Isabella fuhr auf, doch Martin drückte sie wieder auf das Lager.

»Ein Körper kann nicht lügen. Schneidest du ihn mit einem

Messer oder stichst ihn mit einer Nadel, blutet es. Gären in ihm üble Krankheiten, bekommst du Fieber. Und wenn dein Körper einen Mann begehrt, wird es zwischen deinen Schenkeln heiß und feucht.«

»Aber das kann nicht sein! Ich habe doch damals ...«

Er hob den Kopf und blickte sie fragend an. »Damals? Was war damals?«

»Nichts, ich ... ach ... ich bin so durcheinander. Ich habe etwas gesehen.«

»Erzähl es mir«, flüsterte er an ihrem Ohr, während seine Hand weiter zärtlich den samtweichen Flaum zwischen ihren Schenkeln streichelte.

»Es ... war ... in der Herberge, damals nach dem ... dem Überfall. Wir haben uns bis zu diesem Landgasthof geschleppt, um von dort aus Hilfe zu holen. Wir mußten eine Nacht bleiben.«

»Sprich weiter«, murmelte er und liebkoste die Innenseite ihrer Schenkel.

»Ich ... ich mußte in der Nacht hinaus, ein ... Bedürfnis. Da hörte ich in der Dunkelheit seltsame Geräusche. Sie kamen aus einem Stall.«

»Ja?« Seine Stimme klang rauh und fordernd, sein Handballen drückte sanft auf die Stelle, wo ihr Schamhügel in den köstlich feuchten Spalt überging.

»Oh, was tust du?« stöhnte sie. Sein Handballen begann sanft zu kreisen.

»Sprich weiter, achte nicht darauf!«

»Ich habe durch ein Astloch geschaut und gesehen, wie der Sohn des Wirtes mit einer Magd ...«

Martin verzog die Lippen. »Was haben sie getan?«

»Sie ... lagen beide im Heu. Ganz nackt!«

»Und weiter?«

»Er lag auf ihr drauf und hat sich bewegt. Ich sah seinen ...

hm ... sein Hinterteil, das immer auf und ab ging. Dabei haben beide gekeucht und gestöhnt. Es muß sehr weh getan haben.«

»Wie kommst du darauf?«

»Weil die Magd aufschrie.«

Isabella hörte wieder sein leises Lachen, während er nicht aufhörte, ihren weichen Schoß sanft zu massieren. »Und was hast du dabei gefühlt?« wollte er wissen.

»Ich ... ich fand es abscheulich!«

»Wirklich? Das glaube ich dir nicht.«

»Doch! Der Junge stand plötzlich auf und drehte sich um. Ich konnte es sehen!«

»Ah ja? Und was hast du gesehen?«

»Sein ... ein ... riesiges rotes Teufelshorn!«

Martin preßte sein Gesicht in Isabellas Haar und lachte. Er mußte sich auf die Unterlippe beißen. »Und das hat dich erschreckt?«

»Hm.« Isabella wandte den Kopf ab. »Es sah so gefährlich aus!«

»Und glaubst du, daß es wirklich gefährlich ist?«

»Ja! Nein! Ich weiß es nicht. Die beiden sahen nicht aus, als wenn sie ... nun ja, ihre Gesichter wirkten seltsam ... verklärt, sogar glücklich. Ich ... ich bin so durcheinander!«

Martin massierte nun intensiver den kleinen behaarten Hügel zwischen ihren Schenkeln, und Isabella sog scharf die Luft ein.

»Oh, was ist das?« In ihrem Bauch schien sich etwas mit aller Macht zusammenzuziehen. Doch es war nicht Martins Hand, diese Kraft war in ihr selbst. Ihr Oberkörper bäumte sich auf, und Martin nahm wieder eine ihrer Brustwarzen zwischen die Lippen. Er saugte vorsichtig daran, ohne die Massage mit der anderen Hand zu unterbrechen.

»O mein Gott!«, stöhnte Isabella auf, und sie fuhr mit den Händen in Martins blonde Locken. »Was tust du mit mir?«

»Etwas sehr Schönes. Ich zeige dir den Himmel!«

»Was für einen Himmel? Ich ... o nein, es ist Hitze, das Feuer der Hölle!«
»Noch nicht! Erzähle weiter, ich will alles wissen«, forderte er, ohne die feuchte Brustwarze zwischen seinen Lippen loszulassen.
»Das war alles. Ich bin hinauf in mein Zimmer gerannt und habe mich im Bett versteckt. Und da ... da spürte ich ...«
»... wie du hier unten ganz feucht geworden bist.«
»Ja! Woher weißt du das?«
»Es ist die natürliche Sprache des weiblichen Körpers. Jedes weiblichen Körpers! Und du bist ein Weib, fürwahr!«
Seine Hand preßte jetzt stärker zwischen ihren Schenkeln, und ein heftiges Zucken lief durch Isabellas Körper. Gleichzeitig saugte er kräftiger an ihren Brustspitzen, immer abwechselnd.
Isabella wollte etwas sagen, aber ihre Stimme war nur noch ein kehliges Kratzen. Aus der Tiefe ihres erhitzten Brustkorbes stieg ein inbrünstiges Stöhnen auf.
»Nimm deine Hände«, keuchte Martin. »Preß deine süßen Brüste zusammen, damit ich beide Spitzen gleichzeitig liebkosen kann!«
Sie tat es, um gleich darauf kleine, lustvolle Schreie auszustoßen. Ihr ganzes Körper schien erfüllt mit heißem Wein, der durch ihre Adern pulsierte, mit kleinen Blitzen, wie das Elmsfeuer an den Zinnen einer Burg, die in ihrem Bauch zuckten, mit glühendem Nektar, der sich zwischen ihre Schenkel ergoß. All diese neuen, übermächtigen Gefühle drängten sich in der Mitte ihres Körpers zusammen, unterhalb des Bauchnabels, wo sie sich konzentrierten, die Muskeln verhärteten, heftig zuckten wie der Todeskampf eines waidwunden Tieres. Und dann verspürte Isabella eine plötzliche Entladung dieses fast unerträglich werdenden Drucks, als sei etwas in ihr geplatzt. Ein Feuer ergoß sich in ihren Schoß, während vor ihren Augen Sterne und bunte Kreise tanzten. Ihre Hände krallten sich in Martins Locken, ein

Schrei brach aus ihrer Kehle und stieg jubelnd zum Dach empor. Ihr Körper bäumte sich auf und wieder und wieder überrollten sie feurige Wellen der Leidenschaft.
Martins schweißnasses Gesicht lag auf ihrer Brust und hob und senkte sich mit dem keuchenden Atem ihrer Lungen.
»Was ... was war das?« stammelte sie, als sie langsam wieder zur Besinnung kam.
»Es war ein Blick in den Himmel«, flüsterte er.
»Mein Gott, o mein Gott!« stöhnte sie auf.
»Hat es weh getan?«
»Nein, überhaupt nicht! Hast du ...?« Sie hob überrascht den Kopf. Doch Martin lag angekleidet neben ihr, wie er ihre Kammer betreten hatte. Ihre Augen weiteten sich erstaunt. Martin drehte sich von ihr weg und erhob sich. Sie sollte seine Erregung nicht bemerken. Er atmete tief durch, um sich zu beruhigen.
»Hat es dir gefallen?« fragte er.
Etwas verschämt zog sie das Mieder über ihrer Brust zusammen. »Es war ... seltsam. Doch ich begreife nicht, wieso du es nicht so gemacht hast wie ... wie dieser Junge.«
Martin lächelte, während er sein Hemd zurechtrückte. »Es gibt verschiedene Wege, die Lust zu verspüren. Das war einer davon.«
»Aber ... aber, nun bin ich keine Jungfrau mehr!«
»Doch! Du bist unberührt wie zuvor. Allerdings nicht mehr ganz so unschuldig.« Sein kehliges Lachen verunsicherte Isabella noch mehr. Irritiert schaute sie an sich herunter, dann wanderte ihr Blick an Martins Körper entlang.
»Oder besitzt du gar nicht so ein ... Teufelshorn?«
Martins Mund blieb vor Verblüffung offen stehen, und seine Augen weiteten sich. Dann brach er in schallendes Gelächter aus. »Finde es heraus!« rief er amüsiert, bevor er die Tür hinter sich zuschlug.

Verwirrt hockte Isabella auf dem Rand ihres Bettes und hielt die Hände zwischen ihre Knie gepreßt. Unablässig bewegten sich ihre Lippen. »Gütiger Himmel, was hat er angerichtet? Heilige Mutter, war das recht, was er mit mir getan hat? Warum bin ich nicht tot zu Boden gestürzt? Warum hat es mir gefallen? Warum hat es meine Sinne verwirrt und mir so eine Lust bereitet? Ich wollte es doch gar nicht! Ich will es immer noch nicht! Oder?«
Sie sank auf die Knie und faltete die Hände, während sie ihre Ellbogen auf die Matratze des Bettes aufstützte. Klagend hob sie ihren Blick. »Hilf mir doch! Was soll ich tun? Soll ich diesem Drang nachgeben? Aber es ist doch Sünde, es ist Versuchung! Wie kann ich mich dagegen wehren?«
Ihr Kopf sank auf die Bettstatt, und sie schloß die Augen. Sie empfand die Dunkelheit als wohltuend, doch plötzlich schob sich ein anderes Bild vor ihre Augen, das Bild eines schlanken Mannes mit einem wohlgeformten, muskulösen nackten Körper, leuchtenden blauen Augen und einem verführerischen Lächeln auf den Lippen. Es war das Bild von Martin, in einem strahlenden Licht, wie es Heilige umgab. Sanfter Wind ließ seine Locken wehen, und er hielt eine Hand nach ihr ausgestreckt, die sie so gern ergreifen wollte. Isabella strengte ihre Augen an, um das Teufelshorn zu entdecken, das er vor seinem Körper hertragen mußte. Doch wie enttäuscht war sie, als sie nichts dergleichen sehen konnte. Sein Bauch war flach und glatt und ging einfach ohne Unterbrechung in die muskulösen Oberschenkel über.
»Das kann nicht sein!« hauchte sie und riß die Augen auf. Nein, sie hatte doch etwas gespürt, als er auf ihr gelegen hatte! Er war ein Mann, ein richtiger Mann mit allem, was dazugehört! Und dieses Teufelsding gehörte dazu! Sie würde es herausfinden, und zwar schon bald. Ihre Lippen verzogen sich zu einem spitzbübischen Lächeln. *Na warte, Martin, du Räuber! Wenn du glaubst, du hast mich besiegt, dann irrst du dich gewaltig! Ich werde*

dich mit deinen eigenen Waffen schlagen! Nein, mit meinen Waffen! Eine Frau ist nicht schwach, auch wenn es im ersten Augenblick so scheint. Du wirst dich noch wundern, Martin von Treytnar!

*

Isabella saß am Kopf der langen Tafel neben Martin. Es gab reichlich Bier zu trinken, die Mägde hatten in den vergangenen Tagen fleißig gebraut. Das Bier war jung und prickelte und stieg allen in den Kopf. Entsprechend ausgelassen war die Stimmung. Derbe Scherze flogen über die Tafel hin und her, die Männer lachten laut, einige hielten Frauen auf ihrem Schoß und scheuten sich nicht, deren üppige Brüste zu entblößen.

Isabella senkte den Blick, doch entgegen ihrer sonstigen Gewohnheit, die Tafel fluchtartig zu verlassen, blieb sie sitzen. Ab und zu warf Martin einen verwunderten Blick zu ihr herüber, aber er hatte sich fest vorgenommen, ihre Launenhaftigkeit zu ignorieren. Er unterdrückte den aufkommenden Wunsch, Isabella einfach in seine Arme zu ziehen. Nein, er mußte ihr zeigen, wer die Macht auf dieser Burg hatte. Und er würde sich nicht von ihr an der Nase herumführen lassen! Schließlich war sie seine Geisel, nur seine Gefangene, die einzig und allein dem Zweck diente, seine Forderungen beim Herzog durchzusetzen. Alles andere mußte er sich aus dem Kopf schlagen.

Rudolfs Worte brannten wie Peitschenhiebe auf seiner Seele. Das schlimmste daran war, daß Rudolf die Wahrheit gesprochen hatte. Nein, Liebe war in seinem Plan nicht vorgesehen! Diese Liebe konnte sogar gefährlich werden. Sie hinderte ihn, unbeeinflußt zu denken und zu handeln. Sie fesselte seine Hände, sein Herz, seinen Willen. Sie hinderte ihn an der Ausführung seines Planes, sein Recht, seine Ehre und sein Ansehen wiederzuerlangen. Diese entsetzliche Schmach, ein Verfemter zu sein, ein Kaisermörder, ein Gejagter! Daran durfte auch das süße Gesicht dieser kleinen Prinzessin nichts ändern, nicht ihr zarter, unschuldiger und doch so sinnlicher Körper, der ihn mit aller Gewalt einlud, die Freuden und Lüste zu genießen, die er bieten konnte. Verdammt, niemals wieder durfte er schwach werden, seine Hände nach ihr ausstrecken, ihre Lippen küssen, ihre herrlichen Brüste liebkosen ... Ein gequältes Stöhnen entrang sich seiner Brust, und die Umsitzenden, die es vernommen hatten, drehten sich verwundert zu ihm um. Auch Isabella blickte ihn an und hob ein wenig die Augenbrauen. Hastig setzte Martin den Becher mit dem prickelnden Gerstengebräu an und leerte ihn in einem Zug. Dann kratzte er sich sichtlich verlegen am Rücken. Er blickte in die Runde.

»Ich vergaß völlig, daß heute Freitag ist. Und was hatte ich für den Freitag befohlen? Daß alle baden!«

Die Menge schwieg, und alle Blicke hefteten sich auf Martin. Er warf den Kopf zurück. »Ihr sitzt hier und sauft und glotzt! Wo sind die lodernden Feuer, die das Badewasser erhitzen? Ich sehe keines!«

Einige Mägde sprangen auf, um emsig Holz hereinzuschaffen und die Feuerstellen zu entzünden. Andere Mägde schleppten Eimer voll Wasser vom Brunnen in die Stuben, wo die großen Holzbottiche standen.

»Füllt meinen Zuber zuerst!« befahl Martin, und seine Lippen verzogen sich zu einem breiten Lächeln der Vorfreude. »Ich will mit Konstanze die Freuden des Bades genießen!« Er streckte sich und reckte die Arme in die Höhe.

»Nein!« hörte er Isabellas entschlossene Stimme neben sich. Er hielt in seiner genußvollen Dehnübung inne, und sein Mund blieb offen stehen. Seine Augen weiteten sich verblüfft.

»Wie soll ich das verstehen?« fragte er sichtlich verwirrt.

»Daß *ich* mit Euch baden werde, Ritter Martin!«

Die Verblüffung in Martins Gesicht verwandelte sich in ein ungläubiges Grinsen. Alle am Tisch hatten Isabellas Worte vernommen. Und alle starrten sie voll Verblüffung, Bewunderung und auch etwas Neid an. Nur Konstanzes schwarze Augen glühten voll unterdrückten Zorns wie Kohlen. Doch niemand achtete auf sie, die still im Hintergrund stand und auf Martins Aufforderung wartete.

Martin erhob sich von seinem Stuhl. Immer noch ein wenig ungläubig hielt er seinen Arm Isabella entgegen. »So sei es«, sagte er nur, während ein freudiger Glanz über sein Gesicht flog.

Zögernd ergriff Isabella Martins dargebotene Hand. Mit triumphierendem Lächeln geleitete er sie unter beifälligem Gemurmel der Anwesenden aus dem Saal hinaus zur Badestube. Isabella bemühte sich, ihrem Gang Würde und ihren Schritten Festigkeit zu verleihen.

Der große Holzbottich stand, gefüllt mit dampfendem Wasser, in der Mitte des Raumes. Auf seinem Rand flackerten mehrere Kerzen und erhellten den Raum leidlich. Die Fenster waren mit Holzläden verschlossen. Es duftete nach Lavendel und Birkengrün. Mit einer ungeduldigen Handbewegung jagte Martin die Magd aus dem Raum. Sie stellte eilig den Weinkrug auf eine Bank neben dem Badebottich und huschte hinaus.

Isabella blieb an der Tür stehen. Der Zuber war sehr groß und bot mindestens vier Personen Platz. Es war ein Bottich, den man im Herbst zum Stampfen der Weintrauben verwendete.

»Zieh dich aus«, befahl Martin ihr. Isabella senkte schamhaft den Kopf, während Martin sein wollenes Hemd auszog und am Gürtel seiner Hose nestelte. Er blickte belustigt auf. »Den Schleier kannst du ja auf dem Kopf behalten. Das ist züchtig.«

Isabella biß die Zähne zusammen und bemühte sich, nicht hinzuschauen, als Martin seine Stiefel und die Hose abstreifte. Er reckte sich, als er nackt dastand, und stieg auf die kleine hölzerne Fußbank. Verstohlen blickte Isabella hinüber. Martin drehte ihr den Rücken zu, während er mit der Hand die Temperatur des Wassers prüfte. Er war schlank, aber muskulös. Seine Beine waren erstaunlich gerade für einen Mann, der den überwiegenden Teil seines Lebens auf einem Pferderücken zubrachte. Unter der hellen Haut spielten seine trainierten Muskeln. Die schlanken Oberschenkel gingen in ein kleines, festes Hinterteil über. Seine Hüften waren schmal. Sein lockiges, blondes Haar reichte bis auf die breiten Schultern. Bevor er in den Bottich stieg, blickte er sich um und erhaschte Isabellas verstohlenen Blick. Seine Lippen verzogen sich zu einem wissenden Lächeln. Isabella spürte die flammende Röte, die ihr ins Gesicht schoß. Sie senkte den Blick und fingerte an den Schnüren ihres Mieders.

Mit einem genußvollen Grunzen ließ Martin sich in das warme Wasser gleiten und lehnte sich gegen die Bottichwand.

»Es ist wundervoll«, sagte er und planschte ausgelassen mit den Füßen. »Komm rein.«

Isabella öffnete ihr Mieder und ließ es zu Boden fallen. Nur ein dünnes, leinenes Unterhemd, das ihr bis an die Knie reichte, lag noch zwischen ihrem Schamgefühl und seinen neugierigen blauen Augen. So trat sie an den Bottich heran.

»Das ist nicht dein Ernst«, meinte Martin belustigt und deutete mit dem Finger auf das Hemd. Isabellas Herz klopfte ihr bis zum Hals, und ihr schwindelte. Martins Blick blieb auf ihrem Körper haften, und noch immer umspielte dieses seltsame Lächeln seine Lippen.

»Reich mir den Wein«, forderte er und hielt seine nasse Hand heraus.

»Ich bin nicht deine Dienstmagd«, erwiderte Isabella trotzig.

»Ach nein? Was bist du dann?« Martin lachte und spritzte sie voll Wasser. Ihr Hemd klebte an ihrem Körper und zeichnete ihre Formen jetzt deutlich ab. Martins Lächeln wurde breiter und Isabellas Gesichtsfarbe röter.

Sie preßte die Lippen zusammen und füllte den Weinkelch aus dem Krug. Dann reichte sie ihn Martin, der einen tiefen Schluck daraus nahm. Langsam stieg Isabella auf die Fußbank, dann auf den Rand des Bottichs. Vorsichtig suchten ihre Füße Halt zwischen den brennenden Kerzen. So blieb sie stehen und blickte auf Martin herab.

Martin nahm den Weinkelch von seinen Lippen und hob seinen Blick. Wie eine Statue stand Isabella über ihm, das lange Haar offen über ihrem Rücken, den Kopf gesenkt. Ihr Körper war mädchenhaft schlank und fest, ihre Haut weiß, und er hatte bereits einmal gespürt, wie samtweich sie sich anfühlte. Ihre kleinen Brüste waren so fest wie Apfelhälften, der nasse Stoff ihres Hemdes überspannte sie wie eine zweite Haut. Eine seltsame Erregung erfaßte ihn bei diesem Anblick, und der Blick seiner blauen Augen wurde weich und seltsam verschleiert. Er wagte nicht, sie anzusprechen, während ihre Augen auf ihm ruhten.

Ohne den Blick von ihm zu lassen, streifte sie provozierend langsam den Träger ihres Leinenhemdes über die Schulter. Martin schluckte schwer, und er fühlte plötzlich Hitze durch seinen Körper fließen. Isabella streifte den zweiten Träger herab. Ihre Schultern glänzten wie Perlmutt im Schein des Kerzenlichtes.

Unruhig rutschte Martin auf dem Boden des Bottichs hin und her. Sein Atem ging schwerer, und er umkrampfte den Weinkelch in seiner Hand.

Ihre schmalen Hände strichen am dünnen Stoff ihres Hemdes entlang, und ein wenig gab der Stoff nach. An ihren Brüsten blieb er kleben. Sie öffnete die Lippen und befeuchtete sie mit der Zunge.

Martin sah ihre Zähne blitzen. Er zog die Beine an und kämpfte gegen den unwiderstehlichen Druck in seinen Lenden.

Isabella neigte ein wenig den Kopf und fuhr selbstvergessen mit den Fingern unter den Stoff auf ihren Brüsten. Martin stieß einen gurgelnden Laut aus, seine Augen begannen zu brennen, weil er keinen Lidschlag wagte. Fast liebevoll ließ Isabella den Stoff über ihre Handgelenke gleiten, hielt aber ihre Brüste mit den Händen bedeckt.

Er öffnete den Mund und keuchte. »Mach weiter«, flüsterte er kaum hörbar.

Sie sah sein erstarrtes, gespanntes Gesicht und lächelte. Vorsichtig, als hielte sie ein frisch geschlüpftes Küken in der Hand, öffnete sie die Finger. Sie präsentierte ihm ihre kleinen Brüste wie köstliche Früchte. Wassertropfen glitzerten auf ihrer Haut. Martin mußte unwillkürlich an kandierte Äpfel denken. Ihre Hände wanderten weiter, streiften den Stoff über ihre schlanke Taille, entblößten den Nabel. Wieder schob sie ihre Finger unter den Stoff und streifte ihn über die sanfte Rundung ihrer Hüften. Martin hielt den Atem an. Isabella verlagerte das Gewicht auf das andere Bein. Mit den Zehen stieß sie eine Kerze ins Wasser, dann die nächste, während sie den Stoff weiter herabschob. Für einen Augenblick hielt sie inne, als ihre Hände zur Körpermitte glitten. Das Hemd rutschte nun endgültig herunter und blieb über ihren Füßen liegen, wobei sie mit den Händen ihre Scham verhüllte.

Martin taumelte. Mit einem glucksenden Laut versank der Weinkelch im Badewasser. Gleichzeitig strich Isabella mit einer Hand über den Bauch, mit der anderen über den Oberschenkel. Martin starrte auf das blonde Dreieck zwischen ihren Schenkeln. Im nächsten Augenblick ließ sie sich auf ihn fallen, und beide versanken im warmen Wasser. Martin hatte geistesgegenwärtig die Hände um sie geschlungen und zog sie zu sich heran. Sie schnappte nach Luft, als sie auftauchte, und bog sich zurück. Wasser rann über ihre Schultern und Brüste. Martin streckte die Hände aus und tastete über den traumhaften Körper. Gleichzeitig spürte er ihre Knie zwischen seinen Schenkeln.

Isabella kniete sich und beugte sich über ihn. Wasser tropfte von ihren Brüsten. Er öffnete die Lippen und fing die Tropfen auf.

Langsam senkte sie ihren Oberkörper, bis die rosa Brustwarzen seine Lippen berührten. Zart begann er daran zu saugen. Isabella krallte sich am Rand des Bottichs fest, so überwältigte sie dieses Gefühl. In ihrem Bauch zuckte es, und es drängte sie, sich an ihn zu schmiegen. Gleichzeitig spürte sie, daß sie Macht über diesen Mann gewann. Er lag unter ihr, das Wasser fast bis zu den Ohren, ihre Brüste auf seinen Lippen, seine Hände um ihre Hüften. Sie ließ sich schwer auf ihn sinken und drückte sein Gesicht mit ihren Brüsten unter Wasser.

Für einen Augenblick verlor Martin die Fassung, ruderte hilflos mit den Händen. Er bekam ihre Schultern zu fassen und schob Isabella heftig von sich. Er stieß sie gegen die Bottichwand, und nun suchte Isabella ihrerseits nach Halt. Flink wie eine Schlange war er über ihr.

»Was war das, du Luder?« fragte er. Seine Hände umklammerten ihren Hals. Sie schloß die Augen, um nicht in sein grimmiges Gesicht sehen zu müssen. Ihre Hände fuhren ins Wasser und tasteten nach seinem Körper. Mit einem freudigen Aufschrei bekam sie seine Männlichkeit zu fassen. Er hatte es! Auch er besaß es, dieses Teufelshorn, dieses seltsame, unheimliche und doch so faszinierende Körperteil, das ein eigenes Leben zu haben schien!

Martin zuckte zusammen. Halb überrascht, halb belustigt ließ er sie gewähren und lockerte seinen Griff.

Isabella richtete sich wieder auf und hielt demonstrativ ihre Hände mit den Handflächen nach vorn in die Luft.

»Ich war es nicht«, sagte sie lachend. »Gibst du mir einen Becher Wein?«

Martin schüttelte lächelnd den Kopf, während er nach dem Kelch und der Karaffe tastete. Er schenkte Wein ein und reichte ihn Isabella. Sie nippte daran, während sie sich auf die Knie erhob. Sie hielt ihren Rücken sehr gerade, und ihre Brüste hoben sich wieder wie knackige Äpfel ab. Sie neigte den Kelch und ließ

den roten Wein langsam über ihren Hals tropfen. Fasziniert schaute Martin zu, wie die rubinroten Tropfen sich ihren Weg zwischen den beiden Hügeln bahnten. Sie hinterließen kleine rötliche Rinnsale. Vorsichtig näherte er sich ihr und begann, mit der Zunge die Tropfen zu stoppen. Mit der Zungenspitze fuhr er durch die sanfte Rinne zwischen den Brüsten. Noch nie hatte ihm Wein köstlicher geschmeckt.
Mit einer Hand strich Isabella durch Martins feuchte Locken. Sie hielt seinen Kopf fest und preßte ihn gegen ihren Körper. Martin stöhnte verhalten auf. Ihr heller Körper schimmerte im Wasser fast unwirklich wie der Leib einer Nixe. Ihre langen, schlanken Arme umspielten ihn wie die sanft wiegenden Wasserpflanzen im Meer, und kleine Wirbel bildeten sich an der Wasseroberfläche.
Er faßte ihre Hüften und dirigierte ihren fast schwerelosen Körper über sich, während er sich rückwärts bog. Er winkelte die Beine an, um sich abzustützen. Mit dem Rücken lehnte er sich an die Holzwandung des Bottichs.
Ihre Hände tasteten im Wasser nach seinem Körper. Sie spürte die festen Muskeln seines flachen Bauches, ließ ihre Hände weiter wandern und fühlte seine erregte Männlichkeit zwischen ihren Fingern. Aufgeregt fuhr sie wieder mit der Zungenspitze über ihre Lippen. Diese kleine Geste brachte Martin fast völlig um den Verstand. Mit Erstaunen spürte Isabella, wie sein Glied sich in ihren Händen verhärtete und zu pulsieren schien. Ihre Augen weiteten sich, während Martin aufstöhnend seinen Kopf gegen den Rand des Bottichs preßte. Er schloß die Augen und versuchte, das Zittern zu unterdrücken, das ihn erfaßt hatte. Mit sanftem Druck zog er ihre Hüften zu sich heran. Sie spreizte ihre Beine und kniete nun über seinem Körper.
»Schau mich an«, sagte sie leise, aber bestimmt. »Ich will dir dabei ins Gesicht sehen.«
Er riß die Augen auf und starrte sie mit einem ungläubigen Lächeln an. »Isabella!« flüsterte er überrascht.

Sie stützte sich auf seine Oberschenkel, während sie sich langsam auf ihn senkte. Er spürte die sanfte Weichheit zwischen ihren Schenkeln, das überwältigende Gefühl, als er mit der Spitze seines erregten Gliedes den Eingang zu ihrem Körper berührte. Beide verhielten sie einen Augenblick, und ihre Blicke sanken ineinander, als zögerten sie vor diesem letzten, endgültigen Schritt.

Mit einem zitternden Atemzug rang Martin nach Luft, seine muskulöse Brust hob sich für eine Sekunde aus dem warmen Wasser. Im gleichen Moment stieß er seine Hüfte nach oben und preßte Isabellas Hüften nach unten. Sie stieß einen überraschten Schrei aus und krallte ihre Hände in seine Schultern. Lust und Schmerz vermischten sich mit Zorn und Wonne, seine Arme umschlangen ihre Taille und fesselten sie auf seinem Unterleib, der sich heftig gegen sie bewegte. Das Wasser gluckste und schwappte aus dem Bottich. Die Stärke seiner Bewegungen hoben ihren leichten Körper an, sie verlor den Halt unter ihren Knien, fühlte sich von ihm aufgespießt wie von einem wilden Stier. Ihre Beine umschlangen seine Hüften, sie klammerte sich an seinem Körper fest, als wollte sie ihn aussaugen. Martin sah rote Kreise vor seinen Augen, das Wasser spritzte ihm ins Gesicht. Ihre nassen Körper glitten umeinander, aufeinander, ineinander. Aus seiner Kehle drang ein tiefes Stöhnen, während Isabella lustvolle Schreie ausstieß. Er hielt sie umschlungen, sie fühlte seine starken Arme wie einen wunderbaren Schutz. Ihre Wange lag an seiner Brust, die nasse Haut glitt in rhythmischen Bewegungen über ihre Haut, alles war Wasser, Wärme, Bewegung. Sie streckte die Zunge heraus und fuhr mit der Zungenspitze über seine Brust, während er sich weiter über ihr bewegte. Diese Berührung nahm ihm fast die Besinnung. Wellen schienen über ihm zusammenzuschlagen, die Lust in seinem Körper konzentrierte sich an einem einzigen Punkt in seinen Lenden. Mit einem Schrei warf er sich in ihren Körper hinein, mit einem grellen Blitz explodierte etwas in ihm, und er schloß geblendet die Augen. Er spürte das Beben ihres Körpers und eine unheimliche Hitze in ihrem Inneren. Sie hatte die Augen aufgerissen und starrte ihn an, mit grenzenlosem Erstaunen. Er hielt sie fest und wagte nicht, den Griff zu lockern, als fürchtete er, sie zu verlieren.

Es schien eine Ewigkeit zu dauern, in der sie bewegungslos verharrten. Nur ganz langsam wich die Spannung aus ihrem Körper. Sie senkte den Blick und nahm die Hände von seinen Schultern. Ihre Wangen waren gerötet, sie atmete noch heftig. Eine tiefe Zärtlichkeit durchfuhr Martin, und er preßte sie an sich. Er suchte ihren feuchten Mund.

»Du raubst mir den Verstand«, hauchte er und saugte lustvoll an ihren Lippen. Sie zitterte, und erst jetzt bemerkte sie, daß das Wasser kalt geworden war. Er hob sie auf seinen Armen aus dem Wasser und legte ihr ein großes Tuch um die Schultern. Sie sank auf eine Bank nieder und blieb reglos sitzen. Sie betrachtete ihn, während er sich abtrocknete und frische Kleidung anzog. Ein seltsames, warmes Gefühl breitete sich in ihr aus, es lähmte ihre Glieder, sie wurde müde. Er bemerkte es und lächelte.

»Ich schicke die Magd herein, damit sie dir beim Ankleiden hilft«, sagte er an der Tür.

Sie schüttelte den Kopf. »Ich möchte allein sein«, erwiderte sie leise.

»Wirklich?«

»Ja, wenn du nicht bei mir bleiben möchtest.«

Er blieb einen Augenblick stehen und betrachtete sie eingehend. »Nein, ich habe Durst.« Dann schloß er die Tür von außen.

Elftes Kapitel

Gelangweilt hockte Isabella auf dem Rand ihres Bettes. Wieder und wieder zogen die Bilder des freitäglichen Bades vor ihrem inneren Auge vorbei. Am liebsten hätte sie sie festgehalten. So war es also, einen Mann zu lieben!

Scham, Erregung, Verwirrung, Begehren kämpften in ihr. Wie konnte sie ihm je wieder in die Augen schauen, nachdem sie es derart schamlos miteinander getrieben hatten? Und nicht nur vor Martin schämte sie sich. Der ganze Hof wußte ja davon, sie hatte es in einem Anfall von unbegreiflichem Übermut lauthals verkündet! Und sicher hatte Martin mit seiner Eroberung geprahlt. Mehr als einmal hatte sie die ungenierten Erzählungen der Männer gehört und schnell das Weite gesucht. Die derben Scherze und obszönen Bemerkungen waren nichts für weibliche Ohren!

Seit Tagen schlich sie heimlich zur Küche, um sich ihr Essen zu holen, wenn die anderen bereits an der Tafel saßen. Niemand schien sie zu vermissen, auch Martin kümmerte sich nicht mehr um sie.

Doch je länger sie sich in die Einsamkeit ihrer schlichten Kammer zurückzog, um so mehr verebbte die Scham darüber, was im Bad geschehen war. Und um so mehr sehnte sie sich danach, es zu wiederholen. Ein leises, unterschwelliges Begehren verdrängte die Bedenken. Sie hatte sich ihm hingegeben, es war nicht mehr rückgängig zu machen, und wenn sie ganz ehrlich zu sich selbst war, so wünschte sie es auch nicht. Nein, sie begehrte mehr davon, von diesem Kribbeln im Bauch, dem Beben ihres Herzens, dem Taumel ihrer Sinne. Wie wäre es wohl, wenn das Ganze nicht im Wasser, sondern hier, auf ihrem breiten Bett stattfinden würde …

Doch sie wartete und hoffte vergebens. Martin ließ sich nicht wieder blicken, obwohl sie ihn doch täglich von ihrem Fenster aus beobachten konnte. Die Männer trainierten an den Waffen, manchmal saßen sie auch nur plaudernd und scherzend auf dem Hof. Doch oft sah sie auch, wie er allein zum Wehrgang hinüberlief, die Stiege erklomm und dann stundenlang von den Zinnen der Mauer in die Umgebung starrte.

Ihr ganzer Trotz, ihre Ablehnung ihm gegenüber hatte sich im Badewasser des letzten Freitags aufgelöst. Sie sehnte sich nach seinen Berührungen, nach seinen leidenschaftlichen Küssen, den fordernden Bewegungen seiner Hüften. Ein wonnevoller Schauer schüttelte ihren Körper bei dem bloßen Gedanken daran. Und je mehr sie daran dachte, um so drängender wurde ihr Begehren. Sie fühlte sich mit aller Macht zu ihm hingezogen, und es war ihr plötzlich egal, was die anderen von ihr dachten. Nur wieder seine Lippen spüren, seine sanft streichelnden Hände, seinen heißen Atem …

Entschlossen erhob sie sich und verließ ihre Kammer. Suchend blickte sie sich um. Wenn der Prophet nicht zum Berg kam, mußte eben der Berg …

Sie stockte mitten im Schritt, als sie Martin gewahrte. Er stand mit Konstanze auf dem Hof. Neben ihnen stand ein Korb mit Kohl. Sie unterhielten sich über etwas, das Isabella nicht verstand. Aber sie sah Konstanzes leidenschaftlichen Blick, der sich auf Martins Gesicht richtete, ihre Hände, die seine Hüften umfaßt hielten. Er schien ihr etwas zu erklären, lachte, als sie trotzig die Unterlippe vorschob. Und dann zog er sie an sich und küßte sie!

Ein spitzer, überraschter Schrei entfuhr Isabella. Martin und Konstanze drehten sich um und starrten sie an. Isabella fühlte heiße Röte in ihr Gesicht steigen. Steine ballten sich in ihrem Bauch zusammen, und Zorn erfaßte sie.
Martin zog seine Hände zurück und stieß Konstanze dabei unbewußt von sich. Isabellas Augen hefteten sich auf Konstanze. Doch auch Konstanzes Gesicht rötete sich. Ihre dunklen Augenbrauen zogen sich zusammen, und sie warf haßerfüllte Blicke auf die Prinzessin. Also doch! Es war nicht seine Sorge um den Boten, seine Nervosität wegen einer bevorstehenden Unterhandlung mit dem Herzog. Sie war es, dieses blonde Gift, diese hochmütige, eingebildete Prinzessin mit dem gar nicht so damenhaften Benehmen!
»Schlange!« zischte Konstanze, packte den Korb und hastete davon. Am liebsten hätte sie Isabella ihre blauen Augen ausgekratzt, doch Martin wäre auf jeden Fall handgreiflich dazwischengegangen. Seiner hochwohlgeborenen Gefangenen durfte ja kein Haar gekrümmt werden!
»Trampel!« schimpfte Isabella und verfolgte Konstanze mit giftigem Blick. Dann wandte sie sich Martin zu, der ein wenig verlegen vor ihr stand. Im selben Moment hatte er sich gefangen.
»Ich freue mich, dich zu sehen«, sagte er.
»Aber ich nicht!« Isabellas Augen funkelten zornig, und er bemerkte mit Entzücken die zwei kleinen, steilen Falten auf ihrer Stirn. Im selben Augenblick bemerkte Isabella es auch, und ihr Ärger verstärkte sich.
»Bastard!« Sie bemühte sich, ihrer Aufregung Herr zu werden. »Du hast mich herumgekriegt, und nun wirfst du mich weg wie einen wertlosen Lumpen. Hat es dir nicht gefallen, eine Prinzessin zu besteigen, daß du dich wieder einer trampeligen Bauernmagd zuwendest?«
»Isabella!« Martins Empörung kam aus tiefstem Herzen. Er eilte

mit ausgestreckten Armen auf sie zu. »Das verstehst du falsch! Ich habe nicht . . .«

»Spar dir deine Worte, du Wüstling! Ich war dir zu Willen, nun ist dein Appetit gestillt. Du hast mich entehrt, gedemütigt, vergewaltigt, jetzt bin ich nichts weiter als deine Hure, die du nicht einmal mehr anschaust!«

»Isabella, was soll das? Du hast es doch auch gewollt, du hast dich mir freiwillig hingegeben!«

»Ach ja? Da müssen meine Sinne wohl völlig verwirrt gewesen sein! Und da wußte ich nicht, daß du mich danach nicht einmal mehr anschauen würdest. Hat es dich so angewidert? Oder was macht Konstanze besser als ich?«

Sie schrie ihre Enttäuschung heraus und ballte ihre kleinen Fäuste. Damit trommelte sie gegen Martins Brust. Er packte ihre Handgelenke und hielt sie mit Mühe fest. In seinem Gesicht stand tiefe Bestürzung.

»Isabella, beruhige dich! Und laß uns miteinander reden!«

»Ich will nicht mit dir reden, ich will dich verprügeln!« Sie versuchte, ihre Handgelenke zu befreien, um wieder auf Martin einschlagen zu können. Natürlich war er stärker als sie, aber er war darüber nicht glücklich. Was war nur in sie gefahren? War sie wirklich eifersüchtig auf Konstanze? Spürte sie denn nicht, daß Konstanze ihr keine Gefahr sein konnte, daß seine Liebe nur Isabella galt?

Isabellas Kraft erlahmte. Schluchzend hielt sie inne. Er zog sie an sich und preßte ihr Gesicht an seine Brust. »Ach, du kleines Dummerchen, was geht nur in deinem hübschen Köpfchen vor sich? Begreifst du denn nicht, daß ich dich liebe? Nur dich!«

»War das eben dein Liebesbeweis?« weinte sie. »Daß du Konstanze küßt?«

Er schüttelte hilflos den Kopf. »Das war etwas anderes. Ich mag Konstanze, das weißt du doch. Und viele Nächte haben wir auch das Lager miteinander geteilt. Aber das ist vorbei.« Er

schaute sie eindringlich an. Sie sah ihn nur verschwommen hinter dem Schleier ihrer Tränen, und sie konnte ihm nicht glauben.
»Und warum kommst du dann nicht mehr zu mir?« fragte sie.
»Ist es nur das, was du willst? Soll ich das Bett mit dir teilen?«
Sie nickte verschämt. Martin starrte sie an. »Und weiter willst du nichts?« Sie schüttelte den Kopf. Unwillig schob er sie von sich.
»Was unterscheidet dich dann von Konstanze?« fragte er böse und ließ sie stehen.
Sie blickte ihm mit aufgerissenen Augen nach, als er wütend davonstapfte. Dann schlug sie die Hände vors Gesicht und schrie ihre Ohnmacht gegen die feuchte Haut.

*

Isabella zuckte zusammen, als etwas ihre Schulter berührte. Unwillig ruckte sie herum. Mathilda stand neben ihr! Isabella starrte sie an und suchte nach Worten. Mathilda kam ihr zuvor.
»Ich habe alles mit angehört«, sagte sie leise. »Laß uns hineingehen.« Sie wies mit der Hand in den dunklen Gang, der zu Isabellas Kammer führte. Wortlos ging Isabella voraus, Mathilda folgte ihr.
»Da siehst du, was es einbringt, sich mit Männern einzulassen!« schnaubte Isabella.
Mathilda setzte sich wortlos auf die Bettkante, und ihre Augen folgten Isabella, die erregt in der Kammer hin und her lief.
»Erst machen sie einem schöne Augen, säuseln einem süße Worte ins Ohr, träufeln einem Honig ins Maul, und wenn sie ihr Ziel erreicht haben und das arme Weib schwach geworden ist, verlieren sie das Interesse und wenden sich der nächsten zu. Und wie steht man dann da? Wie eine sitzengelassene Vogelscheuche!«
Wie Isabella so zornig, mit aufgelösten Haaren, gerunzelter

Stirn, vorgerecktem Kinn und geballten Fäusten von Wand zu Wand eilte, glich sie tatsächlich einer Vogelscheuche, die ein stürmischer Herbstwind hin und her beutelte. Mathilda mußte lachen, und Isabella blieb irritiert stehen.

»Was gibt es da zu lachen?« fragte sie gereizt.

»Verzeih mir, aber du sahst eben so ... seltsam aus. In deinem Zorn scheint sich nicht nur deine Stirn zu furchen, sondern anscheinend verschließen sich auch deine Ohren.«

Isabellas Augen wurden wieder rund, und ihre Stirn glättete sich. Vorsichtshalber fuhr sie mit den Fingerspitzen darüber und bemerkte erleichtert, daß die beiden steilen Falten verschwunden waren.

»Meine Ohren?«

»Deine Ohren«, wiederholte Mathilda. »Sonst hättest du verstehen müssen, was Martin dir gesagt hat. Oder dein Verstand hat nicht begriffen, was er dir mit seinen Worten andeuten wollte.«

Nun schaute Isabella wirklich verwundert drein. Zweifelnd nagte sie an der Unterlippe. »Verdammt noch mal, bin ich denn wirklich so blöd, daß ich nichts begreife?« fragte sie geradeheraus.

»Ihr flucht, Hoheit!« mokierte Mathilda sich scherzhaft.

Isabella brach in ein verlegenes Lachen aus. »Laß den Unsinn, Mathilda! Ich weiß nicht mehr weiter. Ich hatte geglaubt, ihn tatsächlich zu lieben, aber wenn ich an ihn denke, verspüre ich nur rasende Wut. Und ich glaubte, er liebt mich auch, doch dann küßt er Konstanze!« Sie setzte sich neben Mathilda aufs Bett. »Wie ist das bei euch beiden, ich meine, bei Rudolf und dir? Habt ihr auch Wut aufeinander?«

»Nein, keineswegs. Es ist ein wunderbares, schmerzhaft schönes Gefühl, das am Herzen zieht, im Bauch flattert und durch die Adern rauscht. Es ist sehr innig, und es ist in uns beiden.«

»Aber wie macht ihr das bloß? Habt ihr ständig Verlangen nach einander?«

»Wenn du das körperliche meinst, dann haben wir das häufig, allerdings. Doch noch mehr haben wir Verlangen nach unserer Nähe. Wir machen vieles gemeinsam, einer ist immer in der Nähe des anderen. Und wenn ich beim Waffengang nicht mitmachen kann, dann schaue ich ihm eben zu. Und er sitzt neben mir, wenn ich das Gemüse putze oder die Wäsche ausbessere. Dann unterhalten wir uns.«

»Unterhalten? Worüber?«

»Über uns. Er hat mir sehr viel aus seinem Leben erzählt, von früher, als er als Kind mit seinem Vater zur Jagd geritten ist und ihm bei den Turnieren zusah, die er bestritt. Oder später, als ihn sein Vater in die Obhut eines befreundeten Ritters gab, der ihn zum Knappen ausbildete. Oh, er hat mir sehr lustige Ereignisse erzählt, und ich glaube, ihn schon seit seiner Kindheit zu kennen. Später dann begleitete er seinen Herrn, der ein Ritter des Kaisers Barbarossa war. Und stell dir vor, vor Beginn des Kreuzzuges hat ihn Barbarossa persönlich zum Ritter geschlagen, weil er sich im Feldzug gegen Heinrich den Löwen durch besondere Tapferkeit hervorgetan hatte! Ich bin so stolz auf Rudolf!«

Isabella schwieg verwirrt. Sie hatten sich unterhalten, stundenlang! War das nicht Zeitverschwendung? Wie kann ein Mann schwatzen wie ein Waschweib? Sie schüttelte den Kopf. Mathilda wandte sich ihr zu. »Habt ihr euch nie unterhalten?«

»Nein!«

»Was habt ihr denn getan, wenn ihr beieinander wart?«

»Wir haben uns gestritten!«

Mathilda schnaufte. »Ihr seid ein seltsames Paar, wirklich! Ihr streitet euch ständig, dann steigst du mit ihm in den Badezuber, und dann streitet ihr euch weiter.« Sie lachte.

»Da gibt es gar nichts zu lachen, so ist es nun mal.«

»Nein, so ist es nicht. Zur Liebe gehört nicht nur, miteinander zu schlafen. In erster Linie gehört dazu, dem anderen Interesse und Verständnis entgegenzubringen.«

»Bringt er mir denn Verständnis entgegnen?« ereiferte sich Isabella. »Und von Interesse kann überhaupt keine Rede sein!«
»Wenn jeder von euch seine Bockshörner herauskehrt und auf seinem Standpunkt beharrt, findet ihr nie zueinander. Glaub mir, er liebt dich sehr, aber er prallt immer wieder an deiner Mauer aus Stolz und Hochmut ab. Natürlich will er nicht zu deinen Füßen kriechen, dazu ist er zu stolz. Auch Männer mögen es, umworben zu werden.«
»Was? Das ist nicht dein Ernst?«
»Doch! Ich habe den Schmied heimlich gebeten, aus Eisen einen kleinen Fuchs zu formen. Er hat ihn als Anhänger gestaltet und auf ein dünnes Lederband gezogen. Du weißt doch, daß Rudolf mich immer Rotfuchs nennt. Ich habe es ihm geschenkt. Er wurde vor Freude richtig verlegen. Nun trägt er es ständig unter seinem Hemd direkt über seinem Herzen.«
»Das ist ja richtig romantisch«, entfuhr es Isabella. Doch dann verdüsterte sich ihre Miene. »Das kann ich nicht«, sagte sie kleinlaut.
»Ring dich durch, und sprich mit ihm! Interessiere dich für sein Schicksal! Es ist tragisch genug. Ihm tut es gut, sich auszusprechen, und für dich wird es eine weise Lehre sein.«
»Wie soll ich das anstellen?«
»Zeig königliche Größe! Unternimm den ersten Schritt! Er wird es dir tausendfach danken.«
»Meinst du?« Wieder nagte sie auf der Unterlippe.
»Glaub mir, es funktioniert.« Sie zog Isabella in die Arme. »Liebe ist kompliziert, aber nicht so, daß man damit nicht klarkommen könnte. Und wenn du sie richtig erfahren hast, glaubst du, im Himmel zu sein.«
Isabella verdrehte ihre Augen nach oben. »Wenn ich nur erst dort wäre«, seufzte sie. »Aber bis dahin ist es wohl noch ein steiler Weg!«

*

Nachdem Isabella eine Nacht über Mathildas eindringliche Worte geschlafen hatte, ging sie mit dem festen Vorsatz hinaus, mit Martin zu sprechen. Sie traf mit ihm vor dem Saal zusammen. Unwillig stieß er ein Schwein zur Seite, das grunzend in einem Berg Abfälle wühlte.

Isabella hob den Saum ihres Rockes und unterdrückte ihren Widerwillen. Martin bemerkte es trotzdem.

»Ihr könnt draußen auf der Wiese lustwandeln, Hoheit«, sagte er gereizt.

Isabella blieb stehen. »Ich möchte mit dir reden«, sagte sie leise.

»Willst du dich über den Dreck beschweren?« Er betrat den Saal. Sie folgte ihm.

»Nein, daran habe ich mich bereits gewöhnt«, erwiderte sie. »Wir sollten lieber den Unrat aus unseren Herzen entfernen.«

Er hob die Augenbrauen. Isabella schien ihm völlig verändert. Doch er war auf der Hut. Zu wechselhaft waren ihre Launen, zu sprunghaft ihre Gefühle. Wie sollte sie ihm plötzlich etwas anderes entgegenbringen als Trotz und stolze Ablehnung? Daß sie sich ihm hingegeben hatte, schob er nur auf eine augenblickliche Laune ihrerseits. Zu oft hatte er nach einem Anflug von Verständnis für seine geschundene Seele gesucht. Doch er konnte nichts erkennen. Und der gestrige heftige Streit hatte ihm bewiesen, daß sie sehr wohl Sehnsucht nach seinem Körper hatte, sich eine weitere Nacht mit ihm vorstellen konnte. Doch fragte sie auch nach seinem Herzen, nach seiner Sehnsucht, seiner verlorenen Ehre, seinem gedemütigten Stolz?

Martin jagte ein paar Hühner vom Tisch und wischte mißmutig mit der Handfläche den Unrat herunter. Er warf einen kurzen Seitenblick auf Isabella.

»Glaubst du, mir macht es Spaß, so zu leben?« fragte er.

Isabella senkte den Kopf. »Ich könnte mir etwas Besseres vorstellen«, sagte sie leise.

»Du hast Gundrams Burg gesehen, die meine Burg ist. Dort ist mein Zuhause, dort ist der Platz, wo ich leben möchte.« Bitterkeit klang in seiner Stimme.

Martin ließ sich von einer Magd Wein und zwei Becher bringen. Er füllte seinen bis zum Rand und trank ihn in einem Zug leer.

»Das solltest du nicht tun«, sagte Isabella leise.

Er blickte unwillig auf. »Machst du mir Vorschriften?« fragte er ungehalten.

»Nein, bestimmt nicht. Aber es ist keine Lösung.«

»Das weiß ich selbst. Du klingst ja schon wie Rudolf!«

Isabella mußte wider Willen lachen. Sie legte ihre Hand auf seine. »Erzähl mir, was damals geschah!«

Er seufzte und schaute sie zweifelnd an. »Willst du es wirklich hören?«

»Ja, ich will dich verstehen lernen.«

Er senkte den Kopf und spielte mit dem leeren Becher. »Ich vergesse niemals im Leben diesen Tag in Mainz, als wir alle auf dem Domplatz standen. Als der Kaiser aus dem Dom heraustrat, empfing ihn die Menge mit tosendem Beifall. Kaiser Friedrich hatte sich entschlossen, das Kreuz zu nehmen, um Jerusalem und das Heilige Grab vom Joch der Ungläubigen zu befreien. Insgesamt dreizehntausend Menschen legten an diesem siebenundzwanzigsten März im Jahr des Herrn achtundachtzig das Kreuzzugsgelübde ab. Es war einfach unglaublich, überwältigend!«

Martin schwieg und schaute in eine unbestimmte Ferne, als wolle er die Bilder der Vergangenheit zurückholen. Isabella lauschte ergriffen seinen Worten und wagte kaum zu atmen. Sie spürte, daß es für Martin sehr wichtig war.

»Gundram war einer der Ritter im Gefolge des Kaisers, so wie Rudolf, wie ich und viele andere. Insgesamt waren wir viertausend Ritter, die ihm auf den Kreuzzug ins Heilige Land folgten. Er verstand es einfach, die Menschen zu begeistern, sie zu führen. Sein Sinn für Gerechtigkeit war berühmt. Jeder der

Ritter wünschte sich, so wie er zu sein. Doch natürlich war das vermessen, er war unerreichbar. Allerdings – und das wollte wohl keiner von uns sehen – war der Kaiser mittlerweile siebenundsechzig Jahre alt, und graue Strähnen durchzogen seinen prächtigen roten Bart. Anfangs gab es keine Probleme. Wir ritten donauabwärts. Während wir rasteten, veranstalteten wir sogar Turniere, der Kaiser schlug viele Knappen zu Rittern. Doch zwischen Belgrad und Konstantinopel mußten wir uns immer wieder gegen räuberische Banden wehren. Der byzantinische Herrscher Isaak verweigerte uns die versprochene Unterstützung und nahm sogar den Gesandten des Kaisers gefangen. In Adrianopel mußten wir den Winter verbringen, und erst im Frühjahr konnten wir mit byzantinischen Schiffen den Hellespont überqueren.«

Er stockte und schaute Isabella an. »Ich langweile dich«, sagte er mit müder Stimme.

»Nein, keineswegs«, versicherte sie ihm.

»Der Marsch durch Kleinasien war sehr beschwerlich«, fuhr er stockend fort. »Wasser und Brot wurden knapp, Banden attackierten uns, und mit dem Mut der Verzweiflung eroberten wir die Stadt Ikonion. Wir ahnten nicht, daß es noch viel schlimmer kommen sollte. Vor uns lag das Taurusgebirge mit seinen schroffen Bergen, zerklüfteten Hängen und reißenden Flüssen. Die Querung der Berge zehrte unsere Kräfte fast völlig auf. In den frühen Morgenstunden des zehnten Juni im Jahre neunzig erreichten wir eine Furt über den Fluß Saleph. Es war ein malerisches Tal, in dem Schilf, Erlen und Olivenbäume wuchsen. Hier wollte der Kaiser rasten. Doch zuvor querten wir den Fluß und erreichten auch wohlbehalten das andere Ufer. Wir waren müde und staubig von der Reise. Wir richteten ein Lager ein, dann gingen einige von uns, unter ihnen der Kaiser, zurück zum Fluß, um uns zu waschen. Als erstes stieg Barbarossa ins Wasser, doch nur bis zu den Knien. Ich sah, wie er plötzlich zusammensackte und ins Wasser fiel. Ehe wir zugreifen konnten, wurde er in die Strömung gezogen. Dabei stieß er mit dem Kopf an einen Ast und verlor die Besinnung.«

»Oh, wie tragisch!« entfuhr es Isabella. »War er tot?«

»Ja. Als wir ihn aus dem Wasser zogen, lebte er nicht mehr. Ich glaube, es war einfach die Erschöpfung, das kalte Wasser, sein Alter, das Herz. Trauer und Angst erfaßte das ganze Heer, aber auch Streit. Viele kehrten um, weil sie den Kreuzzug als gescheitert betrachteten.«

»Unter ihnen Gundram?« fragte Isabella.

»Es war seine freie Entscheidung, und niemand hat die Heimkehrer aufgehalten. Barbarossas Sohn Friedrich der Schwabe übernahm das Kommando über diejenigen, die den Kreuzzug fortsetzen wollten. Er nahm den Leichnam seines Vaters mit und setzte ihn in Antiochia bei. Die Gebeine aber wollte er in der Basilika des Heiligen Grabes beisetzen. Dazu kam es jedoch nicht mehr. Viele unserer Kreuzritter starben an Hunger, Krankheiten und Entbehrung. Lediglich tausend Mann erreichten Akkon. Dort starb auch Friedrich der Schwabe. Ich erkrankte ebenfalls an Ruhr und Schüttelfieber. Ein Schiff nahm die Kranken mit nach Zypern. Zwei Jahre pflegten mich die Brüder eines Ordens, bis ich wieder in der Lage war, hierher zurückzukehren.«

Ein heißes Gefühl des Mitleids ergriff Isabella, und sie streichelte immer wieder seine Hand. »Es tut mir leid«, flüsterte sie. »Ich habe dir so weh getan mit meinen dummen Worten. Ich wußte ja gar nichts von diesen schrecklichen Entbehrungen.«

Martin lachte bitter auf. »Bis hinter die Mauern der Heiligen Kirche sind diese Nachrichten offensichtlich nicht gedrungen. Dabei haben wir es doch im Namen der Kirche auf uns genommen!«

Isabella senkte beschämt den Kopf. »Und wir haben nur gebetet und den Kräutergarten geharkt, während unsere tapferen Ritter

zu Tausenden in fremder Erde begraben wurden!« Sie schluchzte plötzlich auf. »Ach, Martin!«
Er zog sie in die Arme. »Nicht weinen«, versuchte er sie zu trösten. »Wir haben es ja freiwillig und mit Freuden auf uns genommen. Im Namen des Herrn schien uns nichts zu schwierig, um es nicht durchzustehen.«
Sie sah seine blauen Augen auf sich ruhen. »Küß mich«, bat sie leise. Martin senkte seine Lippen auf ihren verführerischen Mund.
»Meine kleine Isabella, alles ist so kompliziert. Wäre ich doch damals auch gestorben, dann hätte ich jetzt meinen Frieden!«
»O nein, das darfst du nicht denken!« Isabella klammerte sich an ihm fest. »Es wird alles gut werden!«
»Nichts wird gut!« Martin wandte sich ab und schenkte seinen Becher wieder voll. »Als wir zurückkehrten, wurden wir sofort von den Soldaten deines Vaters gefangengenommen. Erst wußten wir gar nicht, was geschehen war. Mir wurde nur zur Kenntnis gegeben, daß ich des Mordes am Kaiser angeklagt bin. Gundram hatte dieses Gerücht in Umlauf gebracht, damit der Herzog ihm mein Lehen zuspricht. Er hatte wohl nicht damit gerechnet, daß ich nach dieser langen Zeit noch zurückkehren würde. Meine Freunde befreiten mich, wir flüchteten – und den Rest kennst du ja!«
»Mein Gott, es ist eine schreiende Ungerechtigkeit!« rief Isabella aus. »Dagegen muß man doch etwas unternehmen!«
»Ich habe etwas unternommen. Doch ich weiß, daß ich es nicht hätte tun dürfen.« Er zog sie wieder in die Arme. »Alles wäre für mich einfacher, wenn ich nicht ... wenn ich dich nicht so unendlich lieben würde! O Isabella, was habe ich nur getan!«
Er riß sie in die Arme, und Isabella ergab sich seinen wilden, verzweifelten Küssen.
»Wir werden einen Weg finden, damit du zu deinem Recht findest und wir zueinander«, sagte sie atemlos, als er von ihr abließ.

»Ich kann keinen Weg sehen!« rief er, und tiefer Schmerz lag in seinem Blick.
»Verzweifle nicht, Liebster, ich stehe an deiner Seite. Gemeinsam werden wir es schaffen. Unsere Waffe ist die Liebe!«
Engumschlungen standen sie in der kargen Halle und wähnten sich allein. Hinter dem Türvorhang verfolgten zwei glühende, schwarze Augen die heißen Liebesschwüre. Konstanze ballte ihre Hände zu Fäusten.
»Gemeiner Verräter!« flüsterten ihre kirschroten Lippen und preßten sich fest zusammen. Gift war in ihre Seele gesät und gedieh im Sumpf der Eifersucht prächtig.

*

Der Hang neigte sich sanft zur Straße hinunter. Friedlich graste ein angepflocktes schwarzes Pferd auf dem dunkelgrünen Rasen. Scheinbar schläfrig lehnte sein Besitzer am Stamm eines Baumes und betrachtete unter halbgeschlossenen Lidern die vorbeieilenden Menschen. Es waren Bauern der Umgebung, die ihre Produkte zum Markt unterhalb der Herzogsburg brachten, Händler mit ihren Waren auf Planwagen, Reisende, Kuriere, auch allerlei Bettler und Gesindel, von der Burg magisch angezogen.
Unter all den Menschen, reich oder ärmlich gekleidet, einzeln oder in Gruppen reisend, fiel eine junge Frau auf, die allein ging. Sie trug weder ein Bündel bei sich, noch schützte ein Umhang ihre ansehnliche Figur. Ihr weinrotes Kleid leuchtete weithin, ihr dichtes, schwarzes Haar wehte im Wind. Sie mußte schon lange unterwegs sein, denn sie wirkte erschöpft und hungrig.
De Cazevilles Raubvogelblick erfaßte sofort ihre frauliche Figur, die dunklen, glühenden Augen und ihren pfirsichfarbenen Teint. Ein leiser Ruck straffte seinen Körper. Er unterdrückte sein Begehren, denn ein untrügliches Gefühl in seinem Inneren

signalisierte ihm, daß diese Frau nicht nur seine Sinne befriedigen konnte. Regungslos blieb er sitzen und verfolgte ihre müden Schritte. Erst als sie bereits ein ganzes Stück weitergegangen war, erhob er sich ohne Eile, sattelte sein Pferd und schwang sich auf. In gemächlichem Trab folgte er ihr.

Als er sich ihr auf wenige Schritte genähert hatte, trieb er sein Pferd zum Galopp an. Scharf preschte er an ihr vorbei und stieß sie wie unbeabsichtigt mit dem Fuß. Mit einem erschrockenen Aufschrei stürzte sie in den Staub der Straße.

De Cazeville zügelte sein Pferd und riß es herum. Während die junge Frau sich aufrappelte, trafen ihre Augen auf de Cazevilles besorgten Blick. Behende sprang er sofort von seinem Pferd und eilte auf sie zu. Er hockte sich neben sie nieder und zog sie sanft in seine Arme.

»Ich bin untröstlich«, sagte er mit warmer Stimme. »Ist Euch etwas passiert?«

»Nein, nein«, stammelte sie verwirrt. »Ich ... au ... ich glaube, mein Knie ist ...«

»Laßt mich schauen, ich bin Arzt und kann Euch helfen.«

Er schob ihren Rock hoch und betrachtete das aufgeschlagene Knie. »Ich sollte es behandeln, damit es sich nicht entzündet«, sagte er weich.

»Das ist nicht nötig, edler Herr, macht Euch nicht die Mühe.«

»Aber ich bin schuld an Eurem Sturz«, widersprach de Cazeville. »Ich kann Euch nicht im Straßenstaub liegenlassen. Und als Arzt bin ich verpflichtet zu helfen, wenn ein Mensch verletzt ist.« Er lächelte, und dieses Lächeln milderte seine herben Gesichtszüge. Er versenkte seinen bezwingenden Blick in die schwarzen Augen der Schönen.

Kurzerhand hob er sie auf seine Arme und trug sie an den Straßenrand, wo er sie ins Gras setzte. Aus seiner Satteltasche entnahm er eine Salbe und dünne Leinenstreifen. Vorsichtig säuberte er die Wunde, bestrich sie mit Salbe und verband sie.

»Wie ist Euer Name?« fragte er, während er fachmännisch das Knie behandelte.
»Konstanze«, antwortete sie und betrachtete fasziniert seine schönen Hände.
»Und was ist das Ziel Eurer Reise?« fragte er ebenso beiläufig.
»Die Burg des Herzogs. Ich habe ihm etwas Wichtiges mitzuteilen.«
»So, so.« De Cazevilles Gesicht zeigte keine Regung. Seine ganze Aufmerksamkeit schien er Konstanzes Knie zu widmen. »Das ist aber noch ein weiter Weg. Und das zu Fuß. Ich glaube nicht, daß Ihr mit dem verletzten Knie noch so weit laufen könnt.«
»Es wird schon gehen«, erwiderte Konstanze und erhob sich. De Cazeville hielt vorsichtshalber ihre Hand, als Konstanze einige hinkende Schritte versuchte. Mitleidig schüttelte er den Kopf.
»O nein, ich muß Euch widersprechen. So könnt Ihr nicht weiterlaufen.«
Seine Augen hefteten sich lauernd auf Konstanze, die jetzt ein wenig ratlos auf ihr Knie blickte und dann den Rocksaum wieder fallenließ. Sie atmete tief durch, und ein unterdrücktes Schluchzen schüttelte ihre Schultern.
»Na, na, so schlimm ist es doch auch wieder nicht«, tröstete er sie und legte seinen Arm freundschaftlich um ihre Schulter.
»Ich weiß«, schniefte sie und wandte den Blick ab. »Es ist nur ... ich muß dringend zum Herzog.«
»Wenn es weiter nichts ist«, sagte de Cazeville. »Da haben wir den gleichen Weg. Mein Pferd ist jung und stark. Ich nehme Euch mit.«
Konstanze blickte erstaunt auf. »Ihr meint, ich soll mit Euch ...«
De Cazeville lachte, und seine schwarzen Augen blitzten belustigt.
»Ich weiß, daß es sich nicht schickt, mit einem wildfremden Mann auf einem Pferd zu reiten. Aber wenn Ihr es eilig habt ... Und ich stehe in Eurer Schuld ...« Er ließ den Satz zwischen ihnen stehen.

Konstanze seufzte leise auf. »Ich bin nur ein einfaches Bauernmädchen«, sagte sie leise. »Aber ich würde Euer Angebot gern annehmen.«

De Cazeville nickte zufrieden und schwang sich auf sein Pferd. Er rückte etwas nach hinten und hob Konstanze vor sich auf den Sattel. In gemütlichem Schrittempo zuckelte das Pferd weiter.

Das gleichförmige Wiegen des Pferderückens ermüdete die ohnehin erschöpfte Konstanze. Nach wenigen Meilen schlief sie ein, ihren Kopf an de Cazevilles Schulter gelehnt. Sie bemerkte nicht, wie der Reiter sein Pferd von der Straße herunter lenkte und einen schmalen Seitenpfad einschlug, der zum Wald führte.

*

Tiefe Dunkelheit lag über dem Wald, nur der gelbe Schein eines Feuers durchbrach die Schwärze der Nacht. Es war der intensive Duft nach gebratenem Fleisch, der in Konstanzes Nase stieg, daß sie erwachte. Erschrocken und verwundert blickte sie sich um. Ihre Augen fielen auf den fremden Mann, der neben ihr hockte und in einem kleinen Krug Tee aufbrühte.

Er wandte ihr sein Gesicht zu, als er ihre Bewegungen bemerkte. Das Feuer warf einen kupferfarbenen Schein auf seine Haut. Mit einem Lächeln reichte er ihr eine Trinkschale.

»Ihr seid wirklich sehr erschöpft«, sagte er leise. Seine Stimme erzeugte ein eigenartiges Kribbeln auf Konstanzes Haut. Sie wußte nicht, ob sie ihm danken oder ihn fürchten sollte. Doch im Augenblick hatte sie keine andere Wahl. Als der erste Schluck des heißen Tees angenehm durch ihre Kehle rann, verspürte sie tiefe Dankbarkeit.

Sie schlug die Augen zu ihm auf und lächelte. »Ihr seid sehr gütig zu mir«, sagte sie mit stockender Stimme.

»Das ist doch das mindeste, was ich für Euch tun kann«, sagte er nebenher, während er mit einem schmalen Messer dünne

Fleischscheiben von dem gebratenen Fasan über dem Feuer abschnitt. Er legte sie auf ein großes Blatt, garnierte sie mit Stengeln von wilder Minze und reichte es Konstanze herüber. »Und nun stärkt Euch! Wann habt Ihr das letzte Mal eine ordentliche Mahlzeit zu Euch genommen?«

»Ich weiß es nicht«, antwortete Konstanze und griff hastig nach dem Fleisch. Gierig verschlang sie es.

»Langsam, langsam, sonst wird Euch übel!« Er warf ihr ein Stück Brot in den Schoß und beobachtete, wie sie aß. Zwischendurch schenkte er ihr Tee nach und forderte sie auf, ihn zu trinken.

Konstanze verspürte eine warme Schwere in ihren Gliedern. Sie aß alles bis auf den letzten Krümel auf und hielt mit einem verlegenen Lächeln noch einmal die leere Teeschale hin. Rupert de Cazeville schenkte ein, dann setzte er sich neben sie. Seine Augen streiften aufmerksam über ihren Körper. Er nahm eine der prächtigen Schwanzfedern des gerupften Fasans, die auf dem Waldboden lagen, und fuhr damit spielerisch über ihr Haar. Er kitzelte sie an der Nase, am Hals und am Ausschnitt ihres Kleides. Konstanze, satt, zufrieden, warm und träge, kicherte.

»Seht Ihr, jetzt lacht Ihr wieder«, sagte de Cazeville und rückte noch ein wenig näher an Konstanze heran. Sie streckte sich auf dem dunklen Umhang aus, den er auf den Boden gelegt hatte.

»Ja, jetzt empfinde ich alles weit weniger schrecklich«, erwiderte sie und seufzte.

Er griff nach einer Decke, die neben dem Sattelzeug lag, und breitete sie über sich und Konstanze aus. »Nachts wird es kühl«, sagte er sanft, und seine Stimme gurrte leise wie die einer Taube. »Ich möchte Euch beschützen vor aller Unbill der Welt.«

Die Spitze der Feder strich wieder liebkosend an Konstanzes Hals entlang, wanderte über ihr Kinn und ihre Lippen. Mit einem glucksenden Lachen schnappte sie nach der Feder und hielt sie mit den Zähnen fest.

Er lächelte und beugte sich zu ihr herab. Ihre Augen funkelten ihn kokett an. Er versenkte seinen Blick in ihren. Konstanze fühlte das letzte bißchen Abwehr erlahmen. Sie streckte die Arme nach ihm aus und zog ihn zu sich herunter. Seine Lippen waren wunderbar gefühlvoll, seine Hände streichelten ihren Körper, daß wonnevolle Schauer sie durchfuhren.

Er bemerkte plötzlich Tränen in ihren Augen und ein Schluchzen, das sich in ihre Erregung mischte. »Mein Kleines«, murmelte er an ihren Lippen. »Du hast großen Kummer.«

»Ja«, hauchte sie. »Ja, den habe ich.« In das Schluchzen hinein preßte sie ihre Lippen fester auf seine, und er zog sie in die Arme. Er wußte, daß er die hauchdünne Schale gebrochen hatte. Das köstliche Fleisch der Muschel lag einladend vor ihm.

Er senkte sich zwischen ihre Schenkel und hörte ihr Seufzen. Sofort spürte er ihre Erfahrung, die gekonnten Bewegungen ihrer Hüften. »Möchtest du, daß ich dich glücklich mache?« flüsterte er an ihrem Ohr.

»Liebe mich, bitte, liebe mich!« Ihre Hände massierten seine Schultern, während er sich aufreizend langsam in ihr bewegte. Er betrachtete mit gesenkten Lidern ihre feuchten, kirschroten Lippen, die langen, dunklen Wimpern, die ihre Augen beschatteten, vernahm die seufzenden, murmelnden Worte, die ihn forderten. Zum ersten Mal seit langer Zeit verspürte er wieder Lust in seinen Lenden, das drängende Gefühl, sich mit einer Frau zu vereinigen. Er genoß einfach den Augenblick, saugte an ihren schwellenden Brüsten und streichelte sanft ihre langen Beine. Er befreite sie von ihrem Kleid und bedeckte ihren sich lustvoll windenden Körper mit seinem. Ihre heiße Haut rieb aneinander und bescherte Konstanze ungeahnte Wonnen. Wieder und wieder unterbrach er das Tempo ihrer Vereinigung, hielt sich zurück, um sie danach erneut auf die Höhen der Lust zu treiben.

Unablässig murmelten ihre Lippen heiße Worte, flüsterten, seufzten, vereinigten sich mit seinen Lippen, um danach zärt-

lich über die straffe Haut seines Halses zu gleiten. »Ah ... ja ... es ist traumhaft ... komm ... o mein Gott!«
Er stützte ihren zuckenden Körper bei jedem ihrer Höhepunkte, ohne sie danach verschnaufen zu lassen.
Konstanze war kaum noch bei Bewußtsein. Sie fühlte sich in einem unwirklichen Taumel aus einer fast unerträglichen Lust, einem über ihr zusammenschlagenden Gefühl der Leidenschaft und dem schmerzvollen Feuer in ihrem Schoß. Sie hatte jegliches Gefühl für Zeit und Raum verloren. Es gab nur noch diese unstillbare Begierde nach der Vereinigung mit diesem fremden Mann. Es war schier unglaublich, welche Beherrschung er seinem Körper auferlegte, um ihr diese Wonnen zu bereiten. Längst hatte sie keine Kraft mehr, seinen Bewegungen entgegenzukommen, aber er schien es auch nicht zu erwarten.
Er hatte seine Hände unter ihren Rücken gelegt und ihre Hüften leicht angehoben. Kleine, spitze Schreie entrangen sich ihrer Kehle, sie glaubte diese überwältigende Lust kaum noch ertragen zu können. Sie hörte ein Rauschen in ihren Ohren wie von einem Wasserfall, spürte ein heftiges Feuer durch ihre Adern jagen und glaubte ihren Körper in Auflösung begriffen. Als würde der Fremde sie mit seiner Glut durchdringen, sie überschwemmen mit flüssigem Metall, als würde sein Wille sich in ihr ausbreiten, so nahm er Besitz von ihr. Und sie ließ es willenlos geschehen, ergab sich seinem immer heftiger werdenden Rhythmus, bis grelle Blitze vor ihren Augen tanzten und ein erlösender Schrei aus ihrer Brust drang.
Er hielt ihren schweißnassen, sich in Ekstase windenden Körper umfangen. Es dauerte eine geraume Weile, bis ihre himmelhohe Erregung abflachte und einer tiefen Entspannung wich. Mit einer hilflosen Geste wollte sie etwas sagen, aber ihre Stimme versagte. Und plötzlich schüttelten wieder Schluchzer ihren Körper.
Er preßte sie an sich. »Wein dich aus, mein Kleines, laß alles aus dir heraus, was dich quält.«

Eine salzige Sturzflut ergoß sich aus ihren dunklen Augen, sie weinte und weinte und wunderte sich, daß sich soviel Flüssigkeit in ihrem Körper befand, die mit aller Macht nach außen drängte. Sie fühlte sich beschützt und warm in seinen Armen, preßte ihr Gesicht an seine feste Brust und sog den Geruch seiner Haut ein. Er hatte seine Beine um sie geschlungen und hielt sie wie in einem Kokon umfangen.
»Was hast du für Kummer?« hörte sie seine leise, gurrende Stimme, die in seinem Brustkorb vibrierte.
»Er hat mich verraten«, schluchzte sie.
»Wer hat dir das angetan?«
»Dieser elende Halunke, dieser Martin. Wegen einer Prinzessin. Ich bin ja nur ein einfaches Bauernmädchen. Doch seit sie auf die Burg kam ...«
»Oh, eine Prinzessin, das ist wirklich sehr böse von diesem Martin. Liebt er dich nicht?«
»Das habe ich immer geglaubt, er hat mir so oft seine Liebe geschworen. Aber dann ... dann ...« Wieder schluchzte sie.
Er ließ sie nicht los. »Was war dann?« raunte seine Stimme.
»Dann nahm er dieses Weibsstück gefangen. Sie ist die Tochter des Herzogs, und er nahm sie als Geisel. Sie hat ihn behext, ihm den Kopf verdreht. Und dann teilte er mit ihr das Lager.«
Erneut quollen dicke Tränen aus ihren Augen und benetzten seine Brust. Er preßte seine Lippen in ihr Haar. Sie konnte nicht sehen, wie seine Augen triumphierend blitzten. Seine Hände streichelten ihren Rücken, und die wonnigen Schauer erfüllten Konstanze erneut. Seufzend und weinend zugleich ließ sie ihre Hände zwischen seine Lenden wandern.

»Dabei schien sie überhaupt keine Ahnung zu haben, wie man einen Mann beglückt«, sagte sie mit klagender Stimme. Sie streichelte seinen Phallus und bemerkte mit Entzücken sein ungewöhnliches Ausmaß.

»Er wußte es eben nicht zu schätzen, dieser ... wie hieß er doch?«
»Martin! Ritter Martin von Treytnar! Nein – wahrlich nicht, obwohl er es mir jede Nacht, die wir gemeinsam verbracht haben, beteuert hatte. Aber diese Isabella mit ihrem Kindergesicht und ihrem mageren Körper hat ihm den Kopf verdreht.«
»Dieser Dummkopf«, flüsterte de Cazeville und bemerkte verblüfft, mit welchem Geschick Konstanze seine Lust neu entfachte. Er ließ sie gewähren und lächelte zufrieden. Welch einfältiger Geist in diesem reizvollen Körper!
»Und du hast diesen Treulosen verlassen?« Es klang eher wie eine Feststellung als eine Frage.
»Ja, denn ich will mich an ihm rächen!« Konstanzes Stimme wurde trotzig.
»Das tust du recht«, murmelte er. »Wer so eine Frau wie dich verschmäht, hat es nicht anders verdient. Du bist wohl schon sehr weit gereist?«
»Vier Tage zu Fuß. Mit dem Pferd wären es sicher nur eineinhalb Tagesreisen. Er haust auf einer verlassenen Burg im Süden.«
»Du armes, kleines Ding. Hast du diese Strapazen auf dich genommen, um nach Hause zurückzukehren?«
Seine Hände streichelten sie wieder, während Konstanzes Hände seinen Phallus massierten.
»Ich habe kein Zuhause. Ich will zum Herzog und ihm berichten, wo seine Tochter gefangengehalten wird. Vielleicht gibt er mir eine Belohnung, damit kann ich ein neues Leben beginnen.«
»Ganz sicher tut er das. Der Herzog ist ein sehr gütiger Mann.«
»Kennt Ihr ihn?« fragte Konstanze verwundert.
»Aber natürlich. Ich bin sein Leibarzt. Und da kenne ich ihn inund auswendig.«
Sie lachten beide. Seine Hüften bewegten sich leicht gegen sie, und Konstanze schloß seufzend die Augen. »Ich glaube, es geht nicht noch einmal«, sagte sie bedauernd.

»Magst du nicht mehr?«
»Es ist alles ... geschwollen!« Trotz der Dunkelheit bemerkte er die Röte in ihrem Gesicht.
Er lachte leise. »Dafür brauchst du dich nicht zu schämen. Du bist eine wunderbare, leidenschaftliche Frau. Es gibt noch so viele Arten, die Lust zu erleben. Soll ich sie dir zeigen?«
»Ja«, stöhnte sie.
»Dann dreh dich um, und leg dich auf den Bauch!«
»Was?« Sie kicherte verunsichert, folgte aber seiner Aufforderung.
»Und nun zieh die Knie an und drücke sie auseinander!« Beruhigend strichen seine Hände ihren Rücken entlang. »Keine Angst, ich tu dir nicht weh.« Sie entspannte sich sofort wieder.
Er kniete sich hinter sie und umfaßte ihre Hüften. »Vergiß diesen Martin und diese dumme Prinzessin. Du wirst jetzt den Himmel erleben und nie wieder nach einem anderen Mann verlangen. Du hast dir wirklich etwas Besonderes verdient.«

*

Ritter Gundram von Oxensal hockte mit seinen Vasallen im Vorhof in einem der kahlen Räume, die den Rittern als Unterkunft dienten. Auf dem schmucklosen Tisch standen Krüge mit Wein und Bier. Die Männer hatten beidem schon reichlich zugesprochen, sie sangen, grölten und lachten laut. Sie bemerkten den schwarzgekleideten Mann nicht, der bereits seit einiger Zeit an der Tür stand und das Gelage mit abfälligem Blick betrachtete.
Als erster hob Gundram die Augen, als er eine Bewegung gewahrte, und zuckte zusammen. Der Anblick des schwarzen Mannes jagte ihm, dem hartgesottenen Ritter, einen Schauer über den Rücken. Vor allem hatte er ihn nicht erwartet. Er bemerkte das sarkastische Blitzen in den schwarzen Augen des Fremden.

»So wartet Ihr also auf den Boten?« fragte de Cazeville abfällig.
»Warum nicht? Er muß hier durch, wenn er zum Herzog will!« Gundram hob den Becher und trank ihn in einem Zug aus.
»Ihr würdet nicht einmal eine Herde wilder Auerochsen bemerken, die durch das Burgtor stürmt«, erwiderte de Cazeville. Seine Augen verschossen schwarze Pfeile, die Gundram ins Mark trafen.
»Wieso? Ist er schon da?« fragte er verwirrt.
Das Gesicht des Fremden blieb unbeweglich, aber seine Augen verrieten seine vernichtenden Gedanken. Gundrams Gehirn schien die Größe eines Spatzenschisses zu besitzen.
»Ich weiß selbst nicht, warum ich Euch immer wieder Nachhilfe im Denken erteilen muß«, sagte de Cazeville, und sein Ton wurde ausgesprochen beleidigend. Gundrams Griff zu seinem Schwert bedachte er mit einem spöttischen Grinsen. »Ich habe einen Gast mitgebracht, der dringend den Herzog zu sprechen wünscht.«
Überheblich wandte Gundram sich ab und ließ sich einen Becher Wein einschenken.
»Na und? Was geht mich das an?« fragte er.
Mit wenigen, behenden Schritten war de Cazeville am Tisch und schlug Gundram den Becher aus der Hand. »Hebt Euren trägen Arsch von der Bank, und schert Euch in den Audienzsaal des Palas! Dort setzt Ihr Euch auf den Thron des Herzogs und benutzt ausnahmsweise einmal Euer Gehirn!« zischte er erbost.
In blödem Unverständnis starrte Gundram ihn an. »Aber wieso? Der Herzog ist doch auf der Jagd!«
De Cazeville holte tief Luft, und seine Kinnmuskeln spielten gefährlich. »Eben!« sagte er nur und packte Gundram mit einer Hand am Wams. Mit einer Kraft, die der Ritter dem schlanken Mann niemals zugetraut hätte, zerrte er ihn hoch und stieß ihn vor sich her zum Ausgang. »Und richtet Eure Kleidung, Ihr seht wie ein Strauchdieb aus!«

Keiner der Männer wagte, Gundram zu Hilfe zu eilen. Wie versteinert blieben sie auf ihren Bänken sitzen und blickten den beiden nach.

Folgsam wartete Konstanze in der Nähe der Pferdeställe, so wie ihr der freundliche Mann geheißen hatte. Fast bedauerte sie, daß sie am Morgen ihre Reise fortgesetzt hatten. Sie hatte kaum auf dem Sattel sitzen können und sich die ganze Zeit über an die unglaublichen Wonnen der letzten Nacht erinnert. Ihr Zorn und ihre Trauer über Martins Treulosigkeit waren hinweggeblasen. Vor Glück seufzend hatte sie sich an de Cazevilles Brust gelehnt und seine körperliche Nähe genossen. Er hatte sein ausgeruhtes Pferd zu einer schnelleren Gangart angetrieben, und sie erreichten gegen Mittag die Burg.
»Es geht los!« rief de Cazeville ihr aufmunternd zu und holte Konstanze aus ihren Träumen zurück. Ein wenig bange blickte sie zu ihm auf.
»Wie benimmt man sich denn vor einem Herzog?« fragte sie zaghaft.
»Ich werde an deiner Seite sein«, beruhigte er sie und lächelte. Er nahm einfach ihre Hand und führte sie zum Palas. Vor der schweren Eichentür zum Audienzsaal blieb er stehen.
»Warte hier, ich hole dich herein!« Er schlüpfte durch die Tür und warf einen prüfenden Blick auf Gundram. Der hockte wie ein Huhn auf der Stange auf dem Thronsessel und blickte immer noch voll Unverständnis zu de Cazeville. Über dessen Gesicht zog ein hämisches Grinsen.
»Da könnt Ihr gleich einmal üben, wie Ihr später ein Herzogtum regieren wollt«, sagte er sarkastisch. Dann wandte er sich um und öffnete die Tür. Galant nahm er Konstanzes Hand und führte sie in den Saal.
»Verbeugen!« raunte er ihr zu und drückte sie nach unten.
Konstanze ließ sich fast auf den Boden fallen, während de

Cazeville seine Verbeugung nur andeutete und Gundram nicht aus den Augen ließ.
»Mein Herzog!« sagte de Cazeville laut. »Darf ich Euch Konstanze vorstellen?« Er grinste über Gundrams blöde Miene und hoffte, daß er bald seinen Gesichtsausdruck ändern würde. »Sie kommt geradewegs von Eurer Tochter und hat Euch interessante Dinge mitzuteilen.«
»Meiner Tochter?« fragte Gundram zu allem Überfluß, und de Cazeville befürchtete, seine sonst so übermenschliche Beherrschung zu verlieren. Dieser hirnlose Trottel war es wirklich nicht wert, daß man ihn in seiner Dämlichkeit noch unterstützte. Aber Gundram war ein Krieger, und de Cazeville dachte nicht im Traum daran, sich seine Finger schmutzig zu machen. Die Eroberung des Raubritternests überließ er den Rittern und Soldaten, er würde nur die Feinarbeit verrichten.
»Von Isabella, mein Herzog«, sagte de Cazeville in sanftem Ton wie zu einem kindischen Idioten.
Gundram brummelte irgend etwas in seinen Bart.
»Ich dachte, der Herzog sei viel älter«, wisperte Konstanze aufgeregt.
»Die besten Jahre hat er schon hinter sich«, spottete de Cazeville. »Und nun hab keine Angst, er ist auch nur ein Mensch.« Er richtete sich auf und sagte laut: »Nun, liebe Konstanze, erzählt dem guten Herzog alles, was Ihr mir erzählt habt. Von Martin, von Isabella, von dieser seltsamen Burg ...«
Er zog sich zurück. Erschrocken drehte Konstanze sich um. »Ihr geht schon, Herr?«
»Leider«, erwiderte er mit Bedauern in der Stimme. »Meine Pflichten rufen. Der Herzog wird Euch belohnen. Nicht wahr, Herzog, das ist es Euch doch wert?«
Gundram hatte sich bei de Cazevilles Worten erstaunt erhoben. Er versuchte ein Lächeln, aber sein Gesicht verzerrte sich nur grotesk. Zu seinem Glück hatte Konstanze es nicht gesehen. »Ja,

ja, sie bekommt eine Belohnung«, sagte er rasch. Seine Augen hefteten sich auf Konstanze.
»Und seid bitte nicht zu barsch mit dem armen Mädchen, mein Herzog. Sie ist von Martin schwer betrogen worden und sehr verängstigt. Aber mir hat sie ihr Herz ausgeschüttet, und das wird sie bei Euch jetzt auch tun.«
Er warf Gundram einen spöttischen Blick zu, in den er all seine Abneigung und Häme legte, die er für Gundram empfand. Dann schloß er die Tür.

Zwölftes Kapitel

Der Vollmond tauchte die Landschaft in ein geisterhaftes, milchiges Licht und beleuchtete Martins blasses Gesicht. Seine Augen starrten hinaus in die Ferne, ohne etwas wahrzunehmen. Er spürte, daß er nicht allein war, doch er drehte sich nicht um.

Isabella spürte, unter welcher Anspannung er stand. Walther, der Bote, hätte längst zurück sein müssen. Und wenn er kam, welche Antwort brachte er mit? Isabella fürchtete sich vor dieser Antwort, ganz gleich, wie sie ausfiel.

Sie stellte sich neben ihn und starrte ebenfalls hinaus in die diffuse Dunkelheit. Unter anderen Umständen hätte sie diese laue Vollmondnacht als romantisch empfunden und Martins Nähe ihr Herz zum Flattern gebracht. Auch jetzt schlug ihr Herz heftig, aber es hatte einen anderen Grund. Während sie sich ruhelos auf ihrem Lager gewälzt hatte, waren ihr diese Gedanken wieder und wieder durch den Kopf gegangen, und sie kam zu keinem anderen Schluß: ging der Herzog auf Martins Ultimatum ein, rehabilitierte er ihn. Damit zog er sich jedoch Gundrams Widerstand und vielleicht den weiterer Ritter zu. Also mußte er Gundram besänftigen, indem er ihm Isabella zur Frau gab. Dieses Anrecht hatte sich Gundram durch den Sieg auf dem Turnier erworben. Isabella glaubte keinesfalls, daß er durch seine Lüge beim Herzog in absolute Ungnade fallen würde.

Und ging der Herzog nicht auf sein Ultimatum ein, würden hier

bald die Soldaten die Burg belagern. Wenn das geschähe, dann gäbe es für Martin ein schreckliches Ende.
Sie stand neben ihm, klein, zierlich, so zerbrechlich. Aufseufzend zog er sie in die Arme und erschrak über ihr weißes Gesicht.
»Mein Gott, Isabella, du zitterst ja! Du hast Angst!«
»Nein, nein, es ist die nächtliche Kühle«, erwiderte sie rasch, aber die Angst stand ihr ins Gesicht geschrieben. Martin hätte blind sein müssen, um es nicht zu erkennen. Ein Durcheinander von wechselnden Gefühlen überschwemmte ihn, und er wurde ärgerlich. Er sorgte sich sehr um Walther und befürchtete, daß irgend etwas schiefgegangen war. Und er ahnte Isabellas stumme Frage. Er fürchtete sich davor, daß sie sie aussprach.
Zögernd tastete sie nach seiner Hand, die er auf der Mauerzinne aufgestützt hatte, und streichelte seine Finger.
Er ließ seinen Blick weiter in die Ferne schweifen, während er sprach: »Ich kann nichts ungeschehen machen, Liebes, und ich will es auch nicht. Ich bereue nicht, in deinen Armen gelegen zu haben. Aber für uns beide gibt es keine gemeinsame Zukunft, gleichgültig, was wir uns wünschen.«
»Nein, so darfst du nicht sprechen!« Angst schnürte ihre Kehle zu. »Laß mich nicht allein, Martin, verstoß mich nicht!«
Er stieß heftig die Luft durch die Nase aus und schüttelte den Kopf. »Deine Geburt verlangt, daß du eine politische Ehe eingehst. Du kannst mich lieben, aber es wird nichts ändern.«
»Und du? Liebst du mich nicht?« Ihre Augen richteten sich flehend zu ihm auf.
»Doch, ich liebe dich über alle Maßen, so wie ich noch nie in meinem Leben einen Menschen geliebt habe. Aber das ist unwichtig, hörst du? Völlig unwichtig!«
»Nein, Martin, das ist es nicht! Liebe ist etwas, das die Welt verändern kann. Und ich spüre, daß wir eine gemeinsame Zukunft haben.«

Er legte seinen Arm um ihre Schulter, und beide starrten sie weiter auf die silbrige Landschaft hinaus, über die der runde Mond seine Bahn zog. Sie hingen ihren Gedanken nach. Es waren beunruhigende Gedanken.
Sie wandten sich um, als sie Schritte hinter sich auf dem Wehrgang hörten. Es war Rudolf.
»Ich störe nur ungern«, sagte er leise, »aber ich muß mit dir reden.« Er warf einen kurzen Blick auf Isabella und schwieg.
»Vielleicht solltest du versuchen zu schlafen«, sagte Martin leise zu ihr. Sie senkte den Kopf. Sie wußte, daß sie nicht schlafen konnte, doch sie nickte folgsam. Eilig verließ sie den Wehrgang und blieb im Schutze des dunklen Schattens unter der Stiege stehen. Niemals zuvor hatte sie heimlich gelauscht, aber ihre anhaltende Angst zwang sie dazu. Die quälende Ungewißheit mußte doch irgendwann ein Ende haben!
»Ist dir aufgefallen, daß Konstanze seit einiger Zeit verschwunden ist?« fragte Rudolf seinen Freund, als sie allein waren.
»Konstanze? Nein, wieso?«
»Ich weiß nicht genau, wie lange sie schon fort ist, aber ich sorge mich.«
»Fort? Wo sollte sie denn hin? Und warum?«
»Das frage ich dich. Immerhin steht ihr euch doch ... standet ihr euch nahe.«
Martin starrte ihn an. »Mein Gott!« entfuhr es ihm. »Meinst du, sie hat sich wegen Isabella zurückgezogen?«
»Ich weiß nicht, ob sie sich nur zurückgezogen hat oder einfach kopflos davongelaufen ist. Auf jeden Fall wird es wegen Isabella sein. Zu offensichtlich hast du dich der Prinzessin zugewandt.«
»Ich liebe Isabella, dagegen kann ich nichts machen«, rief Martin erregt.
»Konstanze denkt möglicherweise anders darüber. Immerhin habt ihr fast wie Mann und Frau zusammengelebt, und vielleicht hat sie sich doch irgendwelche Hoffnungen gemacht.«

»Herrgott noch mal, sie muß doch wissen, daß ich sie niemals hätte heiraten können!« entfuhr es Martin.
»Wieso eigentlich nicht? Solange du ein Entrechteter bist, stehst du mit ihr auf einer Stufe. Es wäre für dich kein Abstieg gewesen.«
»Aber ...« Martin stockte, als er Rudolfs Blick spürte. »Soweit habe ich gar nicht gedacht«, hauchte er entsetzt. »Aber sie mußte doch wissen, daß ich auch niemals Isabella zur Frau bekommen werde!«
»Das tut nichts zur Sache. Sie hat gesehen, daß du Isabella liebst. Mehr brauchte sie nicht zu sehen, um ihr Herz brechen zu lassen.«
Martin schwieg und rang um Fassung. »Was habe ich nur getan? Gott, was habe ich getan?«
Isabella hockte zusammengesunken unter der Holztreppe und preßte ihre Hände auf den Mund, um nicht laut aufzuschreien. Welche Prüfung wurde ihnen denn noch auferlegt?
»Pssst!« warnte Rudolf und hob die Hand. Er deutete zum Waldrand, wo sich aus dem dunklen Streifen die Gestalt eines Reiters gelöst hatte. Der Mond hatte den Zenit erreicht und erhellte das Land mit einem unwirklichen Schein. Sein Licht war so stark, daß es Schatten warf. Das Pferd ging langsam, als hätte es schwer an seinem Reiter zu tragen.
Mit brennenden Augen starrten die beiden Ritter über den Hügel. Langsam, aber stetig näherte sich der Reiter. Mit Entsetzen erkannten beide den rot und weiß geteilten Waffenrock, den der Reiter über seiner Rüstung trug, und den ebenfalls rot und weiß geteilten Stierkopf am Zimier. Etwas Unförmiges, Dunkles lag vor dem Reiter quer über dem Pferderücken. Das Roß blieb einen Steinwurf weit vor der Burgmauer stehen, und der Reiter warf das Bündel ab. Die beiden Ritter erkannten, was dieses Bündel war, das jetzt mit erschreckender Deutlichkeit auf der Wiese lag: es war Walther!

*

»Seid gegrüßt, meine Herren Ritter!« höhnte Gundram. »Ich überbringe Euch die Antwort des Herzogs!« Ein breites Grinsen überflog sein Gesicht. Martin und Rudolf standen erstarrt auf dem Wehrgang. Als erster fand Rudolf die Fassung wieder. Er rannte in den Burghof hinunter und schlug Alarm.

»Das war nicht nötig«, rief Gundram. »Euch bleibt gar nichts anderes übrig, als Isabella freizugeben.«

»Niemals!«

»Glaubt Ihr, ich habe den weiten Weg gemacht, nur um Euch eine Leiche vor das Tor zu werfen?« Er ließ sein Pferd im Kreis tänzeln. Auf seinem Fell spiegelte sich der nächtliche Himmel. Sie hörten sein grauenhaftes Lachen. Er hob seinen rechten Arm. Wie Geister aus dem Moor lösten sich Hunderte von Schatten aus dem dunklen Waldsaum.

Martin spürte einen übermächtigen Druck auf seinem Brustkorb. So sah also das Ende seiner Träume aus!

»Ihr seht, es bleibt Euch keine andere Wahl!« spottete Gundram. »Ergebt Euch, und Euch wird nichts geschehen!«

»Wirklich nicht? Es wäre das erste Mal, daß man Euren Worten Glauben schenken kann, Gundram!« erwiderte Martin spöttisch.

»Ich stehe zu meinem Wort als Ritter!«

»Eure Worte sind schwarze Krähen, die das Unheil verkünden. Eure Zunge ist gespalten wie die einer Natter. Und Eure Ehre ist besudelt mit dem Blut meiner Bauern!«

»Ihr geht zu weit, Martin! Ihr vergeßt, in welcher Lage Ihr Euch befindet!«

Martin wußte sehr wohl, in welcher Lage er sich befand. Sie war aussichtslos!

Rudolf trieb alle Männer auf den Hof und hieß sie zu den Waffen greifen. Keinesfalls wollten sie sich kampflos ergeben. Doch auch Rudolf war klar, daß sie der Übermacht der Soldaten nicht gewachsen waren.

»Ergebt Euch!« forderte Gundram noch einmal. »Ich gebe Euch Bedenkzeit bis zum Morgengrauen. Mit dem ersten Sonnenstrahl greifen wir die Burg an. Das wird keiner von Euren Leuten überleben!«
Er wendete sein Pferd und ritt zurück zum Waldrand. Die Reiter waren verschwunden.
Martin eilte vom Wehrgang, teilte die Wachen ein. Dann lief er zurück auf den Hof. Er blickte in Rudolfs sorgenvolles Gesicht. Sie brauchten keine Worte, um sich zu verstehen. Beide wußten, daß sie verspielt hatten!
»Geh zu ihr«, sagte Rudolf leise. Martin blieb stehen. »Nun geh schon«, drängte Rudolf. »Ich gebe Alarm, wenn sie angreifen.«

*

Unmittelbar nach Gundrams Erscheinen war Isabella in ihre Kammer gelaufen. Ihre schlimmsten Befürchtungen hatten sich bewahrheitet. Nun würde es unweigerlich zum Kampf kommen. Doch sie war immer noch überzeugt, daß Martin es mit Gundram aufnehmen konnte. Zwar gab sie sich nicht der Illusion hin, daß Gundram allein gekommen war. Aber mit dreißig, vierzig Mann wurden die Burgbewohner allemal fertig.
Martin schloß die Tür hinter sich und blieb stehen. Sein Gesicht war ernst, als ahne er, daß sich das Schicksal gegen ihn wenden würde. Doch noch einmal, ein allerletztes Mal wollte er die Grausamkeit der Welt vor dieser Kammertür lassen.
»Ich dachte einfach, ich komme, um zu schauen, wie es dir geht.«
Sie stand vor ihm, klein und zart in ihrem schlichten Kleid. Das Haar fiel über ihre Schultern auf den Rücken, sie hatte es zuvor mühsam gebürstet.
»Ja«, sagte sie nur und nickte. Sie wollte ihm entgegengehen, doch die Beine versagten ihr den Dienst.

Er trat auf sie zu, und sie fürchtete, daß die Flutwelle ihrer Gefühle sie überwältigen und mit sich fortreißen würde. Sie stemmte sich gegen diese Urgewalt an, streckte wie eine Ertrinkende ihre Arme nach ihm aus. Er fing sie auf, hielt sie fest und spürte, wie sie zitterte. Die Welle brach über sie herein, sie schluchzte und schmiegte ihr Gesicht an seine Brust. Tröstend strich er über ihr Haar und murmelte etwas, das sie nicht verstand. Es klang warm und beruhigend, und das Zittern ließ nach.

Er nahm ihr Gesicht in seine Hände und sah die Tränen, die ihre blassen Wangen benetzten. Er küßte sie, wie er sie noch niemals zuvor geküßt hatte. Es war voller Verlangen, vor dem sie nicht mehr zurückschreckte. Ihre Arme hielten ihn umschlungen, ihre Hände streichelten seinen Rücken, und Martin fühlte wonnige Schauer über die Haut laufen.

Sie lösten ihre Lippen einen Augenblick voneinander, um Atem zu schöpfen und sich anzuschauen.

»Ich danke dir, daß du gekommen bist«, flüsterte sie.

»Ich hätte mir nie verziehen, wenn ich nicht gekommen wäre«, erwiderte er.

Sie wurden von einer goldfarbenen Dämmerung umhüllt, die das Licht des Mondes im Gewebe der geölten Fensterleinwand zauberte.

Er schob sie vor sich her zum Bett, und ihr wurde fast übel vor heftigem Verlangen. Ihr ganzer Körper war von einer Glut erfüllt, die dumpf in ihr drückte. Er zog sie an sich, um sie wieder zu küssen. Dann öffnete er schweigend den gestickten Gürtel, den sie über der Hüfte trug. Er wurde vorn mit einer kleinen Öse gehalten, und sie betrachtete seine Finger mit einem konzentrierten Stirnrunzeln. Sie hielt die Lippen leicht geöffnet, und ihre feuchte Zungenspitze fuhr aufgeregt darüber. Er blickte auf und sah die kleine Geste, die ihn fast um den Verstand brachte. Unter mühsamer Beherrschung erwiderte er

ihren Blick, ebenso konzentriert und ernst. Er ließ seine Hände unter den Stoff ihres Kleides gleiten und berührte ihre weiße Haut. Wieder fuhr ein Zittern durch ihren Körper, das sie nicht unterdrücken konnte.
Er streifte das Kleid von ihren Schultern und ließ es zu Boden gleiten. Das dünne Leinenunterhemd lag eng an ihrem Körper. Er fuhr mit den Fingerspitzen darüber und ließ den zarten Stoff auf seine Sinne wirken. Dann beugte er sich vor und küßte den Ansatz ihrer Brüste.
Isabella legte den Kopf in den Nacken und schloß die Augen. Blind tastete sie nach seinem Körper, erfaßte das einfache Wollhemd und zog den Schlitz vor seiner Brust auseinander. Dann fuhr sie mit den Händen unter das Hemd. Sie spürte das Zucken seiner Muskeln, dort, wo sie ihn berührte, am Bauch, auf der Brust, spürte die drahtigen Haare, die seine Haut überzogen, und die Brustwarzen, die sich unter ihren liebkosenden Fingern versteiften.
Dann schob sie das Hemd hoch und streifte es über seinen Kopf. Für einen Augenblick mußte er sich von ihr lösen, und er griff haltsuchend in die Luft. In dem Augenblick der Blindheit, als sie ihm das Hemd über den Kopf streifte, fühlte er sich plötzlich unendlich allein, angstvoll, daß ihm ihre Gegenwart entschwand wie eine Fata Morgana. Er empfand eine Art Verlangen nach Isabella, das schmerzhaft in seinen Eingeweiden bohrte und gegen das er sich so vergebens gewehrt hatte. Er konnte sich nicht gegen etwas schützen, das aus seinem Innersten kam, aus der Tiefe seiner Seele. Er erschrak darüber, daß etwas von ihm Besitz ergriffen hatte, das er nicht mehr kontrollieren konnte.
Er streifte das dünne Hemd von ihren Schultern und umfaßte ihre festen Brüste, die sich unter seinen Berührungen zusammenzogen. Mit den Lippen suchte er ihre kleinen, rosa Brustwarzen, und er ließ seine Zunge darum kreisen und darüber streicheln.

»Bitte!« keuchte sie, und sie kämpfte gegen die aufkommende Schwäche an, die ihre Glieder erfaßte. Sie setzte sich auf die Kante des Bettes und beobachtete mit großen Augen, wie er den breiten Ledergürtel über seiner Hose öffnete und achtlos zu Boden fallen ließ. Er öffnete die derbe, enge Leinenhose, und Isabella streckte die Hände nach ihm aus, um ihm die Hose über die Hüften zu streifen. Erstaunt schaute er zu, wie sie die Initiative ergriff, ihn entkleidete und dabei keinen Blick von ihm ließ. Und er empfand keine Scham und sah auch keine in ihrem Gesicht. Warum sollten sie sich auch schämen für etwas, das außerhalb ihrer Macht lag? Nicht nur ihre Körper trieben zueinander wie zwei Seerosen, die der Sturm im Wasser peitscht, sondern auch ihre Seelen, ihre tiefsten Geheimnisse, die sich an die Oberfläche drängten und einer Vereinigung zustrebten.

Mit den Händen umfaßte sie seinen erigierten Phallus und betrachtete ihn eingehend. Es war keine Neugier, es war das warme Gefühl der Vertrautheit zwischen ihnen, das ihr die Angst nahm. Es war das Körperteil des geliebten Mannes, das am innigsten war, das sie in sich aufnahm und das damit ein Teil von ihr wurde. Sie berührte es sanft mit den Lippen, streichelte mit der Zunge darüber, daß Martin erschauerte und die Augen schließen mußte, um sich zu beherrschen. Er stöhnte auf und strich über Isabellas Haar. Sie blickte zu ihm auf, und ihre Augen wurden von tiefem Verlangen umschattet. Ihre Finger begannen den pulsierenden Phallus zu streicheln, das blonde Haar zu liebkosen, das ihn wie eine goldene Wolke umhüllte und an ihrer Wange kitzelte. Sie spürte, daß ihre Zunge ihm unsägliche Wonne bereitete und er sich nur noch mühsam beherrscht auf den Beinen halten konnte. Sie umschloß den glühenden Kopf des Gliedes mit ihren Lippen und saugte die Hitze in sich ein. Er bäumte sich auf und drückte mit den Händen gegen ihre Schulter.

Sie ließ von ihm ab, beugte sich zurück und stützte sich auf die Ellbogen. Sie betrachteten sich gegenseitig in ihrer Nacktheit,

mit streichelnden Blicken, sättigten ihren Hunger aneinander und konnten sich doch nicht an ihren Körpern sattsehen.
Isabella schob sich weiter auf das Lager hinauf und streckte ihm ihre schlanken Beine entgegen. Er blieb stehen, doch sein Phallus schien ein Eigenleben zu bekommen und mit jeder Welle der Erregung, die durch seine Lenden schoß, wie eine Raubkatze vor dem Angriff zu zucken. Fasziniert betrachtete Isabella das Spiel seiner Lust, während ihre Zungenspitze erregt über ihre Lippen fuhr. Martin krümmte sich unter dem heftigen Zucken zusammen, das Isabellas Geste in ihm auslöste. Sein Blick verschleierte sich unter der schmerzhaften Qual, die ihm seine Männlichkeit bereitete.
Ganz langsam öffnete Isabella ihre Schenkel, und er sah ihr weiches, goldenes Haar dazwischen im Schein der kleinen Öllampe in roten Funken aufleuchten. Er kniete sich auf die Matratze, um sein Gesicht herabzubeugen und einen Kuß auf ihren Schoß zu hauchen, der all sein quälendes Verlangen ausdrückte. Es war der Mittelpunkt der Welt, der Ursprung allen Seins, zu dem er zurückkehrte. Er spürte den warmen, süßen Geruch, der ihrem Schoß entströmte und der ihm das Bewußtsein umnebelte. Er schloß die Augen und sog scharf die Luft durch die Nase. Seine Zunge tastete sich vorsichtig bis zur Pforte zu ihrem Inneren vor. Von fern drang ihr Stöhnen an sein Ohr, unterbrochen von hohen, lustvollen Seufzern.
Unter Aufbietung aller seiner Kräfte löste er sich von ihr und richtete sich auf. Ein Nebel hatte sich über seine Augen gelegt und trübte seinen Blick. Das Blut rauschte in seinen Adern wie ein stürzender Gebirgsbach.
Isabella richtete sich auf und umfaßte wieder seinen zu Stein gewordenen Phallus. Als sich ihre Finger darum schlossen, hatte er das Gefühl, daß sie von der tiefsten Wurzel seines Seins Besitz ergriff. Er folgte mit dem Körper dem sanften Druck ihrer Finger und ergab sich ihrer Führung, die ihn in ihren Körper lenkte.

Er drang in die Rose aus Feuer ein und verspürte ihre Glut auf der empfindlichen Haut seiner Männlichkeit. Er atmete tief durch, um sich nicht bereits von diesem Gefühl in den schwarzen Strudel hinabreißen zu lassen. Ungeduldig zuckten seine Lenden, und er verharrte reglos in ihr, bis er wieder Gewalt über seine überreizten Nerven bekam. Er stützte sich auf seine kräftigen Arme und blickte auf sie herab, wie sie unter ihm lag, ihre schönen weißen Beine gespreizt, ihr Körper in erwartungsvoller Haltung, ihr weiches, goldenes Haar über dem sanften Hügel ihres Schoßes verwoben mit seiner dunkelblonden Wolke aus Haar und Licht.

Während sie sich mit einem Arm abstützte, streichelte ihre andere Hand über seinen flachen, harten Bauch, den er in der Anspannung hielt, um sich nicht zu bewegen. Wieder zuckten seine Lenden, und Isabella spürte es unter ihren Fingerspitzen. Ein Lächeln überflog ihr Gesicht. Sein Körper, den sie noch nie so berührt hatte, fühlte sich so vertraut an, und er lag mit der ruhigen Gewißheit auf ihr, daß alles, was sich in und an diesem Körper regte, ihr galt. Sie wunderte sich, wie dieser Körper zu ihrem Körper paßte, mit welcher Harmonie sich ihre Lenden vereinigten.

Sein Gesicht beugte sich wieder zu ihr herunter, und sie lehnte sich auf die harten Roßhaarkissen zurück, die ihren Rücken stützten. Er suchte ihren Mund, und während sich ihre Lippen vereinigten, begann er sacht, seine Hüften zu bewegen.

Bereits als er in sie eintauchte, glaubte Isabella, in ihrem Schoß würde eine heiße und sprühende Woge aufbranden, die ihren Körper überschwemmte, um schließlich ihr Hirn zu umspülen und auszuhöhlen. Sie kämpfte gegen die drohende Bewußtlosigkeit an, die seine Berührungen heraufbeschworen, und biß sich auf die Unterlippe, um der Erregung Herr zu werden. Sie stöhnte in seinen Kuß hinein, als er sich in ihr bewegte, langsam und kraftvoll, die ganze Länge seiner Männlichkeit auskostend.

Sie gab sich diesem Rhythmus hin, ein Gleichklang ihrer Körper, eine Harmonie ihres Atems, das Wogen des Meeres mit der Kraft der Wellen, die sich auf und ab bewegten. Es war eine Urkraft, die sie miteinander verschmelzen ließ. Seine Lippen fuhren sanft und streichelnd über ihre Wange, ihr Kinn, den gestreckten Hals hinab bis auf die sanfte Rinne ihres Busens. Mit den Händen drückte sie ihre Brüste zusammen, um ihm zu ermöglichen, ihre steifen Brustwarzen zwischen seine Lippen zu nehmen, ohne die Bewegung in ihr zu unterbrechen.
Hatten sich die ziehenden Wogen zuerst in ihrem Körper ausgebreitet und ihr Bewußtsein getrübt, so brandeten sie nun zurück, drängten zu ihren Brüsten und wollten dem saugenden Drang folgen, den seine Lippen verursachten.
Mit diesen Wogen der Lust befreiten sich kleine, spitze Schreie aus ihrer Brust, rollten durch ihre Kehle und flogen auf wie silberne Vögel in den violettfarbenen Himmel. Er stemmte sich wieder auf seine Arme und betrachtete mit Entzücken den sich lustvoll windenden Körper unter sich, das Drängen ihrer Hüften nach seinem Drängen, die kleinen Schweißperlen, die sich wie Tautropfen auf ihrer Haut bildeten. Ihr Blick lag entrückt auf seinen sich gleichmäßig bewegenden Lenden, wo sich das blonde Haar jetzt feucht kringelte. Das leise, schmatzende Geräusch, das aus ihrem Inneren drang, verriet den übervollen Kelch mit köstlichem Nektar, den sie ihm schenkte, der sie bereit machte für ihn.
Er lächelte, und sein Blick wurde warm und liebevoll. Erstaunt bemerkte sie die Veränderung, die in seinem Gesicht vor sich gegangen war. Die Anspannung hatte sich gelöst, war einer tiefen Wärme und Vertrautheit gewichen. Dieses kleine Lächeln, das um seine Augen spielte, seine leicht geöffneten Lippen, hinter denen die weißen Zähne blitzten, berührten sie so tief in ihrem Herzen, daß der Schmerz fast unerträglich wurde. Ihre Blicke versanken ineinander, saugten sich aneinander fest,

und plötzlich lächelte er nicht mehr. Konzentriert wartete er auf die sich anbahnende Explosion, auf das stetige Zusammenziehen aller Fasern seines Körpers, das sich an einem Punkt konzentrierte.
Der Rhythmus ihrer Bewegungen steigerte sich. Auch auf Isabellas Gesicht zeichnete sich die Spannung ab, die sich in ihr aufbaute. Ihr stoßweiser Atem keuchte im Gleichklang, die Bewegungen wurden heftiger und härter. Seine Wogen warfen sich in ihre Brandung, sie kam jedem seiner Stöße hart entgegen. Sie gipfelten in unerträglich lustvollen und zugleich schmerzhaften Wellen an einem Punkt ihres Schoßes, wo sich der sanfte Hügel zu den jetzt feuchten und geschwollenen Lippen öffnete. Ihre Augen weiteten sich im unendlichen Erstaunen über die Lustfähigkeit ihres Körpers. Sie rang ruckartig nach Luft, als das Drängen in ihr immer unerträglicher wurde. Mit allen ihr verbleibenden Kräften warf sie sich ihm entgegen und verspürte gleichzeitig eine schockartige, heftige Implosion ihres Fleisches. Ein raubtierhafter, tiefer Aufschrei aus seiner Brust drang von fern in ihr Bewußtsein, als sein Körper sich in heftigen Zuckungen auf ihr wand. Anhaltende Wellen von Feuer rasten über sie hinweg, und ihr Schrei vereinte sich mit seinem zur Explosion einer Leidenschaft, die beide vorher noch nie erlebt hatten. Sie spürte, wie sich die Grenzen ihres Körpers auflösten, wie die Wärme sich auch außerhalb von ihr ausbreitete und ihn mit sich riß bis zum äußersten Rand ihres Seins, jeden Winkel von ihr ausfüllte und sie in eine tiefe, warme Dunkelheit hinabzog, die sie mit aller Macht umfing.

*

Isabella erwachte durch einen seltsamen Lärm, der aus Schreien, hastigen Schritten und dumpfem Donnern bestand. Verwirrt blickte sie auf. Sie lag allein im Bett. Das Laken war

zerwühlt, der Abdruck seines Körpers noch sichtbar. Zärtlich strich sie mit der Hand darüber.
Gleich darauf riß Mathilda die Tür zur Kammer auf. »Isabella, raus hier!«
»Was ist los?« wollte Isabella wissen.
»Gundram greift an! Und es sieht nicht gut aus für uns!«
Für uns! Isabella zögerte einen Moment und dachte über Mathildas Worte nach.
»Beeilung! Du mußt dich im Wohnturm verstecken!« Mathilda trat ungeduldig mit dem Fuß auf.
»Verstecken? Und du?« fragte Isabella.
»Ich kämpfe!« Sie stürmte wieder hinaus.
Isabella spürte Brandgeruch in der Luft, und gleich darauf stieß sie einen Schrei des Entsetzens aus. Das alte Rieddach des Haupthauses brannte! In Panik lief sie aus der Kammer durch den dunklen Gang hinaus auf den Burghof. Dort herrschte großes Durcheinander. Einige versuchten mit Wassereimern das brennende Dach zu löschen, andere schleppten Steine auf den Wehrgang, um sie von dort auf die Angreifer zu werfen. Andere wieder verbarrikadierten das Burgtor mit weiteren Balken. Das dumpfe Dröhnen kam von einer Ramme, mit der Gundrams Soldaten versuchten, das Burgtor aufzustoßen.
Martin stand mitten auf dem Burghof und dirigierte die Leute, die aufgeschreckt umherliefen. Verzweifelt blickte er auf das Tor, das den Rammschlägen kaum noch standhielt.
»Sie greifen die Mauer an!« rief Rudolf vom Wehrgang herunter.
»Mehr Steine!« schrie Martin. »Brecht den Wohnturm ein!«
»Es sind zu viele!« hörte Isabella Mathildas Stimme neben sich. Sie hastete keuchend, mit Steinen beladen, zum Wehrgang.
»Balken zum Tor!« befahl Martin.
Isabella lief zu ihm. »Was kann ich tun?« fragte sie händeringend.
Er packte Isabellas Handgelenk und zerrte sie die Treppe hinauf auf den Wehrgang. »Was ist los, was tust du?« fragte sie erregt.

Entsetzt blickte sie auf die Übermacht an Soldaten, die sich vor der Burg zusammengezogen hatte und nun massiv gegen die Mauern anrannte. Brandpfeile sirrten in hohem Bogen durch die Luft, doch sie fanden kaum noch Nahrung. Dort, wo sie sich in die Schilfdächer bohrten, breitete sich das Feuer in Windeseile aus und streckte seine gierigen gelben Finger aus. Das Haupthaus stand bereits in hellen Flammen.
Martin zog Isabella auf die Plattform des Wachturms und stellte sich mit ihr zwischen zwei der steinernen Zinnen. Er umschlang mit einem Arm ihren Körper und preßte sie an sich. Mit der anderen Hand hielt er ihr einen Dolch an die Kehle.
»Verzeih mir, Isabella«, stammelte er, und Tränen rannen über sein Gesicht.
»Was tust du mir an?« wimmerte Isabella schockiert.
»Es bleibt mir keine Wahl«, hörte sie Martins Stimme an ihrem Ohr, und er atmete tief durch, bevor er aus vollem Hals rief: »Schau her, Gundram, wenn du deine Braut lebend haben willst, zieh deine Männer zurück!«
Gundram hob die Hand und gebot den Bogenschützen Einhalt. Sie senkten ihre Pfeile und warteten.
»Wir müssen etwas Zeit gewinnen«, flüsterte Gundram und neigte sich Wulfhard zu. »Zieh dich zurück, Wulfhard, umgehe mit dreißig Männern die Burg in großem Bogen und greif sie von hinten an. Ich werde mit ihm sprechen und ihn ablenken.«
Wulfhard hatte verstanden. Er wendete sein Pferd und ritt mit den Männern zurück zum Waldrand. Im Versteck der Bäume saßen sie von den Pferden ab. Zu Fuß schlichen sie im Schutze des Waldes zur Rückseite der Burg, deren Mauer dort zwar eingefallen, aber durch einen steilen Felsen leidlich geschützt war.
»Du siehst, ich habe meinen Bogenschützen befohlen einzuhalten!« rief Gundram. Er kniff die Augen zusammen und sah Isabellas schreckensbleiches Gesicht und den blitzenden Dolch

an ihrem Hals. »Du elender Hund, das hast du nicht umsonst getan«, zischte Gundram zwischen den Zähnen hervor. Laut rief er: »Nun halte auch du dein Wort als Ritter, und laß Isabella frei!«

»Als Ritter?« höhnte Martin. »Ich bin kein Ritter mehr, seit du dafür gesorgt hast, mir einen Kaisermord anzudichten!«

»So, warst du es nicht?« erwiderte Gundram spöttisch. »Alle sind davon überzeugt!«

»Du weißt genauso gut wie ich, daß es nicht wahr ist! Doch mein reiches Lehen und Isabella als Frau sind dir die Lüge offensichtlich wert!«

»Isabellas Hand habe ich redlich auf dem Turnier erkämpft!« brüllte Gundram. »Sie gehört mir! Laß sie laufen!«

»Erst wenn mich der Herzog erhört hat!« schrie Martin zurück.

»Er wird dich nicht erhören! Er verhandelt nicht mit einem Verbrecher!«

Isabella stand schlotternd vor Grauen auf den Zinnen und starrte auf den sanften Hügel hinunter, wo Gundram auf seinem Pferd saß und zu ihnen emporblickte. Noch von hier aus konnte sie sein finsteres, von der Narbe entstelltes Gesicht sehen, weil er das Visier aufgeklappt hatte. Höhnisch grinste er und hielt die Faust in die Seite gestemmt.

Sie spürte den Stahl der Klinge an ihrem Hals, und ihre Gedanken überschlugen sich, ob Martin sie wirklich lieber opfern würde, als sie in Gundrams Hände fallen zu lassen. Die Wärme seines Körpers drang an ihren Rücken, und für einen kurzen Augenblick durchschauerte sie ein wonnevolles Gefühl. Die Hitze der letzten Nacht bebte noch in ihren Gliedern. Verzweifelt krallte sie sich mit den Fingern in seinen derben Waffenrock. Er trug nicht einmal einen Harnisch!

»Martin, sie kommen über den Felsen!« Das war Rudolfs Stimme, der mit gezogenem Schwert vom Wehrgang hinunter in den Hof eilte, um die Angreifer abzudrängen. Wulfhard hatte es geschafft, mit seinen Leuten den Felsen zu erklimmen und über die zerfallene Mauer in den Burghof einzudringen. Sie fielen den Verteidigern des Burgtores in den Rücken, die gegen die Mauer gedrängt wurden und sich verbissen wehrten. Im gleichen Augenblick krachten wieder die donnernden Schläge der Ramme gegen das Tor.

Martin ließ Isabella los und eilte nun ebenfalls in den Burghof hinunter. »Versteck dich!« rief er ihr zu.

Isabella hockte sich auf dem Wehrgang nieder und betete verzweifelt. Sie hörte das entsetzliche Splittern der morschen Balken, die das Tor verbarrikadierten, dann flogen die Torflügel mit einem lauten Knall auf.

Mit gezogenem Schwert galoppierte Gundram seinen Männern voran in den Burghof und blickte sich suchend um. Er wollte gegen Martin kämpfen.

»Verschwinde! Er gehört mir!« brüllte er einen der Soldaten an, der Martin attackierte.

»Und ich dachte schon, du läßt jede Drecksarbeit von deinen Leuten erledigen!« höhnte Martin.

»Es wird mir eine Freude sein, dich persönlich in die Hölle zu schicken!« erwiderte Gundram und sprang vom Pferd.

Angstvoll bebend blickte Isabella in den Burghof hinunter, wo die armseligen Bauern und Wegelagerer der Übermacht an gut ausgerüsteten Soldaten weichen mußten. Der Boden des Burghofes färbte sich rot vom Blut derjenigen, die sich nicht rechtzeitig vor den Schwertern der Angreifer in Sicherheit bringen konnten.

Doch wo war Sicherheit? Von allen Seiten drangen sie in die Burg ein, es mußten an die zweihundert Mann sein, die Gundram aufgebracht hatte, und sie entdeckte darunter auch Soldaten ihres Vaters.

Schreiende Frauen flüchteten in den Wohnturm und verbarrikadierten die kleine Tür. Von oben fielen Steine auf die Angrei-

fer herab. Einige wohlgezielte Brandpfeile entfachten auch im Inneren des Wohnturmes Feuer. Die Schreie der im Feuer Eingeschlossenen gellten in Isabellas Ohren. Mit einem ohrenbetäubenden Krachen stürzte eine Wand des bereits bis zur Hälfte abgetragenen Turmes ein.
Wo war Martin? Er kämpfte verbissen gegen Gundrams Angriff, der wie ein Wahnsinniger mit seinem Schwert auf Martin einhieb. Gundram war ein ausgezeichneter Kämpfer, und Martin mußte Schritt um Schritt vor ihm weichen. Noch konnte Martin die Angriffe mit geschmeidigen Handgelenken parieren. Jeder einzelne Hieb von Gundrams Schwert zerteilte mit einem unheilvollen Zischen die Luft, um dann mit metallischem Klirren auf Martins Klinge zu enden. Rudolf versuchte vergeblich, Martin den Rücken freizuhalten und die anderen Angreifer abzuwehren. Ganz bewußt trieb Gundram Martin näher und näher an das brennende Haupthaus heran.
Verzweifelt blickte Martin mehrmals kurz über seine Schulter. Die Hitze des Feuers streifte bereits seinen Rücken. Die kleine Unaufmerksamkeit nutzte Gundram sofort aus und landete einen Treffer auf seiner linken Schulter. Martin fiel mit einem Aufschrei auf die Knie. Unter Aufbietung aller Kräfte riß er sich wieder hoch. Er konnte das schwere Schwert nicht mehr mit beiden Händen führen.
Gundram bleckte die Zähne. »Hab ich dich endlich da, wo du hingehörst!« Ein breites Grinsen überzog sein Gesicht. Er hatte sich nicht einmal die Mühe gemacht, sein Visier herunterzuklappen, so sicher war er sich seines Sieges.
Martin wußte, daß er verloren hatte, daß sie alle verloren waren! Doch wenn er schon sterben mußte, dann wollte er sich wenigstens bis zum letzten Atemzug wehren. Der Schmerz in seiner Schulter hämmerte unerträglich, und in seinem rechten Arm, der das Schwert führte, ließ die Kraft nach.
Gundram bemerkte Martins Schwäche. In seinen Augen flacker-

te eine irre Gier. Es war nichts anderes als die Blutlust eines Jägers, der den nahen Tod seines Wildes roch. Martin parierte den Angriff, doch Gundram ließ die Klinge einmal kurz kreisen. Mit einem kraftvollen Angriff hieb er Martins Schwert aus dessen Hand. Für einen Augenblick stand Martin verblüfft, angesichts dieser mühelosen, tödlichen Gewandtheit, mit erhobenem Arm da und blickte Gundram in die Augen. Ein Pfeil sirrte durch die Luft. Martin schrie auf. Mit schmerzverzerrtem Gesicht starrte er auf seine von dem Pfeil durchbohrte Hand.
Gundram bückte sich und hob Martins Schwert auf. »Kämpfe wie ein Ritter!« spottete er und warf ihm das Schwert zu. Martin fing es mit der linken Hand, doch als er den Arm hob, quoll dunkles Blut aus seiner verletzten Schulter. Gundram setzte einen Ausfallschritt nach vorn und zwang ihn zum Zurückweichen.
Martin stolperte über herabgefallenes Mauerwerk und fiel rücklings in das brennende Gebäude. Im gleichen Moment brachen die lodernden Balken über ihm zusammen.
»Neiiiin!!!« Isabellas gellender Aufschrei übertönte den Kampfeslärm. Sie rannte vom Wehrgang die Treppe hinunter in den Burghof, wo sie verzweifelt versuchte, mit bloßen Händen die glühenden Balken auseinanderzuziehen.
Gundram riß sie brutal zurück. »Laß das, du Närrin! Er ist schon in der Hölle! Du kannst ihn nicht mehr retten!« Er lachte höhnisch.
»Du Teufel, du Teufel!« schrie sie und hämmerte mit den Fäusten auf Gundram ein. Sie spürte die kalte Rüstung unter ihren Händen und hörte das metallische Geräusch, das ihre Schläge erzeugte.
Gundram stand breitbeinig vor ihr, fest und unerschütterlich wie eine Eiche, und lachte! Dann packte er ihr Handgelenk und zog sie mit sich fort.
Er schwang sich auf sein Pferd und zog sie vor sich auf den

Sattel. Mit den Sporen trieb er es an und galoppierte durch das geöffnete Burgtor hinaus.

»Zurück!« rief er seinen Männern zu.

In einer Lichtung im Wald stoppte er und stieß Isabella unsanft herunter. Seine Soldaten hatte sich hierher zurückgezogen, um sich zu sammeln. Einige Verletzte wurden versorgt, die Toten hatten sie zurückgelassen.

Isabella war zu keiner Regung fähig. Mit erstarrtem Gesicht stand sie da, registrierte nicht mehr die Geschehnisse in ihrer Umgebung. Ein bleierne Leere bemächtigte sich ihrer. Alles in ihr war erkaltet, alle Gefühle abgestorben.

Sie wunderte sich auch nicht mehr, als sie ihren stolzen weißen Zelter sah, der ihr gebracht wurde. Gundram war sich seines Sieges sehr sicher gewesen. *Wieso eigentlich?* fragte sich Isabella, doch ihre Gedanken wollten ihr nicht gehorchen. Wie zu Eis erstarrt war ihr Herz, eine lähmende Schwere lag in ihren Gliedern. Willenlos ließ sie sich auf das Pferd heben. Sie starrte blicklos vor sich hin, während der Zug sich in Bewegung setzte. Mit jeder Meile Entfernung, die mehr zwischen ihr und den rauchenden Trümmern der Burg lag, wuchs der unbändige Schmerz in ihrem Inneren. Eine verzweifelte Hand krallte sich in ihre Eingeweide. Martin! Wie Schuppen fiel es ihr von den Augen. Sie hatte ihn geliebt. Dieser süße Schmerz, den sie in seiner Gegenwart verspürte, ja bereits bei dem Gedanken an ihn, dieses qualvolle Sehnen, diese Hitze in ihren Adern, die Glut in ihrem Schoß, die er entfachte, es war keine fleischliche Lust, es war keine niedere Begierde, *er* war es, der sie beherrschte. Es war sein Lachen, seine Zärtlichkeit, sein Mut, seine Verwegenheit – und seine Liebe zu ihr!

Ein heftiges Schluchzen schüttelte sie, und sie krümmte sich über dem Sattelhorn zusammen.

Gundram beobachtete sie aus den Augenwinkeln, und seine Lippen verzogen sich spöttisch. Isabella hatte ihre Lektion be-

kommen, und sie würde eine Weile daran zu nagen haben. Damit war ihr der Übermut hoffentlich ausgetrieben.
Am Rande des Weges ragte ein riesiges Wagenrad in den Himmel. Entsetzt erkannte Isabella eine Gestalt, deren Glieder man gebrochen und durch die Speichen des Rades gezogen hatte. Und kaltes Grauen überkam sie, als sie das weinrote Kleid erkannte und das ehemals schwarze Haar, das aschgrau im Wind flatterte.
»Konstanze!« flüsterte sie mit erstickter Stimme und preßte ihre Fäuste vor den Mund. »Was hat man mit ihr getan?«
»Was man mit einem Verräter tut«, antwortete Gundram und zügelte sein Pferd. »Schau sie dir gut an, und merk dir, wie Verräter bestraft werden!«
»Wen hat sie verraten?« fragte sie erschüttert.
Gundram grinste spöttisch. »Wen wohl? Martin! Was glaubst du, woher wir so genau wissen, wo sich dieser Bastard verschanzt und wie viele Männer er um sich geschart hat? Es war ein Kinderspiel!«
»Aber warum habt Ihr sie dafür getötet?«
»Dumme Gans!« Gundram runzelte ärgerlich die Stirn. »Verrat ist Verrat! Sollte ich sie dafür belohnen? Ich weiß, daß du sie aus Martins Bett vertrieben hast!«
Isabella starrte ohnmächtig vor Zorn in das Gesicht dieses Mannes mit dem perfiden Grinsen. Ein heftiger Druck legte sich um ihren Magen. Sie krümmte sich zusammen und erbrach sich direkt vor ihm. Sie versuchte es nicht zu verbergen. Es galt ihm!

Dreizehntes Kapitel

Leise, mit verlegenem Gesichtsausdruck, huschten Margarete, Rosamunde und Sieglinde zur Tür herein und legten ein prächtig besticktes Samtkleid auf das Bett. Es war Isabellas Hochzeitskleid, das Gundram höchstpersönlich für seine zukünftige Frau hatte nähen lassen. Doch Isabella würdigte den Traum aus Samt und Seide keines einzigen Blickes. Sie starrte aus dem Fenster ins Leere. Hilflos standen ihre Zofen hinter ihr. Die Freude auf das Hochzeitsfest war ihnen vergangen, weil Isabella sich tiefer Trauer hingab. Die Prinzessin saß willenlos in ihren streng bewachten Gemächern, die Augen verweint und geschwollen, doch nun hatte sie keine Tränen mehr. Ein leerer, ausgebrannter Körper umhüllte ihre gequälte Seele.

Ihre Lippen bewegten sich zitternd, und ihre Stimme klang heiser und trocken. »Ich habe niemals einen Mann wie Martin kennen- und lieben gelernt. Jetzt erst begreife ich, was Liebe wirklich ist. Nicht der romantische Traum ist es, das Sehnen nach einem fernen Wunschbild, sondern der leidenschaftliche Schmerz, der einen zu dem anderen Menschen zieht wie ein riesiger Magnetstein. Es ist das überwältigende Gefühl, das alle anderen Sinne ausschaltet. Wie könnte ich je neben einem anderen Mann leben?« Sie murmelte ihre Qual in den hellen Sommertag hinaus und wünschte sich, daß die Welt in Schutt und Asche versank.

Das bitterste war für sie jedoch, daß diese Erkenntnis zu spät kam. Niemals würde sie den grausigen Anblick vergessen, als die brennenden Balken über Martin zusammengestürzt waren. Darunter wurde ihre Liebe begraben, ihr ganzes Sehnen, ihr Leben. So viel vertane Zeit, als sie sich gegen das übermächtige Gefühl gewehrt hatte, Stolz und Hochmut herausgekehrt, ihn beleidigt und verletzt hatte. Dabei hatte er die gleiche tiefe Anziehungskraft empfunden, die auch sie verspürte. Und statt ihm nachzugeben, hatten sie sich gegenseitig bekämpft!

Was ihr nun blieb, war endlose Leere, in ihrem Inneren, um sie herum. Sie schluchzte auf. Ihr ganzer Lebenswille war gebrochen. Was gäbe sie dafür, auf der Stelle tot zusammenzubrechen und die Welt hinter sich zu lassen. Sie sehnte sich nach Frieden, endloser Ruhe und tiefem Vergessen. Ihre Finger umschlossen die steinerne Umfassung des Fensters. Der Schmerz in ihren Fingern beruhigte ihr aufgewühltes Herz. Ihre Lunge brannte, als hätte sie ätzenden Rauch eingeatmet. Den Gedanken an Gundram verbannte sie in den hintersten Winkel ihres Gehirns. Es war undenkbar, daß sie an seiner Seite zum Altar schreiten sollte. Eher wollte sie ihrem Leben ein Ende setzen!

»Ihr habt Besuch, Prinzessin«, vernahm sie die Stimme des Wachmannes von draußen. Gleichzeitig klopfte es. Es dauerte eine kleine Weile, bis die Worte in ihr Bewußtsein drangen.

Als die Tür sich öffnete, hörte Isabella kleine, verwunderte Schreie ihrer Zofen. Müde wandte Isabella sich vom Fenster ab. Im gleichen Augenblick prallte sie zurück.

»Mathilda!« Sie starrte auf die Gestalt ihrer Freundin wie auf eine Geistererscheinung. Dann lagen sich die beiden jungen Frauen in den Armen. »Mathilda! Du lebst!« schluchzte Isabella ein ums andere Mal und streichelte sie, als könne sie es gar nicht fassen.

»Ja, ich lebe«, flüsterte Mathilda. Sie preßte Isabellas Kopf fest gegen ihre Wange. »Und nicht nur ich«, hauchte sie leise.

Isabella stockte. »Was sagst du da?«

»Pssst, sei still! Wir sind alle hier! Rudolf, Jakob, Patrick und auch ... Martin!«
Isabella gab ein zischendes Geräusch von sich, dann sackte sie in Mathildas Armen zusammen.
»Schnell, helft mir!« rief Mathilda den Zofen zu. »Sie ist ohnmächtig geworden!« Gemeinsam bugsierten sie Isabella zum Bett und legten sie darauf nieder. Rosamunde holte kaltes Wasser und besprengte Isabellas Wangen. Langsam kam sie wieder zu sich und blickte sich suchend um. Ihr Blick blieb auf Mathilda haften.
»Es war kein Traum, keine Vision«, flüsterte sie.
Mathilda schüttelte den Kopf. »Nein, ich bin leibhaftig hier.« Sie zwinkerte Isabella beruhigend zu. Isabella richtete sich auf, Sieglinde schob ihr einige Kissen unter den Rücken. Sie trank einen Schluck Wein, der ihre Lebensgeister wieder belebte. Dann starrte sie auf Mathildas Leib, der sich, noch kaum sichtbar, unter dem Kleid aus grobem Leinen wölbte. »Täusche ich mich, oder wächst da ein kleiner Rudolf heran?« fragte Isabella und lächelte schon wieder ein bißchen.
»Nein, du irrst dich nicht. Es ist die Frucht unserer Liebe. Ich bin der glücklichste Mensch der Welt!«
Isabella nickte. Mathilda stockte und warf einen kurzen Seitenblick auf die Zofen. Isabella verstand sofort.
»Laßt uns allein, wir wollen in Stille für Mathildas wunderbare Errettung beten.«
Gehorsam entfernten sich die Mädchen, und Mathilda setzte sich ganz nah zu Isabella aufs Bett. »Draußen wimmelt es von Menschen, alles Gäste, die zu deiner Hochzeit gekommen sind. Wir haben uns einfach darunter gemischt. Die Männer halten sich noch etwas zurück, aber ich habe es einfach nicht ausgehalten. Und ich wollte dir wieder Mut machen.«
»Was habt ihr vor? Wie geht es Martin? Wie habt ihr den Brand überstanden? Ich habe doch Martin gesehen, wie er unter den brennenden Balken begraben wurde ...«

»Langsam, langsam!« beruhigte Mathilda sie. »Martin hat einige schwere Wunden davongetragen, aber das hat ihn nicht davon abgehalten herzukommen. Er will den Herzog zwingen, ihn anzuhören. Er weiß, daß viele Ritter hier sind, die für ihn sprechen würden.«

»So ein Wahnsinn!« begehrte Isabella auf. »Sobald er sich zu erkennen gibt, werden ihn die Soldaten meines Vaters gefangen nehmen!«

Mathilda schüttelte den Kopf. »Nicht in der Kirche!«

»In der Kirche?«

»Er wird sich in der Kirche zu erkennen geben, unmittelbar vor eurer Trauung! In der Kirche darf er nicht gefangengenommen werden, denn es ist heiliger Boden.«

»Das ist tollkühn!«

Mathilda lachte leise. »Hast du etwas anderes von ihm erwartet?«

»Nein, er ist ein Teufelskerl!« Isabella lehnte sich in die Kissen zurück und seufzte. »Ach, wenn ich ihn nur in die Arme nehmen könnte, seine Lippen küssen, ihm sagen, wie sehr ich ihn liebe! Ich war so schrecklich zu ihm, so hochmütig und böse! Du glaubst gar nicht, wie sehr ich das alles bereut habe. Aber ich glaubte, es sei alles zu spät, und ich müsse nun für meinen Stolz büßen.«

Mathilda ergriff Isabellas Hände. »Er weiß, daß du ihn liebst. Deshalb wagt er ja das Unmögliche. Du wirst ihn nicht zurückweisen.«

»Wie könnte ich!«

»Und nun laß eine strahlende Braut aus dir machen! Du willst doch Martins Augen und sein Herz erfreuen?«

»Und wie ich das will!« Isabella sprang aus dem Bett und rief nach ihren Zofen.

»Ich verschwinde wieder, aber ich bin ganz in deiner Nähe«, sagte Mathilda und zog sich ihren Schleier über den Kopf. »Und

kein Wort, zu niemandem!« warnte sie nochmals und legte den Zeigefinger über ihre Lippen. Die Mädchen nickten ihr verschwörerisch zu. Dann verließ Mathilda das Gemach.
»Bringt kaltes Wasser, damit ich meine Augen kühlen kann!« rief Isabella. »Ich muß ja zum Fürchten aussehen! So kann ich meinem zukünftigen Gatten doch nicht unter die Augen treten!«

*

Sonnenlicht fiel durch das runde Fenster an der östlichen Seite der Kapelle und brach sich in den bunten Facetten des Glases. Fast schien es vermessen, daß die kleine Kirche einer Burg ein, wenn auch im bescheidenen Maßstab, rundes Rosenfenster besaß wie der Dom zu Worms. Trotzdem gab es dort diesem erhabenen Augenblick Würde. Die bunten Farbtupfer aus Rubin und Violett, Kobalt und Gold zitterten über den Steinboden der Kirche und tauchten die heilige Halle in einen fast überirdischen Glanz.
Beidseits des Ganges erhoben sich die Versammelten aus ihren Bankreihen und wandten sich um, als Gundram feierlich gemessen, gekleidet in seine Prunkrüstung, flankiert von seinen Getreuen, die ebenfalls ihre Prunkrüstungen trugen, zum Altar schritt. Der Bischof höchstpersönlich sollte die Trauung vornehmen, und er erwartete das Brautpaar in würdevoller Haltung. Auch wenn er als Kirchenmann die Art und Weise mißbilligte, wie Gundram an Isabellas Hand gelangt war, so konnte er sich dem Willen des Herzogs doch nicht entgegensetzen. Alte Traditionen ließen sich nur schwer ausrotten. Außerdem war ein Nachfolger für das Herzogtum dringend notwendig, wie der Bischof nach einem Blick auf den Herzog festgestellt hatte. Er wandte seine Aufmerksamkeit wieder den Hauptpersonen dieser Feierlichkeit zu.

Gundram schritt erwartungsvoll zwischen dem Spalier seiner Männer hindurch und blieb vor dem Bischof stehen, dann wandte er sich um. Die Kirchentür stand weit offen, und das Sonnenlicht zeichnete ein goldenes Rechteck durch das Dämmerlicht auf den Boden. Die Strahlen flirrten unruhig, und zwei Gestalten wurden sichtbar. Der Herzog führte Isabella an seiner Hand. Auf der Schwelle verhielten sie für einen Augenblick. Engelsgleich stand Isabella da, die Sonne ließ ihr goldenes Haar wie einen Heiligenschein leuchten. Ihr Gesicht lag im Schatten, und niemand konnte ihre Miene erkennen, doch ihre Erscheinung löste ein Raunen und Murmeln unter den Anwesenden aus. Selbst der hartgesottene Gundram konnte sich dem Zauber nicht entziehen und starrte ihr mit angehaltenem Atem entgegen.

Nervös irrten Isabellas Augen über die in der Kirche Versammelten, doch sie konnte weder Martin noch Rudolf oder die Knappen entdecken. Was, wenn der wohldurchdachte Plan schiefging? Wenn sie nur eine Minute zu spät kämen? Sie wäre unweigerlich Gundrams Frau!

Am liebsten wäre sie auf der Schwelle stehengeblieben, doch der Herzog bewegte sich und schritt langsam und gemessen den Gang entlang, wo Blumenmädchen duftende Rosenblätter ausstreuten. Ein Fanfarenstoß verkündete die Anwesenheit der herzoglichen Familie in der Kirche. Isabella schritt ebenso hoheitsvoll, mit erhobenem Kopf und würdevoller Miene neben ihrem Vater her, obwohl die Beine ihr fast den Dienst versagten. Wo war Martin? Bereits einmal hatte sie vergebens auf sein rettendes Erscheinen gewartet!

Jetzt waren sie vor dem Altar angelangt, und der Herzog übergab Isabellas Hand an Gundram. Der stand mit breitem, zufriedenen Grinsen vor ihr und hielt seine schwarz behandschuhte Hand empor, auf die der Herzog jetzt Isabellas kleine Hand legte. Es sah aus, als würde eine kleine weiße Taube auf einem

Hügel aus schwarzem Pech landen. Ihr Lächeln war eingefroren, und die kaum verdrängte Angst gewann die Oberhand.
Gundram wandte sich nun dem Bischof zu, der die Hände über dem Paar erhob. Isabella spürte, wie Gundram sich neben ihr niederkniete und sie nach unten zog. Wieder zögerte sie einen Augenblick. Gundram bemerkte es, und sein Geist wurde wachsam. Alle seine Muskeln spannten sich. Fast körperlich spürte er eine seltsame Gefahr, die er jedoch nicht genau zuordnen konnte. Isabella zeigte Widerstand.
Hätte er seinen Blick nicht demütig gesenkt gehalten, sondern hinauf auf die Empore gerichtet, hätte er eine schwarze Gestalt gesehen, die fast unsichtbar neben dem bunt gleißenden Licht des Rosenfensters im Schatten der Mauer stand. Ein kleiner, todbringender Pfeil lugte unter dem schwarzen Umhang von Rupert de Cazeville hervor. Seine scharfen Augen beobachteten genau das Geschehen unter ihm im Schiff der Kirche. Langsam hob er die kleine, handliche Armbrust mit dem Stahlgeschoß. De Cazevilles Atem ging ruhig und beherrscht. Er würde genau Isabellas Herz treffen. Sie würde es nicht einmal spüren. Sie mußte nur ihr Jawort geben, dann war Gundram ihr Gatte. Er war zwar nicht gerade der ideale Nachfolger für den alten Herzog, aber hierauf hatte de Cazeville keinen Einfluß. Wichtig war nur, daß er niemals erfahren durfte, wen er gerade ehelichte. Und er würde es auch nie erfahren.
De Cazeville hob die kleine Armbrust vor das Gesicht. Sein Raubvogelblick richtete sich über die Zieleinrichtung hinaus auf Isabellas schmalen Rücken. Er visierte die linke Seite neben ihrer Wirbelsäule an und war sich sogar sicher, daß das kleine Stahlgeschoß nicht einmal die Rippen treffen würde.
Der Bischof sprach das lateinische Gebet über dem Brautpaar und setzte an, die Trauungsformel zu verkünden, als mit einem lauten Krachen die Kirchentür aufflog.
»Halt!« rief eine kräftige Stimme, und Isabella durchfuhr ein

heftiger Schauder. »Gundram von Oxensal ist ein Betrüger! Unter Verleumdung und übler Nachrede eignete er sich mein Lehen an. Er erschlich sich das Vertrauen des Herzogs unter Vorspiegelung falscher Tatsachen, mit dem schleimigen Wort der Lüge!«

Martin konnte nicht weitersprechen, denn Gundrams Vasallen überwältigten ihn sofort.

»Laßt mich los, ich befinde mich auf heiligem Boden!« rief Martin. Der Bischof hob beschwörend die Hände.

»Nein, ergreift ihn!« schrie Gundram außer sich vor Wut. Er war aufgesprungen wie alle anderen in der Kirche und starrte Martin an, der sich gegen die zupackenden Arme wehrte.

»Laßt ihn los!« übertönte ihn der Bischof und eilte auf Martin zu. »Willst du das Asyl der heiligen Kirche in Anspruch nehmen?« fragte er.

»Jawohl, das will ich!« antwortete Martin, und mit einer Handbewegung befahl der Bischof den Männern, Martin freizugeben. Martin eilte mit großen Schritten auf den Herzog zu und fiel vor ihm auf die Knie.

»Mein Herzog, mein Lehnsherr! Ihr persönlich habt mich meiner Rechte und meiner Ehre enthoben und mich zu einem vogelfreien Mann erklärt. Ihr gabt mir nicht die Gelegenheit, meine Unschuld zu beweisen. Ihr seid einem Betrüger aufgesessen, der Euch geschworen hat, daß er mit eigenen Augen gesehen habe, wie ich unseren geliebten Kaiser Friedrich ermordet haben soll. Und allein auf diesen Meineid hin habt Ihr ihm geglaubt!«

Martin hatte sich erhoben und blickte dem Herzog, der ihn mit großen Augen anstarrte, fest ins Gesicht.

»Es gibt genügend Ritter in dieser heiligen Halle, die gleich mir Zeuge waren, wie unser Kaiser und Anführer des Kreuzzuges starb.« Martin machte eine ausholende Armbewegung. Dann trat er direkt auf einen Ritter zu. »Thomas von Hartenstein, bezeugt hier im Angesicht Gottes meine Unschuld! Ihr wart Zeuge der schrecklichen Geschehnisse am Ufer des Saleph! – Ritter Berthold von Saalfeld! – Ritter Albrecht von Meißen! – Ritter Eberhard von Waldenburg! – Ritter Bruno von Gnandstein! – Ritter Heinrich von Uebigau! – Ritter Walther von Ebersgrün!«

Martin trat vor jeden der angesprochenen Ritter und blickte ihnen fest in die Augen. »Schwört hier vor Gott, daß ich kein Mörder bin!«

Zögernd trat Eberhard von Waldenburg aus der Reihe vor den Altar. Mit ernstem Gesicht blickte er den Herzog an, dann beugte er ein Knie. »Ich, Ritter Eberhard von Waldenburg, bezeuge, daß Ritter Martin von Treytnar nichts mit dem Tod des Kaiser zu tun hatte. Ich schwöre es im Angesicht Gottes!«

Jetzt trat auch Ritter Albrecht von Meißen herbei und beugte das Knie und nach ihm die anderen fünf angesprochenen Ritter.

»Lüge!« brüllte Gundram. »Alles Lüge!«

Empört wandten sich die Ritter zu ihm um. »Wir haben im Beisein Gottes geschworen! Wie könnt Ihr uns der Lüge bezichtigen!«

Der Bischof blickte den Herzog an und erwartete eine Entscheidung. Doch dessen Augen irrten verwirrt zwischen Gundram, Martin und den Rittern umher.

»Mein Herzog!« rief Gundram mit sich überschlagender Stimme. »Ich habe Euch in all den Jahren treue Dienste geleistet, ohne daß Ihr einen Fehl an mir entdecken konntet. Ich habe mich Eures Vertrauens stets würdig erwiesen und nicht zuletzt Eure Tochter aus den Klauen dieses Raubritters befreit! Werft diesen Verbrecher in den Kerker, und laßt uns endlich die Trauung vollziehen!«

»Nein!« erklang Isabellas helle Stimme. »Solange die Vorwürfe nicht aus der Welt geschaffen sind, werde ich Gundram von Oxensal nicht ehelichen. Soll er beweisen, daß seine Behauptungen wahr sind! Immerhin steht sein Wort nicht nur gegen das von Martin, sondern auch gegen das von sieben untadeligen Kreuzrittern!«

Der Herzog trat einen Schritt vor. »So sei es! Wir begeben uns alle in den Rittersaal, wo es eine Gerichtsverhandlung geben wird. Beide Parteien sollen ihre Anschuldigungen vortragen!«

Martin blieb entschlossen stehen. »Ich gehe nicht aus der Kirche heraus!« rief er.

»Ich gebe Euch mein Wort als Landesherr, daß Euch nichts geschehen wird!« erwiderte der Herzog.

Als Martin immer noch zögerte, trat der Bischof vor. »Ich werde für Eure Sicherheit bürgen«, sagte er und stellte sich an Martins Seite.

Auf der Empore steckte Rupert de Cazeville seine kleine Armbrust zurück unter den Umhang. Er schüttelte fast unmerklich den Kopf, und seine Lippen preßten sich zu einem Strich zusammen. Seine stoische Geduld wurde auf eine harte Probe gestellt. Doch auch diesmal konnte er sich von einem Augenblick zum anderen auf die veränderte Situation einstellen. In dem allgemeinen Aufruhr verschwand er unbemerkt aus der Kirche.

*

Die Gesichter aller Heiligen, deren goldene Bilder aus den dunklen Holzkassetten der Täfelung des Rittersaales leuchteten, schienen sich auf die beiden Streitparteien zu richten, die in sicherem Abstand voneinander vor der herzöglichen Empore Aufstellung genommen hatten. An der Wand saßen die Ritter des Rates unter ihren Fahnen und Wappen und folgten der Verhandlung mit gespannter Aufmerksamkeit. Daneben standen die sieben Kreuzritter, die für Martin gesprochen hatten, als Zeugen. Der Bischof stand neben dem Sessel des Herzogs. Isabella saß auf dem Hocker zu Füßen ihres Vaters. Immer noch in das prachtvolle Hochzeitskleid gewandet, blickte sie auf ihren ungeliebten Bräutigam herab, der mit zornesrotem Kopf zu Martin hinüberstarrte. Es war eine irrwitzige Situation, die Isabella wie ein Alptraum vorkam. Da stand der Mann, den sie liebte, den sie aber nicht heiraten konnte, und dort stand der Mann, den sie heiraten sollte, den sie aber nicht liebte.

Die Wachsoldaten hielten die sich neugierig drängende Zuschauermenge in gebührendem Abstand. Gundrams Prunkrüstung glänzte, und er scharrte stolz wie ein wilder Stier mit den Füßen auf den Steinplatten des Fußbodens herum.

Martin dagegen trug einen schäbigen Kittel aus brauner Wolle mit einem zerlöcherten Kettenhemd darüber. Selbst seine Stiefel waren zerfetzt. In seinem Gesicht erkannte Isabella mit Erschrecken zahlreiche schlecht verheilte Brandwunden, und er trug sein Haar kürzer. Er wirkte kränklich und schwach. Gegensätzlicher als diese beiden Männer konnten zwei Menschen nicht sein.

Ein heißes Mitleid durchströmte Isabella. Doch Martins Stolz und sein Mut schienen ungebrochen, wilde Entschlossenheit loderte in seinen Augen.

Der Herzog beugte sich zu Isabella herunter. An seinen gerunzelten Brauen sah sie seinen Unwillen.

»Ich mache mich wirklich lächerlich«, knurrte er. »Erst verurteile ich Martin von Treytnar, und jetzt soll ich Gundram von Oxensal schuldig sprechen? Wie stehe ich denn jetzt da?«

»Du kannst dein Unrecht von damals korrigieren«, zischte Isabella zurück.

»Wieso Unrecht? Ich habe Recht gesprochen«, verteidigte sich der Herzog wie ein eigensinniges Kind.

»Gundram hat gelogen!«

»Gundram ist einer meiner besten Ritter.«

»Er hat sich unentbehrlich gemacht, um Macht zu gewinnen«, erwiderte Isabella verärgert. »Und er setzt sich über deine Autorität hinweg, Vater!«

Der Herzog brummelte etwas und lehnte sich wieder zurück. Er ließ seine Augen zwischen Gundram und Martin schweifen. Dann seufzte er. Er fügte sich in das Unvermeidliche. Gedankenverloren kraulte er seinen Bart, dann wandte er sich an Gundram.

»Ritter Gundram, Ihr habt die Worte der sieben Ritter vernommen, die als Zeugen für Ritter Martin sprachen. Was habt Ihr zu Eurer Verteidigung zu sagen?«

»Ich muß mich nicht verteidigen, mein Herzog«, donnerte Gundram, »denn ich bin nicht der Verbrecher. Angeklagt ist Martin!«

»Ich verlange die Wiederaufnahme des Verfahrens!« rief Martin. »Weil ich meine Unschuld beweisen will! Und ich will beweisen, daß Gundram sich durch seine vorsätzliche Lüge meines Lehens bemächtigt hat!«

Wieder irrten die Augen des Herzogs zwischen den beiden ungleichen Rittern hin und her. Er fühlte sich hoffnungslos überfordert. Doch als oberster Landesherr seines Herzogtums mußte er die Rechtsprechung vornehmen.

Isabella beugte sich zu Martin vor. »Es wird schwer werden, Gundrams Wort hat großes Gewicht bei den Rittern. Wirst du es durchstehen?«

»Das ist unsere einzige Chance zum Glück«, flüsterte Martin. »Wir bekommen kein zweites Leben geschenkt.«

Seine Augen ruhten auf Isabella, die strahlend schön in ihrem Hochzeitskleid vor ihm saß. Doch ihre Augen waren groß und dunkel vor Besorgnis, sie wirkte aufgewühlt.

Martin unterdrückte das Bedürfnis, zu ihr auf die Empore zu springen, sie in die Arme zu reißen und zu küssen. Noch war sie nicht sein. Und ihrem Gesichtsausdruck nach zu urteilen fürchtete sie, daß es auch niemals dazu kommen würde.

»Mein Herzog, schickt Isabella aus dem Raum! Sie ist befangen. Martin hat sie beeinflußt. Außerdem kann sie nicht beurteilen, was damals ...«

Isabella schnitt ihm wild entschlossen das Wort ab, ohne Rücksicht auf die Folgen.
»Seit wann habt Ihr Angst vor einer schwachen Frau, Herr Ritter? Oder seid Ihr Eures Wortes nicht mehr so sicher?«
Gundrams Gesicht lief rot an. Er schnaubte wie ein Stier, und das Weiß seiner Augen funkelte gefährlich.
»Haltet Euch zurück, Prinzessin! Es könnte sonst Euer Schaden sein!«
Isabella hob verwundert die Augenbrauen. »Ihr droht mir?« Stolz und Herablassung lagen in ihrer Stimme. »Wollt Ihr mich wieder in Euren Kerker werfen?«
Gundram trat einen Schritt auf Isabella zu, doch sofort waren zwei Wachen bei ihm und hinderten ihn mit ihren Lanzen. Mit verbissenem Gesicht blieb er stehen.
»Mein Herzog, ich kann nur wiederholen, was ich bereits damals sagte, als ich aus dem Kreuzzug heimkehrte. Es geschah am zehnten Juni im Jahre des Herrn Elfhundertneunzig. Wir querten den Fluß Saleph in Kleinasien und rasteten am anderen Ufer. Alle stiegen von ihren Pferden. Kaiser Barbarossa ging zum Wasser zurück, Martin folgte ihm. Wir hörten einen Aufschrei und sahen unseren Anführer hilflos in den Fluten versinken. Wir konnten ihn nur noch tot bergen. An seinem Kopf klaffte eine Wunde. Martin hat ihn niedergeschlagen! Friedrich stürzte ins Wasser und ertrank!«
»Ja, ja, das habt Ihr damals so erzählt«, bestätigte der Herzog. »Es klingt doch sehr einleuchtend.« Er wandte sich an Martin. »So erzählt denn Eure Version.«
»Sie unterscheidet sich kaum von Gundrams Schilderung«, erwiderte Martin, und seine Augen funkelten zornig. »Bis auf die Kleinigkeit, daß ich etwa zehn Schritte hinter Barbarossa stand, als er am Ufer ausglitt und ins Wasser stürzte. Er stieß sich an Treibholz, als er in den Fluß stürzte. Das Wasser war sehr kalt, es kam aus den Bergen des Taurus, und Barbarossa war müde und erschöpft! Es war nichts weiter als ein unglückseliger Unfall!«

»Das können wir bestätigen!« sagte einer der Ritter, die als Zeugen daneben standen. Ritter Albrecht von Meißen nickte. »Ich bestätige dies auch. Ich stand Ritter Martin am nächsten. Er hat nichts mit dem Tod des Kaisers zu tun.«
Isabella atmete tief durch. Es würde doch alles noch gut werden!
»Und warum hielt er sich zwei Jahre versteckt wie ein Verbrecher? Wenn er ein reines Gewissen gehabt hätte, dann hätte er mit uns zurückkehren können!«
»Zurückkehren?« rief Martin. »Nur Feiglinge kehren um! Ich bin an der Seite von Friedrichs Sohn geblieben, so wie diese tapferen Männer hier!« Er zeigte auf seine Zeugen.
»Ihr nennt mich einen Feigling?« tobte Gundram. »Der Kreuzzug war gescheitert!«
»Und für Euch ein Grund, mich beim Herzog zu diffamieren und Euch mein Lehen unter den Nagel zu reißen!« Martin hielt es nicht mehr an seinem Platz, und er stürmte auf Gundram zu. Doch er lief nur in die gekreuzten Lanzen der Wachsoldaten.
»Ritter Martin, ich ermahne Euch zur Mäßigung«, knurrte der Herzog.
»Aber es ist wahr!« wehrte sich Martin. »Wir sind mit Barbarossas Sohn bis Akkon gezogen. Doch wir waren zu wenige! Die Feiglinge haben uns ja verlassen!«
»Er hat mich schon wieder Feigling genannt!« heulte Gundram auf. »Und wo wart Ihr in den zwei Jahren, Feigling?« Seine dunklen Augen fixierten Martin. Isabella erwartete, daß er sich jeden Augenblick auf ihn stürzen würde. Mit einer Handbewegung wies sie die Wachen zu besonderer Aufmerksamkeit an.
»Ich lag auf den Tod mit Ruhr und Schüttelfieber darnieder.«
»In die Hosen habt Ihr Euch gemacht aus Angst vor Sultan Saladin!« höhnte Gundram, und seine Anhänger lachten dröhnend.
Martin knirschte mit den Zähnen. Es war keine Gerichtsverhandlung mehr, es war ein Schlagabtausch mit Worten, und der Herzog verfolgte ihn mit hilflosen Blicken.

»Während ich mit dem Tod kämpfte, hattet Ihr nichts Besseres zu tun, als Lügen über mich zu verbreiten. Und der Herzog hat sie geglaubt!«
»Wollt Ihr damit sagen, daß ich ein Trottel bin?« begehrte der Herzog auf.
Martin biß sich auf die Lippen. Beinahe hätte er die provokante Frage bejaht. Doch er beherrschte sich.
»Nein, mein Herzog, ich wollte damit nur andeuten, wie kaltblütig Ritter Gundram bei seinem Betrug vorgegangen ist! Er glaubte, ich sei tot. Damit wäre sein Verbrechen niemals aufgedeckt worden!«
»Genug der Worte, sie behagen mir nicht!« sagte der Herzog mit einer ungeduldigen Handbewegung und erhob sich. »Es scheint sehr widersprüchliche Berichte zu geben, und offensichtlich weiß keiner genau, was damals am Ufer dieses Flusses geschah. Ich habe trotzdem keinen Grund, an der Aufrichtigkeit von Ritter Gundram zu zweifeln, der mich bisher nie enttäuscht hat.«
Gundram hielt es nicht mehr auf seinem Platz. Er wandte sich zu den sitzenden Rittern des Rates um. »Ihr alle kennt mich«, rief er in pathetischem Ton und breitete seine Arme aus, als wolle er seine Friedfertigkeit beweisen. »Und ich bin einer von Euch! Gemeinsam haben wir in Freud und Leid Seite an Seite gestanden und geholfen, die Geschicke dieses Herzogtums zum Guten zu wenden. Ich bin ein Ritter, ein Mann von edlem Geblüt, von Mut und Ehre. Jetzt aber«, er streckte seine Hand aus, und sein Finger schoß wie ein Pfeil in Martins Richtung, »will man mich zu einem Verbrecher abstempeln. Und Kläger ist ausgerechnet ein gesuchter Räuber, Verbrecher, Geiselnehmer! Welche Schmach will unser Herzog noch auf mich laden, um mich zu entehren, zu diffamieren? Seit Martin zurückgekehrt ist, ist dieses Land immer gesetzloser geworden. Diebe und Mörder ziehen hindurch, Reisende setzen ihr Leben aufs Spiel,

wenn sie das Herzogtum durchqueren. Und selbst die Prinzessin ist im eigenen Land nicht sicher!«

Seine Augen funkelten voll Leidenschaft, seine imposante Gestalt war die eines Führers, eines beeindruckenden Mannes, der sich seiner selbst sehr sicher war. Seine ausholenden Gesten unterstrichen seine feurige Rede.

Isabella konnte nicht umhin, diesen Ritter zu bewundern – und zu fürchten. Gundram war ein starker Mann. Fanatismus sprühte aus seinen Augen. Um sein Ziel zu erreichen, würde er jedes Hindernis aus dem Weg räumen.

»Ihr verdreht die Tatsachen, Ritter Gundram«, rief Isabella aufgebracht. In ihrer Erregung traten die Adern an ihrem Hals hervor.

Über Gundrams Gesicht flog ein Lächeln, das jedoch seine Augen nicht erreichte. Er hob in einer bittenden Geste die Hände, als wolle er den Rittern damit sagen, was die Prinzessin doch für ein hysterisches Frauenzimmer sei, das an der Spitze des Herzogtums völlig fehl am Platze war.

»Es ist eine Tatsache, daß Martin Euch in seine Gewalt gebracht hat. Es ist eine Tatsache, daß er den Herzog mit Eurer Geiselnahme erpressen wollte. Und es ist eine Tatsache, daß ich Euch eigenhändig aus dieser Raubritterburg befreit habe. Gegen solche Machenschaften ist die eiserne Faust die einzige Sprache, die verstanden wird.« Um Zustimmung heischend wandte er sich wieder an die Ritter des Rates. Einige nickten, andere blickten ihn schweigend, aber fasziniert an. Gundram war sicher, daß sein Auftritt den gewünschten Effekt haben würde. Er hatte die Ritter beeindruckt.

Er wandte sich dem Herzog zu und warf ihm einen kameradschaftlich-vertraulichen Blick zu. Mit seinem Lächeln von Mann zu Mann ignorierte er Isabella nun völlig.

»Kommt schon, Herzog, Ihr hattet damals das Urteil über Martin gesprochen, und es gibt keinen Grund, es zu revidieren. Wir

wissen beide, daß er sein Recht auf Ehre und Lehen verwirkt hat. Auch seine Zeugen können nichts anderes gesehen haben als ich. Im Prinzip bestätigen sie ja, daß es so war. Nur, daß ich gesehen habe, daß Martin dem Kaiser mit einem Knüppel ...«
»Dann wart Ihr aber der einzige, der es angeblich gesehen hat«, spottete Albrecht von Meißen. »War es nicht vielleicht ein Wunschtraum? Oder glaubt Ihr inzwischen derart an Eure Lüge, daß Ihr sie selbst für wahr haltet?«
Gundrams Lächeln wirkte eingefroren. Seine Augen glühten besessen. »Bis jetzt habe ich an die Gerechtigkeit geglaubt. Macht mich nicht zu Eurem Feind!« Während dieser offensichtlichen Drohung schaute er gleichwohl auf die Ritter als auch auf den Herzog.
Isabella knetete ihre Finger und unterdrückte ein Zittern. Sie befürchtete zu Recht, daß der Herzog dieser Situation nicht gewachsen war und sich von Gundram einschüchtern ließ. Der Herzog wandte sich zur rechten Wand des Prunksaales.
Zwanzig Ritter saßen auf ihren Plätzen. Der einundzwanzigste Platz war leer. Es war Gundrams Platz. Gefahr schlich sich in den Saal wie ein greifbares Wesen. Atemlos vor Spannung starrte Isabella auf die kräftigen, stolzen Männer, die sich jetzt mit feierlichen, ernsten Gesichtern erhoben.
»So sprecht jetzt das Urteil über Martin«, sagte der Herzog. »Sprecht über Schuld oder Unschuld von Martin von Treytnar am Tod des Kaisers Barbarossa auf dem Kreuzzug ins Heilige Land, wessen ihn Ritter Gundram von Oxensal bezichtigt.«
Der Reihe nach traten die Männer einen Schritt vor und griffen dabei mit ihrer rechten Hand zum Schwertknauf.
»Unschuldig!« – »Unschuldig!« – »Schuldig!« – »Unschuldig!« – »Schuldig!« – »Schuldig!« ...
Zehn Ritter sprachen Martin unschuldig, zehn Ritter aber schuldig! Isabella wurde blaß und zitterte. Wie konnten sie nur die Tatsachen leugnen! Oder fürchteten sie sich gar vor Gundram?

Bei einem Schuldspruch würde der Herzog Martin gefangennehmen und hinrichten lassen!
»Dann muß ein Gottesurteil entscheiden!« rief Isabella in höchster Not. Der Herzog blickte sie unwillig an. »Bitte, Vater, wenn Ihr ein wahrer Christenmensch seid, dann laßt Gott selbst entscheiden! Ladet nicht die Bürde auf Euch, einen unschuldigen Ritter in den Tod zu schicken!«
Die Zuschauer murmelten, einige zustimmend, andere ablehnend.
»Herzog, Ihr seid der Landesherr! Laßt Ihr Euch von einer schwachen Frau vorschreiben, wie Ihr zu urteilen habt?«
»Sie ist keine schwache Frau«, erwiderte der Herzog beleidigt. »Sie ist meine Tochter, die einmal mein Erbe antreten soll. Sie soll einmal weise entscheiden.«
»Entscheiden wird nicht sie, sondern der Mann an ihrer Seite«, dröhnte Gundrams Stimme, und es hielt ihn nicht mehr auf seinem Platz. »Habe ich nicht auf dem Turnier fair gekämpft und gesiegt? So steht mir der Platz als Isabellas Gemahl auch von Rechts wegen zu!«
»Und Ihr werdet dann alle Entscheidungen treffen, die das Herzogtum betrifft?« fragte der Herzog und lehnte sich zurück.
»Noch bin ich am Leben.«
»Natürlich, und Ihr sollt auch noch lange leben!«
»Hört, hört, welch aufrichtige Worte!« höhnte Martin.
Ehe Gundram etwas erwidern konnte, erhob sich der Herzog wieder. Er strich über seinen dünnen Bart und heftete seine wäßrigen Augen auf Gundram. »Ich vernehme mit Erstaunen, mit welcher Respektlosigkeit Ihr Eure zukünftige Gattin behandelt. Aber vielleicht wird sie gar nicht Eure Gattin.«
»Wie soll ich das verstehen?« Gundram faßte nach dem Griff seines Schwertes, aber zwei Ritter sprangen auf und hielten ihn fest.
Der Herzog straffte sich und blickte über die Versammelten.

Seine Stimme war jetzt fest und klar, sein Blick sicher. »Isabella hat weise gesprochen. Ein Gottesurteil soll entscheiden, welcher von beiden im Recht ist!«

*

»Das war eine große Dummheit, Prinzessin!« erklang eine Stimme aus dem Hintergrund.

Alle drehten sich nach Rupert de Cazeville um. Mit Erstaunen, Erschrecken oder Mißtrauen im Blick begegneten sie dem seltsamen Mann in der schwarzen Kleidung. Seine dunklen, glühenden Augen hefteten sich auf Martin. Langsam schritt er um ihn herum, und Gundram zuckte zusammen. Er umrundete Martin nach links!

Er betrachtete Martin eingehend von oben bis unten, dann hob er dessen rechte Hand. Die kaum verheilte Wunde leuchtete rot, die Ränder waren entzündlich angeschwollen.

»Das soll ein Gottesurteil werden?« spottete er und ließ verächtlich die Hand wieder los. Er wandte sich zum Herzog um, aber seine Augen trafen Isabella. Der durchdringende Blick des Fremden verursachte in ihr einen kalten Schauder. »Meines Wissens soll Gott gerecht urteilen«, fuhr de Cazeville fort. »Martin hat mit dieser Hand keine Chance auf Gerechtigkeit.«

Gundram ruckte unruhig auf seinem Platz. Nahm der Fremde jetzt Partei für Martin? Er mußte unbedingt mit ihm sprechen! Doch nicht hier vor den versammelten Rittern und dem Herzog. Keiner sollte wissen, daß sie sich bereits kannten. Dieser Mann war ebenso undurchsichtig wie sein schwarzer Umhang, und niemand wußte, was er wirklich im Schilde führte. Auch wenn er Gundram immer unheimlicher wurde, er durfte nicht zulassen, daß er im letzten Augenblick seine ehrgeizigen Ziele vereitelte. Doch im Augenblick war der Rittersaal angefüllt mit einer wogenden Menschenmenge, die atemlos der Verhandlung lausch-

te. Und sie schaute ebenso gebannt auf den Fremden, der jetzt seine Lippen spöttisch verzog.
»Und das ist nicht die einzige Wunde!« Woher er wußte, daß Martins linke Schulter durch Gundrams Schwertstreich ebenfalls verletzt war, konnte niemand sagen, denn Martin trug unter seinem Kettenhemd ein dickes, wollenes Hemd. De Cazeville klopfte unversehens mit dem Handrücken gegen Martins Oberarm. Martin zuckte zusammen, seine Mundwinkel verzogen sich schmerzvoll.
Langsam stieg Rupert de Cazeville zu Isabella auf die Empore und beugte sich zu ihrem Ohr herunter. »Ich war überzeugt, Ihr liebt ihn, doch nun wollt Ihr ihn opfern? Was hat Euren Sinneswandel verursacht? Gundram?«
Sein gebräuntes, schmales Gesicht war nur wenige Zentimeter von ihrem entfernt, und sie starrte hypnotisiert in seine schwarzen Augen. Wer war dieser Mann? Sie schluckte schwer.
»Nein«, hauchte sie so leise, daß es nur de Cazeville verstehen konnte. »Das will ich nicht.«
»Ihr sitzt ganz schön in der Tinte«, flüsterte er zurück. »Ohne Gottesurteil wird er als Verbrecher verurteilt. Mit Gottesurteil übersteht er den Kampf nicht.« Isabella starrte ihn noch immer an. Er begann, langsam um sie herum zu schreiten. Hinter ihr blieb er stehen und beugte sich wieder an ihr Ohr. »Wollt Ihr, daß ich Euch helfe?« Fast unmerklich nickte sie.
Gundram wurde immer unruhiger. Was hatte der Fremde vor? Was sprach er mit Isabella? Er hatte sehr wohl bemerkt, daß er auch Isabella links herum umkreist hatte! Schweiß trat auf Gundrams Stirn. Er fühlte, daß er die Situation nicht mehr in der Hand hatte. Dieser Fremde ließ alle nach seinem Willen tanzen! Hatte er nicht damals, als sie am Waldrand rasteten, gesagt, er strebe nicht danach, Macht über die Menschen zu bekommen, er besäße sie bereits? Langsam begriff Gundram, was er damit meinte. Er mußte der Teufel persönlich sein!

Isabellas Blick wanderte von Martin zu ihrem Vater. Der unheimliche Fremde blieb hinter ihr stehen, und sie spürte seinen durchdringenden Blick in ihrem Rücken.
»Er hat recht, Vater, es wäre kein gerechter Kampf. Martin ist verletzt.«
Hilflos zuckte der Herzog mit den Schultern. »Sollen wir warten, bis er wieder gänzlich genesen ist?« fragte er Isabella.
Gundram trat vor. »Mein Herzog, das kann nicht Euer Ernst sein! Ein Gottesurteil muß innerhalb von sieben Tagen vollzogen sein. Entweder Martin kämpft, oder Ihr verurteilt ihn als das, was er wirklich ist – ein Verbrecher!«
Isabella sprang auf. »Ihr wart doch selbst Zeuge, daß sieben Ritter für Martin ausgesagt haben. Der Vorwurf des Mordes an Kaiser Friedrich Barbarossa ist völlig aus der Luft gegriffen und durch nichts zu beweisen!«
»Nun, es gibt ja noch mehr, dessen er angeklagt ist«, erwiderte Gundram drohend. »Wegelagerei, Räuberei, Wilddieberei, Entführung, Geiselnahme ... Wart Ihr nicht selbst seine Geisel?«
»Nein, ich war Eure Geisel, Gundram. Danach war ich Martins Gast! Freiwillig!«
»Ihr macht Euch lächerlich, Prinzessin!« schnaubte Gundram. »Ihr seid voreingenommen, weil Ihr mit ihm ...«
»Schweigt!« De Cazevilles Zwischenruf klang wie ein Peitschenknall. Gundram verstummte sofort.
De Cazeville war neben Isabella getreten und blickte auf die Versammelten herunter. Gundram fröstelte, als er ihn auf einer Höhe mit dem Herzog und Isabella sah. Niemand wagte etwas dagegen einzuwenden, daß er sich erdreistete, sich mit den beiden auf eine Stufe zu stellen, auch wenn es nur äußerlich war. Gundram ahnte sogar, daß er den alten Herzog, wie auch Isabella, bereits völlig beherrschte. Ohnmächtig mußte er zur Kenntnis nehmen, daß sein Geschick sich nach dem Willen dieses schwarzen Mannes wenden würde. Irgendwie mußte er

sich mit ihm gut stellen. Drohungen schüchterten ihn nicht ein, Waffen schien er nicht zu fürchten und selbst Gedanken anderer waren kein Geheimnis für ihn. Gundram hoffte, ihn unter vier Augen sprechen zu können.
Doch de Cazeville dachte nicht daran, seinen Platz neben Isabella zu verlassen. Alle starrten ihn an, und auch Isabella schien von ihm hypnotisiert zu sein wie ein Kaninchen von einer Schlange. Stocksteif saß sie da, die Hände krampfhaft ineinander verschlungen, und blickte starr auf Martin. Jetzt, wo er auf so wunderbare Weise wieder in ihr Leben getreten war, schickte sie ihn eigenhändig in den sicheren Tod!
Qualvoll löste sie ihren Blick von Martin und schaute zu de Cazeville auf. Sein bewegungsloses, undurchdringliches Gesicht wirkte wie eine Maske, in der die schwarzen Augen um so gefährlicher funkelten. Er schaute Isabella an, und ein spöttisches Lächeln blitzte für einen Augenblick darin auf. Doch gleich darauf war es wieder verschwunden. Er hatte Isabellas Gedanken gelesen.
»Ich werde ihn heilen«, sagte er laut in den Saal hinein. Ein Raunen ging durch die Zuschauer, es wurde unruhig.
»Und wie lange sollen wir damit warten?« entgegnete Gundram spöttisch.
De Cazeville warf ihm einen hämischen Blick zu, der Gundram wie ein Dolch in den Bauch fuhr. »Sieben Tage!«

Vierzehntes Kapitel

Seid Ihr bereit?« fragte Rupert de Cazeville. Martin warf ihm einen schrägen Blick zu und nickte. Ihm war nicht ganz wohl dabei, aber er wußte auch, daß er keine andere Wahl hatte, als auf ein Wunder zu hoffen.

Sie standen vor der Tür der Kammer, die fast völlig leer war. De Cazeville hatte lediglich ein Faß mit frischem Quellwasser, Feuerholz und einen kleinen Eisenofen mit einem Kupferkessel hineinbringen lassen.

»Wie können wir sicher sein, daß er Martin da drinnen nicht umbringt?« fragte Gundram hektisch. Er stellte sich vor die Tür und versperrte sie mit seinem Schwert.

Martin drehte sich um. »Ihr macht Euch um mein Leben Sorgen, Herr Ritter?« spottete er.

Unsicher blieb der Herzog stehen. Die Umstehenden riefen durcheinander.

»Niemand kennt ihn!« – »Wir können ihm nicht trauen!« – »Was ist, wenn er ihm etwas antut?«

Isabella drängte sich vor. Sie nahm ihren ganzen Mut zusammen und stellte sich neben Rupert de Cazeville. »Ich bürge für ihn!«

»Isabella!« Gundram rang nach Luft. »Ihr kennt ihn doch gar nicht! Ich warne Euch!«

Isabella hob erstaunt die Augenbrauen. »Kennt Ihr ihn etwa?«

»Nein, nein«, stotterte Gundram. Wie sollte er Isabella begreiflich machen, daß diesem Mann niemand gewachsen war, daß er vielleicht ein Zauberer oder gar ein Teufel war?

»Na also!« Sie wandte sich Martin zu und wollte ihn küssen.

De Cazeville packte ihre Schulter und zog sie unsanft zurück. Mit tadelndem Blick schüttelte er den Kopf. Isabella fühlte sich wie ein gescholtenes Kind. Verstohlen tastete sie nach Martins Hand.

»Es wird alles gut werden, das spüre ich!« hauchte sie, aber ihre Stimme bebte.

»Können wir nun hineingehen?« knurrte de Cazeville.

Martin nickte und betrat vor ihm die kahle Kammer. Die Tür klappte zu, und diejenigen, die draußen zurückblieben, hörten den Riegelbalken zuschlagen.

Sie starrten auf die Tür und erwarteten jeden Augenblick grauenvolle Geräusche. Doch es blieb ruhig. Nach einigen Stunden zerstreuten sie sich. Nur zwei Wachen blieben davor stehen.

Isabella ging in die Kapelle, um zu beten. Dort traf sie Mathilda und Rudolf. Sie blickte in die sorgenvollen Mienen der beiden.

»Ich traue diesem unheimlichen Mann nicht«, sagte Mathilda leise. »Es war sehr leichtsinnig von dir, für ihn zu bürgen.«

»Ich weiß! Doch was blieb mir denn anderes übrig?«

Rudolf atmete tief durch. »Martin hatte auch keine andere Wahl. Wenn er jetzt nicht gekommen wäre, wärt Ihr mit Gundram verheiratet. So kann er vielleicht das Blatt noch wenden.«

»Ich bete dafür«, sagte Isabella leise und fiel vor dem Altar auf die Knie.

*

De Cazeville legte seinen Beutel auf den Boden und begann, dessen Inhalt auszupacken. Zuerst holte er ein großes weißes Laken hervor. Er entfaltete es und breitete es auf dem Boden aus.

»Entkleidet Euch und legt Euch auf dieses Tuch.«
»Alles?« fragte Martin erstaunt.
De Cazeville nickte. Zögernd legte Martin seine Kleidung ab und hockte sich auf das Tuch. Zu seinem Erstaunen entkleidete der Fremde sich ebenfalls. Achtlos warf er seine dunklen Sachen in eine Ecke. Nur einen Dolch, den er aus dem Umhang hervorgezogen hatte, legte er mit Bedacht neben seinen Beutel.
Martin beobachtete ihn und stellte mit Bewunderung fest, daß dieser Mann einen außergewöhnlich schönen Körper besaß. Er war groß und schlank, jeder Zentimeter seiner Glieder bestand aus langfaserigen Muskeln, über die sich straff und faltenlos seine bräunliche Haut spannte. Schwarzes Haar lag wie ein seidiger Schleier über Brust und Bauch. Martin mußte unwillkürlich an die Geschmeidigkeit und Eleganz einer Raubkatze denken. Selbst sein Phallus besaß außergewöhnliche Maße und Martin überlegte einen Augenblick, wie viele Frauen er damit wohl schon beglückt haben mochte.
Dann kleidete er sich in einen weiten, weißen Umhang mit einer zipfelförmigen Kapuze.
Mißtrauisch beäugte Martin den Dolch und das Gebaren des Fremden. »Was habt Ihr vor?« fragte er.
»Ihr würdet es nicht verstehen«, erwiderte de Cazeville unwirsch.
»Warum nicht? Dieser Dolch ist eine sarazenische Arbeit. Ihr habt im Orient gelebt!«
De Cazeville hockte sich vor den Eisenofen und entfachte ein Feuer. »Ihr beobachtet gut«, sagte er, ohne Martin anzuschauen. »Ich habe einige Jahre in Tyrus zugebracht. Dort lernte ich die Heilmethoden der Orientalen kennen.« Er grinste. »Und nicht nur das. Der Dolch stammt aus Damaskus. Einen besseren Stahl gibt es auf der ganzen Welt nicht.«
»Seid Ihr ein Arzt?«
»Nicht nur. Das, was die Kreuzritter an ärztlicher Kunst vorwei-

sen können, ist, gelinde gesagt, eine Katastrophe. So viele der alten Weisheiten wurden vergessen oder gar verteufelt.«

»Ihr meint, das Wissen der alten Eichenpriester?«

De Cazeville nickte. Er erhob sich und füllte den Kupferkessel mit Wasser. »Ihr glaubt nicht daran, weil ihr ein Christ seid, nicht wahr?«

»Nein, denn es ist schwarze Magie!« Er blickte in das herablassend lächelnde Gesicht des Mannes.

»Und trotzdem habt Ihr Euch einverstanden erklärt, daß ich Euch heile?«

Martin nickte. »Es ist eine Chance. Ich vertraue Euch nicht, aber ich begebe mich in Eure Hände, weil ich keine andere Wahl habe.«

»Das ist vernünftig und ehrlich. Deshalb solltet Ihr mir jetzt vertrauen und mir in meine Welt folgen. Ihr werdet gesund und gestärkt wieder daraus hervortreten und habt eine reelle Chance, gegen Gundram zu gewinnen.«

»Und wer garantiert, daß Ihr mir nicht mit Eurem Dolch die Kehle durchschneidet?«

Das leise Lachen de Cazevilles klang wieder spöttisch. »Niemand wird Euch das garantieren. Doch was habe ich davon, Euch zu töten?«

»Ich weiß nicht, warum Ihr das alles überhaupt tut. Ich kenne Euch nicht! Welches Interesse solltet Ihr daran haben, daß ich Isabella zur Frau gewinne?«

»Ich habe kein Interesse daran. Es ist eine höhere Macht, in deren Interesse es liegt. Doch vergeudet nicht die Kraft Eures Geistes für solche nutzlosen Gedanken. Ihr braucht sie, um gesund zu werden. Es wird Euch viel Kraft kosten!« Er streute getrocknete Kräuter in eine Schale und überbrühte sie mit heißem Wasser.

»Was ist das?« fragte Martin mißtrauisch.

»Ihr solltet auch nicht mehr fragen, sondern das befolgen, was ich Euch sage!«

Martin senkte ergeben den Kopf und nahm die dargereichte Schale. Ein würziger Duft stieg in seine Nase, und er trank den heißen Tee mit kleinen Schlucken. Er spürte die Wärme durch seinen Körper fließen, eine angenehme Leichtigkeit erfaßte ihn, und er wurde müde. De Cazeville reichte ihm eine zweite Schale und hinderte ihn daran, sich niederzulegen. »Das müßt Ihr ebenfalls trinken, es ist wichtig!«
Martin schwankte bereits bedenklich, aber er riß sich zusammen und schlürfte auch die zweite Schale Tee, die sehr bitter schmeckte. Dann umfing ihn eine warme Dunkelheit, und er entglitt in Morpheus' Arme.
De Cazeville begutachtete ausgiebig Martins Wunden. Der Hieb am Arm hatte sich entzündet und klaffte auseinander. Brandblasen waren über den ganzen Körper verstreut. Der Pfeildurchschuß an der Hand eiterte, die Finger waren angeschwollen.
Sein Gesicht war jetzt konzentriert, seinen Augen entging keine Nebensächlichkeit. Dann begann er mit der Zubereitung einer Kräuterpaste. Er nahm sich dazu viel Zeit und murmelte ständig Worte in einer fremden Sprache. Zuletzt legte er seinen Dolch in den kochenden Absud. Er verbrachte wieder eine geraume Zeit mit Gebeten, während er ab und zu einige Scheite Holz nachlegte. Dann nahm er den Dolch und beugte sich zu Martin herab.
Vor der Tür lauschten noch einige Unentwegte und hofften, irgendwelche Gespräche, Worte oder Geräusche zu vernehmen, doch sie wurden enttäuscht. Hinter der Tür blieb es still.
De Cazevilles schöne, schlanke Hände, die gleichwohl töten und heilen, lieben und strafen konnten, begannen mit ihrer Arbeit.

*

Martin sah sich durch einen sommerlichen Wald reiten. Die gewaltigen hohen Bäume bildeten eine grüne Kathedrale, durch deren Blätterdach die Sonne schräge, goldene Strahlen schickte.

Die verzweigten Arkaden der Äste formten luftige Wölbungen, durchdrungen von dem Geist der Schöpfung. Der weiche Waldboden dampfte. Kleine Nebelgebilde tanzten vor den Hufen des Pferdes, das lautlos über den Boden schritt und dessen kaum sichtbare Eindrücke der Waldboden sofort wieder ausglich. Es war, als wäre eine schwerelose Gestalt darübergegangen. Martin lehnte sich im Sattel zurück und lenkte seinen Blick hinauf in das grüne Blätterdach. Die Sonne funkelte und blendete ihn. Er kniff die Augenlider zusammen. Durch seine Wimpern hindurch sah er bunte Vögel auffliegen, vernahm das kehlige Gurren von Ringeltauben. Irgendwo in der Ferne murmelte ein Bach. Tropfen glitzerten auf den breiten Fächern der Farnwedel. Ein intensiver Duft nach Erde, Moos und Pilzen stieg in seine Nase, und er atmete tief ein. Er spürte den Geschmack von seltsamen Kräutern auf seiner Zunge. Etwas Feuchtes benetzte seine Lippen.

Er lenkte die Schritte seines Pferdes tiefer in den Wald hinein. Das Murmeln des Baches verstärkte sich, schwoll zum Rauschen eines nahen Wasserfalls an. Die Dunkelheit des Waldes umschloß ihn.

Vor sich sah er einen Berg aufragen aus dunklem Schiefergestein. Wasser floß über die glatten Flächen und verlieh ihm einen seidigen Glanz. Am Fuß des Berges öffnete sich eine Höhle. Martin glitt vom Pferderücken. Wie unter Zwang betrat er den Zugang in die Welt aus Stein. Er verspürte keine Angst, so als wüßte er, was ihn im Inneren erwartete. Der Raum im Gestein weitete sich zu einer unfaßbaren Form, deren Grenzen durch die unvollkommene Wahrnehmungsfähigkeit der Sinne verwischt wurde.

Im Schatten in der Tiefe des Raumes erblickte er einen noch dunkleren Schatten, der allmählich menschliche Gestalt annahm. Gänzlich in schwarzes Leder und Tuch gekleidet, trat der fremde Magier auf ihn zu. Sein schmales Gesicht war ernst, fast maskenhaft reglos. Nur seine Augen, von der Schwärze des umgebenden Gesteins, loderten wie die Glut der Kohle. Er streckte die Hände nach Martin aus und vollführte eine einladende Handbewegung. Martin streckte seine Arme vor und ergriff die dargebotenen Hände des Fremden. Ein dumpfer Schmerz durchfuhr seine Hand, die der Pfeil durchbohrt hatte. Der Fremde lächelte und strich mit seinen schlanken Fingern in einer anmutigen Bewegung darüber. Verblüfft stellte Martin fest, daß die Wunde verschwunden war.

Doch der Fremde lenkte seine Aufmerksamkeit auf die schwarze Tiefe der Höhle und zog ihn mit sanfter Gewalt mit sich. Martin folgte ihm willenlos.

Immer tiefer führte er ihn in die Dunkelheit, bis sich plötzlich vor ihm ein weißes Licht zu einer Kugel formte, sich ausdehnte und den ganzen Äther durchdrang. Martin blickte sich um. Wieder sah er Bäume, gewaltig hoch und in würdevoller Stille. Ein Bach querte vor ihnen den Weg. Der Magier führte ihn in das Wasser hinein, das tiefer wurde und ihn mit seiner Strömung fortnahm. Sein Körper wurde leicht, getragen durch die Klarheit des Elements. Das Plätschern und Rauschen schwoll an, er streckte hilfesuchend die Hände aus, als die tosende Gischt über ihm zusammenschlug. Obwohl er sich inmitten des gurgelnden und schwellenden Wasserfalles befand, verspürte er keine Atemnot. Eine kräftige Hand schien ihn zu halten und zu führen.

Er spürte Hände auf seinem Körper, streichelnde, massierende Hände, Berührungen, bei denen Energie in seinen Körper zu fließen schien. Er hörte sich leise seufzen und nach weiteren Berührungen verlangen. Alles in ihm strebte diesen Händen zu, die ihm diese überwältigenden Empfindungen schenkten. Dann zerflossen die streichelnden, liebkosenden Hände zu Wasser, perlten über seine Haut, glitten von ihm ab.

Vor sich erblickte er eine Insel mit Bäumen, an denen reife Äpfel hingen. Unter den Bäumen saß eine lichtweiße Gestalt mit langem, blonden Haar. Als sie sich umwandte, erkannte er Isabellas Gesicht. Sie lächelte und hielt ihm in ihrer ausgestreckten Hand einen rotbäckigen Apfel entgegen. Seine Sinne waren geschärft, und fast überdeutlich verspürte er den aromatischen Duft des Apfels. Tief sog er die Luft ein und füllte seinen Lungen mit dem Aroma. Er spürte eine unbändige Kraft durch seine Glieder strömen.

»Isabella«, hauchte er, doch seine Stimme wollte ihm nicht gehorchen. Sehnsuchtsvoll streckte er die Arme nach ihr aus. Sie schaute traurig mit ihren blauen Augen auf ihn herab. Immer wieder verschleierte die spritzende Wassergischt seinen Blick auf die Geliebte. Und dann verdunkelten sich ihre Augen, Schatten legten sich über ihr Gesicht, ihre helle Haut bräunte sich, und es war nicht mehr Isabellas Gesicht, sondern das des Zauberers. Dessen Augen versenkten sich tief in Martins Blick, und sein Wille schwemmte mit dem Wasser davon, getragen von der fremden Kraft, die aus dem Geist dieses Mannes entsprang.

Gefesselt von seinem steinharten Willen ergab sich Martin diesem fremden Mann, der ihn durch eine andere Welt führte, die er zwar real mit seinen Sinnen erfaßte und die doch nur in seiner Vorstellung zu existieren schien. Er folgte dem Schwarzgekleideten, der wieder Martins Hand ergriffen hatte und sorgsam darauf achtete, daß sie sich nicht verloren.

Es war ein weiter Weg, den sie gingen. Doch statt schwächer zu werden, schien Martins Körper Kräfte zu sammeln, die seine Adern durchströmten. Immer leichter fiel es ihm, dem Fremden zu folgen. Sein durchdringender, zwingender Blick war wie das Leuchten eines Feuers, das ihm den Weg zeigte.

Am Ende dieses Weges sank er in ein wohliges, weiches Tuch, das ihn umhüllte und ihm Wärme und Geborgenheit gab.

*

Martin erwachte aus einem tiefen Schlaf. Es dauerte geraume Zeit, bis seine Sinne sich so weit gesammelt hatten, daß sein Bewußtsein anfing zu arbeiten. Er sah sich in der kahlen Kammer liegen, eingehüllt in ein weißes Tuch. Sein Blick fiel auf den Mann, der ihn in seinen Träumen begleitet hatte. Für einen Augenblick zuckte Martin zusammen. Dieser schwarze Mann war kein Traum, er war Realität. Er hockte neben Martin auf dem Boden, wieder in sein dunkles Gewand gekleidet. Lediglich seinen Umhang hatte er auf dem Boden ausgebreitet und offensichtlich darauf geruht. Als Martin erwachte, erhob sich der Fremde. Seine scharfen Augen beobachteten Martin, wie ein Raubvogel seine Beute verfolgt. Dann glomm ein zufriedenes Funkeln darin auf. Jetzt bemerkte Martin einen leichten Zug von Müdigkeit in seinem Gesicht. Er nickte Martin zu, er solle sich erheben.

Vorsichtig, fast ängstlich schlug Martin das ihn umhüllende Laken zurück. Fassungslos und verblüfft starrte er auf seinen Körper, dann auf seine Hand. Die Brandwunden waren verschwunden, nur zartrosa Flecken wie die von regendurchtränkten Rosenblättern erinnerten noch daran, daß an diesen Stellen Wunden gewesen waren. Er hob seine Hand, doch auch hier konnte er außer einer kaum sichtbaren Rötung mit einem hellen Rand keine Wunde entdecken. Der Schwerthieb an seinem Arm war zu einem dünnen Strich verheilt, kaum stärker als der Faden von Stickgarn.

Martin suchte die Augen des Fremden, der sich jetzt neben ihn gehockt hatte und sich mit einem spöttischen Lächeln auf seinen Lippen an Martins grenzenloser Überraschung weidete.

»Wie ... wie habt Ihr das gemacht?« fand Martin nach geraumer Zeit seine Sprache wieder.

De Cazeville wich Martins Blick nicht aus. »Gezaubert«, erwiderte er. Dann wurde sein Gesicht wieder ernst. »Ihr wart mit mir da drüben, in der *Anderen Welt*. Ihr habt sie gesehen, seid

durch sie hindurchgegangen und habt die Kraft der alten Götter in Euch aufgenommen. Ob Ihr nun an Euren Gott glaubt oder nicht, Ihr seid mir gefolgt. Wie hat es Euch da drüben gefallen?«
»Es war … einfach überwältigend!« Martin schüttelte immer noch den Kopf und blickte wieder und wieder an seinem Körper herab. »Wie lange waren wir … da drüben?«
»Sieben Tage.«
»Sieben Tage? Ohne zu essen, ohne zu … das ist unmöglich!«
Jetzt lachte der Magier und zeigte zwei Reihen blitzender Zähne. »Nichts ist unmöglich in der *Anderen Welt*«, erwiderte er. »Und Ihr habt gegessen. Äpfel! Und Ihr habt getrunken und gebadet in dem Quell der Kraft, der Euch mit sich fortgetragen hat.«
»Und Ihr wart die ganze Zeit bei mir«, stellte Martin fest.
De Cazeville nickte. »Ja, ich habe Euch begleitet, denn ich kann zwischen den Welten wandern. Es ist eine schöne Welt da drüben, rein, voll Kraft und Licht und göttlicher Nähe.«
In Martins Blick lag Unsicherheit. »Ich habe Euch Unrecht getan«, sagte er leise. »Ihr habt etwas vollbracht, das niemand anderes vermocht hätte. Ihr seid ein großer Zauberer, auch wenn Ihr anderen Göttern huldigt als ich. Aber das soll nicht das Entscheidende sein. Wichtig ist, was Ihr getan habt. Ich bin Euch zu tiefstem Dank verpflichtet und weiß nicht, wie ich Euch diesen Dank angedeihen lassen kann.«
Zum ersten Mal senkte de Cazeville den Blick, und seine Stimme klang abwehrend. »Ich will Euren Dank nicht. Und was ich getan habe, habe ich nicht für Euch getan, sondern für eine höhere Macht. Ihr seid wie alle anderen nur eine kleine Figur im Spiel der Götter. Aber manchmal muß man diesem Spiel ein wenig nachhelfen.«
»Ihr meint, Ihr habt den Göttern ins Handwerk gepfuscht?« fragte Martin ungläubig.
De Cazeville schüttelte den Kopf. »Nicht den Göttern, den

Menschen!« Er erhob sich und seufzte leicht. Mit einer anrührend hilflosen Geste hob er seine geöffneten Hände. »Mehr kann auch ich nicht für Euch tun. Kämpfen müßt Ihr allein. Aber jetzt habt Ihr wenigstens eine reelle Chance gegen Gundram. Euer Körper ist gesund und kräftig. Euer Geist ist klar und gereinigt. Macht das Beste daraus!«
Er drehte sich um und schritt zur Tür. Martin betrachtete seinen geraden Rücken, die langen schlanken Beine und das kurzgeschnittene dunkle Haar auf seinem Kopf. Ein seltsames Gefühl durchströmte ihn, und ihm stockte der Atem. Fast beneidete er diesen Mann, der eine fast überirdische Kraft besaß und deshalb genauso segenbringend wie unheilvoll war, je nachdem, in welche Richtung sich diese Kraft bewegte!
»Wartet einen Augenblick!« sagte Martin, als de Cazeville nach dem Riegelbalken griff, um ihn zu öffnen. »Ich kann Euch nicht gehen lassen, ohne Euch meine Dankbarkeit zu zeigen. Ihr könnt Euch wünschen, was Euer Herz begehrt!«
De Cazeville maß Martin mit einem seltsamen Blick, der ihm unter die Haut ging. »Es gibt nichts auf der Welt, was ich begehre.«
»Gar nichts?« fragte Martin verwundert.
»Nein«, bestätigte de Cazeville. »Was ich benötige, nehme ich mir, was ich nicht brauche, lasse ich liegen. Ich brauche nicht einmal die Erde, auf der ich wandele. Spielt Euer Spiel in diesem Stück, auch wenn Ihr vielleicht den Sinn nicht begreift. Das ist das einzige, was Ihr tun könnt.«
Martin schwieg und blickte ihn nachdenklich an. »Und Verständnis?« fragte er leise.
De Cazeville schüttelte den Kopf. »Ich glaube nicht, daß Ihr es verstehen würdet«, antwortete er ebenso leise. Mit einer entschlossenen Bewegung öffnete er die Tür.

*

Isabella durchlebte sechs endlos erscheinende Tage und Nächte, die sie zum größten Teil in der kleinen Kirche der Burg in tiefem Gebet verbrachte. Gleich den anderen schlich sie mehrmals täglich an der Tür der Kammer vorbei und lauschte. Mehr als einmal war sie nahe daran, gegen das Holz zu hämmern und Einlaß zu begehren. Immer stärker wuchs in ihr die Angst, daß dieser unheimliche schwarze Mann etwas mit Martin anstellen würde. Vielleicht war Martin längst tot und der Fremde aus dem Fenster geflüchtet! Oder er quälte Martin, folterte ihn, foppte seine Umgebung! Wie könnte er die schrecklichen Wunden innerhalb von nur sieben Tagen heilen, daß Martin gleich dem kraftstrotzenden Gundram im Zweikampf bestehen konnte?

Immer größere Zweifel nagten an Isabella. Doch sie wagte nicht, ihre eigenen Ängste mit den anderen zu teilen. Vor allem nicht mit Mathilda, die rund und rosig stets in Rudolfs Nähe war und der das Glück aus den Augen strahlte. Sie beneidete Mathilda und wünschte, daß sich ihr eigenes Schicksal ebenfalls in diese Richtung wenden würde. Doch vorläufig zitterte jede Faser ihres Körpers um den geliebten Mann. Und die Angst war noch lange nicht ausgestanden! Selbst wenn das Wunder wirklich geschehen sollte und Martin genesen würde, so stand immer noch der Zweikampf bevor, der einem von beiden den Tod bringen würde!

Am Morgen des siebten Tages erhob sie sich mit schmerzenden Gliedern von ihrem Bett. Tiefe Ringe lagen unter ihren Augen, und ihre sonst so helle Haut wies rote Flecken auf. Eine leichte Übelkeit hatte sie befallen. Ihr Herz klopfte heftig und schmerzhaft. Sie fürchtete sich vor dem Augenblick, wenn sich die Kammertür öffne würde.

»Ihr müßt etwas zu Euch nehmen, Prinzessin«, mahnte Rosamunde. Sie blickte auf das Tablett mit Isabellas Frühstück, von dem sie nichts angerührt hatte.

»Mir ist übel«, klagte Isabella und warf sich wieder in ihre Kissen. »Die Angst um Martin bringt mich fast um.«
Rosamunde nickte mitleidig. »Wir alle bangen um Ritter Martin«, sagte sie und tätschelte Isabellas Hand. »Einige stehen bereits vor der Kammertür, aber bislang hat sich nichts getan.«
»Wo ist Mathilda?« fragte Isabella. Sie brauchte dringend die Unterstützung ihrer Freundin. Allein würde sie diesen Tag nicht überstehen. Mathilda war so stark geworden, stark durch ihre Liebe.
Isabella mochte Rudolf, und sie fand, daß die beiden wirklich ein schönes Paar waren. Doch jetzt benötigte sie etwas von Mathildas Stärke. Allein fand sie nicht die Kraft.
»Sie kommt gleich, wir haben schon nach ihr schicken lassen«, erwiderte Rosamunde. Margarete legte Isabella ihr Kleid zurecht. Verzagt blickte die Prinzessin darauf. »Es ist viel zu schön«, sagte sie. »Ich möchte ein schlichtes Kleid tragen.«
»Glaubt Ihr denn nicht an Ritter Martins Heilung?« fragte Margarete schüchtern.
»Dann muß man an ein Wunder glauben. Es ist unmöglich, daß diese Wunden innerhalb von sieben Tagen heilen. Selbst wenn dieser unheimliche Fremde Martin nicht inzwischen längst getötet hat, so steht ihm doch noch der Zweikampf mit Gundram bevor. Und du weißt selbst, was Gundram für ein ausgezeichneter Kämpfer ist. Ich habe ihn gesehen, auf der alten Burg, wie er Martin …« Ihre Stimme stockte bei der Erinnerung an das schreckliche Geschehen. »Ich habe jeden Tag gebetet, Gott um ein Wunder angefleht.« Sie sank vor ihrem Bett auf die Knie. »Lieber Gott, laß es geschehen!«
Margarete und Rosamunde knieten sich neben ihre Herrin und fielen in das inbrünstige Gebet ein. So fanden sie Sieglinde und Mathilda, als sie die Tür öffneten.
»Willst du Martin im Nachthemd begrüßen?« fragte Mathilda.
»Was? Wie?« Isabella sprang auf. »Ist er schon …?«

Mathilda schüttelte den Kopf. »Nein, aber es wird bald soweit sein. Zumindest ist der Turnierplatz schon vorbereitet.«
Isabella preßte ihre Hände auf ihr wild klopfendes Herz. »Ich habe Angst«, sagte sie mit zitternder Stimme.
»Wir bangen alle«, erwiderte Mathilda und blickte Isabella fest an. »Aber noch mehr braucht Martin unsere Gebete und unsere Zuversicht.«
»Du hast recht«, seufzte Isabella und ließ sich von Margarete ankleiden. Dann liefen sie eilig hinüber zu der kleinen Kammer, wo sich schon etliche Leute versammelt hatten. Sie murmelten leise und aufgeregt. Selbst Gundram mit seinen Männern lungerte im Gang vor der Kammer herum. Isabella würdigte ihn keines Blickes.
»Hat sich da drinnen etwas geregt?« fragte Isabella den Wachsoldaten.
»Nein, Herrin«, antwortete der Mann.
Etwas ratlos blickte Isabella sich um. Am liebsten hätte sie die Kammer durch die Wachen stürmen lassen. Sie atmete bereits ein, um den Befehl zu geben, als ein sanfter, aber bestimmter Druck auf ihrer Schulter ihr Einhalt gebot. Es war Rudolf. Seine braunen Augen blickten auf sie herab, und Isabella begriff plötzlich, warum Mathilda diesen Mann liebte. In seinem Blick las sie Sanftmut und Entschlossenheit, Klugheit und Liebe, Verständnis und Willensstärke.
»Zerstört nicht im letzten Augenblick, was mühsam errungen wurde«, sagte er mit seiner angenehmen Baritonstimme und blickte Isabella eindringlich an. Sie senkte den Kopf und nickte beklommen. Dann griff sie nach Mathildas Hand und hielt sie umklammert. Gemeinsam starrten sie mit angehaltenem Atem auf die Tür.
Eine geraume Weile verging, ohne daß sich etwas rührte. In die beängstigende Stille hinein knarrte plötzlich der Riegelbalken der Tür. Isabella stockte der Atem. Ihre weit aufgerissenen Augen

registrierten jede Bewegung. Im Augenblick sah sie jedoch gar nichts. Die Tür öffnete sich, und der kräftige Schein der Morgensonne ergoß sich vom Fenster der Kammer bis in den Gang hinaus. In dieses goldene Leuchten hinein trat eine Gestalt mit langsamen, zögernden Schritten. Die Strahlen umfluteten ihn in blendender Helle und ließen keine Einzelheiten erkennen. Doch Isabella erkannte die goldenen Blitze auf Martins blondem Haar, nahm die wohlvertraute Gestalt mit den kräftigen Schultern, schmalen Hüften und muskulösen Beinen wahr. Ihre Lippen zitterten. Mit einem Aufschluchzen warf sie sich ihm entgegen.

»Martin!«

Sie fiel geradewegs in de Cazevilles Arme.

»Nein, Hoheit«, knurrte er. Seine Hände hielten sie wie mit eisernen Klammern fest, und sein Griff schmerzte. »Geht in die Kirche beten, aber laßt ihn in Ruhe. Noch seid Ihr nicht sein!«

»Was ist mit ihm?« fragte sie angstvoll.

Er schob Isabella zurück zu den Wartenden. Eine Antwort sparte er sich. In seinen schwarzen Augen lag wieder dieser allwissende Spott. Wie hatte es Martin sieben Tage mit ihm allein ausgehalten?

Die Augen der Leute hefteten sich auf Martin, der jetzt langsam, mit einem unsicheren Lächeln im Gesicht, aus der Kammer heraus auf den Gang trat. Rudolf ging ihm als erster entgegen und legte seine Hände auf Martins Schultern.

Martin nickte ihm zu. »Ich bin genesen«, flüsterte er. »Es ist ein Wunder!« So leise er auch sprach, die Umstehenden hatten seine Worte verstanden und drängten sich nun mit aller Macht um ihn. Sie betasteten ihn, streichelten seine Arme und Schultern, betrachteten mit ungläubigen Gesichtern seine Hand.

»Ein Wunder!« riefen sie ein ums andere Mal.

Gundram drängte sich rücksichtslos durch die Menschen und blieb vor Martin stehen. Er blickte ihm ins Gesicht, dann auf seine Hand. Mit einer heftigen Bewegung riß er ihm das Hemd

von der linken Schulter und starrte mit dümmlichem Entsetzen auf den zu einem dünnen Strich verheilten Schwerthieb, den er Martin eigenhändig beigebracht hatte.
»Das geht nicht mit rechten Dingen zu!« brüllte er und warf sich auf den Absätzen herum. Doch de Cazeville war in der allgemeinen Aufregung verschwunden.

*

Seite an Seite schritten Isabella und Martin durch den Mittelgang der Kirche auf den Altar zu. Für einen kleinen Augenblick beherrschte beide die gleiche Illusion: Isabella trug ihr Hochzeitskleid, Martin seine Prunkrüstung. Und vorn am Altar wartete der Bischof auf sie, um sie zu trauen. Sie fühlten die Nähe des anderen, die ihnen Kraft und Zuversicht spendete.
Sie ließen sich auf die Knie nieder und senkten die Häupter in tiefer Demut und Dankbarkeit. Isabella murmelte ein leidenschaftliches Gebet, in das sie all ihre aufgewühlten Emotionen legte. Hinter ihnen hatten sich alle anderen, unter ihnen Mathilda, Rudolf, Patrick und Jakob, niedergekniet und sprachen Gott ihren heißen Dank für Martins wundersame Heilung aus.
Nur Martin allein wußte, daß es etwas gänzlich anderes war, dem er seine Heilung zu verdanken hatte, etwas, das er nicht in Worte fassen konnte. Es ängstigte und faszinierte ihn zugleich, und vor seinem inneren Auge sah er wieder das schmale, gebräunte Gesicht des Fremden, seine glühenden, bezwingenden schwarzen Augen und den kraftvollen Willen, den er ausstrahlte. Und er spürte die Energie, die ihm dieser Mann in die Muskeln geleitet hatte. Er fühlte sich stark und vital, und seine Gedanken kreisten bereits um den bevorstehenden Zweikampf.
Er hob seinen Blick empor zu dem schlichten Holzkreuz, das durch die bunten Scheiben des Rosenfensters in die Farben des Regenbogens getaucht wurde.

»Allmächtiger Gott! Jetzt, wo meine Stunde der Prüfung gekommen ist, richte mich! Laß die Menschen wissen, ob ich schuldig oder unschuldig bin!«
Er bekreuzigte und erhob sich. Auch die anderen beendeten ihr Gebet und wandten sich zum Gehen.
Isabella schaute Martin von der Seite her verstohlen an. Die scharfe Warnung des schwarzen Mannes hatte ihre Wirkung nicht verfehlt. Sie unterdrückte das heftige Verlangen, sich in Martins Arme zu werfen, die Süße seiner Lippen zu kosten und seinen Herzschlag zu spüren. Liebevoll streichelten ihre Augen ihn, und er spürte den Blick. Mit einem kleinen, verlegenen Lächeln hob er die Lider zu ihr auf.
»Wie hat er das gemacht?« zischte sie leise.
»Was gemacht?« fragte Martin irritiert.
»Wie hat der Fremde das gemacht, daß deine Wunden so schnell verheilt sind?«
Martin hob ratlos die Schultern. »Ich weiß es nicht.«
»Das weißt du nicht? Aber du mußt es doch gesehen haben?« Isabellas Augen wurden kugelrund.
Martin schüttelte den Kopf. »Nein, ich habe nichts gesehen.« Sie schritten weiter Seite an Seite dem Ausgang zu.
»Das ist unmöglich!« Isabellas Hand fuhr verwirrt durchs Haar. »Du mußt doch etwas gespürt haben?«
»Ja, allerdings. Es war wunderschön!« Martins Augen verklärten sich bei der Erinnerung an seinen Ritt durch den grünen Wald, an die Insel der Apfelbäume, an das Bad in dem glasklaren Fluß – und an das überwältigende Gefühl der ihn berührenden Hände.
»Schön? Hat er dich verhext?«
Martin lachte auf. »Nein, ganz bestimmt nicht. Er hat mich einfach – geheilt!«
Isabella schüttelte immer noch den Kopf und suchte mit den Augen, um an Martin etwas Ungewöhnliches zu entdecken.

Doch ihr fiel nichts auf, mit der Ausnahme, daß er im Gegensatz zu seinem erbarmungswürdigen Anblick vor sieben Tagen gesund, kräftig und ausgesprochen begehrenswert aussah.
Sie verließen die Kapelle und blinzelten in das Sonnenlicht. Die Menschenmenge vor ihnen teilte sich und bildete eine Gasse, durch die Martin und Isabella, begleitet von Rudolf, Patrick und Jakob, zum Turnierplatz schritten.
Mathilda zog Isabella beiseite. »Diesen Weg muß er allein gehen«, sagte Mathilda und hielt die Hand der Prinzessin fest in ihrer. Sie verspürte Isabellas leises Zittern und atmete selbst tief ein.
»Ja, ich weiß«, erwiderte Isabella und blickte Martin mit brennenden Augen nach. Hier klopfte ein heißes Herz für ihn, dort vorn erwartete ihn kalter, blitzender Stahl.

*

Rupert de Cazeville lief mit raumgreifenden Schritten hinaus aus dem Palas über den Burghof zu den Ställen. Dort stand sein Pferd, auf dem er ausreiten wollte. Ihn verlangte dringend nach frischer Luft, nach der Tiefe des Waldes und der Stille der Einsamkeit. Nichts war ihm verhaßter, als längere Zeit in geschlossenen Räumen zu sein. Die herzogliche Burg verfolgte ihn mit Erinnerungen. Er schalt sich selbst einen Narren, daß er sich dieser Gefühlsduselei ergab. Am liebsten wäre er sofort abgereist. Doch seine Mission war noch nicht beendet.
»Wartet, Herr!« hörte er eine Stimme hinter sich. Abrupt blieb er stehen und drehte sich um. Er blickte geradewegs in Gundrams Augen.
»Was ist?« knurrte er.
»Ich muß Euch sprechen.«
»Ich habe keine Zeit«, erwiderte er verärgert.
Gundram hielt ihn am Ärmel fest. »Warum habt Ihr das getan?«

De Cazevilles Augen durchbohrten Gundrams Hand, und er zog sie sofort zurück, als hätte er ein glühendes Eisen berührt.
»Was getan?«
Gundrams Augen funkelten zornig, doch er unterdrückte seine Regung. »Warum habt Ihr Martin geheilt? Ich glaubte, Ihr steht auf meiner Seite!«
De Cazeville zog seine dunklen Augenbrauen zusammen. »Ich stehe auf niemandes Seite«, erwiderte er.
Ein wenig unsicher und verständnislos blickte Gundram ihn an.
»Warum habt Ihr mir dann geholfen, Martin zu finden? Hattet Ihr kein Interesse daran, daß er für immer verschwindet?«
»Nein!«
»Das verstehe ich nicht. Ihr habt mich auf seine Fährte gebracht, Ihr habt mir den entscheidenden Hinweis gegeben, wie ich ihn fassen konnte.«
»Ihr wolltet Isabella finden. Eure Rachegelüste gegen Martin interessieren mich nicht.«
»Laßt mich jetzt nicht im Stich, wo ich kurz davor bin, Herzog zu werden!«
De Cazevilles Gesicht war anzusehen, daß er sich von Gundrams Aufdringlichkeit genervt fühlte. Seine Lippen preßten sich zusammen, und sein Blick wurde wieder scharf und durchdringend.
»Auch Eure Gelüste nach dem Rang eines Herzogs sind mir gleichgültig.«
Gundram zischte dumpfe Luft aus seinen Lungen. Sollte er bitten, drohen, auf die Knie fallen? Am liebsten hätte er sein Schwert gezogen und es dem Fremden mitten in sein schwarzes Herz gestoßen. Doch er wußte, daß dieser Mann lebend wesentlich wertvoller war. Trotzdem ging sein Griff automatisch zum Heft seines Schwertes an seiner Seite. De Cazeville verfolgte die Bewegung mit den Augen, und wieder blitzte Sarkasmus in ihnen auf.

»Wenn Ihr nur genausoviel Hirn hättet wie Muskeln, wäret Ihr vielleicht sogar ein ganz annehmbarer Landesfürst.«

»Wieso sollte ich nicht?« erwiderte Gundram gekränkt. »Isabella ist mir sicher, und Martin ist für mich kein Hindernis.«

»Er lebt ja noch«, erwiderte de Cazeville achselzuckend.

»Nicht mehr lange«, knurrte Gundram.

Über de Cazevilles Gesicht flog ein spöttisches Grinsen, während er seinem schwarzen Hengst den Sattel auflegte. »Ihr seid Euch sehr sicher.«

»Noch einmal lasse ich ihn nicht lebend davonkommen. Diesmal werde ich mich überzeugen, daß er wirklich tot ist. Eure ganze Mühe um ihn war leider umsonst.«

De Cazeville hob wieder die Achseln. »Wenn Ihr meint«, sagte er lakonisch. Mit geschmeidiger Eleganz schwang er sich auf das Pferd. Er blickte vom Pferderücken auf Gundram herab. »Ich muß mich von Euch verabschieden.«

»Ihr verlaßt die Burg?«

»Nein, ich verlasse Euch!« Für einen kurzen Augenblick versenkte er seinen Blick in Gundrams Augen, und er sah darin die Gunillas. Als müsse er sich diese Augen für sein ganzes Leben einprägen, sog er den Anblick in sich auf. Dann wendete er sein Pferd und ritt zum Burgtor hinaus. Mit einem flauen Gefühl im Magen blickte Gundram ihm nach.

Der schwarze Hengst flog über die Wiesen wie ein Wesen aus einer anderen Welt. Seine Hufe schienen kaum den Boden zu berühren, die Luft blähte seine Nüstern. Sein schwarzgekleideter Reiter beugte sich weit über den Hals des herrlichen Tieres und vereinte sich vollkommen mit dessen Bewegung. Sein Umhang wehte im Wind und schien dem Pferd gleichsam Flügel zu verleihen. Erst als die Bäume des Waldes sie umfingen, richtete Rupert de Cazeville sich auf und ließ sein Pferd in den Schritt fallen. Mit den singenden Vögeln als einzige Begleitung wirkte er wie auf einem gemächlichen Tagesausflug. Er lehnte sich im

Sattel zurück, streckte die Beine und gab die Zügel nach. Doch sein Gesicht blieb undurchdringlich, seine schwarzen Augen waren blicklos.
Plötzlich straffte sich sein Körper, seine lässige Haltung wich einer gespannten Aufmerksamkeit. Und dann wandte er den Kopf und blickte über seine Schulter zurück. Seine Augen sahen nur die Bäume des Waldes, seine Sinne aber erfaßten den Mann, der in diesem Augenblick im Sand der Arena starb.

*

Rudolf blickte mit gemischten Gefühlen zum Turnierplatz. Für das Gottesurteil war der kleinere Platz neben den Stallungen ausgewählt worden. Keine bunten Fahnen schmückten das Karree, keine Zelte für die Zurüstung der Ritter waren aufgebaut. Und keine prächtig gekleideten Damen saßen auf den Logenplätzen. Was sich hier in wenigen Augenblicken abspielen sollte, hatte nichts mehr mit der Zurschaustellung von ritterlichem Mut, Kampfeskraft und Gewandtheit zu tun, wenngleich auch dies dafür wichtig war. Es ging um Leben und Tod. Und alle waren sich sicher, daß beide Seiten kämpfen würden bis zum Letzten. Es war ein Krieg, bei dem es nur einen Gewinner geben konnte.
Patrick hielt Martins Pferd, während Jakob und Rudolf bei Martins Zurüstung behilflich waren. Sie standen unter den Bogengängen, hinter denen die Pferdeställe lagen, und legten Martin die Rüstung an. Es war nicht seine Prunkrüstung, die sich noch auf der Burg befand, die jetzt Gundram gehörte. Aber die Rüstung, die der Schmied in Tag- und Nachtarbeit fertiggestellt hatte, war Martin auf den Leib geschmiedet. Sie gehörte zu ihm wie eine zweite Haut, wie ein Panzer, der ihn vor Gundrams tödlichen Hieben schützen sollte.
Doch Martin wußte auch, daß er sich nicht allein auf die Rü-

stung verlassen konnte. Sie ließ ihm genügend Bewegungsfreiheit, um wirkungsvoll angreifen oder ausweichen zu können. Martin kannte Gundrams Kampfstil. Er würde sich sehr in acht nehmen müssen.

Und sie staunten nicht schlecht, als Gundram in seiner Prunkrüstung zum Turnierplatz stolzierte. Auf seinem blinkenden Helm wippte ein roter Federbusch wie der Schwanz eines Hahnes. Alles an Gundram funkelte und blitzte. Doch Martin erkannte auch, daß diese Rüstung ihn wie einen Sarkophag umschloß. Sie würde ihn beim Kämpfen behindern! Gundram mußte wirklich sehr siegessicher sein!

Beide Kontrahenten saßen auf ihre Pferde auf und ritten in das Geviert ein. Vor der Loge, in der der Herzog und Isabella saßen, parierten sie ihre Pferde durch und verneigten sich.

»Ritter Martin von Treytnar, Ritter Gundram von Oxensal, hiermit nimmt Gott als oberster Richter die Gerechtigkeit in seine Hand. Ihr werdet kämpfen auf Leben und Tod«, sprach der Herzog.

»Auf Leben und Tod!« erwiderten die beiden Ritter.

»Und Ihr werdet keine Gnade üben und keine Gnade annehmen!«

»Keine Gnade!« erscholl die Antwort.

Isabella kaute auf den Fingernägeln, um ihre Nervosität zu unterdrücken.

»Wollt Ihr die Farben einer Dame tragen?« fragte der Herzog und bereute im gleichen Augenblick seine Frage. Es war nicht notwendig für ein Gottesgericht. Es ging nicht um die Ehre einer Frau.

»Ja, ich kämpfe für meine Braut«, sagte Gundram und wandte sich Isabella zu.

Die Prinzessin wurde blaß. »Vater, was soll das?« hauchte sie entsetzt. »Ihr wißt, daß mein Herz für Martin schlägt.«

»Prinzessin, ich warte!« hörte sie Gundrams drohende Stimme.

Mit zitternden Fingern löste sie ihren Schleier und beugte sich über die Bande. Mit einer heftigen Bewegung warf sie das Tuch Martin zu, der es geschickt auffing.
Ein Aufstöhnen lief durch die Reihen der Zuschauer. Wieder hatte die Prinzessin den Ritter kompromittiert! Gundram knirschte mit den Zähnen. Unbändige Wut kochte in ihm.
Doch ehe er sich noch lächerlicher machte, wandte er sich ab. »Es wird Euch nichts nützen, Hoheit. In wenigen Augenblicken werdet Ihr Euch schämen, wenn Euer Schleier blutbesudelt im Sand liegt.«
Winfried erhob sich. »Wählt die Waffen!« rief er für alle laut vernehmlich und wandte sich an die beiden Ritter.
»Schwert und Morgenstern!« rief Gundram. Ein Aufschrei ging durch die Zuschauer. Diese Waffenwahl allein konnte schon die Entscheidung bringen.
Martin zögerte einen Augenblick. »Schwert und Streitaxt«, sagte er. Rudolf pustete heftig die Luft aus seinen Lungen. Es würde also von vornherein einen Nahkampf geben. Das war wesentlich gefährlicher, als wenn sie mit Lanzen aufeinander losgeritten wären. Er verbarg seine Unruhe, so gut es ging, und lächelte seinem Freund aufmunternd zu. Dann stieß er Jakob an, der seinem Herrn die Waffen bringen mußte.
Mit vor Aufregung wackeligen Knien schritt Jakob durch den Sand der Kampfbahn und stellte sich neben seinen Herrn. Auf der anderen Seite kam Bodo, Gundrams Knappe, mit den Waffen. Er warf Jakob einen feindseligen Blick zu, und Jakob hätte am liebsten die Axt genommen und damit Bodos runden Schädel gespalten.
Winfried prüfte die Waffen und nickte zustimmend.
Mit angstvoll geweiteten Augen starrte Isabella auf die schrecklichen Waffen, mit denen die Kämpfer sich verwunden und sogar töten wollten! Was hatte sie da angerichtet? Sie hatte das Gottesurteil gefordert!

Ihr blieb keine Zeit, darüber nachzudenken. Ein Hörnersignal rief die beiden Parteien auf ihre Plätze. Martin und Gundram zogen sich in die entgegengesetzten Ecken des Turnierplatzes zurück, wo auch ihre Knappen blieben.
Gundram packte den Morgenstern mit fester Hand. Mit der Linken hielt er seinen Schild aus festem Holz, mit Leder und Metall verstärkt. Martins Streitaxt bedachte er mit einem verächtlichen Grinsen. Durch den Schlitz seines heruntergeklappten Visiers fixierte er den Gegner.
Martins Pferd tänzelte unruhig. Patrick versuchte es zu beruhigen, während Jakob seinem Herrn Schild und Axt reichte.
Dann standen sich die beiden Feinde gegenüber. Martin sog den Anblick des kraftstrotzenden Ritters in sich auf, und ein unbändiger Zorn bemächtigte sich seiner. Dieser funkelnde Prahlhans mit seinem feuerroten Federbusch wollte alles – das Lehen, Isabella und das Herzogtum. Und jedes Hindernis zu seinem Ziel räumte er rücksichtslos aus dem Weg. Auch wenn es ein schwache, verzweifelte Frau wie Konstanze war!
Martin preßte die Zähne zusammen und zischte wie eine wütende Natter. Gleichzeitig gab er seinem Pferd die Sporen.
Gundrams riesiger Hengst bäumte sich auf und stürmte vorwärts. In der erhobenen Rechten hielt Gundram den furchteinflößenden Morgenstern und schwang die mit Eisen bewehrte Kugel an der Kette im Kreis. Als sich die Kontrahenten in der Mitte der Bahn begegneten, zügelte Gundram seinen Hengst und ließ den Morgenstern auf Martin heruntersausen. Blitzschnell riß Martin seinen Schild hoch und fing den Schlag ab. Es krachte gewaltig, und Martin hatte Mühe, die Wucht des Schlages abzufangen. Einen Angriff mit der Streitaxt konnte er nicht unternehmen, so brachte er sein Pferd aus Gundrams Reichweite. Er wendete und überlegte blitzschnell, ob er angreifen oder parieren sollte.
Doch schon war Gundram heran und schmetterte einen zwei-

ten Schlag auf Martins Schild. Mit einem unheilvollen Krachen spaltete er sich in zwei Teile. Gundrams triumphierendes Gebrüll ging im Aufschrei der Zuschauer unter.

Mit einer unwilligen Handbewegung warf Martin den Schild ab und nahm die Zügel auf. Er wendete sein Pferd auf der Stelle, so daß er mit der rechten Hand angreifen konnte. Doch seine Axt landete auch nur auf Gundrams Schild. Funken sprühten, als die Axt die Stahlbewehrung des Schildes traf.

»Verbrenne, du Hund!« brüllte Martin und schlug wieder zu. Gleich darauf mußte er sich ducken, um der fliegenden Kugel des Morgensterns zu entgehen. Doch sie streifte seine Schulter, und er taumelte wieder im Sattel.

»Eher zerschlage ich dich zu Brei!« keuchte Gundram und lachte höhnisch. Martin fing sich schnell. Solange Gundram im Besitz des Morgensterns war, war er Martin überlegen.

Martin spornte sein Pferd an und ritt direkt in Gundrams Angriff hinein. Martin hatte die Zügel auf den Hals seines Pferdes fallen lassen und dirigierte das Tier nur noch mit den Schenkeln. Seine Axt hielt er zwischen beiden Händen. Der Morgenstern sauste kurz vor seinem Gesicht herab. Martin streckte die Arme aus, und die Kette wickelte sich um den Axtstiel. Ein kurzer Ruck, und Gundram flog mit einem überraschten Aufschrei aus dem Sattel!

Es schepperte, als er sich im Sand wälzte, und sofort waren Bodo und einige seiner Männer da, um ihm auf die Beine zu helfen. Wütend wehrte Gundram die Hilfe ab und ließ sich wieder auf sein Pferd heben. Den Morgenstern war er los, doch Martin hielt seine Axt noch in der Hand. Die himmlische Waage neigte sich nun zu Martins Gunsten.

Er ließ Gundram nicht zur Besinnung kommen und griff mit der Axt an. Doch Gundram war wendig genug, den Schlag mit dem Schild abzufangen. Er tournierte sein Pferd auf der Hinterhand und zog gleichzeitig sein Schwert. Jetzt zeigte er nicht nur

Martin, was für ein vollendeter Kämpfer er war. Gegen das lange Schwert in seiner Hand hatte Martins kurzstielige Streitaxt keine Chance. Die Waage neigte sich wieder Gundram zu.
Isabella hockte zusammengekrümmt auf dem Stuhl neben dem Herzog und hielt sich die Hände vors Gesicht. Zwischen den Fingern lugte sie hervor und unterdrückte das heftige Schlottern ihrer Glieder. Die Kampfgeräusche schallten in dem umbauten Viereck und verstärkten sich durch das Echo. Man hörte überdeutlich das Schnauben der Pferde, das Keuchen der kämpfenden Ritter und das metallene Scheppern der Rüstungen.
Gundram hob sein Schwert und attackierte Martin. Doch während Gundram mit der linken Hand sein Pferd dirigieren konnte und deshalb wendiger war, hielt Martin sein Schwert in der Rechten, die Streitaxt in der Linken. Sein Pferd wich vor dem mächtigen Hengst seines Gegners zurück. Martin verspürte den heftigen Hieb, der auf seinem Brustpanzer landete und ihm fast den Atem nahm. Er konnte durch sein Visier nicht sehen, daß das Schwert die Rüstung durchstoßen und seine Haut geritzt hatte. Doch dieser Treffer versetzte ihn in Wut. Er holte aus und schleuderte die Axt gegen Gundram. Im letzten Augenblick riß dieser seinen Schild hoch. Wieder stoben Funken, die Axt prallte ab und fiel in den Sand.
Hätte Gundram sein Visier nicht heruntergeklappt getragen, hätte Martin sein spöttisches Grinsen sehen können. Doch er wußte auch so, daß Gundram frohlockte. Der Schwertkampf zu Pferd war für ihn wesentlich einfacher als am Boden. Seine schwere Rüstung hätte ihn behindert, doch sein Pferd war wendig genug, all die Bewegungen zu vollführen, die er selbst nicht vollführen konnte.
Martin kniff die Augen zusammen. Er griff mit dem Schwert an und setzte zwei, drei heftige Hiebe, die Gundram parierte. Doch da Gundram noch seinen Schild hielt, war er in seiner Bewe-

gung behindert. Martin packte kurzerhand den Schild und riß Gundram aus dem Sattel. Zum zweiten Male wälzte sich der Ritter im Sand. Doch Martin ließ ihm keine Zeit, wieder sein Pferd zu besteigen. Er sprang vom Rücken seines Rosses und lief mit erhobenem Schwert auf Gundram zu.

Seine beiden Hände umfaßten den ledergebundenen Griff des breiten Schwertes. »Du bist ein toter Mann!« brüllte Martin und hieb auf Gundram ein. Angesichts dieser wilden, tödlichen Entschlossenheit war Gundram verblüfft, und er wehrte die Attacke verzweifelt ab. Aber er konnte sich wieder auf die Beine hochreißen und packte nun seinerseits sein Schwert mit beiden Händen.

Die Schwerter schlugen aufeinander, Stahl krachte auf Stahl. Gundram war sehr kräftig, und in seinen Hieben lag eine enorme Wucht. Er hob sein Schwert weit über den Kopf und ließ es nach vorn sausen. Er hätte Martin mit diesem einen Schlag vom Kopf bis zum Nabel in zwei Hälften spalten können, wäre Martin nicht im letzten Augenblick elegant und geschmeidig ausgewichen. Von der Wucht seines Hiebes mitgerissen, taumelte Gundram seinem Schwert hinterher.

Diesen Augenblick der Unsicherheit nutzte Martin, um ihm einen seitlichen Hieb gegen den linken Arm zu versetzen. Das Blech seiner Rüstung teilte sich, und Blut quoll aus dem Spalt hervor. Gundram brüllte auf. Mit einer heftigen Bewegung riß er sich den Helm vom Kopf. Wut, Schmerz und Blutgier zeichneten sein verzerrtes Gesicht.

Auch Martin riß den Helm herunter. Er rang nach Luft und füllte seine Lungen mit dem lebenswichtigen Odem. Ihre Augen trafen sich und hielten einander in stummer Erwartung des nächsten Schlages fest.

Gundrams Lippen preßten sich zusammen, seine Wangen blähten sich auf, und trotz seiner Verletzung griff er Martin wieder beidhändig an. Es war, als wenn er diesen Schmerz brauchte, um über sich selbst hinauszuwachsen. Mit Mühe parierte Martin diesen Hieb. In Gundram stand ihm ein Gegner gegenüber, der ihm nicht nur gewachsen, sondern überlegen war. Hier half nicht nur Kraft, hier mußte er mit Schnelligkeit und Köpfchen reagieren.

Gundrams Klinge blitzte wieder auf. Martin kam dem Schwert auf halbem Weg entgegen und blickte seinem Gegner in die dunklen Augen. Ein wildes Feuer loderte darin, eine alles verschlingende Mischung aus Leidenschaft, Gier und Haß. Schweiß rann über die Gesichter beider Männer, und ihr Atem rasselte wie Ketten.

Im Zurückweichen beschrieb Martin einen Kreis mit seinem Schwert und schlitzte über Gundrams Brustpanzer. Das Metall kreischte, aber der Panzer hielt. Einen Augenblick schaute Gundram verblüfft, dann grinste er breit. Er neigte den Kopf nach unten, und weiße Ringe zeichneten sich in seinen Augen ab. Er sah aus wie ein wütender Stier vor dem Angriff. Mit seinem Schwert trieb er Martin quer über den Platz.

Martin parierte und wich aus. Er wußte, daß diese wütenden Attacken seinen Gegner viel Kraft kosteten. Gundram bemerkte sehr schnell, daß Martin nur auf die erste Müdigkeit seines Gegners wartete. Deshalb blieb er stehen, um Martin zu einem Angriff zu provozieren.

Martin schlug zu. »Das ist für deine Lüge!« keuchte er beim ersten Hieb. »Und das für Isabellas Raub!« Er hieb wieder zu. »Und das für die ermordeten Bauern!« Mit einer blitzschnellen Parade traf Gundram Martins Schwert und hielt es zwischen ihren Körpern, während er Martin mit der freien Hand einen knüppelharten Faustschlag versetzte.

Martin schlug der Länge lang in den Sand und rang nach Luft. Schweiß brannte in seinen Augen. Der Schlag hatte ihn betäubt. Wie durch einen Schleier sah er das funkelnde Schwert auf sich zusausen. Unter dem Aufschrei der Zuschauer rollte er sich beiseite. Die Schwertspitze durchbohrte den Sand. Die Rüstung

behinderte Martin in seinen Bewegungen, und er verfluchte den bis dahin so wirkungsvollen Schutz. Doch schnell war er wieder auf den Beinen.
Mit einem Blick ungeduldiger Verachtung schaute Gundram auf Martin und griff erneut an. Er wollte den Kampf schnell zu Ende bringen. Er spürte den Blutverlust durch die Wunde an seinem Arm.
Noch einmal trafen sich die Klingen in wildem Tempo, und während Martin noch parierte, verspürte er die Spitze des Schwertes an seinem Bauch entlang. Etwas Feuchtes, Warmes benetzte sein Hemd und klebte am Körper.
Isabella war aufgesprungen und wimmerte in blankem Entsetzen. »Nein, lieber Gott, bitte laß es nicht zu! Laß Martin nicht sterben!« Heiße Tränen liefen über ihr Gesicht, und sie bohrte ihre Zähne in die Knöchel ihrer Hände. »Dann will ich auch nicht mehr leben!«
Gundram und Martin preßten ihre Schwerter aneinander, beide gleich stark. Keiner wich auch nur einen halben Schritt. Gundrams Augen rollten wild, und Martin sah das Gesicht seines Feindes fast hautnah neben seinem.
»Martin, paß auf!« hörte er Rudolfs dröhnende Stimme. Als hätte Martin einen sechsten Sinn, sprang er von Gundram weg und sah, wie der blitzende Dolchstoß ins Leere ging.
»Er hat einen Dolch!« schrien die Zuschauer entsetzt.
»Ich hätte mir denken können, daß du mit allen Mitteln kämpfst, vor allem mit unfairen«, keuchte Martin. Der Hieb an seinem Bauch schmerzte, er verlor Blut. »Aber auch das kannst du haben!«
Während Gundram Martins Attacke parierte, trat Martin ihm kräftig mit dem Fuß gegen den Oberschenkel. Gundram taumelte zurück. Ehe er sich wieder fangen konnte, griff Martin erneut an. Mit wüsten Hieben trieb er Gundram nun über den Platz. Doch noch während Gundram parierte, schlitzte er Mar-

tins Arm auf. Es war keine tiefe Wunde, doch Martin spürte seine Kraft erlahmen. Er sah das jubelnde Glühen in Gundrams dunklen Augen.
Martin ließ seine Waffe kreisen, links herum, rechts herum, verwirrte Gundram und schlug kurz, aber heftig mit der Breitseite gegen Gundrams Schwert kurz vor dem Heft. Die Kraft von Gundrams Hand reichte nicht aus, die Waffe zu halten. Sein Schwert wirbelte durch die Luft. Gundram blickte ihr mit Entsetzen nach. Gleich darauf richteten sich seine Augen auf Martin. Mit verzerrtem Gesicht packte dieser sein Schwert mit beiden Händen, die Spitze auf Gundram gerichtet. Er wirbelte um seine eigene Achse, während er mit der Schwertspitze Gundrams Kehle aufschlitzte. Das Blut spritzte wie ein Kometenschweif hinter dem Schwert her. Gundram röchelte, seine Augen weiteten sich noch mehr und blickten dem Tod ins Gesicht. Doch Martin hatte seinen abgrundtiefen Zorn noch nicht besänftigt. Es war kein *coup de grace.* Es war die Blutlust des Jägers, der den Tod roch. In diesen letzten Stoß legte er sein ganzes Selbst. »Und das ist für Konstanze!« schrie er und stieß das Schwert nach vorn. Das kalte Metall fraß sich durch die Rüstung, durch Leder, Stoff und Fleisch.
Gundram starrte auf das Heft vor seiner Brust, und seine Hände bewegten sich nach vorn, um das Schwert aus seinem Körper zu zerren. Doch seine Beine knickten ein. Mit einem gurgelnden Laut sackte er zusammen. Sein erstaunter Blick ging hinauf in die Unendlichkeit, bevor er brach.
Für einen Augenblick herrschte Totenstille. Alle Zuschauer standen erstarrt vor Schreck. Langsam drehte Martin sich um und suchte Isabellas Augen. Kein Triumph zeigte sich auf seinem Gesicht, kein Lächeln, keine Freude. Sein Gesicht war blaß, mit wankenden Schritten bewegte er sich auf Isabella zu.
»Martin!« Ihre ganze Angst, Verzweiflung und Erleichterung lag in diesem Schrei. Sie lief in die Arena und konnte Martin gerade noch halten, bevor er das Bewußtsein verlor.

Fünfzehntes Kapitel

Mit demütig gesenktem Haupt kniete Martin vor dem Herzog. Im Prunksaal herrschte feierliche Stille, obwohl er gedrängt voll Menschen war. Der Herzog erhob sich und ließ seinen Blick über die Versammelten schweifen. Dann senkte er seine Augen auf Martin.

»Ritter Martin von Treytnar! Gott hat entschieden, und ich beuge mich seinem Urteil. Ich erkläre Euch hiermit frei von aller Schuld, die den Vorwurf betreffen, Ihr hättet Hand an unseren Kaiser Friedrich gelegt. Ebenso erkläre ich Euch frei von allen anderen Anklagen. Ich setze all Eure Rechte in Kraft. Eure Ehre sei wiederhergestellt. Und zur Bekräftigung werde ich die Mannschaft wiederholen, daß es alle Augen bezeugen können.«

Er trat von seiner Empore herunter und streckte Martin seine Hände entgegen. Martin legte seine Hände in die des Herzogs, die sie umschlossen. »Hiermit übergebe ich Euch wieder Euer Lehen mit der Burg, den dazugehörigen Ländereien von sechsundvierzig Hufen Größe, dazu sieben Dörfer und Wälder zur Jagd. Euer Dienst als mein Vasall besteht im Kriegsdienst zu Pferd, vollgerüstet, mit all Euren eigenen Vasallen vom Stande eines Ritters. Euer Platz ist im Rat der einundzwanzig weisen Ritter, die mir in Kriegszeiten mit ihrem Schwert, in Friedenszeiten mit ihrem Rat zur Seite stehen.«

Der Herzog löste seine Hände von Martins Händen und winkte

dem Bischof. Der trat feierlich näher, ein kleines Kästchen in der Hand.
»Schwört nun Eure Treue auf diese heilige Reliquie, einen Splitter Holz vom Kreuz Christi.«
Martin erhob sich und legte seine Hand auf das Kästchen, das ihm der Bischof entgegenhielt.
»Im Angesicht Gottes und auf diese heilige Reliquie schwöre ich Euch, mein Herzog und Lehnsherr, Treue bis in den Tod!«
Ein seltsames Gefühl erfaßte ihn bei diesen Worten. Er war am Ende seines leidensvollen Weges angelangt. Seine Augen richteten sich zur Decke des Prunksaales, aber sein Blick galt einem Höheren. Es gab doch noch Gerechtigkeit auf Gottes Erden, und Martin wollte all seine Kraft dafür einsetzen, diese Gerechtigkeit unter den Menschen durchzusetzen. Nie wieder sollte ein Tyrann seine blutige Spur im Land hinterlassen. Und nie wieder sollten Menschen nur aus Mordlust sterben.
Der Herzog nickte zustimmend und stieg zurück auf die Empore. Doch er setzte sich nicht wieder auf seinen Thron, sondern drehte sich den Versammelten zu. Sie drängten nach vorn, um Martin zu beglückwünschen. Isabella stand mit glänzenden Augen neben dem Thron des Herzogs und konnte ihre Rührung kaum verbergen. Sie ahnte, wie es in Martins Herz aussah. Noch besser wußte es Rudolf, der jetzt hinter seinen Freund trat und ihm die Hand auf die Schulter legte.
»Es gibt noch etwas, das nicht geklärt ist und das ich in diesem Rahmen klären will«, sagte der Herzog. Das Gemurmel verstummte. Er blickte auf seine Tochter und strich nachdenklich seinen Bart. »Mit dem Tod von Ritter Gundram von Oxensal verlor die Prinzessin ihren Bräutigam. Doch Isabella muß eine Ehe eingehen, da mir leider ein Sohn als Nachfolger versagt blieb.« Er stockte und warf einen schiefen Blick auf Isabella. »Deshalb werden wir das Turnier wiederholen. Alle Ritter sind aufgerufen ...«
»Einen Augenblick, Herzog!« Der Bischof, der bis jetzt still hinter

dem Thron des Herzogs gestanden hatte, trat vor. Er hielt immer noch das Kästchen mit der heiligen Reliquie in seiner Hand. »Ich weiß, daß die Ritter sich gern im Turnier messen und im fairen Wettstreit Ruhm und Ehre sammeln. Dagegen ist auch nichts einzuwenden. Doch Ihr wißt auch, daß es die Heilige Kirche nicht gern sieht, wenn nicht nur Ruhm und Ehre, sondern eine Frau als Siegespreis ausgesetzt wird.«

Ein unwilliges Murmeln erhob sich unter den Versammelten, und der Bischof hob beschwörend eine Hand. »Die Heilige Kirche sieht es nicht gern«, wiederholte er in schärferem Ton. »Mehrere Konzilien, das letzte erst im Jahre elfhundertdreiundneunzig, verurteilt die Abhaltung derartiger Spiele. Ich sehe mich daran gebunden, und Ihr solltet es auch, Herzog, wenn Ihr Euch nicht einer kirchlichen Strafe unterziehen wollt.«

»Aber wie sollen wir dann um die Gunst der Prinzessin ringen?« fragte einer der Ritter und trat vor. Die anderen nickten.

»Der Herzog als Vormund der Prinzessin wird ihr einen Mann erwählen, der ihm geeignet erscheint, das Herzogtum weiterzuführen«, erwiderte der Bischof. Er wandte sich dem Herzog zu. »Ihr kennt Eure Ritter. Darunter wird es doch einen geben, der als Euer Nachfolger befähigt ist.«

Der Herzog strich wieder seinen Bart. Isabellas Körper straffte sich. Ihr Herz klopfte bis zum Hals. Würde sie wieder einen ungeliebten Mann bekommen? Und dann würde sie täglich Ritter Martin sehen als Berater ihres Mannes, des neuen Herzogs! Martin, den sie über alles liebte, der der einzige Mann in ihrem Leben war, dem sie sich hingegeben hatte und dem sie sich hingeben würde! In ihrer Verzweiflung fiel sie vor ihrem Vater auf die Knie.

»Vater, bitte, entscheidet nicht jetzt!«

Der Bischof beugte sich zum Herzog herunter. »Warum laßt Ihr nicht Isabellas Herz entscheiden? Ich bin überzeugt, ihre Wahl wird zum Wohle des ganzen Landes sein.«

Der Herzog schien sichtlich froh, daß ihm der Bischof die Entscheidung abgenommen hatte. Dann beugte er sich zu Isabella herüber und flüsterte ihr etwas zu. Isabella errötete heftig und schlug die Augen nieder. Aber sie nickte.
»Nun, Ritter Martin, ich glaube mich nicht darin getäuscht zu haben, daß Euch meine Tochter ... nun, sagen wir mal ... gefällt. Isabella ist überzeugt, daß Ihr die Bürde eines Herzogtums tragen könnt. Und deshalb frage ich Euch, wollt Ihr Isabella zur Frau nehmen?«
Martin atmete tief durch. Seine Augen trafen Isabellas Blick. Für einen Augenblick vergaßen sie die vielen Menschen um sich herum. Sie beide waren allein auf dieser Welt, nur sie beide und ihre tiefe Liebe. Trotzdem vergaß Martin nicht, daß er ein edler Ritter war. Isabella war nicht seine Beute, nicht seine Belohnung.
Er ging zur Empore und blieb auf der untersten Stufe stehen. Dann beugte er sein Knie und nahm Isabellas Hand. »Ich würde mich glücklich schätzen, Isabella zur Frau zu gewinnen, wenn sie mich mit ganzem Herzen liebt!« Dann legte er seine Lippen auf ihren Handrücken.
Isabella schwindelte vor soviel Glück. Sie bemühte sich, ihrer Stimme Festigkeit zu geben, auch wenn sie am liebsten gejubelt hätte.
»Mit meinem ganzen Herzen bin ich die Eure, Ritter Martin. Wenn Ihr mich ebenso liebt wie ich Euch, gibt es für mich kein größeres Glück auf Erden, als mit Euch vor den Altar zu treten.«
Sie zog seine Hand zu sich heran, und Martin erhob sich. Vorsichtig löste er einen kleinen Reif aus Bronze von seinem Finger. »Es ist kein wertvoller Ring, er hat eher symbolischen Wert. Es ist das einzige, was mir von meiner Mutter blieb. Doch bei dir ist er am richtigen Platz. Sie würde dich lieben wie ihr eigenes Kind.« Er streifte den dünnen Ring über ihren Mittelfinger und schaute ihr dann tief in die Augen. Isabella schwieg

ergriffen. Hochrufe erklangen. Nun ließen sich die Menschen auch nicht mehr von den Wachen daran hindern, zu den beiden glücklichen Menschen vorzudrängen und ihnen ihre Glückwünsche darzubieten.

Der Reihe nach umarmten die zwanzig Ritter aus dem Rat Martin und hießen ihn wieder in ihrer Mitte willkommen. Sie führten ihn zu dem Stuhl, den noch bis vor kurzem Ritter Gundram eingenommen hatte. Seine Fahne mit dem roten Stierkopf hatte man bereits abgenommen. Nun wurde Martins Fahne mit den grünen Eichenblättern auf weißem Grund an der Wand aufgezogen, darunter sein in Holz geschnitztes Wappen gehängt.

Ergriffen blickte Martin hinauf. Die ihn umstehenden Ritter verharrten in feierlichem Schweigen und ließen Martin diesen Augenblick auskosten. Jeder Ritter konnte nachfühlen, wie es war, seine Ehre wiederherzustellen, seine Rechte zurückzuerlangen und dazu noch die hübsche Tochter des Herzogs als Braut zu bekommen.

*

Isabella hatte sich in die Frauengemächer zurückgezogen, um von den Aufregungen etwas zu verschnaufen. Sie lag auf ihrem Bett und schaute ihren Zofen zu, die aufgeregt schnatternd in den Gemächern herumliefen, um alles für die Hochzeitsfeier vorzubereiten. Sie zerrten Kleider und Stoffe aus den Truhen, stopften sie wieder hinein, zogen andere Kleider hervor, bis es Isabella zu bunt wurde.

»Ich werde ein ganz schlichtes Kleid tragen«, sagte sie bestimmt. »Kein Prunk, kein Samt, kein Schmuck!«

»Aber Hoheit!« Der entsetzte Aufschrei kam aus drei Kehlen. »Es ist Eure Hochzeit!«

»Eben! Martin heiratet nicht die Prinzessin, er heiratet das Mädchen Isabella!«

»Wie romantisch!« seufzte Rosamunde.
Isabellas Finger deuteten auf ein helles Kleid aus dünnem Leinen. »Das werde ich tragen«, sagte sie und strich liebkosend mit den Fingern über den feinen Stoff.
»Es ist aber wirklich sehr schlicht«, bemerkte Margarete.
»Nun, ich habe in einer der Truhen recht hübsche Borten gesehen, vielleicht könnte man den Saum und den Halsausschnitt damit verzieren.«
Acht Hände wühlten wieder in den Tiefen der Truhen, und zu guter Letzt hielt Sieglinde ein blau und türkis besticktes Bortenband hoch. »Oh, wie herrlich!« rief sie. »Es paßt zur Farbe Eurer Augen, Isabella!«
Die Prinzessin nickte zustimmend. »Gut, nehmen wir diese.« Sie setzten sich in die Nähe des Fensters und begannen, die Borte abzumessen und zuzuschneiden. Eine Weile half Isabella ihnen dabei, dann wurde sie von einer seltsamen inneren Unruhe gepackt. Sie wollte nicht unhöflich erscheinen, aber die ständige Kicherei der Mädchen störte sie. Am liebsten hätte sie in Martins Armen gelegen, seine Lippen gespürt, seinen Körper gestreichelt. Eine unbändige Sehnsucht erfaßte sie. Gleichzeitig überwältigte sie ein seltsames Gelüst, dessen sie sich schämte. Sie erhob sich.
»Ich komme gleich wieder, laßt euch nicht stören«, sagte sie zu ihren Zofen.
Margarete sprang sofort auf. »Ich begleite Euch!«
»Nein, nein«, wehrte Isabella ab. »Ich komme doch sofort wieder. Und ich verlasse das Haus nicht.«
Ehe die Mädchen etwas entgegnen konnten, huschte sie aus den Frauengemächern hinaus. Es war gar nicht so einfach, einmal für wenige Augenblicke völlig ungestört zu sein. Sie verließ den Palas, eilte über den Hof hinüber zum Wirtschaftsgebäude und stieg die breite, gewundene Treppe in die Burgküche hinunter. Mit den im diffusen Licht aus den hochliegenden

Fenstern gelblich scheinenden Gewölben, in denen es immer verführerisch duftete, verbanden Isabella seit ihrer Kindheit angenehme Erinnerungen.

In der Burgküche herrschte emsiges Treiben, die Vorbereitungen für das Hochzeitsmahl liefen bereits auf Hochtouren. Auf den großen Holztischen türmten sich Wild, Federvieh, Brotlaibe, Kuchen. In den Gängen standen Fässer mit Mehl, Pökelfleisch, Gemüse, Fisch. An langen Stangen hingen Krebse aufgereiht unter dem Kreuzgewölbe, Wasser tropfte von ihnen herab. Mehrere Mägde schleppten Körbe voller Eier herbei.

Die Bediensteten verbeugten sich, als Isabella in der Küche erschien, doch sie hob die Hände. »Laßt euch nicht bei der Arbeit stören!« rief sie lachend. Sie klopfte dem dickbäuchigen Koch auf die Schulter. »Ich möchte nur, wie in meinen Kindertagen, wieder einmal eine Nase voll Bratenduft schnuppern.«

»Ich bin zutiefst geehrt, Hoheit«, freute sich der Koch. »Wollt Ihr einmal kosten? Gespickter Hirschbraten, Lammkeule, Rauchschinken ...«

»Danke, danke, das werde ich morgen, wenn alles auf der Hochzeitstafel steht.« Sie wandte sich ab, ihre Augen suchten ein bestimmtes Faß. Es stand in einer abgelegenen Ecke der Burgküche hinter dem schweren Holzregal mit den Tonkrügen voll eingelegter Eier. Vorsichtig lüpfte sie den Deckel und angelte eine saure Gurke heraus. Herzhaft biß sie hinein, und ein zufriedener Seufzer entrang sich ihr. Sie nahm noch eine zweite Gurke heraus und fischte in einem Tonkrug nach einem eingelegten Ei. Gierig stopfte sie es in den Mund und wandte sich schnell um. Dabei stieß sie mit Mathilda zusammen.

»Isabella, was machst du hier?« fragte sie erstaunt.

»Hmmmpfff!« Isabella würgte und schluckte und hustete. Mathilda klopfte ihr auf den Rücken und reichte ihr schnell eine Kelle aus dem Wasserfaß.

»Ich schaue nur mal nach dem Rechten«, brachte sie schließlich gequält hervor und nahm noch einen Schluck Wasser. »Und natürlich wollte der Koch, daß ich von allem koste. Aber was suchst du hier unten?« Im gleichen Augenblick bemerkte sie, daß Patrick an der Treppe stand und zu ihnen herüberblickte. Mathilda grinste und wurde etwas verlegen. »Ich suche Schweinefett!«

»Schweinefett? Aber es gibt bessere Sachen als Schweinefett, koste mal von dem Hirschbraten!«

»Nein, nein, nicht zum Essen und nicht für mich. Es ist für Jakob.«

»Bekommt er nicht genug zu essen? Kümmert man sich nicht genügend um euch? Ich werde gleich ...«

Mathilda legte besänftigend ihre Hand auf Isabellas Arm. »Bitte, wir werden ausgezeichnet versorgt. Auch Jakob. Er hat nur ein kleines Problem. Der lange Ritt hat ihm ... hat seinem Hinterteil einen gewissen Schaden zugefügt, daß er kaum noch laufen kann. Patrick will ihn mit Schweinefett einreiben, damit er wenigstens morgen zur Hochzeitsfeier mit an der Tafel sitzen kann.«

Isabella kicherte. »Oh, das tut mir aber leid. Natürlich werden wir ihm helfen!« Sie zog einen Tontopf vom Regal und kratzte mit einem Holzlöffel einen großen Klumpen Schweinefett heraus.

»Meine Güte, Jakob hat nur einen kleinen Hintern!« prustete Mathilda und hielt ihr eine flache Schüssel entgegen.

»Mathilda, sag, waren wir schon immer so albern?« fragte Isabella, und Mathilda biß sich auf die Unterlippe.

»Weißt du noch, als wir uns hierher schlichen und heimlich von den vergorenen Kirschen genascht haben, die unter dem Treppengewölbe standen?«

»Niemals werde ich das vergessen! Wie herrlich sie geschmeckt haben und wie schlecht uns beiden danach war!« Isabella lachte lauthals in der Erinnerung an einen ihrer Kinderstreiche. »Und daß mein Vater dachte, wir wurden vergiftet, weil wir uns erbrochen hatten wie tollwütige Katzen.«

»Hm, der arme Koch hat um sein Leben gezittert. Ich habe es dann gebeichtet, daß es die Kirschen waren. Und der Herzog hat sie eigenhändig den Schweinen vorgeworfen, damit wir nie wieder davon naschen.«

»Nein, Mathilda, ich hätte es auch so nicht wieder getan, denn so übel war mir im ganzen Leben noch nicht. Und weißt du noch, wie besoffen die Schweine davon wurden? Sie torkelten auf dem Burghof herum und ...« Isabella lachte und wischte sich die Tränen aus den Augenwinkeln.

»Waren das herrliche Zeiten«, erwiderte Mathilda, und beide gingen vergnügt zur Treppe, wo Patrick wartete.

»Hier, Patrick, hilf dem armen Jakob in seiner Not. Am liebsten würde ich es selbst machen, denn es ist ja ein Akt christlicher Nächstenliebe, einem armen Verletzten zu helfen«, ulkte Isabella.

»Hoheit!« riefen Mathilda und Patrick wie aus einem Mund, aber sie lachten ebenfalls.

»Ich weiß, ich weiß, es schickt sich nicht, wenn die Prinzessin einem Knappen den wundgerittenen Hintern einschmiert, aber heute würde ich am liebsten die Welt auf den Kopf stellen, ich bin ja so glücklich!«

Mathilda schlang ihre Arme um Isabella. »Ja, ich gönne es dir von ganzem Herzen!«

»Danke, meine Schwester!« Isabella zog Mathilda zu sich heran. Patrick entfernte sich diskret.

»Und morgen bin ich eine verheiratete Frau. Ach, Mathilda, so richtig kann ich es immer noch nicht fassen. Noch gestern glaubte ich, daß das Leben für mich zu Ende sein würde. Und damals, als Gundram ... nein, ich will nicht mehr daran denken.«

Mathilda faßte Isabellas Hand. »Es ist Vergangenheit. Denk an die Zukunft.«

»Du hast recht. Komm doch mit in meine Gemächer. Die Zofen nähen an meinem Hochzeitskleid. Das heißt, wenn Rudolf dich eine Weile entbehren kann.«
»Ich denke schon. Im Augenblick befindet er sich mit Martin bei den Ställen. Sie besprechen irgend etwas über die Pferde.«
»Siehst du, so sind die Männer. Ich vergehe fast vor Aufregung über den morgigen Tag, und die Männer reden über Pferde!«
Sie waren an den Frauengemächern angelangt. Isabella öffnete lachend die Tür, und ihre drei Zofen fuhren zusammen. Alle drei bekamen rote Gesichter.
»Was ist los?« fragte Isabella irritiert. »Gab es etwas, das ich nicht wissen soll?«
Die Mädchen senkten kichernd ihre Köpfe über ihrer Näharbeit.
»Es ist nichts, Hoheit, gar nichts!«
»Nichts? Eure Wangen glühen ja! Dann habt ihr über etwas gesprochen, über das junge Damen nicht sprechen sollten!«
Wieder kicherten sie. »Es ist nur ...«, stotterte Sieglinde. »Rosamunde meint ...«
»Nein, Sieglinde hat selber ein Auge auf ihn geworfen«, widersprach Rosamunde.
»Auf wen?« fragte Isabella interessiert und setzte sich mit Mathilda in die ausgelassene Runde.
»Patrick!«
»Oh«, entfuhr es Mathilda.
Margarete legte schnell den Zeigefinger auf ihre Lippen. »Ihr verratet es ihm doch nicht?« bat sie.
Mathilda schüttelte den Kopf. »Obwohl er sich sehr darüber freuen würde. Allerdings ...« Sie blickte Sieglinde ein wenig bedauernd an. »So ziemlich jedes Mädchen wirft ihm schmachtende Blicke zu. Er sieht aber auch wirklich süß aus, nicht wahr?«
Die Mädchen nickten aufgeregt. »Allerdings! Er ist ja nur ein Knappe, aber allein sein Anblick läßt einem das Herz höher schlagen.«

»Nun, vielleicht kann man da etwas arrangieren«, meinte Isabella und überlegte.
»Hoheit, ich bitte Euch!« rief Sieglinde erschrocken. »Ihr wollt mich verkuppeln?«
»Gott bewahre! Ich will dir einen angenehmen Tag bereiten. Ich werde die Sitzordnung an der Hochzeitstafel morgen so festlegen lassen, daß du als Patricks Tischdame deinen Platz an seiner Seite einnimmst. Was du dann daraus machst, bleibt deinem Geschick überlassen!«
Sieglinde senkte heftig errötend den Kopf, aber Isabella sah, daß sie sich freute.
»Nun, mein Geschmack ist eher der dunkelhaarige Knappe von Ritter Martin«, warf Margarete keck ein.
Mathilda und Isabella brachen gleichzeitig in lautes Lachen aus, und Margarete blickte die beiden Damen irritiert an. »Habe ich etwas Falsches gesagt?«
»Im Gegenteil!« prustete Isabella. »Wärst du doch mit in die Küche gekommen, so hättest du Jakob jetzt einen besonderen Liebesdienst erweisen können!« Wieder lachte sie lauthals und wischte sich die Tränen aus den Augen.
»Ja?« Margarete erhob sich. »Vielleicht kann ich es noch nachholen?«
»Nein, nein, er hat nur ...« entgegnete Mathilda, doch Isabella unterbrach sie mit einer Handbewegung, und Mathilda riß die Augen auf.
»Warum nicht? Geh ruhig zu ihm, er benötigt jetzt wahrscheinlich dringend eine zarte Hand.« Isabella kicherte immer noch, und Mathilda mußte sich abwenden, sonst wäre sie vor Lachen fast geplatzt.
»Ja, soll ich wirklich zu ihm gehen? Aber was soll ich tun?«
»Ihn einfach trösten und Patrick ablösen bei seinem ... seinem Werk.«
»Ist Jakob erkrankt?« fragte Margarete erschrocken.

Isabella gluckste. »Nein, als Krankheit kann man das nicht bezeichnen. Wirklich nicht. Und nun geh!« Sie drückte Margarete ein weiches Leinentuch in die Hand. »Gib ihm das, er weiß schon, wozu es gut ist.«

Zögernd und ein wenig verwirrt verließ Margarete die Gemächer. Sieglinde und Rosamunde blickten fragend auf Isabella.

»Findest du es nicht etwas unfair?« fragte Mathilda, aber auch sie mußte noch lachen.

»Was ist denn mit Jakob? Was macht Patrick mit ihm?« wollten die Zofen wissen.

Mathilda hielt sich ihren Bauch mit den Händen. »Er schmiert gerade Jakobs aufgerittenen Hintern mit Schweinefett ein!«

Das Kreischen der Mädchen hörte Margarete noch auf dem Burghof, als sie erwartungsfroh das Quartier der Knappen betrat.

*

Martin kämpfte gegen sein wild klopfendes Herz, als er vor dem Altar stand und auf seine Braut wartete. Er achtete nicht auf die hellen Sonnenstrahlen, die das bunte Rosenfenster der Burgkapelle in alle Farben des Regenbogens zerlegte. Er achtete nicht auf die zahllosen Menschen, die beidseits des Kirchengangs vor den Bänken standen und sich zum Eingang umwandten. Und er achtete nicht auf die dunkle Gestalt auf der Empore, die mit dem Schatten der Säule verschmolz, die das Kreuzgewölbe trug. In diesem Gewölbe hallte der Fanfarenton wider, der die Anwesenheit des Herzogs und seiner Tochter ankündigte.

Isabella nahm einen tiefen Atemzug und überschritt ohne zu zögern die Schwelle. Sie trug das schlichte Kleid aus feinstem Leinen, dessen einziger Schmuck aus einer schmalen, bestickten Borte um den Saum und um den Halsausschnitt bestand. Ihr ungebundenes Haar wallte wie flüssiges Gold über ihren Rükken, auf dem Haupt trug sie einen schlichten Kranz aus wilden Sommerblumen. Langsam und stolz schritt sie an der Hand ihres Vaters zum Traualtar.

Martin spürte die Luft um sie herum flimmern und gleißen. Er starrte ihr mit all dem Hunger seiner Seele entgegen. Er sah die überwältigende Freude in ihren Augen, als der Herzog ihre Hand auf Martins dargebotenen Arm legte. Martin stockte der Atem, als er sie so unwirklich schön neben sich stehen sah. Doch es war kein Traum. Sie hob die Augen zu ihm auf und lächelte.

Der Bischof räusperte sich. »Das Brautgeld«, flüsterte er Martin zu.

»Was?« Martin kam aus einer anderen Welt zurück. »Brautgeld? Brautgeld!« In Panik wandte er sich um. Rudolf rollte mit den Augen und deutete mit dem Zeigefinger auf Martins Gürtel, an dem ein kleiner, bestickter Beutel hing. Martins Blick irrte zu Rudolf, dann an seinem Körper herab. »Ach ja!« Aufatmend versuchte er, den Beutel von seinem Gürtel zu lösen. Es klirrte, als die Silbermünzen auf die Steinfliesen fielen und sich vor dem Altar verstreuten.

Schweiß stand auf Martins Stirn, als er den rollenden Münzen nachschaute. Er unterdrückte einen Fluch bei dem Gedanken, wo er sich befand. Hilflos blickte er zum Bischof. Patrick und Jakob hatten sich leise auf die Knie begeben und sammelten die Münzen wieder auf. Mit großen Augen starrte Isabella auf die beiden auf dem Boden herumrutschenden Knappen und biß sich auf die Lippen. Ein glucksendes Lachen drängte in ihrer Brust nach oben.

Aufatmend beugte Martin sich herab, als Jakob sich aufrichtete, um ihm die Münzen zu reichen – und beide stießen mit den Köpfen zusammen! »Au!« Martin faßte sich an die Stirn und schloß entnervt die Augen.

Jakobs Ohren glühten feuerrot. Peinlich berührt zog er sich sofort an seinen Platz zurück. Auch Patrick drückte Martin eilig

die Münzen in die Hand, die er aufgesammelt hatte, und begab sich an seinen Platz.
Der Bischof atmete tief durch und setzte die Zeremonie fort. Martin wischte sich mit dem Handrücken über die Stirn. Er verfluchte seine Tolpatschigkeit. Warum war er nur so nervös? Mit zitternden Fingern legte er die Münzen auf den Kupferteller, den der Bischof ihm hinhielt. Er vollzog nun die symbolische Übergabe des Brautgelds an Isabella, die die Münzen lächelnd in Empfang nahm. Dann sanken beide vor dem Altar auf die Knie.
Der Bischof hob die Hände zum Gebet. Auf seinem Gesicht zeichnete sich eine tiefe Befriedigung ab. Er war mit dem Gang der Dinge zufrieden, vor allem, daß er ein erneutes Turnier um die Hand der Prinzessin hatte verhindern können. Es war im Sinne der Heiligen Kirche, wenn die Ritter ihre Lanzen erhoben, um das Heilige Land zu erobern und die Ungläubigen daraus zu vertreiben. Aber es war nicht im Sinne der Kirche, um eine Frau wie um ein Prachtroß zu streiten. Für die Ritter mochte das kein Unterschied sein, wenn sie sich in ihrem prunkvollen Stolz nur selbst darstellen konnten. Ritter waren eben Krieger. Der Bischof seufzte und fühlte sich wohl nach seinem errungenen Sieg. Dieser Ritter Martin schien ein ganz passabler Kerl zu sein und fromm dazu, so daß der Bischof sich um das geistige Wohl des Herzogtums keine Sorgen zu machen brauchte, auch wenn der Ritter im Augenblick reichlich nervös schien. Doch welcher Bräutigam wäre das nicht?
Nach seinem lateinisch gesprochenen Gebet wandte der Bischof sich dem Brautpaar zu. Er blickte Martin in die Augen.
»Ritter Martin von Treytnar! Ihr steht hier vor dem Angesicht Gottes, um in den heiligen Stand der Ehe zu treten. Seid Ihr gewillt, Prinzessin Isabella zu Eurer Frau zu nehmen und sie zu lieben und zu ehren, bis daß der Tod Euch scheidet?«
Bei diesen Worten hatte Martin Isabellas Hand ergriffen, und sie spürte den festen Druck seiner Finger.

»Ja, das will ich!« erklang seine Stimme in das Kreuzgewölbe hinauf.
Im Schatten der Säule hob Rupert de Cazeville die kleine Armbrust mit dem todbringenden Stahlbolzen vor das Gesicht. Er atmete ruhig und gleichmäßig. Seine schwarzen Augen visierten Isabellas Rücken an.
»Prinzessin Isabella, seid Ihr gewillt, Ritter Martin von Treytnar zu Eurem Gemahl zu nehmen, ihm treu zu sein, ihn zu lieben und zu achten, bis daß der Tod Euch scheidet?«
Isabella hob ihren Blick zum Kreuz empor, ihre Wangen glühten. Martin spürte, daß sie zitterte. »Ja, das will ich!« sagte sie mit fester Stimme.
Der Bischof nickte, und ein zufriedenes Lächeln flog über sein Gesicht. Er beugte sich vor und schlang das mit Perlen und Edelsteinen besetzte Seidenband um die Hände des Paares.
»Hiermit erkläre ich Euch zu Mann und Frau, im Namen das Vaters, des Sohnes und des heiligen Geistes. Amen!«
Auch über de Cazevilles Gesicht glitt ein flüchtiges Lächeln. Endlich! Die kleine Isabella hat sich reichlich schwergetan, in den Stand der Ehe zu treten. Irgendwie gönnte er ihr diesen kurzen, feierlichen Augenblick, und aus einem ihm selbst unerfindlichen Grund zögerte er, den tödlichen Schuß abzuschicken. Sollte sie noch den Kuß ihres frisch angetrauten Gatten auf den Lippen spüren, wenn sie starb.
Das Brautpaar, das bis zu diesem Augenblick vor dem Altar gekniet hatte, erhob sich. Isabella warf einen letzten Blick auf das Kreuz, dann wandte sie sich Martin zu. Beide standen sich gegenüber und blickten sich tief in die Augen. Martins Lippen senkten sich auf ihren Mund, als ein gräßliches Geräusch sie zusammenfahren ließ. Sie drehte den Kopf und erblickte den Herzog, der mit entsetzt aufgerissenen Augen und weit offenem Mund qualvoll stöhnte. Seine Hand krampfte sich über dem Herzen zusammen.

»Vater!« schrie sie und lief auf ihn zu. Im Aufschrei der Umstehenden war das Zischen des Stahlgeschosses nicht zu vernehmen, das unmittelbar hinter Isabellas Rücken die Luft zerteilte und mit einem mißtönenden Kreischen an einer Steinsäule abprallte.

Mit versteinerten Gesichtern standen die Hochzeitsgäste um den Herzog, der auf den kalten Steinfliesen der Kirche lag. Isabella kniete neben ihm und hielt seine Hände in den ihren.

»Vater! Du darfst nicht sterben! Nicht jetzt!« Verzweifelt preßte sie seine Hände, doch sein Blick wurde leer. Seine Lippen versuchten Worte zu formen, die sie nicht mehr verstand.

»O mein Gott, warum nur?« schrie sie außer sich und warf sich über ihn. Martin stand hilflos neben ihr. Isabellas Gesicht war tränenüberströmt, und Martin zögerte einen Moment, unsicher, ob er sie trösten oder sich zurückziehen sollte.

Das Gesicht des Herzogs war grau, seine Lider flackerten, und seine Lippen verfärbten sich bläulich. Er rang nach Luft, und sein Hals bebte. Doch sein Herz versagte ihm endgültig den Dienst, und sein Kopf sank zur Seite.

Der Bischof drängte sich durch die Umstehenden und kam bereits zu spät, um dem Herzog die Sakramente zu erteilen. Seine grauen Augen starrten Isabella an, dann schüttelte er leise den Kopf.

Martin faßte Isabella an den Schultern und zog sie hoch. »Du kannst nichts mehr für ihn tun«, flüsterte er.

»Meine Hochzeitsglocken sind nun seine Totenglocken«, sagte sie mit stockender Stimme.

Der Bischof erhob sich und schaute Martin ins Gesicht. »So seid Ihr jetzt Herzog«, sagte er.

Martin erschauerte. Er mußte sich für einen Augenblick auf Isabella stützen. »Gütiger Himmel, es bricht wie eine Lawine über uns herein«, stöhnte er. Doch dann straffte er sich. »So sei es!«

Der Herzog wurde in der Mitte vor dem Altar aufgebahrt, wo noch vor wenigen Minuten Martin und Isabella getraut worden waren. Die Sonne schien mit gleicher freudiger Stärke durch das Rosenfenster und tauchte die Trauergemeinde in buntes Licht. Sechs Ritter hielten die Totenwache. Martin legte seinen Arm um Isabella, und beide verließen mit gesenkten Häuptern die Kirche. Zwei schwarze Augen blickten ihnen voll Ingrimm nach.

*

Im Prunksaal war eine lange Tafel eingedeckt und bog sich unter den Köstlichkeiten, die in der Schloßküche zubereitet worden waren. Doch der Festzug, der in diesem Augenblick den Saal betrat, war alles andere als fröhlich. Seufzend blickte Isabella über die herrlichen Platten mit Hirschbraten, Schweinen, Ochsenkeulen, Würsten, Gänsen, Forellen, Krebsen und gefüllten Drosseln. Angewidert wandte sie sich ab. Martin hatte den Arm um sie gelegt.

»Es ist einfach Verschwendung«, sagte sie leise zu ihm.

Martin nickte. »Und was sollen wir jetzt tun? Unsere Gäste können doch nicht vor einer leeren Tafel sitzen?«

Sie traten an den Kopf der Tafel. Die Gäste standen hinter ihren Stühlen und wagten sich nicht zu setzen, bevor nicht das herzogliche Paar Platz nahm. Isabella beugte sich zu Martin und flüsterte: »Es ist deine erste Amtshandlung als Herzog. Schick sie nach Hause!«

Martin hob die Augenbrauen. »Sollten wir das?«

Sie senkte den Kopf. Der Geruch des gebratenen Fleisches verursachte ihr Übelkeit. Martin bemerkte ihre Blässe. Seine Augen schweiften über die Gästeschar, die ihn erwartungsvoll anblickte. Viele waren von weither angereist.

»Meine lieben Gäste«, sagte Martin. »Eigentlich sind wir zusammengekommen, um ein freudiges Ereignis zu feiern, unsere

Vermählung. Überschattet wird es nun durch den plötzlichen und unerwarteten Tod des Herzogs. Doch auch er wollte, daß seine Tochter glücklich wird, und hat dieses wunderbare Hochzeitsmahl ausgerichtet. Ehren wir sein Andenken und bezeugen wir ihm unsere Dankbarkeit, indem wir uns alle an den Köstlichkeiten laben. Und auch das Volk, die Bauern und Händler, die Musikanten und Sänger. So nehmt Platz an der Tafel, speiset und trinkt gemessen. Musikanten! Spielt Lieder, nicht von Freude, nicht von Trauer, spielt und singt von der Liebe!« Er sah, wie die Gäste erleichtert aufatmeten.

Er setzte sich auf seinen samtbezogenen Sessel, und auch Isabella nahm Platz. »Sehr salomonisch, deine Entscheidung«, flüsterte sie ihm zu.

»Vielleicht werde ich doch noch ein weiser Mann«, meinte Martin mit leiser Selbstironie. »Ich werde die Schärfe des Schwertes gegen die Schärfe des Geistes eintauschen müssen.«

Isabella lächelte. »Auch das ist weise. Kriege sind genug geführt worden.«

Sie griff zu einem Stück süßem Kuchen. Er beugte sich zu ihr und küßte sie auf die blasse Wange. »Ich bin froh, so eine liebe und kluge Frau an meiner Seite zu wissen.« Ein wenig verwundert blickte er auf ihren Teller, auf den sie sich einen Essighering legte. »Aber findest du das klug? Dir wird übel davon!«

»Mir ist schon übel. Ich glaube, ich möchte mich zurückziehen. Es war ein bißchen viel an diesem Tag. Und an morgen darf ich gar nicht denken.«

»Ich begleite dich«, sagte Martin und bestand darauf, als Isabella abwehren wollte.

»Bleibt sitzen, meine Gäste, und feiert weiter. Ich begleite Isabella nur zu ihrem Gemach, damit sie sich ausruhen kann.«

Langsam gingen sie den Gang entlang, der zu den Frauengemächern führte. Isabella seufzte und blickte zu Martin auf. Freud und Leid lagen so dicht beieinander. Jetzt, wo sie beide allein waren, war ihr Unbehagen verschwunden. Sie sah nur noch ihn, den begehrenswerten Mann, den stolzen und furchtlosen Ritter, der so viel auf sich genommen hatte, um nun an ihrer Seite zu stehen.

»Dein Vater ist tot«, sagte Martin leise. »Ich verstehe, wenn du dich jetzt in Trauer zurückziehen möchtest.« Er nahm ihre Hand und zog sie an seine Lippen. »Isabella«, murmelte er.

»Martin!« Es klang wie das Schwingen zarter Glocken aus Silber. Er starrte sie an, und seine Sehnsucht überwältigte seinen Vorsatz der ritterlichen Zurückhaltung.

Sie stand vor ihm, ihre Wangen glühten in einem leidenschaftlichen Rot. »Es ist unsere Hochzeitsnacht!«

»Meine Isabella!« Ihr Name klang wie ein Wunsch auf seinen Lippen, dann zog er sie in seine Arme. Ihre Augen trafen sich und hielten sich aneinander fest. Der Moment wurde zur Ewigkeit. Er beugte seinen Kopf zu ihr herab, sie hob sich auf die Zehenspitzen. Zärtlich suchten sich ihre Lippen, doch sie hatten viel zu lange gewartet, viel zu stark gelitten, als daß sie sich noch länger in Anstand zurückhalten konnten. Das Leben nahm sich sein Recht. Sie fuhr mit den Fingern durch seine blonden Lokken, preßte sich an ihn und stöhnte leise in seinen Kuß hinein. Seine Hände umfaßten ihre Taille, spürten das Beben ihres Körpers. Er hob sie kurzerhand auf seine Arme und trug sie hinüber in das Hochzeitsgemach mit dem wundervollen weichen Bett, über das sich ein Baldachin aus nachtblauem Samt spannte. In einer duftenden roten Wolke aus Rosenblättern sanken beide nieder.

Aus dem Schatten einer der Säulen löste sich eine dunkle Gestalt. Langsam folgte sie den beiden, ohne daß sie den Mann bemerkt hätten. De Cazeville blickte ihnen mit seinen schwarzen Augen nach. Dann schloß sich die Tür hinter dem Paar. Eine seltsame Mischung aus Verständnis, Wehmut und Enttäuschung lag auf seinem Gesicht. Mit den Fingern fuhr er über das geschnitzte Holz der Tür, als wolle er dem toten Material wieder Leben einhauchen. Er hörte die beiden Herzen dahinter schlagen, ihr sehnsüchtiges Seufzen und Stöhnen. Für einen Augenblick verkrampften sich seine Hände zu Fäusten, und er preßte die Lippen zusammen. Lange stand er da, seine Stirn an die Tür gelehnt. Dann wandte er sich ab. Lautlos lief er durch die Gänge, bis er die Kammer erreichte, in der er mit Martin sieben Tage verbracht hatte. Er schloß die hölzernen Fensterläden und legte den Riegelbalken vor die Tür. Aus einem Beutel kramte er eine Handvoll dunkler, getrockneter Beeren hervor, die er langsam zerkaute. Er trank einen Schluck Wasser darauf und ließ sich dann in einer Ecke des Raumes nieder. Mit dem Rücken an die Wand gelehnt, begann er seine Wanderung.

*

Martin blieb neben dem Bett stehen und blickte auf Isabella herab. Engelsgleich lag sie auf den Rosenblüten ausgebreitet. Das schlichte Hochzeitskleid umschmeichelte ihre Figur. Bei ihrem Anblick taumelte er, als stünde er vor einem schwindelerregenden Abgrund. Für einen Augenblick schossen ihm sich wild überschlagende Gedanken durch den Kopf: ihr erstes Zusammentreffen auf der Landstraße, ihr wild entschlossenes Gesicht, das Schwert in ihrer Hand und der heftige Schmerz in seiner Seele, den sie verursacht hatte. Er sah sie mit trotzigem Schmollmund in ihrem kleinen Gefängnis auf der alten Burg, die Zornesfalten auf ihrer Stirn, ihren unschuldigen und doch so verführerischen Körper auf dem harten Bett. Und er sah ihre Angst, als er ihr das Messer an die Kehle hielt, hörte ihre verzweifelten Schreie, als das brennende Dach über ihm zusammenbrach. Er spürte den Tod ganz in seiner Nähe und die Hände, die ihn aus dessen Klauen rissen. Er sah Isabella in ihrem kostbaren Hochzeitskleid neben Gundram stehen, sah Gundrams haßerfüllten Blick und andere, bezwingende, schwarze Augen, die ihn aus dieser Welt zogen. Und einen Mann, der ihn dieser Welt wieder zurückgab. Er sah Gundrams funkelndes Schwert auf sich niedersausen und das Blut des verhaßten Gegners, das im Sand der Arena versickerte. Er sah das bunte Licht in der Kirche und den toten Herzog auf dem kalten Steinboden. Und jetzt lag sie hier, Isabella, seine Frau! War es ihm zu verdenken, daß ihn plötzlich eine seltsame Schwäche erfaßte?

Isabella hatte ihn unter gesenkten Lidern betrachtet, wie er schweigend und regungslos neben dem Bett stand. Und plötzlich wurde ihr klar, was in ihm vorging. Jahre der Entbehrung waren vorbei, all das vergossene Blut, all das Leid und die Tränen. Wie viele, die seinen Weg mit ihm gegangen waren, hatten das Ziel nicht erreicht!

Sie erhob sich und trat vor ihn. Ganz sacht streichelten ihre Hände über das dünne Leinen seines Hemdes, das er unter dem bestickten Samtwams trug. Irgendwie paßte diese kostbare, prächtige Kleidung nicht zu ihm, dem tollkühnen Haudegen, dem mutigen und furchtlosen Krieger. Noch immer glaubte sie den wilden Duft nach Leder und Schweiß zu verspüren, der ihn ständig umgeben hatte. Jetzt war er Herzog, ein Landesfürst! Angstvoll richtete sie ihren Blick zu ihm auf.

Er schien ihre Gedanken zu erraten. »Die Zeit wird es mit sich bringen«, sagte er leise. »Wir müssen uns beide daran gewöhnen.«

Sie nickte und streifte den kostbaren Samtstoff von seinen Schultern. Nur das dünne Leinen trennte sie noch von seinem begehrenswerten Körper. Endlich, endlich, gehörte er ihr ganz!

Sie zuckte zurück, als sie die Verbände unter dem zarten Stoff spürte, einen um seinen Arm, einen um seinen Bauch. Er lächelte. »Ich spüre keinen Schmerz«, sagte er.

Er zog sie in seine Arme, und seine Lippen senkten sich auf ihre.

Er war ein Wanderer, der eine unendliche Wüste durchquert hatte und nun vor dem köstlichen Quell einer Oase kniete. Nie hatte er ihre Liebe mehr benötigt als in diesem Augenblick. Es gab nichts mehr, was zwischen ihnen stand.
Seine Hände liebkosten das Hochzeitskleid, das sie trug. Sie hatte auf jeglichen Luxus verzichtet. Sie war das Mädchen, das einstmals im Wald stand, im schlichten Kleid, mit wallendem, blondem Haar. Ihre Augen blickten jetzt sanft, fast besorgt zu ihm auf.
»Geht es dir gut?« fragte sie mit stockender Stimme.
»Es ist mir noch nie im Leben bessergegangen«, antwortete er rauh. Seine Hände tasteten über ihren Rücken und öffneten die kleinen Häkchen. Darunter loderte ihr Körper in einem nur schwer zu unterdrückenden Verlangen.
Er preßte sein Gesicht in ihre Locken und sog tief ihren Duft ein. Langsam streifte er das Kleid herunter und warf es achtlos auf einen der hochlehnigen Stühle. Das seidige Unterkleid verhüllte kaum noch etwas von den sanften Linien ihres Körpers.
Ihre Finger lösten seinen edelsteinbesetzten Gürtel mit dem Schwert. Es war, als wenn eine Fessel sich öffnete, eine Fessel aus Pflicht und Bürde. Darunter war er, sein Körper, wie sie ihn liebte.
Langsam ging sie rückwärts und zog ihn mit sich. »Liebe mich«, hauchte sie. »Liebe mich so wie beim letzten Mal.«
Er schluckte schwer. Wie lange brannte schon das Verlangen in ihm, wie lange verzehrte ihn seine Sehnsucht nach ihr! Doch selbst damals auf der alten Burg, als sie in seinen Armen gelegen hatte, als sie sich einander hingegeben hatten, war es nicht das gleiche gewesen. Damals hatte es keine gemeinsame Zukunft für sie gegeben. Sie war höher geboren als er!
Er blickte auf sie herab. War das von Bedeutung? Einen winzigen Augenblick zögerte er. Würden seine Untertanen nicht behaupten können, er wäre nur auf den Thron des Herzogs

über das Bett der Prinzessin gekommen? Reichte es nicht, daß er rehabilitiert und seine Ehre wiederhergestellt worden war? Daß er zufällig mit seinem Widersacher auch den Bräutigam und zukünftigen Herzog getötet hatte, war eine seltsame Fügung des Schicksals. Seltsam? Schicksal?
Mit einem eigenartigen Unbehagen erinnerte er sich der Worte des schwarz gekleideten Mannes. In gewisser Weise hatte er am Schicksal gedreht! Sollte es so sein, daß er den Thron bestieg? War es so vorausbestimmt? Doch von wem?
»Woran denkst du?« holte ihn Isabellas Stimme aus seinen Gedanken. Sie sah Verwirrung in seinen Augen. Ihre Hände fuhren unter sein Hemd, und sie streifte es, wie damals in ihrer letzten Nacht auf der alten Burg, über seinen Kopf. Damals hatten sie sich geliebt, da gab es nur sie beide, Martin und Isabella. Keine gemeinsame Zukunft, überhaupt keine Zukunft!
»Ich habe Angst«, sagte er leise.
»Wovor?«
»Vor der Zukunft. Ich bin nur ein einfacher Ritter!«
»Nein, das bist du nicht. Dein Platz ist auf diesem Thron, und ich bin überzeugt, daß du dafür bestimmt bist. Dir wurde der Thron nicht geschenkt, du hast ihn dir erkämpft!«
Er blickte wieder auf sie herab, und Isabella ahnte seine Gedankengänge. Sie schüttelte den Kopf.
»Laß das alles da draußen«, sagte sie und wies zur Tür. »Geheiratet hast du eine Prinzessin, eine Krone, ein Herzogtum. Hier gibt es nur uns beide, einen Mann und eine Frau. Liebe nicht die Prinzessin, liebe nicht die Krone, liebe nicht die Würde, liebe mich!«
»Ist dir das denn genug?« fragte er.
»Wenn du mich so liebst wie in dieser letzten Nacht, dann ist es mir genug.«
Er stöhnte leise auf und zog sie an sich. Ihr Atem wurde unregelmäßiger.

»Ich liebe dich bis zum Wahnsinn!« Er ließ von ihr ab, um sich seiner restlichen Kleidung zu entledigen.
Sie streckte sich auf dem Bett aus und schaute ihm mit vor Verlangen schweren Lidern zu. Als er nichts mehr an seinem Körper trug, streckte sie die Hand nach ihm aus.
Sie lag zart und verletzlich vor ihm, sie wirkte schutzlos. Und im gleichen Augenblick kam ihm zu Bewußtsein, was für eine Qual sie in diesen letzten Tagen und Wochen durchgestanden hatte.
Eine heiße Welle überrollte ihn, und er warf sich an ihre Seite. In der tiefen Dämmerung suchte er nach ihren Lippen, und sein Kuß kündete von der in ihm wogenden Begierde. Doch er unterdrückte sie und genoß einfach Isabellas Nähe.
»Ich habe es mir immer wieder vorgestellt, immer wieder davon geträumt, hier an deiner Seite zu liegen, als dein Mann«, flüsterte er und streichelte sanft über ihren Körper.
»Und jetzt hat sich dein Traum erfüllt«, antwortete sie ebenso leise. Er schwieg, und Isabella richtete sich auf. »Gefällt es dir nun nicht mehr?« fragte sie, und Angst lag in ihrer Stimme.
Er lachte leise. »Oh, es ist einfach überwältigend«, sagte er und beugte sich über sie.
Sie ließ sich mit einem erleichterten Schnaufer ins Kissen fallen. »Ich dachte schon, daß du ...«
»Es hat mich überrollt. Alles!« Er schloß die Augen, und Isabella spürte, wie er zitterte. »Ich kann es einfach noch nicht fassen, daß du meine Frau bist. Daß wir beide ... nach all dem ...«
Er riß sie in seine Arme, und jetzt brach alles an unterdrückter Leidenschaft aus ihm heraus, was sich hinter seiner Fassade aus Stolz und Bitterkeit angesammelt hatte. Doch jetzt brauchte er nichts mehr zu verstecken, nichts mehr zurückzuhalten. Mit ungeduldigen Fingern befreite er sie von dem letzten Hauch Stoff. Seine Blicke, seine Hände glitten über die sanfte Landschaft ihres Körpers. Dann regnete eine Flut schneller Küsse auf sie herab. Ihr Körper wand sich unter seinen Liebkosungen.

Seine Lippen waren überall, und Isabella stieß eine Folge kleiner, lustvoller Schreie aus. Dann senkte er seine Lippen zwischen ihre Schenkel, und er hörte, wie sie scharf die Luft durch die Zähne sog. Sie fand es verwerflich – und herrlich! Nun war ihr auch klar, warum die Nonnen so ängstlich darum bemüht gewesen waren, die Berührungen an dieser Stelle als etwas Sündhaftes darzustellen. Nichts war so erregend und lustvoll, als seine Zunge dort zu spüren. Sie hatte ihre Beine um seinen Hals geschlungen, und der überraschte Laut, den sie eben noch von sich gegeben hatte, wandelte sich in ein leidenschaftliches, genußvolles Stöhnen.

Um seine Beherrschung war es endgültig geschehen. Seine Zunge wurde immer kühner und fordernder. Mein Gott, war sie ein lodernder Vulkan, bereit für ihn und all seine unstillbare Leidenschaft. Ihr Körper bäumte sich unter dieser süßen Folter auf. Seine Lippen wanderten wieder an ihrem Körper herauf, und als sich ihre Lippen vereinigten, vereinigten sich auch ihre Körper.

Isabellas tiefes, kehliges Aufstöhnen entfachte seine wilde Lust noch stärker, und er hielt sich nicht mehr zurück. Jetzt war er keineswegs mehr vorsichtig und behutsam. Ihre Hände krallten sich in seine Schultern und forderten ihn zu ekstatischer Erlösung, die nur er ihr schenken konnte. Als das großartige Gefühl der Erfüllung sie überrollte, schwanden ihr die Sinne. Er hielt sie umfangen und gab ihr den Schutz, den sie in diesem völlig schutzlosen Augenblick benötigte. Sie spürte aus einer weiten Ferne diese kraftvolle Umarmung und glaubte, sterben zu müssen. Eine weiche Wolke umhüllte sie, umschlungen stürzten beide durch die Unendlichkeit.

Martin fühlte eine warme Schwere durch seinen Körper fließen. Mit einem erlösten Keuchen fiel er zur Seite. Alle Kraft, aller Wille, alle Energie war aus seinem Körper geströmt und hatte sich in ihr ergossen. Für einen kurzen Augenblick sah er sich wieder durch den seltsamen Wald reiten, der nicht in dieser Welt war, und glaubte das Murmeln des Baches zu vernehmen. Alles in ihm strebte dem klaren Quell, dem heilenden Licht zu, und er sehnte sich nach den ihn berührenden Händen. Doch dann schwanden auch ihm die Sinne. Erschöpft fielen sie beide gleichzeitig in den Schlaf.

*

Lautlos öffneten sich die Türflügel, und eine dunkle Gestalt blieb im Türrahmen stehen. Tiefe Stille lag über der Burg, nur die regelmäßigen Atemzüge der beiden Jungvermählten waren zu hören.
De Cazeville betrachtete die Gesichter von Martin und Isabella. Eine sanfte Röte lag über ihrer Haut, ihre Züge waren entspannt und zufrieden. Eine geraume Weile blieb er neben dem Bett stehen. Sein Gesicht blieb ausdruckslos, aber seine Augen registrierten jedes Detail. Für einen Moment beugte er sich über Martin und betrachtete die frischen Wunden unter den verrutschten Verbänden. Sie waren nicht gefährlich, und Martins gestärkter Körper würde sich selbst heilen.
De Cazeville richtete sich wieder auf, und sein Blick fiel auf Isabella. Ihr blondes Haar floß wie ein goldener Wasserfall über das seidene Kissen, ihre Lippen hielt sie leicht geöffnet, und sie lächelte im Schlaf. Er griff unter den Umhang und zog seinen Dolch hervor. Ihr Hals war schlank und schneeweiß wie bei einem Schwan. Er mußte lächeln bei diesem Vergleich. Einen Schwan würde er niemals töten.
Isabella bewegte sich und schob dabei die leichte Decke von ihrem Körper. De Cazeville verharrte regungslos, doch Isabella schlief weiter. Er betrachtete ihren hell schimmernden Körper, die sanften Rundungen, die lässig verschlungenen Beine. Für einen Augenblick sah er eine andere Frau dort liegen, mit

schwarzem Haar, verführerischen Kurven, pfirsichfarbener Haut. Er unterdrückte seinen harten Herzschlag und biß sich auf die Lippen. Ärgerlich über sich selbst packte er den Dolch fester und beugte sich zu Isabella herab. Etwas irritiert suchte er an ihrem Hals nach dem Schlüssel. Er war nicht mehr da!
Über einem Stuhl lagen ihre Kleider, in Eile darübergeworfen. Er riß den feinen Stoff hoch und tastete ihn durch. Doch den kleinen Schlüssel, den sie stets an einer Kette getragen hatte, fand er nicht.
Aber er wollte nicht mehr suchen. Notfalls mußte er die Schreine in den Frauengemächern mit Gewalt brechen. Er wollte seine Mission endlich zu Ende bringen. Viel zu lange hielt er sich schon in dieser Burg auf. Je länger er sich hier befand, um so mehr geriet der Erfolg seiner Mission ins Wanken. Nichts haßte Rupert de Cazeville mehr als Unvollkommenheit. Und er fühlte sich unvollkommen, wenn er seine Aufgabe nicht zu seiner Zufriedenheit erledigen konnte.
Doch seine Konzentration wurde gestört. Wieder ließ er seinen Blick über ihren Körper gleiten, dann legte er vorsichtig seine Hand auf ihren Bauch. Es geschah so leicht, daß Isabella es nicht spürte.
Die dunklen Augenbrauen von Rupert de Cazeville zogen sich zusammen. Seine Lippen murmelten tonlos ein unanständiges Wort. Mit einer unwilligen Bewegung wandte er sich um und verließ ebenso lautlos, wie er gekommen war, das Gemach.

Sechzehntes Kapitel

Nur einen Sonnenuntergang nach der feierlichen Trauung von Ritter Martin von Treytnar und Prinzessin Isabella versammelte sich wieder der gesamte Hofstaat, die Ritter und Gäste, in der Kirche. Unzählige Kerzen brannten und verbreiteten einen warmen, gelben Schein. In der Mitte vor dem Kreuz stand der offene Sarg.

Isabella blickte betrübt in das Gesicht des Herzogs, auf dem eine friedliche Stille lag. Vielleicht war es das beste für ihn, jetzt von dieser Welt zu gehen, dachte sie im stillen. Trotzdem hätte sie sich gewünscht, etwas mehr von ihrem Vater gehabt zu haben als diese wenigen turbulenten Wochen. Andererseits war sie plötzlich erwachsen geworden, mit einer großen Bürde auf den Schultern. Das Herzogtum brauchte eine starke Hand. Zu lange hatte ihr Vater die Zügel schleifen lassen. Nur so konnte es geschehen, daß Ritter Gundram übermäßig viel Einfluß erlangen konnte, um das Herzogtum nach seinen Vorstellungen zu lenken. So etwas durfte nie wieder passieren. Wichtig war der Rat der Ritter, doch er durfte nicht übermächtig werden.

Sie warf einen verstohlenen Blick auf Martin, der neben ihr kniete, in stillem Gebet versunken. Er spürte ihren Blick und schaute auf. Der Bischof begann die Totenmesse zu lesen. Während er sprach, schweiften Isabellas Gedanken zurück zur letzten Nacht. Trotz ihrer Trauer um ihren Vater verspürte sie pulsierendes Leben in sich. Mit wonnevollem Schauer dachte sie an Martins unendliche Zärtlichkeiten, an die Wärme seines Körpers, den Duft seiner Haut, den glücklichen Augenblick ihrer Vereinigung. Bereits einmal hatte sie so in seinen Armen empfunden, damals, auf der alten Burg, als sie bereits von Gundram und seinen Leuten belagert wurde. Damals war sie sicher gewesen, daß es das letzte Mal sein würde, in Martins Armen zu liegen. Doch das Schicksal hatte es anders gewollt. Sie waren Mann und Frau!

Verstohlen blickte sie auf den kleinen bronzenen Reif an ihrem Finger und strich liebkosend darüber. Und nun würde Martin Herzog sein. Sie war sicher, daß er auch diese Aufgabe zum Wohle des Landes meistern würde.

Die Luft in der Kirche war stickig, und Isabella wurde übel. Krampfhaft hielt sie sich an Martins Arm fest. Der Bischof hatte die Lesung der Messe beendet und kniete sich nun vor dem Kreuz nieder, um selbst für das Seelenheil des Herzogs zu beten. Isabella hoffte inständig, der Bischof würde sich nicht zu lange damit aufhalten. Sie mußte dringend hinaus an die frische Luft. Martin blickte sie besorgt an. Die letzten Wochen und Tage waren einfach zuviel gewesen für so ein zartes Wesen wie Isabella. Heftiges Mitleid durchflutete ihn, und am liebsten hätte er sie auf seine Arme gehoben und hinaus in den blauen Tag getragen. Doch dies war die Kehrseite von Macht und Ruhm – die Verantwortung vor dem Land. Er durfte nicht gegen die Etikette verstoßen. Er trat die Nachfolge des alten Herzogs an. Und er ahnte, daß es nicht leicht sein würde. Trotz der herzlichen Glückwünsche der Ritter aus dem Rat gab es viele unter ihnen, die sehr wohl ihre Vorteile von Gundrams eigenem Weg gehabt hatten. Sie waren keineswegs begeistert, daß Martin nun die Geschicke in die Hände nahm und ihnen genauer auf die Finger sah. Er mußte auf der Hut sein!

Aufatmend erhob er sich, als der Bischof sein Gebet beendet hatte. Seine Wunden schmerzten noch, und er hätte sich gern

den heilenden Händen des seltsamen schwarzen Mannes hingegeben. Doch erstens gingen die höfischen Rituale vor, und zweitens hatte er den Zauberer seit seiner wundersamen Heilung nicht wiedergesehen. Vielleicht war er still und bescheiden weitergezogen.
Diener traten hinzu und schlossen den Deckel des Sarges, nachdem Martin und Isabella einen letzten Blick auf den Toten geworfen hatten. Dann hoben sie ihn an und trugen ihn hinunter in die Gruft unter der Kirche, in der bereits die herzoglichen Vorfahren und auch Isabellas Mutter begraben lagen.
Der Sarg wurde in einen mächtigen, steinernen Sarkophag herabgelassen, der mit dem Wappen des Herzogs und einer lateinischen Inschrift geschmückt war. Zuletzt senkte sich der schwere, steinerne Deckel darauf.
Isabella schluckte schwer, als sich der Sarkophag mit einem dumpfen Laut schloß. Mit einer kleinen, hilflosen Geste strich sie über den kalten Stein und nahm endgültig Abschied von ihrem Vater.

*

Einige Schlucke gewürzten Weins brachten Isabellas Lebensgeister wieder zurück, und nun saß sie aufrecht und stolz auf dem mit Schnitzereien geschmückten Stuhl, auf dem ihre Mutter vor Jahren an der Seite ihres Gatten gesessen hatte. Und neben ihr saß Martin auf dem Thron ihres Vaters. Im Rittersaal waren alle wichtigen Menschen versammelt, die Martin zum Antritt seiner neuen Würde benötigte, die zwanzig Ritter des Rates, die Verwalter der Ländereien, Waffenmeister, Stallmeister und als wichtigster der Schatzmeister.
Martin erhob sich und blickte allen Anwesenden fest in die Augen.
»Es ist wenig Zeit zum Trauern und Wehklagen, das Leben

fordert sein Recht«, sagte er. »Deshalb will ich mich ohne Zögern der Regelung wichtiger Angelegenheiten widmen.« Er blickte auf den leeren Stuhl in der Reihe des Ritterrates. »Noch vor zwei Tagen war ich stolz und geehrt, daß mein Wappen die Wand über meinem Platz im Rat der weisen Ritter ziert. Nun ist dieser Platz wieder verwaist. Mein Platz ist jetzt hier, an der Seite meiner tapferen Gattin, um die Geschicke des Herzogtums in die Hand zu nehmen. Doch dieser Platz im Rat der Weisen ist zu wertvoll, als daß er frei bleibt. Ich brauche für meine neue Aufgabe mutige und kluge Ritter, die mir zur Seite stehen. Zwanzig edle Ritter haben mir ihre Treue geschworen. Doch ich möchte, daß es einen einundzwanzigsten Ritter gibt, der mir zur Seite steht. Ritter Rudolf von Kiebitzmark, tretet vor!«

Überrascht und mit fragendem Blick löste sich Rudolf aus der Versammlung und trat vor die herzogliche Empore. Martin blickte in feierlichem Ernst auf ihn herab.

»Es gibt einen Ritter in meinem Leben, dem ich mehr verdanke als nur Kampfesmut, Ritterlichkeit und Freundschaft. Es ist seine Klugheit, seine Besonnenheit und seine unverbrüchliche Treue, die mir mehr als einmal das Leben gerettet und mich vor Torheiten bewahrt hat. Ohne ihn, das kann ich zu Recht sagen, hätte ich mein festes Ziel, rehabilitiert zu werden, wohl niemals erreicht.«

Rudolfs Augen irrten verlegen zwischen Martin und Isabella hin und her, und eine sanfte Röte zog sich über seine Wangen. Isabella lächelte ihm aufmunternd zu.

»Ritter Rudolf von Kiebitzmark, da Ihr gleich mir wieder in Stand und Ehren seid, biete ich Euch diesen Platz im Rat der Ritter an. Wollt Ihr mir auch weiterhin die Treue halten, wie Ihr sie mir fast mein ganzes Leben gehalten habt?«

Rudolf beugte das Knie und senkte den Kopf. »Ja, mein Herzog, ich schwöre Euch Treue bis in den Tod«, erwiderte er.

Martins beherrschte Gesichtszüge wurden plötzlich weich. »Ihr habt in all den Jahren auf alles verzichtet, was das Leben eines Ritters ausmacht, nur um mir die Treue zu halten, mich in meinem Kampf zu unterstützen, stets mein Leben zu teilen. Es ist an der Zeit, daß ich Euch ein wenig von dem zurückgebe, was Ihr mir gegeben habt. Niemals werde ich die Schuld gänzlich abtragen können, in der ich bei Euch stehe, aber das mindeste, was ich tun kann, ist, Euch mein altes Lehen zu übergeben.«

Er streckte seine Hände vor und legte sie in Rudolfs Hände. Der hatte überrascht den Kopf gehoben, und seine braunen Augen versanken in Martins Blick. Martin lächelte. »Es wird Zeit, daß du Mathilda zum Altar führst, sonst ist Euer Kind noch vorher auf der Welt«, flüsterte Martin und verkniff sich ein Grinsen. Laut sagte er: »Ritter Rudolf von Kiebitzmark, hiermit übergebe ich Euch mein ehemaliges Lehen mit der Burg, den dazugehörigen Ländereien von sechsundvierzig Hufen Größe, dazu sieben Dörfer und Wälder zur Jagd. Euer Dienst als mein Vasall besteht im Kriegsdienst zu Pferd, vollgerüstet, mit all Euren eigenen Vasallen vom Stande eines Ritters. Euer Platz ist im Rat der einundzwanzig weisen Ritter, die mir in Kriegszeiten mit ihrem Schwert, in Friedenszeiten mit ihrem Rat zur Seite stehen.« Es waren fast die gleichen Worte der Mannschaft, die der alte Herzog zwei Tage zuvor zu Martin gesprochen hatte. »Und mein Geschenk an Euch und Eure junge Frau ist die Ausrichtung einer Hochzeitsfeier, bevor Ihr mit Mathilda in die Burg zurückkehrt.«

Mathilda riß die Augen auf und warf sich neben Rudolf auf den Boden des Rittersaales. »Mein Herzog, mein Herz ist voller Dankbarkeit ob Eurer Güte«, schluchzte sie und lachte und weinte gleichzeitig.

Isabella hielt es nicht mehr auf ihrem Platz. Sie sprang zu Mathilda herab und zog sie an sich. »Aber nicht doch, Mathilda, du schadest deinem Kind«, flüsterte sie ergriffen, und ihre Augen wurden feucht. Sie trat mit Mathilda etwas beiseite, denn der Akt der Belehnung war noch nicht ganz abgeschlossen. Der Bischof ließ Rudolf auf die heilige Reliquie schwören, und dann tat Martin etwas, das auch die Ritter bislang noch nicht gesehen hatten. Er trat auf Rudolf zu und küßte ihn auf beide Wangen. Rudolf wußte genau, woher Martin dieses Ritual kannte. Richard Löwenherz hatte auf diese Weise auf dem Kreuzzug seine Mannen zu Rittern geschlagen. Die Sitte war in Aquitanien und England bereits üblich.

Die Umstehenden murmelten aufgeregt, und dann erscholl lautstarker Beifall. Die Ritter des Rates gratulierten Rudolf und nahmen ihn in ihre Mitte auf.

»Und um die höfische Kultur wieder aufleben zu lassen, werden wir die Hochzeit von Ritter Rudolf mit Mathilda gleichzeitig dazu nutzen, daß alle Edlen, die sich der Minne und der Dichtkunst verschrieben haben, ihr Können unter Beweis stellen. Mit dem Schwert haben wir nun genug gekämpft, kämpfen wir mit unserem Geist und unseren Stimmen! Unser Kaiser Heinrich sei das Vorbild, der höchstpersönlich die wunderschönen Verse ersann:

Mir sint diu rich und diu lant untertan;
Swenne ich bei der mineclichen bin;
Und swenne ich gescheide von dan
so ist mir al min gewalt und min richtoum dahin.
Wan senden Kumber, den zelle ich mir danne ze habe;
Sus kann ich an vröuden stigen uf unt ouch abe,
unt bringet den wehsel, als waine, durch ir Liebe ze grabe.«

Ergriffen lauschten alle den gefühlvoll vorgetragen Versen. Isabella sah plötzlich Martin als Troubadour in seinem blau-weißen Gewand, mit der Laute in der Hand, als er ihr damals in der Weinlaube das zu Herzen gehende Lied gesungen hatte. Für einen Augenblick wünschte sie sich, wieder allein mit ihm zwischen den duftenden Büschen zu sitzen und seiner angenehmen Stimme zu lauschen. Doch der neu aufbrandende Jubel riß sie jäh aus ihren Träumen. Sie lächelte tapfer und unterdrückte die kleine Schwäche, die sich ihrer bemächtigen wollte.

*

»Da wirst du mich also bald verlassen«, sagte Isabella und blickte ein wenig wehmütig auf Mathilda, die in ihrem Brautkleid wunderschön aussah. Isabella hatte das Gefühl, daß Mathilda vor lauter Glück von innen strahlte wie ein Glühwürmchen.
»Rudolf drängt, das Lehen in Augenschein zu nehmen. Du weißt ja, daß Gundrams Schreckensherrschaft viel Leid und Zerstörung über die Dörfer gebracht hat. Er will sie wieder aufbauen lassen. Die Bauern sollen auf ihre Höfe zurückkehren und in Frieden ihre Felder bestellen. Ja, und auf der Burg muß er wohl auch noch einiges ausmisten. Gundram hat seine Getreuen durchgefüttert, die ihn bei seinem schändlichen Tun unterstützten.«
»Wäre es dann nicht besser, du würdest hier bleiben, bis euer Kind geboren ist?«
Mathilda schüttelte energisch den Kopf. »Mein Platz ist an Rudolfs Seite. Ich werde mit ihm gehen. Und ich fürchte mich nicht. Ich habe mich nicht mehr gefürchtet, seit ich bei ihm bin.«
Isabella nickte und schob ihren Teller zurück. Sie blickte seufzend über die Festtafel, an der herzhaft geschmaust wurde.
»Nimm es dir doch nicht so zu Herzen«, versuchte Mathilda sie zu trösten. »Ich wäre gern hiergeblieben. Aber es ist auch wichtig, daß Rudolf seine Pflichten wahrnimmt. Und nun iß doch von diesem herrlichen Hirschbraten, er ist dem Koch vortrefflich gelungen.«
Isabella rümpfte die Nase. »Mein Magen ist wie zugeschnürt. Ich glaube, die ganze Aufregung der letzten Zeit hat mir etwas

zu sehr zugesetzt. Es war ein Auf und Ab der Gefühle, daß mir noch jetzt ganz schwindlig ist.« Sie griff zu einer Schüssel mit sauer eingelegtem Gemüse und stopfte es gierig mit den blanken Fingern in den Mund.
Mathilda hob die Augenbrauen. »Du bist dir sicher, daß du eine Krankheit am Magen hast?«
Isabella unterbrach ihr gieriges Essen und blickte erstaunt auf. »Wieso?«
»Ach nichts!«
Rudolf, der sich die ganze Zeit mit Martin unterhalten hatte, wandte sich seiner strahlenden jungen Frau zu.
»Nun kann ich dir doch ein Dach über dem Kopf bieten, mein süßer Rotfuchs«, sagte er und blickte sie mit seinen warmen, braunen Augen liebevoll an. »Unser Glück ist rundum perfekt.« Er küßte sie innig und legte den Arm um sie.
»Ich hätte dich auch geliebt, wenn unser Haus der Rücken eines Pferdes und unser Reich die Straße gewesen wäre«, erwiderte sie.
Isabella wandte verlegen den Blick ab. Aber sie freute sich ehrlichen Herzens für Mathilda. Die Zeit, da sie ihr das Glück neidete, war lange vorüber. Jetzt konnte sie selbst nachfühlen, wie wunderschön die Liebe war.
Martin hatte dem Brautpaar ein Zimmer richten lassen mit einem wunderschönen Bett, über das sich ein Baldachin aus Stoff spannte. Die Männer an der Tafel rissen derbe Witze über die Hochzeitsnacht, daß die Damen heftig erröteten. Doch Mathilda war nicht auf den Mund gefallen. Sie erhob sich und strich mit der Hand über ihren Bauch.
»Gibt es einen besseren Beweis für seine Manneskraft als diesen?« fragte sie lachend.
Die Damen kicherten, und die Männer klopften zustimmend mit den Knöcheln auf den Tisch.
»Nun, Martin, jetzt bist du an der Reihe, um zu zeigen, was in deinen Lenden steckt«, scherzte Rudolf.

»Oh, ich mühe mich redlich jede Nacht«, erwiderte Martin und hob seinen Weinbecher. »Die Burg ist groß und hat viel Platz für meine Nachkommen!«
»Auf deine Nachkommen!« Rudolf trank ihm zu, und alle anderen erhoben ebenfalls ihre Becher und Pokale.
Isabellas Gesicht erhitzte sich von diesen direkten Späßen. Sie beugte sich zu Mathilda herüber.
»Sag mal, woran merkt man denn, daß man schwanger ist?«
Mathilda riß die Augen auf. Ihr Finger zeigte auf die leere Gemüseschüssel. »Wie lange geht das schon so?« fragte sie.
»Was?«
»Dein Heißhunger auf Saures!«
»Was hat das denn damit zu tun?« fragte Isabella verblüfft. »Noch nicht lange, etwa seit zwei, drei Wochen. Aber ich esse doch auch andere Sachen, Honigplätzchen und Essigheringe und ...«
»Und wie lange hast du dein Mondblut nicht mehr bekommen?«
»O mein Gott!«
Mathilda beugte sich noch weiter zu Isabella herüber, und ihre Köpfe berührten sich bereits. Sie spürte Isabellas heiße Stirn. »Schon das zweite Mal ist es ausgeblieben. Ich dachte, es wäre die Aufregung ...«
»Wirst du es ihm sagen?« wollte Mathilda wissen.
Isabella schüttelte den Kopf. »Erst wenn ich mir ganz sicher bin. Ist es dir auch so gegangen?«
»Und wie! Ich habe mich jeden Morgen erbrochen, daß es sogar Rudolf ganz bange geworden ist. Eine alte Frau, die mich untersuchte, hat uns beide ausgelacht. Es vergeht nach einiger Zeit wieder, und dann fühlt man sich wunderbar.«
Isabella pustete hörbar die Luft aus. »Also bin ich gar nicht krank?«
»Nein, ganz bestimmt nicht! Du kannst dich glücklich schätzen!«

»Ich freue mich so!« Die beiden Frauen umarmten sich.
»Was habt ihr denn für Geheimnisse?« wollte Rudolf wissen.
»Frauensache!« erwiderte Isabella lachend.
Mathilda zog unwillig die Augenbrauen zusammen und deutete auf den Weinbecher, der schon wieder leer war. »Auch wenn ich vorhin deine Manneskraft gelobt habe, verspreche ich mir trotzdem noch einiges von unserer Hochzeitsnacht. Glaubst du, daß du nach dem Weingenuß noch deinen Mann stehen kannst?«
Rudolfs Mund blieb offen stehen. »Hast du das gehört?« fragte er zu Martin gewandt. »Kaum ist man verheiratet, schon steht man unter der Fuchtel seiner Frau. Ich trinke doch nur auf dich, mein Liebling!«
Rudolf wankte allerdings bedenklich, als er sich erhob. »Feiert weiter, meine Gäste!« rief er. »Ich habe jetzt eine wichtige Aufgabe zu erledigen, und ich will meine süße, kleine Frau nicht enttäuschen!« Er hob Mathilda kurzerhand auf die Arme und verließ unter dem lautstarken Beifall der Gäste den Rittersaal.
Isabella blickte ihnen seufzend nach.
»Bist du neidisch?« fragte Martin.
Sie lachte, und ihre Zungenspitze huschte flink über ihre Lippen, wo sie eine feuchte Spur hinterließ. »Nein, denn ich weiß, was du kannst.«
Martin schob den Becher beiseite. Nichts hielt ihn jetzt mehr an der Tafel. Er unterdrückte das heftige Flirren in seinen Eingeweiden. Unter dem Gejohle der schon reichlich angetrunkenen Gäste nahm er Isabella an die Hand und zog sie mit sich hinaus. »Ich halte es nicht mehr aus!« stöhnte er voll Verlangen, bevor die Tür ihres Gemaches mit lautem Krachen ins Schloß fiel.

*

Martin und Isabella standen im offenen Burgtor und schauten dem langen Zug nach, der sich wie ein dunkler Wurm durch die sattgrünen Wiesen schlängelte. Immer wieder winkte Isabella mit einem weißen Tuch, doch die Davonziehenden waren schon zu weit entfernt.
Verstohlen wischte sie sich eine Träne aus den Augenwinkeln.
»Dir wäre es lieber gewesen, wenn Mathilda hiergeblieben wäre, nicht wahr? Dann hättest du mehr Gesellschaft, denn ich werde in der nächsten Zeit allerhand zu tun haben.«
Beruhigend legte sie ihre Hand auf seinen Arm. »Ich verstehe ihre Beweggründe, daß sie an Rudolfs Seite bleiben will. So eine innige Liebe gibt es selten. Liebende soll man nicht trennen.«
»Nein, da hast du recht.« Er hauchte ihr einen Kuß auf die Wange.
»Außerdem weiß ich mich zu beschäftigen, es gibt auch für mich genügend Aufgaben. Langeweile kenne ich nicht. Meine drei Gesellschaftsdamen habe ich auch, die für meine Zerstreuung sorgen werden. Außerdem will ich mich endlich um den Nachlaß meiner Mutter kümmern. Durch die ganzen Aufregungen bin ich noch gar nicht dazu gekommen. Weißt du, ich glaube, daß sie eine ähnlich tiefe Liebe zu meinem Vater empfunden hat. Das ist der Grund, warum mein Vater nie wieder eine andere Frau zu seiner Gemahlin gemacht hat.«
»Reich ist, wer so lieben kann«, erwiderte Martin versonnen. Langsam schlenderten sie zurück in die Burg. »Und nun beginnt der Alltag!«
»Oh, du wirst dich auch nicht über Langeweile beklagen können. Morgens wirst du sicher ausreiten oder jagen, über den Tag Sport, Reit- und Waffenübungen betreiben, Inspektionen, Beratungen, Empfang von Gästen …«
»Hör auf«, lachte Martin. »Aber ich verspreche dir, der Abend gehört der Geselligkeit. Wir werden Musik machen, dichten, uns mit Brettspielen unterhalten, du erzählst mir von deinen aufregenden Tagesereignissen …«

Isabella taumelte ein wenig, und Martin stützte sie. Besorgt blickte er sie an.
»Du bist sehr blaß, mein Herz, bist du krank?«
Sie schüttelte lächelnd den Kopf, und eine sanfte Röte kehrte in ihr Gesicht zurück. »Nein, ganz bestimmt nicht. Und diese kleine Schwäche vergeht bald wieder.«
Sie konnte Martin mit ihren Worten allerdings noch nicht beruhigen. »Du solltest dich etwas zurückziehen und ausruhen«, meinte er.
Isabella war einverstanden. Martin begleitete sie bis zu den Frauengemächern, deren Zutritt auch ihm nur im Ausnahmefall gestattet war. Ein wenig verlegen stand sie vor ihm, und ihre Zungenspitze fuhr wieder über ihre Lippen.
Martin atmete tief durch, als er es bemerkte und zog sie an sich. Er küßte sie zärtlich. »Bedrückt dich etwas? Dann sag es mir!«
»Bedrücken? O nein! Ich habe ein kleines Geheimnis.«
»Verrätst du es mir?«
»Bald!« Sie hob sich auf die Zehenspitzen, drückte einen Kuß auf seine Lippen und entschwand hinter der großen Tür.
Mit einem Lächeln auf dem Gesicht entfernte Martin sich.

In den Frauengemächern befand sich niemand, und Isabella war froh darüber. Sie konnte das Geschnatter ihrer Gesellschaftsdamen nicht ertragen. Ein wenig wehmütig war ihr ums Herz, weil Mathilda sie nun verlassen hatte. Doch spätestens, wenn Mathildas Kind geboren war, würde sie sie besuchen. Und dann würde es wahrscheinlich auch bald soweit sein, daß sie selbst …
Sie unterdrückte den Gedanken und lächelte still in sich hinein. Gemächlich begab sie sich in die letzte Kammer der Gemächer, wo die beiden verschlossenen Schreine standen. Sie zog den Schlüssel unter ihrem Gewand hervor und öffnete die schweren Schlösser. Ihr Blick fiel auf die kleine Truhe aus dunklem Holz.

Muscheln und Bernstein verzierten den Deckel. An mehreren Stellen schimmerten die Bruchstücke.
Gunilla! Mit angehaltenem Atem hob sie die Schatulle heraus und trug sie in das große Kaminzimmer. Sie setzte sich an den Tisch, stellte sie vorsichtig auf die Platte. Es mußte eine besondere Bewandtnis damit haben. So hübsch die Truhe auch aussah, so war sie doch keineswegs so kostbar, daß sich ein Diebstahl lohnen würde.
Andächtig entriegelte sie den Deckel und klappte sie auf. Doch wenn sie darin kostbaren Schmuck erwartet hätte, wurde sie enttäuscht. Vergilbtes Pergament befand sich darin, eines mit einem Siegel. Vorsichtig nahm sie das obere Blatt zur Hand. In feiner Schrift reihten sich Buchstaben aneinander. Sie blickte auf die Unterschrift: *Deine Mutter Herzogin Isolde in Liebe.*
Es war ein Brief ihrer Mutter! Sie wagte kaum zu atmen. Jetzt endlich sprach ihre Mutter zu ihr, viele Jahre nach ihrem Tod! Mit zitternden Händen hielt Isabella die raschelnden Blätter:

»Meine geliebte Isabella,
wenn Du diese Zeilen liest, sind fünfzehn Jahre vergangen. Mein Körper wird dann schon längst zu Staub zerfallen sein, doch meine Seele wird nicht eher ihre Ruhe finden, bis Du diese Zeilen gelesen hast. Du bist inzwischen eine erwachsene Frau mit Geist und Verstand. Deshalb habe ich Deinem Vater das Versprechen abgenommen, daß er Dir diese Papiere erst zu Deinem sechzehnten Geburtstag aushändigen soll. Denn was ich dir zu sagen habe, ist für Dein weiteres Leben von großer Wichtigkeit. Liebend gern hätte ich Dir alles persönlich erzählt, aber Gott hatte mit mir andere Pläne. Vielleicht ist es die Strafe dafür, was ich getan habe. Doch ich bereue nichts.
Ich habe Deinen Vater zutiefst geliebt und war ihm stets eine liebe, treusorgende Gattin. Er gab mir niemals Anlaß, ihm auch nur eine Stunde gram zu sein. Ja, er erwiderte meine Liebe zu ihm

mit der gleichen Tiefe, auch wenn er es sich natürlich nicht so anmerken ließ. Aber ich habe es immer gespürt. Leider war unser Glück nicht ganz vollkommen, denn uns blieben Kinder versagt. Alle Gebete, Opfer und Besuche von Heilkundigen nützten nichts. So entschlossen wir uns zu einer Wallfahrt nach Venedig. Wir ahnten beide nicht, daß sich zu genau diesem Zeitpunkt unser geliebter Kaiser Friedrich in Venedig aufhielt. Es war nur ein kurzer Aufenthalt. Dein Vater hatte mit ihm bereits zwanzig Jahre zuvor bei der Eroberung Mailands Seite an Seite gekämpft. Die beiden Männer standen sich voll Freude gegenüber, und der Kaiser lud uns in seiner Herzlichkeit zu einem kleinen abendlichen Festmahl ein.

Kaiser Friedrich ist ein unglaublich imposanter, beeindruckender Mann von lebhafter Intelligenz und faszinierender Ausstrahlung. Er ist wahrhaft ein Kaiser bis zur Spitze seines herrlichen roten Bartes. Und so – mein Kind möge mir verzeihen – erlag ich dem Zauber dieses Mannes. Während die Männer Wein tranken und sich über ihre Erlebnisse während der Feldzüge unterhielten, saß ich bescheiden im Hintergrund und lauschte den Worten des Kaisers. Leider war dein Vater den schweren italienischen Wein nicht gewöhnt, und er fiel einfach von der Bank. Kaiser Friedrich Barbarossa lachte dröhnend, ließ ihn ins Bett schaffen und verwickelte mich dann in ein Gespräch. Ich konnte später nicht mehr sagen, wie es kam, daß ich in seinen Armen lag und diese Nacht bei ihm blieb.

Am nächsten Tag reiste der Kaiser ab, wir blieben noch eine Woche in Venedig. Wenige Wochen später spürte ich eine Veränderung in mir. Ich trug Dich unter dem Herzen! In meiner abgrundtiefen Verzweiflung habe ich es Deinem Vater gebeichtet. Aber glaub mir, anstatt mich zu schlagen, mich zu beschimpfen und davonzujagen, hat er mir vergeben und gesagt, daß es wohl gottgewollt sei, auf diese Weise ein Kind zu bekommen. Und er hat Dich wie sein eigenes Kind betrachtet. Ich glaube, es gibt keinen gütigeren und verständnisvolleren Mann auf dieser Welt als ihn.

Als ich Dich in meinen Armen hielt, war ich so unsagbar glücklich. Doch ich dachte auch an Deine Zukunft und habe dem Kaiser eine Botschaft zukommen lassen, die Deine Geburt anzeigte. Obwohl sich der Kaiser auf einem Feldzug gegen Heinrich den Löwen befand, sandte er mir über den Großkanzler eine Urkunde, in der er Dich als sein leibliches Kind anerkennt. Diese Urkunde liegt meinem Brief bei und bezeugt Deine Herkunft.

Meine liebe, kleine Isabella, jetzt denkst Du sicher sehr schlecht von Deiner Mutter, doch glaube mir, geliebt habe ich nur meinen Gatten. Leider hat mir Gott keine Zeit mehr zugestanden, ihm meine Liebe weiter zu beweisen. Und wenn Du jetzt in einem Alter bist, wo Du selbst einen Mann zum Gatten nimmst, dann wünsche ich Dir so einen liebevollen und verständnisbereiten Menschen an Deiner Seite, wie es für mich der Herzog war. Vielleicht kannst Du mich dann besser verstehen.

Verzeih mir, mein Kind! Doch gäbe es nicht den Kaiser, gäbe es auch Dich nicht. Du kannst stolz auf das Blut in Deinen Adern sein. Und der Weg auf den höchsten Stuhl des Reiches steht Dir offen. Möge Gott Dich beschützen!

Deine Mutter Herzogin Isolde in Liebe.«

Erschüttert ließ Isabella die Briefe sinken. Sie war die Tochter des großen Kaisers Friedrich Barbarossa!

*

Isabella preßte ihre Hände gegen ihr wild klopfendes Herz, ohne es beruhigen zu können. Welche Zukunft stand ihr da bevor! Sie wäre Anwärterin auf den Thron des Kaiserreiches! Völlig versunken hatte Isabella die Zeilen gelesen. Nun verschleierten Tränen ihren Blick.

Mutter! Vater! Wie unrecht hatte sie doch ihrem Vater getan, als sie ihn als senilen Trottel betrachtete. Was für ein gütiger Mensch war er in Wirklichkeit! Viel zu gut für diese Welt!

Und erst ihre Mutter, wie sehr mußte es sie gequält haben zu erfahren, daß sie das Kind eines anderen unter dem Herzen trug. Doch sie schämte sich nicht, sondern stand dazu wie eine Heldin! Und der Herzog hatte sie dabei unterstützt!

»O mein Gott!« schluchzte Isabella auf. Wie gern hätte sie ihren Vater ans Herz gedrückt, ihm gesagt, wie lieb sie ihn hatte, auch wenn er gar nicht ihr leiblicher Vater war. Er hatte sein Geheimnis mit ins Grab genommen.

Langsam kam sie wieder zu Atem. Sie hörte das Blut in den Ohren rauschen. Und sie bekam plötzlich das Gefühl, daß ihre Lungen platzen wollten. Sie mußte es jemandem erzählen! Und der erste, der es erfahren sollte, war Martin!

Sie sprang auf, um zu ihm zu eilen. Aus den Augenwinkeln bemerkte sie einen schwarzen Schatten, der hinter einer Säule hervorkam und auf sie zuflog. Dann lag sie in den Armen von Rupert de Cazeville!

Ihren erschreckten Aufschrei erstickte er mit seiner Hand auf ihrem Mund. Seine schwarzen Augen blickten sie halb belustigt, halb tadelnd an. »Keinen Ton!« zischte er.

Unter seinem festen Griff versuchte Isabella ihm verständlich zu machen, daß sie nicht schreien würde. Zögernd lockerte er seinen Griff, ohne sie vollständig loszulassen.

»Wie kommt Ihr hier herein?« war Isabellas erste Frage, doch de Cazeville schien sie überhört zu haben.

»Nun wißt Ihr also Bescheid«, sagte er statt dessen zu ihr.

Ihre Augen wurden noch größer, als sie ohnehin schon waren. »Ihr wißt davon?« fragte sie fassungslos. Er nickte. »Was wollt Ihr?«

»Da fragt Ihr noch? Einige Leute im Gefolge des Kaisers sehen mit großem Unbehagen, daß es ein kleines, blondes Mädchen

gibt, das seine zarten Finger nach dem höchsten Stuhl im Reich ausstreckt. Und selbst dem Kaiser Heinrich gefällt es keineswegs, jetzt, wo ihm seine Gattin einen Sohn geboren hat.«
»Wer schickt Euch?«
»Der Großkanzler! Eben der Kanzler, der damals diesen Brief aufgesetzt hat mit der Unterschrift Barbarossas. Er hat all die Jahre darauf geachtet, daß die Stabilität des Reiches auch nach dem Tod des Kaisers und seines Sohnes gewahrt blieb. Heinrich macht seine Mission nicht schlecht. Er hat in Italien alle Hände voll zu tun, und hier ist es wirklich erstaunlich ruhig. Und das soll so bleiben. Thronquerelen würden das ganze Reich der Staufer ins Wanken bringen. Vielleicht würde es sogar zerbrechen.«
»Aber dieses Recht steht mir zu!« verteidigte sich Isabella. »Auch wenn ich kein eheliches Kind des Kaisers bin, so hat er mich doch als legitim anerkannt!«
»Er war sehr gutmütig, der alte Mann«, gab de Cazeville zu. »Einer seiner wenigen Fehler!«
»Und was habt Ihr vor?«
De Cazeville seufzte, und sein Gesicht drückte tiefstes Bedauern aus. »Solange Ihr Euch in der Geborgenheit des Klosters befandet, wart Ihr keine Gefahr. Leider hat Euch Euer seniler Vater zu sich geholt. Für das Herzogtum ist es ein Segen, daß ein junger, kräftiger und entschlossener Ritter die Nachfolge antreten wird. Aber Ihr, liebe Isabella, habt nun Eure Schuldigkeit getan. Eigentlich solltet Ihr schon viel eher sterben, aber ich hielt es für besser, daß Martin Euer Gemahl wird, um Herzog zu werden. Gundram wäre wirklich nicht der Richtige dafür gewesen.«
»Ihr wollt mich töten?« fragte sie entsetzt.
»Natürlich!« De Cazeville blieb völlig gelassen. »Es ist das beste für alle!«
»Wer seid Ihr? Ein bezahlter Mörder?«

»Oh, welch harte Worte aus dem Mund eines so zarten Wesens«, spottete de Cazeville. »Es gibt nur den Jäger und den Gejagten. Man ist entweder das eine oder das andere. Etwas dazwischen gibt es nicht. Ich bin immer der Jäger, und ich werde es tun, weil ich die sicherste Methode des Tötens beherrsche. Doch wißt Ihr, ich kann nicht nur töten. Ich kann foltern, heilen, Leben spenden, weissagen, Gedanken lesen ...« Genüßlich blickte er in Isabellas Augen, in denen blankes Entsetzen lag. »Ich kenne die Menschen wie kein anderer!« Seine Stimme war zu einem Flüstern herabgesunken. Er hielt Isabella immer noch fest.

Sie zitterte am ganzen Leib. Mühsam versuchte sie, sich zu beherrschen. De Cazeville blickte abschätzend auf sie herab. Welch kindliche Figur, welch zartes Wesen! Kein Vergleich mit der glutäugigen, feurigen Gunilla. Er lächelte versonnen, als er sich bei dem Vergleich ertappte. Es war vorbei! Er hatte Gunilla diesem Spiel geopfert. Er konnte es nicht ungeschehen machen. Und er vergeudete keine Zeit damit, es zu bereuen. Gundram war seiner Schwester gefolgt. Nun würde ihn nichts mehr an Gunillas Leidenschaftlichkeit erinnern. Außer Isabella! Sie war der Grund, daß sich eine blutige Spur durch die Vergangenheit zog.

Er ließ Isabella los und lehnte sich gegen die Säule, während Isabella sich schnell aus seiner Reichweite entfernte. Sie lief zum Tisch und setzte sich, weil sie befürchtete, ihre Kräfte würden sie verlassen.

»Was habe ich Euch getan, daß Ihr mich töten wollt?« fragte sie.

»Nichts!« Er hob die Schultern und schaute sie gleichgültig an. »Würde ich es nicht tun, würde es ein anderer erledigen.«

»Aber warum?«

»Könnt Ihr Euch das nicht denken?« Er lächelte zynisch. »Ihr seid eine Gefahr für das ganze Kaiserreich. Glaubt Ihr, Heinrich

wünscht sich einen Schatten, der nur darauf wartet, den Thron zu besteigen? Ebenso könntet Ihr ihn beseitigen lassen!«
»Niemals würde ich das tun!«
»Wirklich nicht? Die Aussicht, auf dem Kaiserthron zu sitzen, ist verlockend genug, mit allen Prinzipien zu brechen. Und Ihr wäret wahrlich nicht die erste, die sich den Weg freimordet.«
»So wie Ihr!«
»Irrtum! Es ist nicht mein Weg. Mich interessieren die Ziele nicht. Ich will nicht auf einem Thron sitzen, um Macht auszuüben.«
»Dann wäret Ihr der erste Mann, der nicht danach strebt, Macht zu besitzen.«
»Wieder ein Irrtum! Ich übe mehr Macht aus als jeder Kaiser.«
Isabella schaute ihn an und zog die Augenbrauen unwillig zusammen. »Vergleicht Ihr Euch etwa mit Gott?«
De Cazeville lachte, und Isabella stellte mit Grausen fest, daß sein Gesicht sich zwar verzog, seine Augen jedoch kalt und durchdringend blieben. »Welchem Gott? Eurem Gott, der sagt, alle Menschen sollen sich lieben? Der sagt, daß Töten Sünde ist?«
»Ja, denn es gibt keinen anderen Gott!«
»Arme Irre! Wie blind seid Ihr doch. Nicht nur, daß Ihr die Worte Eures eigenen Gottes Lügen straft! Ist es etwa kein Töten, einen anderen auf dem Schlachtfeld niederzustechen? Oder den Gegner in der Turnierbahn aus dem Sattel zu heben, damit er sich das Genick bricht? Und dieses angebliche Gottesurteil, das fechten zwei Sterbliche aus! Derjenige gewinnt, der die größere Kraft, die größere Ausdauer und vielleicht auch etwas mehr Glück hat. Es sei denn ...«
»Ja?«
»Er nahm die Kräfte der Götter in sich auf.«
»Welcher Götter?«
»Die der alten Welt!«

Isabella sprang auf. »Seid Ihr ein Zauberer, ein Hexenmeister, ein Priester des alten Glaubens?«
»Nennt es, wie Ihr wollt.«
»Gütiger Himmel!« Isabella bekreuzigte sich.
»Das wird Euch auch nichts mehr nützen.«
»Ihr wollt mich immer noch töten?« fragte sie mit stockendem Atem.
»Natürlich, es muß sein. In meiner Religion ist das Töten nichts Verwerfliches. Im Gegenteil! Es ist ein Mittel der Notwendigkeit. Ihr sterbt für den guten Zweck, die Stabilität des Kaiserreiches zu erhalten. Ich verspreche Euch, daß Ihr nicht leiden werdet. Meine Kenntnisse des menschlichen Körpers sind umfassend. Ich kann jemanden über Tage, Wochen und Monate leiden lassen, daß er sich wünscht zu sterben. Ich kann einen Menschen in kurzer Zeit heilen, wie er es selbst nicht geschafft hätte. Und ich kann einen Menschen in die *Andere Welt* schikken, ohne daß er es spürt. Wenn Ihr Euch fürchtet, würde ich für Euch diesen letzten Weg wählen.«
»Ihr seid ein Teufel, ein Scheusal!« Isabella sprang auf.
Jetzt lächelte er tatsächlich milde, und sie starrte ihn entgeistert an. Wie viele Seelen lebten in seinem Körper?
»Welch harsche Worte!« sagte er tadelnd. »Aber sie treffen mich nicht. In meiner Welt gibt es diese Worte nicht.«
»Was ist das für eine Welt, in der Ihr lebt? Töten ist für Euch keine Sünde, es gibt den Begriff des Bösen nicht. Dann kann es auch nichts Gutes darin geben, keine Liebe, kein Gefühl, kein Verständnis.«
»Ihr irrt Euch schon wieder, teure Isabella. All das gibt es. Umgekehrt könnte ich Euch fragen, was es für eine Welt ist, in der Ihr lebt, wo es immer einen Gegenpart geben muß. Schwarz bedingt Weiß, Feuer bedingt Wasser, Gut bedingt Böse.«
»Aber so ist es!« begehrte sie auf.
Seine Augen blieben ernst, und er beugte sich zu ihr herunter.

»So seht Ihr es. Aber wieso seid Ihr Euch sicher, daß die Welt so ist, wie Ihr sie seht? Seht Ihr sie nicht so, eben weil Ihr sie so sehen wollt? Kommt mit in meine Welt, und ich zeige Euch, daß Ihr Euch gründlich irrt.«

»Ich lege keinen Wert darauf, Eure Welt kennenzulernen.« Brüsk wandte sie sich von ihm ab.

»Schade, Euch entgeht viel. Aber Ihr habt bereits ein kleines Stück daraus kennengelernt. Martin!«

»Was hat Martin damit zu tun?«

»Ich habe ihn mit hinübergenommen in meine Welt. Für sieben Tage. Er ist geheilt zurückgekehrt und so gekräftigt wie noch nie zuvor.«

»Wollt Ihr damit sagen, das habt Ihr alles getan? Mit Magie?«

»Ihr nennt es Magie, ich nenne es Wissen. Wissen um die Kräfte, die uns umgeben. Ihr verschließt davor die Augen. Martin hat es nicht getan.«

»Ihr habt Martins Seele verhext!«

»O nein, ich habe Martin geheilt.«

»Warum habt Ihr das getan? Ihr habt Martin geheilt, damit ich seine Frau werde. Und nun wollt Ihr mich töten? Welcher Sinn steckt dahinter?«

»Er soll das Herzogtum weiterführen, deshalb mußte er Euch ehelichen. Doch er darf nicht erfahren, daß Ihr ein uneheliches Kind des alten Kaisers seid. Er ist nur ein schwacher Mensch und könnte es sich doch noch anders überlegen. Deshalb müßt Ihr sterben.«

»Es ist eine grausame Logik!«

De Cazeville hob wieder gleichgültig die Schultern. »Liebe, Haß, Grausamkeit, Worte, nichts als Worte!« Er hob die Arme, und Isabella bemerkte fasziniert, wie schlank und schmal seine Hände waren. Mit diesen Händen würde er sie töten!

»Natürlich! Was könnt Ihr auch von Liebe und Haß wissen, wenn es das in Eurer Welt nicht gibt!«

Jetzt lachte de Cazeville auf, und es klang wieder spöttisch. »Ihr traut mir nicht zu, daß ich lieben kann?«
»Nein!«
Er blickte sie lange an, und noch immer funkelten seine Augen. »Ich habe Gunilla geliebt!«
»Was? Das ist nicht möglich!«
»Warum nicht? Sie war die einzige Frau, die ich je geliebt habe. Und auch sie hat mich geliebt, sie hat es nur nicht verstehen wollen.«
Aus Isabellas Gesicht war jede Farbe gewichen. »Das glaube ich einfach nicht! Gunilla! Aber das hätte ich doch bemerken müssen!«
Er blickte sie amüsiert an. »Ihr wart viel zu sehr mit Euch beschäftigt, um überhaupt etwas zu bemerken. Aber das ist vorbei.«
»Ja, denn Gunilla ist tot!«
Er nickte. »Es war wohl das einzige Mal, daß ich es bedauert habe zu töten.«
»Ihr habt sie getötet?« Isabella prallte zurück und faßte sich an den Hals. Noch jetzt sah sie mit Grausen den Pfeil, der aus Gunillas Brust geragt hatte.
Er nickte wieder. »Ich mußte es tun. Sie war dabei, mich zu verraten.«
»Sie wollte etwas sagen, damals! Sagt Ihr es mir! Jetzt, wo Ihr mich auch töten werdet, könnt Ihr mir es sagen!«
»Wenn Ihr darauf besteht! Sie sollte mir die Papiere aus dieser Schatulle besorgen. Leider hat sie sich etwas ... ungeschickt angestellt.«
»Und deshalb habt Ihr sie umgebracht?« fragte sie erschüttert.
»Umgebracht! Wieder so ein hartes Wort. Ich habe sie nur vorausgeschickt in die *autre monde*, die *Andere Welt*.«
Isabellas Lippen zitterten. »Vorausgeschickt?« flüsterte sie.
»Ich werde sie wiedersehen, wenn ich zu ihr gehe. Ich kann

zwischen den Welten wandern. Für mich ist sie nicht tot, verloren. Meine Liebe zu ihr geht darüber hinaus. Es sind die Metamorphosen, sie existiert nur in einer anderen Gestalt.«

Isabella senkte den Blick. »Es fällt mir schwer, Euren Worten und Gedanken zu folgen. Zu unterschiedlich sind unsere Welten.«

»Ja, leider«, seufzte er und zog seinen Dolch unter dem Mantel hervor.

Isabella wich bis an die Wand zurück. Panik stieg in ihr auf, und ihre Hände wurden eiskalt. »Nein«, hauchte sie entsetzt. »Das könnt Ihr nicht tun!«

»Ich würde auch lieber warten, bis Euer Sohn geboren wird. Aber leider habt Ihr die Schatulle geöffnet und wißt nun Bescheid. Deshalb muß ich es jetzt tun!«

Isabellas Hände legten sich schützend über ihren Leib. »Woher wißt Ihr, daß ich schwanger bin? Und daß es ein Sohn sein wird?«

»Ihr wollt es noch immer nicht begreifen, daß meine Welt nicht Glaube, sondern Wissen ist. Ich weiß Dinge, die Ihr nicht wißt, weil Ihr sie nicht wahrhaben wollt. Und doch sind sie vorhanden. Ich lese Gedanken, kann in die Zukunft sehen, aber noch besser sehe ich die Gegenwart. Und unter Eurem Herzen tragt Ihr Martins Sohn!«

»Damit tötet Ihr auch ein unschuldiges Wesen. Er konnte es sich nicht aussuchen, gezeugt zu werden, so wie ich es mir nicht aussuchen konnte.«

Sie eilte wieder zum Tisch und packte die verhängnisvollen Papiere. »Wenn es nur das ist, was Ihr wollt! Ich verzichte auf diese zweifelhafte Macht, auf dem Kaiserthron zu sitzen. Ich möchte meinem Land einen Sohn geben, der wie sein Vater edel und gerecht ist.« Mit diesen Worten warf sie die Briefe ins Feuer. Sie blieb vor dem Kamin stehen und sah zu, wie sich die Blätter unter den gelben Zungen krümmten und schließlich zu schwarzer Asche zerfielen.

De Cazeville stellte sich neben sie, und beide schauten gemeinsam ins Feuer. Dann hefteten seine Augen sich auf Isabella. »Mutig von Euch, aber zu spät!«
Isabella wunderte sich selbst, daß sie ganz ruhig blieb. Sie drehte sich zu ihm und faßte seine Hände. Aufmerksam blickte sie auf die schmalen Finger, die bräunliche Haut.
»Auch wenn ich es nicht fassen kann, daß diese Hände Gunilla gestreichelt und getötet haben sollen, so nehme ich es zur Kenntnis. Es gäbe keinen Grund für Euch, mich zu belügen. Es fällt mir auch schwer zu begreifen, daß Ihr in die Zukunft sehen könnt. Und trotzdem will ich es von Euch wissen.« Sie zog seine Hand zu sich heran und legte sie auf ihren Bauch. »Was seht Ihr für die Zukunft dieses Kindes?«
Sie hielt dem Blick seiner schwarzen Augen stand. Es schien ihr, als würde die Zeit stehenbleiben, die Welt um sie herum zur Nichtigkeit zerfallen. Etwas ergriff von ihr Besitz, ein fremder Wille, der sie mit sich zog. Sie sah wogende Kornfelder, pflügende Bauern, wohlgenährtes Vieh. Sie sah ein lachendes Kindergesicht, bunte Blumen auf einer Wiese, im Hintergrund Fahnen an den Türmen der Burg flattern. Die Fahnen trugen die grünen Eichenblätter aus Martins Wappen. Und sie sah Martin, der seinen Sohn auf den Arm hob und ihm das Land zeigte, sein Land.
Isabella erwachte wie aus einem Traum. Sie blickte immer noch in de Cazevilles Augen. »War das die *Andere Welt?*« fragte sie leise.
»Nein, das war die Zukunft. Doch Ihr habt sie durch die *Andere Welt* gesehen. Wir waren beide dort.«
Sie hielt immer noch seine Hände umfaßt. »Jetzt verstehe ich. Danke!«
Er seufzte und blickte sie nachdenklich an. Dann schüttelte er sacht den Kopf. »Es wäre das erste Mal, daß ich meine Entscheidung revidiere. Nein, das kann ich nicht tun!«

Ihre Augen weiteten sich. »Ihr wollt mich doch töten?« fragte sie angstvoll.
»Nein, ich lasse Euch vergessen, was Ihr gelesen habt. Ich lasse Euch die ganzen letzten Stunden vergessen.«
»Aber ... aber wie soll das gehen?«
Jetzt lächelten auch seine Augen, als er ihre Hand nahm und sie zum Bett führte. »Es geht, glaubt es mir. Ihr werdet einschlafen, und wenn Ihr erwacht, wird Euch alles wie ein Traum vorkommen.«
Unsicher blickte sie ihn an. »Und Ihr? Werdet Ihr dann noch dasein?«
Er schüttelte den Kopf. »Ich werde aus Eurem Leben gehen.«
»Wohin führt Euch Euer Weg?«
»Irgendwohin. Vielleicht zu Gunilla.«
Ein Gefühl der Rührung überkam Isabella. »Vielleicht ist es wirklich ein großer Verlust für die Menschen, daß das alte Wissen verlorengegangen ist. Und mit Euch wird es gänzlich von dieser Welt verschwinden.«
»Ja, so wird es sein. Götter sterben, wenn sie vergessen werden. Daran kann auch ich nichts ändern.«
Er drückte sie sacht aufs Bett und beugte sich über sie. Seine Augen versenkten sich in ihre, und ihre Blicke verschmolzen miteinander. Er murmelte leise Worte, die sie nicht verstand. Ein tiefer Friede erfaßte sie, hob sie auf und trug sie auf weichen Schwingen davon. Zeit und Raum dehnten sich, um zu verschmelzen. Der Kuß der Ewigkeit legte sich auf ihre Lippen. Unter ihr versank die Welt im Vergessen.

*

»Aufwachen, Schlafmütze!« Rosamundes Stimme riß Isabella aus ihrem tiefen Schlaf. »Es ist schon heller Morgen!«
Erstaunt blickte sie um sich. »So lange habe ich geschlafen?«

»Allerdings! Martin hat allen verboten, Euch zu wecken. Ihr solltet Euch nach all der Aufregung richtig ausschlafen.«
»Wo ist Martin?«
Rosamunde zog Isabella zum Fenster und zeigte auf den Hof.
»Er trägt Jagdkleidung! Will er auf die Jagd gehen?« fragte Isabella erstaunt
Rosamunde lachte. »Nein, sie sind bereits zurückgekehrt.«
Martin blickte zu ihr herauf und winkte.
»Komm herauf!« rief Isabella überschwenglich. »Ich muß dir etwas sagen!«
Martin sprang vom Pferd und eilte durch den Gang des Palas. Sie lief ihm jauchzend entgegen. »Martin, Martin, wir werden einen Sohn haben!«
Er fing sie in seinen Armen auf und wirbelte sie im Kreis herum. »Woher willst du das denn wissen?« fragte er.
»Ich weiß es eben! Ich habe es geträumt!«
»Dann muß es wahr sein! Und du machst mich damit zum glücklichsten Menschen der Welt!«
»Wirklich?«
»Aber ja! Nichts könnte unser Glück mehr vervollkommnen als ein Kind der Liebe.«
Er legte den Arm um sie und führte sie hinaus in den strahlenden Sonnenschein. Sie vollführte eine ausholende Bewegung mit dem Arm. »Dort werden gelbe Kornfelder wogen, fettes Vieh wird auf den Weiden stehen, und Bauern werden in Frieden ihre Felder bestellen. Auf den Wiesen werden Blumen blühen, und du wirst mit deinem Sohn hier stehen und ihm sein reiches Land zeigen.«
»Hast du das auch geträumt?« fragte er lächelnd.
Sie blieb ernst, als sie den Kopf schüttelte. »Nein, es war kein Traum. Es war ein Blick ins Morgen. Um es zu erreichen, dürfen wir nicht träumen.«
Er blickte ihr in die Augen. »Du bist eine wundervolle Frau. Meine Frau!« Er senkte seine Lippen auf ihre.

»Das Schicksal wollte, daß wir beide zusammengeführt werden, gleich, wie sehr wir uns beide dagegen gewehrt haben. Aber seinem Schicksal kann man nicht ausweichen. Das haben wir beide lernen müssen.«

»Ja, und ich bin dem Schicksal sehr dankbar dafür.« Er verschloß ihren Mund mit einem erneuten Kuß. Es gab nichts mehr zu sagen.